A COLLECTION OF SHORT STORIES IN HINDI

QISSE

KIRAN MANOJ

notionpress.com

INDIA · SINGAPORE · MALAYSIA

अनुक्रम

सन्यासी

लम्बे बाल घने बाल, जिनकी जटांये बन गई थीं। उलझी फंसी हुई। गुंथी हुई। एक–एक रेशा आपस में इस तरह लिपटा था कि उन्हें अलग करना असम्भव था, एक दूसरे से। भूरे, सफेद, काले इन धागों का झुंड,समय को अपने अन्दर समेट जैसे थम सा गया था। रूक गया था। शांत स्थिर। यह जटांये उन अचल पर्वत मालाओं की भांति थीं, जो काल चक्र से परे थीं। इन लटों को एक दूसरे से अलग करना किसी गोरे के लिए भी असंभव था। इन जटाओं ने उन चालबाज़ अंग्रेजों को भी पछाड़ दिया था जिन्होंने हिन्दू–मुसलामानों को अलग कर दिया, अखण्ड भारत को खंडित कर दिया। बस एक रास्ता बचा था और वह था उस्तरा। जी हाँ, उस सन्यासी के बाल किसी भी मानवीय तरीके के रहते नहीं सुलझ सकते थे। उन जटाओं के उलझे रेशे–रेशे में बन्द समय को खोज पाना कम कठिन न था।

सुबह सवेरे सूर्य देव के दर्शन उसे तब होते जब वह स्नान–ध्यान पूजा–पाठ कर लेता था। पूजा–पाठ के पश्चात सूर्य की आराधना के लिए एक ताम्र पात्र में जल ले पूरब दिशा की ओर आकाश में टकटकी लगाकर देखता था। उसने सदैव उगते हुए सूर्य को जल दिया था। वर्ष के तीन सौ पैंसठ दिनों में शायद ही श्रावण, भाद्र के माह में जब कभी बारिश और बदली के कारण सूर्य देव के दर्शन न हो पाये हों, वह जल न दे पाया। उस दिन वह भिक्षा के लिए नहीं निकलता था। सारे दिन वह अपनी कुटिया में पड़ा ईश्वर का ध्यान किया करता। उस ध्यान के समय उसके चेहरे पर एक अद्भुत तेज़ होता, उसकी आँखों से अनवरत अश्रु बहते रहते। परन्तु चेहरे पर संपूर्ण संतोष के भाव साफ दिखाई देते थे। जिस किसी गाँव में उसका पड़ाव होता और बारिश, बदली के कारण सूर्य दर्शन नहीं होते, गाँव वाले आपस में उसकी ही चर्चा करते, साथ ही ईश्वर से प्रार्थना करते कि सूर्य के दर्शन हों वरना सन्यासी भूखा ही मर जायेगा। यह पाप सम्पूर्ण ग्राम–वासियों पर होगा, किसी एक पर नहीं। सन्यासी उगते सूर्य को जल दिये बिना अन्न ग्रहण नहीं करता था।

यही उसका नियम था। नियम के अभाव में कोई भी कार्य समय पर और सदा नहीं होता। मनुष्य नियम में बंध कर ही साधना कर सकता है। साधना–साधना होती है ईश्वर की हो या विद्या की या फिर अन्य किसी की।

दूर–दूर के गांवो में चर्चा थी कि सन्यासी अत्यधिक भाग्यशाली है। सुबह जिस किसी के द्वार पर वह भिक्षा मांगने पहुंच जाता वह इन्सान, उसका परिवार अपने को धन्य समझता। उस दिन उस परिवार को लाभ ही लाभ होता। दिन शुभ बीतता था।

वह स्वयं भिक्षा माँगता परन्तु मुट्ठी भर अन्न के बदले वह दाता को मन–ही–मन जाने कितनी दुआएं देता। हृदय से निकली दुआ और बद्दुआ अवश्य अपना रंग कभी–न–कभी दिखाती है। किसी ने कभी भी सन्यासी को अपने द्वार से खाली हाथ नहीं लौटाया था। एक गांव से दूसरे गाँव पहुंचने से पहले उसकी चर्चा उसकी बातें उसका व्यक्तित्व पहुंच चुका होता था।

अच्छे से अच्छा अधिक से अधिक देने की लोग कोशिश करते, परन्तु सन्यासी ने आवश्यकता से अधिक किसी से कभी नहीं लिया।

सन्यासी का अपना विचार था– संसार में बहुत कुछ है परन्तु उस बहुत कुछ से उतना ही लो जितने की तुम्हें आवश्यकता है बाकी औरों के लिए छोड़ दो। सन्यासी को एक समय का भोजन और दो जोड़ी वस्त्र ही चाहिए थे।

सन्यासी की वेश–भूषा, उसकी छवि देख कर लोग प्रथम दृष्टि में यही समझते कि वह अव्वल दर्जे का चरसी है। परन्तु ऐसा नहीं था। यह भ्रम लोगों का उसी समय तक रहता जब तक लोग उससे बात नहीं कर लेते उसे समझ नहीं लेते। सन्यासी से एक बार बात कर लेने मात्र से व्यक्ति का भ्रम दूर हो जाता था इतनी सुलझी और ज्ञान की बात करना एक चरसी क्या साधारण व्यक्ति के बस की बात भी नहीं थीं

वह एक स्थान पर अधिक समय नहीं रहता था। अधिक से अधिक दो माह, इससे अधिक नहीं। ग्राम–वासियों के कहने और आग्रह पर भी नहीं। बिना कुछ कहे, किसी को बताये बिना ही वह किसी रात्रि को अपना स्थान छोड़ देता था। किसी भोर अचानक लोगों को वह चार गज़ की कुटिया सूनी दिखती। एक गांव से दूसरे गांव पहुंचते ही गांव वाले आनन–फानन में उसके लिए कुटी तैयार कर देते थे।

एक रात्रि भी उसे खुले आकाश या पेड़ के नीचे नहीं काटनी पड़ती थी। यह ईश्वर की ही कृपा थी।

गृहस्थी और समान के नाम पर उसके पास मात्र एक थैला होता जिस थैले का एक छोर उसकी कमजोर मांस रहित छाती पर होता, और दूसरा हिस्सा पीठ पर, बीच का भाग कांधे पर। आगे यानी सामने के हिस्से में वह अपने दो चोंगे गेरूवे रंग के रखता साथ ही दो अंगोछे व दो चादरे भी रहतीं। सर्दी – गर्मी से उसे कोई सरोकार नहीं था। इस कारण गर्म कपड़ों का प्रश्न ही नहीं था। हां, एक कम्बल अवश्य था उसके पास किसी बालक रूपी भक्त से उसके पिता ने दिलाया था। शायद बालक का पिता देता तो वह लेने से इन्कार कर देता।

थैले के पिछले भाग में दो चार बर्तन होते, कमण्डल सदैव हाथ में ही शोभायामान रहता था।

सन्यासी के नाखून अत्यधिक बढ़ गये थे, हाथ के ही नहीं पैर के भी। नाखून मैल और

गंदगी से काले हो गये थे। जटाओं को सुलझाना और नाखूनों के मैल को साफ करना लगभग बराबर हो गया था। जटायें उस्तरे के बिना और नाखूनों का काटे बिना साफ होना असम्भव सा था।

इन नाखूनों पर उसका ध्यान ही शायद नहीं गया था तभी तो भोजन को उन्हीं गन्दे काले नाखूनों वाले हाथों से वह प्रेमपूर्वक सान–सान कर खाता था।

उसकी दाढ़ी मूंछ के बाल रेशम की भांति मुलायम और सफेद थे। जाने क्यों सिर के बालों से सोलह–सत्रह वर्ष देर से निकली दाढ़ी–मूंछ दूध जैसी सफेद थी।

वर्षों व्यतीत हो गये थे उसे पैदल चलते–चलते। पद यात्रा करते। परन्तु किसी भी पुरस्कार का हकदार वह नहीं था। पदयात्रा से ही उसने जाने कितने तीर्थ कर डाले थे। पहले सन्यासी को अपनी उदर क्षुधा पर काबू पाना मुश्किल था। उसे भूख बर्दाशत नहीं थी। इस कमजोरी से वह परेशान था। कमजोरी को जानते हुए भी इन्सान उसे दूर नहीं कर पाता। इसी एक कमजोरी में इन्सान का घर–द्वार रिश्ते नाते यहां तक की दूनिया भी छूट जाती है। एक दिन भिक्षा में उसे मात्र आटा और नमक मिला किसी अत्यधिक निर्धन का द्वार खटखटा दिया था उसने। गर्मी के दिन थे। गंगा किनारे उसे कुछ सूखी लकड़ियां और पतवार और गोबर के कंडो को जलायां आटे में नमक डालकर उसे गूंथा था। गूंथे हुए आटे की लोई बना उन्हे पेड़े का आकार दिया। तत्पश्चात उन्हें जलती आग पर रख दिया। गर्मी कुछ अधिक थी। उस पर आग की तपिश सन्यासी ने सोचा जबतक भोजन तैयार होता है गंगा में डुबकी लगा उसके पवित्र जल से गर्मी शांत कर लें। डुबकी लगाते समय उसके हृदय ने उससे कहा क्यों न सूर्य की अराधना कर लें।

सूर्य की ओर मुंह कर आंखे बन्द कर वह मन ही मन पाठ करने लगा। परन्तु पेट की भूख के कारण उसका ध्यान क्षण–मात्र को भी पूजा में नहीं लग रहा था। उसका सम्पूर्ण ध्यान उन्हीं आग पर रखी बाटियों पर लगा था।

उस समय सन्यासी को अपने आप पर क्रोध आया। उसे लगा वह मनुष्य कहलाने के लायक नहीं। लोग तो उसे सन्यासी समझते हैं। कैसा सन्यासी है वह? कुछ क्षण भी सबर नहीं उसे। यही एक मात्र इन्द्री है जिस पर इन्सान का वश नहीं चलता। सूर्य स्तुति बीच में ही छोड़ वह जल से बाहर आ गया। कुछ क्षण वह दहकती आग को देखता रहा। अचानक उसने पास पड़ी लकड़ी उठाई, जलती अग्नि के अन्दर दबी एक–एक बाटी को बाहर निकालता गया और पास बहती गंगा जी में फेकता गया। सम्पूर्ण भोजन गंगा जी को समर्पित कर कमण्डल में जल लाकर अग्नि को भी शांत कर दिया, एक छन्न..... की आवाज के साथ। अग्नि के शांत होते ही उसे भी एक अजीब सी शांति मिली थी। उस दिन से सन्यासी को कभी भी ऐसी भूख नहीं लगी, कभी महसूस नहीं हुई। भूख के साथ सब्र सदैव रहा था।

सन्यासी को अक्सर लोगों ने शमशान घाट पर बैठे देखा था, शांत, शून्य में कुछ तलाशते हुए। अनेको बार उत्कंठावश लोगों ने इसका कारण जानने का प्रयास किया कि आखिर वह ऐसा क्यूं करता है? शमशान जैसे स्थान पर घण्टों क्यों बैठता है। इस प्रश्न का उत्तर उसने कभी किसी को नहीं दिया।

जलती, सुलगती, दहकती चिता को इतने गौर से क्यों देखता है। उसकी आंखे उस चिता की लपटों में आखिर क्या खोजती हैं? क्या पाना चाहती है?

जब से वह इस पहाड़ी गांव में आया था शारीरिक रूप से काफी स्वस्थ हो गया था। पहाड़ का अन्न–जल, पहाड़ की आबो–हवा उसके शरीर को रास आई थी। परन्तु मानसिक रूप से वह स्वस्थ नहीं था। मन का सुख उसे यह पहाड़ की सुन्दरता भी न दे पाई थी, इसकी गवाह थी उसकी बड़ी–बड़ी सूनी दर्द से भरी आंखे।

उसे क्या दर्द था, कौन सा दुख था, यह वही जानता या फिर उसका भगवान।

दर्द, दुख बांटने से कम हो जाता है, कह लेने से हल्का हो जाता है। सन्यासी अपने दुख को हल्का नहीं करना चाहता था। वह अपने इस अमूल्य अहसास को बांटना भी नहीं चाहता था। दोपहर में अक्सर वह देखता कि चरवाहे अपनी भेड़, बकरियों व गायों को ले ऊंची पहाड़ियों पर चले जाते। प्रत्येक चरवाहे के साथ एक–एक भूटिया कुत्ता अवश्य होता। वही इन जानवरों के झुंड का कमाण्डर होता।

गोरे, चिट्टे मुंह पर गोल पहाड़ी टोपी रख चैन की नींद चरवाहा सोता पत्थर उसका बिछौना और पत्थर की शिला उसका सिरहाना होता।

कमाण्डर बड़ी ही मुस्तैदी से एक–एक जानवर पर नज़र रखता, मजाल क्या जो एक जानवर भी अपने झुंड से अलग हो जाये। बकरी या भेड़ का छोटा सा मेमना हो या गोल–मटोल बड़ी सी गाय, सभी को काबू में रखता यह शीप डॉग। बड़ा ही वफादार और स्वामीभक्त होता है यह प्राणी। दुनिया का कोई भी वफादार इन्सान इसकी वफाई की कसम खा सकता है।

बच्चों की भांति इन्हें भी प्यार करते हैं इनके मालिक। धनाड्य परिवारों में बेटे की भांति इन पर भी खर्चा होता है। मालिक की सम्पन्नता और निर्धनता का इस कौम पर कोई असर नहीं पड़ता। इसकी भक्ति में कोई कमी नहीं आती चाहे सूखी रोटी या जूठन से इनका पेट भरे या मांस और दूध से। यह बताने की आवश्यकता नहीं कि सभ्य, शिक्षित धनाड्य परिवारों के लोगों पर इसका कितना और किस प्रकार का प्रभाव पड़ता है।

घण्टों सन्यासी इन्हीं सामाजिक गुत्थियों में उलझा रहता और सोचता रहता। इसका हल प्राप्त करने में वह आज भी अपने आपको असमर्थ पाता।

कभी सन्यासी को प्रसन्न देख लोग उससे पूछ लेते कि उसके घर परिवार में कौन–कौन हैं। इस प्रश्न का वह सभी को एक ही संक्षिप्त या उत्तर देता।

"सभी हैं, पूरा परिवार है।"

इससे अधिक उसने कभी किसी को कुछ नहीं बताया। कभी लोगों की उत्कंठा को शांत नहीं किया। वह अधिक बातें नहीं करता था। कम से कम बोलना अधिक से अधिक मनन चिन्तन करना ही उसकी दिनचर्या थी। लोगों द्वारा पूछे गये प्रश्नों के उत्तर में अक्सर वह मुस्कुरा देता या फिर अत्यधिक संक्षिप्त उत्तर दे खामोश हो आगे बढ़ जाता।

कभी वह नदी किनारे रेत पर खमोश बैठा नदी की लहरों को देखता रहता। बूढ़े पीपल के पेड़ के नीचे बैठा वह उसके कोमल मुलायम पत्तों को, सूखे भद्दे फटे पत्तों को शाखों से नीचे गिरते देखता रहता। जब कभी कोई नई कोपल शाख से अलग होती तो उसकी आंखे भर आतीं उस वख्त उसे लगता जैसे मासूम नवजात शिशु का अपना जीवनन आरम्भ करने से पहले ही समाप्त हो गया हो।

अचानक उसकी दृष्टि सूखे कमजोर बूढ़े पत्तों पर पड़ती और एक व्यंग से भरी हंसी उसके चेहरे पर फैल जाती।

उसे लगता जैसे सौ वर्ष का बूढ़ा पूरी जिन्दगी जीने के पश्चात भी चाहे वह जीवन कितना ही कष्टमय क्यों न हो, जीवन के मोह को छोड़ नहीं पा रहा। शमशान घाट पर बैठा वह एक टक मुर्दा को जलते देखता रहता। सुबह से शाम हो जाती यही देखते कि कैसे पंच तत्वो का बना शरीर कैसे पंच तत्व में मिल जाता है। उस समय उसे कुम्हार और मिट्टी का रिश्ता याद आता। लगता कुम्हार बैठा मिट्टी रूंध रहा है और मिट्टी मंद—मंद मुस्करा रही है। मन में सोच रही है मूर्ख इसका उलटा भी होगा जिससे तू बेखबर है।

जाने कितनी लाशों को उसने अग्नि के हवाले होते देखा है। छः फुट के मोटे—ताजे इन्सान को हड़िया भर राख में परिवर्तित होते देखा है। क्षण भर के विछोह को सहन न कर पाने वाले को अपने उस प्रिय को अग्नि के हवाले करते देखा है उसने। दहाड़े मार—मार कर रोने वाले को मृत शरीर से खींच कर अलग किये गये व्यक्ति को कुछ ही क्षणों पश्चात् घाट के पीछे बनी चाय की दुकान पर मिठाई—नमकीन खाते भी देखा है उसने। यही होती है भूखे पेट की आग जिसके समक्ष सम्पूर्ण रिश्ते अपना दम तोड़ देते हैं। यहां तक की बड़े से बड़ा दुख भी टूट कर बिखर जाता है। कभी—कभी लोगों को सन्यासी कहीं नहीं दिखता उसके सारे अड्डे सन्यासी विहीन दिखते लोगों को। रमता जोगी बहता पानी बराबर है। उस समय वह अपनी कुटिया में एक कुशा की चटाई पर बैठा शून्य में कुछ ढूंढता होता। सन्यासी को ढूंढने वाला उसका कोई अकेला भक्त होता। सन्यासी न ही पहुंचा हुआ महात्मा था न ही भविष्यवक्ता, हकीम, वैद्य, साहुकार भी नहीं। नेता वह था नहीं क्योंकि वह कम बोलता था, नपा—तुला बोलता था। अधिकतर मौन ही रहता। अपनी अमूल्य राय बमुश्किल ही किसी को देता। एक राय ही ऐसी होती है जो बिन मांगे खुशी—खुशी जबरन राह चलते लोग एक—दूसरे को देते रहते हैं। वह ऐसा नहीं था। सब कुछ मिला कर

सन्यासी पागल–सनकी न होते हुए भी कुछ ऐसा ही था। सच पूछा जाये तो जिस दृष्टि से व्यक्ति उसे देखता वह उसे वैसा ही दिखता था।

दोपहर का समय, सन्यासी अपनी कुटिया में लेटा था। आज भोर से ही उसका मन उचाट था। व्यथित था। ऐसा कदाचित् ही होता था। शायद घर परिवार की याद सता रही थी उसके हृदय को। नित्य जैसी शांति उसे नहीं मिल पा रही थीं, ईश्वर आराधना के पश्चात भी।

अचानक वह उठा, मटकी से पानी निकाल कर पिया और चल दिया। चलते–चलते कदाचित् उसके पांव वहीं ठहर गये जहां प्राणी पुनः उन्ही पंच तत्व में मिल जाता है। पापी हो या पुण्य आत्मा सभी अग्नि की गोद में जा भस्म हो जाते हैं। कुछ मिट्टी के नीचे शांत सो जाते हैं।

आत्मा अजर है, अमर है, अगोचर है। शरीर नश्वर है फिर भी इन्सान आत्मा से नहीं शरीर से भरपूर प्यार करता है। शरीर अपना हो या पराया। मनुष्य की सबसे बड़ी कमजोरी ही शरीर है, माया मोह है। यह मोह–माया रिश्ता चाहे शारीरिक हो या सामाजिक। इसी नश्वर शरीर को सजाने संवारने में जीवन नष्ट हो जाता है, समाप्त हो जाता है। जन्म कम पड़ जाते हैं।

जो अमर है उसे ही प्राणी सहस्रों मौतें देता है। एक बार भी उसकी पवित्रता और अमरता के बारे में नहीं सोच पाता नश्वर शरीर के समक्ष। कदाचित जब सोचता है तो समय रूपी पक्षी न जाने कितनी दूर तक उड़ान भर चुका होता है। कुछ ऐसा ही तो सम्बन्ध है आत्मा, प्राणी और समय का।

वृक्ष से टूट कर गिरा पत्ता क्या दोबारा शाख पर लग पाया, अपना वही स्थान ले पाया है। जितने झटके से वह उठा था वह जोश उसके पैरों में नही था, यह जाहिर था उसके पावों की गति से।

थका– टूटा–बेजान सा दिख रहा था वह। उसके चेहरे के भाव बता रहे थे जैसे वह किसी अदृश्य भय से भयभीत हो।

यह भीतर का भय कभी–कभी मनुष्य को इन्सान बनाने में काफी हद तक सहायक भी होता है। मनुष्य से इन्सान और इन्सान से देवतुल्य बनना जितना कठिन है उतना ही आसान है मनुष्य से जानवर बनना, वह भी खूंखार जानवर।

यही भय कभी–कभी व्यक्ति को मुक्ति द्वार तक भी पहुंचा देता है।

भारी कदमों से वह शमशान घाट पहुंचा। पुराने पीपल के वृक्ष के नीचे बने चबूतरे पर वह जा बैठा।

निरंतर लाशें आ रही थी। लगता, जैसे इस शमशान घाट ने बनारस के मणिकर्णिका घाट का रूप ले लिया हो। निष्प्राण शरीर को जलाकर राख बनाने वाली लकड़ी के भाव

पर बहस चल रही थी। लकड़ी की तौल पर गरमा—गर्मी हो रही थी। मुर्दा कम से कम कितने मन लकड़ी में जल जायेगा, इसका अंदाजा लगाया जा रहा था।

किसी कृशकाय शरीर के लिए दस मन लकड़ी की मांग हो रही थी। किसी भारी—भरकम शरीर के लिए पांच मन लकड़ी पर बहस हो रही थी। उलट—पलट कर जलाया अधजला शरीर छोड़कर उसके प्रिय अपनी राह चल देते। वह यह सब गौर से देखता, सुनता और मुस्काराता। चार—चार बेटों के बीच घंटो पिता के मृत शरीर को जमीन पर रख कर बहस होती कि कम से कम कितनी लकड़ी चाहिए। आवश्यकता से अधिक लेकर पैसे का दुरूपयोग क्यों किया जाये। बड़ा कह रहा था तीन मन, छोटा दो मन की जिद करता, मझला ६ मन की मांग करता तो तीसरे नम्बर वाला पांच कहता। आखिरकार तय हुआ पांच मन लकड़ी ली जायेगी। तीन भाइयों को एक—एक मन का पैसा और मझले को दो मन के दाम देने पड़ेंगे।

बेटों के इस वार्तालाप और बहस से चिर—निद्रा में सोये पिता को कोई फर्क नहीं पड़ रहा था। क्या शरीर से प्राण निकल जाने पर प्राणी इतना शांत—सहनशील हो जाता है। थोड़ी सी सहनशीलता प्राण रहते क्यों नहीं रखता है अपने पास। पिता के मृत शरीर को देखकर यही लग रहा था जैसे वह शांत बेटों की बातें सुनकर मुस्करा रहे हैं।

बड़े बेटे ने मुखाग्नि दी। देखते ही देखते लकडियां जल उठीं। थोड़ी बहस इस पर भी हुई थी कि अग्नि कौन दे। जो आग देगा उसे क्रिया पर तेरह दिन बैठना पड़ेगा। इस बहस से मझले—सझले को कोई सरोकार नहीं था क्योंकि शास्त्रों के हिसाब से आग बड़ा बेटा या छोटा ही देता है। छोटे को शायद वापस विदेश जाना था, उसके जीवन में पिता के लिए पिता की मृत्यु के पश्चात तेरह दिन नहीं थे।

एकाएक डोम की भयानक चीख से सन्यासी के साथ सभी चौक गये थे।

"अरे यह आदमी तो जीवित था देखो खून ही खून।" एक तरफ की आग भी बुझ गई थी। सभी स्तब्ध थे। हैरान थे। सभी एक दूसरे का मुंह देख रहे थे। आंखो—आंखो में एक दूसरे को दोष दे रहे थे।

एक तमाशा हो गया, अनहोनी हो गई। अब तक अधजली लाश छोड़, पैसों से डोम का मुंह बन्द किया जा चुका था। इस समय उन चारों के मध्य किसी प्रकार का कोई टकराव नहीं था। किसी प्रकार का कोई वैचारिक मतभेद नहीं था। होता भी कैसे सभी सगे भाई थे, उसी पिता की औलाद। एक ही खून था। एक ही प्रकार के संस्कारों में पाले गये थे फिर एक कैसे न होते।

सन्यासी सब देख रहा था। डोम की तो बन आई। सबके जाते ही उसने पहला काम बही किया अधजली लाश को नदी में फेंका फिर चिता को पानी डाल बुझाया। भाग्य के धनी डोम को इतना समय मिल गया कि आरी से लकड़ियों के अधजले हिस्से को अलग

कर दिया। लकड़ियों ने वैसा ही पुराना रूप ले लिया नई लकड़ियों के साथ आसानी से बिकने के लिए।

वह जिंदा मुर्दा उस दिन का अंतिम मुर्दा था। वह जीवित बूढ़ा पिता चारों बेटों का पिता। इस समय डोम के पास अन्य कार्य शायद नहीं था तभी तो उसकी नज़र शांत बैठे सन्यासी पर पड़ी।

"बाबा! जाने कितने समय से तुम यहां शांत बैठे सब देख रहे हो? आखिर क्या सोच रहे हो?"

"सोच रहा हूं पिता को इस हालत में छोड़ अब वे क्या कर रहे होंगे?" सन्यासी धीरे–धीरे एक–एक शब्द बोला।

"कुछ नहीं एक दूसरों पर दोषारोपण करेंगे फिर शांत हो जायेंगे।" एक सांस में वह बोला।

"उसके पश्चात?" सन्यासी ने प्रश्न किया।

"फिर क्या? कुछ नहीं यही कह कर शांत हो जायेंगे कि विधाता ने शायद इनका अंत ऐसे ही लिखा था। जो अच्छा करता है मनुष्य स्वयं करता हैं। जो बुरा होता, वह ईश्वर करता है।

"मैंने इतना पैसा कमाया, मैं यह करता हूँ, वह करता हूँ, मैंने बेटे को ऐसे पाला कि आठ–दस का मुकाबला अकेले कर ले आदि अनेक बातें मैं और मेरा की, परन्तु जब कुछ बुरा घट जाता है तो ईश्वर के जिम्मे जाता है। भगवान ने उठा लिया, निर्धन क्यों बनाया बीमारी क्यों दी। ऐसे नालायक बेटे, कुलटा पत्नी, दुष्ट मां क्यों दी आदि पिता के जीवन का लेखा–जोखा भी आंका जायेगा। पिता की कुछ त्रुटियां भी याद की जायेंगी, अंत में उन्ही को दोषी ठहरा अपनी अदालत, पुलिस, वकील, जज वादी प्रतिवादी बन निर्णय अपने पक्ष में लें मन से उस बोझ को सदैव के लिए हटा देंगे और क्या।"

"यह भी सच है।" एक लम्बी गहरी आह भर सन्यासी बोला।

"पर बाबा आप कहां के हो? कौन हो? कहां से आये हो? घर में कौन–कौन हैं? घर क्यों छोड़ा?

सन्यासी के जीवन का पहला व्यक्ति था। जिसने सन्यासी से इतने सारे प्रश्न एक साथ पूँछे थे।

"सोचता हूं घर वापस लौट जाऊं।"

"घर क्यों छोड़ा था बाबा।" डोम ने धीरे से प्रश्न किया। अकेला प्रश्न।

"कुछ तो कारण रहा ही होगा घर–परिवार छोड़ने का?" प्रश्न का उत्तर प्रश्न के ही रूप में दिया सन्यासी ने।

"बाबा क्रोधित न हों, तो एक बात कहूं छोटे मुंह बड़ी बात होगी" नम्रता से वह बोला।

"कहो।" सन्यासी ने डोम की आंखों में देखते हुए कहा।

"बाबा, कष्टों से, मुसीबतों से घबराकर घर वालों को दुख देकर उन्हें मुसीबत में छोड़ अपने लिए अपनों को कष्ट देना, दुख देना फिर दर–ब–दर मारे–मारे फिरना– यह भटकन मेरे जैसी कुंद बुद्धि के व्यक्ति की समझ में नहीं आती। जीवन है, शरीर है, शरीर को चलायमान रखना है, तो भोजन की आवश्यकता पड़ेगी। समाज की , सामाजिक रिश्तों की आवश्यकता होगी फिर वह रिश्ते क्या इतने बुरे घिनौने थे जिन्हें छोड़ना पड़ा यदि नहीं तो मेरी समझ में उन्हें निभाना अधिक जरूरी है ना कि नये नये बनाना। परिवार छोड़ने के पश्चात जाने कितने ही लोग आपके जीवन में आये होंगे क्या सभी उतने ही याद आते हैं जितने कि उस छोटे से आंगन में छोड़ आये हुए। क्या कोई ऐसी रात्रि व्यतीत हुई आपकी, जब केवल आपके पास आपके ईश्वर के अलावा कोई न हो।

"बुरा मत मानना बाबा, मुझ जैसा जल्लाद जब अपने जीवन से अपनों को नहीं हटा पाया तो फिर....." इसके आगे वह मूर्ख डोम मौन हो गया।

अनपढ़ गंवार दिखने वाले डोम की ज्ञान भरी बातें सन्यासी को भीतर तक विचलित कर गई। उसके किसी प्रश्न का उत्तर दिये बिना ही वह चल दिया था। शायद उसके कदमों का रूख उसके घर–आंगन की ओर ही था। कब पहुंचेगा घर? पहुंचेगा भी या राह में पुनः भटक जायेगा, इन प्रश्नों का उत्तर अभी सन्यासी के पास नहीं था।

उसे याद आ रहा था, वह सब जो वर्षों पहले व्यतीत हो चुका था।

आज उसे डोम की बातों से इतना अवश्य लगा था कि " भूत के खंडहर पर जो भविष्य की नींव रखने की कोशिश करता है वह अपने वर्तमान से भी हाथ धो बैठता है।" यही कुछ तो हुआ था उसके साथ। सन्यासी के गुण उसमें थे। भूत के दुखों में डूब वह वर्तमान भी नहीं जी पा रहा था। भविष्य की क्या रूप–रेखा तैयार करता आखिर वह।

अंग्रेजो के जाने का समय था। १५ अगस्त को आजादी दे दी जायेगी। हमारे ही घर आये मेहमान हमारे ही घर के दो हिस्से कर हमें आजाद कर रहे थे। हम खुश थे। बहुत खुश थे। अंग्रेजों का अपने आप पर उपकार मान रहे थे। सम्पूर्ण देश में दोनों देशों में कत्लेआम के पश्चात भी हम दोनों खुशियां मना रहे थे। क्यों तब भी नहीं सोच पाये आज भी नहीं समझ पा रहे हैं। आगे का तो ईश्वर जाने।

कितने ही गांवो के मालिक थे ठाकुर शमशेर सिंह। बड़ी सी महलनुमा हवेली। चार भाइयों के एक बड़े परिवार के मुखिया थे ठाकुर। ठाकुर के तीन भाई और थे– विक्रम सिंह, वीरेन्द्र और विक्रान्त सिंह। चारों भाइयों में दशरथ पुत्रों जैसा ही प्यार और सम्मान था। अपने से बड़ो का आदर सम्मान करना इनको दूध के साथ घुट्टी में मिला पिला दिया गया था।

राम से विपरीत थे शमशेर सिंह। सम्पत्ति और जमींदारी ने इन्हें अत्याचारी और दुराचारी बना दिया था।

देश को आजादी अवश्य मिली थी परंतु धीरे—धीरे ठाकुर साहब का रूतबा कम होता जा रहा था।

जो कार्य वह बड़ी आसानी से देश के परतंत्र होने पर कर लिया करते थे, अब वह कार्य असम्भव सा लगता था। जाते—जाते देश के जमींदारों से अंग्रेज काफी कुछ छीन ले गये थे। इसमें जमींदारों, साहूकारों के अधिकर भी थे। उनका निरंकुश होना भी था।

शमशेर सिंह जैसे भी थे उन्हें उनके तीनों अनुज सम्मान देते थे। सम्मान के साथ ही भयभीत भी रहते थे। हो सकता है इस भय का जन्मदाता सम्मान ही हो। विक्रांत यानी छोटे को दोनों भाई बड़े के ही पद चिन्हों पर चलने का पूर्ण प्रयास करते थे।

चारों में अलग था विक्रांत। शांत, सदाचारी। अत्याचार के विरूद्ध काफी समय से वह अपनी आवाज़ भी यदा—कदा उठाने लगा था। परंतु उन तीनों के समक्ष वह कमजोर पड़ जाता था। यही कारण था, वह बोलता कम, देखता, सुनता और समझता अधिक था। ज्ञानियों की यही पहचान है।

किसी भी कन्या या स्त्री का बड़े भाई ही सर्वप्रथम भोग करते, हां, प्रसाद लेना मझले—सझले कभी नहीं भूलते। परिवार में चारों भाइयों की सुन्दर उच्च घराने की काफी हद तक सुशील कही जाने वाली पत्नियां थी। सभी अपने—अपने पति को परमेश्वर का दर्जा देती थीं। यह चलन डाला था बड़ी बहू ने।

कितना ही खाना स्वादिष्ट क्यों न हो घर का, पर बाहर खाने का मन मचलता ही है पुरूषों का, ऐसा ही कुछ था तीनों के साथ। तीनों ने विक्रान्त को अपने रंग में रंगने का हर सम्भव प्रयास किया परंतु सफलता हाथ नहीं लग पाई।

शमशेर सिंह ने यूं तो जाने कितनी औलादें पैदा कीं नवाबों की भांति परन्तु अपनी ब्याहता पत्नी से मात्र एक ही पुत्र रत्न हुआ। मंझले और संझले के पुत्र की आस में पांच और सात कन्याएं हो गयी। विक्रान्त के कोई औलाद नहीं थी। शायद पत्नी के ही दोष था। दूसरे विवाह के लिए वह तैयार नहीं था। दूसरे विवाह के सम्बन्ध में वह किसी से कोई समझौता नहीं कर सकता था। ऐसा ही कुछ एक दिन ऊंची आवाज में उसने शमशेर सिंह से भी कह दिया। उसका कहना था यदि यही दोष उसमें होता तो क्या उसकी पत्नी कोकिला का दूसरा विवाह कर देते, उसे भी तो औलाद चाहिए। इस तर्कपूर्ण वाक्य के समक्ष सभी मौन हो गये और मौन ही रहे। बड़े भाई से जबानदराजी के पश्चात विक्रन्त से इस विषय पर बात करने की किसी की हिम्मत नहीं थी। विक्रान्त और कोकिला पति—पत्नी कम दोस्त अधिक थे। घर की अन्य बहुओं से वह कुछ भिन्न थी। विक्रान्त से प्यार और सम्मान दोनों करती। परन्तु बातें वह खुल कर करती, वाद—विवाद भी होता

दोनों के मध्य। आंख बन्द कर वह विक्रान्त का कहना नहीं मानती। उचित अनुचित के तराजु में बात को तौलकर ही मानती।

वह बड़े ही आत्मविश्वास के साथ विक्रान्त को विश्वास दिलाने में सफल हो गई थी कि वह दो सुन्दर स्वस्थ बच्चों का बाप उसे बनायेगी। उसे अपने आप पर और अपनी ईश्वर भक्ति पर पूर्ण विश्वास था। जो काम घर–परिवार से बाहर दूर किसी कोठे, गेस्ट हाउस या फिर खेतों– खलिहानों में होता था। वही सब अब हवेली में होने लगा था। इसकी शुरूआत शमशेर सिंह ने की थी और उनका साथ दिया बड़ी ठकुराइन ने पति भक्ति के कारण। एक सती–साध्वी की भांति पति के प्रत्येक कुकर्म पर पर्दा डाला था बड़ी बहू ने।

लगान माफ करवानी है, बीज लेने हैं, खाद खरीदनी है। पैसे नहीं है, पैसा चाहिए सब मिलेगा ठाकुर की हवेली से। बदले में एक रात के लिए पिछले दरवाजे से हवेली में बहन, बहू बेटी किसी को भेजना होगा। बात हवेली और लड़की के घर तक ही रहेगी। शमशेर सिंह को उंगली टेढ़ी करनी भी आती थी। रात के अंधेरे में आना होता और भोर से पहले घर वापस पहुंचा दी जाती। सीधी सी बात है जब पति–पत्नि एक दूसरे की ओर पीठ कर सो जाते है, यहां तक कि पत्नी को पति के बिस्तर से अलग दूसरे बिस्तर पर सोना पड़ता है। स्त्री भोगने की वस्तु है तभी तो मुंह फेर लेता है पुरूष। इन औरतों को तो ठाकुर जरूरत निकल जाने के पश्चात एक पल को भी नहीं बर्दाशत कर सकता। ठाकुर का मन यही करता कि लात मार कर उस औरत को नीचे ढकेल दे। यह नौबत आने नहीं पाती थी। जवान और साधारण है देखने में। बस शमशेर सिंह के लिए काफी है। वह इस मामले में बड़े ही खुले हृदय के थे, वह कुल धर्म जाति नही मानते थे। वसुन्धरा और स्त्री भोग के लिए है।

गांव में एक सम्प्रदाय बन गया था इस सम्प्रदाय के लोगों को रोटी, कपड़ा, बीज, पैसा सब समय से मिल जाता था। इनके घरों की बेटियों का विवाह ठाकुर शमशेर सिंह ही कराते थे।

माटी के इस नश्वर शरीर को माटी में ही मिल जाना है। इस शरीर से क्या मोह करना। कुछ इसी प्रकार की सोच थी लोगों की।

विक्रान्त सिंह सम्पूर्ण कारोबार देखता था। हवेली की बेटियाँ हवेली की चहार–दीवारी में रहकर बड़ी हुई, पढ़ी–लिखी, पढ़ाई लिखाई में किसी प्रकार की कमी ठाकुर ने रखी नहीं थी। एक से एक विद्वान अध्यापक पढ़ाने आते। शहर ले जाकर परीक्षा भी दिलाई जाती। विवाह योग्य होने पर उच्च कुलीन परिवार के पढ़े–लिखे सुशील लड़के के साथ विवाह भी कर दिया जाता। शमशेर सिंह ने चार भाइयों के बीच के अकेले वारिस को उच्च शिक्षा के लिए विलायत भेज दिया था। मानव प्रताप सिंह था नाम उसका। राक्षस

पिता के संतान में पिता को कोई अंश नही था, मात्र लम्बी चौड़ी कद–काठी के। मां और चाचा के मिले जुले गुण थे उसमें। विक्रान्त चाचा के सदगुण। कैम्ब्रिज यूनीवर्सिटी की पढ़ाई पूरी कर वह अपने देश हिन्दुस्तान वापस आ रहा था। मात्र तेरह वर्ष की अल्प आयु में ठाकुराइन के जिगर के टुकडें को ठाकुर की जिद ने अलग कर दिया था। वर्षो पश्चात ठकुराइन की प्यासी आंखों की प्यास बुझेगी। ताज्जुब नहीं सूखी छातियों में पुत्र को देखकर दूध उतर आये। तस्वीरों में ही बेटे को बढ़ते देखा था मां ने।

हवेली दुल्हन भांति सजाई गई थी। शमशेर सिंह फूले नहीं समा रहे थे। उनकी चौड़ी छाती और चौड़ी हो गयी थी, बेटे के ओने की खुशी में। इससे पहले इतने प्रसन्न ठकुराइन ने अपने ठाकुर को कभी नहीं देखा था। इतनी खुशी तो उसके जन्म पर भी नहीं हुई होगी।

पति को इतना प्रसन्न देख पत्नी अपने मन की दबी छुपी भावना को व्यक्त करने का साहस जुटा ही लेती है। ऐसी ही साहस ठकुराइन ने भी जुटा ही लिया था। वर्षो से हृदय पर रखा बोझ, घुटन, अपमान, पीड़ा सभी को ठाकुर के समक्ष परोस दिया।

"सुनिये।"

"कहो ठकुराइन।" ठाकुर मुस्करा कर बोले थे।

"एक बात कहनी है, क्रोधित तो नही होंगे।" शक की गुंजाइश अभी भी उनके मन में थी।

"नहीं भई, देखो ना कितना खुश हूं मैं।" ठाकुर हाथ पकड़ हंस कर बोले।

"तभी तो इतने वर्षो में आज हिम्मत जुटा पाई हूँ।" वह आंखे झुका कर बोलीं।

"क्या?"

"अब बेटा सयाना हो गया है। घर भी आ रहा है। बहू भी आयेगी।" बात पूरी होने से पहले ही ठाकुर ने प्रश्न कर दिया था।

"तो?"

"कुछ नहीं", ठाकुराइन की हिम्मत एक "तो" शब्द ने तोड़ दी थी।

"कुछ तो कहना है तुम्हें जिसकी भूमिका इतने जतन से बांधी है तुमने।" ठाकुर ने अपनी अपनी बड़ी–बड़ी आँखों से ठाकुराइन को देखा।

"कुछ नही।"

"अरे, कहो भी यार विक्रान्त दिल्ली से उसे लेकर आ रहा होगा।" ठाकुर की आवाज में मिन्नत और प्यार था।

"आप यह सब जो वर्षो से करते आ रहे हैं। बन्द कर दीजिए। अब यह सब शोभा नहीं देता। मेरा क्या, मेरी तो कट गई। बेटे को और आगे उसकी आने वाली बहू को सोच कर देखें, शायद कुछ समझ में आये। यह सब उचित न था, न है और न होगा।" एक ही सांस

में वह इतना बड़ा वाक्या बोल गई थी। इतने वर्षों के दामपत्य जीवन में पहली बार वह इतना एक साथ बोली थी। उन्हें विश्वास नहीं था कि उनकी बात पति के पल्ले पड़ेगी। जब देवर, दोनों देवर इतनी बेटियों के बाप होकर नहीं सुधरे तो यह क्या सुधरेंगे। दोनों किसी की बेटी में अपनी बेटियों का रूप नहीं देख पाये तो इनको तो ईश्वर ने एक मात्र बेटा ही दिया है। यह सत्य है जो पिता जितना अधिक दुराचारी होता है वह अपनी बेटियां और पत्नी के लिए उतना ही अधिक सख्त और शक्की होता है। उसे तो प्रत्येक व्यक्ति अपने जैसा ही दिखेगा। जो व्यक्ति दूसरे की पत्नी के साथ अधिक उठता–बैठता, बातें करता, मजाक करता है वह अपनी पत्नी को पर्दे में ही रखना पसन्द करता है।

शमशेर सिंह प्रसन्न थे। अत्यधिक प्रसन्न थे। एक सूर्यवंशी ठाकुर की भांति ठाकुराइन को वरदान दे ही दिया। अप्रत्याशित रूप से मिले वरदान ने ठाकुराइन के वर्षों से चले आ रहे मानसिक क्लेश को पल भर में छू–मंतर कर दिया। उन्हें लगा जैसे उनकी दोहरी काया अचानक फूल जैसी हो गयी हो। उनका रोम–रोम ठाकुर को दुआएं दे रहा था।

ठाकुर शमशेर सिंह ने अपने वचन का पालन किया। हवेली की देखभाल, कारोबार में विक्रान्त की मदद, पत्नी का सम्मान, पूजा–पाठ यह सभी उनके जीवन की दिनचर्या में एक आंधी की भांति आ गये थे।

यह सभी स्थिर रूप से आये थे, ऐसा ठकुराइन की अन्तरात्मा ने उन्हें बताया था। शमशेर सिंह ने मझले और संझले पर अपने विचार नहीं थोपे। शायद साहस नहीं था। जबकि उन दोनों की स्त्रियां दुखी हो उनसे प्रार्थना करतीं, जेठ जी का उदाहरण देतीं। दोनों यही कहते दादा की उम्र पर वह भी इन सब से तौबा कर लेंगे। तब तक भाभी की भांति सब्र करो, धैर्य रखो। मानव अपने चाचा के साथ ही काम पर निकलता। गांव वाले उसे मसीहा मानने लगे थे। उसके पांव गांव की धरती पर पड़ते ही बड़े ठाकुर का अत्याचार समाप्त हो गया था। ऐसा गांव वालों को सोचना था।

प्रत्येक ग्रामवासी की पूरी बात, व उनके कष्टों को वो सुनता और शीघ्र से शीघ्र उन्हें दूर करने का प्रयास भी करता, उन्हे दूर भी करता। गांव की प्रत्येक कन्या में उसे अपनी चचेरी बहनों का रूप दिखता था। प्रत्येक बुजुर्ग में उसे अपने पिता और चाचा की छवि दिखती। वह सभी को वैसा ही सम्मान देता। दूर–दूर गांव में एक मात्र चर्चा का विषय यही था कि एक राक्षस के यहां यह देवतुल्य इंसान कैसे पैदा हो गया? यह उत्तरविहीन प्रश्न था।

रबी की फसल वर्षों पश्चात इतनी अच्छी हुई थी। सभी को समय पर इस वादे के अनुसार बीज, पानी और खाद मिला था कि बिना किसी प्रकार के ब्याज के फसल की बिक्री पर वह मूल धन वापस कर देंगे। मूल धन के साथ–साथ किसानों ने अपनी खुशी से

हवेली को इतना कुछ दिया जो पहले कभी नहीं मिला था। गांव–गांव में खुशहाली आ गयी थी।

उस नेक दिल इंसान से आंखे नहीं मिला पाते थे उसके चाचा मंझले और संझले। वैसे उन दोनो की दिनचर्या में कोई अंतर नहीं आया था, मात्र इसके कि अब वह सब काम आसानी से नहीं होता था।

सत्संग का असर देर से पड़ता है और कुसंगत का आसानी से जल्दी। बड़े के सुघरने के पश्चात भी उन दोनों पर किसी किस्म का कोई असर नही पड़ा था। हां, अब शिकार मुश्किल से मिलता था। बड़े किस मुंह से उन्हें समझाते, बड़ी ठकुराइन अवश्य कुछ समझाने का असफल प्रयास करती थीं। दोनो बहुओं को अपना उदाहरण दे सान्त्वना मात्र दे पाती थीं।

मानव किसी के लिए कुछ नहीं कहता, न सामने न पीठ पीछे। इस युवक का मानना था प्रत्येक मनुष्य की अपनी एक मानसिकता होती है। अच्छे– बुरे का माप–दण्ड, पाप–पुण्यका भेद भिन्न–भिन्न होता है। प्रत्येक अपने कार्यो को सही कहता है। उचित ठहराता है। इन्सान की आत्मा का, आत्मबोध ही उसे इस राह से हटा सकता है। जो समाज के लिए नैतिकता के आधार पर अनुचित है। हम कौन होते हैं। किसी को दण्ड देने वाले। किसी की आलोचना न हो। लोक अपवाद से बचता रहूं। ऐसा कुछ कर जायें, समाज को कुछ दे जायें जिससे चन्द लोग सीख लें या हमारे पद्चिन्हो पर चलने का प्रयास करें तो समझो जन्म सार्थक हो गया।

ऐसे कुछ विचार, मानव के चाचा विक्रान्त के भी थे। विचारों के ताल–मेल से ही दोस्ती बनती, चलती और टूटती भी है। छोटे चाचा से उसकी अत्यधिक घनिष्ठता थी। अपने–अपने विचारों का, ज्ञान का आदान–प्रदान वह दोनों घन्टों करते थे। छोटी चाची भी उसे कुछ अधिक पसन्द थी। हंसी, मजाक ठिठोली के साथ गम्भीर विषयों पर गम्भीरता से बात करनी उन्हें आती थी। तर्क भी उचित करती थीं।

शमशेर सिंह का समय अब मिर्जा साहब के साथ अधिक व्यतीत होता। कभी ठाकुर मिर्जा के घर, कभी मिर्जा की हवेली में शतरंज की बिसात बिछा कर बैठ जाते। दोनो के दाहिने हाथ की ओ एक–एक हुक्का होता। ठाकुर ने हुक्का पीना मिर्जा की सोहबत में ही सीखा था।

दोनों, गोरों की दरिंदगी की गाथा सुनते सुनाते। इस प्रकार शतरंज की एक–एक बाजी समाप्त होने में घण्टों लग जाते, कभी–कभी तो सारा दिन ही निकल जाता था। व्यक्तिगत बातें कम ही होती थीं। मिर्जा की आदत में वो सब नहीं था, शमशेर सिंह अपने दागदार गिरेबान को याद कर मौन रहते। यही कारण कि सारे– सारे दिन साथ रहने पर भी बिना किसी मनमुटाव के मित्रता बरकरार थी।

बैठक में बैठे हुक्का गुड़गुड़ाते दोनों खिलाड़ियों को कब क्या चाहिए यह बड़ी ठकुराइन बखूबी जानती थीं। प्रबन्ध भी समयानुसार करतवाती थी।

ठकुराइन के पास दो ही प्रमुख कार्य थे– पूजा पाठ और ठाकुर का ख्याल रखना।

हुक्के की आदत ठाकुर को मिर्जा ने डाली थी। चिलम भरने जैसे निकृष्ट कार्य में ठाकुराइन को सुख मिलता था। हुक्का तैयार करके उन्हें एक अजीब सी संतुष्टि मिलती थी। यह सम्पूर्ण क्रिया उन्हें एक जीत का अहसास दिलाती थी। यह एक मात्र अहसास उन्हें सारे दिन भोर की भांति ही तरोताजा रखता था। कुछ ही महीनों में ठाकुराइन की सारी बीमारियां छू–मंतर हो गयी थी। वह जवान हो गयी थीं। चारों में सबसे अधिक उम्र की होने पर भी इधर वह चारों से छोटी और हम उम्र दिखने लगी थी। पिचके धंसे गाल फूल गये थे। रंग तो साफ था ही गालों पर लाली आ गयी थी। कभी–कभी तो किसी कश्मीरी युवती जैसी लगती थीं। आंखों के चारों ओर घेरा बनाये काले कटोरे भी गायब हो चुके थे। उन्हे देख विक्रान्त कभी–कभी छेड़ बैठता, कहता– "भाभी, अब तुम्हे भाभी मां कहने का दिल नहीं करता।" विक्रान्त के इस प्रश्न पर झट वह दूसरा प्रश्न कर देती "फिर क्या कहने को मन करता है?"

"भाभी डार्लिंग, भाभी यार, सखी, मेरी सहेली और जाने क्या–क्या।"

प्रत्येक शब्द को बोलते ही वह ठकुराइन से दो–दो कदम दूर हटता जाता। उसे यकीन होता यदि भाभी की पहुंच के भीतर रहा तो अवश्य पिट जायेगा। दिन दिन भर कंघी न करने वाली ठकुराइन दिन में तीन–तीन बार बालों को संवारती थी। जेवरों से उन्हे अचानक प्यार हो गया था। कपड़े उन्हें अच्छे लगने लगे थे। इस बीच विक्रान्त और मानव के साथ कई बार वह शहर भी हो आई थी। फिल्म देखने की बात को तीनों छुपा लेते थे। कारण परिवार के अन्य सदस्यों को दुख न हो। छोटी तो अक्सर ही जाती रहती थी। मंझली, संझली के मन को ठेस न लगे इस कारण यह बात छुपाई जाती थी। फिल्म कितनी भी अच्छी हो पर उसकी चर्चा ठकुराइन किसी से नहीं कर सकती थी, यह सजा किसी स्त्री जाति के लिए अपने आप में क्या कम थी। आखिरकार वह अपने आपको न रोक सकी और रात का ठाकुर साहब को उन्होंने चलचित्र का एक–एक दृश्य का वर्णन इतने सजीव ढंग से किया कि ठाकुर को लगा वह फिल्म देख रहे हैं। ऐसा चित्रण तो संजय ने धृतराष्ट्र के सामने महाभारत का भी नहीं किया होगा। यही बात ठाकुर ने बोल भी दी। इस पर ठकुराइन शर्म से लाल हो ठाकुर की चौड़ी छाती पर सिर रख बोलीं–

"मजाक उड़ा रहे हैं हमारा।"

"नहीं, यह सत्य है, आज मुझे पता चला कि मेरी पत्नी में यह भी गुण है।"

'और क्या–क्या गुण हैं हमारे अन्दर।" पति के मुख से अपनी तारीफ सुनने को लालयित हो वह बोलीं।

"अधिक तारीफ सुन व्यक्ति अंहकारी हो जाता है मैं नहीं चाहता कि अंहकार की हवा भी तुम्हें छुए। अंहकार विनाश की सीढ़ी है जिस पर चढ़ने में आनन्द आता है। चरम सीमा पर पहुंचते ही अचानक सीढ़ी गायब हो जाती है। व्यक्ति चारों खाने चित हो नीचे आ जाता है।" शमशेर सिंह बहुत कुछ कहना चाहते थे। पत्नी के रूप में सामने बैठे प्राणी से वह पर कुछ न कह पाये, शायद अंहकार की सीढ़ी पर ही रहे हों। हाथ बढ़ाकर बेड स्विच को ऑफ कर दिया। कमरे में फैला दूधिया प्रकाश अंधकार में परिवर्तित हो गया।

जब भी ठाकुराइन शहर जाती परिवार के प्रत्येक सदस्य व हवेली के नौकरों के लिए अवश्य कुछ न कुछ लाती थीं। उन्हे सभी की पसन्द नापसन्द का ज्ञान था।

विलायत से लौटे बेटे और बेटे समान सुन्दर देवर के साथ जब वह शहर जाती, शहर में घूमतीं तो उन्हें यही लगता प्रत्येक व्यक्ति उन्हे ही देख रहा है। यदि बेटे और देवर में कोई भी यह कहता कि सिर भारी है यह थक गया हूं तो उन्हें यही लगता किसी ने उन तीनों को नज़र लगा दी। घर पहुंच कर उनका सबसे पहला काम होता नज़र उतारने का। साथ ही यह भी कहती कि उसकी अलाय–बलाय उसी को लग जाये। मानव और विक्रान्त एक दूसरे को देख हंसते। मानव कहता–

"चाचा, देखो कोई दरवाजे से बाहर गया।"

"हां, हां, पहचाना नहीं? अरे यही तो है अलाये–बलायें।"

जब कभी तैयार हो वह दर्पण में सिर से पांव तक अपने आपको निहारतीं तो उन्हे लगता जैसे दर्पण कह रहा हो तुम जैसी रूपसी को मेरी क्या आवश्यकता। मनोबल तोड़ने वाला वह निर्जीव दर्पण मनोबल बढ़ाने लगा था। ठाकुराइन वही थीं। चेहरा भी उनका वही था। दर्पण भी वही था । नहीं था तो बस वह समय नहीं था। समय ही के बदले रूप ने एक अजीब सा आत्मविश्वास जगा दिया था। ठाकुराइन के भीतर। सम्पूर्ण अस्तित्व ही बदल गया था। क्रोध से वह कोसों दूर चली गईं थीं। चेहरे पर सदैव आत्मविश्वास से भरी मुस्कान रहती थी। इस आत्मविश्वास में अहंकार नहीं था, इसका एकमात्र कारण सम्भवतः यही था कि उन्हे बीता हुआ कल सदैव याद रहता। वह आज में कल को भूलकर खोयी नहीं थीं। उनका समय से पहले गया यौवन पुनः लौट आया था। प्रौढ़ावस्था में आया यौवन कुछ अधिक ही सुन्दर बना देता है इन्सान को।

गांव के अंतिम छोर पर दूसरे गाँव से लगा हुआ एक गाँव था। गाँव के स्कूल के हेड मास्टर का घर वहीं था। एक अध्यापक के सम्पूर्ण गुण थे हेड मास्टर पंडित दीनानाथ में। प्रत्येक शिष्य उनकी इज्जत करता था। सम्मान करता था। बड़े–बड़े बिगडैल विद्यार्थियों को भी योग्य बनाने में पं० दीनानाथ पारंगत थे। जब कभी उनका कोई विद्यार्थी ऊंचे ओहदे पर पहुंचता तो एक बार गांव आकर उनके चरणों का स्पर्श ले उनसे आशीर्वाद अवश्य लेता। हेड मास्टर की पूंजी यही थी, उनके विद्यार्थी। एक अच्छे अध्यापक की पूंजी

उसके अच्छे विद्यार्थी ही होते हैं। गुरू के लिए उत्तम शिष्य से बढ़कर शायद कुछ नही होता। हेड मास्टर के एक बेटी थी। नन्दिनी नाम था। उसका। लम्बी–दुबली कृशकाय, गेहुआं रंग, बड़ी–बडी कजरारी आंखे जिनमें काजल उसने अपनी याद में कभी नहीं लगाया था। नाक शुद्ध आर्यों जैसी लम्बी सुन्दर। उसकी आंखो के कुदरती काजल को ले उसका भाई उसे अक्सर चिढ़ाता, कहता– "तू तो 'बेसिकली' जानवर है, जैसे गाय, हिरन, आदि की आंखों में भगवान काजल लगाकर भेजता है वैसा ही तेरी आंखो में है। " तब नन्दिनी कहती–

"कम से कम भगवान ने मुझे बनाने में कुछ समय अलग से तो दिया, तुझे तो भगवान के नौकर ने बनाकर भेज दिया होगा।"

"ऐसा नहीं है, नौकर ने तुझे बनाया होगा, तभी तो जानवर के धोखे में गलती कर गया तुम्हारे साथ। खुद भगवान इतनी बड़ी गलती थोड़े ने करते।"

रूप, कद–काठी, बात करने का लहजा, बड़ो का सम्मान, छोटों से प्यार। पढ़ने में सदैव प्रथम रही थी। इण्टर पास कर बी० ए० कर रही थी। नित्य तकरीबन पांच मील पैदल चलकर वह दूसरे गांव के डिग्री कालेज में पढ़ने जाती थी। पढ़ने का शौक उसे बचपन से था। कुशाग्र बुद्धि और पढ़ाई के प्रति लगन देखते हुए दीनानाथ उसे अधिक से अधिक पढ़ाना चाहते थे। बेटी चाहे। जबतक चाहे। वह बेटा नही इससे हेट मास्टर को कोई सरोकर नहीं था।

नन्दनी हेड मास्टर की ही नही अपने गुणों के कारण पूरे गांव की बेटी थी।

सर्दियों की बारिश बहुत कष्ट देती है। सुबह मास्टरनी ने नन्दनी को कालेज जाने से मना किया था। कारण नन्दनी को रात हरारत थी। बारिश भी पूरी रात हुई थी सावन–भादौं की भांति। इस बरसात में सावन की भांति भीगने का मन भी नहीं करता न तो प्रीतम– प्रेमी याद ही आता। हड्डियों के अन्दर तक प्रवेश करती हवा के साथ पानी की बूंदें पूरे शरीर को कंपकंपा कर रख कर देती है। नन्दनी ने मां की आज्ञा मान ली थी। परन्तु नित्य की भांति जब उसकी प्रिय सहेली प्राची उसे लेने आई तो उसका मन भी कालेज जाने का हो गया, अन्दर से हिम्मत भी वह महसूस करने लगी। मां को मनाना कठिन न था। सीधी–सादी मास्टरनी परिवार के प्रत्येक सदस्य की बात मान लेती थी। नन्दनी की भांति ही प्राची भी थी। यह कहावत उन दोनों के लिए सटीक थी कि किसी के बारे में यदि कुछ जानना हो तो उसके मित्रों से मिल लें, काफी हद तक आप उसे जान लेंगे।

अपने अमूल्य जीवन के भविष्य को उन दोनों ने सदैव पुस्तकों में ही देखा था। दीन–दुनियां से बेखबर थी अब तक दोनों को पढ़ने की लालसा ने ही उसे बीमारी की हालत में भी कालेज जाने को विवश कर दिया था। दोनों सहेलियां भविष्य को संवारने की

बातें करती चली जा रही थी। ठंड भी कुछ अधिक हो गई थी। चलते–चलते वह गांव के अंतिम छोर वाली पगडंडी पर आ गई। नन्दनी को थकान के साथ कंपकंपी भी महसूस हो रही थी। अचानक उसे चक्कर भी आ गया। प्राची उससे कुछ कदम आगे थी। नन्दनी चक्कर खाकर कब गिर पड़ी यह वह देख नहीं पाई थीं दुबली–पतली नन्दनी को उठाना उस जैसी ही कोमल काया वाली प्राची के बस का नहीं था। प्राची बुरी तरह घबरा गई, अपनी मित्र की यह दशा और अपनी मजबूरी पर उसे रोना आ रहा था। नन्दनी अर्द्धमूर्छित अवस्था में थी। प्राची दोष भावना से ग्रसित किसी अनजान की मदद की चाह में सामने सड़क का निहार रही थी। मौसम भी क्रोध में था, काली घटा छा गई, लग रहा था काले बादल फट कर बरसेंगे। प्राची का पूरा शरीर भय और घबराहट के कारण कांप रहा था। सच्चे हृदय से ईश्वर को याद करने से अवश्य समस्या का हल निकल आता है। प्राची ने देखा सामने से एक लम्बी गाड़ी आ रही थी। इस गाड़ी को गांव का बच्चा–बच्चा पहचानता था। यह गाड़ी ठाकुर खानदान के इकलौते चिराग मानव ठाकुर की थी। शायद वह शहर जा रहा था। ड्राइवर विक्रान्त की गाड़ी के साथ कचहरी गया था इसी कारण वह गाड़ी स्वयं चला रहा था। उसकी नज़र सामने सड़क पर खड़ी बदहवास प्राची पर पड़ी, कुछ दूर जा उसने गाड़ी बैक गेयर में डाली और उसके पास रोक दी। प्राची के गले से आवाज ही नहीं निकल पाई मदद के लिए।

किनारे पगडंडी पर उसने दूसरी लड़की को पड़े देखा। एक झटके से लगभग कूद कर वह गाड़ी के बाहर आया।

"क्या हो गया इन्हे?"

"म..... मालूम नहीं, एकाएक बेहोश हो गई कुछ बोलती ही नहीं।"

बमुश्किल वह इतना ही बोल पाई थी।

"अरे, इन्हें तो तेज बुखार है।" मानव नन्दनी के माथे को छूकर बोला।

"क्या करूं मेरी कुछ समझ में नहीं आ रहा।"

"आप परेशान न हों, मैं कुछ करता हूं।" मानव नन्दनी का सिर अपनी गोद में लेता हुआ बोला।

"क्या करिऐगा?" प्राची घबराई सी कभी मानव को और कभी नन्दनी को देख रही थी।

"आप मेरी मदद करिये इन्हें गाड़ी तक ले जाने में।"

उन दोनों ने नन्दनी को उठाया और कार में पिछली सीट पर लिटा दिया। नन्दनी का सिर अब प्राची की गोद में था।

नन्दनी को गोद में उठाते समय एक रोमांच सा हुआ मानव ठाकुर को कुछ ऐसा जैसे पहले कभी नहीं हुआ था। यह कैसा एहसास था। इस सुन्दर–सुखद् अनुभव से वह अभी

तक अछूता ही था। कालेज में कई सुन्दर लड़कियां उसके इर्द–गिर्द मंडराती रहीं परन्तु ऐसा कुछ, कभी उसने महसूस नहीं किया जैसा कि एक मामूली गांव की बीमार बेहोश लड़की के स्पर्श से हुआ था। गोद में उठाते समय समय मानव के हृदय ने एक बारगी नन्दनी को चूमना चाहा भले ही वह उसका जलता माथा ही हो। क्या हो गया था उसे। वह मनुष्य ही क्या जो अपनी भावनाओं को नियंत्रित न कर सके। क्या अन्तर रह जायेगा एक जानवर और इंसान में। यह इंद्रियों को वश में रखने का मंत्र उसे नित्य गीता के पाठ से मिला था।

डाक्टर ने नन्दनी का पूरा चेकअप किया। रक्त परीक्षण के लिए भी भेजा। ठंड, बुखार अत्यधिक कमजोरी ही उसकी बेहोशी का कारण थी। कुछ दवाएं और टानिक लिख कर मानव को पर्चा पकड़ा दिया था।

नन्दनी होश में थी, परंतु ठंड से अब कांप रही थी। मानव ठाकुर ने दवा लेने से पहले एक गर्म शाल खरीद कर उढ़ा दिया उसे। उस शाल के ऊन में गर्मी हो या न हो मानव की भावना और स्पर्श की गर्मी से उसकी ठंड कम अवश्य हुई। दवाएं, टानिक और कुछ फल भी उसने खरीद कर गाड़ी में रखे थे। यह सब दोनों सहेलियां मौन रहकर देख रही थीं। उनमें से किसी को इतना साहस नहीं था कि यह सब करने से मानव को रोक सके। अक्सर जीवन में ऐसे क्षण आते हैं जब व्यक्ति चाह कर भी सामने वाले को कुछ करने से रोक नहीं पाता, शायद यह सामने वाले के नेक दिल और उसकी भावना के कारण होता हो।

नन्दनी के घर नन्दनी और प्राची को छोड़ने के पश्चात वह शहर नहीं गया था। घर आकर सीधा अपने कमरे में चला गया। सिर दर्द का बहाना लेकर एकान्त चहाता था। देर रात तक वह कमरे में ही लेटा रहा, उसके दिलों–दिमाग से नन्दनी की वह मोहनी सूरत हटने का नाम नहीं ले रही थी। उसका स्पर्श बराबर उसे महसूस हो रहा था। एक विचित्र से सुख का अनुभव हो रहा था। पल भर को भी इस सुख से मानव वंचित नहीं होना चाहता था। यह मूरत तो ऐसे बस गई थी उसके मन में, आंखों में जैसे किसी भक्त के मन–मंदिर में उसके अपने इष्ट देव की मूरत। ऐसा क्या देख लिया उसने उस साधारण लड़की में यह उसकी अपनी समझ के परे था। रात माँ आई थी, खाने पर बुलाने। वह यह कहकर कि आप चलिए मै आता हूँ, नहीं गया। तन्हाई में साथ देने वाली उस हृदय में बसी मूरत के अहसास को छोड़ भीड़ में।

माँ दोबारा खाने की थाली लेकर ही आई थी। माँ की आज्ञा मान उसने खाना खा लिया परन्तु उसे पता नहीं चला कि उसका प्रथम निवाला कौन सा था और अंतिम कौन। खाने में क्या था वह यह भी नहीं जान पाया।

कई दिन लग गये नन्दनी को ठीक होने में। इस बीच हेड मास्टर के घर जाने के लिए

साहस जुटाता रहा वह। आखिरकार सफल हुआ। नन्दनी के स्वास्थ्य को देख उसे सुकून मिला। नन्दनी के परिवार से जो आदर–सत्कार प्यार उसे मिला उसके कारण वह अपने आप खीज रहा था, खिसिया रहा था कि वह पहले क्यों यहां नही आया, क्यों संकोच करता रहा।

उसके बेचैन दिल को एक अजीब सा सुख मिला नन्दनी को सामने प्रसन्न देख। अचानक उसे भूख लग आई थी। अपने समक्ष रखे गये भोज्य पदार्थ को वह खाता रहा। उस घर के तो भाग्य ही खुल गये थे। ठाकुर राय बहादुर का पोता विलायत पास सर्वगुण सम्पन्न उसके द्वारा रखे गये नाश्ते को ऐसे खा रहा था, जैसे कोई गरीब दिन का भूखा ब्राह्मण खाता हैं।

मानव राय बहादुर का पोता और ठाकुर शमशेर सिंह का बेटा होने के कारण नहीं वह अपने कर्मों सतकर्मों के कारण ही प्रिय था। लोग मन–ही मन

उस युवक की इज्जत करते थे, पूजा करते थे। घर लौटकर आने पर मां को उसे देख खुशी मिली थी। यह न जानकर भी वह खुश थी कि बेटा कहां गया था जहां से लौटकर आने पर वह पहले जैसा हो गया था। ना ही वह जानना चाहती थी। बेटे की आंखो की यह चमक चेहरे की खुशी हमेशा बरकारार रहे, यही प्रार्थना की थी उसने ईश्वर से।

दो दिन बीत गये। तीसरे दिन वह अपने आपको अपने कदमों को नही रोक पाया, मास्टर दीनानाथ के घर की चौखट पर पहुँच कुंडी खटखटा ही दी थी। दरवाजा खुला, सामने नन्दनी खड़ी थी। मानव उसे और वह मानव को देख रहे थे। कुछ पल पश्चात उसने चौंक कर नमस्ते के लिए हाथ जोड़ दिये थे।

"कैसी हो?" जाने कैसे वह बोला।

"अच्छी हूं।" छोटे से प्रश्न का छोटा सा उत्तर मिला था।

"बिल्कुल?"

"हां।" और भी संक्षिप्त उत्तर।

"किसी प्रकार की तकलीफ कमजोरी आदि तो नहीं?" मानव ने पूछा

"नही"

"फिट हो?" आंखो में आंखे डाल पास आकर पूछा।

"हां, कल से कालेज भी जाऊंगी।"

"अच्छा, वेरी गुड।" यही एक वाक्य ही तो उसे पूरे वार्तालाप में अच्छा लगा था।

नन्दनी से मिलकर ही वह लौट आया था। नन्दनी ने, माँ से मिलकर, जाने का आग्रह भी किया था, पर वह आग्रह को ठुकरा आया था एक मुस्कराहट के साथ। पढ़ाई और परीक्षा पास होने के कारण नन्दनी को मानव के बारे में अधिक सोचने का समय ही नहीं

मिला था। परन्तु उसे भी कुछ–कुछ हुआ था मानव से मिलकर।

किताब पढ़ते–पढ़ते अचानक किसी पृष्ठ पर मानव का चेहरा उभर कर सामने आ जाता।

इतना परिश्रम तो उसे किसी परीक्षा में नही करना पड़ा। किसी भी कार्य में अपने आप को एकाग्र करना ही सबसे कठिन होता विशेषकर पढ़ाई में। उसकी एकाग्रता को अनजाने ही मानव भंग करता जा रहा था।

कालेज जाते समय जब दोनों सहेलियां गांव से लगी सड़क पर आई तो उन्हें मानव की गाड़ी दिखी। प्राची को गाड़ी देख प्रसन्नता हुई परन्तु अचानक नन्दनी के दिल की धड़कन तेज हो गयी।

"आइये आप लोगों को छोड़ दूं।" इतना कहते ही उसने पिछली सीट का दरवाजा खोल दिया। खामोशी के साथ दोनों सहेलियां पिछली सीट पर जा बैठी। कुछ दिन तक यह कालेज छोड़ने का क्रम चला। अचानक मानव का शहर जाने और शहर से लौटने का यही समय हो गया जो उसके कालेज जाने और लौटने का था। मानव के भाग्य से एक दिन वह भी आया जब किसी कारण प्राची कालेज नहीं गई। नन्दनी अकेली ही घर से कालेज के लिए निकली, वह परेशान थी अपने हृदय की धड़कन से, मस्तिष्क में उठते भिन्न–भिन्न प्रकार के विचारों से। ईश्वर से मना रही थी मानव आज न मिले। हृदय चाह रहा था काश! मानव नित्य की भांति आज भी उसका इन्तजार करता मिले। मानव की दूर खड़ी गाड़ी को देख उसके कदम दोहरी मानसिकता के साथ उठ रहे थे वह गाड़ी में बैठे या नहीं, उसके साथ अकेले जाना उचित है या अनुचित। समाज का भय लोक–लाज जिसे अनुचित ठहरा रहे थे। उसी के लिए हृदय बेचैन था। बेकाबू था।

"आइये।" आग्रह के साथ दरवाजा खोला गया था।

"नहीं, मैं चली जाऊँगी।" मुश्किल से बोला गया वाक्य।

"क्यों, सहेली नहीं है साथ में, डर लगता है, लोग क्या कहेंगे, लोग क्या सोचेंगे। यही सब सोच रही हैं ना।"

"जी.....!"

"मैं खा नही जाऊंगा, आइये बैठिये।" एक विचित्र सा आदेश था। नन्दनी बिना एक शब्द बोले गाड़ी में जा बैठी। सामने लगे शीशे को थोड़ा इधर–उधर किया मानव ने और गाड़ी स्टार्ट कर दी। काफी देर तक दोनों खमोश थे। गाड़ी की रफ्तार धीमी थी आज।

"यह खामोशी तोड़ने का क्या लेंगी आप?" आखिर मानव ही बोला।

"जी.... आज आप गाड़ी बहुत धीमी चला रहे है।" नन्दनी ने प्रश्न किया।

"जी हां, कुछ कहना चाहता हूँ आपसे।"

"कहिये, मै सुन रही हूँ।"

"आई लव यू, मैं तुमसे प्यार करता हूँ।"

मानव एक झटके से बोल गया। सामने लगे शीशे मे नन्दनी का चेहरा देख रहा था। चेहरे पर क्रोध के भाव नहीं थे। परेशानी की कुछ लकीरें उसे अवश्य नज़र आई थीं।

"जी।"

"हां, मै तुमसे प्यार करता हूं। यदि तुम्हें एतराज न हो तो मैं तुमसे शादी करना चाहता हूँ।"

नन्दनी चुप थी, क्या बोलती, गांव की सीधी सादी मध्यमवर्गीय लड़की। कालेज आ गया, नन्दनी मौन रही थी पूरे रास्ते। दो दिन मानव उसे कालेज जाने के समय नही मिला। वह छटपटाई थी मन ही मन, पढ़ाई में भी उसका मन नहीं लगा, कालेज भी देर से पहुंचती थी। रास्ते भर पीछे मुड़ कर देखती रही थी। एक अजीब सी बेचैनी थी उसे। कैसा होता है यह प्यार जिसके सुखद रूप के साथ—साथ भयानक अंत भी सामने होता है। पर प्यार में इस अंत की कोई अहमियत नहीं होती। भाई—बहन, मां —बाप, घर—परिवार, समाज सारी दुनिया बौनी दिखती है, तुच्छ नज़र आती है। मोह माया सब समाप्त हो जाता है। ऐसा ही तो ईश्वर के प्रेम में डूबे भक्त के साथ होता है। यही प्रेम गीता में कहे गये उन वाक्य को सार्थक कर देता है। माया—मोह को त्याग अपने आराध्य के प्रेम में डूब जाता है इंसान। धीरे—धीरे मानव और नन्दनी के प्यार की बातें ठाकुर के कानों तक भी पहुंची। एक दिन ठाकुर ने मानव को बुला कर पूछ ही लिया।

"मानव।"

"जी पिता जी।" समझ तो वह गया कि पिता के दरबार में उसकी पेशी अकारण क्यों हुई है।

"सुना है तुम पं० दीनानाथ की बेटी से प्यार करते हो।"

"जी।" पूरी तैयारी के पश्चात् भी वह घबरा गया।

"शादी करना चाहते हो।" पिता ने भी सीधा प्रश्न किया था।

"जी हां।"

"क्यों?

"प्यार करता हूं। पसन्द करता हूं।"

"ऐसी अप्सरा तो नही है नन्दनी।"

"पसन्द आने और प्यार के लिए अप्सरा या गंधर्व होना आवश्यक तो नहीं।"

"इससे कहीं सुन्दर कन्याएं ठाकुरों की, अपनी जाति—बिरादरी में मिलेंगी।"

"मालूम है। परंतु यह जरूरी नहीं कि वह मुझे सुन्दर लगें, मैं उन्हें पसन्द करूं, प्यार करने लगूं।"

"देखने में क्या हर्ज है।"

"बाजार से कोई वस्तु तो लानी नहीं कि खोज कर अच्छी से अच्छी लाऊ।"

"फिर।"

"फिर क्या, यही कि हम दोनों एक दूसरे को पसन्द करते हैं और भटकना नहीं चाहते, किसी और के लिए सोचना भी नहीं चाहते।"

"पंडित जी राजी हो जायेंगे?"

"मालूम नही।"

"क्यो नही मालूम?"

"जब मुझे अपने पिता के विचार नहीं मालूम तो मास्टर साहब के विचारों से कैसे अवगत हो सकता हूं। पहले आपकी अनुमति मिले तब उनके लिए सोचूं।

"हम ठाकुर है वह उच्चकुलीन ब्राह्मण की कन्या हमारे कुल में कैसे आ सकती है। पंडित जी कभी राजी नही होंगे।"

"यह सब हम लोगों ने नहीं सोचा था।"

"क्यों?"

"प्यार सोच समझ कर नहीं होता। सोच समझकर दर्शाया गया प्रेम, प्रेम नही वासना होती है।" मानव को खुद विश्वास नहीं हो रहा था कि वह पिता के सामने इतना सब बेबाक कैसे बोल रहा है।

ठाकुर को उसका यह वाक्य अंदर तक टीस पहुंचा गया। न जाने कितनी रूप रहित औरतों के रूप का उन्होंने सराहा था। जाने किस किस के समक्ष अपने प्रमे का प्रदर्शन किया था। रात के अंधकार में खाई गई कसमें दिन के उजाले में वह कभी याद नहीं रख पाये थे। सोच –समझकर प्रेम, विवाह के पश्चात होता है, विवाह से पहले नहीं। लौटे कर ठाकुराइन के ही पल्लू में पनाह ली थी ठाकुर शमशेर सिंह ने।

ठाकुर का खुद चल कर मास्टर के घर जाना चर्चा का विषय बन गया था।

"आइये, पधारिये ठाकुर साहब।" ठाकुर को अपने घर की दहलीज पर खड़ा देख हड़बड़ाये मास्टर को समझ नहीं आ रहा था कि ठाकुर को कहां बिठाये। ठाकुर स्वयं एक कुर्सी खींच कर बैठ गये। मास्टर की मन:स्थिति को भांप कर।

"पंडित जी आपसे एक आग्रह करने आया हूं।" ठाकुर अपने स्वभाव के विपरीत ही सभी को लग रहे थे।

"आज्ञा करिये ठाकुर साहब, आग्रह शब्द का प्रयोग कर मुझे शर्मिंदा क्यों कर रहे हैं।" सरल, सौम्य दीनानाथ जी बोले।

"आपको शायद यह बात पता हो कि मानव और नन्दनी एक—दूसरे से प्रेम करते हैं। वह दोनों विवाह करना चाहते हैं। हम बड़ों का अशीर्वाद चाहते हैं। रजामन्दी चाहते हैं।"

"जी।"

"तो क्या सोचा है आपने। मेरी ओर से तो दोनों को अशीर्वाद और आज्ञा है इस विवाह की। आप बतायें, आप उच्च कुल के ब्राह्मण हैं।"

"मैं क्या बताऊं।"

"आप कन्या के पिता हैं आपका निर्णय ही अंतिम होगा।"

"मैं नन्दनी से बहुत प्यार करता हूं।"

"तब तो नन्दनी के सुख में आप का सुख निहित होगा।"

"हां, बेशक।"

"नन्दनी का सुख तो मेरे बेटे मानव में है।"

"परन्तु.....।"

"परन्तु क्या?"

"ठाकुर साहब आप अपने आप को मेरी स्थिति में रखकर सोचिए, फिर बातइये।"

"देखो पंडित, आज ठाकुर शमशेर सिंह यदि आपके स्थान पर होता तो बिना किसी ना—नुकुर के इस विवाह के लिए अपनी सहमति ही नहीं धूमधाम से विवाह भी करता। हां, पहले वाले शमशेर सिंह के बारे में मैं अब कुछ नहीं कहना चाहता। कोई टिप्पणी नहीं करना चाहता।" ठाकुर की बातों का आशय क्या था पंडित दीनानाथ भली प्रकार समझ रहे थे।

"आप क्या चाहते हैं? आपका क्या आदेश?"

"सब ठीक, बस यह ब्रह्ममण और ठाकुर का भेद है।"

"सच पूछा जाये तो यह भेद कोई भेद नहीं। किसी युग में कन्या को पूरा अधिकार था अपने पति को चुनने का, तभी तो स्वयंवर की प्रथा थी। कन्या की उम्र जब सोलह से अधिक हो जाये तो न जन्म पत्र की आवश्यकता पड़ती है और न ही पिता को अधिकार रहता है उसका वर ढूंढकर विवाह करने का। कन्या अपनी मर्जी से किसी का भी वरण कर सकती है। पिता को यह हक कन्या के रजस्वला होने से पहले तक ही रहता है।

"फिर पंडित जी?" ठाकुर ने प्रश्न किया।

"मानव तो देवता है, इन्सान के रूप में किसी महापुरूष का अवतार है।"

"अब मानव आपकी निगाह में क्या है यह मै नहीं जानता। हां जिस प्रकार नन्दनी उसे और वह नन्दनी से प्यार करते हैं अवश्य एक दूसरे की निगाह में देवी—देवता ही होंगे।"

इसी बात पर मुंह तो मीठा कराइये दीनानाथ जी।" ठाकुर जी ने ही मिष्ठान की मांग की।

दहेज गरीब मास्टर क्या देता और ठाकुर किस वस्तु की मांग करते जो उनके पास नही थी।

दहेज विहीन विवाह करने के लिए भी मास्टर को अपने फंड का सारा पैसा निकालना पड़ा था। एक खेत भी गिरवी रखा था उन्होने। ठाकुर के यहां कन्या ब्याह रहे थे। ठाकुर से ही क्या उधार लेते।?

विवाह में मास्टर ने अपनी हैसियत से अधिक खर्च किया था। खुद्दार, स्वाभिमानी मास्टर से यह कहने में ठाकुर असमर्थ थे कि विवाह के खर्च का पैसा वह उनसे ले लें।

बहू—भोज में ठाकुर शमशेर सिंह ने पैसा पानी की भांति बहाया था।

सोने की मूठों वाली कुर्सी पर नन्दनी और मानव बैठाये गये थे। नन्दनी के लहंगे में सैकड़ो अशर्फिया जड़ी थी। शहर से सजाने वाली, मेंहदी वाली औरतें आई थीं। फोटोग्राफरों की भीड़ लगी थी।

हवेली की सजावट के लिए भी शहर से लोग आये थे। गरीबों को बहू के हाथों से ठाकुर ने कम्बल और साड़ियां बटवाई थीं। दूर—दूर के गांव से लोग आये थे। इस बहू—भोज पर सभी जाति पांति, ऊंच—नीच, धनी—निर्धन के भेद भाव को मिटाकर बुलाये गये थे और आये भी थे।

उस प्रीति—भोज में नही कोई पंडित था न ही हरिजन, सभी मानव के, ठाकुर के, हवेली के मेहमान थे। सभी कन्या और वर को आशीर्वाद देने आये थे। अतिथि देवो भव, अतिथि देव तुल्य होता है ऐसा ही मंजर था हवेली में। सभी प्रसन्न थे। उन्हें अपने लाडले की आंखो में तैरती खुशी साफ दिख रही थी। इतनी साफ शायद ही मां के अलावा और देख पा रहे थे।

ठाकुर की इच्छा थी दोनों हनीमून के लिए लंदन जायें। नन्दनी के लिए तो लंदन का सपना था। परंतु वह गई थी पति के साथ। इसके पहले वह आठ—दस बार अपनी याद में शहर अवश्य गई थी। बुद्धिमान से बुद्धिमान व्यक्ति भी भाग्य को जानने में असमर्थ ही रहता है।

लंदन से लौटने पर बेटे—बहू का भव्य स्वागत हुआ। नंगे पैर खेत खलिहानों में दौड़ने वाली नन्दनी के पांव के नीचे मखमली कालीन थी।

समय जैसे पंख लगाकर उड़ा जा रहा था। शायद सुख का पहिया दुख के पहिये से कहीं तीव्र गति से घूमता है। नन्दनी के पांव हवेली के लिए अतिशुभ थे संझली और छोटी ने एक—एक बेटा जना। संझले और मझले दोनों बड़े भाई की भांति घर बैठने लगे थे। एक बहू चार सांसे। चारों उसे पलकों पर बिठाना चाहती थीं।

मानव कई माह पश्चात शहर गया था अकेला, नन्दनी की तबियत ठीक नहीं थी। विवाह के पश्चात जहां भी, जब भी , कहीं भी वह गया सदैव पत्नी के साथ ही गया था। सात फेरों का वचन निभाया था उसने। यह प्रथम अवसर था जब वह बिना पत्नी के शहर गया था।

नन्दनी का हृदय आज कुछ अधिक ही विचलित था।   परेशान था। यह परेशानी पति—विछोह की कदापि नहीं थी। किसी अप्रिय घटना के घटित होने से पहले जैसे हृदय में घबराहट होती है, बेचैनी होती वैसा ही कुछ अनुभव कर रही थी नन्दनी। हिन्दुओं के तैंतीस करोड़ देवताओं को याद कर प्रार्थना कर रही थी वह कि सब ठीक हो। परन्तु मन के पाप से मुक्त नहीं हो पा रही थी।

"मां जी, मेरा जी बहुत घबरा रहा है। कुछ अनहोनी होने वाली है ऐसा लग रहा है।" आखिरकार उसने ठकुराइन से अपने मन की बात कह डाली थी।

"तुम्हारी तबियत ठीक नहीं है इसलिए तुम्हें ऐसा लग रहा है।" मां ने उसे समझाने का प्रयास किया।

नन्दनी फूट—फूट कर रोने लगी थी। उसके हाथ पैर ठंडे होने लगे, नन्दनी की ऐसी हालत देख ठकुराइन भाग कर ठाकुर के पास आई।

"वह बहुत पेरशान है। घबरा रही है। रो रही है। देखिये उसे क्या हो गया।"

"चलो देखता हूं" इतना कह ठाकुर उठ गय।

पिता समान ससुर को अपने समक्ष पा वह फूट पड़ी अपने सिर पर ससुर के हाथ का स्पर्श करते ही ही वह उनकी मजबूत चौड़ी छाती से लग गई थी।

"बाबू जी मुझे बहुत डर लग रहा है। लग रहा जैसे सब समाप्त होने वाला है।"

"ऐसा नहीं सोचते। कुछ नहीं होगा। सब ठीक होगा, अच्छा होगा।

"नहीं बाबू जी, कुछ अनहोनी होने वाली है, ऐसा क्यों लग रहा है मुझे?"

"अनहोनी जैसा तो कुछ होता ही नहीं, संसार में वही सब घटित होता है जो पहले भी घटित हो चुका होता है, किसी न किसी के साथ। ऐसा कुछ हो नहीं सकता जिसे हम अनहोनी कहें, हां, उसका पूर्वाभास नहीं होता, बस।"

ठाकुर की बातों के गूढ़ रहस्य को वह कतई नहीं समझ पाई थी इस समय की मनःस्थिति में, परंतु उसने गर्दन हिलाकर उनका समर्थन अवश्य कर दिया था।

शाम चार बजे के करीब मानव की गाड़ी ने पोर्टिको में प्रवेश किया नन्दनी बदहवास अपने कमरे से निकल बालकनी में आ गयी थी गाड़ी के हार्न की आवाज को पहचान कर। मानव पिछली सीट पर अर्द्धमूच्छिर्त सा पड़ा था। परिवार के सभी सदस्य गाड़ी को घेर कर खड़े हो गये थे। बाप ने बेटे को सहारा दे नीचे उतारा। आनन—फानन में डाक्टर भी आ गया। दो दिन दो रातों के अथक प्रयास और सेवा से उसकी हालत में कुछ सुधार हुआ था। परिवार के सदस्य निश्चिन्त हुए थे।

नन्दनी का हृदय अभी भी शान्त नहीं था। सभी उसे समझाते वह समझने का प्रयास भी करती परन्तु उसकी अन्तरात्मा को शांति नहीं मिल रही थी। वह क्या करती, मजबूर थी।

दो रातों से जगा परिवार आराम की नींद ले रहा था। भोर के चार बजे थे। नन्दनी अपने धर्म पिता के शयनकक्ष दरवाजा लगातार पीट रही थी।

"क्या है बेटी?" ठाकुर ने दरवाजा खोला, सामने बदहवास नन्दनी से पूछा।

"बाबू जी वह बोल नहीं रहे, अचेत से पड़े हैं।"

"क्या?"

"मुझे बहुत डर लग रहा है।"

"चलो।" कमरे में आ मानव की दशा देख एक कारिन्दे को डाक्टर लाने को भेजा।

डाक्टर आया, नाड़ी देखी, रक्तचाप देखा। डाक्टर के चेहरे पर आये घबराहट के भाव ठाकुर ने पढ़ लिये थे।

मिन्टों में सभी कुछ समाप्त हो चुका था। हवेली में कोहराम सा मच गया था। सभी अपने—अपने तरीके सो रो रहे थे, चिल्ला रहे थे। नन्दनी खामोश थी, एकदम मौन। चुप। उसके चेहरे के भाव ऐसे थे जिन्हें पढ़ना किसी के लिए सम्भव नहीं था।

सुबह के आठ बजते—बजते मृत शरीर को शमशान ले जाने की पूरी तैयारी हो चुकी थी। चार कांधे अर्थी उठाने के लिए। चारों घर में ही थे। अचानक आज चारों भाइयों के मजबूत कांधो की शक्ति क्षीण हो गई थी। फिर भी वह अपने प्रिय अपने जिगर के टुकडे के उठाये थे। राम का नाम ही सत्य है, बाकी सब मिथ्या है, ऐसा वातावरण था। ऐसा दारूण दृश्य ईश्वर किसी बैरी को भी न दिखाये, यही वाक्य प्रत्येक की जबान पर था।

शमशान घाट पर इससे पहले इतनी भीड़ कभी किसी ने नहीं देखी थी। यह मानव का अपना ही व्यक्तित्व था, जिसने उसके पिता के पापों को पवित्र गंगा जल से जैसे धो दिया हो। किसी को कुछ याद नहीं था। जो कुछ भी यादें थीं वह मानव की मानवता की थी। साथ ही ठाकुर के बदले रूप की।

बाप ने ही बेटे को मुखाग्नि दी थी। विक्रान्त ने लाख मना किया "दादा आप रहने दें,

क्रिया पर मैं बैठ जाऊंगा। आपकी तबियत बिगड़ जायेगी। परन्तु बड़े ठाकुर ने छोटे की एक न मानी थी। संसार के सबसे बड़े दुख को वह स्वयं झेलना चाहते थे। क्या था उनके मन में यह कोई नहीं जानता था।

अचानक जलती चिता का एक हिस्सा एक आवाज के साथ बुझ गया था।

"अरे, यह तो जीवित था, शमशान का डोम चिल्लाया।"

"शरीर में प्राण बाकी थे, यह क्या हो गया।"

किसी की आवाज ने सभी को चौंका दिया था। शरीर से निकले रक्त को देख सभी अचंभित थे।

कैसा डाक्टर था जिसने जीवित इन्सान को मृत घोषित कर दिया था।

चारों तरफ हाय—हाय मची थी। किसी को किसी की कोई खबर नही थी। चिता के शांत होने पर जब सबको होश आया तो बड़े ठाकुर गायब थे। सुबह से शाम। शाम से रात। रात से फिर सुबह। दिन, सप्ताह, महीने, वर्ष बीत गये। शमशान घाट के पश्चात किसी ने कभी बड़े ठाकुर को नहीं देखा था।

सभी ने यही संतोष कर लिया कि पुत्र शोक में ठाकुर साहब ने आत्महत्या कर ली। ठकुराइन का मन अवश्य इस बात को मानने से इन्कार करता रहा।

आज मूर्ख, जाहिल डोम की बातों से उनकी आंखो के समक्ष सब कुछ वैसा का वैसा घूम गया था। सन्यासी ने निर्णय ले ही लिया घर वापिस जाने का वह सोच रहा था क्या ठाकुराइन उसके बिना अब तक जीवित होगी। यदि जीवित होगी तो कैसी होगी। कितने दिन सुख दिया था उसने अपनी पत्नी को। नन्दनी कहां होगी, किस हाल में होगी, कहीं मानव दुख में उसने भी अपने आपको समाप्त तो नहीं कर लिया होगा। कैसे करेगा वह उन दोनों का सामना। "हां—हां, मुझे सब मालूम है।" जिसका यही तकिया कलाम हो, वही यह भी नहीं मालूम कर पाया कि उसका बेटा जिन्दा था। उसी ने तो जल्दबाजी की थी मिट्टी उठाने की। नन्दनी को कैसे छुड़ाया था उसने मानव के मृत समझे जाने वाले शरीर से वह कैसे तड़प कर बोली थी।

"बाबू जी ये जीवित हैं यह मर नहीं सकते। मानव जिंदा है। बाबू जी इन्हें मत ले जाइये।"

चलते—चलते जहां कहीं जब भी वह थक जाता विश्राम करने के लिए रूक जाता। अब वह मंजिल विहीन नहीं था, दिशा विहीन नहीं था।

एक शाम चलते—चलते अचानक उसकी तबियत बिगड़ गई। ठंड लग कर तेज ज्वर चढ़ आया था। शरीर टूट रहा था। चार कदम चलना भी उसके लिए मुश्किल हो गया था। नीचे तराई में एक आश्रम था जिसका संचालन एक तीस— पैंतीस वर्ष की स्त्री करती थी।

बूढ़े–जवान सभी उसे मां कहते थे।

सन्यासी को कुछ गांव वाले एक खाट में लिटा कर आश्रम छोड़ गये थे। आश्रम के डाक्टर के सात दिनों के इलाज के पश्चात सन्यासी ठीक हुआ था। तबियत में सुधार के साथ ही ताकत भी आई थी शरीर में।

आश्रम का वातावरण पवित्र और शांत था। वह आश्रम नहीं मंदिर लगता था। एक ऐसा मंदिर जिसमें ईश्वर का साक्षात वास हो। इस आश्रम में किसी भी देवी–देवता की मूर्ति नहीं थी। सभी को छूट थी अपने इष्टदेव का स्मरण कर साधन करने की। बड़े–बड़े हाल थे जिसमें घण्टों नर–नारी बैठकर योग साधना करते थे। कइयों की आंखों से अविरल अश्रु बहते रहते थे। शरीर रोमांचित हो उठता था साधना के समय। समय का पालन और नियम का पालन ही आवश्यक था यहां।

स्वस्थ होने के पश्चात सन्यासी ने आश्रम से विदा लेनी चाही। आश्रम के नियमानुसार उसे आज 'माँ' के दर्शन करने थे। स्थान छोड़ने से पहले अपना परिचय देना था।

सन्यासी को उस कक्ष में लाया गया जहां वह ध्यान लगाये प्राणायाम की मुद्रा में बैठी थीं। इसी मुद्रा में वह घण्टों बैठी रहतीं। उसकी बड़ी–बड़ी आंखें बन्द थी। गौर मुख मण्डल पर तेज फूटा पड़ रहा था। सन्यासी फटी–फटी आंखों से एकटक उस आश्रम की संचालिका को देख रहा था। क्या करे, क्या न करे, उसकी कुछ समझ में नही आ रहा था। कितना छोटा हो गया था वह। लगा जैसे पृथ्वी में समा जायेगा, धंस जायेगा। परंतु कुछ नहीं हुआ। अचानक वह कक्ष से बाहर जाने लगा, तभी साथ आये कार्यक्रर्ता ने उसका हाथ पकड़ कर रूकने का इशारा किया। न चाहकर भी उसे रूकना पड़ा। कार्यकर्ता ने उससे फुसफुसा कर कहा– "मां का आशीर्वाद लेकर जाना जीवन सफल हो जायेगा।"

सन्यासी सोच रहा था उसका बस चलेगा तो वह आशीर्वाद के साथ मां को भी ले जायेगा। उसका जीवन तो तभी सफल हो पायेगा जब सामने आंखें बन्द किये बैठी यह आश्रमवासियों की मां उसके साथ जायेगी।

करीब एक घन्टे पश्चात उसकी साधना समाप्त हुई। धीरे–धीरे उनकी बन्द आंखे खुली थीं ठीक वैसे ही जैसे आपरेशन के पश्चात डाक्टर मरीज से आंखो की पट्टी खोलने पर कहता है।

अचानक उन आधी खुलने वाली आंखो ने पूरा आकार ले लिया। उस जटाधारी, लम्बी रेशम जैसी दाढ़ी में भी उन्होंने उस सन्यासी को पहचान लिया था। मन की बात पहचानने वाली मां किसी चिर–परिचित शरीर को कैसे न पहचान पाती। बड़ी ही विचित्र परिस्थिति थी दोनों की। क्या करें, क्या कहें, यह दुविधा दोनों को थी जो कुछ करना था 'मां' को ही करना था। सांसारिक सुखों से, माया मोह से दूर रहने वाली तपस्विनी कही जाने वाली

उपदेशिका की मनःस्थिति को समझना किसी भी मनो वैज्ञानिक के बस का नहीं था।

अचानक वह आसन छोड़ नीचे सन्यासी के पास आ गई। सन्यासी अभी भी वैसे ही उसे देख रहा था। कक्ष में दोनों अकेले थे। सन्यासी के चरणों का स्पर्श करने को झुकी। सन्यासी ने अपने चरण छूने से पहले ही उसे अपनी कमजोर चौड़ी छाती से लगा लिया। वर्षों की तपस्या, मोह माया से दूर रहने वाले यह दो प्राणी फफक कर रो पड़े। कितना कठिन है अपनों से दूर जाना। संसार के सांसारिक बन्धनों से दूर जाना। मोह–माया, रिश्तों से अपने आपको अलग करना।

आश्रम छोड़ना सन्यासी के लिए अब असम्भव था। उसने मन ही मन यह फैसला कर लिया यदि जायेंगे तो दोनो जायेंगे वरना अपने बचे जीवन की सांसे यही लेगा, आखिरी सांस तक वह यहीं रहेगा।

आश्रम में रात्रि होने तक थोड़ी–थोड़ी खुसर–फुसर शुरू हो चुकी थी। कारण जिस समय जिस घड़ी से वह मां के कक्ष में गया, न तो मां ही बाहर आई और न ही सन्यासी।

ठाकुर के आग्रह पर ही उसने अपनी आप बीती सुनाई।

"मानव की मृत्यु के पश्चात" उसकी बात पूरी क्या, शुरू ही हुई थी कि वह चीख पड़ा था "मानव मरा नहीं था, उसे मैंने जिन्दा ही जला दिया था। मैं हत्यारा हूं। अपने एक मात्र निर्दोष पुत्र का हत्यारा। संसार में ऐसा अभागा पिता भी होगा कहीं कोई।"

"जो–जो जब–जब होना होता है वही होता है। मानव की मृत्यु यूं ही लिखी थी, निमित्त आप को बनना था, सो बन गये।"

"नही बेटी।"

"हां, बाबूजी, भाग्य के लिखे को कोई नहीं मिटा सकता। भगवान राम ने भी मनुष्य रूप धारण किया, विधाता ने उनका भी भाग्य रचा, सीता मां का भी। वही सब हुआ जो लिखा था उनके भाग्य में।"

मानव के संसार त्यागने के ६ माह पश्चात उसने एक सुन्दर स्वस्थ बच्चे को जन्म दिया। बच्चे का मुंह देख ठकुराइन ने कहा था कि उनका बेटा वापस आ गया, हू–ब–हू ऐसा था मानव जन्म के समय, किंचित मात्र अंतर नहीं था। चौड़ा गोल माथा, काले घने बाल, माथे पर बाई तरफ ऐसा ही जन्म के समय काला बड़ा सा तिल था वैसे लम्बे नाखून थे हाथों और पैरों की उंगलियों के। ठकुराइन बावरी सी सभी को पकड़–पकड़ कर कह रही थी। मेरा बेटा वापस आ गया। मेरी बहू ने मुझे मेरी औलाद दे दी। मानव ६ माह बाद वापस आ गया। देखो मझली तुम्हें तो याद होगा।" मानव का बेटा पाकर जैसे दूसरा जन्म हुआ हो ठकुराइन का। दिन–रात वह उसे अपने पास ही रखती थीं। यदि ईश्वर की कृपा उन पर हो जाती और उनकी सूखी छातियाँ में दूध उतर आता तो स्तन पान के लिए भी

नन्दनी के पास वह शिशु न जाता। नन्दनी की तबियत ठीक न होने के कारण करीब बीस दिन उसे अस्पताल में रूकना पड़ा था।

कल सुबह उसे डिस्चार्ज किया जाना था। सारे पेपर बन गये थे मुनीम ने अस्पताल का भुगतान भी कर दिया। नन्दनी के पास पड़ी चारपाई पर ठकुराईन अपने पोते के साथ निश्चिन्त सो रही थी। रात वह दुधमुहे बालक को छोड़ अनजान सफर के लिए निकल पड़ी थी जैसे किसी के पाप को जन्म दे वह भागी हो। इन बीस दिनों में कैसे–कैसे विचारों की तेज आंधी से उसने अपने हृदय और मस्तिष्क को समान्य रखा और अपने इस निर्णय पर अटल रही थी। नन्दनी ने पहले ही सोच रखा था, यदि बेटा हुआ तो धर्म मां को उसे उपहार स्वरूप भेंट कर वह गृह त्याग देगी। यदि बेटी हुई तो वह उसे पलेगी।

वर्षों जाने कहां–कहां भटकी थी वह, परंतु इधर कुछ वर्षों से इस आश्रम में आ गयी थी।

यहां की माता जी की वह लाडली शिष्या थी। यही कारण था माता जी के पश्चात उनकी गद्दी उसे प्राप्त हुई थी।

ज्ञान का भण्डारण कब हुआ उसमें, उसे आज तक स्वयं ज्ञात नहीं। कब वह घण्टों दिनों धारा प्रवाह बोलना सीख गई यह भी उसे नहीं मालूम।

उसके प्रवचन को सुन श्रोताओं की आंखो से कितने अश्रु बहते, यह वह जान गई थी। लोग मंत्रमुग्ध हो उसे सुनते। जब वह बोलती तो केवल उसकी आवाज ही गूंजती थी। आश्रम के पशु पक्षी भी उतनी देर के लिए मौन साध लेते थे।

रात्रि के प्रथम प्रहर से लेकर भोर तक न जाने कितनी बातें हुई थी। कितने तर्क हुए थे दोनों के मध्य। कितने अनुभवों को अदान–प्रदान होता रहा था दोनों के बीच। कुछ फैसला भी लिया था दोनों ने कि आगे क्या करना है।

आज सुबह से ठकुराइन की बाई आंख बराबर फड़क रही थी। कहते हैं स्त्री का बायां और पुरूष का दायां अंग शुभ होता है। कोई माने या न माने इन बातों को, परंतु ठकुराइन को ऐसी बातों पर अटूट विश्वास था। इस आंख के कारण वह रोज से अधिक खुश थीं। बार–बार उनके हृदय से एक ही आवाज आती कि कोई शुभ समाचार मिलने वाला है। उनके कान कुछ शुभ सुनने को बेकरार थे। उनके लिए अब क्या शुभ हो सकता है। यही उनकी समझ के बाहर था। प्रत्येक आहट पर वे कहतीं।

"देखों कोई दरवाजे पर 'अपना' आया है।"

परिवार के सभी सदस्य उनकी मनःस्थिति को जानते थे। इसी कारण उनकी बात पर कोई ध्यान नहीं दे रहा था।

सुबह से शाम होने को आई थी परंतु ऐसा कोई समाचार कहीं से नहीं आया जिसे

खुशखबरी कहा जा सके।

गोधूलि की बेला सभी जानवर अपने–अपने मालिकों के साथ घर लौट रहे थे। तभी ठाकुर शमशेर सिंह की हवेली की कुंडी खटखटा उठी। मानुष से ही जाने क्यों ठकुराइन ने द्वार खोलने को कहा था।

"देख बेटा! कोई आया है। दरवाजा खोल दे।" मानुष एक रोबोट की भांति दादी का कहना मानता था। खिलौने छोड़ वह दरवाजा खोलने के लिए भागा था। द्वार खुलते ही अपने समक्ष खड़े बालक को देख सन्यासी रूपी ठाकुर कांप गये थे। उन्हें लगा जैसे मानव का बाल्य रूप देख रहे हों। लगा वर्षों पहले का मानव उनके सामने खड़ा है, कुछ पूछना चाहता है। एक क्षण भी नहीं लगा था उन्हें अपने दोहते को पहचानने में।

नन्दनी अवश्य उस तेजस्वी बालक को अचरज से देख रही थी। जिसमें कहीं न कहीं अपने पति की छवि का अनुभव भी कर रही थी।

बालक दौड़कर अंदर गया।

"दादी मां–दादी मां, बाहर कोई दाढ़ी वाले, सफेद दाढ़ी वाले, सन्यासी बाबा आये है और एक सुन्दर–सी महिला आई है।"

आधी अपाहिज गठिया से पीड़ित ठकुराइन ने किसी को आवाज नही दी, वह स्वयं लगभग दौड़कर द्वार पर आईं। दोनों को देख वह बेहोश हो गई। उनके गिरने से पहले ही सन्यासी की बलिष्ठ बाहों ने उन्हे थाम लिया। नन्दनी जिसे सन्यासी ने मानुष का परिचय पहले ही दे दिया बलात उसे छाती से लगा रही थीं। पहले तो बालक थोड़ा बिदका फिर अचानक वह उस विदुषी साध्वी की छाती से लग गया।

❏ ❏ ❏

शिकस्त

विधायिका जी के दबंगपने को इस क्षेत्र में कौन नहीं जानता था। तेज—तर्रार, तन्दुरूस्त महिला। बस्तर, मध्य प्रदेश के इस आदिवासी इलाके को ही वह अपना राजनीतिक कुरूक्षेत्र मानती थीं। इस क्षेत्र से ही वह हमेशा चुनाव लड़ती आई थीं, ईश्वर की कृपा से विजयी भी होती रहीं थीं।

विधायिका जी इस बात को भलीभांति जानती थीं कि यहां थोड़े में बहुत मिलता है, तभी तो पांच बरस में दो—तीन फेरे उनके इस क्षेत्र के हो जाते थे। थोड़ा सा धन, थोड़ा मोटा अनाज, कुछ पुराने कपड़े उन नंग—धड़ंग आदिवासी बच्चों और औरतों में बंटवा देती थीं, जिनके एवज में मिलता था उन्हे विधायिका बनने का सौभाग्य।

इसी अंहकार और अहं के कारण ही वह आज बीस वर्षों से अपने जीवन साथी से अलग थीं, अब तो उनके बालों में अच्छी खासी चांदी जैसी सफेदी आ गई थी। वैसे तो वह डाई का प्रयोग नियमित करतीं, परंतु कभी—कभी कई—कई दिन उन्हें इस क्षेत्र में रहना पड़ता, समय का अभाव होता तो अवश्य खरबूजे की फांक जैसे बाल दिखने लगते, नीचे जड़ो से सफेद, ऊपर काले लालिमा लिए हुए। इन्ही दिनों में तो लोगो ने उनके रंग उतरते केशो को देखा था।

माथे पर पड़ी अहंकारी लकीरें, तनी हुई भृकुटी, गर्दन पर पड़ी लकीरें भी उनकी उम्र उनके लाख छुपाने के पश्चात भी दर्शाती थी।

सरकारी महकमा हो या अर्ध सरकारी हो या फिर पूर्णतया निजी, उनकी दखलंदाजी प्रत्येक क्षेत्र में थी। जैसे आई. ए. एस. हरफनामौला माने जाते है, वैसे ही होते है ये नेता। बिजली, पानी, राशन, आवास, अस्पताल, गरज, यह कि प्रत्येक क्षेत्र में इनका अपना रूतबा, रूआब होता है। विधायिका जी जिस महकमें में जाती लगता भूकंप आ गया हो। इसी हड़कंप ने ही तो उन्हे एक आलीशान बंगले और बीघों जमीन की मालकिन बन दिया था। यह बात और है कि भोगने वाला उनका अपना कोई नहीं था। उनके पास लालसा थी, हवस थी और थोड़ा और पाने की।

जबान तो जब उनकी खुलती तो थाने का तेज तर्रार दरोगा भी मात खा जाता, शरमा जाता। कभी—कभी तो उन्हें देखकर शक होने लगता कि वह कुदरत की बनाई किस श्रेणी में आती है?

जिस समय वह भूखी—नंगी, बेबस, लाचार निरक्षर जनता से वोट मांगने निकलतीं, उनके साथ होती आवारा लड़कों की फौज। जाने क्या सोच कर हमारे देश के कर्णधार

अपना भविष्य दांव पर लगा नेताओं के पीछे—पीछे कठपुतली से नाचते हैं। विधायिका जी भी एक क्रूर—स्वार्थी नेता की भांति इन मासूम युवाओं का इस्तेमाल करती थी, उस समय यह उन्हें अच्छा खासा आश्वासन दे डालती, नौकरी इन्हें मिले या न मिले, भविष्य बने न बने, चुनाव के दौरान इन्हें भरपूर खाने और पीने को मिलता। इनकी खाली जेबें भरी रहतीं, एक दो का तो अच्छा खासा बैंक बैलेंस भी बन जाता।

विधायिका जी को जब बच्चा, बूढ़ा जवान या हम उम्र 'मैडम' कहता तो यकीन मानिये उनकी मात्र दो उंगल की गर्दन शुतुरमुर्ग जैसी हो जाती, गोल आंखे फैलकर और गोल हो जातीं। पान—तम्बाकू के अत्यधिक सेवन से काले पड़ गये दांत दिखते, पर कितने? यह तो उनकी मुस्कुराहट पर निर्भर करता था और मुस्कुराहट एक साथ अधिक से अधिक स्वर में निकले मैडम शब्द को अर्पित थी।

पार्टी का पैसा ऐसा था जैसे विरासत में मिला धन। जब—जब वह सफेद वर्दी वाले ड्राइवर के साथ सफेद एमबेस्डर पर निकलतीं तो उनकी गोल कबूतर जैसी आंखों पर काला चश्मा अवश्य होता।

यह कहावत कितनी सत्य है कि सब दिन एक समान नहीं रहते। इंसान राजा से रंक, रंक से राजा बन जाता है। आज सत्ता में तो कल जेल में सलाखों के पीछे। कल तक संसार को ज्ञान देने वाला, उपदेश देने वाला, आज पागल, मूर्ख सड़कों पर घूमता देखा गया है। सच ही कहा है, अंहकार तो रावण का भी नहीं रहा। विधायिका जी के साथ भी कुछ ऐसा ही घटा, कहां से कहां टकरा गई बेचारी एक मामूली से डाक्टर से, वह भी सरकारी अस्पताल का डाक्टर, अस्पताल क्या टीन—टप्परों से बना चार कमरों का तथाकथित सरकारी अस्पताल।

बस्तर के इसी गांव के अस्पताल में एक तीस—बत्तीस वर्ष का सुवर्ण, हृष्ट—पुष्ट कद—काठी का धनी डाक्टर अपना तबादला करवाकर आया था। सभी हितैशियों ने मना भी किया था, उसके कैरियर का वास्ता भी दिया, गांव की कठिन जिन्दगी से डराया भी। शहरी सुविधाओं को गिनवाया, पैसों का लालच भी दिया, परंतु वह अपने निर्णय से नही डिगा था। शायद किसी मार्मिक घटना, कथा या फिल्म ने उसके मन पर गहरा असर डाला था।

नया— नया था इस कारण अभी वह विधायिका जी से परिचित नहीं था, बस चर्चे सुने थे उनके। जो भी हो, डाक्टर अपना काम, लगन, मेहनत, निष्ठा, प्रेम और निःस्वार्थ सेवाभाव से करता था। कुछ रंग—रूप तो उसे कुदरत ने दिया ही था कुछ कर्मो से उसे मिला था, एक अलौकिक तेज, चमकती सफेद, साफ धुली आंखे, बोलने का अंदाज, नपा—तुला, मीठा, धीरे—धीरे, प्यार स्नेह में डूबा एक—एक शब्द। कुछ ही समय में उसने सभी का दिल जीत लिया। दूर—दूर के गांवो से भी लोग उसके पास आते। बच्चे—बूढ़े सभी

उसे दुआएं और आशीर्वाद देते। वाकई वह इन सबका 'मसीहा' बन गया था। तभी अचानक विधायिका जी का इस सरकारी अस्पताल का दौरा हो गया, वैसे भी चुनाव पास होने के कारण उनके दौरे अधिक होने लगे थे। आदतानुसार विधियिका जी भिड़ गई इस निःस्वार्थ जिद्दी डाक्टर से, हर समय पान–तम्बाकू–सुपाड़ी खाने से मोटी भर्राई आवाज से वह डाक्टर पर अनायास ही गरज पड़ी।

आरोप पर आरोप लगने शुरू हो गये डाक्टर पर। अप्रत्यशित रूप से लगाये गये झूठे आरोपों को झेलने की नाकाम कोशिश करते हुए उस बेचारे के मुंह से बस इतना ही निकला था कि "आप तो मेरी मां समान है।" इतना सुनते ही वह चीख पड़ी थीं। लगा जैसे डाक्टर ने उन्हे गाली दी हो, एक भद्दी सी गाली। मां जैसी पवित्र शब्द को भी लजा दिया था उन्होने, उम्र भी ऐसी नहीं थी कि वह किसी नौजवान की मां न लगती हों, शायद वह अपनी उम्र पर पड़ी इस चोट को सह नहीं पाई थीं।

"जानते हो सब मुझे 'मैडम' कहते हैं तुम डाक्टर सब स्या..... ले चोर होते है, अस्पताल की दवाइयां, दूध, राशन, पट्टी, रूई, फिनैल बेच लेते हो।" इतना बोलते–बोलते वह कांपने लगी।

"मैडम!" चीखा वह भोला–भाला डाक्टर।

आज का यह मैडम शब्द विधायिका जी के कान में गर्म पिघले हुए शीशे की भांति अंदर तक बहता चला गया।

"आप क्या जानती है? अपने आपको किन अधिकरों के तहत आप मुझ पर आरोप पर आरोप लगाये जा रही हैं।" सीधा–सादा डाक्टर अपने आप पर काबू नहीं रख पाया। आज पहली बार लोगों ने जाना कि डाक्टर भी ऊंची आवाज में बोल सकता है।

विधायिका जी को इस क्षेत्र में सेर का सवा सेर मिला था। वह उसका मुंह ताकती रहीं फिर कुछ कहने को हुई, तभी डाक्टर बोल पड़– "मैडम! मैं अपना कार्य क्षेत्र और कार्य भली प्रकार जानता हूं, पूरी निष्ठा और लगन से करता भी हूं। इन मासूम, कमजोर, बीमार लोगो की सेवा करने में, उनका इलाज करने में मुझे सुख मिलता है, आत्मा को संतोष मिलता है, मै यहां पैसा कमाने बैंक बैलेंस बढ़ाने नहीं आया, मुझे इनके पास मेरा अपना कोई स्वार्थ खींचकर नहीं लाया।" थोड़ा रूककर डाक्टर पुनः बोला–

"मैडम आपका स्वार्थ इन मासूम, निर्धन, निरक्षर कमजोरों में निहित हैं आपको इनके वोट चाहिएं, इन बेपढ़े–लिखे लोगों के सामने किसी न किसी अधिकारी को नीचा दिखाना, जलील करना, कोई न कोई समस्या खड़ी करना, फिर समस्या के समाधान का आश्वासन, झूठा आश्वासन, क्योंकि समस्या ही नी होगी तो अश्वासन कैसे देंगी और बिना आश्वासन के जीतेंगी कैसे?"

कुछ देर रूककर डाक्टर विधायिका जी के बोलने से पहले ही पुनः बोला–

"जीतेंगी नहीं तो यह शानों– शौकत, यह अहंकार में डूबा आपका व्यक्तित्व समाप्त नहीं हो जायेगा। आप अपना कार्य करें और कृपया मुझे अपना काम करने दें।"

नपे–तुले शब्द बोलने वाला डाक्टर इस समय धारा प्रवाह बोला, यह महान आश्चर्य ही था, एक अजूबा था लोगों के लिए।

"डाक्टर! मैं तुम्हारा क्या हश्र करूंगी, यह तुम नहीं जानते।"

कुछ रूक कर वह फिर बोलीं–

"तुम नहीं जानते, तुम्हारी औकात क्या है, हमारी इस कुर्सी तक तुम्हारा पहुंचना भी मुश्किल है।" उनका क्रोध आपे से बाहर था, वह क्रोध में खड़ी हो कांपने लगीं। उनके जाने से पहले ही डाक्टर पुनः बोला–

"विधायक जी एक बात जाने से पहले ध्यान से सुनती जाइये। मेरा आपकी कुर्सी तक पहुंचना कोई मुश्किल नहीं, जिस कुर्सी पर मैं बैठा हूं वहां तक आपका पहुंचना मुश्किल ही नहीं असम्भव है।"

डाक्टर ने शत–प्रतिशत सच कहा था। बात आई–गई नहीं हुई। डाक्टर ने त्यागपत्र दे दिया परंतु रहा वह उन्हीं गरीब जंगलियों के बीच। आस–पास के गांवो में भी वह सुविख्यात था। अब वह दूर–दूर तक गांव–गांव घूम कर अपने प्रोफेशन के अनुसार लोगों का मुफ्त इलाज करता। बड़ी जल्दी उसकी ख्याती पूरे बस्तर क्षेत्र में फैल गई। फैलती भी क्यों नहीं, उसे चाहिए था जीने के लिए थोड़ा अनाज़ और तन ढकने का चन्द कपड़े। इससे अधिक की इच्छा उसे कभी नही हुई थी। उसका कोई बैरी नहीं था। समय बीतता गया। बे–मौसम बरसात की भांति ही फिर से आ गया चुनाव। चारों और लाउडस्पीकारों पर लोगों की टर्र–टर्र सुनाई पड़ने लगी, देश भक्ति के गीत दिन–रात बजते, सुबह–सवेरे भजन भी सुनाई पड़ते।

भांति–भांति के फिकरे कसे जाते एक–दूसरे पर। पार्टी क्या व्यक्तिगत जीवन पर कुठाराघात होता। प्रत्येक उम्मीदवार अपने आप को राम का अवतार बताता, राम राज्य लाने के वादे करता, कसमें खाता –जैसा कि प्रत्येक चुनाव पर होता। डाक्टर को इन सब से कोई सरोकार नहीं था। उसे तो केवल विधायिका जी से सीधी टककर लेनी थी। उसने अपना नामांकन पत्र दाखिल कर दिया, ईश्वर के आर्शीवाद और गरीब मजलूमों की दुआओं से उसे टिकट भी मिल गया।

चुनाव के दौरान कितने ही भाषण उसने दिये। कुछ वादे भी किये, परंतु कभी भी उसने विधायिका जी के खिलाफ एक शब्द का भी इस्तेमाल नहीं किया, कभी किसी को लगा ही नहीं कि वह विधायिका जी का प्रतिद्वन्द्वी है। इने–गिने पढ़े लोगों में यह चर्चा का विषय था कि डाक्टर जिसका प्रतिद्वन्द्वी है, उसके खिलाफ क्या उसके बारे में भी किसी तरह की कोई बात नहीं की। करता क्या, ऐसे भी क्या चुनाव लड़ा जाता है।

आज इन बेबस गरीब जंगलियों में सोचने समझने और निर्णय लेने की शक्ति आ चुकी थी, वह भी समझने लगे थे कि उनका शुभचिंतक और सही नेता कौन है। किसे वोट देकर वह अपने अधिकारों का सही प्रयोग कर सकते हैं। छोटे–बड़े–बूढ़े सभी की जवान पर बस डाक्टर का नाम था।

प्रत्येक मां उसकी आभारी थी जिसके बेटे को डाक्टर ही काल के मुंह से छीन कर लाया था। वह पत्नी उसकी ऋणी थी जिसके शराबी पति की शराब उस डाक्टर के ही अथक प्रयास से छूटी थी।

यह वह नौजवान डाक्टर ही था जिसने इनको जीने का अंदाज बताया था, इन्हें साक्षर बनाया था, ताकि कम से कम वह अपने खून–पसीने की कमाई का हिसाब रख सकें। अपने आस–पास व अपने शरीर की सफाई की शिक्षा दी थी। अपने हित की अनेक बातें कर्तव्य का बोध इन्हें डाक्टर ने ही कराया था।

अधिकार मांगना और कर्तव्य को न भूलने की शिक्षा इसी डाक्टर ने इन्हें दी थी। चुनाव का दिन भी आ गया। मैडम तो कई दिनों से राशन बंटवा रही थी कुछ वस्त्रों का वितरण भी कार्यकर्ताओं ने मैडम की तरफ से किया था। कुछ परिवार तो भर पेट खाते ही चुनाव के समय थे परंतु वह इस बात को अच्छी तरह जानते थे कि यह सौभाग्य उन्हे पांच वर्षो में एक बार या चुनाव के समय ही प्राप्त होता है।

इस चुनाव के समय ही वह पचास और सौ के नोट का स्पर्श करते थे। एक परिवार में यदि अधिक सदस्य हुए तो सौ का नोट। हां कभी–कभी प्रत्येक सदस्य को पचास–पचास का नोट भी मिलता था। उस समय नोट अस्सी वर्ष के बूढ़े से लेकर पांच–छः वर्ष के बालक के हाथे में एक अजूबी वस्तू की भांति घूमता। कोई उसे माथे से लगाता, कोई उसे आंखों से यह प्रक्रिया काफी समय तक चलती।

अब शायद इतनी समझ इन नासमझों में आ गयी थी कि अनाज और नोट के बदले वोट देना आवश्यक नहीं, मतदान तो गुप्त होता है। नेता के वादों की भांति वादे करो, हां–हां करो, और करो वही जो उचित हो, सही हो, नेता की भांति ही मौका परस्त बनो। झांसा देना सीखो। इसी इनके झांसे के भरोसे ही तो विधायिका जी के तेवर सातवें आसमान पर थे।

चुनाव प्रचार के समय जब कभी विधायिका जी का सामना डाक्टर से हो जाता तो उनकी व्यंग्यात्मक हंसी देखने लायक होती, गुरूर से तनी दो उंगल की मोटी गर्दन थोड़ा खिंच अवश्य जाती।

वोट डालने वालों की लम्बी कतारें नज़र आ रही थीं, अधिकतर चीथेड़ों में लिफ्टे लोग ही दिखाई दे रहे थे।

शाम तक वोट पड़े, बैलेट बाक्स सील हुए, पुलिस फोर्स के साथ, एक अनमोल

खजाने की भांति इस लोकतांत्रिक राज्य में वह कचहरी पहुंचाये गये, रात भर कड़ी सुरक्षा में रहे। सुबह से मतगणना शुरू हुई। विधायिका जी व उनके तथाकथित कार्यकर्ता कचहरी के चक्कर लगाते रहे, परंतु डाक्टर इस सब से बेखबर अपने काम में व्यस्त रहां

मतगणना पूरी हुई, नतीजा निकला विधायिका जी (भूतपूर्व) की जमानत जब्त हो गयी, डाक्टर भारी मतों से विजयी हुआ।

आकाश डाक्टर की जय-जयकारों के नारों से गूंज उठा, बस्ती वालों ने शंख-घन्टे यहां तक कि अपने-अपने घरों की थालियां, ढोल-नगाड़े बजा-बजाकर अपनी खुशी जाहिर की।

इतनी बड़ी शिकस्त, ऐसी अहंकारी स्त्री को बर्दाश्त नहीं हो पाई। दिल का दौरा पड़ गया विधायिका जी को। कहा जाता बिना प्राथमिक उपचार के शहर ले जायी जाती तो शायद रास्ते में ही उनकी जीवन लीला समाप्त हो जाती। दिल के दौरे की सूचना डाक्टर को भी किसी ने दी, सूचना देने वाला प्रसन्न था। परंतु सूचना पाते ही एक क्षण की देरी किये बिना ही डाक्टर मैडम के पास पहुंच गया और उन्हें काल के मुंह से छुड़ा कर इस लायक भी कर दिया कि वह राजधानी जाकर अपन उचित इलाज करा कर ठीक हो सकें, स्वस्थ हो सकें। वह इतनी बड़ी जीत और इतनी भारी शिकस्त देकर भी दुखी था मैडम को इस हाल में बिदा करते समय।

□ □ □

घर–घर द्रोणाचार्य

आखिरकार कई दिनों की खुसर–फुसर के पश्चात विशम्भर नाथ जी व उनकी पत्नी ने वसीहत पर हस्ताक्षर कर ही दिये। अपनी ही, अपने ही द्वारा की गई वसीहत को उन दोनों ने जाने कितनी बार पढ़ा था। शायद कहीं कुछ उनकी आत्मा में कचोट रहा था और दस्तखत करने को रोक रहा था। आत्मा की आवाज जाने किस आवाज़ के नीचे आखिरकार दब गई और वसीहतनामे पर हस्ताक्षर हो गये।

अब उनकी आत्मा पर पड़ा वसीहतनामें की भाषा का बोझ भी एकाएक समाप्त हो गया। दोनों प्राणी बड़ा ही सुकून महसूस कर रहे थे। जिस प्रकार व्यक्ति अपने पैसे को बैंक में जमा कर पासबुक अपने पास रख, गहने जेवर लॉकर में रख, लॉकर की चाबी अपन पास रखकर निश्चिन्त हो जाता है ठीक वैसे ही विशम्भर नाथ जी निश्चिन्त हो गये थे उनके तीन बेटियां और एक बेटा था। बड़ी बेटी के पश्चात बेटा हुआ था परन्तु एक पुत्र से संतुष्ट न होने के कारण दों बेटियां उन्होंने और पैदा कर दी थीं।

चारों बच्चों का विवाह हो चुका था बच्चों के भी बच्चे थे। बेटे की शिक्षा–दीक्षा उन्होंने सदैव अच्छे स्कूल और कालेज में करवाई। बेटा पढ़ लिख कर बाहर ही नौकरी करता था। दो तीन वर्ष में वह एक बार अवश्य आता था, परिवार सहित, पिता के घर। कभी सप्ताह भर रूकता कभी दस बारह दिन जैसा समय मूड और छुट्टियां होतीं। एक अतिथि की भांति और अतिथि की तरह चला जाता। उसके साथ 'अतिथि देवो भव' वाली परम्परा को विशम्भर नाथ जी व उनकी पत्नी पूरी तरह निभाती भी थीं। उसके परिवार का पूरा सम्मान, स्वागत, आवभगत होती। भोजन में नित वही बनता जो उसके परिवार को पसन्द होता।

बहू के ताने, बहू नाराज न हो, कभी गलती से भी ऐसा कुछ उन दोनों की तरफ से न हो जिससे बहू नाराज हो, इसका वह दोनों पूरा ध्यान रखते फिर भी जाने कहां, कैसे चूक हो ही जाती जिससे उन्हें बहू का कोप भाजन बनना पड़ता।

पोते–पोती को किसी प्रकार का कोई कष्ट न हो उनकी उचित अनुचित जिद विशम्भर नाथ जी तुरन्त पूरी करते।

पोते की मांग पर पल भर का भी समय गंवाए उनका हाथ कलफ–लगे कुर्ते के भीतर कांधे पर पड़े जनेऊ में बंधी चाभी पर पहुंच जाता।

उन अपने अतिथियों पर पैसा खर्च करने में विशम्भर नाथ जी को फिजूलखर्ची का अहसास कभी नहीं हुआ। उन्हें कभी नहीं लगा कि उनकी अनुचित मांगो को पूरा करने का

मतलब पैसे का दुरूपयोग है। सच पूछा जाये तो उन्हें उन बच्चों की मांगे कभी अनुचित प्रतीत ही नहीं हुईं, सभी उचित ही लगीं।

विशम्भर नाथ जी को उन बच्चों पर पैसा खर्च करना भला लगता, उन्हें सुख मिलता। उन बच्चों के सामने उनकी मांगों के समक्ष विशम्भर नाथ जी के सारे कायदे, कानून नियम दम तोड़ देते।

अपने ही बनाये नियमों का उल्लंघन करके वह गर्व का अनुभव करते। किंचित मात्र भी क्लेश नहीं होता, न ही कभी वह अपने ही द्वारा बनाये गये नियमों को तोड़कर शर्मिन्दा हुए। जब तक वह परिवार उनके पास रहता वह दोनों कम से कम अपने शारीरिक कष्ट को छुपाने का भरपूर प्रयास करते। धंधुला दिखाई पड़ने वाली उन चार आंखों को अचानक मोतियां जैसे दाँत वह ऐसे देख लेते जैसे मैगनीफाइंग ग्लास से देख रहे हों। इतना सब होने के पश्चात भी वह बेटे के परिवार को विदा कर बिस्तर पर लेटते उस समय उनके हृदय में कोई झांक कर देख पाता तो साफ देखता कि उन्हें कितनी राहत और सुकून मिला है। इतनी सावधानियाँ बरतने के पश्चात भी कभी ऐसा नहीं हुआ जब बेटा बहू बिना झगड़े या नाराजगी के घर से विदा हुए हों।

विशम्भर नाथ जी तो उन दिनों अधिक से अधिक मौन ही रहते। कहते हैं न एक चुप से कई बलाएं अपने आप ही समाप्त हो जाती हैं।

कभी भी उन दोनो ने बेटे बहू को एक दिन भी छुट्टी बढ़ाने या रूकने को नही कहा।

बेटा आते ही उन्हें अपना प्रोग्राम बता देता कि उसे कितने दिन पिता के घर में रूकना है।

विशम्भर नाथ जी और उनकी पत्नी अपने आप को उसके प्रोग्राम के हिसाब से मानसिक रूप से पूरी तरह तैयार कर लेते थे। उन आठ–दस दिनों में उन दोनों बूढ़े प्राणियों को कैसे और किस प्रकार से बेटे–बहू के साथ रहना है। उन्हें किसी प्रकार से क्रोध न दिलाने का मन ही मन दृढ़ संकल्प लेते थे। पाते–पोती को कैसे प्रसन्न रखना है इसका भी खाका वह मन में खींच लेते थे। गरज़ यह कि उतने दिनों के लिए वह दोनों प्राणी पूरी तरह से बेटे के परिवार के समक्ष समर्पित हो जाते थे।

कितने तनाव भरे दिन होते थे यह दो तीन वर्षों में बिताये गये मात्र आठ–दस दिन यह कोई उन दोनों के हृदय और आत्मा से पूछे।

कभी भी ऐसा नहीं हुआ कि इतनी सावधानियों के पश्चात भी बेटे के तानों और बहू के क्रोध व झगड़े से वह दोनों बच पाये हों। बहुत कुछ सुन लेते वह बहू के मुख से बहुत कुछ महसूस कर लेते बेटे के व्यवहार व उसकी दृष्टि से।

पर यह क्या? उनके जाने के कुछ दिनों पश्चात ही वह दोनों उसी बेटे और उसके परिवार की याद कर छटपटाने लगते। फोन की घण्टी बजने पर केवल उन्हीं की आवाज

सुनने को उनके कान व्याकुल रहते।

बेटे के साथ ही तीन बेटियां भी जनी थी उन्होंने। तीन बेटियों के साथ दामाद भी थे। तीनों बेटियां भी औलाद वाली थी।

बेटे जैसे सम्पन्न तो नहीं थे दामाद, पर सभी सुखी थे, सम्पन्न थे। खुश थे, अपने परिवार के साथ। विशम्भर नाथ व उनकी पत्नी की देखभाल तीनों बेटियां ही करतीं और उनका साथ तीनों दामाद अपनी इच्छा से, खुशी से देते थे।

बेटियों और दामादों को सदैव यही चिन्ता रहती कि वह दोनों प्राणी सुखी और निरोग रहें।

नित्य फोन पर हाल चाल मालूम करना इन बहनों का कर्तव्य था माता—पिता के ऋण से मुक्त होना असम्भव था, ऐसा वे मानती थी। इसी बात को ध्यान में रखकर अपने—अपने हिसाब से भरसक सेवा भी करती थीं। विशम्भर नाथ की पत्नी हृदय रोगी थीं, उनका कुछ अधिक ही ध्यान रखा जाता।

अच्छे से अच्छे डाक्टर को दिखाना उसका इलाज करवाना, समय पर दवा देना, खाना बनाकर पहुंचाना, किसी भी तरह की कोई परेशानी होती, निःसंकोच दोनों प्राणी बेटियों को फोन करते, चिराग के जिन की भांति कोई न कोई आकर उनके सामने खड़ा हो जाता, उनके हुक्म के पालन के लिए। बस आज्ञा देने की देर होती।

विशम्भर नाथ जी की पत्नी कई बार एडमिट हुई। अस्पताल में उनकी पूरी देख भाल बेटियां ही करतीं। पैसे देकर रखी गई नर्स से कहीं अधिक अच्छी।

पत्नी के अस्पताल में रहने के पश्चात भी विशम्भर नाथ जी को पांच मिनट की देरी खाने—नाश्ते में नहीं हुई। तीन में से एक अपने बच्चों को उल्टा सीधा बना खिला पिता की सेवा में लग जाती थीं। पूर्ण स्वस्थ होकर खिले—खिले चेहरे के साथ उनकी पत्नी अस्पताल से लौट, उनके पास आती थीं। एक बार अचानक विशम्भर नाथ जी बीमार पड़ गये। डाक्टर के कहने पर उन्हें अस्पताल में एडमिट कराना पड़ा, गुर्दे में पथरी और एपेन्टिक्स का आपरेशन करना था।

कमजोरी अधिक थी इस कारण आपरेशन के लिए समय मांगा डाक्टरों न। करीब पन्द्रह दिन उन्हें अस्पताल में रहना था। उसके पश्चात आरेशन की तारीख दी थी।

उस समय फोन द्वारा बेटे को फौरन बुलाया गया था। मां ने ही पुत्र से पिता की बिमारी के बारे में बात की थी, साथ ही आग्रह भी किया था कि वह तुरन्त आ जायें छुट्टी लेकर, बहुत घबराहट हो रही उसके यहां न होन से आदि। पुत्र तो आया नहीं दमादों ने ही बारी—बारी अस्पताल में रहकर धर्म पिता की सेवा की थी मां के पास कोई न कोई बेटी रहती थी।

आपरेशन भी हो गया विशम्भर नाथ जी का। न तो बेटा आया न ही उसका फोन। मां

ने रात में चार—चार घण्टे अथक प्रयास किया कि बेटे से बात ही हो जायें पर रिंग जाती रही फोन किसी ने नहीं उठाया।

विशम्भर नाथ स्वस्थ हो घर आ गये थे छोटा दामाद उन्हें डिस्चार्ज कराकर घर लाया था धर्म मां को उनकी दवाओं और खाने पीने में परहेज की हिदायत देकर चला गया था। उसे कुछ दिनों के लिए शहर से बाहर किसी सरकारी कार्य से जाना था।

तीनों बेटियों में ससुराल पक्ष और आर्थिक रूप से मझली बेटी कमजोर पड़ती थी। बच्चे भी उसके तीन थे दो बेटियां और एक बेटा।

दोनों बहनें उसकी मदद करती थी यह बात विशम्भर नाथ भी भली प्रकार जानते थे। पिता ने कभी भी उससे नहीं पूछा था कि कैसे वह बच्चों को अच्छे स्कूलों में पढ़ा रही है। उसे किसी चीज की आवश्यकता तो नहीं, मदद तो नहीं चाहिए। हाल चाल पूछने में उन्हें इस बात का भय रहता कि कहीं कुछ मांग न कर बैठे उनकी अपनी पुत्री।

उसके और उसकी बहनों के बच्चों और भाई के बच्चों के बीच का फर्क उन्हे सदैव कचोटता था। लड़कियों के बच्चों की जायज़ मांगे भी नाना—नानी को नाजायज़ लगतीं और पोते—पोती की नाजायज़ मांगे उनकी अनुचित जिद जायज़ और उचित लगती। इस बात को सोच—सोच कर, देखकर मझली को क्रोध आता।

अक्सर वह बोल भी देती मां के सामने। इस कारण वह तीनों में तेज कही जाती थी। आर्थिक रूप से कमजोर होने और भाई—भाभी व बच्चों की आव भगत व सत्कार को देख कर उसे कभी—कभी अपने ही माता—पिता से चिढ़ होती, यह चिढ़, क्षोभ, कभी—कभी माँ के समक्ष फूट पड़ती। उसे उनके व्यवहार में उनकी बीमारी और परेशानी में मक्कारी का आभास होता, वह मां से कहती—

"उनके आने पर तो तुम लोगों की बीमारी भी छू मंतर हो जाती है, शरीर में ताकत भी आ जाती है, बाबू जी का क्रोध भी उतने दिन दुम दबा कर कोने में कहीं छुपकर बैठ जाता है। भाई के बच्चों के सामने बाबू जी के नियम कानून दम तोड़ देते हैं। आर्थिक परेशानी भी तुम लोगों को नहीं रहती। उनके बच्चों के लिए सब कुछ है, हम लोगों के बच्चे भेंड बकरी हैं? क्यों, आखिर क्यों इतना फर्क है बेटे—बेटी में?"

रोती लड़ती मझली को मां अपनी ममता का वास्ता देतीं, उसे समझातीं कि उसका वह सब सोचना बेकार है, "हमारे लिए तुम बराबर हो, सबके बच्चे बराबर है, तुम्हारा ऐसा सोचना निराधार है।"

"नहीं माँ, यह सत्य है, अटूट सत्य।"

"ऐसा होता, तो वह दोनों शिकायत न करती?"

"उनमें सहने की शक्ति है, बोलने की हिम्मत नहीं, समझती वह भी है, पर शायद उन्हें

शिकायत करने की जरूरत नहीं, ईश्वर की दया और अशीर्वाद से वह सक्षम हैं, सुखी सम्पन्न है, मुझे कष्ट है, मै कमजोर हूँ, यदि वह लोग मेरी मदद न करें, तो मेरे परिवार को और कष्ट हो।"

"जितना होता है उसी में व्यक्ति को संतोष करना चाहिए। आमदनी से अधिक खर्च क्यों बढ़ाओं। सम्भाल कर खर्च करो, मदद करती हैं ठीक है।"

जी में तो आया कि जवाब दे दे कि जब कन्याओं का दान कर दिया, उनसे किसी प्रकार का मतलब नहीं रहा तो फिर कष्ट में उन्हें क्यों याद किया जाता है। एक नौकर—नौकरानी की भांति उनसे काम क्यों लेती हैं। पर वह चुप रही।

बड़ी अक्सर मंझली को समझाती कि वह उन बूढ़े लोगों के सामने ऐसी बातें करती हैं। उन्हें दुख होगा, कुछ ऊंच—नीच हो गई तो क्या वह अपने आपको कभी माफ कर पायेगी?

"कुछ नहीं होगा उन्हें। वह दो तीन वर्षो में आकर इतना कुछ कह जाते हैं सुना जाते है, हजारों रूपये खर्च करवा जाते हैं, तब तो कुछ नहीं होता। हम गैरों के कहने से उन्हें क्या फर्क पड़ता है। सिवाय क्रोध और चिढ़ के और क्या? क्या तुम सोचती हो कि उनकी आत्मा कभी भी उनको इस बात के लिए कचोटेगी कि उनका अपनी ही औलादों के प्रति व्यवहार कितना अलग है, गलत है। कभी नहीं। कभी देखो बच्चों में किस कदर फर्क करते हैं।"

"होगा क्या, करना जो धर्म है हम करते जायें, उनका वह जाने।" बड़ी उसे हर प्रकार से समझाती। एक दिन तो मंझली ने बहुत कुछ कह डाला मां के सामने। मंझली को दुखी और रोता देख मां ने समझाया।

"हाथ में पांच उंगलियां है, पांचो बराबर हैं, जिसे काटो दर्द होगा। ऐसे औलादें हैं।" मां की इस बात का जवाब वह देते—देते रूक गई, उसे बड़ी की कही गई बात आ गई कि क्या फायदा बुढ़ापे में इस उम्र में उन्हें दुखी करने से।

आज अट्ठारह मार्च था आज विशम्बर जी का जन्मदिन था। सुबह से मन—ही—मन विशम्भरनाथ व उनकी पत्नी बेटे के फोन का इन्तजार कर रहे थे परन्तु प्रत्येक वर्ष की भाँति फोन का इन्तजार ही करते रहे। बेटियों का फोन आया था दामादों और बेटियों के बच्चों ने भी नाना जी को जन्म दिन की बधाई दी थी।

आज एक घण्टी बजते ही चीते जैसी स्फुर्ति के साथ विशम्भनाथ जी फोन उठाते और बेटे की आवाज न सुनकर मायूस हो जाते। उन्हें वह सुकून नहीं मिला और न ही उतना अच्छा लगा बेटियों के द्वारा दी गयी जन्म दिन की बधाई सुनकर।

यह सत्य ही था जिसके शब्दों को सुनने के लिए कान और हृदया बेकरार हों उसके

स्थान पर किसी और की आवाज कैसे अच्छी लगेगी, भली लगेगी।

तीनों बहनों ने एक साथ प्रोग्राम बनाया, बड़ी के कहने, उसकी राय और आदेशानुसार तीनों ने मिलकर गिफ्ट खरीदा, एक गिफ्ट, पिता के लिए। कुछ फूल, बुके भी लिये गये। बाबू जी की पसन्द की मिठाई भी एक डिब्बे में पैक कराई गई । तीनों बहनें एक साथ दोपहर लगभग बारह बजे पिता के घर पहुंचीं। बच्चे स्कूल और सबके पति आफिस में थे। हंसती, खिलखिलाती, खुशी में झूमती निःस्वार्थ भाव से वह माइके पहुंची पिता की वर्ष–गांठ मनाने।

बाहर गेट पर ही उनके वकील अंकल की टोयटा खड़ी थी । तीनों ने एक सा ही सोचा कि अंकल अवश्य बाबू को बधाई देने ही आये होंगे।

अन्दर तो कुछ और ही नजारा था वसीहत तैयार थी मां और बाबू जी के हस्ताक्षर हो चुके थे। सम्पूर्ण कार्यवाही पूर्ण हो चुकी थी वकील अंकल भी जाने के लिए विदा ले रहे थें।

वकील अंकल के जाते ही मंझली ने सामने पड़ी फाइल उठा ली थी। स्टाम्प पेपर पर टाइप किये अक्षरों पर नजर डाली पन्ने पलटे, फिर मां की ओर देखते हुए एक व्यंग भरी मुस्कान फेंकते हुए बोली–

"कहां हैं पांचो उंगलियाँ बराबर, अरे मां, ऐसे यदि पांचों उंगलियां बराबर होती तो द्रोणाचार्य एकलव्य से उसके दाहिने हाथ का अंगूठा न मांगते। अरे हाथ की कोई उंगली मांग लेते और एकलव्य अपने हाथ की सबसे छोटी उंगली कनिष्ठका देकर कम–से कम धनुष बाण का प्रयोग तो कर सकता।" वह बोलते–बोलते हांफने लगी।

वसीहत कुछ इस प्रकार थी–

"मैं विशम्भर नाथ व मेरी पत्नी सावित्री देवी पूरे होशोहवाश में अपनी चल और अचल सम्पत्ति का पूर्ण रूप से उत्तराधिकारी अपने पौत्र सौरभ (पुत्र वीरेन्द्र नाथ) को घोषित करते हैं। मेरे पौत्र सौरभ के अतिरिक्त किसी अन्य का किसी प्रकार का कोई अधिकार हमारी सम्पत्ति पर नहीं होगा किसी भी परिस्थिति में।" आदि काफी कुछ कानूनी भाषा में साफ लिखा था कि एक सुई पर भी हक उनके पौत्र का ही है।

मंझली अपना फूलों का बुके वहीं छोड़ बिना किसी से कुछ कहे बोले उलटे पैरों लौट गई थी, पितृ गृह से पूरी तरह कंगाल होकर। बड़ी ने अपनी छलकती आंखो को बहने से रोका और बोली–

"बाबू जी जन्म दिन की बहुत–बहुत बधाई हो। आज मैंने एक बहुत बड़ा रिटर्न गिफ्ट आपकी ओर से पा लिया।"

"बिना किसी कामना या लालच के मैं और मेरा परिवार आपकी और मां की सेवा करने के हकदार हो गये।

छोटी खमोश बड़ी को एकदम देख रही थी। साथ ही सोच रही थी क्या हम तीनों को पिता से कुछ चाहिए था नहीं। कभी नहीं, कुछ भी तो नहीं सिवाये प्रेम, आशीर्वाद और दो मीठे शब्दों के अलावा। परन्तु इस वसीहत को पढ़ कर, सुन कर, हम तीनों के हृदय को ठेस क्यों लगी।

□ □ □

बिखर गया ढाई अक्षर

नौ वर्ष के वैवाहिक जीवन की, सुखी, सम्पन्न वैवाहिक जीवन की समाप्ति आज से कुछ माह पूर्व एक बड़े नाटकीय अंदाज में हुई थी।

सही अर्थों में पूर्ण सुखी जीवन था, पारूल और विदर्ब का। दोनों एक दूसरे के पूरक थे। एक के बिना दूसरा पल भर भी कैसे जियेगा यह सोचना भी दोनो के लिय असम्भव था। इधर कई दिनों से कुछ ऐसा ही हो रहा था। आज भी विदर्ब की मारूति जेन, पारूल के मनपसंद रंग हल्का नीला, आसमानी, यही रंग तो कभी पसन्द किया था, पारूल ने गाड़ी बुक कराते समय, उसकी पसन्द ही विदर्ब की पसन्द थी।

आज वही गाड़ी वही रंग उसके सामने था। आटो रिक्शा से उतरते ही उसकी दृष्टि सीधी आसमानी जेन गाड़ी पर पड़ी। उसके हृदय की धड़कन अचानक तेज़ हो गई। किसी भय से, प्रेम से या फिर लम्बे अन्तराल के पश्चात मिलन की उम्मीद से। यह बात कदाचित् उसका हृदय भी नहीं जानता था। मेन गेट के पास ही विदर्ब ने उसे रोक लिया, यह कहते हुये–

"पारूल मुझे क्षमा कर दो, अपने घर वापस चलो।"

इस वाक्य को बोलने में उसे अपने ही थूक को दो बार निगलना पड़ा। इसके आगे कुछ भी बोलने में वह असमर्थ था। पारूल ने कोई उत्तर नहीं दिया, बल्कि आगे जाने कि लिय कदम बढाये।

"पारूल प्लीज़।" कह कर वह गिड़गिड़ाया था।

"मि. विदर्ब शर्मा मेरा रास्ता छोड़िये, वैसे ही आज काफी देर हो गई है।" वह आगे बढ़ते हुये दृढ़ता से बोली।

"ईश्वर के लिये इस जन्म में मुझसे आइन्दा कभी भी मिलने की कोशिश मत करियेगा। यह बात आपके हित में है और मेरे भी।" जान बूझकर उसने आप कह कर विदर्ब को सम्बोधित किया था, शायद दूरी कायम करने के लिये। विदर्ब ने रास्ता छोड़ दिया उसके आगे बढ़ने के लिये। वह वहीं खड़ा उसे जाते हुये देखता रहा इस उम्मीद के साथ कि शायद वह एक बार मुड़कर अवश्य देखेगी परन्तु ऐसा कुछ नहीं हुआ। विदर्ब उसके अडिग फेसले को समझ गया, उसे यह अहसास हो गया कि अब समझौते की कोई उम्मीद नहीं।

पारूल के पास उसका अपना पाँच वर्ष का बेटा वैभव था और विदर्ब कि पास सात वर्ष की उसकी बेटी थी।

दोनों ही अबोध बच्चों को अपने माँ–बाप के न–समझ में आने वाले निर्णय से दुख था। जब जानवर तक अच्छा बुरा समझता है ये बच्चे तो इन्सान के थे। शुरू–शुरू में बहुत रोये थे दोनों। माँ–बाप का प्यार से समझाना जब क्रोध और दण्ड में बदल गया तब दोनो अपने–अपने घरों में शांत हो गये थे। जीवन से समझौता कर लिया था इन अबोध बच्चों ने। कभी कितना प्यार था इन बच्चों के अभिभवाकों के बीच, इनके प्यार की लोग कसमें खाते, इन दोनों का उदाहरण देते, उस समय जब उनके अपने दाम्पत्य जीवन में किसी प्रकार का तनाव होता।

नौ वर्ष पूर्व दोनों इस पवित्र बन्धन में बंधे थे। विवाह वेदी पर, पवित्र अग्नि के समक्ष दोनों ने कसमें खाई थीं, सात वचन दिये थे–जीवन भर साथ रहने, सुख–दुख में साथ निभाने की प्रतिज्ञा की थी।

दोनों का प्रेम विवाह हुआ था, दोनों परिवार इस विवाह से अत्यधिक प्रसन्न थे।

पारूल के रूप और सादगी को देख शायद ही कोई पाषाण हृदय माँ–बाप होंगे जो अपने पुत्र की पसन्द को नकार देते। दोनों परिवार, बहू और दामाद से पूर्ण सुखी और संतुष्ट थे। विवाह के पश्चात एक माह के भीतर ही विदर्ब का ट्रान्सफर हो गया। पारूल ने भी लाभ उठा अपना तबादला भी उसी शहर में करवा लिया।

कम्पनी की ओर से पारूल को दो शयन कक्ष वाला–फ्लैट मिला था। नया घर, नई गृहस्थी, नया जोड़ा उनके जीने का अंदाज भी नया था।

फ्लैट को उत्तम आधुनिक फर्नीचर से सजाया गया, संवारा गया, बाकी सामान के लिय विदर्ब ने अपने फंड से लोन लिया। कुछ अलग हट कर अंदाज था इन दोनों के जीने का, रहने का। दानों के बीच पति–पत्नी का रिश्ता कम दोस्ती का अधिक था। आकर्षक व्यक्तितव के धनी, इन दोनों को देख लोग अक्सर आहें भरतें। इनके घर को देख इनकी पसन्द की तारीफ करते। पारूल अधिक प्यार करती विदर्ब को या विदर्ब पारूल को यह बताना असम्भव था। वह दोनों खुद भी नहीं जानते थे कि कौन किस को किस सीमा तक प्यार करता है। एक–दूसरे का प्यार अनन्त लगता था।

जिस दिन डाक्टर ने यह बताया कि वह पिता बनने वाला है, नर्सिंग होम में ही वह सब भूल गया कि वह कहाँ है, किस ओहदे पर है, भँागड़ा करने लगा था। पारूल को गोद मे उठाकर कार तक लाया था। लोग उसे पागल समझें या दीवाना इस बात से उसे कोई सरोकार नहीं था, कुछ लेना–देना नहीं था, कोई क्या सोचेगा क्या कहेगा इसकी उसे खबर नहीं। वह तो सिर से पाँव तक डूब चुका था इस खुशी की खबर में। खुशी की इतनी बड़ी खबर को सुन कर वह अपने आप पर नियंत्रण नहीं रख पाया और शायद रखना भी नहीं चाहता था।

पारूल भी तो माँ बन रही थी। 'माँ' यानी एक पूर्ण स्त्री। कुदरत का, प्रकृति का एक

अमूल्य, अनमोल उपहार उसे मिल रहा था जिसे पाकर, स्त्री का सम्पूर्ण जीवन धन्य हो जाता है, वह एक बार पुनः पूज्यनीया हो जाती हैं। कहते हैं कन्या और माता पूज्य होती हैं।

घर पहुँचकर बेवजह सहारा देकर, जिसकी आवश्यकता नहीं थी, पारूल को शयन–कक्ष तक ले आया था विदर्भ। पारूल सोच रही थी इतनी तीव्र गति से एक आँधी–तूफान की भाँति आई खुशी इसी तेजी से समाप्त तो नहीं हो जायेगी। पता नहीं क्यों अधिक खुशी पाकर पारूल का हृदय एक अनजाने भय से घबराने लगता था।

ऐसा कुछ नहीं हुआ, पारूल की घबराहट निराधार थी। विदर्भ की खुशी में उसके व्यवहार में किंचिंतमात्र भी–कभी नहीं आई। पारूल को अधिक से अधिक आराम और प्रसन्न रखना उसका अहम् कार्य हो गया था।

दवा का समय वह कभी नहीं भूलता, फल–दूध वह अपने हाथों से खिलाता–पिलाता। डाक्टर जितनी सावधानी बरतने को कहता, हिदायत देता उससे कहीं अधिक–विदर्भ सावधानी बरतता था। कभी–कभी पारूल खीज़ उठती। "हद् करते हो विदर्भ तुम तो सिविल सर्जन के बाप हो। बस भी करो। हिन्दुस्तान में और भी औरतें माँ बनती हैं मैं अनोखी तो माँ नहीं बन रही हूँ।"

"और औरते मेरी पारूल तो नहीं।" इतना बोलने के साथ ही एक चुम्बन उसने माथे पर जड़ दिया। "तुम्हे कैसे समझाऊँ पत्थर तोड़ती मज़दूरी करने वाली औरतें भी माँ बनती हैं। उनके भी बच्चे होते हैं, विदर्भ।" पारूल ने विदर्भ के दोनों गालों को अपने हाथों से छूते हुये कहा था।

"तुम पत्थर नहीं तोड़तीं, मज़दूरी नहीं करतीं, समझीं।"

"क्यों, मज़दूरी तो करती हूँ, मज़दूरी का पैसा रोज़ न मिलकर महीने में पगार के रूप में मिलता है।"

"छोड़ दो नौकरी।" पारूल के दोनो हाथ अपने हाथों में लेकर बोला। "तुम दीवाने हो गये हो नये मेहमान के आने की खुशी में।" प्यार में डूबी, दुलार से भरी बड़ी–बड़ी आखों से वह विदर्भ को देख रही थी।

"आने वाला मेहमान मेरी पारूल का अंश होगा, मेरी पारूल की कोख में नौ माह रहेगा।"

दोनों दीवानों ने सात माह तक यह खुशी किसी के साथ नहीं बाटी। सातवें माह उसने फोन करके अपनी माँ को यह खबर दी और साथ ही ड्यू–डेट भी बताई जो डाक्टर ने उसे बताई थी।

खबर सुनते ही पारूल की सास दूसरे दिन ही आ गई थी। बेटे को काफी खरी–खोटी सुनाई, बहु को भी बक्शा नहीं था। उनकी नाराज़गी सौ प्रतिशत उचित थी इसी कारण दोनो सिर झुकाए खामोश थे और मन–ही–मन माँ की डांट पर मुस्करा भी रहे थे। विदर्भ

डांट—फटकार के बीच में ही माँ के आँचल में बच्चों की भांति दुबक गया था। पारूल उन दोनों को देख अपनी हँसी नहीं रोक पाई थी। जब माँ ने पूछा कि यह बात इतने दिन छुपाये रखने का विचार किसका था। पारूल के बोलने से पहले ही विदर्भ बोल पड़ा था "माँ यह सब तम्हारे इसी नालायक बेटे की करतूत है, तुम्हारी बहू निर्दोष है, वह तो बार—बार कह रही थी कि माँ को खबर कर दो।" विदर्भ सफाई से झूठ बोला था।

हुआ ठीक इसके विपरीत था, विदर्भ के कहने पर भी पारूल शर्म और लाज़ के कारण बताने को राजी नहीं हुई थी। माँ को तो कम—से—कम जातक के सोलह संस्कारों में जातकर्म निष्क्रमण, नामकरण, अन्नप्राशन, चूणाकर्म, करण—भेदन, उपनयन, वेदारम्भ, सभावर्ता और विवाह तक देखने की लालसा थी। आखिर मूल से सूद अधिक प्यारा होता है। कुछ ही देर में माँ शांत हो गई थी बिलकुल पानी के बुलबुले जैसी शांत। शांत ही नहीं मन से भी बेटे बहू की इस भयानक गलती को क्षमा भी कर दिया था।

विदर्भ की देख भाल से त्रस्त, पारूल की देखभाल करने वाली दूसरी माँ भी आ गई थी।

पारूल ने आफिस से छुट्टी ले ली थी। विदर्भ के सारे काम माँ विदर्भ के विवाह से पहले जैसे करती थी वैसे ही करने लगी थी। पारूल का समय काटे नहीं कटता था। वह सारे दिन बस यही इन्तजार करती कि कब शाम हो और वह बिस्तर से उठकर विदर्भ के साथ दूर तक, देर तक टहलने जाये।

कार्तिक माह की शुक्ल पक्ष की नौमी को पारूल ने एक सुन्दर, स्वस्थ हृष्ट—पुष्ट नौ पाँउड की कन्या को जन्म दिया। कन्या की दादी का कहना था कि लक्ष्मी आई है, साक्षात जी पधारी हैं कन्या रूप में। दादी ने ही उसका नामकरण किया। नाम रखा 'विभा'। नाम कुछ पुराना था ऐसा ही कुछ विदर्भ ने माँ से कहा। 'माँ! नाम कुछ पुराने ज़माने का नहीं लगता।"

"नही। यही नाम ठीक है इसके ऊपर बेटा होगा उसका नाम भी अभी से बताये देती हूँ नाम होगा 'वैभव' समझ गये, बाकी तेरी मरजी,   जो चाहे रख ले,   आखिर बेटी तेरी है, बेटा भी तेरा होगा।"

"माँ का फैसला, हुक्म, निर्णय, सिर माथे, पर यह तो बता माँ, कि तुझे कैसे पता कि आगे बेटा ही होगा।" विदर्भ लाड़ दिखाते हुये पूछा।

"अरे पागल देखता नहीं लड़की के सिर में कितना बड़ा बालों का भौंरा बना है, इसके मतलब इसकी पीठ पर इसका भाई आयेगा, भाई के जन्म पर इसकी पीठ की पूजा भी होगी गुड़ से।" विदर्भ माँ की बातों और उसके विश्वास के देखता ही रहा था। दोनों पक्ष के रिश्तेदार आये थे कन्या की छठी पर। नाच—गाना, दावत, हंसी मजाक इस बात की द्योतक थी कि कन्या के जन्म पर सभी प्रसन्न थे। पुराने समय के भाव किसी के चेहरे पर

नहीं थे, जब कन्या के जन्म पर घर में मातम छा जाता था और उसका बदला कन्या की माँ से लिया जाता था। बेटे की पैदाइस पर जच्चा को सवा माह आराम दिया जाता था और बेटी के जन्म पर मात्र बीस दिन।

एक—एक कर सभी मेहमान अपने—अपने घर चले गये थे। रह गई थी, विदर्ब की माँ, बहू को सुख देने के लिये। पोती को जी भर कर गोद खिलाने, दुलार करने, लाड़ करने के लिये।

एक शानदार पार्टी विदर्ब ने दी पारूल के आफिस जाने से पहले। उस पार्टी में पारूल और विदर्ब के सभी दोस्त थे। पारूल की सुन्दरता बेटी को जन्म देने के पश्चात कुछ अधिक ही बढ़ गई थी।

मां जी तो दावत में पूरे समय टकटकी लगाये उसी को देखती रही। उनके मन में यही विचार निरंतर आ रहे थे कि क्या उनकी बहू से अधिक सुन्दर इस पार्टी में कोई और है? उनकी छाती गर्व से तन गई। क्यों? उन्हें इसका उत्तर नकारात्मक मिला था। जिस दिन मां को पारूल और विदर्ब नन्हीं विभा के साथ स्टेशन छोड़ने गये। पारूल के आंसू थम नहीं रहे थे, इतना तो तब भी नहीं रोई थी शायद, जब उसने माइका छोड़ा था।

उसके मस्तिष्क में लगातार यही प्रश्न करवट ले रहा था कि क्या सास किसी बहू को इतना प्यार कर सकती है? जो प्यार और दुलार इन कुछ महीनों में उसने मां से पाया था वह अवर्णनीय था। कैसे रिश्ते, कैसे सम्बन्ध बन जाते है, अनजान लोगों के साथ, विदर्ब भी कौन था, कहां रहता था, बचपन कैसा था, क्या कैसे खाता, पीता, सोता रहता था। परन्तु अब विदर्ब क्या है? क्या खाता है, क्या पसन्द करता, क्या न पसन्द करता हैं। उसे इसका ज्ञान मां जी से भी अधिक था। उसके बिना क्या अब वह एक पल भी रह सकती है? रहना तो दूर उसके बिना जिन्दगी के बारे में सोच भी नहीं सकती। क्या विदर्ब उसके बिना रह सकता है? असंभव। मां—बाप, भाई, बहन, दोस्त सभी को तो छोड़ आई है वह। वही क्यों वह भी तो उसी का होकर रह गया हैं।

दोनों के लिए यह सोचना भी नामुमकिन था कि वह एक दूसरे के बिना एक दूसरे से अलग रह पायेंगे। मां के जाने के तीन पश्चात ही सभी कुछ सामान्य हो गया। मां के जाते समय उसे यही लगा कि मां के बिना अब तो दो दिन भी वह नहीं रह पायेगी, झूठा तार देकर वापस बुला लेगी, परंतु ऐसा कुछ नहीं हुआ।

विभा की प्रथम वर्षगांठ पर उसी प्रेम और आग्रह से मां व अन्य रिश्तेदारों को बुलाया था परन्तु दोनों परिवारों में से आया केवल पारूल का भाई था। भांजी के लिए दादी और नानी द्वारा दी गई सौगात और अशीर्वाद के साथ।

बीमारी, समय और व्यस्तता के कारण सम्बन्धी नहीं आ पाये, सभी ने पत्र और फोन द्वारा अपनी—अपनी विवशता जाहिर की थी। पारूल को दुख हुआ था। विदर्ब से अधिक।

सच पूछो तो विदर्भ मन–ही–मन प्रसन्न हुआ था कि अच्छा हुआ जो भीड़भाड़ नहीं हुई वरना पारूल तो उतने दिन उसके साथ अनजानों जैसा व्यवहार करती। विभा के आते ही वह उससे थोड़ा दूर वैसे ही हो गयी थी। दो दिन रह कर पारूल का भाई भी जल्दी ही आने का वादा करके चला गया था।

किसके पास समय है, फुर्सत है, इस भाग–दौड़, रेलम–पेल की दुनिया में जहां सभी अपना कल संवारने में लगे हैं।

विभा दो वर्ष की पूरी न हो पाई कि एक दिन डाक्टर ने बताया कि उनके घर एक और नया मेहमान आने वाला है। अबकी यह खबर सुनकर विदुर्ब ने खुशी से   भाँगड़ा नहीं किया न ही पारूल को गोद में उठाकर खुशी जाहिर की। इसका कारण वह खुद भी नहीं जानता था, शायद इसी को वक्त कहते हैं। हों खुश वह बहुत था।

पारूल के गर्भ धारण करने का पता चलते ही दोनों परिवारों में सूचना उसने दे दी थी, पारूल के मना करने के पश्चात भी। यह बात पारूल को हृदय तक टीस पहुंचा गई थी पर उसने एेसा कुछ जाहिर नहीं होने दिया था।

पारूल ने पुत्र–रत्न को जन्म दिया था। मां का कहना सत्य हुआ। विभा के सिर पर बालों के बने भौंरे ने अपना असर दिखा दिया था। हास्पिटल से ही उसने मां जी को फोन किया तो पता चला मां जी कि तबियत ठीक नहीं । उसे दुख हुआ था।

हार मान कर पारूल की मां को आना पड़ा था, वह भी बीमार ही थी परंतु पुत्री प्रेम में आना ही पड़ा।

तीन माह तक पाल–पोस कर वैभव की नानी भी अपने घर वापस चली गई। बेटी के घर तीन माह रहना उन्हें पसन्द नहीं था परन्तु दामाद के आग्रह पर रूकना ही पड़ा था। विदर्ब ने मां को बताया था कि उन्होंने वही नाम बेटे का रखा है जो वह विभा के समय रख गई थीं। मां ने बेटे से जल्द ही आने का वादा भी किया था।

विदर्ब बेटा पाकर बहुत प्रसन्न था। एक सुन्दर स्वस्थ बालक का बाप बनकर उसकी छाती चार इंच और चौड़ी हो गई थी। पारूल का शुक्रिया वह दिन में कई बार अदा करता, इस बात का कि उसने उसे एक बेटे का बाप भी बना दिया। पारूल के हृदय में कुछ माह पहले उठी टीस में मिठास आ गई थी।

यह पारूल और विदर्ब के प्रेम और आपसी सामन्जस्य के कारण ही दोनों नन्हें बच्चों को पालने में किसी को कष्ट नहीं हुआ। बच्चे जैसे खेल–खेल में पल गये, जिसे भी समय मिलता एक दूसरे की आंख चुराकर बच्चे के गन्दे नैपकिन साफ कर देता। कुछ काम ऐसे थे जो पारूल के बस के ही थे। वहां विदर्ब पारूल की मदद करने में असमर्थ था, फिर भी रात में जब वैभव रोता तो पारूल की आंख खुलने से पहले ही वह बच्चे को छाती से लगाकर चुप कराने का असफल प्रयास करता। कभी–कभी अपना कुर्ता और बनियाइन भी

उठाकर छाती से लगाता पर सब व्यर्थ था। पारूल को उसकी इस हरकत पर बड़ी हंसी आती। कभी–कभी तो वह आफिस में बैठी, अकेली जोर–जोर से हंसने लगती, या सोच कर मुस्कुराती। बहुत पूछने पर उसने विदर्ब की यह हरकत अपनी अभिन्न मित्र से बताई थी। इस पर वह बोली थी।

"पारूल तुम उनके प्यार का मजाक बना रही हो।"

"नहीं यार, सोच कर हंसी आ रही है कैसे औरतों की भांति पालथी मार कर बैठ जाते हैं, पोज बना कर जरा उस पोज की कल्पना करके देखो, तुम्हें भी हंसी आ जायेगी चाहे तुम अकेली क्यों न बैठी हो।" पारूल के इतना कहते ही पल भर में वह भी ठहाका लगाकर हंस पड़ी, फिर बोली–

"तू सही कह रही है।"

सुख में बीता समय पंख लगा कर उड़ता है, दिन के चौबीस घण्टे भी कम लगते हैं। विभा स्कूल जाती ही थी वैभव भी स्कूल जाने लायक हो गया देखते–ही–देखते। पता ही नहीं चला उन दोनो को।

आज दोनों सुबह ही शहर के सर्वोत्तम कहे जाने वाले स्कूल में जहां विभा पढ़ाती थी वैभव का भी एडमीशन करवा आये थे। सुबह नौ बजे दोनों बच्चे स्कूल जाते शाम आफिस से लौटते समय दोनों बच्चे अपने अभिभावकों की गोद में लौटते। वैभव को स्कूल छोड़ कर लौटे विदर्ब ने पारूल से अपनी इच्छा जाहिर की।

"पारूल।" प्यार से पुकारा।

"हां, बोलो, कोई खास बात।" पारूल ने सहज पूछा।

"हां, बहुत ही खास है।" यह गम्भीर होकर बोला।

"क्या?"

"अब तो कोई बहाना नहीं दोनों स्कूल गये हैं थोड़ा प्यार करते हैं, फिर फ्रेश होते हैं, उसके पश्चात आफिस के लिए निकलते हैं।"

"छी:। दो बच्चो के बाप हो गये हो।"

"हां, सो तो है पर जरा देखूं तो दो बच्चों की अम्मा में कुछ.........।" शैतानी हंसी हंसते हुए उसने पारूल को गोद में उठा लिया। फूल सी पारूल उसकी बाहों में झूल गई। आज भी उसमें कोई अन्तर नहीं आया था।

रविवार का दिन था, शाम चार बजे थे विदर्ब लॉन में बैठा पुराने गानों के कैसेट सुन रहा था, उसी टेप रिकार्डर पर जो उसे पारूल ने उसकी वर्षगांठ पर दिया था। पारूल अन्दर किचेन में चाय बना रही थी, कुछ पकौड़े सेंकने का भी आग्रह किया था विदर्ब ने। एक ट्रे में दो कप चाय और एक प्लेट में गर्मागर्म पकौड़े ले आई। विदर्ब किसी पत्रिका में

कोई लेख पढ़ रहा था बड़ी एकाग्रता से। उसने पारूल को नहीं देखा, ट्रे रखने की आवाज पर उसकी निगाह चाय पकौड़ो के साथ पारूल पर भी थी। वह मुस्काराया।

"तुम खाओ मैं कढ़ाई में पड़े पकौड़े भी निकाल कर लाती हूं।"

पारूल के जाने के पश्चात एक टुकड़ा पकौड़े का रख वह पुनः उसी लेख में खो गया।

"यह क्या सब ठंडा हो रहा है ऐसा क्या है इस किताब में।" पारूल कुर्सी पर बैठती हुई बोली।

"आज कल यह डी. एन. ए. टेस्ट बढ़िया है

"हां। सब बकवास है।" पारूल ने किसी प्रकार की कोई जिज्ञासा नहीं दिखाई, शायद वह पहले ही पढ़ चुकी थी।

"क्यो औरतों की पोल खोल देता है।" विदर्ब ने चुटकी ली।

"पोल खोल कर क्या होगा। यह तो नहीं पता लगा पायेगा कि वह कौन था, उस बलात्कारी को नहीं पकड़ पायेगा जो बच्चे का बाप होगा। वह तो आवारा कुत्तो की भांति वैसे ही समाज में नये शिकार के लिए घूमता रहेगा। अदालत में जो औरत जलील होगी, एक से एक अश्लील प्रश्नों की मार उसी पर पड़ेगी, वह सिद्ध नहीं कर पायेगी। कहीं अगर रिपोर्ट गलत हो गयी, बदल गई या फिर डाक्टर ने रिश्वत खा ली तो और यह भी एक अच्छा तरीका पुरूषों को पत्नी से छुटकारा पाने का मिल गया हैं, डाक्टर को कान्फीडेन्स में ले लो, पत्नी पर चरित्रहीन होने का आरोप लगा दो। आराम से बीवी से छुटकारा पा दूसरा विवाह रचाओं, दहेज लो। जीत तो हर तहर से मर्द की है। मर्दों के समाज में मर्दों के लिए यह सब होना कोई आश्चर्य नही।" पारूल की खुद नहीं समझ में आ रहा था कि वह क्या बोल रही है। विदर्ब तो भौचक्का था ही।

"अरे यार तुमने तो पूरा लेक्चर ही दे डाला, टेस्ट की धज्जियां उड़ा कर रख दीं, मैं तो कह रहा था कि हम लोग भी कराते हैं मजाक में देखने के लिए कि यह कितना सत्य है। एक उत्सुकता थी मन में।"

"यह जानने की उत्सुकता कि दोनों बच्चे तुम्हारे हैं भी या किसी और के।" पारूल ने ताना दिया।

"सॉरी भाई, माफ करो।"

"सॉरी की बात नहीं विदर्ब। अब तो मुझे भी उत्सुकता हो गई है इस टेस्ट की सत्यता जानने की।" पारूल दृढ़ता से बोली।

"ठीक है करवा लेंगे, चाय ठंडी हो रही है चाय पिओं।"

विदर्ब बात को टालने की गरज से बोला।

"कब?" उसने समय मांगा।

"यार अभी तो आफिस की ढेर सारी फाइलें निपटानी है।" वह उठते हुए बोला। हंसी मजाक उसे इतना भारी पड़ेगा इसकी उम्मीद उसे नहीं थी। इस अतिशय प्रेम के पश्चात भी पारूल उसे जान नहीं पाई थी।

प्रतिदिन की प्रत्येक शाम को वह दोनों घूमने अवश्य जाते थे पहले वह दो थे फिर तीन हुए और चार हो गये। तो भी यह नियम बरकारार रहा। पार्क में बच्चे खेलते। दोनों नये जोड़े की भांति कम प्रेमी–प्रेमिका की तरह बैठकर गुटुर–गूं करते। चाट की शौकीन पारूल को इतनी चाट खिला दी थी विदर्ब ने कि स्त्री होकर भी वह अब चाट से दूर रहने लगी थी। सर्दी हो या गर्मी वैभव के होने के बाद से वह आइसक्रीम खाने लगी थी।

आज वह पहली शाम थी बिना किसी खास वजह के जब विदर्ब के बार–बार आग्रह करने पर भी वह घूमने नहीं गई थी। बच्चे तैयार हो शोर मचा। थक कर अपने कमरे में कैरम की गोटियों और स्ट्राइकर पर क्रोध निकाल रहे थे।

वह दिन भी आया जब विदर्ब सपरिवार डी० एन० ए० टेस्ट के लिए गया। रिपोर्ट आने का इंतजार था। हंसी–हंसी में मामला गंभीर हो गया, परंतु अब सब ठीक था दोनों सामान्य थे।

विदर्ब के गले में बाहें डालते हुए पारूल ने चुटकी ली और बोली–

"विदर्ब यदि रिपोर्ट में आ गया कि एक बच्चा तुम्हारा नहीं या फिर दोनों ही तुम्हारे नहीं तो?"

"क्या बेवकूफी की बात करती हो, कोई मिला नहीं सुबह से जो मुझे मुर्गा बनाया जा रहा है।" विदर्ब उसका चुम्बन लेते हुए बोला।

"नही, मान लो ऐसा कुछ आ गया तो, मैं तुम्हारे विचार जानना चाहती हूं एक उत्सुकता है मन में।"

"मजाक उड़ा रही हो मेरा।"

"नहीं सच बताओं क्या करोगे?" पारूल ने जिद की।

"क्या करूंगा? मेरा है या नहीं मेरी पारूल के तो दोनों हैं, बहुत प्यार करूंगा।" वह भाव विभोर होता हुआ बोला।

"जलन नहीं होगी?" होठों पर उंगली फेरती हुई वह बोली।

"क्यों होगी अपनी जान की जान से नफरत, जलन, घृणा। जानती हो पारूल मेरे एक दोस्त के चाचा थे जिन्होने उस लड़की से ब्याह किया जो अपनी कोख में बच्चा लेकर आई थी। वह इस बात को जानते थे। उस औरत से विवाह होने पर भी उन्होंने उससे शारीरिक सम्बन्ध स्थापित नहीं किया, दुनिया की निगाहों में वह उसके पति बने रहे। उसे वह अत्यधिक प्यार करते थे, उसे सम्मान देते थे। बच्चे के जन्म के समय ही उस स्त्री का

स्वर्गवास हो गया परंतु उपहार स्वरूप वह अपने पति को बालक के रूप में नवजात शिशु दे गई। जिसके पिता के बारे में वह नहीं जानते थे।

दोस्त के चाचा ने दूसरा विवाह नहीं किया, उस बालक को अपना नाम दिया, पाला–पोसा, पढ़ाया लिखाया। जरा सोचो कितना कठिन होता हैं बिन माँ के नवजात शिशु को पालना।

"उस दोस्त को कैसे पता चला कि चाचा के साथ वह सब गुजरा।"

पारूल ने पूछा।

"एक दिन किसी बात को लेकर बाप–बेटे में तकरार हो गयी मामूली सी बात थी। उन्हें इतना दुख हआ कि हार्ट–अटैक पड़ गया। बेटे ने बहुत सेवा की दिनरात एक कर दी। खाना पीना भूल गया, पर उनका दुख कम नहीं कर पाया, उनको सदमें से उबार नहीं पाया।

मरते समय उन्होंने अपने उस बेटे को उसके जन्म का राज बता दिया। किसी दुर्भावना से नहीं, अत्यधिक प्रेम और क्षोभ के कारण।"

"ऐसा भी सम्भव है वह भी एक पुरूष के लिए कुछ अजीब सा लगता है।" पारूल ने अपनी राय जाहिर की।

"नही पारूल! विश्वास और प्रेम में बड़ी शक्ति होती है, मनुष्य अपना सम्पूर्ण जीवन ही होम कर देता है।"

"यदि विश्वास टूट जाये तो क्या प्रेम भी समाप्त हो जाता है।" पारूल ने विदर्ब की आंखो में आंखे डाल कर पूछा।

"विश्वास से कहीं ऊपर प्रेम है।"

"हां, सो तो है" पारूल ने हां में सिर हिलाया।

"फिर उस ढाई अक्षर के सामने तो सभी कुछ बौना सा लगता हैं प्यार में सब जायज़ है, नाजायज़ भी जायज़ हो जाता है।" विदर्ब ढाई अक्षर की महिमा का बखान एक प्रकांड पंडित की भांति कर रहा था।

"परंतु यह डाई अक्षर का प्रेम शब्द विश्वास के टूटने पर ऐसा बिखर जाता है कि.........।" पारूल आगे कुछ नहीं बोल पाई उसके पास शब्द ही नहीं थे वाक्य को पूरा करने के लिए।

"पारूल! हंसी मजाक में तुम इतनी गंभीर क्यों हो जाती हो?" विदर्ब धीरे से उसका हाथ दबाते हुए बोला था।

"नहीं! मैं तो यूं ही बात कर रही थी, मेरी बातों का कोई खास मतलब नहीं। तर्क करने में मजा आता है विशेषकर तुमसे।"

किसी के मन में कोई चोर नहीं था, दोनों एक—दूसरे पर अटूट विश्वास करते थे, एक दूसरे का हृदय से प्यार करते थे यह बात दोनों जानते थे।

कम्पनी से लौटते समय उसने रिपोर्ट भी ले ली थी। रिपोर्ट पढ़कर उसके पैरों के नीचे से जमीन खिसक गई। पैर लड़खड़ा रहे थे। पैरों की क्या सम्पूर्ण शरीर की शक्ति जैसे अचानक किसी ने खींच ली हो। मस्तिष्क जैसे कुछ सोचने समझने की शक्ति खो चुका हो। वह रिपोर्ट तब तक पढ़ता रहा, बार—बार पढ़ता रहा जब तक उसका एक—एक अक्षर उसकी आंखों के सामने धुँधला सा नही हो गया। रिपोर्ट लेकर वह घर नही गया, अपने जड़ शरीर को ढोकर गाड़ी तक ले गया। जाने कैसे गाड़ी ड्राइव कर एक पार्क तक आया था। पार्क की एक बेंच पर बैठा अपने जड़ मस्तिष्क में कुछ उठने की राह देखता रहा बहुत देर तक।

प्रेम रूपी भारी भरकम वृक्ष को एक कागज के टुकड़े रूपी तूफान ने ढेर कर दिया। विश्वास और प्रेम के परखचे उड़कर जाने कितनी दूर तक गये थे विदर्ब से। रात के ग्यारहा बज चुके थे। यह पहला मौका था जब वह पारूल को बताये बिना इतनी रात का बाहर था, घर से, पारूल से, बच्चो से।

बोझिल कदमों से वह गाड़ी तक पहुंचा, उसे नहीं मालूम कैसे कार स्टार्ट की और कैसे घर पहुंचा, जैसे कोई व्यक्ति अत्यधिक मदिरा का सेवन कर पूरी तरह नशे में चूर लड़खड़ाते कदमों से घर पहुंचा हो और अपने ही घर को आश्चर्य से अपरिचितों की भांति फटी—फटी आंखों से बार—बार देखता हो।

पारूल उसे इस हालत में देख बुरी तरह घबरा गई। वह तो कभी बाहर पीता नहीं। उसे सहारा देने पर ही मालूम हुआ कि उसने शराब नहीं पी थी, न ही वह नशे में था। उसकी इस हालत को कारण जानने को बेताब पारूल ने लाख कोशिश की परन्तु असफल रही विदर्ब के मन की बात जानने में।

काफी मिन्नतों के बाद भी वह उस रात उसे खाना नही खिला पाई। बिस्तर पर उसके पार्श्व में लेट कर प्यार करने का प्रयास करके भी उसकी परेशानी का कारण नही जान सकी। पारूल को विदर्ब की यह खामोशी, चुप्पी अब असहनीय होने लगी थी। वर्षों का प्यार और विश्वास चन्द घण्टों में दम तोड़ रहा था। क्या खता थी उसकी, उसे नहीं मालूम। सजा मिल रही थी यह मालूम था क्यों मिल रही थी, इसका ज्ञान नहीं था।

उस रात पारूल कब सोई, रात्रि के किस पहर में उसने आंखे झपकाई, उसे नहीं मालूम। शायद एक पल को भी उसकी उन सुन्दर मासूम आंखों ने विश्राम नहीं किया था। सुबह से उसने सामान्य होने का प्रयास किया था परन्तु विदर्ब के ठंडे से, मौन के सामने वह सामान्य नहीं हो पाई।

विभा और वैभव द्वारा विदर्ब को नित्य की भांति लिये गये चुम्बन पर किसी प्रकार की

पहले जैसी प्रतिक्रिया नहीं देखी।

एक सप्ताह में ही उसने हथियार डाल दिये और ऐसे ही वातावरण को, घर के माहौल को स्वीकार कर लिया। पूछते–पूछते वह हार गई थी, थक गई थी, पर वह मौन ही था, अब जितना विदर्ब बोलता उससे कम ही शब्दों में वह उसे उत्तर देती, एक शब्द भी जरूरत से अधिक जबान से नहीं निकलता।

समय अपनी गति से ही चल रहा था। पारूल को अवश्य समय की गति जो पंख लगाकर उड़ती महसूस होती थी अब लगता था, समय थम सा गया है, रूक गया है, गतिहीन हो गया है। बच्चों के साथ पारूल की शामें घर में ही बीतने लगीं। विदर्ब काफी रात गये घर आता। डायनिंग चेयर पर रात में भोजन के लिए यदि विदर्ब बैठता   तो वह भी खामोशी के साथ खाना खा लेती वरना किचेन का खाना फ्रिज में रख एक ग्लास पानी पी सो जाती। यह पूछना उसने बन्द कर दिया था कि वह क्यों नहीं खा रहा, कहीं से खाकर आया है।

उस शाम के पश्चात विदर्ब ने पारूल से कभी नहीं पूछा कि वह खाना क्यों नही खा रही है, शाम कहीं चलते है, कुछ चाहिए तो नहीं आदि अनेक बातें जो क्षण–क्षण भर में पूछता था, अब नहीं।

विरक्त भाव लेकर दोनों एक दूसरे के साथ एक छत के नीचे रह रहे थे।

अपरिचित से एक बिस्तर पर सोने से पारूल का बहुत कष्ट होता था, इधर दो दिनों से वह बच्चों के कमरे में आ गई थी। इस विषय पर, इसका कारण भी नहीं जानना चाहा था विदर्ब ने। दो–तीन रातें उसने विदर्ब के इन्तजार में काटीं कि वह आयेगा, उसके चिर परिचित कदमों की आहट सुनने के लिए कान इन्तजार करते रहे परंतु ऐसा कुछ नहीं हुआ।

अब तो दोनों ही इस स्थिति के अभ्यस्त से हो गये लगते थे क्योंकि बिस्तर पर जाते ही दोनों सो जाते थे शारीरिक और मानसिक थकान के कारण।

समय बीतता गया। एक दिन वैभव की मामूली जिद पर विदर्ब ने उसे बुरी तरह पीट डाला। पारूल तो कुछ देर तक समझ नहीं पाई कि आखिर वह यह क्या देख रही है। आखिर हुआ क्या? ऐसा क्या कर दिया इस मासूम बच्चे ने जो उसके अपने पिता ने उसे इस बुरी तरह पीट दिया। इधर कुछ समय से वह देख रही थी कि विभा के प्रत्येक जिद को वह पूरी करता था और नन्हें वैभव को वह बात–बात में फटकार देता था, यहां तक कि वह प्यार से अपनी नन्हीं बाहों को विदर्ब के गले में डाल चुम्बन लेने का प्रयास करता उससे पहले ही विदर्ब उसे अपने से एक हिकारत भरी नजर डाल कर अलग कर देता था। आज की इस मार के पश्चात शायद वह जीवन में कभी अपने पिता के गले में बांहे डालने या उसके गालों को चूमने का साहस नहीं जुटा पायेगा। पारूल सोचती थी कि पिता को

पुत्री अधिक प्यारी होती है, उसे भी उसके पापा भाई से कहीं अधिक लाड़ करते उसकी जिद पूरी करते थे।

आज जो हुआ ऐसा तो कभी उसने अपने घर में नहीं देखा था। आखिर है तो उसी का बेटा। आज जो उसने वैभव के साथ सुलूक किया वैसा कोई सौतेला बाप भी नहीं करेगा।

वैभव को लेकर वह चुपचाप बच्चों के कमरे में आ गई। कुछ कहने के लिए वह शब्द नही जुटा पा रही थी। आज वह जीवन में पहली बार अपने आपको शब्दों के मामले में कंगाल महसूस कर रही थी। कभी ऐसा भी हो सकता है इसका ज्ञान आज उसे हुआ था।

पारूल को रात नींद नही आई वह बेचैन थी। उसे यह जानने की जिज्ञासा थी कि आखिर ऐसा क्या हो गया जो सब कुछ समाप्त करता जा रहा है। उस रात वह खून के आंसू रोई नहीं, खून का घूंट–दर–घूंट पीती रही थी। बिस्तर पर लेटी वह शून्य में कुछ खोजने का असफल प्रयास करती रही। साफ सफेद दूधिया छत का एक टक देखती रही। सात समुद्र पार की दूरी भी इतना दुख नहीं देती जो पास रहकर यह दूरी दे रही थी। उसे कभी–कभी लगता वह अपना मानसिक संतुलन खो देगी, वह पागल हो जायेगी।

सच तो यह था कि दोनों अपने–अपने अतीत में खोकर भी वर्तमान की धूल को साफ नहीं कर पा रहे थे। यह कैसा अन्तर्द्वन्द्व था, कैसी जिद थी खास कर विदर्ब की

एक दूसरे की सांसों का हिसाब रखने वाले एक दूसरे की हिचकियों से बेखबर थे।

आखिरकार इस बांध को तोड़ने की शुरूआत पुनः अपना अहम् तोड़ पारूल ने ही की।

"विदर्ब।" आवाज आत्मविश्वास और स्वाभिमान से भरी थी।

"हां।" जाते–जाते विदर्ब बोला।

"यहां बैठो।" उसका अंदाज ऐसा था जैसे अध्यापिका अपने किसी शरारती छात्र से उसकी उद्दण्डता के बारे में बात करने के लिए बैठने को कह रही हो।

"क्यों?"

"तुमसे कुछ बात करनी है, वह भी अत्यधिक आवश्यक है, वरना कभी न रोकती, न ही बैठने को कहती।"

"क्या? विदर्ब बात करने के मूड में नहीं था।

"ऐसे कब तक और कैसे चलेगा?"

"क्या और कैसे?" अनजान बनने का ढोंग करता हुआ वह बोला, प्रश्न के उत्तर में प्रश्न किया।

" यह अचानक वैभव के प्रति तम्हारा कैसा रवैया हो गया है?"

"कुछ तो नहीं, बस यूं ही।"

"यूं ही कैसे? आखिर जरा से बच्चे से ऐसा कौन सा अपराध हो गया, कौन सा पाप कर डाला उसने।" वह आवेश में बोली यही कारण था कि इस एक वाक्य को बोलने में हांफने लगी थी।

"छोड़ो भी जाने दो पारूल"

"नहीं! जाने कैसे दूं कितने दिनों से मैं बर्दाशत कर रही हूं तुम्हारी इस चुप की असहनीय पीड़ा देने वाली मार की। अब बर्दाश्त के बाहर हो रहा है विदर्ब। तुम्हे अब कारण बताना ही पड़ेगा।" वह दृढ़ता से बोली।

"क्या सुनना चाहती हो?" वह बोला।

"इतना तो मैं भी समझती हूं कि कुछ तो है तुम्हारे हृदय में जो तुम्हें भी चोट पहुंचा रहा है क्या है यह नहीं जानती।"

"तुम तो बहुत समझदार हो, सब समझती हो, इस समझ के कारण कम्पनी तुम पर मेहरबान है, घर दे रखा है, बड़ा सा घर जिसमें मैं और मेरी बेटी भी रहते है।" क्या बोल रहा है वह नहीं जानता था, जानता था तो बस इतना कि वह व्यंग में बोल रहा है, घृणा में बोल रहा है।

"कैसी बातें कर रहे हो?"

"क्यों, हृदय में चोट लगी।" घृणा से पारूल की ओर देखकर बोला।

वही विदर्ब था, वही आंखे, पर उन आंखो में आये भावों की कल्पना से भी परे थी पारूल।

"हां, हृदय को चोट ही नही लगी, तुमने तो मेरा कलेजा ही काट डाला, उसके टुकड़े–टुकड़े कर डाले।" वह रो पड़ी।

"हां, मेरा भी यही हाल हुआ था।" वह गहरी सांस खींच कर बोला।

"कब, कहां, क्या किया मैंने ऐसा?" वह आश्चर्य और कातर दृष्टि से विदर्ब को देख रही थी।

"छोड़ों भी।" कह कर वह अपन कमरे में जाने को बढ़ा।

"छोड़ूं कैसे विदर्ब! कैसे?" इतना कह कर उसने विदर्ब की बांह कस कर पकड़ ली।

विदर्ब ने बिना एक शब्द बोले उसके दोनों हाथों से पकड़ी अपनी बांह को छुड़ा लिया। उस समय उसकी आंखों में न तो क्रोध, न ही घृणा थी, न ही तिरस्कार, प्रेम का तो प्रश्न ही न था। कुछ था तो अवश्य जो विदर्ब की अपनी समझ के भी परे था।

"विदर्ब तुम्हें बताना पड़ेगा वरना मैं अपने आपको समाप्त कर लूंगी, मुझें बच्चों का मोह भी रोक नहीं पायेगा, तुम्हारे बच्चे हैं तुम जानो।" वह फूटकर रो पड़ी।

"मेरे बच्चे?" एक व्यंगयात्क खिसयाई हंसी के साथ वह बोला।

"क्या?" पारूल अवाक् उसका मुंह देख रही थी।

"हां पारूल! विभा अवश्य मेरी बेटी है पर वह बच्चा तुम्हारा बच्चा राम जाने किसका पाप है।"

"विदर्ब......." चीख पड़ी पारूल क्रोध और आश्चर्य से।

"चिल्लाओ मत। टेस्ट की रिपोर्ट आ चुकी है।" वह धीरे से बोला।

"क्या?"

"हां धक्का लगा, ठेस पहंची?" विदर्ब ने घृणा भरी नजरों से उसे देखा।

"नहीं ताज्जुब हुआ, अब तक तुमने बताया नहीं।"

"नही बताया, क्या बताता जिस बेटे के गर्भ में आने से लेकर अब तक मैं पागलों की भांति प्यार करता रहा वह मेरी औलाद ही नहीं।"

पारूल मौन थी, बस एक टक विदर्ब को देखती रही फिर अचानक बोली—

"कहां गया तुम्हारा अटूट प्यार, खाई गई कसमें, किय गये वादे?"

"ऐसा क्यों किया तुमने पारूल।" विदर्ब शांत था, कहीं क्रोध या रोष के भाव उसके चेहरे पर इस समय नहीं थे।

"मैंने क्या किया, क्या नहीं, इन प्रश्नों का उत्तर देना आज व्यर्थ है। मैं निर्दोष हूं, रिपोर्ट गलत हो सकती है, बदल सकती है, पर इस समय जो तुम्हारी मनःस्थिति है उसमें कुछ समझना—समझाना व्यर्थ होगा।"

"इसका जवाब तुम दे ही नहीं सकती।"

"हां तुमने प्रश्न पूछने में बहुत देर कर दी इस कारण अब इसका जवाब मैं नहीं दूंगी, इसका उत्तर तुम्हें समय आने पर अपने आप मिल जायेगा लेकिन तब बहुत देर हो चुकी होगी। तुम्हारी आत्मा रोयेगी, तुम्हें धिक्कारेगी तुम बहुत पछताओगे। अफसोस कि उस समय पारूल तुम्हारे साथ नही होगी।"

"पारूल!" वह मुस्करा दिया"

"अभी कुछ कहना व्यर्थ है क्योंकि तुम्हारी बुद्धि हमारा प्यार, विश्वास, वादे, कसमें छोड़ो— कुछ नही कहना, कुछ भी नहीं कहना है।"

एक लम्बी सांस और दुख में डूबी थी पारूल।

"कहने को है ही क्या?" विदर्ब पुनः ताना दिया था।

"बहुत कुछ है पर अब कहूंगी नहीं, इतने दिनों से तुम्हारा मौन अत्याचार सह रही थी, अब तुम्हारी बातें भी सुनूंगी।

"मैं कुछ भी सुनाना नहीं चाहता।" विदर्ब बोला

"वक्त आने दो, तुम अपनी बात सुनाने के लिए गिड़गिड़ाओगे, मैं नही सुनूंगी, कम से कम इस जन्म में तो नही।"

"एक बात केवल एक बात कहनी है तुमसे।" विदर्ब पारूल को देखकर बोला।

"तुम कष्ट मत करो, मैं ही तुम्हारी बात भी पूरी किये देती हूं।" थोड़ा रूककर बोली।

"अब हम एक छत के नीचे एक साथ नहीं रह पायेंगे, मैं कहीं और इन्तजाम कर लेती हूं। विदर्ब के हृदय में आये विचारों को पारूल ने कितनी आसनी से समझ उसकी बात, उसके मन की बात कह दी थी।

"तुम क्यों मैं और विभा कहीं और शिफ्ट कर जाते है आखिर यह घर तो तुम्हारा है। तुम्हारी कम्पनी ने तुम्हें दिया हैं। तुम्हारे नाम एलाट् है।"

"विभा के साथ क्यों?" मां की ममता बोली।

"क्योंकि वह मेरी बेटी है, मै उसका पिता हूं।"

"और वैभव?" एक और नाकाम कोशिश।

"वह तुम जानती हो।"

"वि......द.....र्ब।" पारूल इसके आगे कुछ नहीं बोल पाई।

"हां पारूल तुमने मेरा विश्वास तोड़ा है।"

"ठीक है, मैं तो पहले ही विश्वास को प्रेम से ऊपर मानती थी, तुम ही प्रेम को सर्वोपरि मानकर उसकी दुहाई देते रहते थे।"

"वह मेरी भूल थी।"

"ठीक है, तो अपनी बेटी को मांगकर और अपने बेटे को त्यागकर अपनी भूल सुधार रहे हो।"

"हां, ऐसा ही समझ लो।" वह बेशर्मी से बोला।

"बेटी को इतना प्यार मत देना....।" वह अपनी बात भी पूरी नहीं कर पाई कि वह बीच में ही बोला था–

"फिलहाल तुम्हारी नसीहत की जरूरत मुझे नहीं।"

"ठीक है अभी तुम्हें मेरी राय की आवश्यकता नहीं, जब आवश्यकता होगी तब मैं तुम्हारे पास नहीं होऊंगी अपनी राय देने के लिए। सुबह चलते समय उसने सब भूलकर एक प्रयास और किया था उसने कहा था।

"विदर्ब रिपोर्ट गलत है? बदल गई होगी। बड़ा गन्दा और घिनौना मजाक किया है वख्त ने हमारी जिंदगी में, विश्वास करों, मालूम करो, कहीं कुछ गड़बड़ है, अपने बच्चों का

जीवन बर्बाद मत करो।"

विदर्भ ने कोई उत्तर नहीं दिया, न ही किसी प्रकार की प्रतिक्रिया जाहिर की।

पिता पुत्री चले गये कुछ आवश्यक सामान के साथ। कुछ दिन होटल में रहे उसके पश्चात शहर से थोड़ी दूर एक छोटा सा फ्लैट ले लिया किसी सोसाइटी द्वारा बनाये गये अपार्टमेन्ट में जिससे घर और बेटी की सुरक्षा की चिन्ता न रहे। कम्पनी के एक बूढ़े चपरासी को अपने यहां रहने की जगह दे दी। वह भी अकेला था उसे भी सहारा मिल गया। विभा को वह बहुत स्नेह करता था। वैभव और पारूल उसी घर में थे।

समय बीतता रहा, वैभव को तो आदत पड़ गई अपने पिता और दीदी के बिना रहने की परन्तु पारूल नित्य सुबह उठकर दो कप बेड टी बनाती एक विदर्भ की दूसरी अपनी। विदर्भ को याद कर वह दोनों कप चाय पीती। पेपर भी वह अंग्रेजी का बाद में पढ़ती हिन्दी का पहले क्योंकि विदर्भ पहले अंग्रेजी का अखबार ही पढ़ता था।

गद्दों, तकियों, चादारों में वह विदर्भ के बदन के महक को महसूस करती। घर में विदर्भ के होने का बराबर उसे एहसास होता।

विदर्भ की डायनिंग चेयर पर वह भूल से भी नहीं बैठती। सुबह के नाश्ते और रात के भोजन पर वह उसके नाम की प्लेट भी लगाती।

विभा की कमी से कम नहीं थी विदर्भ की कमी उसके लिए।

जो कपड़े बाप–बेटी के बचे गये थे उन्हें सम्भाल कर एक वार्ड रोब में सजा दिये थे। उसे लगता अभी आकर वह कहेगा–

"पारूल वह नीली स्ट्राइप्स की शर्ट और उसके साथ का सूट व टाई, मैचिंग निकाल दो, मुझे अभी जाना है, जरा जल्दी करना।" परन्तु ऐसा कभी नहीं हुआ। कपड़े वैसे ही हैंगर पर लटके रहे और पारूल से अपनी दूरी बढ़ाते रहे।

तलाक की नोटिस भी विदर्भ को पारूल की तरफ से मिली थी। तलाक देने के पीछे उसकी भावना यही थी कि वह अपने पति को पूर्णतया आजाद कर दे ताकि यदि कभी वह दूसरा विवाह करना चाहे तो उसे किसी प्रकार की दिक्कत न हो। वैसे भी यदि यह नोटिस उसके पास विदर्भ की ओर से आती तो शायद वह जीते जी ही मर जाती या हीन भावना के कारण पागल हो जाती फिर उसके वैभव का क्या होता। वह स्वयं मुक्त नहीं होना चाहती थी। इतने अपमान के पश्चात भी जाने क्यों वह विदर्भ से घृणा नहीं कर पाई थी। घृणा करना उसके वश में नहीं था।

विदर्भ को प्राणों से प्यारी पत्नी से इस कदर बेवफाई और तलाक की नोटिस मिली थी उसे तो प्रेम से कहीं अधिक घृणा हो गयी थी, पारूल से , पारूल से ही क्या औरत जाति से। पारूल के साथ बिताया गया एक–एक पल उसे छल से भरा लगता था।

स्वर्ग से भी सुन्दर कहे जाने वाले पल जो उसने पारूल के साथ व्यतीत किये थे अब नर्क से भी गंदे लगने लगे थे, भयानक लगने लगे थे। जितना अधिक वह अपने प्रेम के बिताये क्षणों को याद करता उतना अधिक वह पारूल से घृणा करता।

उसकी समझ के परे था कि वह इतनी घृणा कैसे कर सकता है उससे जिसे वह अपने प्राणों से भी कहीं अधिक प्रेम करता हो।

अति का प्रेम ही अति की घृणा का जन्मदाता होता है जब विश्वास टूटता है।

एक शाम वह वैभव को होमवर्क करवा रही थी कि तभी कालबेल बज उठी। दरवाजा खोला सामने विदर्भ और विभा खड़े थे। विभा दौड़कार मां के गले से लिपट गई, महीनों पश्चात मां बेटी मिल रही थी। दोनों आंखे भर आयीं थीं। हजार कोशिशों के पश्चात भी वह अपनी ममता पर नियंत्रण नहीं रख पाई थी आंखों से निकला खारा पानी बूंद बन गालों से होता हुआ ग्रीवा तक आकर गायब होता गया।

माँ को चूम कर वह भइया वैभव के पास भाग गई थीं अपने चिर–परिचित कमरे में। पारूल तुमसे कुछ बात करनी है। वह गिड़गिड़ाने के अंदाज में बोला था। मिन्नत भरे लहजे में।

"बैठो" वह गम्भीरता से आँखें पल्लू से पोछती हुई बोली।

"मुझे माफ कर दो।" बिना किसी सन्दर्भ के वह बोला

"किस बात के लिए?" पारूल बोली

"वह रिर्पोट झूठी थी, बदल गई थी" वह गिड़गिड़ाया।

"मालूम है।"

"मैं गलत था।"

"यह भी मालूम था तुम्हे सचेत भी किया था। तुम्हारे प्यार का वास्ता दिया था।"

"मैं पछता रहा हूँ मुझे माफ कर दो।"

"माफ करने और न करने का तो प्रश्न ही नहीं उठता। यहाँ तो प्रश्न है विश्वास का। दुखी तो इस बात से हूँ कि तुम्हें मुझ पर, मेरे प्यार पर, मेरी बात पर यकीन नहीं था। एक अनजान डाक्टर के दिये एक कागज के टुकड़े पर इतना यकीन। वर्षो से साथ रह रही, दुख–सुख में साथ देने वाली इस हाड़मास की जान न्योछावर करने वाली पत्नी पर, उसकी बात पर विश्वास नहीं।"

"हवन कुंड के चारों ओर पवित्र अग्नि को साक्षी मान, लगाये गये फेरों, खाई गई कसमों पर यकीन नहीं। इस मासूम पर जुल्म करते समय बाप होकर भी तुम्हारे हाथ कैसे नहीं काँपे, तुम्हारी आत्मा ने तुम्हें धिक्कारा कैसे नहीं।"

"तुम्हे आत्मग्लानि क्यों नहीं हुई? क्या इन सबसे ऊपर थी वह झूठी रिपोर्ट।"

"मुझे अफसोस इस बात का नहीं कि तुमने रिपोर्ट को सही माना, अफसोस तो इस बात का है कि मेरे प्यार मेरे समर्पण को कोई अहमियत नही दी।"

"अब तो मान रहा हूँ" वह सिर झुकाकर धीरे से बोला" नहीं विदर्ब अब सम्भव नहीं तुम्हारे साथ रहना मेरे लिए। जितनी अधिक जिस पर आसक्ति होती है उतनी अधिक उससे विरक्ति भी होती है।"

"मुझ पर यकीन करो पारूल प्लीज।"

"नहीं अब नहीं, घृणा मैं तुमसे इतना सब होने के बाद भी नहीं कर पाई और विश्वास लाख प्रयत्न करने पर भी मैं तुम पर नहीं कर पाऊँगी। मेरे लिए तुम पर सही अर्थों में यकीन करना असम्भव हो चुका हैं तलाक की नोटिस मैंने अपनी नहीं तुम्हारी आजादी के लिए भेजी थी, ताकि यदि तुम चाहो तो दूसरा जीवन साथी तलाश लो।"

"यदि कभी ऐसा लगे कि विभा की परवरिश में तुम्हें किसी प्रकार की कोई परेशानी, दिक्कत आ रही है तो निःसंकोच अपनी बेटी उसकी माँ को दे जाना।"

"पारूल प्लीज"

"विदर्ब तुम्हारी जगह मैं होती तो रिपोर्ट मिलते ही, सबसे पहले तुम्हे बताती कि ऐसी रिपोर्ट आई है। उस पर बात करती, कहीं भी किंचित मात्र शक का अहसास होता तो दोबारा टेस्ट करवाती। यदि ऐसा कुछ सचमुच होता तो तुम्हें भी उस हीन भावना से बाहर निकालती कारण पूछती, मौन नहीं हो जाती, मासूम बच्चे पर कहर नही ढ़ाती, तुमसे दूर नही जाती।"

अब तक खामोश विदर्ब फूट–फूट कर रो पड़ा।

"मैं क्या करूँ पारूल।"

"मेरा तो जीवन ही नष्ट हो गया, वह अपमान, वह तुम्हारी आँखों में मेरे प्रति घृणा, तिरस्कार, तुम्हारा घर छोड़ना और इन सबसे कहीं अधिक तुम्हारी वह दिनों–दिनों चलने वाली खामोशी जिसे मैं जीते–जी नहीं भूल पाऊँगी। इसके साथ तुम्हारा प्रेम जाने कैसा प्रेम जो..... ।"

"मुझे कुछ समझ में नहीं आ रहा कि मैं क्या करूँ" वह हाथ जोड़कर बोला।

"घर जाओ, सोचो और जो उचित लगे करो, कि आगे क्या करना है। इतनी लम्बी जिन्दगी अपनी बेटी के साथ बिता पाओगे या किसी तीसरे की आवश्यकता होगी क्योंकि अभी बच्ची छोटी है, तुम्हारी भी उम्र है, विवाह लायक, विभा भी तुम्हारी पत्नी को माँ के रूप में स्वीकार कर लेगी।"

"हाँ यह ध्यान रखना अब मेरा तुम्हारे जिन्दगी में वापस आना असम्भव है।" पारूल ने अपना अंतिम निर्णय सुना दिया था।

"तुम माफ नहीं करोगी?" विदर्ब पुनः रो पड़ा।

"क्या जहिलों जैसी बातें कर रहे हो। पढ़े—लिखे विद्वान हो, एक ही बात को बार—बार दोहराने से क्या लाभ।"

विदर्ब उठा, विभा को अवाज़ दी, चाह कर भी वह अपने बेटे को छाती से लगा कर प्यार नहीं कर पाया। विभा की उँगली पकड़े वह फ्लैट की सीढ़ियाँ, धीरे—धीरे उतरता पारूल की आँखों से ओझल हो गया।

∎ ∎ ∎

बन्द मुट्ठी

जीवन से निराश एक व्यक्ति महात्मा जी के पास पहुँचा। सच्चे अर्थ में वह महात्मा ही थे। बाल–ब्रह्मचारी। माता–पिता विहीन बालक का बाल्य–काल एक सच्चे सन्यासी की छत्र–छाया और चरणों में ही व्यतीत हुआ था। गुरू की अथाह सेवा की थी उन्होनें। वर्षों उनके चरणों में बैठ वेदों–शास्त्रों का अध्ययन किया था। ज्ञान प्राप्त किया था।

अपने सभी शिष्यों में गुरू ने महात्मा जी को उचित ज्ञानी और श्रेष्ठ मानकर ही अपना उत्तराधिकरी घोषित कर उन्हें गद्दी सौंप स्वयं जल–समाधि ले ली थी।

ज्ञान और निश्छलता उनके मस्तक पर पड़ी तीन लम्बी समानान्तर रेखाऐं स्पष्ट करती थीं। आश्रमवासी पूर्ण सन्तुष्ट थे, गुरू की गद्दी पर गुरू महाराज द्वारा जब वह बिठाये गये थे। महात्मा आज भी अपने आचार–विचार, ज्ञान और व्यवहार के कारण पूजे जाते थे।

"महात्मा जी मैं जीवन से पूर्णतया निराश होकर आपकी शरण में आया हूँ, आपके आश्रम में आश्रय पाना चाहता हूँ। मुझे अपने चरणों में स्थान देने की कृपा करें।

"जीवन से ऊबकर, निराश होकर नहीं, जीवन से और जीवों से प्यार करते हुए अपने गृहस्थ जीवन को, कर्त्तव्यों का पालन करने की शक्ति आ जाये।" वह आदर और नम्रता से बोला। सत्य बोला था। शायद इसी सत्य के कारण ही महात्मा जी ने अपने आश्रम में उसे आश्रय दे दिया।

कुछ समय तक तो मन लगाकर पूरी लगन से वह आश्रम के सभी कार्य करता रहा, गायों की सेवा से लेकर भजन कीर्तन, आश्रमवासियों को भोजन कराता, प्रवचन सुनाता, धार्मिक पुस्तकें पढ़ता, संध्या करता, सुबह ब्रह्ममुहूर्त में उठकर गंगा स्नान कर ध्यान लगाता। उसके मुख–मण्डल पर एक प्रकार का तेज दिखने लगा था। वह सभी का आदर सम्मान करता, हर–समय मुस्कुराता रहता महात्मा जी के सभी शिष्य उससे प्रसन्न थे। आश्रमवासी खुश थे, जल्दी ही महात्मा के पास उसे अपना शिष्य बना लेने की सिफारिश भी पहुँची। महात्मा जी उस सिफारिश पर कोई टिप्पणी न कर मुस्करा भर दिये।

जल्दी सब करना था, ऐसे सौम्यता से पेश आना था, परिश्रम करना था, तो घर परिवार क्या बुरा था।

एक दिन वह महात्मा से एकान्त में मिला।

"स्वामी जी क्या आप मुझे ईश्वर के दर्शन करा सकते हैं। एक बार उस शक्ति के दर्शन कर लूँ तो मेरा मन इस आश्रम में लग जाये।" उसका एक गुण अभी भी उसके पास

बचा था, सत्य बोलने का, विशेषकर अपने माने हुए गुरू सें।

"अवश्य, जब कहो मैं तुम्हें तुम्हारी उस शक्ति से मिला दूँगा। महात्मा जी ने बड़े धैर्य और आत्मविश्वास के साथ उसके प्रश्न का उत्तर दिया।

"क्या आपने ईश्वर का साक्षात्कार दिया है?"

उसने महात्मा से प्रश्न किया एक जिज्ञासावश। कुछ सोचते हुए महात्मा जी मुस्कुराये और बोले–

"साक्षात्कार तो नहीं, हां, ईश्वर की शक्ति की अनुभूति होती रहती है।"

"उसी शक्ति की अनुभूति करा दीजिए।" वह बड़ी विनम्रता से बोला।

"हां, वह तुम भी कर सकते हो।" स्वामी जी उसे देखते हुए बोले।

"कब?" उत्सुकता से उसने महात्मा की ओर देखकर पूछा।

"कल दोपहर भोजन के पश्चात दूर ऊपर उस पहाड़ी पर चलना।" इतना कह कर महात्मा ने उसे कक्ष से बाहर जाने का इशारा दिया।

वह मन–ही–मन बड़ा प्रसन्न हुआ, यह सोच–सोचकर वह फूला नही समा रहा था कि अभी जुम्माँ–जुम्माँ आठ दिन उसे इस आश्रम में आये हुए और ईश्वर दर्शन भी हो जायेंगे।

मन–ही–मन सोच रहा था कि वापस अपने गाँव जाकर सभी गाँव वालों को बतायेगा कि किस प्रकार उसे ईश्वरीय शक्ति के दर्शन हुये। लोग उसकी जय–जयकार करेंगे। आस पास के गाँवों में चार्चा होगी, दूर–दूर से लोग उसके दर्शन हेतु आयेंगे, ढेरों चढ़ावा आयेगा।

उचित स्थान पर वह जमीन घेर कर मंदिर बनवायेगा, मंदिर के नाम पर उसे मुफ्त जमीन मिल जायेगी। जीवन भर कुछ भी करने की आवश्यकता नहीं रहेगी, परिवार के भरण–पोषण के लिए उसे परिश्रम नहीं करना पड़ेगा। जाने कितने सपने, जाग कर, उसने उस रात देख डाले।

वह ऊँचे मंच पर विराजमान है, लोग उसके चरणों में शीष नवा रहे हैं। स्वामी जी, स्वामीजी कहते लाखों श्रद्धालु उसकी ओर बढ़ चले आ रहे हैं। मतलब भर का शास्त्रों का अध्ययन कर ही लिया है। अत्यधिक खुशी और अंहकार के कारण रात भर सो नहीं पाया। नींद तो जैसे उससे कोसों दूर चली गई थी।

सुबह नित्य से वह कहीं पहले उठ गया। आश्रमवासी अचरज से उसे देख रहे थे।

आज उसका मन न तो गंगा स्नान में लगा और न ही पूजा, अर्चना में ध्यान लग पाया। दोपहर का भोजन अवश्य उसने नित्य से अधिक किया। पहाड़ी की चोटी तक पैदल चल कर जो जाना था, ऐसा ही विचार उसके मस्तिष्क में भोजन के समय बार–बार

आ रहा था। महात्मा जी ने आज दोपहर के भोजन में केवल दूध और फल ही लिये थे। पहाड़ी पर जो चढ़ना था।

अधिक भोजन खाने के कारण आलस में डूबा वह अपनी कोठरी में आकर लेट गया। पेट के भारीपन को समाप्त करने की लालसा में वह बार–बार इधर–उधर करवट बदल रहा था। तभी महात्मा जी स्वयं उसकी कोठरी में आये ओर बोले।

"चलो पहाड़ी पर चलना नहीं हैं?

महात्मा जी का आना और पहाड़ी पर चलने के लिए कहना उसे इस समय कदापि उच्छा नहीं लगा। उसे क्रोध भी आया परन्तु वह अपने क्रोध को पी गया। जेठ की तपती दोपहर में यह पहाड़ी पर चढ़ना उसे कतई गवारा नही था, पर क्या करता, रात भर देखे गये सपनों पर अपने जरा से आलस के कारण क्या पानी फेर देता, दूसरा मौका मिलना तो शायद सम्भव न हो।

क्या समय चुना है बुढ़ऊ ने, क्या स्थान चुना है शक्ति दर्शन का, क्या इसी को बूढ़ो को सठियाना कहते हैं। यही सोचता हुआ वह उठ खड़ा हुआ।

"क्या सोच रहे हो?" महात्मा ने प्रश्न किया।

"कुछ नहीं स्वामी जी बस यूं ही। मैं तैयार हूँ।" वह यह अप्रिय सत्य नहीं बोल पाया। वैसे कहा भी गया है अप्रिय सत्य बोलने से कहीं अधिक उत्तम और उचित है मौन। तर्क करने की शक्ति उसमें शायद माँ का पेट से थी। तर्क चाहे मानसिक हो या सामाजिक।

दोनों आश्रम के द्वारा पर आ गये। द्वार के बाई दिशा में गंगा जी की पवित्र रेत का ढेर लगा था आश्रम के काम के लिए। धूप में रेत के चमकते कण और अधिक पवित्र और सुन्दर लग रहे थे।

महात्मा ने रेत की और इशारा किया फिर उससे बोले।

"इस रेत के ढेर से अपने दोनो हाथों की मुट्ठी में रेते भर लो और मुट्ठी को कस कर बन्द कर लो ताकि रेत गिरने न पाये।"

"इसे अपने गमछे में कस कर बाँध लूँ। पूछा उसने "नही मुट्ठी में ही लेकर ऊपर बढ़ना है" महात्मा बोले। उस व्यक्ति ने महात्मा की आज्ञा का पालन किया और रेत को मुट्ठी में दबा कर महात्मा जी के पीछे चल दिया। इस समय वह सामान्य था, कोई क्रोध आलस नहीं था उसमें।

थोड़ी दूर चलने पर ही चढ़ाई कठिन होने लगी, ऊँचे–नीचे, टेढ़े–मेढ़े पत्थर आने लगे। जैसे चढ़ने में उसे कठिनता का अनुभव हो रहा था, वैसे महात्मा पर विश्वास भी कम होता जा रहा था।

महात्मा जी शांत भाव से, सरलता से ईश्वर का ध्यान करते हुए आगे–आगे ऊपर

चढ़ते रहे, एक ही गति से, उनके पैरों की गति न तेज हुई और न ही धीमी।

आधी दूर पहुँचने पर चढ़ाई अत्यन्त कठिन हो गई। अब उसे अपना घर–परिवार याद आ रहा था। उसके मन में यह विचार भी लगातार उठ रहे थे कि कहीं बूढ़ा ढोंगी तो नही है। उस शक्ति के दर्शन करा भी पायेगा या यूँ ही, ऐसा तो नहीं कि पहाड़ी से कुछ सामान नीचे लाना हो, ऐसे ही असंख्य कु–विचार उसके मस्तिष्क में आ जा रहे थे। किसी प्रकार पसीने से लथपथ थकान से चूर–चूर वह ऊपर पहुँचा।

महात्मा जी पहले ही ऊपर पहाड़ी पर पहुँच चुके थे। एक पत्थर पर बैठे वह मन्द–मन्द मुस्करा रहे थे। उनके मुख–मण्डल पर वही तेज, वही भाव, वही मुस्कान अब भी थी जो आश्रम से चलते समय थी। थकान का कोई लक्षण उनके शरीर या मुख पर नहीं था।

उनकी सहजता सौम्यभाव और मुस्कुराहट से सहज ही समझा जा सकता था कि वह वैसे ही तरोताजा हैं।

थकान से चूर हाँफता हुआ वह महात्मा के समक्ष आकर खड़ा हो गया। उसकी साँस इतनी तीव्र गति से चल रही थी जिसके कारण उसकी छाती लुहार की धौकनी सी प्रतीत हो रही थी। "आ गये?" महात्मा ने उसकी ओर देखते हुये पूछा। "हाँ महाराज आ गया" वाणी में खीज और क्रोध लाख छुपाने के पश्चात भी दिख रहा था।

एक चौकोर पत्थर पर पत्थर के ही बने चरणों की ओर इशारा करते हुए महात्मा ने कहा। लाओ अपनी मुट्ठी की रेत इन चरणों पर रख दो।

"जी।" उसने मुट्ठी खोली।

दोनों मुट्ठियाँ इतनी कसकर दबा कर बन्द की गई थी। पूरे रास्ते रेत भरी मुट्ठी पर ही ध्यान था फिर यह कैसे कब हो गया, उसकी कुछ समझ में नहीं आ रहा था।

पसीने के कारण रेत के कुछ कण उसके हाथ की मुट्ठी में शेष यदा–कदा चमक रहे थे, अपने अस्तित्व को दिखा रहे थे।

"क्या हुआ?" उसकी बेचेनी देख महात्मा ने अनजान बनते हुए पूछा।

"स्वामी जी वह तो जाने कब–कहाँ और कैसे मुठियों से, बन्द मुट्ठी से फिसलती गई और मुट्ठी रिक्त हो गई, मैं इन चरणों पर वह पवित्र रेत कैसे चढ़ाऊँ।

"कुछ कण ही शेष बचे हैं।" वह दुखी और हैरान हो महात्मा जी के समक्ष गिड़गिड़ाया।

"हाँ देख रहा हूँ, बचे हुए कण अब भी अपनी आभा बिखेर रहे हैं। मुझे मालूम था।" महात्मा ने देखा अब उसके चेहरे पर क्रोध आर खीज के भाव नहीं थे।

"अब?" वह हताश होकर बोला।

"वह सब बिसरा दो और यह सोचो जब मनुष्य जन्म लेता है उसकी बन्द मुट्ठी में उसका भाग्य होता है और भाग्य के साथ ही वह बन्द मुट्ठी संसार की अच्छाइयों से भरी होती है। शिशु को ईश्वर का रूप माना गया है कितना मासूम होता है उसका बाल्यकाल।

"ममता, स्नेह, प्रेम, विश्वास, सत्यता, भोलेपन आदि असंख्य रेत रूपी चमकते कणों से भरी होती है यह मुट्ठी बिना किसी भी जातीय भेद भाव के। यही मुट्ठी सब कुछ पा लेने की लालसा में अंतिम समय तक यानी मृत्यु तक खुली ही रहती है।

"मनुष्य को इसका ज्ञान ही नहीं हो पाता कि जीवन में कितनी तेजी से यह चमकते अनमोल कण निकलते जाते हैं मुट्ठी खाली हो जाती है, तुम्हारे साथ भी कुछ ऐसा ही कुछ हुआ है।"

वह व्यक्ति महात्मा की बातों को बड़ी एकाग्रता से , ध्यान से सुन रहा था। अनायास ही उसके मुंह से निकला–

"जी स्वामी जी।"

"यदि ईश्वर को पाना है उसकी शक्ति को देखना है, तो उसके द्वारा जन्म से दी गई नेमत को, इस अनमोल उपहार को उस तक पहुँचने की, उसके द्वारा दी गई इन अद्भुत, अनमोल शक्तियों को अपने से अलग मत होने दो। ईश्वर तो प्रत्येक प्राणी में दिखेगा। उस इश्वरीय शक्ति का अहसास तुम्हें तुम्हारे ही हृदय से होगा।

"वह दिव्य शक्ति तुम्हें अपने आप अपने ही भीतर महसूस होगी। इन चमकते कणों से मिलकर बने प्रकाश पुंज को तुम जब चाहोगे देख लोगे। किसी गुरू या महात्मा की आवश्यकता नहीं पड़ेगी।

"परन्तु स्वामी जी अब क्या होगा? मैं तो पापी अधर्मी, सांसारिक जिम्मेदारियों से भागा हुआ हूँ अब मुझ जैसे भगोड़े को क्या हो सकता है अब तो सब खत्म हो गया, समाप्त हो गया, मुट्ठी खाली हो चुकी है।" वह निराशा से बोलो और रो पड़ा।

"तनिक अपने हाथ तो दिखाओं।" स्वामी जी के आदेश का पालन उसने पलक झपकते किया और अपने दोनों हाथों को महात्मा के सामने फेलाकर उन्हें कातर दृष्टि से देखने लगा।

उसके दोनों हाथों की बड़ी ही स्नेह से अपने हाथों में लेते हुए स्वामी जी बोले–

"जिस प्रकार तुम्हारे हाथों में अब भी कुछ कण चमकते नजर आ रहे हैं। उसी प्रकार मनुष्य कितना ही पतित क्यों न हो जाये कहीं न कहीं उसके हृदय, आत्मा में कुछ न कुछ बचा रहता है, बस उस पर पड़ी गर्द को साफ करने की आवश्यकता होती है। इसके लिए धैर्य और विश्वास की जरूरत होती है। महर्षि वाल्मीकि इसका सबसे बड़ा उदाहरण हैं। तुम्हारे हृदय में तो अभी बहुत कुछ शेष हैं। एक बार निश्छल भाव से अपनी ही आत्मा में

झांक कर देखो तो सही। वही तुम्हें तुम्हारे अंतिम पड़ाव तक की उचित राह दिखायेगी।"
महात्मा जी की बातें सुनकर उसने कोई प्रश्न नहीं किया।

पहाड़ी से उतर कर महात्मा जी आश्रम वाले रास्ते पर और व्यक्ति महात्मा के चरणों का स्पर्श कर अपने घर परिवार की तरफ जाती राह पर चल दिया।

भारी लगने वाला अपना वही शरीर आज उसे फूल जैसा हल्का, महकता, मुस्कुराता सा प्रतीत हो रहा था।

❑ ❑ ❑

बात

केतकी का आज सब कुछ लुट चुका था। वह खामोश थी। इतना बड़ा हादसा हो गया था, अचानक उसके जीवन में। फिर भी वह चुप थी। ऐसी शांत, ऐसी चुप जैसे वह जन्म से ही गूंगी हो, कभी बोली ही न हो, मुंह में जबान ही न हो। बिना जबान के ही पैदा हुई हो। हर समय कुछ बोलने वाली केतकी खामोश थी।

ऐसी स्थिति उसकी आंखों की भी थी। बोलती काली बड़ी—बड़ी आंखे भी मौन थीं। शून्य में देखती आंखे मानो किसी जिन्दगी की नहीं बल्कि मृत्यु—पश्चात की खुली आंखे हों। पूरे कस्बे में, यहां तक कि अड़ोस— पड़ोस के गांवो में भी यह बात जंगल में आग की भांति फेल चुकी थी, मास्टर केतन नहीं रहे। इस कम उम्र नौजवान मास्टर में कुछ तो ऐसा था कि प्रत्येक शिष्य उन्हें, ब्रह्मा, विष्णु, महेश का दर्जा देता था, सम्मान देता था। मास्टर केतन जैसे गुरू के लिए कहा गया होगा कि गुरू ही ब्रह्मा, गुरू ही विष्णु और महेश है। ऐसे ही गुरू के लिए शायद यह भी कहा गया है— गुरू—गोविन्द दोनों अचानक सामने आ जायें तो गुरू को प्रणाम करने के पश्चात गोविन्द को प्रणाम करना चाहिए।

अपने ही विषय में नहीं अन्य विषयों में भी पारंगत थे मास्टर केतन, साक्षात् सरस्वती का वास था उनकी जबान पर। लोगों को आश्चर्य होता आखिर इस नौजवान को कहां से कब कैसे इतना ज्ञान प्राप्त हुआ। इस प्रश्न का उत्तर तो मास्टर केतन के पास भी नहीं था। सभी इसे दैवी कृपा ही मानते थे।

जिस उम्र में आकर लड़कियां विवाह का सपना देखती हैं उस उम्र में केतकी की गोद में एक सुन्दर स्वस्थ बालक था।

यह अमूल्य उपहार, मास्टर ने केतकी को और केतकी ने मास्टर को दिया था। दोनों ने बड़े विचार विमर्श के पश्चात नवजात शिशु का नाम रखा था कुणाल। 'क' अक्षर मां और पिता दोनों के ही नामों में था, यह 'क' अक्षर दोनों के प्रेम की अभिव्यक्ति थी।

कुणाल के जन्म के दो वर्ष पश्चात एक गर्भपात और दूसरे वर्ष के समाप्त होने से पहले दूसरा गर्भपात हुआ उसका, बहुत रोई थी केतकी। मास्टर ने ही उसे ढाढ़स बंधाया था, एक अच्छे तर्क के साथ।

"जो है नहीं, पृथ्वी पर आया नहीं, उसके लिए क्या रोना? जो सामने तुम्हारी गोद में है उसे देख कर खुश हो। इस सुख के समक्ष वह दुख कोई मायने नहीं रखता। विधाता ने एक पुत्र ही अपने भाग्य में लिखा है जो तुम्हें बिना मांगे ही उपहार स्वरूप मिला।"

बहुत प्यार करते थे मास्टर केतन उसे। लोग सीताराम की जोड़ी कहते थे। लोगों का

कहना था प्यार तो सभी पति–पत्नी एक दूसरे से करते हैं, परंतु इस कदर टूट कर एक दूसरे का चाहने वाले कदाचित ही मिलेंगे। दोनों एक दूसरे के पूरक थे। एक–दूसरे के बिना एक पल को भी रहना उनके लिए असम्भव था। केतकी के रूप–गुण, सद्व्यवहार के कारण इस प्यार की पूरी तरह हकदार थी। एक स्त्री के रूप के लिए जो आवश्यक समझा जाता है, वह सब था उसमें। कुशल गृहणी, व्यवहार कुशल, सभी के दुख–सुख, भूख प्यास को समझाती थी। एक विशेष गुण था दोनों में, तन–मन–धन से दूसरों की मदद करने का। केतन के पिता साहूकार थे। बिलकुल वैसे ही क्रूर सूदखोरों के किस्से मशहूर रहे हैं।

केतन अपने पिता के बिल्कुल विपरीत था। मां पर गया था। बचपन से ही उसे पिता के कार्यो पर क्षोभ होता। मां का सहारा ले वह चुपचाप लोगों की सहायता करता। साहूकार की गद्दी पर उत्तराधिकारी के रूप में बिठाने की सारी कोशिशें नाकाम हो गयी थीं। साहूकार पिता ने बड़ा आतंक मचाया था, तीन दिन तक घर में चूल्हा नहीं जला था। मां से आशीर्वाद ले केतन मास्टर शहर पढ़ाई पूरी करने चला गया था।

पिता की गद्दी को उसने सदैव हिकारत से ही देखा था।

कितने बेतों के निशान उसके हाथ और पीठ पर पड़ते थें। उसे किताबी कीड़ा जैसी सम्मानित गाली मिलती, यह सब उसने केतकी को बीसियों बार अभिनय करके बताया होगा।

पिता की एक आज्ञा उसने अवश्य मानी थी कि पढ़ाई पूरी कर यहीं कस्बे में रह कर ही नौकरी करेगा, शायद इस आज्ञा पालन के पीछे कहीं न कहीं मां का प्यार और साथ ही था। मां के आंचल में ही उसे सम्पूर्ण विश्व दिखता था।

यहीं के कालेज में उसकी नियुक्ति हो गई, नियुक्ति क्या हुई कालेज के भाग्य खुल गये, एक वर्ष के भीतर ही उसकी ख्याति चारों ओर फेल गई।

समय पर ही साहूकार ने बेटे का ब्याह भी कर दिया। घर, परिवार, कुल पैसा पिता ने रंग, रूप, गुण, कद, काठी, नाक–नक्श मां ने पसन्द किया, बेटा खामोश ही रहा, कारण उसे अपने आप से कहीं अधिक मां पर विश्वास था।

मां ने कभी केतकी से पर्दा नहीं कराया। मां जब तक जीवित रही उसे कभी नहीं लगा कि वह बहू है, सदैव यही लगता कि वह अपने माइके में है, बस घर और घर के लोग बदल गये हैं, केतकी ने अपनी आजादी का कभी भी नाजायज फायदा नहीं उठाया था। उसने बन्धन विहीन होकर भी अपने आपको बन्धनों से मुक्त नहीं किया था। आदर्श सास की वह सदैव आदर्श बहू बनकर ही रही थी। ऐसे सुख को अधिक नहीं भोग सकी, किसी कार्य वश उसके धर्मपिता और धर्म मां शहर गये थे और फिर लौट कर उन दोनों के शव आये थे वे भी चीर फाड़ के पश्चात, सड़क दुर्घटना ने बुरी तरह रौंद डाला था।

"बड़ी भाग्यशाली थी कि पति के साथ चली गई। सुहागन मरने से बड़ा सौभाग्य क्या होगा।" ऐसी ही चर्चा, फुसफुसाहट थी स्त्री–पुरूषों के बीच।

समय के साथ दुख भी कम हो जाता है। व्यक्त करने की भाषा–परिभाषा भी बदल जाती है, बड़ा ही संतोषी होता है इन्सान। इस हादसे को सुनने के पश्चात शायद ही कोई ऐसा हो जो केतन मास्टर के घर न आया हो।

आज केतकी की गोद में नन्हा कुणाल था। प्यारा सा, गोल–मटोल, गोरा–चिट्टा कुणाल जिसके माथे पर सुबह नहला धुला कर लगाया गया काजल का टीका विद्यमान था, यह नित्य का नियम था, केतकी अपने नहाने से पहले उसे नहला कर तैयार कर देती थी। कजरौटी के काजल को अपनी अनामिका से छूती और कुणाल के माथे की बांई ओर मात्र छुआ भर देतीं, वह कभी तर्जनी से टीका नहीं लगाती। टीका चाहे रोली का हो या काजल का, अनामिका से ही लागातीं, कुणाल को नहलाते, तैयार करते समय उसे कृष्ण और राम को बाल्यकाल याद आता जो उसे मां और सासू मां ने सुनाया था।

उस राम और कृष्ण को याद कर वह वह अनवरत कुणाल का चुम्बन लेती और परमपिता परमेश्वर को याद करती जिसने यह संसार बनाया, सृष्टि की रचना की, जिसने उसे मां बनाकर समाज में सम्मान दिलाया, पूर्ण होने का सौभाग्य दिया।

रिश्ते तो सभी गहरे होते हैं, सुख देते हैं, परंतु इस रिश्ते में अजीब से सुख की अनुभूति होती है, जो मां ही अनुभव कर सकती है, इस रिश्ते की सृष्टि मां द्वारा ही होती है बाकी रिश्ते तो समाज बनाता है, इसी कारण तो यह रिश्ता सर्वश्रेष्ठ है, बेजोड़ है।

केतन सुबह ही नाश्ता कर, बेटे को प्यार कर गोल, गुलाबी गालों वाली पत्नी की ठोढ़ी छू आँखो ही आंखो में प्यार के साथ नित्य की भांति ही कालेज जाने की विदा ली थी।

कालेज पहुंचने से पहले उन्हें काले नाग ने डस लिया था, उनके मुंह से निकली चीख को सुनकर आसपास के खेतों में काम कर रहे लोग एकत्रित हो गये। आनन–फानन में एक खाट आ गई। शिवानन्द पाण्डे जी ने अपनी पंडिताई ताख पर रख अपना जनेऊ उतार मास्टर के पैर को दो स्थानों से पूरी शक्ति लगा कस कर बांध दिया, ताकि जहर ऊपर न चढ़ने पाये, रक्त का दौरान वहीं ठहर जाये, चारपाई पर अचेत मास्टर केतन घर लाये गये, पास के गांव से झाड़–फूंक वाला और कस्बे का बड़ा डाक्टर भी आ गया। सभी ने अथक प्रयास किये परंतु मास्टर केतन को बचा न सके। सभी धर्म के लोगों ने अपने–अपने देवताओं को याद किया परंतु किसी की पुकार में, गुहार में इतनी शक्ति नहीं थी। केतन मास्टर का गौर वर्ण शरीर नीला पड़ चुका था। मुंह से सफेद झाग बहकर कर उनकी गर्दन पर जमा हो चुका था। केतकी खामोश देख रही थी अपनी ही आंखो से, अपने ही प्राणों को जाते हुए।

मृत्यु का ऐसा भयानक रूप उसने क्या इसके पहले शायद किसी ने नहीं देखा था। सब देख रही थी, सह रही थी, बर्दाश्त कर रही थी। कुणाल उसके पास आकर खड़ा हो गया, उसके घुटनों में मुंह छुपा सिसक रहा था, रो रहा था। खामोश छठी इंद्रिय ने ही उस बालक को इसका अहसास करा दिया था कि कुछ अनहोनी घटी है।

माँ चुप थी। वह रो रहा था, सुबक रहा था, क्यों? उस नासमझ की समझ से परे था। केतकी को नहीं मालूम कब कौन केतन के मृत शरीर को ले गया। श्मशान से लौटकर आये लोगों ने उसे उसी प्रकार मौन, खामोश जड़ पाया। कुणाल पड़ोसियों के पास था। रात पड़ोस की दो औरतों ने आकर केतकी के मुंह में कुछ निवाले डाल दिये, वह उन्हें चबा गई। कुणाल को लेकर दो स्त्रियां केतकी के पास ही सोई थीं। देर रात तक दोनों केतकी को खुली आंखों से छत निहारते देखती रहीं फिर जाने कब उनकी आंख लग गई, सुबह की अजान की अवाज से जब आंख खुली तो केतकी को उसी प्रकार छत निहारते ही पाया था दोनों ने।

किसी ने सुझाव दिया कि केतकी को रूलाना आवश्यक है वरना वह पागल हो जायेगी। औरतों की सारी कोशिशें विफल हो गयीं उसे रूलाने में। एक आंसू भी नहीं निकाल सकी कोई भी स्त्री। अपने पराये किसी के किंचित मात्र दुख से वह रो देती थी फफक कर रो पड़ती केतन हंसते और कहते

"कितना पानी है इन आंखो में जब देखो बहने लगता है।"

आज इस दारूण दुख को देख सह कर उसकी वही आंखे आंसू बहाना तो दूर नम भी नहीं हुई थी।

कुणाल से भी उसने अपना नाता तोड़ लिया था। जब भी वह उसके पास आता तो देखने वालों को लगता जैसे वह इस नन्हें बालक से परिचित ही न हो। सभी का कहना था कि केतकी अपना मानसिक संतुलन खो बैठी है, कहीं पागल तो नहीं हो गई।

आज केतन मास्टर का दसवां था। आज केतकी के सम्पूर्ण सुहाग चिन्ह मिटा दिये जायेंगे। रगड़–रगड़ कर उसकी मांग का लाल सिंदूर धो दिया जायेगा। श्रृंगार में सर्वाधिक प्रिय चूड़िया तोड़ दी जायेंगी।

कितना शौक था उसे चूड़ियों का। शहर से मास्टर केतन कुछ लायें या न लायें पर उसके लिए भांति भांति की रंग बिरंगी चूड़िया अवश्य लाते थे, अपने हाथों से, एक सधे हुए मनिहार की भांति पहनाते।

रात्रि के उस पहर में जब दोनों आलिंगनबद्ध होते और मास्टर के हाथ के दबाव से उसकी एक भी चूड़ी टूटती तो उसे बहुत दुख होता, वह रो देती, केतन की मजबूत छाती से अलग हो जाती। केतन उससे कहते–

"अरे सुबह कालेज जाने से पहले इन गोरी कलाइयों को चूड़ियों से भर दूंगा।" केतन

ऐसा कहते ही नहीं करते भी थे।

"चूड़ी टूटना अच्छा नहीं होता।" वह कहती।

"ऐसा कुछ नहीं, कांच है टूटेगा ही और जब तुम मरोगी, घाट ले जाने से पहले तुम्हारी निर्जीव कलाइयां लाल चूड़ियों से भर दूंगा, उस समय छुपा कर नहीं सबके सामने एक–एक कर दर्जनों चूड़ियां अपनी अस्सी–नब्बे वर्ष की बुढ़िया को पहनाऊंगा।"

कितना धोखेबाज था, उसका जीवन साथी कितना बड़ा झूठ बोलकर पीठ दिखा गया था? जैसे ही किसी स्त्री ने उसकी चूड़ियों पर प्रहार किया पाषाण बनी केतकी चीख उठी। एक भयानक चीख, हृदय को दहला देने वाली चीख। लगा जैसे वर्षों से सोई केतकी को किसी ने झकझोर कर जगा दिया हो। घाट के पत्थर पर सिर पटक–पटक कर वह रोने लगी, एक पत्थर से उसने अपनी। ही चूड़ियों को कांच के नन्हें–नन्हें टुकड़ों में देखते देखते परिवर्तित कर दिया। वहां उपस्थित प्रत्येक इंसान फिर सुबक पड़ा जैसे केतन की मृत्यु पुनः हुई हो।

घर आकर सर्वप्रथम कुणाल को छाती से लगाया, बेटे को छाती से लगाते ही धारा प्रवाह आंसू बहाने लगी थी उसकी सूनी सूखी आंखे। मां ने तो सुबकते–रोते बेटे के आंसू नहीं पोंछे। बेटे ने अपने नन्हें–नन्हें हाथों से रोती मां के आंसुओं को रोकने का असफल प्रयास अवश्य किया था।

"रो मत केतकी, अपने बेटे की ओर देखो। केतन यही सौगात तुम्हें सौंप गये हैं इसे पाल–पोस कर उन जैसा इन्सान बनाओं इसी में उनकी आतम को शांति मिलेगी। यही तुम्हारा धर्म है, यही तुम्हारी श्रद्धांजलि है उनके प्रति। उन्हीं का तो अंश रूप है कुणाल।"

उस दिन से केतकी की आंखो में फिर कभी किसी ने आंसू नहीं देखे।

कुणाल को स्कूल ले जाना, खाने की छुट्टी पर ताजा खाना ले जाकर उसे खिलाना, स्कूल से लाना, देर रात तक उसे पढ़ाना। केतकी के बस में होता तो वह अपने बेटे को रातों रात जवान कर उसे पढ़ा लिखा कर तैयार कर देती पर यह कहां सम्भव था।

रात बिस्तर पर लेट कर उसे जाने कितनी कहानियां पुराणों की, इतिहास की सुनाती। ससुर द्वारा बनाई गई जायदाद को भी देखती।

मां की मेहनत और संस्कारों ने बेटे को बहुत कुछ दे डाला, परिश्रम से घबराता नहीं, लगन ऐसी कि कार्य को आधा कभी नहीं छोड़ता, सच्चाई, ईमानदारी, साहस सभी कुछ तो था उसमें। एक अद्भुत तेज था उस पिता–विहीन बालक के मुख– मण्डल पर। कक्षा क्या पूरे कस्बे में वह प्रथम आता, सर्वोच्च स्थान प्राप्त करता।

मां बेटे एक दूसरे के पूरक बन चुके थे। एक के बिना दूसरे का अस्तित्व ही समाप्त सा प्रतीत होता था। खाने–पहनने में बेटे को क्या पसन्द है, किस समय वह क्या सोचता यह

तक मां जानती थी। मां को उसके किस कार्य से खुशी मिलती संतोष मिलता यह वह जानता था। अठारह वर्ष की उम्र में शायद ही कभी बेटे ने मां के हाथ से खाना हो, रात एक ग्लास गर्म दूध पिला, आंचल से मूंह पोछती, तो मां–बेटे की आंखों में आये भावों को व्यक्त करने में बड़े–बड़े लेखकों की लेखनी भी असमर्थ थी।

गूंगे को गुड़ खिलाकर पता करना असम्भव है कि गुड़ का स्वाद क्या था।

ईश्वर की भक्ति में डूबा व्यक्ति कितनी भी स्याही बर्बाद कर दे पर वह उन भावों को, उस अनुभव को, उसे एहसास को शब्दों में नहीं बयान कर सकता। कई–कई बेटों वाली मायें ईश्वर से यही प्रार्थना करतीं कि कम से कम उनका एक बेटा तो केतकी के कुणाल जैसा हो जाये। ईश्वर अपने भक्त को जब भाग्यवश किसी सुख से वंचित करता है तो अन्य किसी रूप में भक्त को अथाह सुख देता है। ऐसा ही कुछ केतकी के साथ हुआ। अब आगे की पढ़ाई के लिए कुणाल को शहर जाना था। किसी को विश्वास नहीं था कि केतकी बेटे को अपने से दूर शहर भेजेगी। यदि बेटे को जाना पड़ा तो मां भी अपना पुश्तैनी हवेली नुमा मकान छोड़ शहर चली जायेंगी। परंतु ऐसा कुछ नहीं हुआ, कुणाल के बार–बार कहने पर कि वह भी शहर चल कर उसके साथ ही रहे, केतकी ने उसे समझाया–

"यह घर नहीं मंदिर है बेटा। इसे छोड़ कर तो तेरे पिता भी नहीं गये, शहर की इतनी अच्छी नौकरी को भी नही स्वीकारा। मैं भी कहीं नहीं जाऊंगी। जानता है! आज भी तेरे पिता यही इसी घर में मेरे साथ हैं। उनके होने का एहसास मुझे हर समय एक नई शक्ति प्रदान करता है, वरना मेरे बस का तो कुछ भी नहीं था।

"मां!" कुणाल माँ को आश्चर्य से देख रहा था। उसने तो कभी? सपने में भी नहीं सोचा था कि उसकी मां इस कदर उसके पिता से जुड़ी रही है।

हंसते–हंसते उसने बेटे को विदा कर दिया था। माह के अंतिम शनिवार को वह माँ के पास अवश्य आता था। कभी लम्बी छुट्टी में वह घर आता तो दिनों के हिसाब से केतकी नित नये–नये व्यंजनों का ताना–बाना बुन लेती। जाने कितने किस्म के अचार बना कर तैयार रखती, गाय के दूध का मक्खन, घी बनाती, भांति भांति के लड्डू, बेसन, तिल, गरी, मेवा आदि के बनाती।

देशी घी की मठरी कुणाल को बहुत पसन्द थी, बचपन में मौका मिलते ही स्वयं मठरी निकाल कर खा लेता था मां की आँख बचाकर।

बेटा पास हो या दूर वह बेटे के कार्यों में व्यस्त रहती।

कुणाल के हास्टल पहुंचते ही लड़कों से उसका कमरा भर जाता, सभी उसका बैग खोलने का प्रयत्न करते, पर चाभी तो उसी के पास होती।

बैग खुलते ही खाने के सामान पर सभी गिद्ध की भांति टूट पड़ते, देखते ही देखते

लड्डू, मठरी, नमक पारे सब आधे रह जाते।

यह बात उसने कभी मां को नहीं बताई। शायद इस भय से कि कहीं मां इसका चार गुना और न बनाने में जुट जाय। सभी उस मां को देखना चाहते जिसके हाथें द्वारा बनाई खाने की चीजों की वह सब बेताबी से इन्तजार करते थे। एक तस्वीर अवश्य कुणाल मां की अपने हास्टल ले गया था। उस तस्वीर में केतकी का मुस्कुराता चेहरा, बोलती आंखे ऐसी थीं जैसे वह कुणाल की ही नहीं प्रत्येक बच्चे की मां है।

समय कैसे, कितनी तीव्र गति से बीत रहा था किसी को पता ही नहीं चला। वैसे भी सुख के दिन रातें सब छोटे हैं, दुख का एक—एक पर सदियों सा लगता है।

बेटे की पढ़ाई पूरी हो गयी। सम्मान के साथ स्वर्ण पदक मिला था उसे। उस समारोह में केतकी गई थी। वर्षों पश्चात आंसू उसकी छाती तक भिगो गये थे। परंतु बहुत अन्तर था इन आंसुओं और उन आंसुओं में, वही इन्सान था, वही शरीर था, वही आंखे थीं, वही नमकीन आंसू थे परंतु समय वह नहीं था। केतन मास्टर की तस्वीर के सामने वह कितनी देर रोती और बातें करती रही थी।

"तुम्हारे बेटे को ईश्वर ने आज अपने पैरों पर खड़ा होने के काबिल कर दिया है, तुम होते तो शायद इससे कहीं और अधिक ऊँचाई तक ले जाते, पर सच मानो मैंने भी कहीं कोई कसर नहीं रखी। कहीं कमजोर नहीं पड़ी, न लोगों के समक्ष, न ही बेटे के सामने, उसे कभी यह महसूस होने नहीं दिया कि वह एक कमजोर मां का पिता विहीन बेटा है। तन, मन, धन, आत्मा से अपने जीवन का अधिक से अधिक समय देकर उसके जीवन को संवारने का प्रयत्न किया है।"

अब तक केतकी के सामने मास्टर की तस्वीर धुंधली होते—होते गायब हो चुकी थी। बातों में वह अपने आंसुओं को पोंछना भूल गई थी।

कुणाल की क्लास वन गजटेड आफिसर की नौकरी दिल्ली शहर में लगी थी। नौकरी ज्वाइन करने से पहले वह मां को आशीर्वाद सहित अपने साथ ले जाने आया।

अच्छी नौकरी, अच्छा परिवार, सुन्दर अच्छे व्यक्तिव का मालिक, खानदान में इकलौता, रईस, धनी नौजावान को कौन अभागा पिता होगा जो अपनी पुत्री का हाथ न देना चाहेगा।

दूर—दूर से, बड़े—बड़े शहरों से, रिश्ते आने लगे, कुछ सीधे वर से बातचीत करने पहुंच जाते, कुछ केतकी के पास ही प्रथम चरण में आते। वर के पास पहुंचने वालों को भी मास्टर केतन के द्वार की कुंडी खटखटानी पड़ती थी।

एक प्लस प्वाइंट और था, आजकल के सामाजिक परिवेश को देखते हुए, बेटे के घर में एक मात्र मां ही थी वह भी कितने दिन जियेगी, पुरखों का घर छोड़ शहर भी नहीं जायेगी, पुत्री को आराम ही आराम मौज ही मौज। न तो कोई आगे न पीछे।

रिश्तों की भरमार लग गई। केतकी थक गई आखिर एक दिन कुणाल से उसने कहा—

"कब तक यूं चलेगा, आखिर कब करेगा ब्याह। क्या भीष्म पितामह बनना है, तंग आ गई हूं।" इतना कहने के साथ ही दर्जनों तस्वीरें उसके सामने फेला दीं।

"इसमें से एक छांट ले ताकि उसे ही देख कर हां कर दी जाये।" कुणाल मां को आश्चर्य से देख रहा था। उसे याद नहीं, कभी मां को ऐसे भी इससे पहले देखा हो। वह चुप था, केतकी पुनः बोली—

"मुझे तो यह तीन तस्वीरें पसन्द हैं, अब तू बता इसमें पहला नम्बर किसका है?"

तीनों तस्वीरों में से उसने एक मां को थमा दी। सच पूछो तो वही सर्वोत्तम थी।

उसी समय केतकी ने लड़की के पिता को पत्र लिख डाला था।

पत्र पाते ही लड़की के पिता मिठाई और फलों के साथ दोपहर में केतकी के द्वार पर उपस्थित हो गये।

"बहन जी, आपका पत्र प्राप्त हुआ। मैं आप की सेवा में हाजिर हूं आदेश करिये।"

"लड़की की तस्वीर बेटे को पसन्द है। अब दोनों एक—दूसरे को देख लें, पसन्द कर लें तो आगे की कार्यवाही हो।"

कुरते की दाहिनी जेब से एक कागज पर उतारा गया जन्म लग्न, समय, तारीख सब केतकी के सामने रख दिया।

"बेटी की जन्म पत्री लाया हूं चाहें तो लड़के की कुण्डली से मिलवा लें।" वह सज्जन बोले।

"देखिये भाई साहब मैं तो जन्म—पत्री पर विश्वास नहीं करती। यदि आपको पत्री मिलवानी हो तो कुणाल की जन्म पत्री में आपको दे दूं।

"परंतु बहन जी....।" कुछ बोलते—बोलते वह चुप हो गये।

"भाई साहब पहले जमाने में स्वंयवर होता था भिन्न—भिन्न राज्यों से युवराज और राजा आते थे विवाह के लिए। लड़की अपनी वर माला किसी के भी गले में डाल सकती थी। सीता स्वयंवर में तो राम भी थे और रावण भी। सोलह वर्ष की कन्या जब हो जाती है तो जन्म पत्री कोई मायने नहीं रखती।" इतना कह केतकी अचानक कुछ सोचनी लगी थी। उसे आज भी याद है, बड़े—बड़े विद्वानों, प्रकाण्ड पंडितों से, उसके पिता ने उसकी और मास्टर की जन्म पत्री मिलवाई थी। अखण्ड सौभाग्यवती होने का योग था। सम्पूर्ण गुण मिले, दोनों की पूर्ण आयु थी, चार बेटे और एक बेटी का सुख था। राज योग था। शारीरिक, मानसिक, सामाजिक तीनों महत्वपूर्ण सुखों का भी योग था।

केतकी की बातें और विचारों से कन्या के पिता संतुष्ट हुए थे। क्योंकि उनकी बेटी मंगली थी और जन्म–पत्री भी वह नकली बनव कर लाये थे। लड़की देखने का दिन निश्चित कर वह चले गये थे। केतकी ने बेटे को सूचित कर दिया था, नौ तारीख से एक दिन पहले आ जाये। आज्ञाकारी पुत्र आठ की सुबह ही घर के द्वार पर दस्तक दे रहा था।

"कल सुबह ही चलना है।"

"मां! तू देख ले यदि ठीक लगे तो हां कर दे मैं क्या करूंगा जाकर।" बेटे ने मां का आंचल पकड़ कर कहा।

"रहने दे, रहने दे, उस जमाने में तेरे पिता जी मुझे देखने गये थे और सच तो यह भी था कि मैं विवाह से पहले पिता को देखना चाहती थी।"

"फिर।"

"फिर क्या, उन्होंने ढेर सारे प्रश्न किये थे मुझसे।"

"सच मां।" आश्चर्य से पूछा कुणाल ने।

"हां, एकदम सच।"

"तुमने प्रश्नों के उत्तर भी दिये थे या फिर मौन ही रही थी।"

"दिये थे, उनके एक–एक प्रश्न का उत्तर दिया था। उसी कारण तो तेरे पिता मुझसे प्रभावित हुए थे।"

"वहा मां, मैं ते तुझे सीधा समझता था।"

"मूर्ख और सीधे में अंतर होता है, सीधा इंसान मूर्ख नहीं होता।" केतकी हंस कर बोली।

"हां यह भी सच है।"

"खामोशी या कम बोलने का यह अर्थ तो नही कि इंसान गूंगा या मूर्ख है। हो सकता है अधिक बोलने वाला, बकवास करने वाला अज्ञानी हो, कम बोलने वाला ज्ञानी।"

"अक्सर ज्ञानी व्यक्ति कम ही बोलते हैं, मां।"

"हां, कम बोलते है, नाप तौल कर बोलते हैं। कम से कम शब्दों में अधिक से अधिक कह जाते है।" केतकी ने कहा।

"इसी को कहते है मां 'गागर से सागर भरना'।"

कुणाल को आज पता चला कि उसकी मां कितनी कुशाग्र बुद्धि की है।

बेटे के आने से दो दिन पहले ही केतकी बाजार जाकर नये फेशन की साड़ी व लंहगा ले आई थी। जेवर उसके पास बहुत था। फल–मिठाई मेवा रास्ते में ले लिया था जैसे उसे पूर्ण विश्वास था कि लड़की पसन्द ही आ जायेगी, न का तो प्रश्न ही नही उठेगा। न तो

उसकी ओर से न ही बेटे की तरफ से । उसी समय लड़की की गोद भराई रस्म अदा कर देगी ।

ऐसा हुआ भी, तस्वीर से कहीं अधिक लड़की प्रत्यक्ष देखने में सुन्दर थी ।

शाम ढले दोनों घर पहुंचे थे, रात की ट्रेन से कुणाल को वापस जाना था। कोई मीटिंग थी ।

सूटकेस लगाते समय केतकी ने बेटे से चुराकर होने वाली बहू की तस्वीर सूटकेस में रख दी थी । शहर पहुंच कर जब उसने सूटकेस खोला तो ऊपर ही मुस्कराती हुई भावी पत्नी की तस्वीर को देखा । उसे जैसे तस्वीर से कहीं अधिक वह मुस्करा रही है । मां की इस हरकत पर उसे बेइन्तहा प्यार आया था । मेज पर रखी मां की तस्वीर को बड़ी देर तक अनवरत चूमता रहा, दुनिया की सबसे अच्छी सुलझी हुई मां उसी की है ।

कभी–कभी छोटी सी बात कितना पुलकित कर जाती है हृदय को, कितना सुख दे जाती है । बिस्तर पर लेटी केतकी भी कम प्रसन्न नहीं थी । एक तो सुन्दर, अति सुन्दर बहु पाने की खुशी, दूसरी बेटे के सूटकेस में फोटो रखने और उस फोटो को पाकर बेटे की खुशी का अंदाजा लगाने मात्र से हंसी आ रही थी, कैसी बावरी सी अकेली खिलखिला रही थी वह । देर रात तक उसे नींद नहीं आई, नींद न आने के कारण खुशी नहीं बल्कि केतन के पास न होने का दुख था, गम था, अकेलापन था, जो वह किसी के साथ बांट भी नहीं सकती थी । विवाह की खुशियां तो वह अधिक से अधिक लोगों के साथ बांटेगी । पर दुख?

केतकी के रोजमर्रा के कार्यों में एक अहम् काम और शामिल हो गया था दिवास्वप्न देखने का । जब से भावी बहू की गोद भर कर आई थी । कौन सा गहना किस मौके पर देगी, उसने तो पोते–पोतियों के नाम भी सोच डाले थे । कम से कम चार–छः हट्टे–कट्टे पोते पोतियों की दादी बनेगी वह, वह बहू से कह देगी । उसने तो एक औलाद जनी, भाग्य में ही एक थी, परंतु बहू से जन्मी औलादें उसकी इच्छा पूर्ण करेंगी ।

'सीता रामी' कंगन, भारी वाले झुमके, हीरे व रत्नजटित हार भी वह चढ़ाव में भेजेगी । उसने तो कभी पहना नहीं पर बहू का वह सब पहनायेगी । जो कुछ भी है वह उसी का तो है अपना सब कुछ वह बहू को आते ही सौंप देगी ।

मृत्यु के पश्चात तो सब उसका ही है तो पहले ही क्यों न दे दिया जाये ताकि अपनी उम्र में पहन ले, शौक पूरा कर ले, उसके ससुर ने तो अपने जीते जी कुछ नहीं दिया, पर क्या हुआ, सब यूं ही छोड़ कर चले गये । हां एक हल्की सी टीस भी छोड़ गये उसके हृदय में । वह ऐसा नहीं करेगी, कभी नही करेगी ।

मरणोपरान्त यदि इंसान अपने साथ वह सब ले जा सकता जिसे जमा करने में उसने जाने कितने पाप किये हों, इंसान आखिरी समय तक अंतिम सांस तक अपनी सम्पदा पर सर्प की भांति पहरा देता है, गैर तो गैर अपनों को भी उसका सुख भोगने नहीं देता ।

विश्वास की कमी के कारण, न तो ईश्वर पर विश्वास होता और लोगों पर यकीन भी नहीं करता। इसी कारण अपने बच्चों पर भी यकीन नहीं कर पाता। वह ऐसा कुछ नहीं करेगी। केवल सत्कर्म ही बचाकर, सहेज कर अपने साथ ले जायेगी। बहू को माइके से विदा कराकर लाने से लेकर ससुराल की सम्पूर्ण रस्मों के पूरा होने तक वह अपना सब कुछ बहू को सौंप देगी। प्रत्येक रस्म पर कौन सा गहन देगी, सभी तय कर लिया था। कुछ बचा कर भी रखेगी तब के लिए, जब सुन्दर सा पोता उसकी गोद में बहू डालेगी।

आजकल वह अत्यधिक व्यस्त थी, शारीरिक और मानसिक दोनों प्रकार से।

उसमें वह असुरक्षा की भावना नहीं थी जो अमूमन लोगों में होती है कि ऐसा करने से, सब कुछ सौंप देने के पश्चात कहीं बेटा बहू उसका तिरस्कार न करें। उसे विश्वास था, अपने प्यार पर अपने त्याग पर। शनिवार को कुणाल आया मां के लिए सुन्दर सी राजकोट की साड़ी लाया था। केतकी को वह साड़ी बहुत पसन्द आई। साड़ी थी भी बहुत ही सुन्दर, फिट बेटे द्वारा लाई गई एक विधवा के लिए।

"देख, अब तू मुझे साड़ी लाना बन्द कर दे, मेरे पास बहुत हो गई हैं, अब बहू के लिए हिसाब से लाया कर। रंग–बिरंगी, जरी–गोटे वाली। हां सुन, अगले शनिवार को मैं पहुंच रही हूं, आफिस से छुट्टी ले लेना, बहू के लिए कपड़े खरीदने है।"

"कुछ दिन रहने का प्रोग्राम बनाना, उसी दिन मत लौट जाना।"

"शनिवार रूक लूंगी इतिवार को किसी ट्रेन में बिठा देना।"

"क्यो मां?"

"नहीं बेटा! एक रात को अपना वर्षो पुराना नियम तोड़ रही हूं तेरे लिए नहीं आने वाली बहू की खातिर। तेरे पिता व पुरखों की तस्वीरों के सामने दिया न जलाकर अंधेरा रखकर।

कुणाल कहते–कहते रूक गया था। कि पिता व पुरखों की तस्वीरों के सामने बिजली का दिया लगवा देगा जो चौबीस घण्टे जलता रहेगा। मां सदैव के लिए उसके पास आकर रहे। कुणाल मां की छाती से न जाने कितनी देर तक चिपका रहा, केतकी की गोरी लम्बी उंगलियां उसके घने रेशमी बालों को सहलाती रहीं।

"बड़ा सयाना हो गया मेरा बेटा।" बेटे का माथा चूमकर वह बोली।

"हां, सयाना न होता तो तू मेरा ब्याह कैसे तय कर लेती? पर सोच ले मां! बहू के आते ही बूढ़ी हो जायेगी, पूरी एक पीढ़ी आगे चली जायेगी पोता जो साल भर में आ जायेगा। अभी तो बड़ी बहन लगती है तब मां लगने लगेगी सचमुच की मां।

केतकी की खुशी की कोई सीमा नहीं थी। इधर कन्या पक्ष कम प्रसन्न नहीं था। हां, प्रसन्नता का कारण बिलकुल विपरीत था, कन्या पक्ष अच्छे घर परिवार के साथ इसलिए

भी प्रसन्न था कि उनकी बेटी एक छत्र राज्य होगा, बुढ़िया कितने दिन जीयेगी। सम्पूर्ण जायदाद की मालकिन, एकमात्र मालकिन उसकी बेटी होगी। इधर केतकी सोच रही थी बेटा तो अपना ही है, बेटी भी उसे मिल जायेगी बड़ी सी, पली पलाई सुन्दर गुणवान बेटी, उसकी समझ में नहीं आ रहा था। वह यह फेसला करने में असमर्थ थी कि वह बहू के रूप मिली बेटी को अधिक प्यार करेगी या फिर बेटे को, कोख से जने बेटे को। पड़ोसी तो उसे कोमल, सुन्दर सुकन्या को देखते ही रह जायेंगे।

लेन—देन की बात उसने नहीं की थीं, ईश्वर का दिया उसके पास सब था। अपने कलेजे का टुकड़ा दे रहा है जो पिता, उससे वह और क्या मांगे। मास्टर केतन जीवित होते तो भी यही होता जो वह कर रही है। वह शायद इसकी भी जिद करते कि बहू को वह चार कपड़ों में ही विदा कराकर लायेंगे। अक्सर वह केतन की तस्वीर के सामने खड़ी हो घंटो ढेर सारी बातें करती रहती। हृदय के सारे भाव सम्पूर्ण विचार बेजान तस्वीर को ही बताती, बात करते—करते उसकी आंखो से अश्रु बहते रहते। दीन—हीन दुखी व्यक्ति ईश्वर की मूर्ति के समक्ष रोता है, विलाप करता है, शक्ति मांगता है, ऐसा ही केतकी करती थी मास्टर की तस्वीर के सामने खड़ी होकर।

कभी केतकी मास्टर से शिकायत भी करती कि विवाह वेदी पर किये गये वादे, जीवन भर साथ निभाने के दुख—सुख में साथ देने के उसने पूरे नहीं किये, बीच मझधार में ही उसे छोड़ उसका जीवन साथी चला गया।

काम निपटा कर वह बिस्तर पर लेटती तो उसे लगता जैसे उसकी एक ओर बहू और दूसरी तरफ बेटा लेटा है। विचित्र से सुख का अनुभव होता था। पर यह ऐसी अनुभूति थी जिसे वह किसी के साथ बांट भी नहीं सकती थी लोग उसे पागल कहते।

विवाह की सारी तैयारियां लगभग पूर्ण हो चुकी थी, बस लग्न निकलनी बाकी थी, यह कार्य कन्या पक्ष का था। उसी दिन का इंतजार था उसे।

एक सुबह अचानक ही अपूर्वा का भाई आ गया था मिठाई और फलों के टोकरों के साथ, यह बताने के लिए अगले माह शुक्ल पक्ष की नौमी को विवाह की तिथि निकाली है पुरोहित जी ने, वही तिथि सबसे शुभ है सब तिथियों में। केतकी को भला क्या एतराज होता, वह तो चाहती ही थी कि जल्दी से जल्दी यह विवाह हो। अपूर्वा उसके घर आये। समय जाते देर नहीं लगती, विवाह के मात्र आठ दिन ही बचे थे। कुणाल भी मां के आदेशनुसार घर आ गया था छुट्टी पर। थोड़ी खरीददारी बची थी, बाकी की सारी व्यवस्था टेन्ट, बैंड, हलवाई, मेहमानों के लिए बिस्तर, गद्दे, तकिये, चादरों आदि के आर्डर हो चुके थे, सम्पूर्ण कार्य इस पति—विहीना ने स्वयं किये थे। हां, मदद के लिये सभी खड़े थे। यही कारण था कि उसे पता ही नहीं चला कि कब किस मुंह बोले देवर और भतीजों ने उसके मुंह से निकले हर कार्य को पूरा कर डाला। शहर जाकर वह कुणाल के साथ चढ़ावे

के लिए ग्यारह साड़ियां लाई थी, बेटे का तो बस साथ था पसन्द तो उसी की थी। पुरानी भारी पाजेब के स्थान पर नई हल्की मीने के काम वाली पाजेब बनवाई, वह नहीं चाहती थी कि उसकी तरह उसकी बहू के पांव भी लहू–लुहान हो जायें। उसे आज भी याद हैं उन पाजेबों से उसके पैरों का क्या हाल हुआ था। उसकी फूल जैसी बहू भारी पाजेब नहीं पहनेगी, बनवाना तो वह सोने की चाहती थी पर मजबूर थी पैरों में सोना नहीं पहना जाता।   गुलूबंद, सीतारामी साफ करवा कर नये मखमली डिब्बे में पहले रख लिये थे। जड़ाऊ कंगन व बेलचूड़ी भी साफ करवा ली थी। मांग टीका उसका अपना सुन्दर था, परंतु अपने इस अभागे जीवन का भय उसे अंदर तक टीस पैदा कर दहला गया कई बार उस मांग बेदी को उलट–पलट कर देखा और प्रत्येक बार वह भीतर तक सिहर गई। नई मांग बेदी उसने किसी सुहागन ने मंगवाई थी। अतिशय प्रेम और विश्वास के पश्चात भी एक अदृश्य भय से वह कांप जाती। वह दिन भी आ गया जब मास्टर केतन के बेटे की बारात धूमधाम और गाजे बाजे के साथ निकली। कन्या पक्ष पर अधिक भार न पड़े इस कारण बारात में विशेष व्यक्ति ही गये थे।

कार की सजावट कराने की राय केतकी ने लड़की वालों के शहर में दी थी ताकि फूल मुरझायें नही। बसों को भी अच्छी तरह सजाया जाये यह भी कहा था उसने।

बारात चली गयी रात्रि केतकी के घर में रतजगा हुआ। ढोल मंजीरे बजे, बन्नी–बन्ने गाये गये, नकटौरा हुआ। खामोश घूंघट में मुंह छुपाकर जीने वाली औरतों का हुनर देखते ही बना। कितने कलाकार पड़ें हैं घर–घर में यह उस रात देखने को मिला, उस रात केतकी भी अपने स्वभाव के विपरीत थी। किसी उच्च कोटि के निर्देशक को भी इन कलाकारों में प्रथम, द्वितीय व तीसरा स्थान देना आसान नहीं होता, सभी एक से बढ़कर एक थी कोई किसी से कम नहीं, सभी छुपे रूस्तम थे। कुछ मनचले लड़कों की तांक झांक की पर औरतों की पैनी दृष्टि से बच नहीं पाये, उल्टे पैर लौटना पड़ा रात कब समाप्त हुई, उस रात की भोर कब हुई किसी को पता ही नहीं चला। हर्ष और उल्लास के कारण न तो किसी की आंखो में नींद ही थी न ही थकान। बारात के लौटने पर केतकी के घर पर मजमा सा लग गया। प्रत्येक परिवार के प्रत्येक सदस्य का चेहरा खिला था। आरती का बड़ा सा चांदी का थाल एक दिन पहले ही सजाकर रख लिया था। रंग–बिरंगे चावल के आटे के बने दिये जिनमें देशी घी में डूबी बत्तियाँ थीं। आरती उतार कर बहू का भव्य स्वागत हुआ। नव–विवाहित जोड़े पर फूलों की वर्षा हो रही थी, लाल गुलाब की पंखुड़ियां और पीले–बसंती गेंदे के फूलों की पत्तियों से पूरा फर्श ढक गया, मंगल–गान के साथ वर–वधू को पूजा वाले कमरे में लाया गया। देव पूजन के पश्चात दोनों को मास्टर केतन के कमरें में लाया गया जहां एक आदमकद तस्वीर पर मोटी लाल गुलाब की माला चढ़ी थी, जिसकी सुगंध से पूरा कमरा महक रहा था। कुणाल और अपूर्वा ने उस तस्वीर के चरणों में अपना शीश झुकाया। चरणों का स्पर्श कर हृदय व माथे पर लगाया।

रात बहू भोज पर साहूकार, केतन मास्टर व कुणाल तथा केतकी का प्रत्येक परिचित आमंत्रित था। बहू के परिवार वालों को विशेष आग्रह के साथ आमंत्रित किया था केतकी ने। कोई नहीं कह सकता था कि एक पति विहीना साधारण स्त्री के आमंत्रण पर इतने लोग इक्ट्ठा हो सकते हैं। बहू भोज का खाना लोगों को वर्षों याद रहेगा ऐसा बढ़िया इंतजाम तो किसी ने कहीं देखा न था, राजे महाराजों के यहां भी।

बहू भोज के चौथे दिन कुणाल की छुटि्टयां समाप्त हो गयीं। मां के कहने पर और नवविवाहिता के आकर्षण के बावजूद भी वह अपनी छुट्टी अब और नहीं बढ़ा सकता था।

रात केतकी कुणाल के जाने की तैयारी में खोई थी वह यह भूल गई कि उसे इस कार्य से अब छुट्टी ले लेनी चाहिए। यह कार्य उसकी बहू, कुणाल की पत्नी अपूर्वा का है। यह अधिकार और कर्तव्य अब उसकी बहू का है। एक घरेलू स्त्री ऐसे ही विभिन्न प्रकार के कार्यों से जीवन में समय पर अवकाश प्राप्त करती रहती है जो इसे प्रसन्नतापूर्वक स्वीकारती जाती है, वही सुखी रहती है। एक माह के पश्चात कुणाल घर आया। सदैव की भांति केतकी पानी का ग्लास और मिठाई ले बेटे के पास उसके कमरे में पहुंची तो देखा यह कार्य जो वर्षों से वह करती आ रही थी बिना उसके सोचे ही अपूर्वा ने वह कार्य भार खुशी-खुशी सम्भाल लिया था।

बेटे ने मां का मान रखने के लिए मिठाई की प्लेट और पानी का ग्लास ले लिया, मां के हाथ से।

नवविवाहिता के नाजुक मेंहदी लगे गोरे-गोरे हाथ, बड़ी-बड़ी कजरारी आंखे, आंखो में प्यार की कशिश के सामने वह कुछ और नहीं देखना चाहता था। थोड़ी देर केतकी वहां बैठी, कुछ प्रश्न किये जिनका संक्षिप्त सा उत्तर उसे मिलता रहा। केतकी अपने कमरे में आ गई, कुछ देर पश्चात ही उसे कमरे में ठहाको की आवाजें सुनाई पड़ी, उसे वह ठहाके अच्छे क्यों नहीं लग रहे थे इस प्रश्न का उत्तर उसके पास नहीं था।

रात का खाना अपूर्वा कमरें में ही परोस कर ले गई। केतकी बेटे के घर में होते हुए अकेले खा रही थी। उसे वह सारे व्यंजन जो बेटे के आने की खुशी में बनाये थे फीके, बेस्वाद लग रहे थे। देर रात तक वह जागती रही, बच्चों की भांति एक दो तीन सौ तक गिनती और सोचती, अभी कुणाल आयेगा, उससे लिपट कर चिपक कर दुलार करेगा, ढेर सारी गप्पें मारेगा, चुटकला सुनायेगा, पर ऐसा कुछ नहीं हुआ। रात्रि भोर में परिवर्तित हो गई। सुबह की चाय बना कर वह उन दोनों के बेडरूम के बंद दरवाजे को खटखटा कर देने गई, अपूर्वा ने ही दरवाजा खोला, उतना ही जितने से चाय की ट्रे अन्दर आ सके। उस सुबह वह अपने ही बेटे के कमरे के अधखुले द्वार को खोलकर अंदर नही जा पाई, वही मां, वही बेटा, वही कमरा, वही दरवाजा, फिर यह कैसा संकोच था?

दो दिन पश्चात वह चला गया था। जब सूटकेस में वह अपने लाडले के कपड़े रखने कमरे में गई तो देखा सूटकेस तो पहले से तैयार था। वह यह देख आश्चर्यचकित रह गई थी। उसने याद करने की तमाम कोशिश की, कि कभी सास के रहते क्या उसने मास्टर का सूटकेस तैयार किया था। याद नहीं आया कि ऐसा कभी हुआ था। केतन के कहीं भी बाहर जाने पर उसकी सास ही आकर कमरे में पसर जाती और अपने लाडले की पसन्द का एक—एक कपड़ा उसके सूटकेस में सहेज कर रखती थी। इतना ही नहीं, केतकी को भी सूटकेस में कपड़े रखने का सलीका समझाती, उसे उनकी यह सारी बातें भली लगतीं। ऐसा कभी नही हुआ होगा कि वह मास्टर के बक्से में कोई धार्मिक पुस्तक रखना भूली हो, अधिकतर भगवद्गीता ही रखती थी, उस पुस्तक रखने मात्र से उन्हें विश्वास हो जाता कि उनका बेटा दुनिया के किसी कोने में जाये सुरक्षित रहेगा। यहां तो सब कुछ पहले से ही तैयार था। केतकी का उतरा हुआ चेहरा देख अपूर्वा बोली थी—

"मां, मैंने सूटकेस लगा दिया आप कष्ट न करें।"

"ठीक, मैं तो देखने आई थी सब रख दिया, कुछ भूली तो नहीं?"

"नहीं, मुझे मालूम है इन्हें क्या चाहिए, वैसे इन्होने भी मेरी मदद कर दी थी, बता भी दिया था। गर्व से बोली थी।

"इसने कहा नही मां से पूछो।" न चाहकर भी केतकी के मुंह से यह वाक्य निकल ही गया।

"नहीं, बल्कि इन्होंने कहा मां को तकलीफ मत दो, अब यह काम तुम्हारा है, माँ का नहीं।"

केतकी यह सोचने पर विवश हो गई कि कितना ख्याल रखने लगा है उसका बेटा, सूटकेस में कपड़े रखने का भारी कार्य बहू को सौंप दिया, बाकी घर के हल्के—फुल्के कार्य, खाना बनाना, अन्य गृहकार्य, सुबह उठकर बेड टी बनाना, बना कर कमरे में ले जाना सब मां के हिस्से में रखे, यही सोचती वह कमरे से बाहर आ गयी।

आठ दिन भी नहीं बीते कि वह फिर आ गया।

"अरे, तू इतनी जल्दी आ गया।" केतकी अचानक आये बेटे को देख पूछ बैठी।

"हां मां यूं ही छुट्टी थी सोचा चलो मां के पास चलता हूं"

बेटे द्वारा बोले गये इस सफेद झूठ से भी वह खुश हुई थी। चाय नाश्ता बनाकर जब वह बेटे को देने उसके कमरे के पास पहुंची, तो कुछ सुन कर उसके पांव वहीं रूक गये।

"तुमने मां से क्यों कहा कि तुम मां के लिए आये।" अपूर्वा उलाहना और शिकायत भरे अन्दाज में बोल रही थी।

"फिर क्या कहता, बीबी के लिए आया हूं।"

"क्यों, कहने में शर्म आती है? इसके मतलब तुम वाकई मां के लिए ही आये हो, मैं तो एक बहाना हूं।"

"तुम उल्टा बोल रही हो, मां बहाना है, आया तो तुम्हारे प्यार में हूं, नौकरी करने के पश्चात इतनी जल्दी मैं कभी नहीं आया यह बात मां समझती है।" सफाई दी थी कुणाल ने।

"जब समझती हैं तो सफाई देने की क्या आवश्यकता थी, मैं तो उनकी नजुरों में छोटी हो गई न।"

"क्या अंतर पड़ता है एक छोटे से झूठ से यदि उनके हृदय को सुख मिलता है, तो मिलने दो ना। तुम तो जानती हो कि मैं किसके लिए आया हूं।" इसके पश्चात कई चुम्बन की आवाज भी उसके कानों ने सुनी। दरवाजे पर दस्तक के साथ कुणाल—कुणाल की आवाज भी दी उसने।

"मां दरवाजा खुला है आ जाओ।" इस 'आ जाओ' शब्द ने उसे भीतर चोट पहुंचाई थी। नाश्ता, चाय पहुंचा वह उल्टे पैरों बाहर आ गई, बेटे ने आग्रह पर भी वह बैठ नहीं पाई। एक अजीब सी दूरी महसूस करने लगी थी वह अपने कलेजे के टुकड़े से।

विवाह के पश्चात वह जल्दी—जल्दी घर आने लगा था। केतकी के लिए यह खुशी की बात थी, पर वह प्रसन्न नहीं हो पाती निश्छल भाव से। कुछ मन में था जो कष्ट देता था। कुणाल के घर आते ही अपूर्वा में एक स्फूर्ति सी आ जाती। वह आगे ही आगे कुणाल का प्रत्येक कार्य करती, केतकी बेचारी बेटे के किसी कार्य को करने के लिए तरस जाती। जिन कार्यो को करने की वह अभ्यस्त हो चुकी थी, जिन छोटे—छोटे कार्य के करने में उसमें शक्ति आती, स्फूर्ति आती, जिन्हें करते समय वह पूरी तरह ममता में डूबी गुनगुनाती रहती। अक्सर कुणाल के सूट को, कमीज को, उसकी टी शर्ट, रूमाल को आंखो से लगा कर चूम लेती। उस समय उसकी आंखो से दो आंसू बह जाते जिन्हे वह पोंछती नही पी जात, सुकून मिलता मन हल्का हो जाता।

अचानक यह सम्पूर्ण अधिकार और खुशियां कल की आई गैर लड़की ने छीन लिये थे। उसके अपने बेटे को कब क्या चाहिए, क्या पसंद है, कैसे कपड़े पसन्द है, कौन से कपड़े उस पर फबेंगे, यह सब चार दिन पहले आई छोकरी बताती। कभी खाने में वह कुणाल की पसन्द का कुछ बनाने को कहती तो बात पूरी होने से पहले ही अपूर्वा उसे काट देती और कहती—

"नही मां, आपको पता नही उन्हें तो इससे नफरत है। उन्हे तो फला चीज खाने में पसन्द है आपको पता ही नहीं।" बात तो साधारण होती, पर एक मां को भीतर तक भेद जाती। आहिस्ता—आहिस्ता बेटे की उपस्थिति में उसका रसोई घर में जाना भी कम हो गया, बहू की मदद करना ही उसका काम होता।

बेटा इस रहस्य को नहीं जानता था, उसे मां के इस व्यवहार से कष्ट होता, पर वह चुप था, मां भी खामोश थी। अक्सर वह पत्नी से पूछता—

"मां अब मेरे लिए खाने में कुछ नहीं बनाती।" तो उसकी पत्नी झट जवाब देती—

"मैं क्या जानूं जाकर अपनी माँ से पूछों, पर पूंछ कर करोगे क्या, वह तो वैसे भी रसोई को त्याग चुकी हैं। रसोई का चार्ज मुझे सौंप दिया है।"

कुणाल चुप हो यही सोचता मां थक गई होगी। अब तो कुणाल आते ही सीध पत्नी के कमरे में जाने लगा था। यदि सामने केतकी पड़ गई तो चरण छू लिये।

कभी—कभी तो वह एक हाथ से मां के घुटने भर छूता। केतकी को अब बेटे की यह औपचारिकता अच्छी नहीं लगती, परंतु वह भी मौन थी।

इधर काफी समय से उसके हाथों ने मां के पैरों के किसी हिस्से का स्पर्श नहीं किया था। इस ढोंग को महसूस करते—करते वह थक गई थी। आखिरकार उसने एक दिन टोक ही दिया—

"कुणाल! यदि पैर छूने में तुझे इतना कष्ट होता है तो मां के साथ यह औपचारिकता कैसी, क्यूँ करता है यह नाटक, आखिर क्यों?

उसके जीवन में यह प्रथम अवसर था जब उसने मां के मुंह से ऐसी आवाज में अपना नाम सुना था। ऐसे अंदाज में बात करते देखा था, उसे विश्वास ही नहीं हो रहा था कि यह उसकी अपनी मां बोली थी, वह बुरी तरह घबरा गया, एक नन्हे बालक की भांति। उसे कुछ समझ में नही आया वह क्या करे, क्या कहे। कुणाल एक पल में केतकी से लिपट गया। कुछ ही पल में अचानक केतकी की उंगलियां उसके बालों को ममतामयी स्पर्श दे रही थी।

"मां ऐसा कुछ नहीं है, तू कहे तो तेरे चरणों में पड़ा रहूं तेरे चरण धोकर पी लूं। केतकी फफककर पुत्र की चौड़ी मजबूत छाती से लग गई।

"मां रोना नहीं वरना मैं भी रो दूंगा, तू मुझे प्रत्येक गलती पर मार ले, डांट ले, फटकार ले, यह कुणाल तेरा वही कुणाल है मां।"

"जाओ बहू इन्तजार कर रही होगी।" अचानक बेटे की छाती से अलग होते हुए वह बोली।

"नहीं मां! तुझे क्या मेरा इन्तजार नहीं रहता?"

"रहता है, बहुत रहता है, पर अब बहू के पास जा।" एक गहरी सांस लेकर वह बोली।

अपूर्वा शहर में कुणाल के साथ रहने की जिद करने लगी थी। इस जिद में भगवान श्री राम की पत्नी सीता का उदाहरण देती, जो राम के साथ वन में भी चली गई थी।

"अपूर्वा समझा करो, मां का जीवन बड़े संघर्ष में बीता है।" कुणाल उसे समझाता

"उस संघर्ष की भरपाई मैं क्यों करूं?"

"तुम बहू हो उनकी, तुम्हें कितना प्यार करती हैं। फिर, मैं सप्ताह में दो दिन को आ ही जाता हूं" कुणाल बोला।

"वह भी हमारे साथ चलें, साथ ही रहें चलकर, किसने मना किया है। क्या मां बहू—बेटे के साथ नहीं रह सकती।" अपूर्वा ने उचित तर्क पेश किया।

"रह सकती है, मां भी रह सकती हैं, परंतु इस घर से उनकी यादें जुड़ी हैं, सुख—दुख सब देखा है। इसे वह पुरखों का मंदिर समझाती हैं, शाम दिया जलाती है।"

"उनकी यादों के लिए, मैं हकीकत को भूलाकर उनकी यादों में जीती रहूं?"

"देखो अभी यह सम्भव नहीं, कुछ समय और व्यतीत होने दो फिर कभी बात करूंगा।"

"तुमसे बात नहीं होती तो मैं कर लूंगी।" अपूर्वा कुछ क्रोध में बोली।

"नही! तुम ऐसी कोई बात कभी भी मां से नहीं करोगी।" कुणाल ने आदेश दिया।

इस वाद विवाद के पश्चात महीनों अपूर्वा ने कुणाल से शहर जाने की बात नही की। केतकी से वह अवश्य कुछ और दूर हो गई।

सारा—सारा दिन वह अपने कमरे में किताबें पढ़ती या फिर आस—पड़ोस में बैठकर गप्पें मारती। हजार कोशिशों और प्यार—दुलार के पश्चात भी वह बहू को अपने रंग में नही रंग पाई। समय के साथ—साथ दूरी बढ़ती ही जा रही थी।

एक दिन केतकी को कुणाल ने ही बताया जिसे सुन कर उसे खुशी के साथ आश्चर्य भी हुआ था।

"मां, तू दादी बनने वाली है।"

चौबीसों घण्टे साथ रहने वाली उसकी बेटी जैसे बहू ने उसे भनक भी नहीं लगने दी कि वह दादी बनने वाली है। बेटे के मुख से यह खुशखबरी सुनकर उसे उतनी खुशी नहीं हुई जितनी बहू के लजाकर बताने से होती।

अपूर्वा का ध्यान रखना ही उसका अहम् काम हो गया था।

रसोई में ही उसका अधिक समय बीतने लगा, बेटे की भांति ही वह अब बहू को भांति—भांति के पकवान बनाकर खिलाने लगी थी। कम से कम ही उसे बिस्तर से उतरने देती। केतकी के हृदय में कहीं न कहीं यह चाह अवश्य दबी थी इस सेवा से बहू उसकी हो जायेगी।

सुबह शाम डाक्टर ने अपूर्वा को टहलने के लिए कहा था। यह कार्य भी केतकी ने अपने सिर ले लिया था। सुबह पांच बजे ही वह बहू को एक ग्लास गर्म दूध देती। खाली पेट चाय पीने से बच्चा जो काला पैदा होगा। अपूर्वा ने उसकी इस बात को हंसते—हंसते मान भी लिया थी। जब तक अपूर्वा का मन करता वह भी उसके साथ टहलती रहती, कभी

थककर किसी बेंच पर बैठ जाती। उसकी सुबह की पूजा में कभी–कभी बहुत देर हो जाती, पूजा किये बगैर वह पानी भी नहीं पीती थी। बहू की सेहत बन रही थी, केतकी की सेहत गिरती जा रही थी। वह काफी कमजोर हो गयी। गोरे मुख मण्डल पर आंखो के नीचे चारों ओर स्याह घेरे बन गये। लोग टोकते तो वह हंस कर यही कहती–

"पोता आ जाये फिर देखा दादी कैसी जवान होती है।" वह खुश थी, बहुत खुश थी एक पोते की लालसा में। अपूर्वा में भी पहले से काफी बदलाव आया था जो केतकी को बड़ा ही भला लगता। अपूर्वा अब घण्टों उससे बातें करती, ढेरों बातें, केतकी भी एक–एक घटना, सास–ससुर, पति के साथ बीते एक–एक पलों का, क्षणों का ऐसे बखान करती बहू के सामने कि उसे ही नही अपूर्वा को भी लगता जैसे कोई चल चित्र वह देख रही है, शायद कुछ वैसा ही जैसे संजय ने नेत्रविहीन धृतराष्ट्र को कुरुक्षेत्र का हाल सुनाया था। गृहकार्य में भी वह उसका हाथ बटाने लगी थी। अक्सर कुणाल के घर पर होने पर भी वह केतकी के साथ ही टहलने जाती। ऐसे समय केतकी की छाती आत्मसम्मान का सुख अनुभव करती। दोनों एक अच्छी सहेलियों की भांति समय बिताती, जिसे देख कुणाल भी खुश था, संतुष्ट था।

वह दिन भी आया जब अपूर्वा ने एक हृष्ट–पुष्ट सुन्दर से शिशु को जन्म दिया। केतकी दादी और कुणाल को पिता बनने का सौभाग्य प्रदान किया।

हास्पिटल से घर आने पर बहुत बड़ी पार्टी दे डाली केतकी ने।

इन्सानी फितरत यही होती है, खुशियां बांटने के लिए वह लोगों को जमा करता है, परंतु दुखों को वह हृदय से लगा रखता है उन्हे किसी साथ नहीं बांटना चहता। एकान्त अंधेरे में तकिया आंसुओं से भिगोकर, शून्य में निहार कर मौन रह कर जो शांति उसे मिलती है वह दहाड़े मारकर रोने में नहीं। इस लम्बी जिन्दगी में शायद ही किसी भाग्यशाली को कोई एक कान्धा ऐसा मिलता हो जिस पर सिर रखकर अपने आंसू बहाकर वह अपने दुख का हल्का कर सके। बचपन में मां की गोद में उसके आंचल में ऐसा होता है। परन्तु समय के साथ न तो वह धैर्य बचता है, ना ही वह ममता। स्वार्थ की गर्द दोनों पर आ ही जाती है। बेटे के मना करने के बावजूद केतकी ने पोते का प्रत्येक संस्कार किया था गर्भ से लेकर जन्म के पश्चात तक। प्रत्येक खुशी के अवसर पर अपना कोई न कोई गहना अपूर्वा को अपने हाथों से पहनाया था। नामकरण संस्कार पर तो लगता था कि दादी अपनी जमा पूंजी लुटा देगी। गरीबों में कम्बल, साड़ियां और गरीब बच्चों के लिए कपड़े वह स्वयं लाई थी। पोते का नाम भी उसने ही रखा था 'अंकुर'। उसके खानदान का 'अंकुर', उसका 'अंकुर'। केतकी के शरीर में जैसे किसी देवी की शक्ति का प्रवेश हो गया हो, वह थकती ही नहीं थी। जिस दिन से उसके बेटे ने उसे बताया था कि वह दादी बनने वाली है, उसी दिन से यह खबर उसकी धमनियों में संजीवनी बन रक्त में मिलकर सम्पूर्ण

शरीर में दौड़ने लगी थीं, अब उसे कुछ भी बुरा नहीं लगता, न बेटे का व्यवहार, न ही बहू की बातें।

अंकुर की मालिश, नहलाना, धुलाना उसी प्रकार अनामिका से माथे पर काजल की टीका लगाना, जैसे समय उसे वर्षों पीछे खींच ले गया था। केतकी की सेवा से अपूर्वा कुछ ही समय में स्वस्थ और पहले से कहीं अधिक सुन्दर हो गयी। हरीरा जिसमें घी, गुड़, मेवे और सोंठ होती है, सब्जियों का सूप, दोपहर में फलों का जूस, सुबह निहारे मुंह गर्म दूध के साथ देशी घी, मेवा आटे के लड्डू उसे खिलातीं। इस समय वह अपूर्वा की नर्स, डाक्टर, नाउन सभी कुछ थी। मां बेटे, जच्चा–बच्चा की सेवा में वह इतनी तल्लीन थी कि अपना खाना–पीना सब भूल गई। धीरे–धीरे अपूर्वा अपना कार्य स्वयं करने लगी। अंकुर की मालिश और नहलाना ही केतकी के हिस्से में बाकी बचा था। अंकुर के माथे पर अब अनामिका या तर्जनी द्वारा काजल का टीका नहीं लगता। तेल मालिश के पश्चात धूप में बच्चे को न लिटाने की सख्त हिदायत दे दी थी बहू ने। मालिश के पश्चात हाथ–पैरों का मोड़ना भी मना कर दिया था, बहू के शक था कहीं जाहिल सास के हाथों उसके सुन्दर, नाजुक बेटे की हड्डी वैगरा ना टूट जाये।

छ: माह के पूरा होने से पहले ही अपूर्वा ने अंकुर के सम्पूर्ण कार्य केतकी से एक–एक करके लिये थे।

मोटा, गोल–मटोल, गोरा चिट्टा, अंकुर जब किलकारी मारता, केतकी दूर से उसे देखती और वर्षों पीछे दुनिया में खो जाती। लगता जैसे उसका कुणाल लेटा मुस्करा रहा है, अभी मां मां करेगा परन्तु ऐसा कुछ नहीं होता। अंकुर अपनी मां के पास ही रहता। अपूर्वा जब नहाने जाती तो केतकी चौबीस घण्टे की कसर पूरी कर लेती, पोते को चूम–चूम कर, अक्सर वह चूमते–चूमते फूट पड़ती और उस अबोध बालक से मिन्नत करती– "तू मां जैसा मत बनना, मुझसे प्यार करना, मैं तेरे पिता की मां हूं, तेरी दादी हूं, दादी मां हूं।

ये सब सोचकर उसे बड़ा सुख मिलता, सुकून मिलता, क्यों नहीं, बच्चों में भगवान होता है और भक्त भगवान के समक्ष रोकर अपने दुखों को बयान कर कितना हल्का महसूस करता है, कितनी शांति, कितना सुकून महसूस करता है।

कुणाल भी, मां को भूलकर, बेटे में ही खोया रहता, दोनों कहीं बाहर भी जाते तो केतकी के लाख कहने के पश्चात भी अंकुर को साथ ही ले जाते, क्यों करते थे ऐसा यह केतकी नहीं समझ पाती।

रात्रि का भोजन जब भी कुणाल घर पर होता अपूर्वा बाहर ही करने का आग्रह करती जिससे वह स्वीकार भी करता, अक्सर केतकी बासी बचा खाना खाती या यूं ही सो जाती। इस विषय पर न तो बेटा बात करता न ही बहू। इस बात से उसके स्वाभिमान को ठेस

लगती। आखिर एक दिन उसकी सहनशक्ति ने जवाब दे ही दिया–

"कुणाल।"

"हां मां!"

"कहीं जा रहा है?" केतकी ने जानते हुए प्रश्न किया एक विचित्र अंदाज में। बेटे को मां यह अंदाज पहले कभी देखने को नहीं मिला था।

"कुछ शापिंग करनी है।"

"खाना तो घर पर खायेगा।"

"नहीं, हम लोग बाहर ही खा लेंगे।" संक्षिप्त उत्तर मिला था उसे बेटे का।

"बाहर का खाना खाकर तेरा जी नहीं भरता।"

"ऐसा नहीं है मां! मैं तो खाता ही बाहर का हूं, पर अपूर्वा बेचारी को तो खिलाना है।"

"कोई जरूरी तो नहीं कि बाहर खाना खाये, क्या यह आवश्यक है कि जब तू यहां रहे तो बहू को खाना खिलाने बाहर ले जाये, तुझे लगता नहीं कि घर आया है तो दो दिन मां के हाथ का बना खाना खाये।" वह धारा प्रवाह बोल गई।

"मां, अब तुझे नहीं अच्छा लगता तो उसे तो अच्छा लगता है, तुम अपना बना खा लो, क्या फर्क पड़ता है, हम लोग कहीं भी खायें।" बेटे की बातें सुन वह जड़ सी हो गई। कुणाल, अपूर्वा और अंकुर के जाने के पश्चात वह देर तक सोचती रही– 'क्या हो जाता है बेटों को, क्या वह समझ पायेगा मां के मन की व्यथा को, क्या संसार की कोई मां समझा पायेगी अपनी ही कोख से जनी औलाद को कि उसके इस प्रकार के व्यवहार से उसकी मां के हृदय पर क्या बीतती है। क्या अपने बेटे से इस प्रकार के व्यवहार की कल्पना यह दोनों कर सकते है।'

घर में बेटे की उपस्थिति पर अक्सर वह भूखी ही सोती, कभी किसी ने नहीं पूछा कि उसने रात्रि का भोजन किया या नहीं। क्यों होता है ऐसा, वही मां वही बेटा, कल तक जो बेटा मां के आगे–पीछे घूमता, कुछ पल के मौन पर वह मां के प्राण खा जाता, कुछ बोलने पर विवश कर देता, मां की आंखो से आंसू बहने से पहले ही उन्हें बड़े जतन और प्यार से रोक लेता, कल तक जिस बेटे के कान खींच कर फटकार देती, वही आज सहज रूप में भी अपनी बात नहीं कह पाती। कुछ भी कहने से पहले हजार बार सोचती, यहां तक कि क्रोध, दुख, दर्द के भावों को छुपाने का भरपूर प्रयास करती। सारी रात आंसू बहाती।, उन बहते आंसुओं को पोछने बेटा नहीं आता। मां की डबडबाई आंखों को देख वह नजरें फेर लेता।

दुनिया के प्रत्येक रिश्ते से करीबी रिश्ता, माँ बेटे का, जिसकी सृष्टि मां ही करती है, किसी अन्य के द्वारा यह रिश्ता नहीं बनता। वही अचानक इतना दूर क्यों और कैसे हो

जाता है।

एक अनकहा युद्ध सा जारी रहता घर में जिसका सबसे अधिक प्रभाव पड़ता केतकी पर, मास्टर केतन के न होने से, यह कुछ अधिक ही कष्टमय था केतकी के लिए।

अंकुर की तोतली भाषा में टूटे–फूटे शब्द उसके कानों में मिश्री घोल रहे थे। वह उठी, बेटे–बहू के कमरे तक जाने के लिए, दरवाजे पर ही आकर उसके पैर अंगद के पैर के समान हो गये। एक चलचित्र की भांति कुछ दिन पहले की घटना उसकी आंखो के समक्ष घूम गई।

अंकुर लड़खड़ाते कदमों से चल रहा था कि कहीं गिर न जाये इस भय से वह भी उसके पीछे तेजी से गई परन्तु जब तक उसके पास पहुंची, वह गिर चुका था, चोट नहीं लगी, पर वह रोया, बहुत रोया, कितना बरसी थी उसकी अपनी बहू उस पर। तमीज तहजीब का एक लम्बा भाषण दे डाला था। आइन्दा इस प्रकार की हरकत न करने की चेतावनी भी दी, इस पर संतोष नहीं हुआ, तभी तो बेटे ने भी उसे समझाया, बच्चे कैसे पाले जाते हैं। वह चुप रही थी।

वह बहू की नजरों से भी जाने क्यों कतराने लगी थी। अपने ही घर में अपनों के बीच वह गूंगे और बधिर का पार्ट अदा करती। प्रत्यक्ष या अप्रत्यक्ष रूप से इस घर में उसी का राज्य रहा था जिस दिन से उसने डोली से उतर घर की चौखट पार की थी। सास–ससुर ने यह अधिकार उसे बिन मांगे ही दे दिया था उसने भी उस अधिकार का दुरूपयोग कभी नहीं किया बल्कि कर्तव्यों का और बोझ अपने नाजुक कांधो पर ले लिया।

दूर–दूर तक सम्मान पाने वाली केतकी क्षण–प्रतिक्षण अपने ही घर में अपमानित हो रही थी। शायद उसका जीवन भी उसके अपनों को खटकने लगा था। एक दिन उसने कुणाल से कह ही दिया।

"तू बहू और अंकुर को साथ ले जा, काफी समय हो गया है, अंकुर भी अब बड़ा हो रहा है।"

"क्यों मां! उसके यहां रहने से तुम्हें कोई कष्ट है?" कैसा प्रश्न कर डाला बेटे ने एक मां से।

"कैसी बात कर रहा है, कहीं अपने जिगर के टुकड़े को अलग कर सुख मिला है, किसी को।" केतकी भाव विभोर हो गई।

"फिर अपूर्वा से नहीं पटती, या फिर मैं ही नहीं अच्छा लगता।" हंसकर बोला कुणाल। केतकी निरूत्तर नहीं थी, पर उत्तर देने की हिम्मत जुटाना उस मां के लिए सम्भव नहीं था।

"मां, देखो यह सास बहू का झगड़ा सदियों से चला आ रहा है। कितनी भी लम्बी

लड़ाई क्यों न हो एक दिन अंत अवश्य होता है। राम–रावण युद्ध हो, महाभारत हो, या विश्व युद्ध, सभी का अंत हुआ है परंतु यह युद्ध पृथ्वी पर उस समय तक चलेगा जब तक यह रिश्ता रहेगा।" कुछ रूककर वह पुनः बोला।

"मां! मेरी और उसकी कुण्डली तो तूने मिलाई नहीं, कम से कम अपनी और उसकी मिलवा लेती, मैं तो अंकुर का विवाह उसी लड़के से करूंगा जिस लड़की जन्मपत्री अपूर्वा की कुण्डली से मिलेगी।" हंसकर कहे गये यह वाक्य एक लम्बे स्याही के कांटे की भांति हृदय के अंदर तक टीस दे गये, पति विहीन।   केतकी का हृदय बहुत रोया, अब तक आंखो से बहे आंसू इतना दुख नहीं दे पाये जितना इस समय वह महसूस कर रही थी। शरीर का सम्पूर्ण रक्त जैसे किसी ने एक ही झटके में चूस कर उसे एक जिन्दा लाश बना दिया हो।

"ऐसा कुछ नहीं जैसा तू सोच रहा है।" कितनी शक्ति बटोरनी पड़ी थी उसे इस एक वाक्य को बोलने के लिए।

"मां बुरा मत मानना, तुम भी..... ।" अधूरा वाक्य बोल कुणाल खामोश हो गया।

"बोल, चुप क्यों हो गया, कह डाल।" केतकी आवाज में क्रोध और थकान थी।

"जाने दे मां, कोई लाभ नहीं बहस में।"

"इसीलिए तो कहती हूं ले जा बहू और अंकुर को अपने साथ, जहां चार–चार दिन को ले जाता है वहीं साल–साल भर को ले जा।

"क्या ले जाऊं, तुम तो केतन मास्टर के पुरखों की इस ड्योढ़ी को छोड़गी नहीं।"

"तुझसे किसने कहा इस ड्योढ़ी को पकड़ कर बैठो, ले जाओं अपनी बीबी और बच्चे को।" केतकी के शरीर का रोम–रोम रो रहा था।

"क्या ले जाऊं, लोग क्या कहेंगे, केतन जैसे भले मास्टर का बेटा इतना स्वार्थी निकला।"

"भूल जा लोगों को कि वह क्या कहेंगे?"

"कैसे भूल जाऊ लोक अपवाद के भय से तो श्री राम ने सती सीता जैसी पत्नी का त्याग कर दिया था।"

"यदि ऐसा है तो ले जा, तेरी शंका का समाधान मैं किये दे रही हूं। वनवास के समय दशरथ जी बीमार थे परंतु सीता राम के साथ ही वन चली गई थी, ससुर के लिए अयोध्या में नही रूकी थी, स्त्री को वहीं रहना चाहिए जहां पति रहे।"

उत्तर दिये बिना ही वह उठकर अपने कमरे में चला गया। वाद–विवाद, क्रोध–व्यंग से कोई हल नहीं निकला था। दोनो का हृदय एक प्रकार के बोझ से दब रहा था।

आज उसने कुछ भी नहीं खाया था, न ही अन्न न ही फल। अपूर्वा खीर लेकर मात्र

पूछने आई कि खाना नहीं खाना तो खीर खायेंगी? उसने मना कर दिया। उसे इंतजार था बेटे का, आंखे द्वार को एक टक देख रही थीं कब उसका कुणाल खीर का कटोरा लेकर देवदूत सा उसके सामने खड़ा हो जायेगा। इतनी देर से रूके आंसू बहेंगे जिन्हें वह खीर के दूध के साथ पी जायेगी। फिर कभी बहस नहीं करेगी न बहू न बेटे से। पर ऐसा कुछ नहीं हुआ।

कुणाल के अन्नप्राशन की खीर बासी हो गई थी, वह तो अंकुर के अन्न प्राशन की खीर याद कर रही थी।

अंकुर ने अपनी नानी के हाथों चांदी की कटोरी में चांदी के चम्मच से खीर चाटी थी। बड़ी डेगचियों में बनायी गई मनों खीर इन्सानों के अलावा गाय, कौवा, कुत्ते , बिल्ली ने भी खायी थी।

अपने पोते के अब तक के सम्पूर्ण संस्कार उसने किये, निस्कर्मण संस्कार, नामकरण, अन्नप्राशन आदि।

आज उसे लग रहा था विवाह तो दूर चूणाकर्म, कर्ण भेद, उपनयन आदि संस्कार भी उसकी अनुपस्थिति में होंगे।

उसे भारतीय परम्परा में मातृ महिमा याद आ रही थी। मातृ शक्ति की पूजा हिन्दू धर्म की एक महान विशेषता आज उसे तुच्छ लग रही थी।

"मातृ देवो भव", यह भी कहते हैं एक आचार्य श्रेष्ठ है दस उपाध्यायों से , एक पिता सौ आचार्यों से श्रेष्ठ है और एक मां सहस्र पिताओं से श्रेष्ठ हैं।

यहां तो विधुआ भी पूज्य मानी गई है जैसे कन्या मां जगदम्बा मान कर पूजी जाती है। सुहागिनी पूजा कर्मकाण्ड का एक अंग है। विधुवा हिन्दु परिवार में आदर और पूजा की अधिकारिणी है। मां के समान, शिशु शरीर का अन्य कोई पोषक और रक्षक नहीं होता, फिर चाहे वह मनुष्य हो या पशु–पक्षी।

कष्ट में बालक से बना वृद्ध भी मां ही को पुकारता है। आज उसे यह सब मिथ्या लग रहा था, झूठ लग रहा था, कहीं सत्यता नज़र नहीं आ रही थी।

अब केतकी का अधिक समय अपने कमरे में ही कटता, पूजा–पाठ, वेद शास्त्र सब मिथ्या लगने लगा था। संसार में बस मृत्यु ही निश्चित है। सत्य है। बाकी सब असत्य, संसार माया है, रिश्ते नाते मोह रूपी बन्धन हैं।

इतना अधिक चिन्तन और मनन वह करती, तर्क–कुतर्क करती, चाहकर भी उसे अपने आपसे सदैव नकारात्मक उत्तर ही मिलता। उसकी सकारात्मक सोच समाप्त हो चुकी थी, यह कारण भी एक कारण था उसके मौन का।

एक दिन अपूर्वा ने कमरें में जाती हुई केतकी को अचानक पीछे से अवाज दी– "मां

जी एक मिनट।"

"कहो, क्या बात है?" पूछना मजबूरी थी।

"दो दिन को वह आते हैं वह भी आप को अच्छा नहीं लगता। आप नहीं चाहतीं कि वह आयें।"

"बोलने से पहले सोच समझ लिया करो कि क्या बोलने जा रही हो।"

"सोच समझ कर ही बोल रहीं हूं। आते ही आप उनका मूड इतना खराब कर देती हैं कि सारी रात वह मुझसे बात नहीं करते।"

"मैं ऐसा क्या कर देती हूं, यह कैसा आरोप मुझ पर लगा रही हो?"

"मैं सब जानती हूं, सप्ताह में दो दिन मेरी खुशी आप से बर्दाश्त नहीं होती।"

"मैं तो चुप ही रहती हूं। मैंने तो उससे तुम्हें अपने साथ ले जाने को भी कहा था।

"हां, कहा था, पर यह सब नाटक करने की क्या आवश्यकता, क्यों करती हैं आखिर यह सब आप उनके सामने?"

"मैं नाटक करती हूं, मैं बेटे की खुशी, अपने बेटे की खुशी बर्दाश्त नहीं कर पाती।

"नाटक नहीं तो और क्या?" अपूर्वा ऊंची आवाज में बोली।

"बहू इतनी ऊंची आवाज में बोलने की क्या आवश्यकता, यही सब तुम धीमी आवाज में बोल सकती हो, मैं बहरी नहीं हूं।"

"नहीं आप बहरी नहीं, समझदार भी आवयकता से कुछ अधिक ही हैं। आखिर चाहती क्या हैं आप? आपको कभी इस बात का एहसास नहीं होता कि अपने बेटे—बहू को अलग कर रखा है।"

"अपूर्वा!" केतकी अचानक अपनी पूरी शक्ति लगाकर चिल्ला पड़ी।

"चिल्लाइये मत। मैं आपसे कहीं ऊंची आवाज में चिल्ला सकती हूं।"

"तुम्हारा दोष नहीं, दोष है समय और नये जमाने का, हमारे समय में बहू—बेटियों ऐसे जबान नहीं चलाती थी। जो कह दिया जाता था उसे सिर झुका कर मान लेती थी।" यह कहते—कहते केतकी की आंखे न चाह कर भी भर आई थी।

"आपके जमाने में तो और भी कुछ होता था।" अपूर्वा को क्रोध अपनी चरम सीमा पार कर रहा था। वह जैसे अपना आपा खो बैठी थी। क्रोध ने उनके रिश्तों को तोड़ दिया था।

"क्या होता था?" केतकी ने आंखे तरेर कह पूछा।

"छोड़िये, रहने दीजिए, बर्दाश्त नहीं कर पाएंगी।" अपूर्वा अपने कमरे में जाने को बढ़ी।

"नहीं, तुम्हें बताना पड़ेगा, मैं सुनूंगी, सब सुनूंगी जैसे अभी तक सुन रही हूं।"

केतकी ने अपूर्वा का हाथ पकड़ लिया।

"छोड़ दीजिए हाथ, बात को बढ़ाइये मत।" हाथ झिटकते हुए वह बोली।

"बात बढ़ चुकी है, क्या होता था हमारे जमाने में?" केतकी जैसे जिद पर अड़ गई।

"मां जी! छोड़ दीजिए वरना अर्थ का अनर्थ हो जायेगा।"

"अर्थ का अनर्थ तो हो ही गया, अब बात पूरी करनी ही पड़ेगी तुम्हें, तुम्हारे बेटे की सौगन्ध।" केतकी ने जैसे जिद ही पकड़ ली थी।

"तो सुनिये।" दृढ़ता और क्रोध के मिले जुले लहजे में वह बोली।

"हां, कहो, सुनने के लिए बेताब हूं।"

"आप के जमाने में तो स्त्री विधुवा होने पर सिर मुंडवा कर काशी चली जाती थीं। अपना बाकी का जीवन गंगा किनारे भजन–कीर्तन कर व्यतीत करती थी, नियम धर्म से रहतीं, एक वख्त ही भोजन करतीं, ताकि उनका अगला जन्म तो संवर जाये।" यह सब अपूर्वा एक सांस में बोल गई थी।

"और कुछ?" केतकी धीरे से बोली।

"बहुत कुछ है, पर छोड़िये इतना ही काफी है। आप जैसी पढ़ी–लिखी समझदार स्त्री के लिए।" अपूर्वा की जबान सांप के जहर से भी अधिक विष उगल रही थी। केतकी तो जैसे जड़ हो गई थी, वह तो यह भी नहीं देख पाई कि इतने हौसले और प्रेम से लाई बहू अपने कमरे में कब चली गई।

इतना सब होने के पश्चात उस दिन वह मास्टर केतन की तस्वीर के सामने रोई नहीं। आंसू ही नहीं थे उसकी आंखो ने। दर्द हद से बढ़ जाये तो आंसू नहीं आते। केतन मास्टर की मृत्यु के समय जो स्थिति उसकी थी, ठीक वैसी ही आज थी। सब कुछ वही था, वही घर, वही लोग पर एक अजीब सा असहनीय वातावरण हो गया था घर का। खाना, चाय–नाश्ता, नहाना, पूजा पाठ करना, सब कुछ वैसा ही था।

कुणाल के घर आने पर दोनों स्त्रियों में से किसी ने शिकायत नहीं की, न तो मां ने बेटे से और न ही पत्नी ने पति से। शायद दोनों के मन में चोर था, या फिर पति और बेटे का दुख नहीं देना चाहती थी, उनके मन में क्या था यह विधाता ही जानता था।

तीन–चार दिन की छुट्टी एक साथ पड़ रही थी। दूसरा शनिवार रविवार, पन्द्रह अगस्त आदि। कुणाल प्रसन्न था इतने दिन का साथ मिलेगा अपूर्वा का।

होटल में खाने–घूमने के लिए बेटे से मां ही ने कहा था, सोये हुए अंकुर को भी केतकी ने ही साथ ले जाने को कहा था। जग जाने पर तंग करेगा, यही कारण बिना पूछे उसने बताया था, अपनी सफाई में।

आज नागपंचमी थी दोपहर के खानें में विभिन्न प्रकार के व्यंजन पकाये थे केतकी ने,

विशेष कर वह व्यंजन जो कुणाल को अत्यधिक पसन्द थे।

केतकी के हाथों की बनी खीर दूर–दूर तक प्रसिद्ध थी। जब भी वह खीर बनाकर अपनी सास को खिलाती, वह केतकी को कुछ न कुछ उपहार अवश्य देतीं। केतन मास्टर अक्सर पत्नी को छेड़ते, कहते– "अरे, तुम्हें क्या? खीर बना मां को खिला दो, एक कटोरी खीर तुम्हें माला–माल कर देगी।"

रात्रि जब वह केतन मास्टर के पार्श्व में आ लेटती तो मास्टर उसकी खीर की तारीफ करते और प्यार करते, कुछ क्षण पश्चात ही वह केतन की बाहों से अपने आपको अलग कर लेती। मास्टर की चालाकी समझ कर भी वह भोली बन उनसे घण्टों लिपटी रहती एक बेल की भांति, उसे अच्छा लगता सुख मिलता उसे प्रशंसा के बहाने से किया गया प्यार उसे भला लगता था।

आज उसे सब वैसा ही याद आ रहा था, कैसे सास के हाथों उपहार मिलने पर वह उनके चरणों को छू कर अपने माथे और छाती पर लगा लेती, उस समय उसकी आंखे अपने आप ही बिना किसी प्रयास के बन्द हो जातीं। उसके सिर पर हाथ रख सासू मां उसे ढेरों आशीष दे डालती। कितने सुखद होते थे वे क्षण।

दोपहर खाने के पश्चात उसने ठंडी खीर निकाली, उन्हें कटोरियों में परोसा। एक प्याले में खीर ले वह बेटे के कमरे में पहुँची, जहां वह आफिस की फाइलों में कुछ उलझा हुआ था। उसके काम में व्यवधान न पड़े इसी कारण अंकुर और अपूर्वा आंगन में खेल रहे थे। केतकी अपने बेटे को कुछ क्षण एक टक देखती रही।

"खीर खा लो बेटा।"

"रख दो मां खा लूंगा।" 'रख दे' का स्थान 'रख दो' ने ले लिया था।

"नहीं पहले खा ले ताकि बर्तन ले जाऊं फिर आराम से काम करना।"

बेटे ने मां की आज्ञा पालन में ही समय की बचत देखी और खीर का प्याला खाली कर मां को पकड़ा दिया, पानी पिया ग्लास मां को पकड़ा कर बोला।

"बस खुश।" केतकी ने उसके मुंह को आंचल से साफ किया बेवजह शायद बहू के आने के पश्चात यह कार्य उसने प्रथम बार किया था।

केतकी सूनी–सूनी आंखो से बेटे को एक टक देख रही थी।

"क्या है मां कुछ कहना है।" मां की ओर देख कर उसने पूछा।

"नहीं, कुछ कहना सुनना नहीं बेटा।" इतना कह कर अचानक उसने बेटे का सिर अपनी छाती से लगा कर चूम लिया था। यह सब इतना अचानक और अप्रत्यशित रूप से हुआ कि कुणाल जब तक कुछ बोले या पूछे केतकी कमरे के बाहर आ गई थी। केतकी के चेहरे को देखकर कोई भी कह सकता कि चेहरा मन का दर्पण होता है, परंतु इस समय

वही चेहरा दुनिया का कोई भी मनोवैज्ञानिक नहीं पढ़ सकता था। केतकी के मन के भावों को पढ़ना तो दूर उसका एहसास करना भी असम्भव था, नामुमकिन था। बेटे को खीर खिला वह सीधी अपने कमरे में आ केतन की तस्वीर के सामने खड़ी हो अपने आप में ही बड़बड़ा रही थी।

"आज में असमर्थ हूं, तुम्हें अपने मन के भावों को बताने में।" वह एक मुजरिम की भांति काफी समय तक पति की तस्वीर के सामने खड़ी रही थी, शांत, मौन, खमोश, निडर।

सभी ने खीर खाई थी, सबसे अधिक और प्रेम से तो पोते ने दादी के हाथों की बनी खीर खाई। उसके लिए अपूर्वा ने बचाकर भी रख दी थी।

कुछ ही समय पश्चात कुणाल के कमरे से कराहेन और उल्टी करने जैसी आवाज अपूर्वा के कानों ने सुनी। वह घबरा कर उस ओर भागी थी।

कुणाल की हालत देखते–देखते गम्भीर होती गई। घरेलू इलाज बेअसर थे। डाक्टर आया एम्बुलेंस में डालकर आनन–फानन में नर्सिंग होम ने गये। डाक्टरों के अथक प्रयास के बावजूद अपूर्वा की मांग और केतकी की कोख सूनी हो गई। कुणाल ने दम तोड़ दिया। अबोध अंकुर अनाथ पितृ–विहीन हो गया। अपूर्वा का रूदन देख बड़े–बड़े पाषाण हृदय फूट–फूट कर रो पड़े। केतकी खामोश थी, मौन थी उसकी गोद में बेटे का बेटा था। वह भी बहू की उपस्थिति में।

केतकी के सामने पच्चीस वर्ष पुराने हृदय विदारक दृश्य घूम रहे थे। बेटे की मृत शरीर में जैसे उसे पति नज़र आ रहा था। भीड़ उतनी अवश्य नहीं थी। इसी बाहर वाले बड़े हाल में केतन का मृत शरीर बड़े जतन से लोगों ने रखा था। कोई कितना ही प्रिय क्यों न हो सांस टूटी तो शरीर का मोह भी समाप्त हो जाता है। दुनियां का कोई भी रिश्ता उस हाड़–मांस के शरीर को अपने पास नहीं रख पाता जिसे देखे बिना वह जी नहीं सकता था कभी।

शीघ्र से शीघ्र मृत शरीर को अग्नि के सुपुर्द करना चाहता है। अधिक से अधिक करीबी इंसान ही अपने प्रिय को अग्नि देता है, यही नियम है। बेटा बाप को मां को या बाप बेटे को, भाई–भाई को मुखाग्नि देता है। पंचतत्व का बना शरीर पंचतत्व में मिल जाता हैं। आत्मा की अमरता को लेकर क्या करे इन्सान। वह तो यह भी नहीं जानता कि उसके प्रिय के शरीर को छोड़कर आत्मा किस शरीर में प्रवेश कर गई।

जितने एहतियात से इंसान मृत शरीर को शमशान तक ले जाता है, जितने जतन से, कोमल, हाथों से वह जमीन के अंदर दफन करता है इस एहतियात और सम्मान को कुछ भाग भी यदि जीते जी व्यक्ति एक दूसरे के लिए रखे तो संसार में बहुत कुछ बदल जाय, जीवन का मूल्य, जीने का, जिन्दगी का नज़रिया ही बदल जाये।

जन्म से लेकर सारी जिन्दगी व्यक्ति मुसलसल मौत की ओर ही न चाह कर भी बढ़ता रहता है। जन्म लिया है, तो यदि कुछ निश्चित है तो वह मृत्यु। जन्म और मृत्यु के बीच का जीवन, यही समय होता है जिसमें व्यक्ति से आदर, सम्मान, प्यार, स्नेह, ममता पाकर और देकर असीम सुख पा सकता है जिसका बयान वह शब्दों में नहीं कर सकता। यह तो आत्मा का सुख होता है इसका अनुभव आत्मा ही कर सकती है, ऐसा व्यक्ति ही जानता है, कि आत्मा है, वह जानता है आत्मा की अमरता को, आत्मा की पवित्रता को।

सुबह दस बजे तक सम्पूर्ण तैयारियां हो चुकी थीं, कुणाल के शरीर को ले जाने की। अपूर्वा अर्द्धमूर्छित सी अपने कमरे की फर्श पर पड़ी थी। केतकी पोते को गोद में दबाये चारों ओर दौड़ रही थी एक लम्बी खामोशी और सूनी आंखो के साथ। जो कुछ भी उससे मांगा जाता, कहा जाता, वह कर देती। कुणाल की अपने एक मात्र कलेजे के टुकड़े को भी वह जी भर न देख पाई।

सारी रात आस पास के लोग कुणाल के निर्जीव शरीर के पास ही बैठे रहे थे। बैठी केतकी भी थी, उसकी निगाहें भी बेटे के चेहरे पर थीं परंतु वह देख कुछ भी नहीं पाई थी, ना बेटे का ६ फुट का शरीर, न ही सुन्दर मासूम चेहरा।

यह क्षण भी अद्भुत होते हैं जब इंसान की सुनने, सोचने, देखने की, समझने की शक्ति एक अजीब दौर से गुजरती है। वह सुनकर सुन नहीं सकता, सोच कर सोच नहीं पाता, यही स्थिति थी केतकी की । कुणाल चला गया था मां, पत्नी और बेटे को छोड़कर एक छोटे से परिवार को हमेशा के लिए। आज के पश्चात न तो बहू की जबानी, उसका दो दिन का घर आना, सास को खलेगा और मां को आज के पश्चात कभी नहीं लगेगा कि उसके कलेजे के टुकड़े पर कल की आई बहू ने कब्जा कर लिया।

समय बीत रहा था अपनी उसी गति से क्यों कि समय राजा या रंक के मरने से रूकता नहीं। मास्टर केतन के दसवें और तेरहवीं की भांति ही कुणाल की भी दसवां तेरहवीं हुई।

अपूर्वा के माइके से सोने के कंगन और सफेद वस्त्र आये उसके लिए। अच्छा नियम है, बेटी का बाप भाई लाल जोड़े में विदा करे औ उसी कन्या के लिए....।

धीरे–धीरे हवेलीनुमा घर खाली हो गया, सभी चले गये। बचे थे मात्र तीन प्राणी दो विधवा और एक बच्चा।

मरने वाला तो एक बार मरकर ओझल हो जाता है, छोड़ जाता है, अपने प्रियजनों को जो प्रतिदिन मरते हैं। कुछ ऐसा ही यहां भी था।

समय बीतता गया, क्योंकि उसे तो ईश्वर भी नहीं रोकता, वह अपनी गति से चलता है और यही उचित भी है। आज केतकी के बेटे की बरसी थी। एक वर्ष लगभग पूरा हो गया था। समय सबसे बड़ा मरहम है, कैसा भी दारूण दुख हो इस समय रूपी मरहम से बड़े से

बड़ा घाव भर जाता है। निशान रह जाते है किसी पर कम किसी पर अधिक।

इस एक वर्ष में केतकी ने भरपूर प्रयास किया अपूर्वा को प्रसन्न रखने का, सुखी रखने का। उसका यही प्रयास रहा कि कुणाल की कमी को कम से कम महसूस करे बहू।

इन तकरीबन तीन सौ पैंसठ दिनों में अपूर्वा को याद नहीं कि उसकी धर्म मां ने किसी प्रकार की शिकायत का मौका दिया हो।

बहू के मुख से बात निकलने से पहले ही वह पूरी कर देती। समाज के विचित्र नियमों को पालन करते हुए कुणाल की बरसी बड़े व्यापक ढंग से मनाई गई। ऐसा कोई व्यंजन नहीं था जो कुणाल को पसन्द हो और बना न हो। अपूर्वा के कहने पर केतकी ने खीर बनाई थी कांपते हाथों से।

सैकड़ो लोगों की खीर के लिए दूध का इंतजाम दूर–दूर से हुआ था। लोग इस प्रकार के निमंत्रण पर भी खाना खाकर आपस में खाने की तारीफ कर रहे थे। यह चलन है। रिवाज है। सही मायने में समाजिक कुरीति है। खाना, जन्म से लेकर मृत्यु के पश्चात भी जातक के नाम से खाना ही खाते हैं लोग।

इससे बड़ी विडम्बना है कि खिलाने वाला खिलाता भी है। सास–बहू दोनों ही थक कर चूर हो गई थीं अंकुर भी थका हुआ था, तभी सो गया था।

दोपहर का भोजन रात दस बजे समाप्त हुआ। लोगों ने अपनी सुविधानुसार खाया था।

"बहू थक गई होगी।" केतकी ने पूछा।

"हां, मां थक गई हूं।" गहरी सांस अन्दर को खींच कर अपूर्वा बोली।

"पानी गर्म कर दूं नमक डाल कर पैर सेंक लों।" केतकी सुझाव दिया। सास के व्यवहार से कभी कभी अपूर्वा को अपने द्वारा किये गये व्यवहार से अत्यधिक दुख होता पश्चाताप होता परंतु इसका इजहार वह सास के सामने नहीं कर पाई। इतनी हिम्मत वह कभी नहीं जुटा पाई। वैसे भी अब बहुत देर हो चुकी थी। वह सब हो चुका था जो नहीं होना चाहिए था।

सुबह अपूर्वा थोड़ा देर से उठी थी, उसके उठने से पहले ही अंकुर को केतकी नहला धुलाकर तैयार कर चुकी थी।

चाय लेकर वह बहू के कमरे में गई।

"अरे मां जी, आप क्यों लाई, मैं आ ही रही थी।" अपूर्वा उठते हुए बोली, सारा शरीर दुख रहा था उसका।

"क्या फर्क पढ़ता है?" केतकी बोली।

"नही मां, अब नहीं प्लीज़"। अपूर्वा केतकी को देख कर बोली।

"बहू नहा धो लो फिर मेरे कमरे में आना तुमसे कुछ बात करनी है" कुछ दृढ़ता से केतकी ने कहा।

"अभी कहिये क्या कहना है।" अपूर्वा ने चाय का प्याला रख कर पूछा।

"अभी नही तुम्हें कुछ बताना है, याद दिलाना है। हां, फैसला तुम्हें करना हैं, निर्णय तुम्हें ही लेना है।"

"जी, अभी तैयार होकर आती हूं।" आज्ञाकारी बहू की भांति वह बोली।

आंगन में अंकुर को खेलता देख वह खुशी से बोली–

"अरे वाह भई मेरा बेटा तो सुबह से ही राजा बाबू बन गया, दादी ने तो राजा ही बना दिया, दादी को तंग तो नहीं किया मेरे बेटे ने।"

अंकुर को छाती से लगा कर उसने प्यार किया। उसके रोम–रोम से ममता फूट रही थी जिसका एहसास दोनों कर रहे थे।

नहा–धो तैयार हो, पूजा कर वह सीधी केतकी के कमरें में पहुंच गई।

"आओ बैठो।"

अपूर्वा केतकी के पलंग पर उसके पैरों की ओर बैठ गई।

"कहिये।" धीरे से उसने केतकी को देखा।" उसकी उस नजर में अटूट विश्वास और सम्मान था।

"अपूर्वा! मैंने अपना जीवन तो नष्ट कर लिया, यह लोक भी और परलोक भी, न तो सिर मुंडा कर काशी गई और न ही गंगा किनारे रह कर भजन कीर्तन किया, इसका कारण भी था या यूं समझ लो बहाना था। कुणाल छोटा था, परिवार में ऐसा कोई नहीं था जो उसे पाल पोस देता, परंतु अब स्थिति दूसरी है, मैं जिंदा हूं, हष्ट पुष्ट हूं, अंकुर की चिन्ता करने की तुम्हें आवश्यकता नहीं। तुम चाहो तो अपना परलोक सुधार लो, तुम्हारे सामने किसी प्रकार की कोई मजबूरी नहीं। काशी प्रवास के समय भी तुम्हें कोई कष्ट नहीं होगा, वहां सारा इंतजाम करवा दूंगी। जो फैसला करो, जो भी निर्णय लो, कल तक बता देना?"

विदाई

मिस गौरा मंगल का अभी कुछ समय पहले ही कानपुर शहर में तबादला हुआ था। दबता हुआ गेहुँआ रंग, दुबला–पतला शरीर, जो मन को भाये, देखने में सुन्दर लगे। आँखे चेहरे के अनुपात में कुछ अधिक ही बड़ी थीं, साथ ही बिन काजल के कजरारी लगती थीं, ईश्वर ने ही काजल की अमिट रेखा उसके दोनों नेत्रों में एक कुशल आधुनिक ब्यूटीशियन की भांति खींच दी थी। बाजार में उपलब्ध नकली पलकें भी बेकार थीं उसके लिए। बड़ी बड़ी पलकें भी उसे की ओर से मिली थीं। भौंवों को तराशने या आकार देने की उसे कोई आवश्यकता नहीं थीं, यदि कहीं ऊपर वाले ने उसे बनाने में कंजूसी की थी तो रंग में, जाने क्यों सांवला रंग दे दिया था लेकिन सांवले रंग को फीका कर देने वाला एक अद्भुत तेज था उसके सांवले–सलोने चेहरे पर।

चेहरा मनुष्य के मन का दर्पण होता है, मनुष्य के कर्मो का असर मुख–मण्डल पर अवश्य पड़ता है, इसीलिये तो किसी ने कहा है चेहरा मन का दर्पण होता है। इस कानपुर शहर से पहले वह देहरादून में थीं, देहरादून से कानपूर तक उसकी कार्य शैली के चर्चे उसके वहाँ पहुँचने से पहले ही पहुँच चुके थे, सभी सतर्क हो गये थे, कुछ पुरानी फाइलें भी बाबुओं ने निपटा डाली थीं।

इस कम उम्र की युवती का इस प्रकार कड़क होना, सख्त होना लोगों के गले के नीचे नहीं उतर रहा था। हालांकि वह ऐसी नहीं थी।

बात करने का उसका अपना अलग अंदाज़ था जो कि लखनऊ की तमीज़ और तहज़ीब में डूबा हुआ था, बात करती तो मानो फूल बरसते, अधिकारी हो, चपरासी हो या वह बालिश्त भर का आफिस में चाय पिलाने वाला लड़का, सभी को 'आप' और 'भइया' कह कर सम्बोधित करती थीं, इस बात को शायद गौरा मंगल बखूबी जानती थी, कि यदि सम्मान पाना चाहते हो, दूसरों से सम्मान की अपेक्षा करते हो, तो पहले दूसरों का सम्मान करना सीखो।

क्रोध शायद ही उसने कभी किसी पर किया हो, बचपन में उसने सीखा था यदि कभी किसी पर क्रोध आये तो कुछ बोलने से पहल, क्रोध में बोलने से पहले राम–राम करो या गिनती–गिनना शुरू कर दो मन–ही–मन। मात्र दस तक गिनते ही इन्सान काफी हद तक सामान्य हो जायेगा।

अपने स्टाफ से कार्य करवाने में गौरा मंगल दक्ष थी, काम चोर कर्मचारी से भी मिस मंगल काम करवाना बखूबी जानती थी। एक माह हो गया था कानपुर आये और कुर्सी पर

बैठते। विधुवा, मजलूम स्त्रियों को सरकार द्वारा मिली विधुवा पेंशन जो मात्र २०० /— प्रतिमाह होती है, वह भी उन बेसहारा औरतों को नसीब नहीं हो पाती, उस पैसे को भी लोग हजम कर जाते हैं। समय की मारी यह मजबूर औरतें सैंकड़ो—हजारों रूपये खर्च कर देती हैं, उधार लेकर इस महकमें के कर्मचारियों की जेबें भरने में । परन्तु फिर भी इन्हें वह मात्र २०० /— सरकार की ओर से मिलना नसीब नहीं हो पाता। नाक की कील तक बिक जाती परन्तु पेंशन नहीं मिल पाती।

गौरा मंगल इसी कार्य के लिए यहाँ भेजी गई थी, स्त्री होने के नाते उसने स्त्री के कष्ट को समझा था, महसूस किया था, उसे इस बात का भी एहसास था कि एक—एक पैसे का जीवन में कितना महत्व है, यह दो सौ रूपये प्रति माह जीवन की दिशा ही बदल देते हैं। इस एक माह में ही उसने जाने कितनी औरतों को उनका यह सरकारी हक दिलवाया था, यहाँ तक ही नहीं, उनके द्वारा फार्म जमा करने की तिथि से बकाया पिछला पैसा भी दिलवाया था। यह चर्चा आस—पास के गाँवो में भी फेल चुकी थी कि अबकी फला अफसरानी ऐसी आई हैं जो तुरन्त काम करवाती हैं, सबकी बात सुनती हैं, सीधे जाकर उनसे मिला जा सकता है, और अधिकारियों की भांति नाराज नहीं होतीं। अधिकारी ही क्या दफ्तर को चपरासी भी डाँट—डपट कर आये हुये मजबूर को भगाने में कम माहिर नहीं होते हैं। जाने क्यों आफिस की रिवालविंग चेयर पर बैठ गौरा मंगल के सामने अपना बचपन घूम रहा था और भाँति—भाँति के भाव चेहरे पर तेजी से आ जा रहे थे। तभी चपरासी ने कमरे ने प्रवेश किया। "हाँ क्या बात है?" छोटेलाल पर दृष्टि डालते हुये उसने पूछा।

"साहिब आपसे कोई मिलना चाहती है।"

"कौन है?" बेकार का प्रश्न कर बैठी थी कुछ सोचते—सोचते।

"मालूम नहीं, अंदर भेज दें साहिब।

"हाँ—हाँ भेज दीजिये।" वह अपने आप पर मुस्कुराई। कुछ क्षणों परश्चात साठ—पैंसठ वर्ष की वृद्धा ने उसके कमरे में प्रवेश किया। आदत के अनुसार वृद्धा को देख वह खड़ी हो गई। उन्हें सामने की कुर्सी पर बैठने का इशारा भी कर दिया। महिला बड़े आत्मविश्वास के साथ कुर्सी खींच उस पर बैठ भी गई। साफ जाहिर था, कि महिला किसी खाते—पीते, अच्छे पढ़े—लिखे घर से सम्बन्ध रखती होगी।

"मां जी" गौरा मंगल का वाक्य पूरा होने से पहले ही वह बोल पड़ी थी।

" मैं हूँ देवकी भटनागर, मैं अपनी पेंशन के लिये आई हूँ जिसकी ख्वाहिश हृदय से कभी कोई स्त्री नहीं करेगी, पर मजबूरी है। विधुवा पेंशन जो सरकार देती है, करीब ढ़ाई—तीन वर्ष हो गये दफ्तर के चक्कर काटते आज तक सत्ताइस सौ तिहत्तर रूपये खर्च हो चुके हैं दो सौ रूपये माहवार पाने की लालसा में।" छोटे—छोटे वाक्यों में

रूक–रूक कर बोली थी वह, एक भी शब्द फालतू नही बोला था मिसेज़ भट्नागर ने। गौरा मंगल ने कुछ भी नहीं सुना था एक शब्द भी नहीं सुन पाई, वह तो एक टक उन्हें देखती ही रही। "माँ जी, आपने मुझे नही पहचाना।" गौरा ने पूछा। "नहीं, आप कौन हैं? हम इससे पहले कहाँ और कब मिले।" वृद्धा ने गौरा मंगल के प्रश्न का उत्तर प्रश्न में दिया था।

"मैं आपकी गोदा! गंदी फ्राक पहने, सिर में पड़ी जुँओं के कारण दोनों हाथों से सिर खुजाती गोदा, उन्हीं हाथों दाल–भात खाती गोदा, साथ ही आपकी डाँट खाने वाली गोदा।" कितनी करूणा और सम्मान था उसके शब्दों में सामने बैठी महिला के लिए। देवकी भट्नागर ने चश्मा उतार कर गौर से देखा चश्में को पल्लू से पोंछ कर पुनः आँखो पर लगाया फिर देखा अब उसे सामने बैठी युवती का आँखो के समक्ष चल–चित्र सा घूम गया।

"अरे तू–– इतनी बड़ी अफसर बन गई।"

"हाँ माँ जी आपका आशीर्वाद जो था मेरे साथ।" गौरा मंगल भाव–विभोर हो गई।

"तेरी माँ, तेरे भाई –बहन और तेरा वह शराबी बाप, सब कैसे हैं?" सब ठीक हैं, संतुष्ट हैं, पिता अब शराब नहीं पीते, बीमारी ने उनकी शराब छुड़ा दी या यूँ कहिये जीने की तमन्ना ने। भाई के साथ ही रहते हैं, भाई रायबरेली में सरकारी महकमें में चपरासी हैं और पिताजी वहीं चाय की दुकान चलाते है, अच्छी कमाई हो जाती है, माँ को अब काम नहीं करना पड़ता। रज्जो का ब्याह हो गया उसका आदमी दुबई में किसी शेख का खाना बनाता है, रज्जो भी अपने दोनों बच्चों के साथ पिछले वर्ष दुबई पति के पास चली गई, बहुत खुश है वह अपने छोटे से परिवार के साथ।"

"और तू?।"

"मैं भी ठीक हूँ। आप बताइये आप यहाँ इस आफिस में कैसे?"

"समय का फेर है वख्त की मार है, जो मुझ पर पड़ी और आज इस हाल में इस रूप में मैं तेरे सामने हूँ" देवकी भट्नागर चश्मा उतार आँखो को पल्लू से पोछती शांत हो गई।

आज गौरा मंगल ने अपना नियम तोड़ा उसने छोटेलाल को बुला एक कॉफी लाने को कहा।

"एक कॉफी क्यों मंगाई गौरा।" देवकी भट्नागर ने उचित प्रश्न किया।

"माँ जी मैं आफिस में चाय काफी नहीं पीती।" सहज भाव से बोली वह "तू नहीं पीती तो मुझे क्यों पिला रही है, चपरासी बुलाकर मना कर दे या फिर अपने लिय भी मंगा ले।"

गौरा मंगल उनके आदेश को टाल न पाई, उसने मेज़ में लगे स्विच को दबाया पलक झपकते ही छोटेलाल चिराग के ज़िन की भाँति हाज़िर हो गया, बस मालकिन के हुक्म का

इन्तजार था।

"दो काफी कर दीजिये।" इस छोटे से एक वाक्य से उस गरीब का चेहरा खिल गया था। कुछ समय पश्चात छोटेलाल कॉफी से भरे दो प्याले ले आया, एक गौरा मंगल को थमा दिया दूसरा सामने बैठी देवकी भट्नागर को। कॉफी पीकर प्याला मेज पर रखने से पहले ही गौरा मंगल ने कलाई घड़ी पर दृष्टि डाली पाँच बज चुके थे। आज प्रथम अवसर था जब मिस मंगल ने पाँच बजते ही अपनी कुर्सी छोड़ी और मिसेज़ भट्नागर के साथ बाहर आ गई। दफ्तर वालों के लिये यह एक आश्चर्य था कि मैडम पाँच बजे घर जा रही हैं। इस बात को जानने की जिज्ञासा प्रत्येक व्यक्ति के हृदय में थी कि आखिर यह वृद्ध महिला कौन हैं? मैडम से इनका क्या रिश्ता हैं।

"यह तू मुझे कहाँ ले जा रही है?" देवकी भट्नागर ने औपचारिक प्रश्न किया जिसे वह मन—ही—मन करना नहीं चाहती थी।

"अपने घर।" अधिकार भरे शब्दों में गौरा ने कहा।

"क्यों? गौरा।"

"कुछ बाते करनी है, आपसे कुछ सुनना है, कुछ बताना भी है आपको।" गौरा ने कहा। रास्ते में अधिक बात उसने नहीं की और न ही देवकी भट्नागर ने शायद दोनों को ही ड्राइवर का संकोच था। अधिकारी का यदि कोई राज़दार होता है तो वह होता है उसका अपना वाहन चालक, उसका ड्राइवर। जितनी जानकारी उसे अपने अधिकारी के बारे में होती है, दफ्तर में और किसी को नहीं।

यह वाहन चालक अच्छी तरह जानते हैं कि उनका साहब कहाँ जाता है, किससे मिलता है, कहाँ बैठता है, कहाँ, कब किस—किस के साथ खाता—पीता है। बीबी से पटती है उसके साहब की या नही, बच्चे उद्दण्ड हैं या सीधे—सरल, मेम साहब की पसन्द क्या है। किस कर्मचारी व अधिकारी को साहब पसन्द और नापसन्द करते है, साहब और मेम साहब के रिश्तेदार कैसे है? बिटिया के विवाह के लिये लड़के वालों से क्या बात हुई, लड़के वालों की क्या मांग है, बेटों की पढ़ाई में कितना खर्च हो रहा है, बच्चे डोनेशन देकर तो नही भेजे हैं उच्च शिक्षा के लिए। मेम साहब—अपने नौकर और नौकर मेम साहब से किस कदर परेशान है।" गोया सम्पूर्ण जानकारी इन साहब लोगों के वाहन चालकों को रहती है।

देवकी भट्नागर तो काफी सतर्क रहती थीं ड्राइवरों के मामले में, एक बार जब कम्पनी ने प्रमोशन देकर भट्नागर साहब की पोस्टिंग बरेली कर दी, वहाँ उनकी गाड़ी का ड्राइवर काफी बूढ़ा था। तब कोई हाई—स्कूल सार्टिफिकेट तो था नहीं कि उसकी उम्र का पता चलता। ड्राइवर देवकी नन्दन कम बोलता था परन्तु ड्यूटी का पक्का था, रात—दिन, कभी भी, किसी समय भी वह गाड़ी चलाने को तैयार रहता, शायद कहीं न कहीं उसे भय

था कि मालिक उसे अक्षम न समझ लें और नौकरी से निकाल दें।

एक दिन भट्नागर साहब बड़े मूड में थे। पति–पत्नी किसी पार्टी से देर रात लौट रहे थे, भट्नागर साहब ने चुटकी लेते हुये कहा–"देवकी अभी रात का एक बज रहा है"

"हाँ तो?"

"यदि इतनी देर मुझे अकेले को कहीं हो जाती तो तुम आसमान सिर पर उठा लेतीं, आफत कर देती, अब देखा देर कैसे होती है?"

भट्नागर साहब की बात सुन देवकी हंस दी। इससे पहले वह कुछ बोलती कि देवकी नन्दन बोला " साहिब छोटे मुँह बडी बात, मेम साहब तो हमारी बहुत सीधी हैं। वर्मा साहब की मेम साहब रहीं, एक बार ऐसे ही रात वर्मा साहब देर से घर पहँचु, कुछ सामान था जो उठा हम उनके पीछे–पीछे चल रहे थे जैसे ही साहब घर में घुसे मेम साहब ने एक चप्पल फेंक कर मारी, साहब की तो आदत पडी रही, वह तो झुक गये पर वह भर जोर चप्पल हमारे मुँह पर तड़ाक से पड़ी रही।

"अच्छा–अच्छा ठीक है गाड़ी चलाओ।" कहकर भट्नागर साहब ने बात टाली, पर एक दूसरे का हाथ दबाकर बड़ी मुश्किल से अपनी हंसी रोक पाये थे। यह किस्सा मि० एक्स और मिसेज वाई के नाम से जाने कितने लोगों को सुनाया होगा और ड्राइवरों से सावधान रहने का मंत्र भी दिया था।

घर पहुँचने पर मिस मंगल की आया भी मालकिन के इस प्रकार जल्दी आने पर आश्चर्यचकित हुई। इतनी जल्दी उसकी मेम साहिब कैसे आ गई। दरबान तो तीन साथियों के साथ ताश की गड्डी बड़ी ही तल्लीनता से फेंट रहा था।

मालकिन को देखते ही गड्डी हाथ से छूट गई थी। तीनों साथी जाने कब, कहाँ रफूचक्कर हो गये थे। देवकी भट्नागर उस बचपन की गंवार गोदा का जालोजलाल देख रही थी।

शयनकक्ष में आ उसने कपड़े बदले।

"माँ जी आप भी मुँह हाथ धो कर फ्रेश हो जाइये।" एक धुला तौलिया देवकी की तरफ बढ़ाते वह बोली। "नहीं मैं ठीक हूँ, फ्रेश भी हो गई तेरा रूतबा देखकर।" देवकी भट्नागर स्नेह से बोली, आया ने शयन कक्ष में चाय और कुछ बिस्किट के साथ प्रवेश किया।

"आया"

"जी मेम साहब"

"अभी तुम बाहर बैठो जब बुलाऊँ तब आना, और हाँ खाना मैं बनाऊँगी।" एक आज्ञाकारी सेविका की भाँति वह कमरे से बाहर चली गई। गौरा मंगल केटली से चाय प्याले में डालते हुये बोली "माँ जी चाय पीकर आप आराम से लेट जाइये मैं आपके पैर दबा

दूँ, और आप बाताइये यह सब कैसे और कब हुआ।"

"नहीं तू पैर मत दबा।" वह लेटते बोली हालांकि यह एक औपचारिकता थी, मन—ही—मन वह चाहती थीं कोई उनके हाथ—पैर दबा दे। शरीर और मन दोनों ही थके थे उनके। गौरा मंगल उनके मन की और शरीर की व्यथा को जानती थीं तभी तो उनके मना करने पर भी वह उनके पैर दबाने लगी।

"क्यों माँ जी वर्षों पहले मैं रात को आपके पैर दबाते—दबाते आपके ही बिस्तर पर सो जाती, आप मुझे सुबह उठाती, रात आपक प्यार से उढ़ाया गया कम्बल मेरे शरीर पर होता था।" "प्यार से कैसे।" कुछ सुनने की लालसा ने ही यह प्रश्न किया था।

"सोते हुये इन्सान पर यदि कोई चादर या कम्बल उढ़ाता है तो कहीं—न—कहीं स्नेह और प्रेम के वशी भूत होकर ही उढ़ता है, इतनी अक्ल है मुझमें।" "तुझमें अक्ल—ही—अक्ल है, तू तो अक्ल का भंडार है।" देवकी भट्नागर हँस पड़ी।

"माँ जी बताइये, यह सब कैसे हो गया।" उसने अधिकार और ज़िद के साथ पूछा। देवकी भट्नागर के पैरों का गोश्त बहुत कम हो गया था, चमड़ी भी ढीली पड़ गई थी, नसें दिख रही थीं, चेहरे से वह इतनी कमजोर नहीं लगीं थीं उसे।

"दस वर्ष हो गये भट्नागर साहब को गुजरे, एक दिन सुबह बाथरूम से नहा कर निकले शीशे के सामने खड़े हो चेहरे पर क्रीम लगा रहे थे अचानक बोले 'देवकी मेरा जी घबरा रहा है, बेचैनी सी ही रही है।' मैंने आशीष को पुकारा, उसने उन्हें बिस्तर पर लिटा दिया, तब तक महीप भी आ गया, हम लोग हाथ पाँव सहलाने लगे, बीच में वह बोले नींद आ रही है। आशीष डाक्टर लेने को भागा। मैं और महीप हाथ पैरों की मालिश करते रहे डाक्टर आया उसने मुआइना करा और बताया कि यह तो पन्द्रह मिनट पहले ही खत्म हो चुके हैं एक्यूट एम.आई. था। कैसी विडम्बना थी माँ बेटे मृत शरीर के हाथ—पैर सहलाते रहे पता ही नहीं चला कि कब वह हम—सब को छोड़ गये। आशीष, महीप, महिमा सभी सयाने थे।" इतना कह वह खामोश हो गई।"

"फिर क्या हुआ माँ।" मिस मंगल ने धीरे से पूछा।

" फिर कुछ समय पश्चात आशीष का विवाह हो गया। ६ माह के भीतर ही आशीष और उसकी पत्नी हम सबसे अलग हो गये। फंड और बीमे को पैसा लगाकर महिमा का अच्छा विवाह कर दिया। महीप की नौकरी लग गई, भाग्यवश महिमा ससुराल और पति से सुखी और संतुष्ट थी। महिमा की ओर से कभी किसी प्रकार का कोई कष्ट नहीं हुआ।

"कम्पनी का मकान था, भले लोग थे फिर भी एक वर्ष के भीतर मकान खाली करना पड़ा, किराये के मकान से ही विवाह किया था।"

"फिर माँ जी।" दुखी होती हुई गौरा बोली।

"आशीष ने घर छोड़ा तो पैसा देना भी बन्द कर दिया, रह गये हम और महीप। महिमा और आशीष के जाने के पश्चात एक दो कमरे का मकान किराये पर ले लिया माँ–बेटे ने। महीप के पैसे से ही घर का खर्च चलता, यदा–कदा महिमा और दामाद आ जाते, फिर महिमा का तबादला मद्रास हो गया, उनका आना भी न के बराबर हो गया।

आशीष ने तो जैसे सम्बन्ध ही विच्छेद कर लिये थे माँ और भाई से। एक शहर में रहकर भी वह कभी नहीं आता, शायद   यही डर था कि कहीं उनकी माँ उनसे कोई फरमाइश न कर बैठे।"

"आप नहीं गईं कभी आशीष भइया के पास।" मिस मंगल ने प्रश्न किया।

"नहीं, ऐसा नहीं, दो–चार बार मैं ही उनके घर गई पर कुछ अच्छा नहीं लगा हृदय को उनका व्यवहार। वैसे तो प्रत्यक्ष रूप से उन्होने कभी कुछ नहीं कहा परन्तु अप्रत्यक्ष रूप से उन दो–चार घन्टों में ही इतना कुछ यह कान सुन लेते कि वहाँ से आकर कई दिन तक कानों में वही बातें वही शब्द गूँजते रहते, एक–एक शब्द के न जाने कितने अर्थ इस मस्तिष्क में आते और हृदय रोता, आँखे आँसू बहाती, शरीर बेजान सा लगता।

महीप मुझे वहाँ जाने से मना करने लगा, मैने भी उसकी बात अपने हित के कारण मान ली।"

"महीप का क्या हुआ? कहाँ है आजकल, विवाह किया या नहीं?" तीन प्रश्न एक साथ किये गौरा ने। "महीप ने किसी पंजाबी लड़की को पसंद कर रखा था, मेरे लाख मना करने पर भी वह नहीं माना, एक दिन रजिस्ट्रार आफिस से विवाह कर वह सीधा उस पंजाबन को घर ले आया। शायद मेरी विवशता को वह जानता था। अपने से उम्र में चार वर्ष बड़ी, देखने में बदसूरत कही जाने वाली औरतनुमा वह लड़की महीप के लिये विश्व की सबसे सुन्दर लड़की थी।"

"स्वभाव की कैसी थीं।" बेकार सा प्रश्न किया था गौरा ने, साधारण सी बात थी, यदि स्वभाव की अच्छी होती तो काहे को देवकी भट्नागर यहाँ उसके पास होती, उसके आफिस आती। "चेहरे और शरीर से कहीं बत्तर उसका व्यवहार था, स्वभाव था।

"कुछ समय तक तो मेरा बिस्तर ड्राइंग–रूम में लगा, ठीक भी था एक ही तो बेड रूम था, पर बिस्तर मैं तभी लगा सकती थी जब उसकी आज्ञा होती या दोनों अपने शयन–कक्ष में चले जाते। ६ माह भी नहीं व्यतीत हुये थे बहू को घर आये कि उसके कमरे से खुसर–फुसर सुनाई पड़ने लगी। महीप की आवाज़ तो साफ सुनाई नहीं पड़ती परन्तु जहर बुझाये शब्दों के बाण जो बहू–रानी के मुख से निकलते वह मेरे कान साफ सुनते। सारी–सारी रात रोते और करवटें बदलते बीत जातीं। बहुत याद आती भट्नागर साहब की। वह तो एक बार ही मरे थे। मैं रोज़ मरती। दिन–रात मरती। पल–पल मरती। एक रात की बात है महीप बोला 'कहाँ भेज दूँ आखिर उन्हें।

"जायें अपने बड़े बेटे के बंगले में, उनकी भी तो माँ हैं, उन्हें भी तो अपनी ही कोख से जन्मा, दर्द तो उनकी भी पैदाइश पर हुआ होगा। वह चिल्ला कर बोली। महीप भी नित्य से थोड़ी 'तेज आवाज़ में बोला' भइया नहीं रखेंगे, अरे दो—चार घन्टे को गई तो महीनों अपनी आँखो का पानी पोछती रहीं।" महीप समझाने का असफल प्रयास कर रहा था। तभी वह पुनः गरज़ कर बोली कि "बिटिया के पास जाकर रहे जिसके विवाह में सब कुछ देकर हमें भंगी बना दिया।" उसके इस तर्क को काटते हुये महीप बोला।

"दो—दो बेटों के होते हुये बेटी—दामाद के पास जाकर रहे, क्या यह शोभा देगा, अच्छा लगेगा।"

"अच्छा—बुरा मैं नही जानती, मैं ऐसे नहीं रह सकती। उसने निर्णय सुना दिया था।"

"फिर क्या हुआ माँ जी।" मिस मंगल ने प्रश्न किया" एक दिन मेरे कानों ने ऐसा कुछ सुना जिसे मैं बर्दाश्त नहीं कर पाई। महीप उस औरत को समझा रहा था, "अरे यही सोच लो कि हम दोनों तो सुबह नौ बजे निकल जाते हैं। सुबह से रात तक सारा घर का काम घर की निगरानी, चौकीदारी सब कुछ माँ ही तो करती हैं। यदि कोई नौकरानी रखें तो इससे कहीं अधिक खर्च आयेगा, और चोरी चकारी अलग से करेगी।" महीप उसे समझाने की गरज़ से न कहने वाले शब्द कह रहा था। महीप का इतना घिनौना तर्क भी दम तोड़ गया जब वो पुनः गरज़ कर बोली—

"नौकरानी सुबह शाम काम कर घर से चली जायेगी, आँखों से दूर हो जायेगी, सारे दिन का सिर दर्द तो नहीं होगी, नौकरानी महारानी की भाँति ड्रांइग रूम में सोयगी तो नहीं। रही चोरी चकारी, तो इससे तुम्हारी माँ अछूती नहीं। दूध की मलाई गायब ही रहती है, देशी घी, मक्खन खैर जाने दो, छोड़ो।"

"आधी बात को ही क्रोध में समाप्त कर दिया था, शायद पूरा वाक्य बोलने में कहीं—न—कहीं उसकी आत्मा कचोट रही थी। कमरे में काफी देर खामोशी छायी रही, कुछ और सुनने को मेरे बेताब कान और कुछ न सुन पाये। उस समय हमारा रोम—रोम रो रहा था, आँखें अनवरत अश्रु बहा रहीं थीं कितना लाचार ओर असहाय हो जाता है व्यक्ति जब सामने वाले से न तो कुछ कह सकता है और न ही बोल सकता है, मजे की बात तो यह कि वह उसे कोस भी नहीं   सकता, इस कदर लाचार मनुष्य अपने ही प्रिय के समक्ष होता है। भोर के पहर जाकर कुछ मस्तिष्क शांत हुआ, आँखें भी थक कर सूज चुकी थीं, कुछ निर्णय लेने की स्थिति भी अपने आप में महसूस करने लगी। भोर ब्रह्म मुहूर्त में मैंने गांव वाले खंडहर पड़े मकान में जाकर रहने का फेसला किया। थोड़ी सी जमीन भी थी जिसे बटाई पर देकर आमदनी का जरिया सोचा, सुबह उन दोनों के आफिस जाने से पहले ही मैंने अपना निर्णय सुना दिया, कुछ इस अंदाज़ से कि मै स्वतः जाना चाहती हूँ। यहाँ रहने में मुझे दिक्कत होती है।"

"फिर क्या कहा महीप भइया और उनकी पत्नी ने। गौरा मंगल ने पूछा।

"बहू की खुशी उसकी आँखों में साफ नज़र आ रही थी। महीप के चेहरे पर मिले जुले भाव थे। वह असमर्थ था कुछ भी कहने में। उसकी मजबूरी बेबसी को मैं भली भाँति समझ रही थी।

"दूसरे दिन रविवार था इसलिये यही तय हुआ कि सुबह की गाड़ी से मैं प्रस्थान कर जाऊँ। शाम दोनों के ऑफिस से घर लौटने से पहले ही मैंने सामान बाँध लिया, बाँधा क्या एक कोने में लगा दिया, नई जिन्दगी की शुरूआत के लिये।

दोनों के घर आने पर महीप को कुछ सामान और कुछ आवश्यक दवाओं की लिस्ट थमा उसे बाजार भेज दिया तत्पश्चात बहू रानी को बुलाया और एक—एक सामान जिसमें कुछ बर्तन, बिस्तर और मेरे कपड़े आदि थे दिखा दिया साथ ही उनकी उपयोगिता से अधिक आवश्यकता भी बताई कि कितना जरूरी है यह सब ले जाना।

एक शब्द बोले बिना ही उसने सम्पूर्ण सामान का निरक्षण अपनी पैनी तिरछी नज़र से कर डाला। मैं तो बहू रानी को अपने कोख से जने बेटे व उसके घर की मालकिन को तलाशी दे रही थी, हाँ तलाशी देने का अंदाज़ अलग था।"

"वह आपके अभिप्राय को समझीं या नहीं।" मिस मंगल ने आश्चर्य से पूछा।

"वह इस बात को समझी या नहीं मैं आज भी नहीं जानती। हाँ महीप के समक्ष यह सब होता तो वह अवश्य समझ जाता। महीप मेरी दी लिस्ट के अलावा एक बत्ती वाला स्टोव लाया, साथ ही दालें, मसाले, बिस्किट, दालमोट, सोहन पापड़ी के पैकेट, तेल, रिफान्ड साबुन, सर्फ, देशी घी आदि भी लाया, सभी सामान दो बड़े डिब्बों में पैक था जिसे खोला नहीं, यही बोला गांव जाकर खोलना।"

"सुबह छः बजकर बीस मिनट पर छूटने वाली ट्रेन से मेरी विदाई थी सारी रात मैं सो नहीं पाई, पता नहीं क्यों, न तो दुखी थी और न खुश फिर भी नींद नहीं आई।"

"बहू ने कुछ कहा नहीं।" गौरा ने कौतुहलवश पूछा।

"कहा था।" देवकी भट्नागर साँस खीच कर बोली।

"क्या"

"यही कि आती जाती रहियेगा।" देवकी भट्नागर खामोश हो गई थी।

गौरा मौन उन्हें देख रही थी, दर्द की लकीरें उनके माथे पर साफ नज़र आ रही थीं। तीन लकीरें, पति और बेटों की।

देवकी ने अचानक अपना मौन तोड़ा

"गाँव आकर समझ नहीं पा रही थी कहाँ से शुरू करूँ। गाँव के कुछ लोग नाम से मुझे पहचान पाये। अपने ही घर—गाँव में अपना ही परिचय दे रही थी।

"धीरे—धीरे सभी कुछ सामान्य हो गया। अच्छा भी लगने लगा। चलते समय बहू की आँख बचाकर महीप ने कुछ रूपये मुझे दिये थे एक बन्द लिफाफे मे, शायद माँ की बिदाई थी।

"दो वर्ष तक दूसरे—तीसरे माह कुछ रूपये महीप मनिऑर्डर द्वारा भेजता रहा था। प्रेषक के स्थान पर उसके आफिस का ही पता होता था। फिर मनी ऑर्डर आना बन्द हो गया, पैसों की परेशानी और बढ़ गई। घर के बरान्डे में टाट पट्टी बिछा कर मैंने कुछ बच्चों को पढ़ाना शुरू कर दिया, न चाह कर भी विद्या बेचने लगी। पैसे कमा लेती इस कारण साग—भाजी, दूध, घी, तेल वैगरा जरूरत का सभी सामान बच्चों के अभिभावक घर भिजवाने लगे। किसी का बच्चा जब पास होता, अच्छे अंको से पास होता, विशेष कर वह बच्चा जो कुंदबुद्धि या जो पढ़ने में मन न लगाकर आवारगी करता हो, ऐसे बच्चों के उत्तीर्ण होने पर मुझे कपड़े मिलते, मिठाई मिलती या घर की जरूरत का कोई सामान मिलाता। अब मेरा मन वाकई गांव मे लग गया था, यहाँ मान—सम्मान था, पेट भर खाना और रहने का ठिकाना, न कोई रोक न ही टोक, रात के अंधेरे में खुसर—फुसर नहीं। जब मरजी हो बनाओ खाओ जो मरजी हो करो।"

"वह लोग कभी आये?"

"नही! अचानक एक दिन मैं बच्चों को पढ़ा रही थी दोपहर के समय पोस्टमैन ने आकर एक सुन्दर सा लिफाफा मुझे पकड़ा दिया और कहा चाची चिट्ठी आई है।"

"किसका पत्र था?" गौरा ने उत्सुक्ता से पूछा।

"महीप की बहू का। तीन माह पहले मेरे पोते को जन्म दिया था, छुट्टियाँ समाप्त हो गई थीं। नौकरी और बच्चा सम्भल नहीं रहा बड़ा तंग करता है। मैं जाकर अपने पोते को सम्भालू आखिर सबसे करीबी मैं ही तो थी। उसकी दादी। यह भी लिखा था कि लोग कहते हैं मूल से सूद अधिक प्यारा होता है। पत्र पाते ही पहली ट्रेन से पहुँचने का प्यार भरा आदेश भी दिया था बहू ने। एक—एक शब्द में प्यार— ही—प्यार टपक रहा था। बड़ा सम्भाल कर रखा है मैंने वह पत्र। साथ ही रहने के तर्जुबे को।"

"आप गई फिर महीप भइया के घर।"

"नहीं।" देवकी भट्नागर दृढ़ता से बोली।

"महीप भइया का भी पत्र आया।" गौरा मंगल ने पुनः प्रश्न किया।

"नहीं उसने मुझे कभी कोई पत्र   नहीं लिखा, क्यों? यह मैं अच्छी तरह जानती और समझती हूँ, वह समझता होगा।" "हाँ माँ जी मैं भी समझ सकती हूँ महीप भइया की स्थिति।" गौरा मंगल कुछ सोचते हुये बोली "कुछ समय पश्चात महीप की बहू का पुनः पत्र आया, शिकायतों से भरा। शिकायतें ऐसी जैसे कोई अपने बहुत ही अपने से करता है, बड़े हक और अधिकार के साथ।"

"आपने पत्र का उत्तर दिया।"

"नही।"

"फिर।"

"फिर क्या, एक दिन जवाबी टेलीग्राम आ गया मुझे उठाकर ले जाने को लिखा था समय तिथि माँगी थी कि कब लेने आये।" देवकी की आँखों में आज भी उसक बात को दोहराते समय घृणा थी।

"तब?"

"मैने जवाब में लिख दिया मुझे लेने कभी न आये, न ही मेरा इन्तजार करे।" देवकी की बातें सुनकर गौरा मंगल सतके में आ गई थी।

"माँ जी ऐसा करने पर आपके मन को कष्ट नहीं हुआ। कोई फर्क नहीं पड़ा, हृदय में भी किसी प्रकार की कोई हल—चल नहीं हुई। न तो पोते को देखने की ही इच्छा हुई न ही बेटे—बहू से मिलने की । समय और परिस्थिति इन्सान को किस हद तक बदल देती है इसका जीता—जागता उदाहरण मैं थी।"

"महिमा और आशीष भाई"

"आशीष के और परिवार के हाल—चाल महिमा से मिले थे, जब वह गांव आई थी मुझसे मिलने। आशीष के तीन बेटे हैं। सुखी है सम्पन्न हैं, बेटों का लालन—पालन राजकुमारों की भाँति होता है, महीप भी पहले से काफी मजे में हैं, दोनों भाइयों के बीच की कड़ी महिमा ही थी।"

"महिमा कहाँ है आजकल?" गौरा ने पूछा। "लंदन में, वहीं दोनों नौकरी कर रहे हैं पति और अपने दोनों बच्चों के साथ सुखी है आज भी उसी के पत्रों से बेटों और बहुओं के समाचार मिलते रहते है।"

"आपके गाँव में रहने पर महिमा ने एतराज नहीं किया?" मिस मंगल ने सवाल किया। "किया था परन्तु मैंने उसे समझा दिया कि मैं अपनी मर्जी से जबरन यहाँ आई हूँ। अब मेरा और कहीं मन नहीं लगता, यहीं पुरखों के घर में सारा जीवन बिताऊँगी, यहाँ से कहीं नहीं जाऊँगी मरते दम तक। गौरा आशीष तीन बेटों और पत्नी को ऐश से रख सकता है। जूस, सूप, दूध पिला कर बच्चे पाल सकता है एक अदद माँ को दो वख्त की रोटी नहीं दे सकता।" इतना कहते—कहते देवकी भट्नागर की आवाज़ भारी हो गई।

"ऐसा ही होता है माँ जी, यही दुनिया है, औलाद न हो तो एक दुख, होकर न रहे तो सौ दुख और होकर नालायक निकल जाये तो जीवन भर का दुख। कोसते रहिये अपने आपको और अपनी कोख को। इन्सान की सबसे बड़ी दुश्मन उसकी अपनी नालायक औलाव ही होती है जिसे माँ—बाप सजा तो दूर जी भर कर कोस भी नहीं सकते।"

"तू ठीक कहती है।" लम्बी सांस छोडती हुई देवकी भटनागर बोली, अचानक वह घड़ी देखती हुई खड़ी हो गई और पुनः बोली।

"अरे बहुत समय हो गया बातों में, घर भी जाना है, बस भी नहीं मिलेगी।"

"माँ जी मैं आपको छोड़ आऊँगी।"

"नहीं मैं चली जाऊँगी।" देवकी बोली।

"पहले आप मेरे हाँथो का बना खाना खायेंगी और बतायेंगी कि मैं अब कैसा खाना बनाती हूँ फिर आप मेरे साथ चलेंगी, मैं आपको छोड़ कर आऊँगी, मैने ड्राइवर को रोक रखा है।" देवकी भटनागर गौरा मंगल के अपनत्व के समक्ष मौन हो गई वैसे मन–ही–मन वह स्वयं चाहती थीं।

इतने कम समय में इतना अच्छा स्वादिष्ट खाना तैयार कर देगी गौरा मंगल देवकी भटनागर को आश्चर्य हो रहा था। उन्हें तो वर्षो पहले वाली गोदा याद आ रही थी जिससे वह कभी सब्जी भी नहीं कटवाती थी।

खाना खाकर वह दोनों गाड़ी में पिछली सीट पर बैठ गई। देवकी के पास शायद कुछ और कहने को बचा नहीं था, गौरा मंगल को कहना कम था सोचना अधिक। निर्णय भी लेना था उसे, जीवन का अहम निर्णय।

रास्ते भर वह सोचती रही क्या होता है समय? कैसी होती है वख्त की मार, किसी ने ठीक कहा है समय बड़ बलवान है, राजा से रंक और रंक से राजा बनने में देर नहीं लगती, बस समय का साथ होता है अच्छा या बुरा।

एक समय था जब वह अपनी माँ का आँचल पकड़े फटी फ्राक पहने नंगे पैर घर–घर जूठे बर्तन साफ करती थी। एक दिन माँ किसी काम वाली की सिफारिश और उसे साथ लेकर देवकी भटनागर मेम साहब के घर भी पहुँची थी काम माँगने।

चौका –बर्तन झाड़ू–पोछे के उचित रेट पर उसकी माँ को देवकी मेम साहब ने रख लिया था। महरियों के रेट फिक्स थे बिल्कुल सोने–चाँदी की भाँति इस कारण किसी प्रकार की कोई झिकझिक नहीं हुई। अपने नन्हे–नन्हें हाथों से एक–एक बर्तन बड़े करीने से गोदा बर्तनों वाले रैक पर सजाती। कभी–कभी माँ द्वारा ढंग से न साफ किये ग्लास कटोरी को झट से अपनी मैली फ्राक से पोंछ कर रख देती। एक दिन मेम साहब ने इस बात के लिये उसे डाँट कर समझाया था और उसी दिन से उसके खुले–उलझे बालों में कंघी कर रिबन लगाने का भी आदेश दे डाला था मेम साहब ने गोदा की माँ को।

दिन भर तो माँ बेटी व्यस्त रहती इस कारण रात को ही तेल लगाकर उसकी माँ कस कर दो चोटियां गूँथ देती जिससे दो–तीन दिन की फुर्सत हो जाये। उसका दो बार नामकरण हुआ था, मेम साहब ने ही उसका नाम गोदा से गौरा रखा था। साफ धुल, सुन्दर

कपड़े उसने अपनी याद में मेम साहब द्वारा दिये गये ही पहने थे। मेम साहब ने ही उसे वायल की धोती के दो टुकड़े देकर समझाया था कि इस कपड़े से बर्तन पोंछा करो फ्राक से नहीं। एक टुकड़ धोना था और दूसरे से बर्तन साफ करने थे, जब एक गंदा हो जाये तो धो डालो।

कुछ दिन पश्चात मेम साहब ने बर्तन साफ करने वाले कपड़े को रोज़ धोकर डालने का आदेश दे दिया था उनके उस आदेश का पालन उसने सदैव किया था।

मेम साहब उस बालिश्त भर की लड़की के काम और उसकी स्वामी भक्ती से बेहद खुश थी। आशीष, महीप और महिमा तीनों उसके हम उम्र भी थे। कुछ माह महिमा उससे बड़ी थी यही कारण था महिमा की पुरानी फ्राकें उसे मिल जाती थीं। जिन्हें पहन वह मुहल्ले भर में इतराती घूमती। उसके लम्बे–काले, घने बालों में ढेरों जूँ पड़ गई थीं, कारण चार–चार, छ–छ दिन बंधी चोटी खुलती नहीं थी। काम कम करती सिर अधिक खुजाती, एक दिन मेम साहब उस पर और उसकी माँ पर कुछ अधिक क्रोधित हुई थीं। घर जाकर उसके बालों को कपड़े धाने वाली सज्जी लगा कर रगड़ा गया जैसे माँ जुओं के साथ नहीं उसके साथ शत्रुता निभा रही हों उन्हें शायद इस बात का ज्ञान नहीं था कि जुओं के रहने का घर एक हाड़–मांस का सिर है। बहुत रोई थी वह। दिन दिन सारा माथा, कान लाल हो गये थे।

सुबह मेम साहब को जब इस बात का पता चला तो उन्होंने जूँ मारने वाली दवा का नाम लिखकर पैसों के साथ माँ को एक पर्ची दी इस आदेश के साथ कि काम छोड़ सामने के शॉपिंग सेन्टर से लेकर आये।

जाने कैसी दवा थी चार–पाँच बार के प्रयोग के पश्चात जीवन में कभी उसके जुयें नहीं पड़ी थी, बालों को भी किसी प्रकार का कोई नुक्सान नहीं हुआ था। इस बात का ज्ञान तो उसे वर्षों पश्चात हुआ। सर्दी के दिन, तीनों बच्चों की छुट्टियाँ थी, मेमसाहब तीनों को धूप में बिठा कर पढ़ाती, वहीं वह भी बैठ जाती, अब अधिकतर वह मेमसाहब के पास ही दोपहर में रूक जाती। सामान्य ज्ञान के कुछ प्रश्न मेमसाहब नें महिमा और महीप से किये दोनों चुप थे, एक–दूसरे को मुँह देख रहे थे, तभी वह बोल पड़ी और उसने उन प्रश्नों के शत–प्रतिशत सही उत्तर दे दिये। मेम साहब उस दिन उस पर इतना प्रसन्न हुई कि वह महिमा और महीप पर नाराज़ होना भी भूल गई।

महिमा की दो सुन्दर पार्टी फ्राक उसे मिली। महिमा को छोटी हो गई थी पर थीं बिलकुल नई। सुबह मेम साहब ने उसकी माँ से उसे पढ़ाने को कहा था। माँ ने पापी पेट गरीबी, भूख और पति की शराब का रोना रोया। तीन–तीन जनम् जले अपनी ही कोख से जन्में बच्चों को जी भर कोसा। मेम साहब को माँ के रोने–धोने का किंचित मात्र भी असर नहीं हुआ, वह बराबर उसकी पढ़ाई के लिय उसकी माँ को समझाती रही, आखिरकार

उसकी माँ ने मालकिन के समक्ष हथियार डाल दिये और बेटी की पढ़ाई की सहमति दे दी। पढ़ाई का सम्पूर्ण खर्च मेम साहब ने अपने ऊपर ले लिया था। अब वह मेम साहब के पास ही रहने लगी, रात माँ आकर उसे अपनी खोली में ले जाती और सुबह वह मेम साहब के पास आ जाती।

धीरे–धीरे रात भर के लिये भी उसे अब अपने पिता की खोली नही सुहाती थी। देर रात तक उसे नींद नहीं आती, लालटेन की रोशनी में वह पढ़ती रहती, उसे लगता जल्दी से जल्दी पढ़ लिखकर वह भी नौकरी करने लगे।

समय बीतता गया, गौरा मंगल ने हाई स्कूल कर लिया अपनी मेम साहब की छत्र–छाया में रहकर। इन्टर कालेज़ में दखिला कराने मेम साहब खुद गई थी। पढ़ाई का भार बढ़ गया था मेम साहब ने माँ से कह दिया था कि गौरा रात यहीं रूक–कर पढ़ाई करेगी, वहाँ लालटेन की रोशनी में उसकी आँखे खराब हो जायेंगी।

मां ने उनकी आज्ञा को सिर झुका कर मान लिया था। उसे वजीफा भी मिलने लगा था जो कि मेम साहब माँ को दिलवा देती थीं साथ ही घर का काम जो माँ के स्थान पर वह करती थी उसका वेतन भी माँ को मिल जाता था, माँ को भला उसे पढ़ाने में कया कष्ट होता।

एक दिन साहब ने आकर बाताया कि उनका ट्रान्सफर हो गया है, कम्पनी ने उन्हे प्रोमोशन दिया था। प्रोमोशन की सारी खुशी का गला तबादले ने घोंट दिया था। दुखी तो सभी थे परन्तु गौरा मंगल उन सब से अधिक, उसका भविष्य ही दाँव पर लग गया था।

उस रात वह अपने घर चली आई थी देर रात उसकी आँखों से आँसू बहते रहे थे।

वह दिन भी आ गया जब कम्पनी का ट्रक मेम साहब के बंगले के बाहर गेट से सटा कर लग गया। महिमा, महीप, आशीष सभी अपना–अपना सामान एहतियात से ला रहे थे। कम्पनी के आदमी सामान लोड करने में तल्लीन थे, मेम साहब सभी से सम्भाल कर, धीर से सामान रखने को कह रही थीं। गौरा एक कोने में खड़ी अपने दुपट्टे से आँसू पोछ रही थी।

मेम साहब तो उसे अपने साथ ले जाने को तैयार थीं पर मंगल को यह बात गंवारा नहीं था, आखिर वह उसका पिता था, हाँ यह बात और थी कि व सारा दिन शराब के नशे में रहता। बिना किसी संकोच के जवान होती लड़की के सामने रात रात उसकी माँ को गालियाँ देता, मारपीट करता, गौरा के बोलने पर एक–आधा हाथ उस पर भी चल जाता और साथ ही उसे पढ़ी–लिखी होने की गााली भी मिलती परन्तु पिता होने के नाते उसका इतना अधिकार तो था ही कि वह अपनी बेटी को किसी गैर के साथ जाने को रोक सकता था। सो उसने रोका था, मेम साहब को गौरा को ले जाने की आज्ञा नहीं मिली थी। यही तो था खून का रिश्ता जिसे झुठलाना असम्भव था।

चलते समय मेम साहब ने आगे पढ़ाई जारी रखने को उससे कहा था, पढ़ाई का सारा खर्चा भी उठाने का वादा किया था साथ अपना नया पता गौरा को देकर उसका पता लिया था।

चलने से एक दिन पहले मेम साहब ने उसे एक ट्रँक भर कपड़े दिये थे जिनमें महिमा के शलवार–सूट, स्वीटर, कुछ साड़ियाँ, पेटीकोट आदि थे। कई जोड़े चप्पले भी दी थी। वर्षो तक उसे कपड़े बनवाने की आवश्यकता नहीं पड़ी थी। चलते समय पाँच सौ रूपये भी उन्होंने उसके हाथ पर रखे थे, माँ को जो दिया सो दिया ही था।

उनके जाने के पश्चात वर्षो तक उनका मनीऑर्डर आता रहा, कभी फीस के लिये या किताबों के लियें, अधिक पैसों की आवश्यकता होती तो मेम साहब के आदेशानुसार वह उन्हे पत्र में लिख देती, दस दिन के अन्दर ही मेम साहब उसे पैसे भेज़ देतीं। बिना आवश्यकता के, जरूरत के, कभी एक पैसा भी गौरा मंगल ने मेम साहब से नहीं माँगा था।

एक बात मेम साहब की उसने गाँठ बाँध ली थी कि अपने परिवार की परिस्थिति और अपने माँ–बाप की स्थिति का सदैव ध्यान रखना, उसे कभी मत भूलना, यहीं कारण था, जब भी उसकी माँ उसे अपने साथ काम पर चलने को कहती, वह खुशी–खुशी मान लेती।

बी.ए. कर लेने के पश्चात मेम साहब ने पत्र उसका मार्ग दर्शन किया था कि वह बैंक, पी. सी. एफ. ए. या हिम्मत करे तो आई. ए. एस. में बैठे।

गौरा ने वही किया जो उसकी मेम साहब ने लिखा था। वही नसीहत भरा मेम साहब का वह अंतिम पत्र था, उसके पश्चात न तो मेम साहब का कोई पत्र आया न ही उसक पत्र का जवाब। मनीऑर्डर भी नहीं आये, पैसों की नही उसे तो अब भी मेम साहब के आशीर्वाद की और मार्ग दर्शन की आवश्यकता थी जो शायद जीवन भर रहेगी। होनी को कौन टाल सकता है। कुछ दिन गौरा मंगल उदास और व्याकुल रही फिर सब कुछ सामान्य हो गया था।

कुछ समय पश्चात उसके द्वारा मेम साहब को लिखे गये पत्र वापस आ गये। वह थक गई, हार गइ, साथ ही माँ, बहन, भाई पिता का पेट भरने में व्यस्त हो गई।

बहन का विवाह, पिता का इलाज, भाई की नौकरी, माँ की सेवा और सुख देना ही उसका परम कर्तव्य हो गया।

वर्ष पर वर्ष व्यतीत होते गये वह तीस पार कर गई थीं, विवाह भी नही हो पाया था, शायद मेम साहब होती तो गौरा मंगल कुवाँरी न होती।

आज उसकी वर्षो की बिछड़ी मेम साहब मिलीं भी तो किस रूप में किस कदर असहाय, लाचार मात्र दो सौ रूपये माह की सरकारी पेंशन के लिए वर्षो से दफ्तरों के चक्कर काटती हुई। दो–दो कमाऊँ पूतों के होते हुये उनकी यह हालत, अब वह क्या देगी उसक काम वाली बाई की अभागी जन्मजली बेटी गोदा को।

धचाक् से ब्रेक लगा, गाड़ी रूक गई, वह भी भूत से निकल वर्तमान में आई और गाड़ी से नीचे उतरी। गाड़ी रोकने को देवकी भट्नागर ने कब ड्राइवर से कहा उसने नहीं सुना था।

घर का, उस खण्डहर को समान, उसने मुआइना किया।

"माँ जी आप इस मकान में रहती हैं।" बेकार सा प्रश्न किया।

"हाँ गौरा, में यही रहती हूँ, अच्छा भी लगता है क्योंकि मैंने अपने अतीत से छुटकारा पा लिया है, वर्तमान में जीती हूँ, सुखद भविष्य की कल्पना के साथ।"

गौरा मंगल समय की कमी और मन के उचाट होने के कारण वहाँ रूक नहीं पाई, देवकी भट्नागर के चरणों को हाथ लगाते हुये वह इतना अवश्य बोली।

"माँ जी आपको यहाँ कितना अच्छा लगता है मै नहीं जानती। मैं बस इतना ही जानती हूँ कि जल्द मैं आपको यहाँ से हमेशा के लिये ले जाऊँगी।"

"क्यों?"

"हाँ माँ जी! तैयार रहियेगा जल्द ही आपको आपकी गोदा यहाँ से ले जायेगी।"

❑ ❑ ❑

हस्ताक्षर

दुनिया आज के समय में सिमट कर बहुत छोटी हो गई है। कुछ घण्टों में ही सात समुन्दर पार कर आप कहां से कहां पहुंच सकते हैं।

इन्टरनेट तो घर बैठे–बैठे आपको आपके कमरे से पलक झपकते ही चन्द मिनटों में निकाल कर दुनिया के किसी भी कोने में पहुँचा देता है।

इतना सब होने के पश्चात, इतनी प्रगति के बाद भी जाने कितने ही ऐसे गांव और स्थान हैं जहां का व्यक्ति मोटर गाड़ी देख छुप जाता है, डर कर, सहम कर। गरीबी और मुफलिसी में जीने वाले, जीने क्या क्षण प्रतिक्षण मर–मर कर जीने वाले करोड़ों इन्सान पेट भरने और तन ढकने के प्रयास में ही मृत्यु के गले ने चाहते हुए लग जाते हैं।

जब किसी पिछड़े गरीब परिवार के गांव से निकला बालक ऊपर उठता है, समाज में अपनी एक पहचान बनाता है। उस गुदड़ी के लाल पर परिवार गांव और देश गर्व करता हैं । ऐसे ही पिछड़े गरीब गांव की देन थे मणिशंकर, मंत्री मणिशंकर।

इन्सानियत, प्रेम, स्नेह, दूसरे के दुख दर्द को समझने, उसे बांटने का दम रखने वाला, मौका परस्ती से कोसों दूर। मासूम, बेगुनाह लोगों की जलती लाशों पर हाथ सेंकना उन्होनें नहीं सीखा था। लोग तो उन लाशों पर, सुलगती जलती लाशों पर खीर पकाने में भी संकोच नहीं करते बल्कि उन्हें तो वह खीर कुछ अधिक ही स्वादिष्ट लगती है। वोट के कारण साम्प्रदायिक दंगे उन्होने ने नहीं करवाये थे। नेता बनने के लिए उन्होनें मनुष्यों को जाति और उप जाति में बांटा नहीं था। अपने क्षेत्र में कम से कम उन्होंने जाति संधर्ष करवाना तो कोसों दूर, होने भी नहीं दिया।

कभी भी किसी भी जाति को यह महसूस नहीं हुआ कि मंत्री उनकी जाति का नहीं। वह खेड़ा गांव के मंत्री मणिशंकर थे बस। ना तो वह हिन्दू थे न मुसलमान, न ही ब्रह्मण, क्षत्रिय, वैश्य या फिर शूद्र।

मंत्री मणिशंकर के लिए सभी रिश्तों से ऊपर, कहीं ऊपर था इन्सानियत का रिश्ता। उनका यह रिश्ता जड़ और चेतन दोनों से था। वह भावुक थे, निर्धन थे, उनका माटी गारे और छप्पर का घर पक्का नहीं हो पाया था। हवेली और कोठी का रूप लेना तो दूर की बात थी। मणिशंकर के पुरखों की नौ बीघा जमीन भी नौ बीघे ही थी।

गरज यह कि एक सफल नेता होने के यह सम्पूर्ण विरोधी गुण उनमें आज भी विद्यमान थे। उसके पश्चात भी वह मंत्री बनकर सरकार में बैठे थे। उनके अपने साथी उन्हें मूर्ख और फक्कड़, इसके अतिरिक्त अपनी भाषा में जाने क्या क्या कहते।

आत्मग्लानि और पछतावे जैसी दीमक से उनकी आत्मा और हृदय अछूता था। कभी ऐसा नहीं हुआ जब एक क्षण को भी वह अपने सत्य के मार्ग पर चलते हुए विचलित हों या किसी प्रकार का कोई क्षोभ हुआ हो।

इधर कुछ दिनों से अवश्य एक विचित्र मानसिक उलझन में थे। कारण था, उनके समक्ष रखी फाइल। पी. डब्ल्यू. डी. विभाग की फाइल। नित्य उस फाइल को वह उलट–पलट कर देखते और अपनी विशाल, सुन्दर, साफ मेज के किनारे कोने में रख देते।

यह फाइल उनके अपने ही गांव के विकास की थी। गांव के विकास के लिए सड़के, पानी की व्यवस्था, स्कूल, अस्पताल, निर्बल आवासीय योजना, पार्क, बच्चों के लिए खेलने का मैदान आदि सभी कुछ था।

इस फाइल के कारण मणिशंकर के साथ–साथ पी.डब्ल्यू. डी का महकमा भी परेशान था।

जहां से सड़क निकालनी थी वहीं बीच में सैकड़ो वर्ष पुराना एक बरगद का पेड़ था। लोगों की पीढ़ियां दर पीढ़िया इस पेड़ को देखती आ रही थीं। यही कारण था गांव वालों में कोई नहीं जानता था उस वट वृक्ष की आयु को।

उस वृक्ष को समूल नष्ट करना था। जमीन के भीतर तक गई जड़ों को खोद निकालना था।

आज महकमें के मुख्य अभियन्ता मंत्री जी से समय निर्धारित कर खुद मिलने आये थे। मंत्री जी के समक्ष अपनी समस्या रखी थी, इस बात से भी अवगत कराया था कि बिना पेड़ को हटाये सड़क बनाना सम्भव नहीं है। जितनी जल्दी सड़क बनेगी, अन्य कार्यों के विकास कार्यों को करने में आसानी हो जायेगी। एक प्रकार से सभी कुछ रूक गया है, प्रगति धीमी हो गयी है। मंत्री जी ने जल्द ही कुछ न कुछ निर्णय लेने का आश्वासन देकर अभियन्ता को विदा किया।

उन्हें अपना अतीत उस फाइल के अन्दर नत्थी किये गये मानचित्र पर नजर आ रहा था।

मां और अजिया (दादी) बताती थीं– उस बरगद के वृक्ष की डाल पर एक चादर बांध उसका झूला बना उसे उसी में डाल कर सुला देतीं और स्वयं खेतों पर काम करतीं, पिता का हाथ बटाती, पति के कंधे से कंधा मिलाकर कार्य करती, परिवार का बोझ उठाती। जेठ की तपती दोपहरी में भी वह सोता रहता। पसीने की एक बूंद भी उसके शरीर पर नज़र नहीं आती, कारण एक ही था वह वृक्ष अपनी कोमल शाखों और पत्तों से अनवरत हवा करता, ठंडी हवा। गर्म हवाएं भी उसके सम्पर्क में आते ही शीतल बयार में परिवर्तित हो जाती।

उसे याद है वह एक शैतान बंदर की भांति उसी वृक्ष की एक डाल से दूसरी डाल पर कुलाचें भरता। कभी मां जब उससे नाराज होने का, क्रोधित होने का नाटक करती और छड़ी ले उसे दौड़ाती तो वह आनन फानन में उसी वृक्ष की ऊंची चोटी पर जा बैठता और वहां से जोर जोर से चिल्ला कर मां को ललकार कर कहता– "आ मार मां, मुझे मार।" कुछ ही क्षणों में मां का नकली गुस्सा मुस्कुराहट में बदल जाता जिसे देखते ही वह पलक झपकते नीचे आ मां की छाती से लग जाता।

उसी वृक्ष के नीचे पंडित शिव शंकर जी ने उसे कक्षा पांच उत्तीर्ण करने के काबिल बना दिया था। हां यह बात और थी कि उसी की पतली टहनी से पंडित जी ने उसकी पिटाई भी अक्सर की थी। परन्तु वह भी अत्यन्त आवश्यक था, यह उसे काफी समय पश्चात मालूम हुआ।

उसी वृक्ष की छावं में गांव के हम उम्र बालकों के साथ खेलकर वह अपने गांव का सबसे रईस लड़का बना था।

उसके पास अनगिनत कंचे, गुल्लू डिब्बी, गेंद ताड़ी में खेली जाती गई गेंदे, गुलेल, गुल्लियां सबसे अधिक थी।

कोई भी खेल यदि वह उस वृक्ष की छत्रछाया में खेलता तो अवश्य जीतता। बाल्य–सुलभ मस्तिष्क में यह बात पूरी तरह घर कर गई थी कि जो भी कार्य वह उसकी छांव में करेगा उसे सफलता अवश्य मिलेगी।

परीक्षा की सम्पूर्ण तैयारी सूर्य अस्त होने तक वह वहीं बैठकर करता था। खेल–खेल में ही उसके भीतर छिपे नेता के गुण बाहर आ गये थे।

पढ़ाई पूरी करने के पश्चात उसने ने जाने कितनी सभाएं लगाई उसी वृक्ष की छांव में।

ग्राम प्रधान के चुनाव के समय उसी वृक्ष के नीचे बैठ कर प्रचार करने की क्रिया का ताना बाना बुना गया। बैनर बनाये गये।

दोस्तों को अलग–अलग कार्य सौंपे गये, किसे कौन सी दिशा में प्रचार करना है बताया गया। प्रचार में थके मित्रों को खाना खिलाया गया। चाय नाश्ता कराया गया। प्रधान के चुनाव को जीतने के पश्चात अपने सम्पूर्ण महत्वपूर्ण निर्णय उसने यहीं इसी की शीतल छांव में ठंडे दिमाग से लिये थे। वह निर्णय कभी भी गलत नहीं हुए, जिन्हें लेने के पश्चात उसे कभी भी पश्चात्ताप नहीं हुआ था।

प्रधान के चुनाव के पश्चात वह ऊपर ही उठते गये और इस मुकाम पर पहुंच गये थे।

उस बूढ़े बरगद के वृक्ष के वह कितने ऋणी हैं यह उनके सिवा और कौन जानता था। वह तो उसे अपने पालनहार की भांति पूजते थे।

वर्षो उनकी पत्नी ने वट वृक्ष की पूजा वाले दिन उपवास रख सती सावित्री का स्मरण कर उस वृक्ष की पूजा की है। सोलहों श्रृंगार कर उसकी परिक्रमा की है।

आज भी हस्ताक्षर करने में वह असमर्थ ही रहे। रात को उन्हें नींद नहीं आई। कई दिन से पड़ी फाइल मुख्य अभियन्ता से किया गया वादा उन्हें सोने नहीं दे रहा था। फाइल पर हस्ताक्षर करना उनके लिए सम्भव नहीं हो रहा था।

सम्पूर्ण रात्रि उन्होने अपने शयन कक्ष में टहल कर व्यतीत कर दी। एक बार भी गलती से उनके मन में यह विचार नहीं आया कि मामूली बूढ़े वृक्ष से कैसा लगाव और इतना क्यों? आखिर लोग तो अपनी प्रगति के राह में आने वाले प्रत्येक रिश्तों को, सम्बन्धों को समाप्त करने में किंचितमात्र भी नहीं हिचकिचाते, आगे बढ़ते जाते हैं। इतिहास गवाह है—

सुबह रोज से कहीं जल्दी वह नहा धोकर तैयार हो गये।

अपने कार्यालय आकर कुर्सी पर बैठ सामने मेज के कोने में रखी बेजान फाइल उठा उस पर हस्ताक्षर किये परन्तु कुछ इस प्रकार की टिप्पणी के साथ—

"सड़क बनाने का कार्य तब तक शुरू न किया जाय, जबतक दूसरा ऐसा मानचित्र न बन जाये जिसमें इस बरगद के वृक्ष को किसी भी प्रकार की कोई क्षति न होने पाये। इस बात को ध्यान में रखना अति आवश्यक है।"

वैराग से राग

आज सुबह जब वह सोकर उठी तो नित्य की भाँति थकी—थकी नहीं थी। जाने क्यूँ सोकर सुबह उसे थकान क्यूँ लगती थी। विवेक हमेशा उसे टोकते, समझाते, कभी नाराज़ भी होते, कहते— "अरे सुबह तो पेड़—पौधे—फूल, चिड़ियाँ सभी मुस्कुरातें हैं चहकते हैं तुम्हें क्या हो जाता है।" सचमुच आज उसके बदन में एक अजीब सी स्फूर्ती थी, वह प्रसन्न थी, पर कहीं मन के कोने में भयभीत भी थी। भय और खुशी का एक विचित्र संगम था जिसे शब्दों में बयान करना कठिन ही नहीं असंभव था।

विवेक भी स्तब्ध थे यह सब कैसे क्यों कब हुआ, इस इन्सान को तो वह दोनों लगभग भूल चुके थे, विशेष कर विवेक तो पूरी तरह। आज वहीं इन्सान देव—दूत सा उनके सामने खड़ा था।

चौड़ा माथा, लम्बी, नाक, ऊँची कद—काठी का मालिक, हृष्ट—पुष्ट शरीर, ललाट पर लम्बा सा टीका, लाल चंदन का टीका, सुन्दर बड़ी—बड़ी बोलती आँखे, चेहरे पर एक अद्भुत देव तुल्य तेज जिसके समक्ष विवेक अधिक समय खड़े नहीं रह सकें, उन्हें बैठने को कह कर भीतर आ गये।

वैसे भी उसे गौतमी से काम था, गौतमी के कारण ही वह इतनी लम्बी यात्रा कर एक अन्जान शहर में आया था। गौतमी का प्रदेश, मोहल्ला, घर ढुंढने में उसे विशेष कष्ट नहीं

हुआ। कारण मुख्य था, मिलने की उत्सुकता, देखने की चाहत। एक लगन एक लालसा ले, प्रसन्न मन से, वह यात्रा पर निकला था।

उसने जब द्वार की घन्टी के बटन पर हाथ की तर्जनी से दबाव डाला तो घन्टी ने, उस एक घन्टी ने, मंदिर के असंख्य घन्टियों के बजने जैसी ध्वनि उत्पन्न की। उस समय गौतमी ने सोचा भी नहीं था कि इस ध्वनि को उत्पन्न करने वाला वह हैं।

इधर कई दिनों से जाने क्यों उसे उसकी बहुत याद आ रही थी। सारा—सारा दिन वह उसी की याद में खोई रहती। इधर कई दिनों से वह उसे लगातार सपने में देख रही थीं। वही गौरवर्ण, चौड़ा माथा, ऊँची लम्बी नाक, बड़ी—बड़ी आँखें, मुस्काराता चेहरा, मुस्कुराती आँखे, सुन्दर दूध जैसे समान पंक्ति में मोती जैसे दाँत, माँथे पर वही लम्बा चिर—परिचित लाल चंदन का टीका।

गौतमी ने अपना सपना और सपने में आये उस व्यक्ति के बारे में कभी कुछ नहीं बताया। अटूट विश्वास और प्रेम के पश्चात भी वह इस स्वप्न की बात नहीं बता पाई, जब कि अधिकतर वह विवेक से एक—एक बात अच्छी हो या बुरी तोता—मैना की भाँति बोलती चली जाती थी बिना किसी प्रकार के कामा, फुल—स्टॉप के। उसे लगा विवेक उसका मज़ाक उड़ायेगा। हँसेगा, ऊल—जलूल बातें करेगा, चाहे वह मज़ाक में हों। पर अक्सर मज़ाक भी रूला देता है विशेष कर विवेक का मज़ाक। हंसी मज़ाक तो मूड पर तय होता है, मूड अच्छा हो तो घटिया से घटिया, गंदे से गंदा व्यक्ति मजाक भी बुरा नहीं लगता और यदि मड ठीक न हो तो हल्का—फुल्का हँसी मज़ाक भी रूला देता हैं।

वैसे भी इन पुरूषों का क्या भरोसा कब किस समय कौन सी बात इनके हृदय पर चोट कर जाये।

विवेक से उसका प्रेम विवाह हुआ था। पूरे सात वर्ष प्रेम चला था, इस प्रेम में दोनों परिवारों की पूरी रजामंदी थी। दोनों परिवार अपने बेटे, अपनी बेटी की पसन्द पर प्रसन्न थे।

बाजे, गाजे के साथ बारात लेकर आये थे विवेक उसे ब्याहने। सम्पूर्ण रीति रिवाज़ हुये थे, जो होते हैं। बताने पर ही लोगों ने जाना था कि यह प्रेम विवाह था, वह भीा सात वर्षो का प्रेम। सात वर्ष व्यतीत हो जाने के पश्चात तो पत्नी के न रहने पर पति शक के दायरे में नहीं आता, दहेज़, विरोधी कानून की परिधि से भी बाहर हो जाता है।

गौतमी और उसकी बड़ी बहन गीता एक दूसरे के विपरीत थीं जो वर्षो से विदेश में ही थी। गौतमी के ससुराल जाने के पश्चात उसके बूढ़े माँ—बाप नितांत अकेले हो गये थे, ईश्वर की कृपा से वह दोनों हृष्ट—पुष्ट और स्वस्थ थे।

गौतमी और उसकी बड़ी बहन गीता एक दूसरे के विपरीत थीं। गीता को संसार के सभी भौतिक सुख—सुविधायें चाहिए थीं, एक हवस थी धन संचय की जो समाप्त होने का

नाम ही नहीं ले रही थी। संसार के सभी रिश्तों से ऊपर उसने सदैव स्वार्थ का रिश्ता रखा था। बाल्यावस्था में भी वह बिना मतलब के कोई कार्य नहीं करती थी।

माता—पिता मनाने लगे थे कि कब उसका ब्याह हो और वह अपने घर जाये। यानी अपना सिर—दर्द दूसरे को सौंपना चाहते थे। गीता के विवाह पर एक आँसू भी नहीं निकला था। वही चार आँखें गौतमी के विवाह पर कई दिन तक अश्रु बहाती रहीं थीं।

गौतमी के कारण ही कभी उसके माँ—बाप को बेटे की कमी महसूस नहीं हुई, परन्तु गौतमी को एक भाई की कमी आज भी महसूस होती थी। बहन के स्थान पर काश भाई होता या दोनों होते पर ऐसा सम्भव नहीं हुआ।

ईश्वर ने शायद इस कमी को पूरा करने के लिये उसे दो—दो सुन्दर आज्ञाकारी बेटे वरदान स्वरूप दिये थे।

गौतमी का घर परिवार सुखी सम्पन्न था। सुख का कारण एक यह भी कि उसे और अधिक लालसा नहीं थी।

विवेक अपने ही दफ्तर के कार्यों में व्यस्त रहते, अधिक तर वह टूर पर ही रहते। दोनों बेटों के साथ माँ—बाप की भी देख—भाल करते हुये वह सुखी थी। विवेक कभी भी उसे माइके जाने को मना नहीं करते।

विवेक में यदि कोई कमी थी तो यह कि वह घर परिवार पर ध्यान नहीं दे पाते थे, शायद यह बात उनकी समझ से परे थी कि नौकरी के साथ—साथ परिवार का दायित्व भी उन पर है।

गौतमी ने भी कभी ताना या उलाहना देकर इस जिम्मेदारी को निभाने का प्रयास नहीं किया, यही कारण था शायद कि विवेक समझ ही नहीं पाते थे, कि उन्हे परिवार के लिये कुछ करना है।

एक दिन आफिस से आकर वह अचानक बोले—

"गौतमी।"

"हाँ।"

"चलो कहीं कुछ दिन घूम कर आते हैं।"

"क्या" चौंक कर गौतमी ने देखा विवेक की ओर। गौतमी को लगा जैसे किसी ने उसे प्यार से से चिकोटी काट ली।

"अरे इसमें चौंकने की क्या बात हैं। विवेक को इस बात का सचमुच ज्ञान नहीं था कि आखिर उनकी धर्म—पत्नी चौंकी क्यों थी।

"हाँ! विवेक जी, यह चौंकने की ही बात है।" गौतमी ने मुस्करा कर अपने पति परमेश्वर को गौर से देखा, चेहरे पर किसी प्रकार का कोई भाव नहीं था।

"क्यों?" विवेक ने पूछा

"भूत के मुँह से राम—राम।"गौतमी हंसी।

"क्या मैं राम को नहीं मानता।"

"मेरा मतलब यह कदापि नहीं था।"

"फिर ऐसा क्यूँ कहा।" विवेक कुछ परेशान से हो गये।

"कुछ नहीं, वह कहावत यहाँ फिट नहीं हुई, थोड़ा गलत हो गई।" गौतमी हंस दी। "तो फिर क्या मतलब है तुम्हारा।"

"मतलब यह कि छुट्टी लेकर तुम पत्नी के साथ घूमने चलोगे यह दुनियाँ का आश्चर्य नहीं होगा।"

"नहीं ऐसा कुछ नहीं क्योंकि तीर्थ स्थानों पर, धर्म—स्थलों पर पत्नी के साथ ही जाते हैं, यज्ञ, हवन, पूजा—पाठ में पत्नी का होना आवश्यक होता है। भगवान राम को भी सीता जी की प्रतिमा के साथ बैठकर यज्ञ करना पड़ा था, मैं तो एक तुच्छ मानव हूँ। हाँ यदि कहीं मौज—मस्ती के लिए जाना होता तो आवश्य किसी प्रेमिका की तलाश करता।" विवेक ने अपने विनोदी स्वभाव के अनुसार ही चुटकी ली।

"रहने दो, दो जवान बेटों के पिता हो, शादी हो जाती बच्चों की, तो बाबा बन गये होते, कुछ तो उम्र का ख्याल करो।" गौतमी थोड़ा चिटक कर बोली थी।

"उम्र और बेटों का विचार करने पर ही तो तीर्थ करने की सोची है।" विवेक हँस कर बोले थे।

"ठीक है तो कब चलना है? कहाँ चलना है? कितने दिनों की छुट्टी ले रहे हैं साहब। " कई प्रश्न एक साथ कर डाले थे गौतमी ने।

"अगले सप्ताह चलना है, एयर बुकिंग को कह दिया है। कहाँ चलना है यह किसी को नहीं बताना, चारों धाम तो करने ही हैं। एक माह की छुट्टी ली है।" प्रत्येक प्रश्न का उत्तर बड़े ही सहज ढंग से विवेक ने दिया था। इतने खूबसूरत जवाब को सुनकर गौतमी अपने आपको रोक नहीं पाई, वह अपने अपने स्थान से उठी और विवेक के माथे और गालों पर कई चुम्बन जड़ दिये। इन अप्रत्याशित चुम्बनों के लिये विवेक तैयार नहीं थे, वरना वह भी गौतमी के चुम्बनों का जवाब चुम्बनों से देने में किंचितमात्र भी संकोच नहीं करते। आखिर वर्षा पहले प्रेम की पहल उन्ही की ओर से हुई थी। गौतमी बहुत खुश थी। इतनी प्रसन्न कि शब्दों में अपनी खुशी का इज़हार करना उसके खुद के बस में नहीं था।

रात में उसने दोनों बेटों को यह सूचना दे दी कि वह एक माह के लिये बाहर जा रही है उनके पापा के साथ। बच्चों को माँ की इस बात पर विश्वास नहीं हुआ, दोनों ने एक ही सवाल किया था कि वह क्यूँ मज़ाक कर रही है, पापा क्या पागल हो गये हैं उनकी तबियत

तो ठीक है। आँख बन्द कर, माँ के कहे गये शब्दों को, वचनों को, माँ की बात को मानने वाले बच्चे इस बात को मानने के लिये तैयार नही थे। आखिर गौतमी को कसम खानी पड़ी थी, कि वह जो भी कह रही है सच है, एक मीठा सुन्दर सच है। बच्चों ने कहा था।

"टेक केयर अम्मा, बेस्ट आफ जर्नी।" आदि ढेरों बातें बच्चों ने अपनी माँ को समझाई थी।

एयर टिकट आने के पश्चात भी गौतमी का विश्वास दिन में कई बार टूट जाता। विवेक के बार—बार कहने पर भी उसने सूटकेस में कपड़े नहीं रखे थे। जाने के दो दिन पहले रात करीब नौ बजे उसने देखा विवेक अपने सूटकेस में अलमारी से कपड़े निकालकर रख रहे हैं।

"क्या वाकई हम जा रहे हैं।" वह बोली।

"हाँ भई हाँ, व्यंग—बाण चलाने के बजाये कपड़े रखने में मेरी मदद कर दो तो ज्यादा अच्छा होगा।"

विवेक ने गौतमी की सहायता से अपना सूटकेस तैयार कर लिया और उसे एक किनारे रख दिया। बाकी उनकी शेव और मेकप का सामान उनके हैंड बैग में रहता था।

गौतमी सोचने लगी अब तो पति पर विश्वास करना ही पड़ेगा, सब्र का फल मीठा ही होता है, कितना मीठा यह तो यदि गई तो लौटकर ही पता चलेगा, विवेक ने हिदायत दी थी कि कपड़े कम ले चलना, सूटकेस थोड़ा खाली रखना, कुछ खरीददारी करोगी तो रखने और लाने में आराम रहेगा। जब कि उसे मालूम था कि विवेक ने इतना भी स्थान नहीं छोड़ा अपने सूटकेस में कि दो कमीज़े भी और उसमें रखी   जा सकें।

विवेक की इस ताकीद पर वह मन्द—मन्द मुस्कुरा दी, वैसे भी जीवन, समय और परिस्थिति के साथ समझौता करना उसे अच्छी तरह आता था। अक्सर विवेक पर उसे क्रोध भी आता पर वह यही सोच कर मुस्कुरा देती कि संसार में यही एक प्राणी है जिसकी बदौलत उसे समाज में मान—सम्मान और अच्छा जीवन मिला है, वह भी निःस्वार्थ, बिना किसी स्वार्थ के। इसी इन्सान ने मुझे माँ बनने का सौभाग्य दिया, वह भी दो—दो लायक बेटों की, इस पर क्रोध क्या करना। वह सदैव अपने आप से प्रश्न करती और सामान्य हो जाती। कभी किसी कारण यह दुखी होती तो एक क्षण पश्चात ही वह अपने से कहीं अधिक दुःखी स्त्री को याद करती, बीमार होती तो ईश्वर को यही धन्यवाद देती कि कम—से—कम वह चल फिर रही है किसी की मोहताज़ तो नहीं।

गौतमी को विवेक की एक बात पर महान आश्चर्य हुआ जब उन्होंने शापिंग की बात की, क्योंकि उन्हें औरतों की शॉपिंग पर बड़ा क्रोध आता था, खास कर उन औरतों पर जो बाहर पति के साथ घूमने जाती। बजाय इसके कि उस शहर, देश की खास—खास जगहों को देखें, न कि शॉपिंग कर समय और पैसों की बर्बादी करें। विवेक का कहना और सोचना

था कि अब इस समय जब दुनियाँ सिकुड़ गई है, छोटी हो गई है तो सभी वस्तुऐं सभी जगह मिल जाती है फिर शॉपिंग का क्या औचित्य।

वह समय भी आया जब पति– पत्नी ने चारों धाम की यात्रा के लिये घर से प्रस्थान किया रामचरित मानस के इस दोहे के साथ।

"प्रबिस नगर की जै सब काजा।

हृदया राखि कौशलपुर राजा।।"

कहते हैं कि किसी भी कार्य के लिये घर से निकलों इस दोहे का स्मरण करके, तो कार्य अवश्य सफल होता है परन्तु पूरी निष्ठा और विश्वास के साथ। इस चारों–धाम की यात्रा में विवेक ने उसका कुछ अधिक ही ध्यान रखा बद्रीनाथ से लेकर द्वारिकापुरी, रामेश्वरम् तक। गौतमी को लगा वर्षों पहजे जो जैसे विवेक उसके आगे–पीछे नाचते थे ठीक वैसा ही हाल हो गया था। वह बहुत खुश थी इतनी खुशी उसने कदाचिता ही कभी महसूस की थी।

"थोड़ी–थोड़ी देर में विवेक का पूछना–तबियत तो ठीक है, सिर दर्द तो नहीं, थकान तो नहीं लग रही, टैक्सी में पैर फैला कर आराम से लेट जाओं।"

इतना तो कोई नया जोड़ा हनीमून के लिये निकला हो तो भी पति ध्यान नहीं रखेगा। यदि रखेगा तो अवश्य कहीं–न–कहीं वासना होगी। नई– नवेली पत्नी का आकर्षण होगा, वासना होगी, शारीरिक आकर्षण तो अवश्य ही होगा। विवेक के साथ ऐसा कुछ नहीं था।

इतने दिनों के एकान्तवास में वह एक क्षण को भी कमज़ोर नहीं पड़े थे। लगा ही नहीं की वह पति–पत्नी हैं। यह अटूट–रिश्ता तो उन्हें तभी याद आता जब किसी मंदिर में पुजारी उन्हें बिठा कर पूजा करवाता, मजे की बात यह कि स्त्री का स्थान पुरुष के बायें पार्श्व में होता है पर किसी यज्ञ, पूजा आदि के समय पत्नी–पति के दाहिनी ओर बैठाई जाती है। तीन धाम पूरे कर वह रामेश्वरम् पहुँचे बाइस कुंडो के जल से स्नान किया। जो विवेक बाथरूम में नहाकर बाकायदा कपड़े पहन कर बाहर निकलते थे, आज सबके सामने प्रत्येक कुंड के जल से स्नान कर रहे थे वह भी गौतमी का हाथ पकड़ कर। यह सब करने पर न तो क्रोध दिखा उनके चेहरे पर, न ही खीज़ की घुंधली सी भी लकीर। उसे लगा क्या विवेक वाकई इतने सुलझे हुये व्यक्तित्व के मालिक हैं। इस यात्रा में जो सुख था सो था परन्तु इस यात्रा में जो सुख उसे पति से मिल रहा था वह अपने आप में अनूठा था। इन क्षणों को तो जिन्दगी भर वह अपने हृदय में संजो कर रखेगी, एक–एक पल के सुख को वह मरते दम तक याद रखकर, विवेक पर कभी क्रोध नहीं करेगी प्रण उसने मन–ही–मन किया था। यात्रा के दौरान गंगा जल और अक्षत वह घर से लेकर चली थी बाकी पूजा की सामग्री वहीं मंदिर में मिल गई थी।

यह शिव पूजा उसके चारों धाम की यात्रा की अंतिम पूजा थी। परन्तु हैरानी इस बात

की थी कि वह वैसी ही तरोताज़ा थी जैसे यह प्रथम धाम पर थी, कहीं थकान नहीं, घर जाने की कोई जल्दी नहीं।

सच–पूछा जाये तो सबसे अधिक आत्मा को शान्ति यहीं मिली थी।

इस शिव लिंग के पूजन के समय उसे लगा था कि साक्षात भगवान शिव उसके सामने खड़े हैं यह यूँ कहें कि उनके वहाँ होने का एहसास उसे हो रहा था उसके शरीर का रोम–रोम रोमांचित हो उठा, आँखों से अविरल अश्रु बह रहे थे, उसे कुछ होश नहीं था कोई रिश्ता याद नहीं था क्या मांगे ईश्वर से क्या कहे। वह तो जैसे ईश्वरमय हो गई थी क्षण भर का वह सुख कभी नहीं भूल पाई गौतमी। विवेक ने भी कुछ ऐसा ही महसूस किया था।

विवेक तो पूजा कर बाहर बैठ जाते, कहीं भी किसी भी देव स्थल में वह पूजा के पश्चात नहीं रूके। गौतमी शायद मन से कमजोर थी, तभी बार–बार वह परिक्रमा करती अनेक बार मुड़ कर ईश्वर की मूर्ति देखती।

इसी यात्रा के दौरान उसे एक संत की संगत में थोड़ी देर बैठने का सोभाग्य मिला। तीस–पैंतीस वर्ष का वह गौरवर्ण लम्बा–चौड़ा सुन्दर व्यक्तित्व का मालिका था। गौतमी, सच पूछो तो उसे देख आकार्षित हुई थी। संतो को क्या कोई श्रोता मिल जाये फिर उनका प्रवचन चालू हो जाता है। ऐसा ही कुछ उसने भी शुरू किया।

"कहाँ से आये हैं आप लोग।" प्रथम प्रश्न था संत का।

"देहरादून से।" संक्षिप्त सा उत्तर दिया गौतमी ने, विवेक मौन थे।

"कैसा लग रहा है। धार्मिक स्थानों का भ्रमण करने में।"

"अच्छा, बहुत अच्छा, सुखद और शान्ति की अनुभूति हो रही है।"

संत गौतमी के चेहरे को देख रहा था, गौतमी भी उसे बार–बार देखती थी। अचानक संत उससे माया मोह से दूर रहने, किसी को कष्ट न देने, किसी को दुखी न करने आदि की बातें करने लगा था। विवेक थोड़ा कसमसा रहे थे, पर मौन रहे। गौतमी ने भी बड़े ही धैर्य से संत की बातें सुनीं, पर उसे कुछ समझ नहीं आया। अचानक वह बीच में ही क्षमा याचना करते हुये पूछ बैठी।

"आप इस आश्रम में कब से हैं?"

"पिछले सात वर्षों से।" वह मुस्कुराकर बोला।

"आपके घर परिवार में कौन–कौन हैं?" एक सामान्य सा प्रश्न किय गौतमी ने।

"सभी हैं माँ–बाप, भाई–पत्नी और बेटा।"

"बहन नहीं है।"

"नहीं! तुम जो हो।" विचित्र सी दृष्टि से वह गौतमी को देख रहा था।

"मैं?"

"क्यों तुम नहीं हो सकती।" वह हँस दिया।

"घर क्यों छोड़ा आपने।"

"संसार के लिये, ईश्वर के लिये।"

"ईश्वर की इच्छा थी।" गौतमी बोली। अब तक विवेक उठकर आश्रम के लॉन, सुन्दर मखमली घास वाले, फूलों, विचित्र प्रकार के पुष्पों की सुगन्ध से सुगन्धित लान में टहलने लगे थे। " हाँ   ईश्वर की ईच्छा ही थी" वह बोला। "माता—पिता पत्नी दुखी नहीं होंगे आपके ऐसा करने से।"

"मालूम नहीं, दुखी हो भी सकते हैं।" वह बोला था।

"आपको लगता नहीं घर लौट कर माता—पिता की सेवा करूँ, पत्नी के प्रति अपने कर्त्तव्यों का पालन करूँ, पिता होने के नाते बेटे के प्रति भी आपका फर्ज बनता है।"

"नहीं, परमपिता की सेवा में आ गया, अब क्या।" उसने गौतमी के प्रश्न का उत्तर शांत भाव से ही दिया था। अक्सर इतनी देर तक वाद—विवाद करने पर बड़े—बड़े महात्मा क्रोधित हो उठते हैं परन्तु इसके साथ ऐसा नहीं था।

"आपको नहीं लगता कि आपके परमपिता और माता की उनके पुत्र ने सात बार प्रदिक्षणा कर ली तो समझ लिया गया कि उन्होंने तीनों लोकों की परिक्रमा कर ली। उन्हें देवों में सर्वश्रेष्ठ मान लिया गया। गणेश वन्दना के पश्चात ही अन्य देवों की पूजा का विधान है। क्या माता पिता के प्रति आपके सारे कर्तव्य पूर्ण हो चुके। क्या विवाह वेदी पर मंत्रों के उच्चारण के साथ खायी कसमें झूठी थीं जो आप पत्नी को नवजात शिशु के साथ छोड़ आये।" गौतमी बहुत कुछ कहना चाहती थी परन्तु उसने देखा विवेक कुछ परेशान से होकर उसे चलने का इशारा कर रहा है।

सन्यासी निरूत्तर हो गया था, उसके पास शायद गौतमी के प्रश्नों का उत्तर नहीं था। बस एक टक वह गौतमी को देख रहा था।

गौतमी उठ खड़ी हुई चलने के लिये, चलते—चलते वह पुनः बोली—

"क्षमा करियेगा, मुझे यह सब नहीं कहना चाहिए था। यह आपका अपना जीवन है, इसे कैसे जिया जाये यह आप तय करेंगे, यदि आप दुख सुख की बातें न करते तो शायद मैं मौन रहती।"

वह मौन था उसकी बड़ी—बड़ी आँखों की दृष्टि गौतमी के चेहरे पर ही केन्द्रित थी। गौतमी ने दोनों हाथ जोड़ थोड़ा झुककर उसे प्रणाम किया और पुनः क्षमा याचना की।

"एक मिनट बहन बस एक मिनट।" वह गौतमी को रोकते हुये बोला।

"क्या, कहिए।"

"जरा अपना पता लिखवा दीजिये।"

"जी।" वह चौंक पड़ी। कुछ भयभीत भी हुई।

"क्यों किसी बात का भय है।" वह बोला।

"नहीं भय क्यूँ होगा और किस बात का होगा।" गौतमी ने पर्स से अपना कार्ड निकाल कर उसे पकड़ा दिया, कार्ड विवेक का था जो कि उसके पर्श में भी रहता था।

"धन्यवाद।" कार्ड उल्ट–पल्ट कर देखते हुये वह बोला।

"बड़ी देर कर दी।" विवेक ने पूछा।

"हाँ संत जी से बातें कर रही थी।"

"कोई खात बात?"

"नहीं यूँ ही।" गौतमी ने बात टाल दी।

"अच्छा चलो चलें बहुत देर हो गई।" विवेक और गौतमी उस मंदिर और आश्रम से बाहर आ गये। अपनी आदत के विरीत गौतमी ने पलट कर पीछे देखा तो पाया। वह संत अभी भी उसे ही देख रहा था। सख्त जान गौतमी को भी कुछ घबराहट सी हुई थी।

एक माह की यात्रा के पश्चात घर आकर उसे ऐसा लगा जैसे चिर–परिचित होते हुये भी किसी नई जगह आ गई हैं। सामान्य होने में उसे कई दिन लग गये, विवेक तो एयरपोर्ट से सीधे आफिस ही उतर गये थे।

गौतमी भूल गई थी कि वह उस हृष्ट–पुष्ट सुन्दर जवान संत के मन को विचलित कर आई है, अनजाने ही।

आँख बन्द करते ही उसके सामने गौतमी का चेहरा घूमने लगता। पूजा–पाठ में मन नहीं लगता, प्रवचन देना उसने बन्द कर दिया था। मूर्ति को नहलाता तो उसे लगता सामने उसके पिता कातर दृष्टि से उसे देख रहे हैं, माँ पार्वती के स्थान पर उसे अपनी बूढ़ी लाचार माँ नज़र आती।

एक ही झटके में वर्षों की, सात वर्षों की तपस्या समाप्त कर दी थी गौतमी ने।

जब भी वह आश्रम के पीछे बने अपने कमरे में लेटता और ईश्वर में ध्यान लगाने का प्रयास करता तो गौतमी का कहा गया एक–एक वाक्य जैसे उसके मस्तिष्क पर हथौड़े सी चोट करता। कभी वह जोर–जोर से ऊँची आवाज़ में मंत्रों का उच्चारण करने का प्रयास करता परन्तु उसमें भी वह सफल नहीं हो पाता।

कई माह तक वह एक अजीब से अंतर्द्वन्द्व में फंसा रहा। उसकी भूख प्यास तक पर प्रभाव पड़ा था। चिन्ता की लकीरें उसके उजले साफ ललाट पर दिखने लगी थीं।

पूरा संत समुदाय उसके व्यवहार से चिन्तित था। किसी के पूछने पर भी वह कुछ नहीं बताता।

आखिरकार वह दिन भी आ ही गया जब वह एकान्त में बैठे अपने गुरू से बोला।

"गुरू जी।" मात्र दो शब्द बोलने के पश्चात वह चुप था।

"हाँ बोलो कुछ कहना है?" गुरू ने उसके चेहरे पर दृष्टि डालते हुये पूछा।

"मेरा मन अब यहाँ नहीं लगता"। बिना किसी भूमिका के उसने कहा।

"क्या चाहते हो?"

"मैं अपने घर वापस जाना चाहता हूँ।"

"तुमने तो दीक्षा ली थी प्रण किया था, कसमें खाई थी।"

"मैं यह सब नहीं जानता।" वह एक बालक की भाँति बोला।

"तुमने तो व्रत लिया है ईश्वर के चरणों में जीवन व्यतीत करने का।" गुरू जी ने उसे उसका व्रत याद दिलाया।

"वह सब भी मैं नहीं जानता।"

"पाप लगेगा ऐसा करने से।" पाप–पुण्य का वास्ता दिया गुरू महराज ने।

वह कुछ नहीं बोला। चुपचाप उठकर अपने शयन कक्ष में आ गया। कुशा की चटाई पर एक चादर से अपने शरीर को ढंककर लेट गया। जाने कब उसकी आँख लग गई। दिवा स्वप्न देखा उसकी आँखों ने।

"परेशान हो भाई।" गौतमी पूछ रही थी।

"हाँ।"

"अरे इतनी सी बात अपने गुरू से नहीं कह सकते कि ईश्वर भक्ति माता–पिता के साथ रहकर, पति के धर्म का पालन कर, पुत्र का लालन–पालन करके क्या नहीं हो सकती।

"यहाँ आने के पूर्व भी तुमने कुछ कसमें खाँई थी पवित्र अग्नि के समक्ष। माता–पिता का ऋण है अभी तो तुम्हारे ऊपर। उस परमपिता की भक्ति के लिए माता–पिता को त्याग देना पत्नी को छोड़ देना क्या उचित है।"

"पत्नी के साथ ही कोई हवन–यज्ञ पूजा आदि पूर्ण मानी जाती है।"

"भगवान राम पिता की आज्ञा से चौदह वर्ष वन–वन घूमें थे।"

सुबह सबेरे जब उसकी आँख खुली तो वह अपने को बड़ा हल्का महसूस कर रहा था, वह बहुत प्रसन्न था। पूरी भक्ति के साथ उसने नित्य की पूजा की प्रभु की आराधना की। मन को और शान्ति मिली। एक अजीब सा आत्मिक सुख की अनुभूति हुई उसे। एक चमत्कार सा था। शायद इसी सुख की तलाश में वह यहाँ तक भटकता हुआ पहुँचा था। अब भटकन निरर्थक थी, बेकार थी, बेमानी थी।

मन की बात को बड़े आत्मविश्वास और दृढ़ता के साथ उसने गुरू जी के समक्ष रखी कि वह घर वापस जाना चाहता है।

उसके आचार, विचार, व्यवहार के कारण उसके इस निर्णय से सभी दुखी थे। परन्तु सभी उसकी दृढ़ प्रतिज्ञा के समक्ष नत् मस्तक थे। आश्रम के सभी लोगों से विदा लेकर, गुरू के चरणों का स्पर्श कर, ईश्वर के चरणों में शीष नवा उसनें गौतमी द्वारा दिये गये विवेक के कार्ड को गौर से पढ़ा और चल पड़ा अपनी मंजिल के प्रथम पड़ाव के लिये।

वह आज उसके कार्ड के लिखें पते पर पहुँच गौतमी के सामने खड़ा था।

"मुझे देख कर हैरान हो।"

"हाँ।" वह सच बोली थी। शायद झूठ उचित भी नहीं था क्योंकि हैरानी की स्पष्ट छाप उसके मुख पर विद्यमान थी जिसे साधारण व्यक्ति भी पढ़ सकता था, फिर वह तो संत था, महात्मा था, पुजारी था, उसे भला कितना समय लगता सामने वाले का चेहरा पढ़ने में।

"मैं अपने घर माता–पिता, भाइयों, पत्नीं और बेटे के पास जा रहा हूँ। रास्ते में बहन का घर था। सो उससे मिलने कुछ क्षणों के लिये आ गया।"

"क्या?" गौतमी आश्चर्य से बोली।

"हाँ वापस जा रहा हूँ वैरागी का जीवन छोड़ कर।"

अब तक गौतमी ने अपने को सामान्य कर लिया था वह बोली।

"कुछ जल–पान कर लीजिये। विश्राम कर लीजिये।"

"नहीं चलता हूँ।" यह कहते हुये उसने दोनों हाथ जोड़ दिये, तब तक विवेक भी आ गये थे। बैठक में जाते–जाते अचानक वह मुड़ा और उन दोनों के पैर छू लिये।

❑ ❑ ❑

एक लोटा पानी

ईश्वर जब किसी पर प्रसन्न होता है और उसे कुछ देता है, तो सचमुच छप्पर फाड़कर देता है। यह मात्र कहावत नहीं हकीकत है। यह वह सत्य है जो अक्सर देखने को मिल जाता है। धन–सम्पदा हो या निर्धनता, रूप हो या फिर कुरूपता, सुख–दुःख, यश हो या अपयश। ऐसे ही मायावी ईश्वर ने पार्वती को बेपनाह रूप दे डाला था, जो उसके फटों कपड़ों से गोबर से सने हाथों से, चूल्हे की राख–कालिख लगे मुँह से टपकता था। गोल चन्द्रमा जैसा मुख, रंग ऐसा जैसे चांदनी दूधिया रात का। अमावस की रात में अपना हाथ भी नहीं दिखता जब लोगों को, उस समय भी बड़ी आसानी से पार्वती का चेहरा देख सकते थे लोग।

कवियों की कल्पना से परे था उसका रूप। चीथड़ों में झाँकता उसका बदन, उफ! कपड़े बनवाने की औकात थी उसके पिता रामदीन की पर चूँकि पारो लड़की थी और घर में कन्या का जन्म एक अभिशाप था उस पिता के लिये जिसके चार हट्टे–कट्टे जवान बेटे थे। पाँचवी कन्या के जन्मने के पश्चात वही अपनी लुगाई के हृदय को कितने व्यंग बाणों से छेदता रहता, जो कभी उसके बिना एक पल नहीं रहा पाता था, जिसे दिन–रात पारों की माँ का गुण–गान किया, जिसने कभी भी किसी परिस्थिति में कोई ऐसी बात कभी नहीं कही थी जो पारों की माँ के हृदय को छू गई हो। मजाल क्या कभी भी रामदीन की लुगाई गाँव में बाल्टी ओर डोर से कुऐ पर पानी भरने निकली हो। कभी भी कोई उससे ऊँची आवाज़ में नहीं बोला था। रामदीन को पसन्द नहीं था उसकी पत्नी का किंचितमात्र भी अपमान।

जब रामदीन के लड़के ने जन्म लिया तो उसने पत्नी के लिये मोटी भारी चाँदी की हंसुली बनवाई। कैसे–कैसे वह उसे निहारता रहता था हँसली पहनाकर। साल भीतर ही दूसरा हुआ तो रामदीन का हौंसला भी दोगुना हो गया। दूसरे पुत्र के जन्म पर उसने पाँव के भारी चौड़े पाजेब व कंगन बनवाये थे।

पारो की माँ जब भी रामदीन की कोठरी में उसे कुछ देने आती तो देखते ही बनता, आँखों से टपकते उसके प्यार को। दूर से तो वह अपनी पत्नी के सुन्दर पांव में पड़ी पाजेब देखता और पास आने पर उसके हाथ पकड़कर चूम लेता। फिर पैदा हुआ तीसरा तो रामदीन ने आधा किलो चाँदी की तगड़ी (करधनी) बनवाई थी। चौथे बेटे के जन्म पर तो उसने एक खेत ही बेच डाला था। पत्नी की नाक की लौंग और कानों के झुमके बनवाये थे वह भी खालिस सोने के।

अचानक पाँचवी संतान कन्या हो गई पारों। कन्या जन्म के दिन से ही पत्नी का सारा प्यार काफूर हो गया था। गहनों से लदी पारो की माँ गहनों से विहीन हो गई। नाक में एक लौंग भर रह गई। हंसली और हमेल का स्थान एक काले धागे ने ले लिया था। ब्याहता स्त्री को नंगे गले रहना अशुभ मानते हैं। हाथों में केवल मोटी—मोटी काँच की चूड़िया रह गई थीं, वह भी घर की लिपाई करने के कारण मिट्टी और गोबर से सनी रहतीं।

जिस खाने के तारीफ करते रामदीन अघाता नहीं था, थकता नहीं था, उसी खाने में सैंकड़ो नुक्स निकलने लगे। कभी—कभी उसकी चिड़चिड़ाहट इतनी बढ़ जाती कि वह खाने की थाली ही फेंक देता, शायद तब जब पारो को अधिक किलकारियों मारते देख लेता। लड़की की सूरत देखना उसे गंवारा न था। पारो को उसके सामने पारों की माँ कभी नहीं लाती।

पारो पिता के इस तिरस्कार से बेखबर दिन—दूनी रात—चौगुनी बढ़ रही थी। गोरी—चिट्टी गोल—मटोल कोई भी देखे तो बिना गोद में लिये नहीं रह सकता था, सिवाय उसके अपने जनक को छोड़कर। जीवन में जिसने इतना प्यार—मान—सम्मान पाया हो और अचानक बिना किसी दोष के, गलती के इतनी घृणा, नफरत, तिरस्कार, पारो की माँ अधिक दिन सहन न कर पाई। धीरे—धीरे अन्दर—ही—अन्दर काठ में लगे घुन की भाँति वह खोखली हो गई। सारे दिन मुस्काराने वाला वह मासूम चेहरा भावहीन सपाट हो गया, आँखें हर समय भींगी रहतीं, भरी रहतीं, कितना ही वह उन्हें अपनी ओढ़नी से सुखाने का प्रयास करती परन्तु एक सोते की भाँति वह जल से भरी ही रहतीं।

आखिर एक दिन पति की इस वितृष्णा से मुक्ति मिल ही गई उसे, अंतिम समय भी उसकी वे बड़ी—बड़ी आँखें आसुँओं से भरी थीं और उनमें तैर रहे थे अनेक अनकहे प्रश्न। शायद रामदीन उन प्रश्नों को सहन नहीं कर पाया था, उसने प्राण निकलते—निकलते उन आँखों को धीरे से बंद कर दिया था।

कहते हैं उसे तपेदिक (टी० बी०) हो गई थी, रात—रात भर वह एक कोठरी में बेटी को छाती से चिपकाये खाँसती रहती।

कब कैसे पारो पलकर बड़ी हो गई, रामदीन को इसका पता ही नहीं चला।

माँ को, माँ की बातों को, माँ की यादों को वह धुंधला होने से बचाती इस खण्डहर में आकर। ऐसा करने से उसे बड़ा सुख मिलता, उस सुख के समक्ष उसे बाप के प्यार की आवयकता ही नहीं महसूस होती, शायद बाप का प्यार पाकर वह माँ को भूल जाती। कभी—कभी उसे लगता कि माँ होती तो कितना अच्छा होता, अपना सम्पूर्ण सुख माँ के साथ बाँट लेती। उसे अकेले यहाँ आना भी नहीं पड़ता, जो कुछ वह इन वीरान टूटी दीवारों से कहती वह सब घर पर माँ से कहती। कम—से—कम माँ एक प्यार और ममता से

भरा हाथ तो उसके सिर पर फेर ही देती। यहाँ तो कुछ नहीं, खुद ही कहो, सोचो और सुनो। आज भी वह वहीं वीराने खण्डहर में आ गई थी, थकान के कारण बैठे–बैठे ही उसकी आँख लग गई। आँख खुली तो देखा गोधूली बेला आ गई थी, चरवाहे अपने–अपने जानवर हाँकते अपने–अपने घरों की ओर जा रहे थे। सूर्यदेव भी पूरी–तरह पश्चिम दिशा में जा बैठे थे, कुछ ही क्षणों में ओझल भी हो जायेंगे रात भर के लिये। चेतना शून्य, घबराई, सहमी सी उसने अपने पिता के घर की देहलीज़पर कदम रखा ही था कि बूढ़े रामदीन का कर्कश स्वर गूँज उठा था, ऐसे समय में उसकी आवाज़ हमेशा तेज हो जाती थी।

"आ गई कुलक्षनी? कहाँ गई थी? घर में ठौर न था जो इधर–उधर घूम रही थी।"

बिना किसी प्रतिक्रिया के वह सिर झुकाएं अन्दर आ गई, जाते–जाते बूढ़े से इतना और सुना था।

"तेरे मुँह में जबान नहीं, जवाब क्यों नहीं देती?"

क्या जवाब देती कैसा उत्तर चाहता था रामदीन। सीधी रसोई में जा शाम के खाने की तैयारी में लग गई। गीली लकड़ियाँ सुलगाना, उस पर इतने प्राणियों का भोजन तैयार करना आसान न था उस बालिका के लिये, परन्तु सबका और साथ भी अपना पेट भरने के लिये करना ही था।

ईश्वर ने औरत को चूल्हा फूंकने और परिवार के लिये रोटी बनाने के लिय ही इस संसार में भेजा है ऐसा उसका अपना भी मत था क्योंकि माँ–बापू और भाइयों को पकाकर खिलाते–खिलाते मर गई। उसे भी बाप और भाइयों के लियें पकाकर खिलाना है। आज रात उसने ढंग से भोजन नहीं किया भूख ही महसूस नहीं हुई। बर्तन साफ कर सभी के बिस्तर लगा वह अपनी माँ की उसी बंसखटी पर आ लेटी।

कुछ और सोचे उसका नन्हा सा मस्तिष्क, उसके पहले ही वह आने वाले कल के बार में सोचने लगी कि जल्दी ही भोर से पहले उठना है, गर्म पानी से बापू को कुल्ल कराना है, बिस्तर पर ही चाय पीने की उनकी आदतानुसार चाय देनी है। गठिया शायद गठिया की तकलीफ के कारण ही उन्हें इतना गुस्सा आता हो। इसी दर्द के कारण ही चिड़चिड़े हो गये हों। यही सब सोचते–सोचते जाने कब वह सो गई।

"बापू–बापू"।

"क्या है क्यों चिल्ला रही है, खोपड़ी पर खड़ी होकर, क्या मैं बहरा हो गया हूँ"

"कुल्ला कर लो।" कहते हुये उसने तसला बढ़ा दिया, साथ पानी से भरा लोटा भी।

"अच्छा।" रामदीन बोला।

"मैं चाय लेकर आती हूँ।"

"देख रही है मैं उठ नहीं पा रहा हूँ तू चल दी हुकुम चला कर।" वह क्रोधित होता हुआ

बोला। चार जवान हट्टे–कट्टे मर्द सो रहे हैं अन्दर वाली कोठरियों में, उन चारों का कर्ज केवल इतना ही था कि रामदीन की मृत्यु के पश्चात उसके खेतों के मालिक बन जायें, जमीन के चार हिस्से भी होंगे तो बहुत होगी एक–एक के पास।

सहारा देकर उसने रामदीन को उठाया, हाथ की अंजली बना कुल्ला भी कराया। चाय ला उसे कटोरी में डाल ठंडा कर अपने हाथ से एक–एक घूँट पिलाई। कभी–कभी रामदीन बच्चों वाली हरकत करता था परन्तु उस समय क्रोध दुर्वासा ऋषि जैसा ही होता था।

सुबह पाँच बजे का समय माघ मास की किटकिटाती सर्दी में पारो के तन पर ऊनी कपड़े तो दूर सूती कपड़े भी साबूत नहीं थे, परन्तु क्या मजाल जो उसे कोई ठंड में सिकुड़ते देख ले। लगता था वह सर्दी–गर्मी के अहसास से ऊपर बहुत ऊपर उठ चुकी है।

आज सुबह सवेरे ही पास के गाँव से 'जगत' काकी आ गई। वह पूरे गावं की काकी ही नहीं बल्कि आस–पास के गाँवों की भी काकी थी। इसी से उन्हें सब 'जगत काकी' कहते थे।

यह वह शक्सियत थी जो अपने आस–पास के सभी गाँवों में प्रत्येक व्यक्ति–परिवार के सुख–दुख में, जीने–मरने, ब्याह–शादी में पहुँच जाती थी। कहने को तो इनका अपना कोई नहीं था, माँ–बाप बचपन में ही स्वर्गवासी हो गये थे। चाचा ने डंडे के जोर पर पाला था इन्हें। चाची ने प्यार के दो बोल भी नहीं बोले कभी।

मात्र पन्द्रह वर्ष की आयु में इन 'जगत' काकी का विवाह पैंतालिस वर्ष के अधेड़ के साथ इनके चाचा चाची ने कर दिया, ब्याह क्या, सही अर्थों में बेंच दिया क्योंकि विवाह के पश्चात् ही चाचा की गिरवी पड़ी जमीन चाचा को वापस कर दी थी दामाद ने।

काका के पहले से दो बाँझ कही जाने वाली पत्नियाँ मौजूद थीं। 'जगत' काकी चाचा–चाची से मुक्ति पा दो सौतों के बीच आ गई थी। विवाह के समय वह लाख समझाने पर भी माइके के लिये, माइका छूटने के दुख में दो आँसू भी नहीं बहा पाई थी। वर्षा तक चाची मोहल्ले–टोले में इस बात का रोना रोती रही कि अपनी संतान अपनी ही होती है, गैर–गैर की चाहे जितना लाड़–प्यार से पालो–पोसो, खिलाओ–पिलाओं सब बेकार। काकी की इन सौतों ने उन्हें माँ और बाप दोनों को प्यार दिया। काकी की कंघी चोटी करना श्रृंगार करना इन्ही दोनों का काम था। पति सुख तो जैसा तैसा था परन्तु माँ का सुख जिससे वह वंचित थी यहीं इन्हीं दोनों से मिला था।

काकी ने मात्र पाँच बरस ही पति सुख भोगा था। एक दिन काकी के इस चार प्राणियों के परिवार में, सुखी–सम्पन्न परिवार में वज्राघात हुआ, वो विधुवा हो गई, वह क्या एक प्राणी के न रहने से तीन औरतों की माँग का सिन्दूर पोंछा गया, तीनों की चूड़ियाँ वहीं

किनारे घाट पर बेरहमी से तोड़ दी गई। माइके से चाँदी, सोने की चूड़ियाँ और सफेद कपड़े आये।

काकी की चाची शादी पर तो कुछ दे न पाई थी, पर अब उन्होनें दो सोने की तोला–तोला भर की चूड़ी और सफेद अच्छे कपड़े की काली किनारी की धोती भेजी थी।

अच्छी रस्म है हमारे हिन्दु समाज की जो ऐसा करने पर लड़की के माँ–बाप, भाई मजबूर होते है।

जमीन जायदाद बहुत थी, पर विडम्बना यही कि तीनों में से किसी के कोई औलाद नहीं थी, जो इस सम्पत्ति को भोगता। शायद काका जी में ही कोई कमी थी, वह असमर्थ थे बच्चा पैदा करने में, परन्तु बाँझ यही तीनों कही जाती थीं। दोषी यही थीं। निपूती यही कही जाती। तीन–तीन औरतें भी काका को पिता का सुख नहीं दे पाई, जीवन रहता तो शायद वह चौथा विवाह करने में भी संकोच न करते।

समय बीतता गया अपनी उसी गति से दोनों ही काकी को अपने सिर माथे पर बिठाये रहतीं, उनके लाड़–प्यार में कोई कमी नहीं आई क्योंकि यह उनका स्वतः स्वाभाविक प्रेम था, काका के किसी दबाव में नहीं।

काकी को सदैव यही लगा कि वह अपनी एक नहीं दो माँओं के साथ माइके में है परन्तु यह तय करना उनकें लिये असम्भव था कि कौन उनकी सगी माँ है और कौन सौतेली।

एक दिन अचानक मझली बीमार हो गई, खाना खाते–खाते ही वह सीने के दर्द से बेहाल हो गई और दखते ही देखते उसके प्राण पखेरू उड़ गये। काकी बहुत रोई थी बड़ी से लिपट–लिपटकर, बार–बार हाथ जोड़–जोड़कर यही याचना करती।

"जीजी तुम हमें छोड़कर मत जाना, तुम मत मरना, जीजी तुम मत मरना।"

बड़ी के लाख ढाढस देने पर भी काकी के मस्तिष्क में मौत का खौफ समा गया था। लाख पूजा–पाठ सेवा के पश्चात् भी मझली की मृत्यु के ६ माह बाद ही बड़ी भी स्वर्गवासी हो गई।

काकी ने अपनी इस थोड़ी सी उम्र में ही अपने पाँच प्रियजन माँ–बाप, पति और दोनो माँ समान सौतों की मृत्यु का असहनीय दुख सहा था। बड़ी की मौत से तो वह बिल्कुल ही टूट गई थी, बिखर गई थी, बड़ी के न रहने के पश्चात् ही उन्होंने सेवा का संकल्प लिया था।

अपनी पैंसठ–सत्तर की इस आयु में वह अपनी सामर्थ्य के अनुसार हाथ–पैर, रूपये–पैसे से लोगों की मदद करती थी।

पारों पर उनकी कुछ अधिक ही कृपा दृष्टि थी, त्योहार में कपड़े बनवाना वह कभी

नहीं भूलती थीं। जब भी आती देशी घी की कतरी, बेसन के लड्डू, घर के बने ताजे—खोये के पेड़े पारो के लिये अवश्य लातीं।

पारो कभी—कभी अपना मन—आत्मा, दुख—दर्द सब काकी के सामने खोलकर रख देती।

"काकी आज कल बापू की गठिया का दर्द कुछ अधिक ही बढ़ गया है रात में कराहते हैं। शायद इसी कारण आजकल कुछ अधिक ही चिड़चिड़े हो गये हैं।"

"तू परेशान मत हो, मैं तुझे दवा दूँगी।"

"काकी!" इतना कह, जाने क्यों वह काकी के आँचल में मुँह छुपा घूट—घूटकर रोने लगी।

"रो मत बेटी, सब ठीक हो जायेगा, मेरा आशीर्वाद सदैव तेरे साथ है यही रामदीन एक दिन तुझे बहुत प्यार देगा, देखना एक दिन तू राज करेगी।"

पारो ने सिर उठाकर काकी को देखा और पुनः उन्ही के आँचल में दुबक गई।

थोड़ा रूककर काकी ने पुनः पूछा "वह चारों क्या करते रहते हैं दिनभर।"

"कुछ नहीं घर से बाहर रहते हैं या फिर अपनी—अपनी लाठियों को तेल पिलाते रहते हैं। तबियत से रोटियों पर रोटियाँ खाते हैं डंड—बैठक करते है। खेत सारे बटाई पर दे रखे है।"

"रामदीन कुछ कहता नहीं?" रामदीन के स्वभाव से भली—भाँति परिचित होते हुए भी काकी ने यह निरर्थक प्रश्न कर डाला था।

"वह चारों बेटे हैं न, मैं तो लड़की हूँ, एक पाप, एक बोझ, भला पाप ओर बोझ को कौन बर्दाश्त कर पायेगा। सो मैं उनके बर्दाश्त के बाहर हूँ। माँ के कष्टों का कारण भी तो मैं ही थी।

"हाँ बेटी तेरी माँ को जितना प्यार दिया इस आदमी ने उससे कहीं अधिक दुख दिया, उन्ही कष्टों को झेलने की शक्ति जब तेरी माँ में नहीं रही तो उसने हारकर दम तोड़ दिया। कितना मानसिक कष्ट दिया था इसने उसे, तभी तो शायद ईश्वर को उस पर दया आ गई और इस माया—जाल से वह मुक्ति पा गई, सीधे बैकुठ धाम ही गई होगी तेरी माँ।" इतना कहते—कहते उनकी आँखें भर आई, उन्होनें अपने श्वेत आँचल से नम आँखों को सुखाने का निरर्थक प्रयास किया।

"काकी ईश्वर को आखिर मुझ पर दया क्यों नहीं आती।" पारों ने उनकी आँखों में आँखे डालकर प्रश्न किया।

"कुछ मत बोल, अभी तो तूने सुख देखा ही नहीं, दुख—ही—दुख देखा है, अभी तो तू बहुत सुख भोगेगी, ईश्वर की नियति यही है। सुख के पश्चात् दुख, दुख के पश्चात् सुख,

अरे! यह तो रात और दिन की भाँति है। पारो सहमी सी उनकी गोद में मुँह छिपाये थी और काकी का ममतामयी हाथ उसका सिर सहला रहा था। किसी ने ठीक ही कहा है स्त्री में ममता जन्मजात होती है यह ममता जरूरी नहीं कि माँ बनने से ही आये। स्त्री का ममतामयी होने के लिये माँ बनना आवश्यक नहीं। काकी तो निःसंतान थी पर सैकड़ों माँओं की ममता उसमें समाई थी।

"काकी, बाबू गठिया के कारण तो हमसे नाराज़ नहीं रहते?" एक बेकार सा प्रश्न किया था उसने।

"नहीं ऐसा नहीं, तेरे जन्म के पहले से यह रोग है इसे, फिर इस रोग का दर्द उन चारों पर क्यूँ नहीं बरसता? इसका असर तेरे ऊपर ही क्यों?" आगे कुछ सोचकर वह चुप हो गई, शायद एक पुत्री के समक्ष वह उसके पिता का और अनादर नहीं करना चाहती थी। पारो मौन थी।

"उठ! अब मैं चलती हूँ, रामदीन की दवा का पेड़ मेरे गाँव में ही है, कई लोगों को फायदा हुआ, यह बात मुझे कुछ दिन पहले ही पता चली, अबकी आऊँगी तो लेती आऊँगी या किसी के हाथ भेज दूँगी।"

"जल्दी आना, तुम्हारा आना मुझे बहुत अच्छा लगता है।" उठते हुये पारो बोली।

पुनः जल्दी ही आने का आश्वासन देकर काकी चली गई।

कितना अकेलापन, सूनापन था, काकी के आने से पहले यह सोच ही रही थी कि उसे सुनाई दिया वही चिर–परिचित कर्कश स्वर जो उसे ही बुला रहा था। इसी समय तो वह रोगी बूढ़ा बिलकुल जवान लगने लगता था। लगता था जैसे कोई दबंग ज़मींदार किसी बेगारी करने वाले पर चिल्लाया हो, गरजा हो।

"आई बापू।" कह वह पलभर में ही उसके पास पहुँच गई। कभी भी वह कृशकाय कन्या अपने पिता के सिर के पास नहीं खड़ी होती। उसे सदैव याद रहती उस दिन की मार जब वह मात्र आठ वर्ष की थी, उसने जन्मदाता के बुलाने पर वह उनके मुँह के पास जाकर खड़ी हो गई थी। उस दिन उसने पिता की गालियों के साथ मार भी खाई थी। स्वर्गवासी माँ को भी बहुत कुछ कहा था श्राप दिया था उसके अपने जनक ने।

"कितनी देर से कराह रहा हूँ तुझे सुनाई नहीं देता, जा अजवाइन हींग डालकर तेल गरम कर ला और मल मेरे पैरों में।"

वह जाने लगी, तभी वह फिर गुर्राया था।

"वह चारों कहाँ है?"

"भइया।"

"हाँ–हाँ तेरे नकारे भाई।" खीज़ और गुस्सा था आवाज़ में।

"पड़ोस के गाँव में दंगल है उसी को देखने गये है, कह गये है, रोटी बनाकर रखना, खाने के समय तक आ जायेगे।"

बाप की छाती चौड़ी हो गई, सारा क्रोध काफूर बन उड़ गया।

"मझले भइया कह रहे थे कुश्ती में हिस्सा लेंगे।" इतना सुन वह मुस्कुराया, लगता था उसका दर्द अचानक कम हो गया।

पारो ने चूल्हे से लाल—लाल दहकते अंगारों को चिमटे से बाहर निकाला और उन पर तेल की कटोरी रख दी। दहकते अंगारों को देख वह कुछ सोचना चाहती थी पर मस्तिष्क तो जैसे कुंद हो चुका था, जड़ हो चुका था, गर्म तेल की कटोरी चुनरी से पकड़ एक तशतरी में रख वह रामदीन को कोठरी में आ गई। आहिस्ता—आहिस्ता उसने वह सारा तेल उसकी टांगों में सुखा दिया। तेल लगाना जब उसने शुरू किया था तो चरवाहे अपने—अपने जानवरों को हाँकते घर की ओर लौट रहे थे जिसकी आवाज़ उसे सुनाई दे रही थी। सूर्य पूरी तरह अस्त नहीं हुआ था। थोड़ी देर पश्चात उसकी लालिमा उसके घर की चौखट पर साफ नज़र आ रही थी।

अब स्याह अंधेरा हो चुका था (तेल—मालिश के बीच एक बार वह दिया बत्ती के लिये अवश्य उठी थी। उसके पश्चात् पुर्ववत् वह अपने कार्य में लग गई थी। उसका पिता था कि बस कह ही नहीं रहा था। कटोरी का सारा तेल कब का उसके पैरों ने सोख लिया था।

पारों धीरें से उठी एक ऊनी चादर पैरों से कमर तक उसे उढ़ा दी, फिर आ गई अपने चौके में अब फिक्र इस बात की थी कि उसे अभी अपने चार लठैत भाईयों के लिये रोटियाँ सेंकनी हैं दाल—सब्जी भी बनानी है कैसे होगा इतना सब।

सब्जी छौंक, चूल्हें से अंगारे खीच कढ़ाई उन पर रख दी। चूल्हे पर दाल की पतीली चढ़ा, परात में आटा निकाल उसे गूँधा। आटा भी पानी लगा—लगाकर देर तक गूँधना पड़ता, वरना रोटी मुलायम नहीं होती और तब रोटी सख़्त होती तो घर का मालिक रोटी से भी कहीं अधिक सख़्त हो जाता।

आज की भोर पारो के लिये अच्छी थी, वह चिल्लाया नहीं, दहाड़ा नहीं, नाराज़ भी नहीं हुआ उसके चेहरे पर वह रोज़ वाली क्रोध की रेखाएं नहीं थी। इस लिये उसकी पुत्री भी खुश थी। आज उसने कपड़े भी अच्छे पहने, नहाई भी ढंग से, बालों की चोटी भी बड़े ही कलात्मक ढंग से बनाई।

एक बार के उठाने से ही आज वह उठ गया। कुल्ला भी अपने हाथ से किया, चाय भी स्वाद लेकर पी। तारीफ की थी चाय की जो पारों के जीवन में कभी—कभर ही होता था।

दोपहर का खाना भी उसके पिता ने प्रेम से खाया। बर्तन साफ कर वह दालान में आ लेट गई। अचानक उसे काकी की बताई गठिया की दवा या आ गई, वह लेटे—लेटे सोचने लगी।

यदि भागकर जाऊँ तो बीस मिनट लगेंगे क्यों न दवा वाली पत्तियाँ स्वयं जाकर ले आऊँ। अभी तीन घंटे तक तो बापू को कुछ नहीं चाहिए, शायद वह सोते ही रहें।

उसके मन में अन्तर्द्वन्द्व चलता रहा, इतनी देर तो अक्सर उदासी में वह खंडहर में काट देती है। पर यदि कहीं वह उठ गया! तो भी क्या, वह तो यही जानेगा कि मैं खंडहर में बैठी रहूँगी। खंडहर के बारे में तो वह जानता ही है गुस्सा करेगा तो कर लेगा, रोज ही तो करता है। वह अपने नन्हें से मन–मस्तिष्क से खुद ही वाद–विवाद करती रही तर्क करती रही।

इतनी दिमागी जद्दोज़हद के पश्चात् पारों ने पास के गाँव में जाने का निर्णय ले ही डाला।

अपने पैरों से छोटी जूतियाँ जो उसे तीन वर्ष पूर्व मझले ने किसी मेले से लाकर दी थी उन्हें पैरों में डाली और चल दी।

जब तक बस्ती रही वह धीरे–धीरे चली, बस्ती समाप्त होते ही पैरों में पहनी जूतियाँ हाथों में लेकर उसने भागना शुरू किया, वह भागती गई, भागती गई, जब तक दूसरे गाँव की बस्ती नहीं शुरू हो गई।

काकी के द्वार की कुंडी को जोर–जोर से खटखटाना शुरू कर दिया जैसे काई मुसीबत का मारा निरन्तर दरवाजा पीटता है, जब तक कि द्वार खुल नहीं जाता।

"आ जाओ कौन है दरवाजा तो खुला ही है।" अन्दर से काकी की आवाज आई थी।

"मैं हूँ पारो।" हाँफती हुई वह भीतर आई।

"क्या हुआ इतना हाँफ क्यों रही है।" उसका हाथ पकड़ते हुये काकी ने पूछा।

"भागकर आ रही हूँ काकी! जल्दी से मुझे वह पेड़ बता दो जिसकी पत्तियों के रस को लगाने से बापू के जोड़ो के दर्द में आराम हो।"

"चल मेरे साथ।" काकी उसके पिता के स्वभाव से परिचित थी तभी वह पल भर की देर करे ही चादर ओढ़ चप्पल पहन उसके साथ चल दी थी। दोनों ने पत्तियाँ तोड़ी पारों ने उन्हें अपनी ओढ़नी के आँचल में बाँधकर आँचल को कमर में खोंस लिया।

"काकी बस मै चलती हूँ।"

"थोड़ी देर बैठ ले, चलकर अदरख, मुलैठी की चाय बना दूँ पीकर चली जाना, जब तक शायद सूरज़ आ जाये वह भी आने को कह गया है।" काकी ने आग्रह किया।

मन में सूरज को देखने की ललक, एक चाह उसके हृदय में जाने क्यों हमेशा रहती थी, आज भी थी, परन्तु पिता के क्रोध के समक्ष वह सब महत्वहीन था।

"नहीं काकी चलती हूँ देर हो जायेगी।"

हृदय के न चाहते हुये भी उसने वह वाक्य बोल ही दिया।

रामदीन के स्वभाव के कारण ही काकी ने और अधिक आग्रहकर उसे रोकना उचित नहीं समझा।

थोड़ी दूर तक वह पत्तियाँ सम्भाले मन में सूरज की मूरत बसाये धीरे–धीरे चलती रही। वह सोच रही थी कि आखिर काकी उस सुदर्शन युवक से मुझे मिलाने को सदैव इतनी आतुर क्यों रहती हैं। देखता भी तो वह मुझे जाने कैसी नज़रों से है, ऐसे तो मुझे कोई नहीं देखता। उसके देखने मात्र से मुझे कुछ–कुछ होता है। उसकी उन गहरी आँखों में कितना प्यार कितना सम्मान होता है, उस प्यारी नज़र में मेरे लिये काकी क्या चाहती है? मुझे भी तो उसकी याद आने से कैसे विचित्र सुख   की अनुभूति होती है। ऐसा सुख, ऐसा रोमांच तो गोपाल की मूरत के आगे ध्यान लगाकर पूजा करने में कभी–कभी ही होता है। देख लेती उसे मिल लेती तो रात देर तक सो नहीं पाती। नहीं देखा तो भी याद तो आयेगी पर तब यादें सुख देतीं, अब कष्ट। मलाल भी होगा न मिलने का शायद।

इन्हीं विचारों में खोई वह गाँव की सूनी पगडंडी पर आ गई।

अब उसने भागना शुरू कर दिया था, चप्पलें उसके हाथ में अ गई थीं। वह दौड़ती जा रही थी कि अचानक उसकी उस आँचल में बंधी पत्तिया बिखर गई, जाने कैसे वह पोटली खुल गई थी। पत्तियों के बिखरते ही वह बुरी तरह घबरा गई, जैसे–तैसे उसने उने पत्तियों को बटोरा, अबकी उसने कसकर गाँठ लगाई आँचल को कमर में खोंसा और तेज़ी से दौड़ने लगी, एक–दो स्थान पर वह ठोकर खाकर गिरी, कोहनी और घुटना छिल गया, खाल हटकर खून छल–छला आया।

घर की देहलीज़ पर पैर रखते ही उसने देखा कि सामने उसका पिता क्रोधाग्नि से जल रहा है, आँखों से अंगारे बरस रहे है। यह देख वह तो मलेरिया के बुखार से पीड़ित खड़े मरीज़ की भाँति काँपने लगी।

"कहाँ गई थी? जनमजली कहाँ से आ रही है?" वह गरजा था।

"वह...वह तुम्हारी दवा लेने गई थी पास वाले गाँव में, काकी ने बताई थी, तुम्हें दर्द होता है न बापू।" वह एक सांस में लड़खड़ाती जबान से निकले लड़खड़ाते शब्दों से बने वाक्य को पूरा कर ही गई।

"कहा है? क्या दवा है?" रामदीन ने पूछा। सामने खड़ी पारो का कांपना रूक गया था उसने रामदीन के सामने अपने आँचल में बंधी पत्तियाँ आँचल की गाँठ खोलकर दिखाई।

"यह किस पेड़ की पत्तियाँ तू उठा लाई, मुझे मुर्ख बनाने के लिये।" सामान्य हुआ रामदीन पुनः क्रोध में बोला।

"इन पत्तियों का रस निकाल उसे गरम करके जोड़ों में लगाने से फायदा होगा, दर्द में आराम मिलेगा तुम्हें बापू।" वह बड़े ही भोलेपन से बोली थी। पारों को लगा पिता की आँखों से उबलकर निकला लावा शान्त हो रहा है पर यह क्या वह तो फिर से चीखा।

"जाने कहाँ–कहाँ मारी–मारी फिरती है हरामज़ादी। यह पत्तियाँ बटोरकर लाई है कहती है दर्द है दर्द ठीक हो जायेगा। ठहर, कहते हुये वह उठा और ताबड़तोड़ उसके कोमल गोरे गालों पर थप्पड़ मारता गया। ऊँगालियों के स्याह निशान उस किशोरी के गालों पर साफ नज़र आ रहे थे जाने और कितने निशान एक के ऊपर एक और बन जाते यदि कहीं से अचानक मंझला न आ जाता।

"क्यों मार रहे हो इसे, क्या किया है इसने? सारा दिन हम पाँचों का पेट भरनें में लगी रहती है, घर का सारा काम करती है। तुम्हारे पैरों की, बेटी होकर, मालिश करती है। तुम्हें पंखा झलकर सुलाती है। बिस्तर पर ही कुल्ला कराती है क्या नहीं करती यह तुम्हारे लिये। उसके बाद भी तुम उसके साथ किस तरह का व्यवहार करते हो, क्या कोई अपनी ही औलाद के साथ ऐसा सुलूक करता है। रही–सही कसर आज पूरी कर रहे हो इसे मारकर क्यों?" रामदीन बेटे के सामने खामोश हो गया। फिर बोला।

"तू नहीं जानता।"

"मैं सब जानता हूँ, माँ को भी तुम्हीं न खा लिया। उसका कसूर यही था कि चार–चार बेटों के बाद इसको जन्मा था उसने। यही तो एक गलती माँ ने जीवन में की थी जिसे तुम जैसा पति और मुझे बाप क्षमा मैं नहीं कर सकता था।"

एक मंझला ही था जो पारों के जख़्मों पर कभी–कभी मरहम लगा देता था, बाकी तीन तो देखा–अनदेखा कर देते थे। उन्हें तो बहन की याद ताजे छाँछ और दो वख़्त की रोटी के समय आती। यह तीनों पिता–पुत्री के बीच कभी नहीं बोले, न ही पिता के खिलाफ कभी कोई आवाज़ उठाई, न माँ के लिये और न ही बहन के लिये।

जितनी सुहानी सुबह थी पारो के लिये, उतनी काली रात। बारह बज गये आज उसे बर्तन साफ करते–करते, इस बीच शायद पाँचों ने एक–एक नींद भी ले ली होगी। जैसे ही वह चारपाई आ अपने दोनों पैरों को एक करवट होकर पेट तक लाई, ऐसा करने से ठंड कम महसूत होती थी। ठंड के लिये उसकी रजाई थी जो बरसों पुरानी थी, कहने को तो वह रूई का लिहाफ था, पर जगह–जगह से रूई खिसक गई थी, कपड़ा रह गया था, उससे भला माघ मास की सर्दी कैसे जाती।

पैर सिकोड़ते ही उसे रामदीन की कोठरी से कराहने की आवाज सुनाई दी। क्षण भर की देर किये बिना वह कोठरी से दालान में आई और पत्तियाँ ले उन्हें आहिस्ता–आहिस्ता बिना आवाज़ के सिल पर पीसा, उसके पश्चात् उसने अपनी ओढ़नी के कोने से उन पत्तियों के रस को एक कटोरी में छाना और चौके में आ गर्म किया, इस सारी क्रिया को करते समय एक पल को भी उसके आँसू नहीं रूके। कौन जाने कितने आँसू पुत्री के, पिता की दवा में मिले थे जो पिता के जोड़–जोड़ में मले जायेंगे। रूँधी आवाज़ में उसने

पिता को आवाज़ दी, उसके हाथ में दिया और दूसरे में कटोरी और उस कटोरी में आँसू से भीगा उसका विश्वास।

दिये को आले पर रख उसने धीरे से रामदीन का पैर छुआ था

"क्या है री?" प्रश्न था आवाज़ में, दर्द के साथ कठोरता थी।

"कुछ नहीं, पैरों में दवा मल दूँ, शायद आराम हो जाये, बहुत तकलीफ है न?" एक माँ की भाँति ममता भरा प्रश्न किया था उसने।

कुछ नहीं बोल पाया था कोई उत्तर नहीं दे सका था। धीरे–धीरे उसने वह रस उन बूढ़े जोड़ों में सोका दिया। जब तक कि कटोरी सूख नहीं गई। उसके कोमल हाथ पिता के शरीर के जोड़–जोड़ को सहलाते ही रहे, इसी बीच जाने कब उसकी आँख लग गई और वह अपने पिता की ही खाट पर उसके पैरों के पास सो गई।

सुबह रामदीन की आँख पहले खुल गई। "पारो", इस आवाज़ से वह सकपका गई, परन्तु यह क्या उसने अपने पिता का हाथ अपने सिर पर महसूस किया प्यार भरा हाथ, स्नेह, ममता में डूबी ऊँगलियाँ बालों का सहला रही थीं। फिर भी वह डर गई जैसे भयानक स्वप्न देखा हो।

"जा बेटी चाय पिला दे, तब तक मैं दातून कर लेता हूँ।" यह कैसी आवाज़ थी उसकी जो अपनी ही बेटी को अजनबी लग रही थी।

"मैं पानी लेकर आती हूँ।" उठते हुये वह बोली।

"नहीं, रहने दे, मैं ठीक हूँ खुद कर लूँगा तू चाय बना ला, अदरख ज्यादा डाल देना, दूध–शक्कर भी और हाँ सुन अपना ग्लास भी यहीं लेती आना।"

अब वह बुरा सपना एक सुखद सत्य में बदल गया था। आज उसने पिता के साथ एक ही रजाई ओढ़ बैठकर चाय पी थी। चाय का मज़ा तो उसने आज ही जाना था। नित्य तो ठंडी काढ़ा जैसी चाय एक सांस में गुटक जाती थी। इससे कहीं अधिक सुख उसे अपने साथी का था। क्या यह वही उसका क्रोधी पिता है, जिसकी बातों से, आँखों से, उसने अपने लिये सदैव घृणा ही टपकती देखी थी।

समय बीतता गया परन्तु इस समय के बीतने की प्रक्रिया और पहले के समय में, धरती–आकाश का अंतर था।

सर्दियाँ समाप्त हो गई थीं गर्मी शुरू हो गई थी, होली भी पड़ी थी, पहले भी होली आती थी हर वर्ष आती थी, पर इस होली में उसके सुन्दर–सुन्दर नये कपड़े बने थे। होली खेली भी थी उसने सहलियों के साथ, इस होली का आनन्द ही कुछ और था। सूरज ने भी उसे रंग और गुलाल दिया था, मौका पाकर लाल गुलाल से उसे रंग भी दिया था।

रामदीन के दर्द में काफी फायदा था, दो—तीन बार पारो पिता से बताकर और पत्तियाँ भी लाई थी।

आषाढ़ की चिपचिपाहट और उमस से भरी गर्मी। बारिश न होगी तो क्या होगा, सूखा पड़ेगा, सूखा, अकाल उसने नहीं देखा था पर उसके बारे में काकी से वह बहुत कुछ सुन चुकी थी। गाँव वाले व्याकुल थे अपनी—अपनी तरह से इन्द्रदेव को प्रसन्न करने की भरपूर चेष्टा कर रहे थे।

अचानक एक दिन रामदिन को तेज बुखार आ गया। तीन दिन हो गये उसको पिता के माथे पर गीली पट्टी रखते। पट्टी रख—रखकर वह बुखार कम करती, बुखार कम होने पर जल्दी—जल्दी वह घर का काम निपटाती। दिन में एक—दो बार बेटे—पिता का हाल पूँछ लेते और अपने कर्तव्य का पालन कर निश्चिन्त भी हो जाते।

चौथा दिन था बुखार का, पिता की छटपटाहट, उमस और भीषण गर्मी से दुखी वह भगवान से हाथ जोड़कर प्रार्थना करने लगी कि हे! ईश्वर बारिश कर दो, काले मेघों के दर्शन करा दो, बारिश होते ही उसका मन कहता है कि उसके बापू का बुखार उतर जायेगा, उसके बापू अच्छे हो जायेंगे, ऐसा उसका पवित्र मन बोल रहा था।

शायद ईश्वर को उस मासूम पर दया आ गयी, शाम से बादल छा गये थे तपते आकाश में, हवा में नमी आ गई। लगता था दूर कहीं बरस चुके बादल इधर भी आ गये हैं राहत देने।

दूसरे दिन शनिवार की सुबह बारिश हुई तो गाँव वालों ने राहत की सांस ली। रामदीन का बुखार भी कम हुआ। परन्तु इतवार को तो मूसलाधार, प्रलयकारी वर्षा हुई।

आज सोमवार की शाम होने को आई, पर पानी बरसना रूका नहीं, ईश्वर की दया अब ईश्वर का कोप लगने लगा था लोगों को।

बुखार सामान्य नहीं था कम अवश्य हुआ था। रात रामदीन ने खाना भी खाया था परन्तु पानी प्यास भर नहीं पी पाया था। घर का पीने का पानी इस बीच समाप्त हो चुका था। वह प्यासा था, बहुत प्यासा था, ताप और ज्वर के कुछ अधिक ही।

चारों बेटों से कह चुका था। कोई तो पानी ला दे। किसी ने कहा अच्छा, किसी ने सुनी अनसुनी कर दी, कोई बोला "थोड़ा रूको अभी लाता हूँ।" किसी ने कहा "लेटे रहो सुबह तक मर नहीं जाओगे।"

बारिश रूकने का नाम ही नहीं ले रही थी, रह—रह के तेज हवाओं के साथ और तेज़ हो जाती। शायद घाघ ने ठीक ही कहा था।

"शुक्रवार की बादरी रही शनिचर छाये
इतिवार, सोमवार बरसे कबहुँ न जाये।"

नदी नाले सभी चार दिन पहले सूखे पड़े थे, आज उफन रहे थे। खेतों को आपस में विभाजित करने वाली मेढें जाने कहाँ लोप हो गई थीं। मानो अलग–अलग टुकड़ों में खेत न होकर अथाह सागर हो। रह–रहकर बिजली की कड़क और फिर चमकदार तेज़ रोशनी, लगता था प्रलय हो ही जायेगी।

इससे क्या, प्यासे को एक लोटा पानी चाहिए था, वह भी अपने बनवाए उसी कुएं का जिसका वह हमेशा से पीता आया था। इस समय इस मूसलाधार बारिश कड़कती बिजली, अंधेरी रात में कौन जाता।

घर से करीब सौ गज़ की दूरी पर बना कुआँ आज सभी की पहुँच से बाहर था, किसी की हिम्मत नहीं थी कि उस तक पहुँचने, पानी भरकर लाने और बीमार प्यासे पिता की प्यास बुझाने की।

लाठियों को तेल पिलाना, कुश्ती लड़ना और बात थी, पानी लाना और बात। वह कुआँ रामदीन ने बड़के के हाने पर अपनी प्रिय पत्नी के नाम पर खुदवाया था। पानी निकलने पर कई पंडितों से पूजन करवाकर पत्नी के नाम का पत्थर भी लगवा दिया। इस कुएं का पानी गाँव के अन्य कुओं की भाँति नहीं था इसके पानी में एक अजीब सी सुगंध और मिठास थी, यह पानी लोगों को गंगा जल की भाँति लगता था। एक स्वर में सभी का कहना था कि पाताल गंगा का पानी है। पारो की माँ की भाँति ही उसके नाम के कुएं का पानी भी पवित्र और स्वच्छ था। उसके हृदय की भाँति इसमें कोई मैल नहीं था। अधिकतर गाँव वाले इसी का पानी पीते थे। यह कुआँ कभी सूखा नहीं। सूखना तो दूर इसका जल–स्तर भी कम नहीं हुआ था।

रामदीन की आवाज़ कोठरी से फिर आने लगी थी जो दालान में लेटे उन चारों लठैतों को भारी पढ़ रही थी। उनमें से एक बोला था शायद बड़ा था–

"चुप रहो शान्त रहो, रात भर में प्यास से मर नही जाओगे।"

कोठरी से कराहने और पानी माँगने की आवाज आनी बन्द हो गई थी। सभी कुछ पारो सुन रही थी पिता की लाचारी, बूढे बाप का कराहना, वह भी प्यास और बुखार से, भाई का पिता के लिये ऐसे शब्द बोलना। वह बेचैन थी, दुखी थी, उसकी समझ में नहीं आ रहा था कि वह इस स्थिति में क्या करें।

अचानक वह उठी एक अद्भुत शक्ति के साथ। एक लोटा और डोर ले वह पिछले दरवाजे से दबे पाँव बाहर आ गई। उसके बर्दाश्त के बाहर हो चुका था अपने बूढ़े बीमार–लाचार पिता को पानी के लिये यूँ गिड़गिड़ाना। पारो को लगा कि उसका पिता सचमुच मर जायेगा यदि उसे पानी न मिला, तो वह प्यास से ही मर जायेगा।

चारों तरफ जल–ही–जल, राह नहीं सूझ रही थी। वह एक बार ठिठकी, रूकी, अचानक उसके मस्तिष्क ने तर्क किया, एक ही राह पर रोज़ चलते–चलते तो दृष्टिहीन भी

चल लेता है, उसे भी सहारे की आवश्यकता महसूस नहीं होती, फिर वह–क्यूँ इस जानी पहचानी डगर पर चलने से हिचकिचा रही है। अपने लहंगे को थोड़ा ऊपर कर चारों ओर से समेटकर कमर में खोंस लिया। ओढ़नी को सिर से लपेट लिया जो कि पानी से बचने का निरर्थक प्रयास मात्र ही था। न सुझाई पड़ने वाली राह पर वह चल दी। थोड़ी देर चलने पर उसका आत्मविश्वास बढ़ और वह दौड़ पड़ी कुछ ही समय में वह कुएं की जगत पर आ गई। उसने पानी भरा। बिजली की चमक के कारण उसका काम आसान हो गया था, माँ के नाम का सफेद संगमरमर का पत्थर चमक उठा था उसने माँ के नाम को प्रणाम किया और जैसा नित्य करती थी। पानी भर वह सोचने लगी कि   कैसे बापू भाइयों से गिड़गिड़ा रहा था कैसे चारों जवाब दे रहे थे। कैसे थूक से गले को गीला कर गले पर हाथ–फेर रहा था, क्या माँ ने इसी दिन के लिये चारों को पैदा किया था कि अपने प्यासे बाप को, बीमार पिता को, अपने पीछे बेटों के भरोसे छोड़ आई पति को, उसके बेटे उसके दूध के बदले एक लोटा पानी भी उसके पति, अपने बाप को न दें। उसे आज अपने चारों भाइयों पर घृणा हो रही थी क्रोध आ रहा था। घर पहुँचते–पहुँचते बारिश थम गई थी।

भीगे कपड़ों में वह रामदीन की कोठरी में आई। टिमटिमाते दिये की रोशनी में रामदीन ने आज अलौकिक रूप, उसके चेहरे का तेज, आँखों की चमक देखी थी। भीगे हुये काले लम्बे केश, भीगी–भीगी आँखें कुछ पानी और कुछ अश्रु से, भीगी काली बड़ी–बड़ी पलकें उसके रूप को और बढ़ा रही थीं। एक आत्मविश्वास और स्वाभिमान के साथ एक लोटा पानी लिये वह उसके समक्ष खड़ी थी। जैसे कोई देव–कन्या अमृत–कलश ले अचानक प्रकट हो गई हो।

"कहाँ गई थी इतने पानी–तूफान अंधेरी रात में, सारा भीग कर आई है।" धीरे से लेटे–लेटे ही उसने पूछा, उस रूप के समक्ष तो जल्लाद भी तेज आवाज में नहीं बोल पाता।

"नाराज मत होना बापू।"

"क्या?" वह शायद सुन नहीं पाया था।

"तुम प्यासे थे, बीमार भी, माँ के कुएं से पानी लेने गई थी, लो पी लो।" इतना कहकर उस देव कन्या जैसी उसकी बेटी ने उसकी ओर लोटे को बढ़ा दिया और पिता को कातर दृष्टि से देखने लगी।

"इधर आ।" हाथ के इशारे से रामदीन ने उसे अपने पास बुलाया।

"तू ही पिला दे यह अमृत अपने इस अभागे पिता को।" इतना कहने से पहले ही वह रो पड़ा और पारो को अपनी कमजोर बाहों में समेट लिया।

बाहर बारिश थम चुकी थी परन्तु यहाँ इस कोठरी में पिता–पुत्री के बीच निरंतर आँखे

बरस रहीं थी। बरसों का रूका जल बांध तोड़कर रामदीन की आँखों से धारा प्रवाह बह रहा था।

कौन कहता है बाप के सीने में ममता नहीं होती, जाने कितनी देर बाद वह अपने पिता की छाती से अलग हो पाई थी। उसे लगा, प्यार बेटों की बपौती ही नहीं, बेटी का हक भी है। वही सवाल रामदीन के हृदय में उठ रहा था और शायद जवाब भी वही था।

आत्मा, शरीर, मन सभी को आज एक अजीब सी तृप्ति मिली थी। रामदीन का रोम—रोम तृप्त हो गया था, वह एक लोटा पानी जैसे उसके जीवन भर की प्यास बुझा गया था। रामदीन स्वयं भी नहीं बता सकता था, उस सुख को जो आज उसने महसूस किया था। गूँगा गुड़ के स्वाद को शायद बता दे पर रामदीन असमर्थ था।

एक दिन पारो ने देखा बैठक में पटवारी बैठा है और उसके बापू कुछ लिखा पढ़ी कर रहे है। शर्बत देने जब वह अन्दर गई तो उसे पता चला कि कुछ जमीन जायदाद की लिखत—पढ़त चल रही है।

"यह पटवारी क्यों आया था?" बड़े और छोटे ने एक साथ प्रश्न दागा था।

उन दोनों पर ऊपर से नीचे तक भरपूर नज़र डालने के पश्चात् रामदीन बोला।

"बुलाया था इसलिये आया था।" दोनों आज पहली बार पिता की इस कर्कश आवाज़ पर घबरा गये थे, ऐसी आवाज़ उन्होंने अपने लिये पहले कभी नहीं सुनी थी। पटवारी से भी दोनों ने पूछा था कि आखिर उसे बापू ने क्यों बुलाया था। इस प्रश्न का उत्तर पटवारी ने उन्हें नहीं दिया था।

आज चारों बेटों को रामदीन ने एक निश्चित समय पर बैठक में बुलाया था केवल यह सूचना देने को कि इसी माह की सत्ताइस तारीख को पारो का विवाह है, चारों विवाह की तैयारी करो और अपने सारे काम छोड़ दो, कुछ समय के लिये। ऐसा विवाह होना चाहिए जिसे लोग वर्षों याद रखें। अभी तक ऐसा विवाह आस—पास के गाँव में किसी कन्या का भी न हुआ हो। पैसे की चिन्ता मत करना चाहो तो सारा शहर उठा लाओ यहाँ।

पारो का मन वह पहले ही टटोल चुका था, वैसे भी वह उसका पिता था, वह जानता था कि उसकी बेटी मन—ही—मन सूरज को प्यार करती है और सूरज उसे, लेकिन उसकी बेटी मरते दम तक अपनी जबान से कह नहीं पायेगी।

आज पारो का विवाह था आस—पास के सभी गाँवों को न्यौता भेजा गया था जिनमें कुछ तो बारात की तरफ से थे क्योंकि काकी का अपना व्यवहार था।

अपनी हैसियत से कहीं अधिक उसने दिया था। शहर से सजावट वाला आया था। पंडाल ऐसा सजा था जैसे शहर में किसी रईस की बेटी का विवाह हो।

खाने में ऐसे—ऐसे व्यंजन थे जिन्हें लोगों ने खाना तो दूर देखा भी नहीं था, कइयों ने

तो सुना भी नहीं था। नाई, पान वाला, धोबी, फूल वाला सभी अपनी छोटी–छोटी रंग–बिरंगी दुकानें लगाये बैठे थे। गाँव के बच्चों ने तो आईसक्रीम ही आईसक्रीम खाई थी। यह सब तो ठीक था पर हैरत तो तब हुई जब विदाई के समय कुछ कागज़ात पिता ने पुत्री को दिये और भीगी आँखों और रूँधी हुई आवाज में कहा–

"बेटी मै उस तेरे एक लोटा पानी की कीमत तो नहीं चुका सकता, हाँ थोड़ा सा इन चारों के लिये रोक कर ताकि इनका भी पेट भरता रहे अपना सब कुछ तेरे नाम कर दिया है, ना मत करना, जीते जी मैं मर जाऊँगा।" बेटी की ओर से ना करने की गुंजाइश को उसने समाप्त कर दिया था।

डोली में बैठ वह केवल अपने पिता को ही अपलक देख रही थी। न तो उसकी आँखों में आँसू थे, न ही चेहरे पर कोई भाव, सपाट खामोश चेहरा। सदैव बिन बोले ही सब कुछ कह देने वाली आँखें भी आज खामोश थीं।

"प्यार बेटों की बपौती हीं नहीं। बेटी का हक भी है।"

◻ ◻ ◻

राँग-साइड

नित्य की भाँति आज भी अदालत लगी थी। फ़ौजदारी का केसा था। वादी-प्रतिवादी के वकीलों के बीच झड़प थी। जज साहब कुर्सी पर विराज़मान थे। यह बात और थी कि अदालत के उठते ही दोनों वकील एक साथ एक ही रेस्ट्राँ में बैठकर चाय पियेंगे, कुछ खायेंगे भी, गप मारेंगे। मुकदमें को लम्बा और लम्बा खींचने की तरकीब साचेंगे, जुगत लगायेंगे। आगे और आगे की तारीखें डलवायेंगे। मुकदमा जितना अधिक लम्बा खिंचे वकीलों को उतना ही अधिक लाभ।

आज का मुकदमा भी फौज़दारी का था, परन्तु कोर्ट में भीड़ कुछ खास नहीं थी। कुर्सियाँ खाली पड़ी थीं। किसी पुलिस की वर्दी पहनने वाले महा पुरूष को एक मामूली, लाचार, गरीब मजलूम ठेला रिक्शा खींचने वाले व्यक्ति ने पीट दिया था। रिक्शे वाले ने दो हाथ जड़े थे सिपाही की दाहिनी कनपटी पर। इसका खामियाज़ा भुगतना पड़ा था रिक्शे वाले को लहू-लुहान होकर। सिर पर पट्टी बाँधे वह अदालत के कटहरे में खड़ा था।

कई दिन हो गये थे उसे रिक्शा चलाये। घर में बीबी-बच्चे भूखे थे। पत्नी ने हार-मानकर दो-चार घरों में खाना बनाना शुरू कर दिया था, इस काम से उसे दो फायदे थे, वेतन और खाना दोनों ही मिलते थे। चार घरों में से इतना तो मिल ही जाता था कि उसके बच्चे भूखें नहीं सोते थे।

वकील साहब की फीस के लिये अपनी नियत अपने ही गहनों पर थी। आवश्यकतानुसार वह गहनें बेचती जायेगी। पति से बड़ा, महँगा और प्यारा सुन्दर कौन सा गहना क्या कोई भी सुनार आज तक गढ़ पाया है? देखने में निरक्षर, गंवार स्त्री की सोच के समक्ष बड़ी-बड़ी रईसजादियों की सोच बौनी थी।

"तुम गलत साइड से रिक्शा ले जाने का प्रयास कर रहे थे।"

"जी हाँ।" उसने इस बात को स्वीकारा।

"क्यों?" यह दूसरा प्रश्न उससे पूछा गया था।

"माई-बाप, हम सारे दिन सीमेंट, मौरंग, गिट्टियाँ,बालू से भरी बोरियाँ ठेले पर लाद कर ले जाते हैं।"

"तो?"

"साहब प्रति बोरी के हिसाब से पैसा मिलता है, इस कारण अधिक-से-अधिक बोरियाँ लादने का प्रयास करता हूँ।"

"फिर?"

"अक्सर साहब सड़क के बीच में कटे रास्ते से दायें हाथ की ओर पैदल रिक्शा खींचकर मैं मुड़ जाता हूँ। लम्बा दूर तक, चौराहे से मोड़कर वहीं आने के परिश्रम से बच जाता हूँ।"

"क्या यह सही है।"

"जी नहीं।"

"यह तो ट्रेफिक नियम का उल्लंघन करना, नियम तोड़ना है।"

"यस मी लार्ड मैं आपकी इस बात से एग्री करता हूँ, पूरी तरह सहमत हूँ।" वह आँख मिलाकर जज साहब से बात कर रहा था। अदालत में बैठे लोग आश्चर्यचकित थे उसके इस प्रकार जज के समक्ष बेबाक बोलने पर।

"तुम्हें ट्रैफिक नियम नहीं मालूम।"

"मुझे मालूम है, मैं कोई अनपढ़ गंवार नहीं हूँ, मैंने भी उसी विश्वविद्यालय में एल—एल. बी. की डिग्री ली है जहाँ से आपने ली है। समय और भाग्य का फेर है जो आप उस कुर्सी पर विराजमान हैं। और मैं यहाँ इस कटहरे में खड़ा हूँ। आपको देख यह सिपाही सलाम करता और मुझे....।" इतना कहते—कहते वह कुछ भावुक हो गया।

"कुछ भी हो नियम का पालन करना चाहिए, कायदे—कानून सभी के लिये होते है, इनका पालन करने मात्र से अनेक समस्याओं का अंत अपने आप हो जाता है।"

"सर, जब अपने साथ बीबी—बच्चे भूख से बिलबिलातें हों तो कुछ याद नहीं रहता। नियम, कानून, सभ्यता, संस्कृति सभी दम तोड़ देते हैं।"

जज साहब खामोश थे, अदालत में भी सन्नाटा था, कहीं किसी कोने से कोई आवाज़ नहीं आ रही थी।

"फिर भी तुमने नियम तोड़कर एक गलती की और सरकारी वर्दी पर हाथ उठाकर दूसरा गुनाह किया।" वकील साहब बोले।

"मी लार्ड, मैंने गलती की, सरकारी वर्दी पर मैंने हाथ नहीं उठाया, मैंने हाथ उठाया एक व्यक्ति पर।

"सर! अनेक लाल बत्ती की गाड़ियाँ भी मैंने वहीं से नियम का उल्लंघन करते हुये उसी स्थान से शार्ट—कट मारकर मुड़ते देखी हैं, उन गाडियों में बैठे नियम तोड़ते अधिकारियों को इसी ख़ाकी वर्दी वाले को सलाम करते भी देखा है, एक नहीं अनेक बार। उस दिन भी मेरा रिक्शा ठेला निकालने से कुछ क्षण पहले भी एक लाल बत्ती वाली सफेद एम्बेसडर को वहाँ से इसी सिपाही ने जाने दिया था और सलाम भी किया था उसमें बैठे उच्च—अधिकारी को।

"मी लार्ड मैंने भी हिम्मत कर शार्ट—कट मारना चाहा, केवल इसलिये कि मैं बेहद थक गया था, तेज बुखार में मेरा बदन आग सा तप रहा था, बस इसी आस में कि यह बोरियाँ मालिक तक जल्दी—से—जल्दी पहुँचाकर, पैसे लेकर, अपने लिये दवा ले लूँ। दवा लेकर घर चला जाऊँ।" जज उसकी बात बड़े ध्यान से सुन रहे थे। तभी वह पुनः बोला—

"सर! गाड़ी में पेट्रोल जलता है, यहाँ तो शरीर का खून जलता है।"

"मी लार्ड, यह सब बहाना है, इस आदमी की, कतई कोई सच्चाई नहीं इसकी बातों में। उस दिन उस समय हमारे मुवक्किल ने ऐसी किसी गाड़ी का गलत साइड से जाने नहीं दिया। यदि वह वहाँ था, इसने ऐसा कुछ देखा था तो इसे गाड़ी या उसका नम्बर याद होगा, पढ़ा—लिखा बता रहा है अपने आपको।"

"सर, वकील साहब की बात पर गौर कीजियेगा, आपने बताया है कि उस दिन उस समय इस सिपाही ने ऐसी किसी गाड़ी को राँग साइड जाने नहीं दिया। इसका मतलब आम तौर पर यह जाने देते हैं।"

"क्या आपको याद है उस गाड़ी और गाड़ी में बैठे व्यक्ति की जिसे आपके मुताबिक इसने सलाम भी किया था वह फर्शी सलाम।" जज साहब ने स्वयं पूछा।

"सर गुस्ताखी माफ कीजियेगा, नौ जून दिन के दो बजे के लगभग आप क्या निशातबाग के उसे पुल से नहीं गुजरे थे? पुल का चक्कर न काटकर क्या आपकी गाड़ी राँग—साइड से शार्ट कट मारकर मेन रोड पर नहीं आई थी? उस समय यही खाकी वर्दी वाले साहब ने क्या आपकी गाड़ी पहचान कर, आपकी गाड़ी के प्लेट देख, फर्शी सलाम नहीं किया था? थोड़ा सा मस्तिष्क पर जोर डालिये, सब याद आ जायेगा, आपने तो उस बोझ से दबे कोने में दुबके खड़े रिक्शे वाले को भी देखा था, शीशे के अन्दर से।" जज साहब मौन थे, सोच रहे थे, और उस निडर, सत्य बोलने वाले गरीब रिक्शे वाले को देख रहे थे।

दोनों पक्षों के वकील भी मौन थे। यह भी आश्चर्य था, अदालत में चल रहे फौज़दारी के मुकदमें के बीच, दोनों पक्ष के वकील खामोश थे।

"मी लार्ड, फैसला करने से पहले मेरी एक गुजारिश है, विनती है आपसे। एक बार अवश्य सोचियेगा कि सारे नियम—कानून हम गरीबों के लिये हैं।

"ऐसे ट्रैफिक नियम तोड़ने पर क्या कभी भी आपने अपने ड्राइवर को टोका, उसे डाँटा, फटकारा, आइन्दा ऐसा न करने की ताकीद की?"

जज साहब आज इस मामूली से मुकदमे का फैसला सुनाने में असमर्थ थे।

खेल– विचारों का

उसके घर के सामने सड़क के उस पार एक कई मंजिल ऊँची इमारत का निमार्ण हो रहा था। अपने बेड–रुम की बड़ी सी खिड़की जब वह खोलता या फिर पर्दे को हटाता तो साफ पारदर्शी शीशे से सामने का नज़ारा साफ नज़र आता। मज़दूर बाँस–बल्लियों को नारियल और जूट की बनी रस्सी से बाँध, उन्हीं बाँस बल्लियों के नीचे जाने मात्र से उसे भय लगता, अन्दर तक काँपकर रह जाता, उन्हीं पतले बाँसों पर यह लोग निडर, बेख़ौफ सिर पर लोहे के तसले में सीमेण्ट और बालू का गीला मसाला ले या फिर सिर पर नौ या सात ईंटें रख कितनी फुर्ती से चढ़ते चले जाते। यहीं खिड़की के पास खड़े होकर एक दिन अपनी दूरबीन से देखकर उसने ईंटे गिनी थीं। सात और नौ ईंटों की जिज्ञासा को अपने ही तर्क से शान्त कर लिया था। उसने देखा था सिर पर एक ईंट सबसे नीचे वाली बेड़ी रखते हैं उसके ऊपर दो–दो ईंटें रखते चले जाते हैं। हाथों की लम्बाई के अनुसार ईंटों की गिनती कम और अधिक होती थी क्योंकि ऊपर वाली दोनों ईंटों को मज़दूर या मज़दूरन अपने दोनों हाथों से पकड़ते थे।

कुछ कामचोर भी होते थे जिन्हें ठेकेदार दो ईंटें और रखने पर विवश भी कर देता था। इतने बोझ को सिर पर लेकर कितनी फुर्ती से यह लोग सुबह से शाम तक उन्हीं बाँस–बल्लियों पर चढ़ते उतरते थे।

आज सुबह उसने खिड़की खोली तो उसकी आँखें फटी की फटी रह गईं।

देखा एक कृषकाय सुन्दर युवती, उम्र मुश्किल से पच्चीस वर्ष होगी, फटी–पुरानी धोती कीलाँग बाँधे थी और उसकी पीठ पर बीमार–कमजोर बच्चा एक कपड़े से बँधा था। कपड़े की मोटी गाँठ उस स्त्री की सूखी छाती के बीचोबीच थी।

बच्चे को शायद जुख़ाम था, गोंद जैसी नाक बहकर उसके मुँह तक आ रही थी, यह बात गौर की थी उसने दूरबीन के जरिये और यह देखा मज़दूरन मसाले से भरे तसले को ऊपर बैठे मिस्त्री तक पहुँचा नीचे उतर रही थी।

बच्चा और माँ नाक–नक्शे के हिसाब से सुन्दर थे।

बहुत पहले उसने एक फिल्म देखी थी जिसमें एक गरीब फूल बेचने वाली लड़की को रईसों के सारे तौर–तरीके सिखाकर किसी रईसज़ादे ने उसका गलत प्रयोग किया था। लड़की का हश्र यह हुआ कि वह कहीं की न रही। दोबारा फूल बेचने के लायक भी वह नहीं रही और इस समाज में उसके अतीत को जान कोई मर्द उसे स्वीकारने की हिम्मत नहीं कर पाया था।

मालूम नहीं उस युवती में ऐसा क्या था जिसे देखने के लिए उसका मन बेचैन हो

उठता। ऑफिस जाने में उसे नित्य देरी होने लगी। उसकी दूरबीन भी वापस अपने स्थान पर नहीं गई वह भी खिड़की के पास रखी मेज पर विराजमान हो गई।

माँ के साथ–साथ उसे वह बच्चा भी प्यारा लगने लगा। उसका हृदय कहता कि वह उस बच्चे को नये–नये अच्छे सुन्दर कपड़े दे, खिलौने लाकर दे उसकी माँ को भी दो–चार अच्छी साड़ियाँ लाकर दे। मजदूरी भी करे तो साफ, सुथरी बनकर।

हृदय कहता रहा वह सोचता रहा, कुछ करने की तमन्ना को संजोये रहा कर नहीं पाया। मकान पूरा हो गया, मजदूरों का आना बन्द हो गया। अपने शयनकक्ष की वह खिड़की खोलना अब उसे अच्छा नहीं लगता, पर्दे भी कभी–कभार हटाता और उबासी लेकर नज़रे घुमा लेता।

इधर कुछ दिनों से जैसे वह खिड़की हमेशा के लिये बन्द कर दी थी उसने।

समय बीतता गया अपनी ही रफ्तार से। अब तक उस युवती और मासूम बबच्चे की याद भी धुँधली पड़ गई थी।

एक सुबह वह आफिस के लिए निकला, गाड़ी की स्टेरिंग पर उसका बायाँ हाथ था, दाहिने हाथ से सुलगती सिगरेट की राख झाड़ने के लिए बाहर निकाला। रफ्तार कुछ धीमी हुई। अचानक उसकी निगाह सड़क के किनारे पड़े बोल्डरों पर पड़ी जहाँ एक औरत पत्थर तोड़ रही थी। उसके बाँये हाथ की उँगलियों पर पट्टी बँधी थी। शायद उंगलियों की सुरक्षा के लिये पट्टियाँ लपेट रखी हों ऐसा ही उसने सोचा था।

उसकी दृष्टि उस युवती पर स्थिर हो गई, तभी उसने देखा बगल में वही बच्चा बैठा लइया खा रहा है। उपने नन्हें–नन्हें हाथों से वह लइया मुँह तक ले जाता, उस बच्चे के दोनों हाथ भी लइया के दानों को पृथ्वी पर बिखरने से रोक नहीं पा रहे थे। उन जमीन पर बिखरे दानों, मिट्टी में सने हाथों को वह अपनी नन्हीं–नन्हीं उँगलियों को जोड़कर उठाने का प्रयास करता यदि सफल हो जाता तो मुँह में रखता एक विजय मुस्कान के साथ, एक सफलता के एहसास के साथ।

पत्थर तोड़ती, बड़ी ही तल्लीनता से पत्थर तोड़ती वह युवती अपने उस लाल को बीच–बीच में निहार लेती, बेटे को देख प्रसन्नता, ममता के साथ ही कुछ लकीरें उसके सुन्दर मुख पर मायूसी की भी साफ नज़र आती।

काफी देर तक वह यह सब देखता रहा। इंसानियत के कारण उसके हृदय में कुछ विचार उठे, उन दोनों के लिये कुछ करने का जज़्बा जागा। हृदय ही सब कुछ कह रहा था और मस्तिष्क हृदय का साथ दे रहा था परन्तु कर्म से वह अभी बहुत दूर था।

बच्चे की सहायता कर वह उस मासूम को कुपोषण से बचा सकता है, पढ़ाई–लिखाई में मदद कर उसे एक अच्छा पढ़ा–लिखा इंसान बना सकता है।

अपनी इनकम का कुछ हिस्सा नाममात्र का हिस्सा देकर उसकी मदद कर सकता है

जिसका उसकी दिनचर्या पर किसी प्रकार का असर नहीं पड़ेगा।

माँ–बेटे का भरण–पोषण वह आसानी से कर सकता था, ईश्वर ने उसे बहुत कुछ दिया था।

कुछ नहीं तो युवती को घर में काम करने वाली बाई के स्थान पर रख सकता था। विभिन्न प्रकार के विचार उसके मन में उठते, मदद करने दान देने की बातें सोच उसे बड़ा सुकून मिलता।

कई दिनों तक सड़क का कार्य चला। नित्य उसी स्थिति में माँ–बेटे को देखता अपने आपको अपने ही उच्च विचारों से खुश करता।

रात जब वह पीटर स्कॉच की बोतल मँगवाने के लिये चपरासी को पाँच–पाँच सौ के नोट देता तो उसकी आँखों के सामने न चाहकर भी उन माँ–बेटे का चेहरा घूम जाता। क्षणिक दुख के साथ वह दोनों चेहरे ओझल हो जाते।

एक के पश्चात् चार पैग पीकर गहरी नींद में सो जाता वह।

सुबह उठता नित्य–क्रिया से निवृत होता और पेट भर नाश्ता करता। नाश्ते में उसे उबले अण्डे कालीमिर्च और नमक के साथ, दो स्लाइस और एक बड़ा कप दूध लेना अधिक पसन्द था।

नाश्ते के पश्चात् कपड़े पहनकर तैयार होने तक युवती और उसका बेटा उसे बहुत याद आते।

यह उन माँ–बेटे की बदकिस्मती थी कि उस समय वह दोनों उसके सामने नहीं होते। यदि उस समय वह दोनों उसके सामने होते और उससे कुछ भी माँगते तो एक बार पुनः महाभारत का कर्ण जीवित हो उठता क्योंकि उस समय उसकी मनःस्थिति ही कर्ण जैसी हो जाती थी।

रात से ही मूसलाधार बारिश हो रही थी। सुबह जब वह ऑफिस के लिये निकला तो उसे पक्का यकीन था कि वह दोनों आज तो सड़क किनारे नहीं मिलेंगे।

अवश्य माँ अपने दुधमुँहे बालक के साथ अपने झोपड़े में आराम कर रही होगी, अपने कलेजे के टुकड़े को अपनी सूखी छातियों से चिपकाये।

ऐसा कुछ नहीं हुआ क्योंकि न चाहते हुये भी उसकी दृष्टि सड़क के उस छोर पर गई। उसने देखा फटे छाते के नीचे वह माँ–बेटे विराजमान थे। माँ रोज़ की तरह पत्थर तोड़ रही थी। बेटा खामोश बैठा था जैसे एक बुजुर्ग पहुँचे हुए सन्यासी की भाँति शांत निश्चिन्त। बच्चे के तन के ऊपरी हिस्से में, ऊपर के धड़ में कमीज़ के साथ स्वेटर भी था परन्तु नीचे का धड़ नंगा, पूरी तरह नंगा।

उसका मन किया कि वह अपने पर्स के ठूँसे गये नोटों को उस पत्थर तोड़ती युवती को दे,

पर्स को खाली कर, नोटों के बोझ से हल्का करने के पश्चात ही दफ्तर जाये परन्तु वह ऐसा कुछ न कर सका।

कार की रफ्तार बढ़ाने के लिये एक्सीलेटर दबाया और आगे बढ़ गया। आफिस पहुँच वह सब भूल गया, हृदय में उठी दया की भावना, मस्तिष्क में आये विचार एक सुहावने मौसम की भाँति थे जो आये और गये, टिके नहीं, रुके नहीं।

नित्य का नियम हो गया था, कार का शीशा नीचे कर वह उन दोनों को देखता, बहुत कुछ करने को सोचता पर आगे बढ़ गाड़ी की रफ्तार तीव्र कर शीशा चढ़ा वह सिगरेट के कश के धुँए में सब भूल जाता। सारे विचार धुआँ बन उड़ जाते।

सड़क बनने का कार्य भी आखिरकार पूर्ण हो गया। डामर की सुन्दर काली लम्बी सड़क बनकर तैयार हो गई, जिसके नीचे दफन था उस युवती की मेहनत का पसीना, पत्थर तोड़ती जख़्मी उँगलियों का रक्त और उस नन्हें मासूम बच्चे के आँसू जिन पर रात दिन तेज़ रफ्तार जाने कितनी गाड़ियाँ निकलतीं।

उसे इस बात का कभी–कभी बहुत दुख होता कि वह उस माँ और उसके मासूम बेटे के लिए चाहकर भी कुछ नहीं कर सका था। क्यों? इस क्यों का उत्तर वह खुद को नहीं दे पाता था।

वह ऐसी कौन सी मजबूरी थी जिसके तहत वह लाचार हो जाता था कुछ 'ना' करने के लिए।

समय कब रुका है, किसके रोके रुका है और कौन उसकी गति कम या अधिक कर पाया है। परन्तु वह अपनी गति से ही चलता रहा।

जाड़े की सर्द शाम वह आफिस से जल्दी घर आ गया। वह सीधा घर ही आया था।

गर्म अदरक, इलायची पड़ी चाय पीने के पश्चात् उसे लगा, थोड़ा घूम आये, वरना शाम से रात सोने तक का लम्बा सफर कैसे तय करेगा घर में बैठकर। तभी उसके मन में आया क्यों ना मन्दिर भी हो आये। खाना भी बाहर खा लेगा। बाहर के खाने की बात ही कुछ और होती है।

सर्दी से बचने के सारे उपाय कर वह घर से निकला मन्दिर जाने के लिये।

अचानक उसने सोचा कि इस समय मन्दिर में भीड़ अधिक होगी उस धक्का–मुक्की में दर्शन करने से क्या फायदा थोड़ी देर से जाये तो दर्शन भली प्रकार हो जायेंगे। वैसे भी सर्दियों की रात है लोग जरा जल्दी ही अपने घरों को लौट रजाई–कम्बल में दुबक जाते हैं। बमुश्किल एक घण्टे पश्चात् ही मन्दिर की भीड़ कम हो जायेगी। क्यों ना पहले किसी अच्छे होटल में खाना खा लिया जाये, उसके पश्चात दर्शन कर लिये जायें। कौन उसे मूर्ति छूनी है, पुजारी को प्रसाद देना है, वही चढ़ायेगा।

खाना खाने होटल तक जाना मैनू कार्ड पढ़, खाने का आर्डर देना, खाना आना उसे

खाना, बिल अदा करना आदि में इतना समय तो निकल ही जायेगा कि मन्दिर की भीड़ कम हो जायेगी।

गाड़ी का रुख़ मन्दिर से हटा एक पाँच सितारा होटल की ओर कर दिया।

होटल के सामने गाड़ी रुकी विशाल दरवाजे पर खड़े वर्दी और पगड़ीधारी दरबान ने दौड़कर गाड़ी का दरवाज़ा खोला। उसने गाड़ी की चाभी दरबान को पकड़ाई— गाड़ी पार्क करवाने के लिये और स्वयं होटल के अन्दर प्रवेश कर गया।

आज के दिन वह मांस और मदिरा से दूर रहता था। शुद्ध शाकाहारी खाने का आर्डर दिया।

शाकाहारी सूप को उसने बड़े ही प्रेम और स्वाद लेकर पिया, किसी प्रकार की जल्दबाजी नहीं की।

आज के दिन होटल के विशेष व्यंजन मशरुम और मटर की सब्जी के साथ उसने रात्रि का भोजन किया, अकेले नितान्त अकेले। परन्तु पूरे चाव और शान्तिपूर्वक—तल्लीनता से। होटल, खाना वेटर सभी अच्छे थे और सबसे बड़ी बात कि उसने शान्तचित भोजन किया।

एक इशारे मात्र से ही कुछ क्षणों में वेटर बिल ले आया था।

बिल आया था पाँच सौ पचास रुपये का। शायद उस युवती की पन्द्रह दिनों की मज़दूरी के बराबर या उसका आज की रात्रि का भोजन। परन्तु उसे उस समय न तो वह युवती याद आई न ही उसका वह अधनंगा बच्चा। जाने यह कैसा नशा था जो सभी प्रकार के नशे से कहीं ऊपर था।

बटुए से एक पाँच सौ और एक सौ रुपये का नोट उसने उस वेटर की ओर बढ़ा दिये। जब तक वेटर पैसे वापस लेकर आता वह उठ चुका था।

वेटर भी कम चालाक नहीं था वह अपनी समझ में छोटे—छोटे कदमों से आगे बढ़ रहा था तभी उसे इशारा मिला साहब का। इशारा था कि वह बचा पचास का नोट उसकी टिप है।

वह सोच रहा था कि बिल के हिसाब से तो उसे टिप पचपन रुपये देनी चाहिए। अंग्रेज तो दस प्रतिशत टिप देते थे। वेटर ने पाँच रुपये कम पाने के पश्चात् भी उसे झुककर सलाम किया था। बाहर आते ही उसकी गाड़ी पोर्टिको में आ गई।

स्टेरिंग की तरफ का दरवाजा खोल दरबान ने भी सलाम किया।

बड़े ही स्वाभाविक ढंग से एक पचास का नोट निकाल उसने दरबान के हाथ पर रख दिया।

खाना खाने से कहीं अधिक मन को सुकून मिला था उसे इस समय पचास रुपये देकर।

अभिमान से उसकी लम्बी गर्दन कुछ अधिक लम्बी हो गई थी, पल भर को।

कितना सुखी और संतुष्ट महसूस कर रहा था वह अपने आपको।

गाड़ी में बैठ, उसने चलती गाड़ी में अपने सधे हाथों से सिगरेट सुलगाई, और एक लम्बा कश खींचा।

अब उसे मन्दिर जाना था कलाई पर बँधी घड़ी में समय देख उसने राहत की साँस ली यह सोचकर कि मन्दिर में अब तक भीड़ कम हो गई होगी। वह आराम से दर्शन कर पायेगा बिना किसी प्रकार की धक्का–मुक्की के।

गाड़ी पार्क कर वह मन्दिर के बाहर लगी मिठाई की दुकान पर आया। इसी बीच अपने दाहिने हाथ के दास्ताने को उतार कोट की दाई जेब में रख लिया।

ट्राउजर के पीछे की जेब में हाथ डाल पर्स निकाला। प्रसाद के पैसे दिये, और बढ़ गया लाइन से खड़े फूल माला बेचने वाले लड़कों की ओर।

प्रसाद चढ़ाने से कहीं अधिक सुख मिलता था उसे मूर्ति को अच्छी से अच्छी माला पहनवाने में। जब तक पुजारी उसकी माला पहना नहीं देते वह खड़ा देखता रहता।

माला वाले को पैसे देकर उसने एक कोने में जूते उतारे, दायें पैर के अँगूठे का सहारा ले बायें पैर का भी जूता उतारा। मोजे नहीं उतारे थे क्योंकि ठण्ड अधिक थी और इस ठण्ड में मन्दिर का संगमरमर का बना फर्श उसके नंगे पैरों को गर्मियों की भाँति सुख नहीं देता। पत्थर की ठण्डक शायद नुकसान कर जाती, साथ ही साथ धोने की आवश्यकता भी नहीं थी ऐसा करने पर।

प्रसाद और गुलाब की बड़ी सी माला पुजारी को पकड़ा दोनों हाथ जोड़ आँखें बन्द कर मन–ही–मन कुछ बुदबुदाने लगा शायद हनुमान चालीसा।

प्रसाद चढ़ा पुजारी ने उसे डिब्बा पकड़ा दिया। सिर पर हाथ रख उसने पुजारी से अपने माथे पर तिलक भी लगवा लिया। जूते पहनकर बाहर आया।

अभी भी कुछ भिखारी उस कँपकपाती ठण्ड में हाथ फैलाये बैठे थे। कई नन्हें–मुन्ने हाथ उसके सामने फैल गये सभी पर वह एक–एक लड्डू रखता आगे बढ़ता गया। तभी अचानक उसकी निगाह जमीन पर बैठे, कुछ भिखारियों पर पड़ी। उसने देखा वही युवती अपने बच्चे के साथ बैठी थी। उन पर एक भरपूर नज़र डाल उसने अपनी जेब में हाथ डाला, दो का सिक्का प्रसाद वाले ने वापस किया था वही उसके हाथ आया। दो रुपये की कीमत का वह सिक्का उसने उस युवती के फैले कमजोर हाथ पर रख दिया, साथ ही एक लड्डू उस ठण्ड से सिकुड़ते नन्हें हाथ पर रख वह आगे बढ़ गया।

❏ ❏ ❏

बरतन

इधर दो–तीन माह से गाँव वालों के पत्र लगातार उसके पास आ रहे थे। कभी गाँव के सरपंच का, कभी किसी का तो कभी किसी का।

पत्र में व्यक्ति स्वयं का परिचय देता था, क्योंकि वर्षों से गाँव से उसका सम्बन्ध टूट सा चुका था।

आज तो हद हो गई थी गाँव के पुराने नौकर ने पत्र में हाथ जोड़कर उससे इल्तिज़ा की थी, बहुत कुछ लिख डाला था पत्र में जो शायद आमने–सामने कहने में उसे कई जन्म लेने पड़ते।

सभी के पत्रों में माँ की बीमारी की ही चर्चा होती। आज का पत्र पढ़कर वाकई उसका सिर शर्म से झुक गया। आत्मग्लानि से उसका हृदय भर आया।

बचपन में ही वह पिता–विहीन हो गया था। माँ ने पति की मृत्यु के पश्चात् जिन्दगी के समक्ष घुटने नहीं टेके थे। जिन्दगी से हार नहीं मानी थी।

जिन्दगी की शर्त पर ही जीना है, और जब जीना है तो अपने कर्त्तव्य और दूसरों की खुशियों के साथ जिया जाये।

इस प्रकार का जीवन जीने में आत्मा को सुकून मिलता है, हृदय को खुशी और मस्तिष्क भी शान्त रहता है। बेटे की शिक्षा को ही माँ ने प्राथमिकता दी थी।

स्वयं अधिक पढ़ी–लिखी न होने के पश्चात् बच्चे को इस एहसास से वंचित रखा था, वह नहीं जानता था कि उसकी माँ अधिक पढ़ी–लिखी नहीं।

अपने से दूर गाँव से बाहर शहर भी भेजा उसे पढ़ाई के लिये। कुछ जमीन भी गिरवीं रखनीं पड़ी थी उसे जिसे वह साहूकार से छुड़ा नहीं पाई।

बेटा शहर में नौकरी करता था, दो बच्चों और पत्नी के साथ सुखी था, शायद पूर्ण रूप से सुखी।

माँ की वर्षों की तपस्या का मुआवज़ा वह प्रत्येक माह भेज देता था, कभी देर नहीं की उसने माँ को मनीआर्डर भेजने में।

गाँव का डाकिया भी भाग्यवंती को दो दिन पहले ही बता जाता।

''माँ जी परसों सात तारीख है, बस कल तक की बात है, कलम तैयार रखना।'' जिस कलम से भाग्यवंती दस्तख़त करती वह कलम डाकिया उससे लेता, यही पेन उसका इनाम होता प्रत्येक सात तारीख को।

''हाँ परसों मनीआर्डर आयेगा। कई बार कहा। इतना पैसा गाँव के हिसाब से बहुत है, खर्च ही नहीं कर पाती, परन्तु वह कहना नहीं मानता।'' खुशी के आँसू भाग्यवंती की आँखों में तैर आये थे।

''चलो तुम्हारी मेहनत, तुम्हारी तपस्या सफल हुई वरना लड़के शहर जा बीबी—बच्चों में बूढ़ी माँ को भूल जाते हैं।''

''नहीं वह ऐसा नहीं है, मेरा बेटा लाखों में एक है।''

''उस जमीन का क्या हुआ जो पढ़ाई के लिये तुम्हें गिरवी रखनी पड़ी थी।''

''कहाँ छुड़ा पाई उस अत्यधिक उपजाऊ टुकड़े को।'' वह गहरी साँस खींचकर बोली।

''क्यों बेटे से पैसा मँगवा लो।''

''कहा था प्रशान्त से।'' वह धीरे से बोली।

''तो क्या हुआ?''

''उसका कहना है कौन रहेगा इस गाँव में, कौन देखभाल करेगा जमीनों की। उसका कहना है कि बाकी की जमीन को भी बेंचकर पैसा अपने नाम बैंक में फिक्स करवा दो।''

''क्या, बाप दादों के खेत बेंचबाँच पैसा नकद करना क्या अच्छा है।''

''हाँ, भइया बाकी बचे खेतों को जो बेचना चाहता हो वह गिरवी पड़ी जमीन को छुड़ाने के लिए अपने खून—पसीने की कमाई क्यों देगा, फिर उसे गाँव से और गाँव की जमीन से कोई सरोकार नहीं रखना।''

''कभी मुँह खोलकर माँगा तुमने।'' वह बोला।

''नहीं, ऐसी कोई बात मैंने नहीं की, अकलमंद को इशारा ही बहुत है। पढ़ी—लिखी अधिक नहीं हूँ परन्तु इतनी मूर्ख तो नहीं कि अपने ही बेटे के हृदय की बात न जानूँ। बिना वज़ह परेशान करना क्या उचित होगा वह भी अपने ही कलेजे के टुकड़े को।'' ममता में डूबी भाग्यवंती बोली।

''हाँ, माँ जी सो तो है।'' कहता हुआ डाकिया चला गया। आखिरकार प्रशान्त ने फैसला ले ही लिया गाँव जाकर माँ को लाने का। बाहर, अपने पास रख, उसका उचित इलाज कराने का।

उसके इस फैसले में प्रतिभा ने उसका पूरा साथ दिया। प्रतिभा अपने सीधे—सादे पति के स्वभाव से भलीभाँति परिचित थी। प्रशान्त जब कुछ ठान लेता तो उसे उसके निर्णय से कोई भी विचलित नहीं कर पाता।

प्रशान्त का फैसला अटल था यह बात प्रतिभा जानती थी। महीने के दूसरे शनिवार को वह अपनी जन्मदात्री को लाने के लिये अपनी जन्मस्थली के लिये रवाना हो गया। ट्रेन

और बस के सफर के पश्चात् चन्द कदम पैदल चल वह माँ के पास पहुँचा।

वर्षों पहले इन नन्हें–नन्हें पैरों से बिना सहारे, बिना माँ की उँगली पकड़े अपने पैरों पर चलना उसी माँ ने सिखाया था। वर्षों पहले की बात है बहुत पुरानी बात है, बिल्कुल परी देश की कथा की भाँति।

पुरखों की चौखट पर कदम रखते ही, जोरदार घुटी–घुटी तकलीफदायक खाँसी का स्वर उसके कानों ने सुना। इन कानों को विश्वास नहीं था कि चन्दामामा, परी देश, रामायण और महाभारत की कथायें सुनने के अलावा मृत्यु को पुकारती खाँसी का स्वर भी सुनना पड़ेगा।

माँ के कमरे में जा उसने उनके चरणों का स्पर्श किया आशीर्वाद भरे शब्दों के स्थान पर वही जानलेवा खाँसी ही उसके पल्ले पड़ी।

माँ को अपनी बलिष्ट भुजाओं का सहारा दे लिटा दिया।

''माँ तुम लेटी रहो उठो मत।''

''माँ हल्की सी खाँसी के पश्चात् शान्त लेट गई। खाट के पास सिरहाने रखे स्टूल पर पानी का जग रखा था साथ ही एक ग्लास भी। प्रशान्त ने माँ को सहारा दे पानी पिलाया। पानी पी माँ को कुछ राहत महसूस हुई। निस्तेज़ आँखों में बेटे को देखकर एक खुशी की लहर दौड़ गई। दिन–रात अपने ही भाग्य को कोसती भाग्यवंती अपने भाग्य को अचानक सराहने लगी थी। बेटा जो उसका आ गया था, वह भी मीलों लम्बा सफर कर अचानक ही बिना सूचना के एक अतिथि की भाँति। माँ की हालत देख उसे पुराने बूढ़े नौकर द्वारा भेजा गया पत्र पर आया क्रोध काफूर बन हवा में उड़ गया था। शाम खाना बनाने पड़ोस वाले घर से मिसरानी आई। वही भाग्यवंती के लिये भोजन बना रख जाती थी।''

''परसांत (प्रशांत) बेटा क्या खाओगे, वही बना दें रात के खाने में।'' वह बड़े ही लाड़ के साथ बोली।

''कुछ भी बना दीजिये सब ठीक है।'' मौसी–मौसी कभी कहने वाले प्रशान्त की जबान नहीं थकती थी। आज उसी मिसरानी के लिये उसे कोई सम्बोधन नहीं मिल रहा था। खालिस शहरी अंदाज़ में उसने मिसरानी के प्रश्न का उत्तर दिया था।

''अरे, बरसों बाद घर आये हो कुछ तो बता दो अपनी मौसी को कि वह क्या बनायें अपने शहरी बेटे के लिये।'' खिसयाई मिसराइन ने उसका और अपना गाँव के नाते का रिश्ता बताया।

''आप कुछ भी कैसा भी बना दें सब चलेगा।'' अभी भी वह मौसी के हृदय में उठी ममता को शान्त नहीं कर पाया।

मिसरानी का सम्पूर्ण जोश अब तक ठण्डा हो चुका था। वह उठीं और सीधी रसोई घर में चली गई सब्जियों के थैले के साथ।

''अरे, मंदा जरा अपने बेटे के लिये चाय बना दो, साथ ही मठरी वगैरा निकाल देना।'' भाग्यवंती ने धीरे–धीरे अपनी बात पूरी की।

''अच्छा जीजी अभी लो।''

थोड़ी देर में ही एक शीशे के ग्लास में चाय और एक स्टील की तश्तरी में कुछ नमकपारे और मठरी लाकर मिसरानी रख गई। बिना किसी प्रकार की आवाज के। बिना एक शब्द बोले।

प्रशान्त ने चाय पी, गर्मागर्म चाय पी वह भी लगभग ग्लास भर चाय पी वह अपने आपको तरोताज़ा महसूस कर रहा था।

खाना तैयार कर वह भाग्यवंती के कमरे में आई, प्रशान्त को यह समझाकर कि क्या खाना बना है और किस बर्तन में रखा है। अँगीठी में और कोयले डाल दिये हैं खाना गर्म रहने के समय तक ताकि अँगीठी में आग रहे।

प्रशान्त के बिस्तर का इन्तज़ामक करने को भाग्यवंती ने मिसरानी से कहा परन्तु माँ की बात को बीच में काटते हुये प्रशान्त ने अपने सोने और बिस्तर लगाने का खुद इन्तज़ाम कर लेने को कहा।

मिसरानी दोनों को नमस्ते कर चलीं गई। नमस्ते करते समय उन्हें वह नन्हा प्रशान्त याद आ गया ज बवह दोनों नन्हें–नन्हें हाथों से अपनी इसी मुँहबोली मौसी के पैर छूता और यही मौसी इसके सिर पर हाथ फेरते हुये अपनी छाती से लगा लेती। मौसी के साथ ही नन्हें प्रशान्त को भी बड़ा सुख मिलता था माँ की छाती जैसा सुख।

माँ को खाना खिला उसने स्वयं खाना खाया। मानसिक तनाव और शारीरिक थकान के बाद भी उसे मिसरानी के हाथ का बनाया खाना बड़ा ही स्वादिष्ट लगा था एक अजीब सा स्वाद था, खाना खाकर एक अजीब सी संतुष्टि मिली थी उसे, जैसी प्रतिभा के हाथ से बने खाने में कभी नहीं मिली।

माँ और अपने खाये खाने के जूठे बर्तनों को समेट उसने रसोई की नाली पर रख दिया। माँ के कमरे में ही उसने अपना बिस्तर लगा लिया। वही पुराना गद्दा, तकिया, वही महक अपने बचपन के बिस्तर की जिस पर लेटते ही वह मिन्टों में सो जाया करता। सुबह भाग्यवंती को घण्टों लग जाते उसे नींद से जगाने में।

आज भी वही महक, वही तकिया, गद्दा परन्तु आँखों में नींद नहीं थी।

''माँ कल की ट्रेन से तुम्हें मेरे साथ शहर चलना है मेरे घर।'' अपना फैसला सुनाते हुये उसने माँ से कहा।

''क्यों?''

''इलाज के लिये।''

''मैं ठीक हूँ तू क्यों परेशान है।'' नारी स्वभाव ने जोर मारा।

''नहीं ! आपका ढंग से इलाज़ कराना है।''

''मैं ठीक हूँ थोड़ी खाँसी है और कुछ नहीं बाकी तो बुढ़ापा है जिसका कोई इलाज नहीं जिन्दगी के तीन पड़ाव में यही ऐसा पड़ाव है जो एक बार आ जाये तो फिर जाता नहीं, जिन्दगी को खत्म किये बिना। बचपन और जवानी तो अपना रूप बदल लेते हैं। पर यह नहीं।'' भाग्यवंती ने उसे समझाने का असफल प्रयास किया।

''अधिक दार्शनिक बनने की जरूरत नहीं। बुढ़ापा कोई बीमारी नहीं। हर बीमारी का इलाज़ है आज के समय में।''

''परन्तु यह लाइलाज है बेटा।'' कहते–कहते वह रो दी।

''नहीं ऐसा कुछ नहीं तुम्हारी उम्र में तो औरतें..............।''

''अच्छा–अच्छा ठीक है जैसा तू कहेगा।'' बेटे की उचित ज़िद के समक्ष भाग्यवंती ने अपना बहसरूपी हथियार डाल दिया।

घर के सामने सुबह ही टैक्सी आकर खड़ी हो गई थी।

अपने चार जोड़ी कपड़े भाग्यवंती ने रख लिये अपने उस टीन के एक छोटे से हरे बक्से में जिस पर लाल रंग का बड़ा सा कमल का फूल बना था।

मज़बूर, असहाय भाग्यवंती अना भाग्य बनाने बेटे के साथ चल दी थी।

टैक्सी में बैठते–बैठते उसे घण्टा लग गया था। गाँव का ऐसा कोई वृद्ध या भाग्यवंती का हमउम्र व्यक्ति नहीं बचा था जो उसे विदा करने न आया हो।

''अरे भाई तुम सब तो मुझे ऐसे विदा कर रहे हो जैसे अब मैं लौटकर हीं नहीं आऊँगी लग रहा है मेरी अन्तिम विदाई कर रहे हो।''

''ऐसा मत कहिए।'' चाची, दादी, काकी, भौजी, दीदी अनेक शब्द उसके कानों ने एक साथ सुने।

भावभीनी विदाई के साथ उसने अपने पुरखों की देहरी को छोड़ा। देहरी को दोनों हाथों से छू हाथों को अपनी नम आँखों से लगा टैक्सी में बैठ गई। टैक्सी ने उसे स्टेशन पहुँचा दिया। प्रथम श्रेणी के कम्पार्टमेण्ट में उसे कम्बल, चादर और तकिये साथ मुलायम बर्थ मिली। सब तरह का आराम था। ना ही गर्मी थी ना ही सर्दी पर भाग्यवंती को नींद नहीं आ रही थी। उसे भविष्य का भय खाये जा रहा था।

रात्रि भर के सफर के पश्चात् सुबह करीब ॆ६ बजे स्टेशन आया। बेटे ने ही जागी हुई माँ को आवाज़ देकर जगाया।

स्टेशन से बाहर निकलकर उसने देखा बेटे को लेने एक लम्बी सफेद गाड़ी के साथ सफेद कपड़ों में ड्राइवर भी है जिसने दोनों हाथ जोड़कर उसे और उसके पुत्र को प्रणाम किया था। ड्राइवर के साथ ख़ाकी वर्दी में चपरासी भी था।

ऐसे ठाट–बाट देख भाग्यवंती की आधी बीमारी छूमन्तर हो गई।

पूरे रास्ते उसने एक बार भी नहीं खाँसा था। एक अद्भुत शक्ति का संचार उसके शरीर में हो रहा था।

"मैं ठीक हूँ तू मुझे बेकार ही शहर ले आया।"

"चुप करो माँ! ढंग से अपना इलाज करवाना और अब मेरे साथ ही रहना। अब तुम्हें वापस उस गाँव में नहीं भेजूँगा।" बेटे ने एक डाँट लगाई माँ को एक प्यार–लाड़ से भरी डाँट।

"परन्तु बेटा............।"

"परन्तु–वरन्तु मैं कुछ नहीं जानता जो कह दिया सो कह दिया।" अन्तिम निर्णय सुना दिया भाग्यवंती को उसके सुपुत्र ने। सुन्दर छोटे से बंगले के समक्ष गाड़ी आकर रुक गई। चपरासी ने साहब का सूटकेस और उनकी पूज्य माँ का वह छोटा सा टीन का हरा बक्सा, सामान के रूप में कार से उतारा। अब तक प्रतिभा भी गाड़ी की आवाज़ सुन द्वार पर आ गई थी।

झुककर पति की माँ के चरणों का स्पर्श किया, दो बार।

"कैसी हैं माँ जी?"

"ठीक हूँ, अच्छी हूँ।"

"कई पत्र आये कि आप बीमार है।"

"हाँ खाँसी बुखार था, लोग घबराकर लिख बैठे और बेकार तुम लोगों को परेशान कर दिया।"

"कोई बात नहीं माँ जी! अब यहाँ आपका सारा चेकअप हो जायेगा। कल ही डॉक्टर कपूर से समय ले लिया जायेगा।" प्रतिभा बड़ी ही आत्मीयता से बोली। वृद्धा की छाती जुड़ा गई थी अपनी बहू के शब्दों से। रास्ते की थकान भी समाप्त हो गई। गेस्ट–रूम में माँ के सामान के नाम पर वह बक्सा रख दिया गया।

कमरे में साफ–सुथरा बिस्तर लगा था। चार लोहे के रंग–बिरंगे पाइप के सहारे सुन्दर रेशमी मच्छरदानी भी थी।

पलंग के दोनों ओर साइड टेबिलें थीं जिन पर एक जैसे टेबुल लैम्प थे।

दो आराम कुर्सियों के साथ एक गोल शीशे की टेबुल भी थी।

नक्कासीदार, लकड़ी की वाडरोब भी थी। कमरा भाग्यवंती को बहुत सुन्दर लगा, परन्तु एक बात उसे अच्छी नहीं लगी कमरे से ही जुड़ा यानी कमरे में ही बाथरूम।

गाँवों में तो घर से बाहर ही सब होता, अजीब फैशन है शहरियों का जो उसी कमरे में सोना, पूजा–पाठ, नहाना–धोना और सब...........।"

प्रशान्त के पिता ने घर के पिछवाड़े की जमीन पर तीन—तीन शौचालय और स्नानगृह बनवाये थे। ऐसा तो सोचा भी नहीं था जैसा कुछ बेटे के घर में है। यही सब सोच रही थी वह परन्तु मुँह से एक शब्द भी नहीं बोली। बोलने से फायदा क्या था। जो भी है अच्छा ही है।

मुँह हाथ धोकर भाग्यवंती अपने कमरे के बिस्तर पर लेट गई थी।

कुछ समय पश्चात् नाश्ते और चाय की ट्रे लेकर उसके कमरे में बहु आई। इस समय चाय की बड़ी इच्छा थी। भगवान ने सुन ली थी। वह उठ बैठी। चाय का प्याला देख उसे निराशा हुई। अपने घर में तो एक बार में एक बड़े ग्लास भर चाय पीती। ऐसे प्याले तो उस ग्लास में चार समा जायें।

एक प्याला गरमागरम चाय से उसकी थकान तो अवश्य कम हुई परन्तु आत्मा तृप्त नहीं हुई। जाने क्यों अपने ही बेटे के घर में वह अपनी ही बहू से चाय का दूसरा प्याला न माँग सकी। दो दिन पश्चात् भाग्यवंती बेटे—बहू के साथ शहर के एक अच्छे फिजीशियन के पास गई। उसका मुआइना किया डॉक्टर ने और कुछ ब्लड—टेस्ट बताये। टी. बी. का शक जाहिर किया डॉक्टर ने प्रशान्त और प्रतिभा से। खून की जाँच के पश्चात् ही यह बात सौ प्रतिशत सही मालूम होगी।

प्रतिभा का मूड आफ हो गया था, साँस की बीमारी सुनकर नहीं बल्कि इस छूत की बीमारी के साथ वह उसके घर में उसके साथ उसके बच्चों के साथ रहेगी। दो प्यारे मासूम बच्चों को यह कैसे इनसे दूर रखेगी, कैसे इनकी इस बीमारी से उन मासूमों को बचायेगी। उनकी खाँसी के जरिये निकले जीवाणु तो पूरे वातावरण में फैल जायेंगे।

डॉक्टर के यहाँ से लौटते समय प्रतिभा पूरे रास्ते एकदम खामोश शान्त रही।

"बेटा यह तो छूत की बीमारी होती है।" भाग्यवंती ने ही खामोशी तोड़ी।

"अरे माँ अब तो हर बीमारी का इलाज है।" प्रशान्त ने उसे सानत्वना दी।

"परन्तु बेटा.......... ।"

"परन्तु क्या ब्लड रिपोर्ट आने के पश्चात् ही तय होगा कि यह बीमारी है भी या नहीं ।"

"अरे इतना बड़ा डॉक्टर है उसका शक गलत थोड़े ही होगा, फिर लगभग एक वर्ष हो गया खाँसी है कि ठीक होने का नाम ही नहीं लेती। इस जानलेवा खाँसी पर किसी दवा का भी कोई असर नहीं होता।" वह निराशा भरे शब्दों में बोली।

"अरे माँ वह गाँव के वैद्य और झोला छाप डॉक्टरों का इलाज था। यहाँ बढ़िया से बढ़िया डॉक्टर का इलाज कराऊँगा तुम अच्छी हो जाओगी। पूर्ण स्वस्थ और तंदुरुस्त ।"

"वह सब ठीक है, पर क्या यह नहीं हो सकता तू मुझे गाँव भेज दे और इलाज़ यहाँ से होता रहे।" भाग्यवंती की यह दलील सुन प्रतिभा के चेहरे पर पड़ी तनाव की लकीरें कुछ

कम हुई, पल भर को।

"क्यों ?"

"बीमारी तो छूत की है इसलिये।"

"अच्छा यदि यही बीमारी मुझे होती तो तू क्या करती ?" प्रशान्त ने प्रश्न किया माँ से। भाग्यवंती चुप थी परन्तु मन—ही—मन सोच रही थी ईश्वर न करे ऐसा हो। यदि होती तो एक पल को भी अपने कलेजे से अपनी छाती से अलग न करती। किसी भी मन्दिर मस्ज़िद, दरगाह, मज़ार की चौखट न बचती जिस पर माथा ना टेकती, नाक ना रगड़ती।"

तीसरे दिन खून की जाँच की रिपोर्ट आ गई प्रशान्त उसे ले डॉक्टर के पास गया।

"डॉक्टर साहब यह रिपोर्ट आ गई।" रिपोर्ट डॉक्टर को देते हुये वह बोला।

रिपोर्ट देखकर डॉक्टर कुछ गम्भीर हुये और रिपोर्ट को मेज पर एक किनारे रखते हुए वह बोले।

"ऐसा है मि. प्रशान्त कल माँ जी को ले आइयेगा उनका मोन्दू टेस्ट और थूक—बलगम की जाँच भी करवानी है।"

"ठीक है।"

सभी तरह की जाँच पूरी होने के पश्चात् यह बात पूरी तरह तय हो गई कि भाग्यवंती को टी. बी. ही है वह भी लास्ट स्टेज़ पर। अच्छी से अच्छी खुराक, दवा, शारीरिक आराम, मानसिक शान्ति और खुशी के माहौल की अत्यधिक आवश्यकता बताई डॉक्टर ने। यह सब एक साथ उसे अपनी कोख से जने बेटे अपनी बहू और पोते, पोती के साथ रहकर ही मिल सकता था। प्रशान्त की हर ज़िद वह पूरी करती थी बचपन में भी आज भी। क्या वह अपनी इस प्रबल इच्छा के पश्चात् भी खुलकर कह सकती है कि वह वहीं उसी के पास उसी के घर में अपनी बाकी की बची जिन्दगी काटना चाहती है, जबान से कुछ भी कहें परन्तु हृदय से वह यही चाहती है।

अपने ही बेटे के घर में रहने के लिये उसकी दया की आवश्यकता उसे क्यूँ महसूस हो रही है। हृदय में भय क्यों है? मस्तिष्क, लाख समझाने के बाद भी यह बात मानने को तैयार क्यों नहीं होता कि उसका बेटा, उसकी बहू उसे पूरे आदर और सम्मान के साथ इस घर में लाये हैं। आदर के साथ ही उसे मरते दम तक इस घर में रखेंगी भी।

जब से प्रतिभा को पता चला था कि उसकी सास को वाकई यह छूत की बीमारी है उसका व्यवहार एकदम बदल गया था।

उसकी बेरुखी भाग्यवंती को असीम पीड़ा देती थी।

माँ जी के कमरे से आई खाँसी की आवाज़ प्रतिभा के कमरे तक आ रही थी। प्रतिभा को लग रहा था जैसे हवा में उड़ते असंख्य जर्मस् सांस के जरिये सीधे उसके फेफड़े में जा रहे हैं।

''प्रशान्त एक बात तुमसे कहनी है।'' संकोच भरे शब्दों में धीरे से प्रतिभा ने प्रशान्त से कहा।

''कहो!''

''माँ जी का इस प्रकार खाँसना, ऐसी बीमारी की खाँसी मुझे बहुत कष्ट देती है। डर लगता है। बहुत डर लगता है, बच्चों का भविष्य सोचकर।''

''तो क्या करूँ? तुम्ही बताओ''

''क्यों नहीं इन्हें गाँव छोड़ आते, दवा वगैरा भेजते रहना समय पर।''

''क्या बात करती हो प्रतिभा ?''

''बात क्या, आनन्द और भूमि दोनों ही छोटे हैं बढ़ते बच्चे हैं, लाख मना करने के पश्चात् भी वह उनके कमरे में तो जायेंगे ही।'' प्रतिभा ने मजबूरी जाहिर की।

''थोड़ी बहुत एतिहात बरतो और क्या बताऊँ।''

''मना तो करती हूँ जितना कर सकती हूँ।''

''उनके खाने–पीने का अधिक से अधिक ध्यान रखो, दवायें जल्दी असर करेंगी।''

''उन्हीं के खाने–पीने का ही ध्यान तो सारे दिन रखती हूँ।'' खीज़कर वह बोली।

प्रशान्त ने दूसरी ओर करवट ले ली शायद वह सोना चाहता था। प्रतिभा पति की करवट का इशारा समझ चुप हो गई।

होमवर्क पूरा करने के पश्चात् आनन्द ने मम्माँ की आज्ञानुसार टी. वी. आन कर रिमोट ले एक के बाद एक चैनल बदलने लगा तभी भूमि चिल्लाई।

''भइया, भइया नाइन नम्बर लगाओ नाइन नम्बर पर भगवान जी की पिक्चर आ रही है।''

''हाँ यह भगवान जी की फिल्म है चल दादी को बुलाकर लायें दादी खुश हो जायेंगी, दादी को मजा आयेगा।''

''हाँ भइया जाओ बुला लाओ बेचारी सारा दिन गेस्ट–रूम में अकेली पड़ी रहती हैं।''

आनन्द अपनी दादी के कमरे में जा उनका हाथ पकड़ उन्हें जबरन डाइनिंग लॉज में ले आया। एक आराम कुर्सी पर टी. वी. के बिल्कुल सामने बिठा दिया। भाग्यवंती लगातार अपनी आँखों से बहते आँसुओं को रोकने का असफल प्रयास कर रही थी।

ईश्वर भक्ति में कम दोनों बच्चों के प्रेम से वह भावविभोर हो गई थी।

प्रतिभा घर का कुछ सामान लेने बाज़ार गई थी।

घर में प्रवेश करते ही प्रतिभा क्रोध से काँपने लगी जब उसने देखा कि बच्चे दादी के साथ एक ही सोफे पर बैठे टी. वी. देख रहें हैं। वह अपने आपको सँभाल नहीं सकी।

''क्या है माँ जी! वह तो बच्चे हैं आप तो बूँढ़ी हैं समझदार हैं। आप तो अपनी बीमारी के बारे में जानती हैं। फिर भी आप बच्चों को चिपकाये बैठी है।

''आखिर चाहती क्या हैं ? प्रसाद के रूप में या फिर विरासत में अपने ही बेटे की औलादों को अपने ही पोते–पोती को यही बीमारी देकर जायेंगी।'' इतना कहते–कहते उसने आनन्द और भूमि के कान पर एक–एक जोरदार थप्पड़ रसीद कर दिये।   बच्चे इतनी जोरदार थप्पड़ खाकर रोये नहीं चुपचाप अपने कमरे में चले गये। भाग्यवंती भी बिना किसी आवाज़ के अपने कमरे में आ गई।

दोनों बच्चों की बुद्धि से परे था कि आखिर उनके ही पापा की मम्माँ के आने से उनकी मम्माँ को इतना गुस्सा क्यों आता है। बात–बात पर वह क्यों चिल्लाती हैं, गुस्सा करती हैं। दादी को बिना सम्बोधित किये वह दादी को इतनी बातें क्यों सुनाती हैं क्या दादी समझती नही होंगी।

वह दोनों मम्माँ के बिना तो एक घण्टा भी नहीं रह पाते फिर पापा कैसे अपनी मम्माँ के बिना रहते थे और अब केवल पाँच मिनट ही उनके कमरे में जाकर उनका हालचाल पूँछकर वापस अपने कमरें में आ जाते हैं।

गाँव का घर छोड़ने के पश्चात् आज भाग्यवंती बहुत रोयीं थीं। रात का खाना भी उसने बड़ी मुश्किल से खाया था। खाने के साथ और पानी के साथ जाने कितने आसूँ वह पीगई थी। नमकीन आँसू, खारे आसूँ। इतनी हिम्मत भी उसके अन्दर नहीं थी कि वह खाना खाने के लिये मना कर दें।

रात का दूध अवश्य पाप–पुण्य की परवाह किये बिना टॉयलेट में डाल दिया था। कमरे में ही बाथरूम का स्थित होना आज उसे अच्छा लगा था।

कई दिन हो गये थे उसने दोनों बच्चों की सूरत नहीं देखी थी। एक ही घर में एक ही छत के नीचे रहकर भी वह इतनी मज़बूर थी।

''बेटा!'' शाम जब प्रशान्त उसके कमरे में उसका हाल लेने आया वह बोली थी।

''हाँ, माँ कहो।''

''अब तो तबियत कुछ ठीक है, पहले से काफी अच्छी है। अब तू मुझे गाँव छोड़ आ यदि तेरे पास समय ना हो तो किसी चपरासी के साथ भेज दे। वहाँ सब देखभाल करने वाले हैं ही।'' इतना कह वह कातर दृष्टि से बेटे का मुँह ताकने लगी।

''कैसी बात करती हो माँ! आखिर तुम चाहती क्या हो?इस हालत में तुम्हें वहाँ छोड़ आऊँ ताकि लोग मेरे नाम पर थूँके। नौकर–चाकर पत्र में गालियाँ लिखें, धिक्कारें मुझे। मैं तो बुरी तरह फँस गया हूँ माँ, प्रतिभा और तुम्हारे बीच कहाँ जाकर अपनी जान दे दूँ। सारा झगड़ा ही खत्म हो जाये।'' कहकर प्रशान्त ने अपना सिर पीट लिया।

अवाक्, भाग्यवंती डरी, सहमी सी बेटे का यह रूप देखती ही रह गई। ऐसे रूप की तो

वह कल्पना भी नहीं कर सकती थी। भय के कारण वह खामोश हो गई। बहू की बातें और बेटे का यह रूप देख वह बिलकुल टूट गई।

कितनी आभागी है वह जो अपनी ही इकलौती औलाद को इतना दुख दे रही है कि वह मरने की बात कर रह है, वह भी उसी के कारण।

गाँव में होती तो कम–से–कम बेटे–बहू भी सुखी रहते और वह भी चैन से मरती।

यह भ्रम तो न टूटता कि उसका बेटा और बहू उसे सम्मान के साथ–साथ प्यार भी करते हैं।

शहर के छोटे घर और भाग–दौड़ के कारण उसे ले नहीं जा पाते, अपने साथ रख नहीं पाते। पैसे तो प्रतिमाह भेजते हैं वह भी इतने कि वह खर्च भी नहीं कर पाती। बेटे द्वारा ही भेजे गये पैसों में से बचाकर उसने जमीन का एक टुकड़ा साहूकार से छुड़ा लिया था जो वर्षों पहले गिरवीं रखा था। जमीन का वह टुकड़ा बहुत ही उपजाऊ था।

कोख से जने बेटे से इस तरह के व्यवहार की अपेक्षा उसने कभी नहीं की थी। सपने में भी नहीं।

शयनकक्ष का वह बाथरूम अब उसे उस घर में सबसे अधिक अच्छा लगने लगा था, क्योंकि वह सारी दवायें, दूध, फलों का जूस, सब्जियों का सूप सभी कुछ हजम कर जाता था।

परिवार का कोई भी सदस्य इस बात को कभी नहीं जान सका।

दिन–ब–दिन भाग्यवंती की सेहत गिरती गई। डाक्टर परेशान कि अचानक दवा ने अपना असर बन्द क्यूँ कर दिया। जो दवा वह दे रहे थे उससे अच्छी दवा और कोई भी ही नहीं।

बेटा–बहू परेशान कि वह प्रोटोनेक्स वाला दूध, फलों का रस, आख़िर जाता कहाँ है। हरी सब्जियों का ताजा बनाया सूप आख़िर माँ पीती हैं या माँ को वह पीता हैं।

किसी को क्या मालूम कि केवल भूख शान्त करने के लिये उनकी माँ सूखी रोटी चबा लेती हैं। बाकी सब तो शयनकक्ष के अन्दर ही बना टॉयलेट हज़म कर जाता है।

एक दिन खाँसते–खाँसते भाग्यवंती ने खून उगल दिया था। शाम की चाय और नाश्ता देने प्रतिभा जब उसके कमरे में गई तब उसने तकिये के सफेद लिहाफ पर खून के धब्बे देखे।

''यह क्या हुआ माँ जी!''

''कुछ नहीं सूखी खाँसी है ना खाँसने में शायद भीतर कहीं गला छिल गया और जख़्म हो गया जिससे दो–चार बँदें खून की आ गई।''

''चाय पी लीजिये और यह मक्खन–ब्रेड भी खा लीजिये।'' यह कहते हुये

मक्खन–ब्रेड भाग्यवंती की प्लेट में रख आगे बढ़ा दी। केतली से उसके प्याले में चाय उड़ेल क रवह कमरे से बाहर आ गई।

ब्रेड उसने फलश में बहा दीं। हाँ चाय की तीव्र इच्छा को वह रोक नहीं पाई। इस चाय की इच्छा के समक्ष उसके सारे दुख अपने, घुटने टेक देते थे।

उस कुज्झी भर चाय से उसकी आत्मा इस घर में कभी तृप्त नहीं हुई, पर क्या करती, वह ताकत, हिम्मत और अधिकार कहाँ से लाती जिसके बूते एक और चाय के प्याले की माँग कर पाती। एक ग्लास तो दूर की बात थी।

दिन–प्रतिदिन भाग्यवंती का स्वास्थ्य गिरता गया, स्थिति बिगड़ती गई। अब तो उसे गाँव तक ले जाना भी खतरे से खाली नहीं था।

प्रतिभा ने उसकी देखभाल के लिये एक आया रख दी थी। घर में काम करने वाली बाई ही किसी को पकड़ लाई थी।

कभी जिस जाति के लोगों को भाग्यवंती दूर से पैसे देती, खाना देती, छूना तो दूर अपने घर की दहलीज़ के भीतर नहीं आने देती, और जो चौखट को छूकर माथे से लगा लेते, यही तरीका था भाग्यवंती के चरणों का स्पर्श करने का।

आज उन्हें खाना, पानी, चाय–नाश्ता सभी कुछ उन्हीं हाथों से करना पड़ता है। ऐसा भी होगा उनके साथ उन्होंने सपने में भी कल्पना नहीं की थी। आज भी शायद वह नहीं समझ पाई थी कि ईश्वर ने प्रत्येक इनसान को एक ही रक्त, मांस–मज्जा, अस्थियों से बनाया, जाति तो यहाँ हमने निर्धारित की।

अक्सर भाग्यवंती मन–ही–मन अपने भाग्य को कोसती और मन–ही–मन बड़बड़ाती।

'राम जाने कौन सा पाप किया था पिछले जन्म जो जाति–कुजाति का छुआ खाना पड़ता है। भगवान इतना मज़बूर किसी दुश्मन को भी न करे जितना हमको किया।''

आया के आ जाने के पश्चात् वह मानसिक रूप से बिलकुल ही टूट गई थी।

जब जीने की इच्छा ही समाप्त हो जाये तो भला जिन्दगी किस प्रकार, कैसे कब तक साथ देती है।

भाग्यवंती को बड़ी ही बेसब्री से इन्तज़ार था अपनी मृत्यु का यह इच्छा इतनी प्रबल थी कि उसकी अपने पुरखों के घर की चौखट पर मरने की अभिलाषा भी समाप्त हो गई थी। काशी मरे या मगहर जाकर, उसे कोई फर्क नहीं, उसे तो मृत्यु चाहिए। बेटे–बहू, पोते–पोती को नहीं वह तो आलिंगन करना चाहती थी मृत्यु को शीघ्र से शीघ्र। क्या माँगने से मौत मिली किसी को? भाग्यवंती का बिस्तर से उठना, चलना, फिरना भी बन्द हो गया था। नौकरानी का कार्य बढ़ गया था। जैसे–जैसे भाग्यवंती शिथिल पड़ती गई, नौकरानी की माँगे बढ़ती गई। वह प्रतिभा की मज़बूरी को अच्छी तरह समझती थी।

"मेम साहब! माता जी की टट्टी–पेशाब भी साफ करनी पड़ती है। अब इतने पैसे में हमसे यह सब नहीं होगा।" जवाब देती हुई वह बोली थी।

"तुम लोग इन्सान की मज़बूरी का फायदा उठाना खूब जानते हो।" प्रतिभा क्रोध में बोली।

"हमारी मज़बूरी आपसे कहीं ज्यादा बड़ी है जो चार पैसों की खातिर यह नर्क धोना और साफ करना पड़ता है, वह भी दो टेम की रोटी और तन ढकने के लिये कपड़े की ज़रूरत की खातिर। छोटे–छोटे बच्चे है सारा दिन बिना माँ के रहते हैं उनका पेट तो भरना है।"

"अरे! बूढ़ी है बुजुर्ग हैं सेवा करोगी तो आशीर्वाद ही देंगी।" प्रतिभा में आदर्श का पाठ पढ़ाना चाहा।

"मेम साहब! बुरा न मानो तो एक बात कहें।" वह प्रतिभा की आँखों में आँखें डालकर बोली।

"हाँ–हाँ कहो।"

"आप तो माता जी की बहू हैं, साहब की यानि कि आपके पति की वह माँ है, क्या आप दोनों का फर्ज नहीं है उनकी सेवा करना, क्या आपको आशीर्वाद नहीं देगी माता जी।"

"बहुत जबान लड़ाती है तू।" प्रतिभा क्रोधित हो उठी।

"मेम साहब! हम जबान नहीं लड़ा रहे। अरे आप और साहब कुछ भी ना करो उनके साथ तो उनकी धन, सम्पदा के मालिक आप ही होंगे और तो और उनकी आत्मा से आप ही लोगों के लिये आशीर्वाद निकलेगा जिसका कोई मोल नहीं वह तो अनमोल है पूरे जगत में।"

"ठीक है जितना कहोगी बढ़ा देंगे पैसे।" मजबूर थी प्रतिभा वरना वह खड़े–खड़े निकाल देती उस जैसी जबान लड़ाने वाली बद्दिमाग औरत को। वह चली गई तो कौन करेगा काम क्या पता कितनी लम्बी उम्र लेकर आई हैं माता जी। प्रतिभा ने आया की बातों पर ध्यान ही नहीं दिया सोचा ही नही सच माइने में ठीक से सुना भी नहीं था कि अनपढ़–गवाँर उस औरत ने क्या कहा? और जो कहा अकाट्य सत्य कहा।

कई दिनों से भाग्यवंती ने अपनी पोती और पोते की सूरत नहीं देखी थी। काफी दिनों पहले आनन्द को दादी के पास बैठे देखकर प्रतिभा ने आनन्द की पिटाई कर दी थी और आइंदा उस कमरे में भी न जाने की हिदायत दी थी। हालाँकि ममता की मारी प्रतिभा ने कुछ ही क्षण पश्चात् आनन्द को प्यार से दादी से दूर रहने के कारण को समझाया भी था। माँ की बातें आनन्द की समझ से परे थीं।

उसकी दादी उसके पिता की माँ थीं और माँ को तकलीफ में देखकर वह रो पड़ता था परन्तु दादी माँ के कष्ट को देखकर उसके पिता क्यों नहीं रोते, क्यों आफिस से आकर

दादी—माँ के कमरे में न जाकर सीधे अपने कमरे चले जाते। वह तो ऐसा कभी नहीं कर पायेगा।

उस दिन की पिटाई के कारण और माँ की आज्ञा से ही वह फिर कभी दादी—माँ के कमरे में नहीं गया।

आनन्द के नन्हें मासूम हृदय ने कभी भी माँ की इस बात को उचित नहीं ठहराया। उस दिन के पश्चात् आनन्द ने माँ और पिताजी से कभी भी दादी की बात नहीं की, यहाँ तक कि जब भी प्रतिभा और प्रशान्त माँ की बीमारी और उनके इस जीवन से उन्हें मुक्ति मिल जाने की बात करते तो वह नन्हा बच्चा उठकर कहीं और चला जाता।

आया खुश थी मनमाने पैसों पर वह काम कर रहीं थी।

रात का खाना और दवा भाग्यवंती के बिस्तर के पास रखी मेज़ पर रख आया अपने घर चली गई।

काफी रात बीत चुकी थी प्रशान्त को नींद नहीं आ रही थी, आख़िर उससे नहीं रहा गया वह उठा और सीधा माँ के कमरे में पहुँचा। कमरे की बत्ती जल रही थी। भाग्यवंती निश्चिन्त गहरी नींद में सो रहीं थी, शान्त थी, लम्बी बीमारी के कारण चेहरा सफेद पड़ गया था जो बल्ब की पीली रोशनी में कुन्दन सा चमक रहा था।

प्रशान्त ने एक बार गौर से अपनी जन्मदात्री को देखा लाइट ऑफ की नाइट लैम्प जलाया और कमरे से बाहर आ गया।

बेटे को क्या पता कि अब उसकी इस अभागिन माँ को किसी रोशनी की आवश्यकता नहीं।

पाँच बजे सुबह नित्य की भाँति आया ने आकर कालबेल का बटन दबाया। घण्टी की कर्कश ध्वनि ने प्रतिभा को उठने पर मज़बूर कर दिया वह उबासी लेती हुई उठी दरवाज़ा खोला, नींद में ही बिल्कुल एक रोबोट की भाँति। रविवार होने के कारण सभी घोड़े बेचकर सोने वाले मुहावरे को दोहरा रहे थे।

इस समय उठकर नौकरानी के लिये किवाड़ खोलना उसे पहाड़ खोदने जैसा ही लगा था। क्या करती विवश थी।

नौकरानी के अन्दर प्रवेश करते ही वह पुनः अपने बिस्तर पर जा लेटी।

तभी नौकरानी एक चीख के साथ भाग्यवंती के कमरे से बाहर आ गई।

''क्या हुआ चिल्ला क्यों रही है?'' प्रतिभा उसे डाँटती हुई बोली।

''मेम साहब माँ जी............।''

''क्या हुआ माँ जी को?'' प्रतिभा ने पूछा।

वह नहीं रहीं माँ जी मर गई।''

प्रतिभा शान्त उनके कमरे की ओर बढ़ गई, प्रशान्त भी नौकरानी के चिल्लाने से उठ गया था। प्रतिभा सास के न रहने से दुखी तो होना चाहती थी, दुखी थी भी परन्तु न जाने क्यों एक अजीब से सुख का अनुभव भी कर रही थी। ऐसा ही शायद इस स्थिति में वह अपनी माँ के लिये भी करती।

दिमाग से एक बोझ के उतरने का अहसास उसे सुकून दे रहा था।

किसी हद तक आज नहीं कल प्रशान्त भी ऐसा ही सोचेगा। सेवा करने वाले से कहीं अधिक कष्ट होता है उस लाचार, बेबस सेवा करवाने वाले को। प्रशान्त भी कहेगा ''माँ को मुक्ति मिल गई, कितनी भाग्यशाली थी उसकी माँ। मृत्यु के समय उन्हें कोई कष्ट नहीं हुआ ना ही उन्होंने किसी को कष्ट दिया सोते–सोते ही दुनिया छोड़ गई।''

चार दिन में ही शुद्धि कर दी, समय कहाँ था माँ के लिये तेरह दिन बैठने का।

जाने वाला तो चला गया उसके लिये तीन दिन बैठो या तेरह दिन क्या फर्क पड़ता है। अपनी सुविधा के लिये नियम भी आसानी से बदल दिये जाते हैं।

बच्चों को स्कूल भेजकर प्रशान्त के आफिस जाने के पश्चात् प्रतिभा भाग्यवंती के कमरे में आई पैनी दृष्टि से कमरे का मुआइना किया, सभी कुछ यथावत था। यदि कुछ नहीं था तो उनके बर्तन नहीं थे।

एक थाली, दो कटोरी, दो छोटी प्लेट, दो ग्लास, दो ही चम्मच और हमेशा भाग्यवंती को मुँह चिढ़ाते कप–प्लेट जिनमें चाय पीकर वह और उसकी आत्मा कभी तृप्त नहीं हुई।

प्रतिभा ने उस छोटे से गेस्ट–रूम की एक पुलिस वाले की भाँति पूरी तलाशी ले ली, परन्तु बर्तन कहीं नहीं मिले। प्रतिभा का शक सीधा नौकरानी पर गया।

''प्रशान्त'' आफिस से लौटे, तो प्रशान्त को चाय की प्याली पकड़ाते हुये उसने बर्तनों के बारे में कहा।

''क्या?''

''माँ जी का सारा सामान है पर उनके बर्तन गायब है।''

''होंगे कहीं।'' लापरवाही भरे शब्दों में वह बोला।

''नहीं, मुझे तो नौकरानी पर शक है।''

''होगा यार, क्या करना था तुम्हें उन बर्तनों का।''

''मैं उन बर्तनों का क्या करती मैं उन बर्तनों को भी माँ जी के और सामान की भाँति उसे ही देती, यही सोचा था।''

''तो जो देना चाहती हो दे दो।''

''बिस्तर कपड़े सभी कुछ देना है पर अब उसे नहीं दूँगी, उसने तो अपनी जात दिखा ही दी।''

''बिना देखे किसी पर आरोप क्यूँ लगा रही हो।'' प्रशान्त उसे समझाने की गरज से बोला।

''पता नहीं, माँ जी की आड़ में क्या–क्या ले गई होगी। चोर कहीं की।'' वह क्रोध में बोली।

पास बैठे बच्चे अपने माता–पिता का वार्तालाप पूरी एकाग्रता से सुन रहे थे। अचानक वह खामोशी से उठे और अन्दर अपने कमरे में चले गये।

प्रशान्त और प्रतिभा ने बच्चों पर कोई ध्यान नहीं दिया।

दोनों बच्चे एक कैरी बैग के साथ पुनः कमरे में वापस आ चुके थे।

''मम्माँ।''

''क्या है?''

''यह लो यही बर्तन हैं ना?''

''हाँ, यह तुमने क्यों रखें?''

''तुम्हारे लिये मम्माँ।''

''मेरे लिये?''

''हाँ, जब तुम बीमार होकर बूढ़ी होकर हमारे घर रहने आओगी।'' प्रतिभा के शब्दकोष में ऐसा कोई शब्द नहीं था जिससे वह अपने बेटे को जवाब दे पाती, कुछ कह पाती, समझा पाती या फिर खिसियाकर उस नन्हें बच्चे की पिटाई ही कर पाती। भाग्यवंती की मृत्यु के इतने दिन पश्चात् आज उसकी आँखों से अविरल अश्रु बह रहे थे जिन्हें रोकने के लिये उसने किसी प्रकार कोई प्रयास नहीं किया।

▢ ▢ ▢

जाने कब तक

वह कुछ सोच–समझकर एक भयंकर निर्णय के साथ अपने दुधमुँहे बालक को, उनके बीच छोड़कर, जिनके साथ रहना अब उसके लिये संभव न था, घर से निकली थी। वह सोच रही थी–

"बच्चा तो जैसे–तैसे पल ही जायेगा, सरकारी नौकर न बना, अधिक से अधिक उनका नौकर बन ही जायेगा, दो वख़्त की रोटी तो मिल ही जायेगी। दुख तो आँखों देखे का होता है।"

एक वर्ष पहले ही तो आई थी अपनी कोख में पति का प्यार लेकर माइके। आई क्या थी आना पड़ा था आख़िर कहाँ जाती?

बंजारों से भी गई–बीती होती है औरत। विवाह से पहले पिता के घर में डेरा डाले रहती है।

'सुसराल में भी यही कहा जाता है अपने घर से यही सीख कर आई। जो कान कल तक सुनते थे कि अपने घर जाना, तब जो जी में आये करना, वही अब यह सब सुनते हैं! पिता के घर से हट यदि वह पति के घर आती, तब वह घर उसके पति का, फिर बेटे का घर।

कहाँ है आख़िर उसका अपना घर?

चार भाईयों की इकलौती बहन। पिता की एकमात्र पुत्री, लाडली पुत्री।

तीन वर्ष पहले ही तो उसके प्रिय बाबू जी ने पूरी छानबीन कर अपने इकलौते दामाद का चयन किया था। बेटी ससुराल जाकर राज्य करेगी उसे इस घर से कहीं अधिक सुख–सुविधाएँ अपने घर में मिलेंगी।

माँ तो हमेशा यही कहतीं, जब भी भाई उसे तंग करते वह कहती।

"क्यों दुखी होती है अन्नू देखना तुझे कितना सुख मिलेगा ससुराल में। वह तेरा अपना घर होगा, अपना परिवार होगा, तू उस घर की मालकिन होगी, राज करेगी, राज।"

"हाँ, जैसे चौबीस घण्टे में तुम बमुश्किल ६ घण्टे आराम कर पाती हो, सो पाती हो। यदि रात न बनाता भगवान और मर्दों को नींद न आती, तो एक बार और खाना बनता। सारी उम्र तुम्हारी खाना पकाते खिलाते और बर्तन साफ करते बीत गई, यही सुख होता है।"

"अरे! मेरी जाने दे, फिर यह सब अपने ही तो हैं जिनके लिये करती हूँ कोई गैर तो नहीं।"

"जब ब्याह कर आई थी तो दादी, बाबा, चाचा, बुआ यह सब तुम्हारे कौन थे, यदि ये सब अपने थे तो तुम छोड़कर जिन्हें आई थी नाना—नानी, मामा, मौसी वह सब क्या गैर थे।"

"तुझे तो वकील होना चाहिए।"

"वकील नहीं माँ! तुम ही सोचों आज के युग में जो सम्बन्ध मिण्टों में एक—दो हस्ताक्षरों पर टूट जाता है वह अपना कैसे हो सकता है।"

"जब ब्याह होगा और ससुराल से माइके आयेगी तब पूछूँगी कि अब कौन अधिक प्यारा है।"

"ठीक है, ठीक है जब होगा तब देखा जायेगा।"

माँ की आँखें यही सपना देखते—देखते बन्द हो गईं। बहुत रोई थी वह एक पल को भी माँ की छवि को आँखों से ओझल नहीं कर पाई। बाबू जी ने भरसक प्रयास किया माँ की उस कमी को पूरा करने का। यह मुमकिन नहीं था संसार में किसी के लिये। क्या करते बाबू जी। उसे याद है माँ और बाबू जी उसी के विवाह की चर्चा कर रहे थे कि अचानक माँ को दिल का दौरा पड़ा और देखते—ही—देखते उनके प्राण—पखेरू उड़ गये।

अच्छे घर और सुयोग्य वर की तलाश पूर्ण हो गई।

विवाह की तिथि भी निश्चित हो गई थी। हैसियत से कहीं अधिक खर्चा किया बाबू जी ने, कभी भईया के टोकने पर वह यही कहते, "एक ही तो बेटी है।" सारे अरमान पूरे करूँगा।"

लड़के वालों को इतनी उम्मीद नहीं थी। ऐसा क्या था जो एक मध्यमवर्गीय परिवार से आता हो और उन्होंने उससे अधिक न दिया हो।

सुन्दर हृष्ट—पुष्ट, पढ़ा—लिखा फौजी पति। अच्छे प्यार करने वाले सास—ससुर, देवर, नन्द।

उसे लगा था माँ सच कहती थीं रत्ती भर भी झूठ नहीं था, चार ही दिन में अनदेखा, अनजाना घर, परिवार तथा परिवार के सदस्य किस कदर अपने हो गये थे।

माँ नहीं रहीं वरना भागकर माँ के गले लगकर बताती कि वह सही थीं।

राजे, महाराजे भी बेटी का सुख खरीदने में असफल रहे हैं, तो भला उसके बाबू जी की क्या औकात थी।

विधि का लिखा कोई मिटा सका है?राजा जनक भी पुत्री के दुख को कम नहीं कर पाये।

विवाह के दस दिन पश्चात् ही सीमा से बुलावा आ गया। अनन्त नव—विवाहिता को माँ—पिता, भाई—बहन को सौंप चले गये।

कितना रोई वह अनन्त के जाने पर इतना तो वह इक्कीस वर्ष बाप–भाई के साथ रहकर घर छोड़ते समय भी नहीं रोई थी।

इन दस दिनों के प्यार के समक्ष, इक्कीस वर्षों का प्यार उसे कितना बौना लग रहा था पूरे एक वर्ष पश्चात् अनन्त घर वापस आये थे। एक वर्ष में उसे अनन्त के पूरे इकसठ पत्र मिले थे।

कश्मीर के बारे में इतना कुछ लिख दिया था कि अच्छी–भली पुस्तक तैयार हो सकती थी। कश्मीर का चप्पा–चप्पा उसे ऐसा रटा था जैसा कश्मीर में बाशिन्दे को भी नहीं होगा।

पत्रों के माध्यम से ही उसे ऐसा लगता कि वह जाने कितनी बार कश्मीर जा चुकी है। सच पूछा जाये तो अब कश्मीर देखने की उसकी कोई इच्छा नहीं, इसका एक अन्य कारण भी था यही कश्मीर उसे उसके प्रियतम से अलग कर गया था।

कश्मीर समस्या को सही माइने में उसने अनन्त के पत्रों द्वारा ही जाना था, क्यों छोड़ गये हमारे विद्वान पढ़े–लिखे, ईमानदार, समझदार नेता इस समस्या को, क्यों बो गये इस दुश्मनी के बीज को?

बड़ों की गलतियों की सजा छोटे को, आने वाली पीढ़ी–दर–पीढ़ी को भोगनी ही पड़ती है। वहीं हम और हमारे जवान भाई भोग रहे हैं। ऐसी जाने कितनी बातें अनन्त के पत्रों में होतीं। अनन्त ने किसी भी पत्र में अनादि को ज़ाहिर नहीं होने दिया कि उसे सीमा पर किसी प्रकार का कष्ट है। पत्रों में लिखे शब्दों से अनादि को समझने में देर नहीं लगती कि पत्र कैसे माहौल और किस मूड में लिखा गया है।

पूरा वर्ष वह जल्द आने का वादा करते रहे। उनके इसी वादे भरे पत्रों और स्वयं उनके आने की प्रतीक्षा में अनादि ने पूरा एक वर्ष काट दिया था। जिस समय अनन्त ने घर की चौखट पर कदम रखा था। परिवार का प्रत्येक सदस्य लगभग दौड़कर उनके गले से लगा था। उनके आने का समय निश्चित नहीं था वरना सभी बाहर ही खड़े रहते, फिर क्षण–क्षण भर में घर के लोग बाहर गेट के उस पार दूर तक दूख मायूस हो अन्दर आ जाते।

अनादि जाने कब से कमरे की खिड़की के पास खड़ी मेगमेट को निहारती रही थी। उसी ने देखा था सबसे पहले अनन्त को। एकटक वह दूर से ही बलिष्ठ शरीर और उसके रूप को निहारती रही थी।

आज उसे अपने शयनकक्ष की खिड़की बड़ी भली लग रही थी। अनादि का शरीर काँप रहा था। बिना किसी स्पर्श के रोम–रोम रोमांचित हो रहा था।

आते समय अनन्त की निगाह उस खिड़की पर नहीं पड़ी थीं, फिर भी जाने क्यों उसे महसूस हो रहा था जैसे उसके अंग–अंग को अनन्त देख रहा है। बिना छुये ही वह

अनन्त के हाथों की उँगलियों को स्पर्श अपने माथे और गालों पर महसूस कर रही थी।

ऐसा क्यों हो रहा है?प्यार तो वह माँ–बाबू जी व भाईयों को भी करती है।

विधाता ने कैसे प्रेम की अनुभूति को विभाजित किया है। स्पर्श की दृष्टि को। कैसी अद्भुत शक्ति दी है इन्सान को।

सबसे मिलकर उसी शयनकक्ष की ओर अनन्त के पाँव बढ़े, जहाँ एक वर्ष पहले मात्र दस दिन की नव–विवाहिता को छोड़कर देश की सेवा और नौकरी पर गया था। उसे रोता, बिलखता छोड़।

एक वर्ष से इस कक्ष में कभी भी वह पूरी रात सो नहीं पाई, भरपूर नींद तो उसने जानी ही नहीं। इस बात को अनन्त भी जानते थे।

खिड़की के पास लजाई–सकुचाई खड़ी अनादि को छूने में अनन्त जैसा जाबाज़ जवान भी सकुचा रहा था। अपनी ही पत्नी को छूने और उसे बाहों में भरने के लिये साहस बटोर रहा था।

''अनादि!'' वह धीरे से बोला। अनादि को लगा, जैसे किसी ने कोमल पंख से उसके कानों को छुआ हो, अनादि शब्द की ध्वनि पूरे वातावरण में फैल गई। वह 'हाँ' न बोल पाई बल्कि सिमटकर और खिड़की के करीब हो गई।

अनन्त ने धीरे से उसका कोमल हाथ अपने मज़बूत हाथ में ले लिया।

''कैसी हो?'' अनादि ने इसका उत्तर देने के लिये भी किसी शब्द का सहारा नहीं लिया।

एक भरपूर दृष्टि उसने उनन्त पर डाली, जिसे सहन करना उस वीर जवान के लिये असम्भव था। तभी तो उसने झट अनादि की आँखों पर हाथ रख उसे बाँहों में भर लिया। जाने कितनी देर वह अनन्त की छाती को खारे पानी से भिगोती रही थी। क्या किसी प्रकार का कष्ट था उसे?नहीं। दुखी थी?नहीं। यह वह आँसू थे जिनका नामकरण न हुआ है, और न कभी हो पायेगा।

यह आँसू हृदय की धड़कन को तीव्रकर एक असीम सुख की अनुभूति करा जाते है। इनका सुख परमानन्द से कम नहीं।

अनादि अनन्त का प्रेम पाकर ही कितना भी शारीरिक श्रम करे थकती ही नहीं थी।

सुबह आकाश में फैली सूर्य की लालिमा से रात्रि के अंधकार तक वह वैसी ही तरोताज़ा रहती। परिवार के किसी सदस्य का कार्य हो या पति का उसका उत्साह वैसा ही रहता, एक सा। उसके सभी अपने थे, हाँ, रूप और रिश्ते भिन्न थे। ससुराल में वह पूर्ण सुखी थी। अनादि को विश्वास था, परिवार का प्रत्येक सदस्य उसे भरपूर स्नेह प्यार और सम्मान देता है।

सुबह ईश्वर आराधना के पश्चात् नित्य एक वरदान वह हाथ फैलाकर माँगती कि

''कहीं भी किसी भी देश में युद्ध का शंख न बजे।'' अनादि कैसे यह भूल गई थी कि यह असम्भव है क्योंकि मानव क्या देव भी इससे अछूते नहीं रह पाये।

पृथ्वी पर मनुष्य के रूप में अवतरित हो कुरूक्षेत्र में महाभारत करवाना पड़ा। लंका पर चढ़ाई कर विजय प्राप्त करनी पड़ी।

अन्तर मात्र इतना था वह युद्ध धर्म और सत्य पर आधारित थे।

सुख के दिन और रात छोटे होते। समय का पहिया भी तेजी से घूमता है।

अनन्त का सीमा से बुलावा आ गया था। मात्र एक सप्ताह था उसके जाने में। अनादि की रातों की नींद और दिन का चैन समाप्त हो गया।

वह सुबह भी आ गई, जिसकी सारी रात अनादि ने आँख भी नहीं झपकाई थीं। आँखें जैसे पत्थर की हो चुकी थीं।

अनन्त आधी रात के पश्चात् पत्नी की बाहों में खर्राटे लेने लगा था।

नित्य की भाँति ही पूरब से सूरज निकला, आकाश में वैसी ही लालिमा थी। वैसे ही रोज़ की तरह चिड़ियाँ चहक रही थीं।

अनादि को आज की भोर अमावस की रात लग रही थी।

किसी का बेटा, किसी का भाई, किसी का पति सीमा पर जा रहा था। परिवार के सभी सदस्य दुखी थे। घर का छोटे–से–छोटा कार्य करने में सभी अपने को अक्षम समझ रहे थे। अपने ही शरीर का वनज घसीटनें में वह पसीने–पसीने हो रहे थे।

अनादि के दुख का अहसास घर में किसी को नहीं। सभी को अपना ही रिश्ता अनन्त के साथ सर्वोपरि लग रहा था।

अनादि के दुख को, एक बहू और भाभी के दुख को समझने वाला यहाँ कोई नहीं था।

जिन्दगी भर साथ निभाने की कसमें खाने के पश्चात् भी, अग्नि को साक्षी मानकर खाई गई कसमों के बाद भी, उसे अपने उस जीवन भर के हमसफर को शयनकक्ष से ही अलविदा कहना पड़ा था।

किसी ने भी उसकी भावनाओं की कद्र नहीं की। किसी ने भी नहीं कहा था कि वह भी पिता–भाई के साथ उसे स्टेशन तक छोड़ आये।

माइके में अपने पिता की नाक में दम करने वाली अनादि खामोश थी। क्यों?आख़िर क्यों होता है ऐसा। क्या हो जाता है एक पुत्री को बहू बनते। जो अपने उचित अधिकार के लिये भी अपनी जबान नहीं खोल पाती। दहेज में पिता पुत्री को यह सहनशक्ति, ऐसी खामोशी जाने अनजाने क्यों दे देता है?

कहीं पुत्री के वापस आने के भय से तो नहीं?

शायद हाँ।

ब्याही पुत्री का बोझ भारी से भारी कन्धा उठाने को कभी कहीं तैयार नहीं।

अनन्त की आँखों से ओझल होने से पहले ही उसकी आँखों से बहते आँसू थम गये थे।

अचेत सी पलंग पर अनन्त के तकिये पर सिर रख शून्य में जाने कितनी देर देखती रही।

अनन्त की माँ के हाथ का स्पर्श अपने सिर पर महसूस करते ही वह उठ बैठी।

''जी माँ जी!'' वह हड़बड़ाकर उठ बैठी। एक पल में वह उन गहरी, अनन्त की यादों से बाहर आ गई।

चाय बनाकर माँ के कमरे में पहुँची, सभी वहाँ बैठे थे। चारों ने एक भरपूर नज़र उस पर डाली। अनादि चुपचाप अपना चाय का प्याला ले अपने कमरे में आ गई। कल ही शाम को अनन्त उसकी चाय की कितनी तारीफ कर रहे थे। तारीफ सुन वह रो दी, तो जबरन अपना प्याला उसके होंठो से लगाया था। एक बस एक चुस्की लेने की इल्तिज़ा की थी। चुस्की लेते समय न चाहते हुये खारे पानी की कुछ बूँदें प्याले में टपक गई थी।

''अरे वाह! कितने मीठे हैं यह आँसू, एक मेरे आँसू हैं अव्वल तो बहते हीं नहीं यदि भूले—भटके अपना घर छोड़ बाहर आ भी गये तो नमकीन खारे बिलकुल समुद्र के जल की भाँति।'' अनन्त उसकी झुकी हुई ठोड़ी को अपनी तर्जनी और मध्यमा के सहारे उठाते हुये बोला था।

अभी चौबीस घण्टे भी नहीं बीते भाग्य ने कैसा पल्टा खायां

एक माह पश्चात् उसका पत्र डाकिया दे गया। माँ का पत्र माँ के नाम अलग था।

दुनिया के महानतम सबसे सुन्दर रस में प्रेम रस में डूबा पत्र पढ़कर भी उसे जाने क्यों कोई खुशी नहीं हुई। हृदय का भय वैसा ही था। श्वेत कागज़ पर नीली रोशनाई से मोतियों जैसे अक्षरों से लिखा गया एक—एक शब्द उसे छल रहा था बेचैन कर रहा था, पत्र की शुद्धता, सत्यता और लिखने वाले पर अटूट विश्वास के पश्चात् भी।

रात करीब बारह बजे काल—बेल बज उठी थी। इतनी रात गये आख़िर उनके यहाँ कौन आ सकता है सभी ने सोचा।

देवर ने ही दरवाज़ा खोला था, संदेश था, मौत का संदेश। 'अनन्त मोहन वीर गति को प्राप्त हुये।'

पूरे घर में कोहराम मच गया, मोहल्ले वाले एकत्रित हो गये। प्रत्येक इन्सान अपने—अपने ढंग से परिवार के सदस्यों को सान्त्वना दे रहा था। वह खामोश थी सब देख—सुन रही थी। गीता का ज्ञान बाँटा जा रहा था।

अन्तिम संस्कार से तेहरवीं तक पुत्र और भाई के शोक को जी खोलकर मनाया गया। समस्त कार्य पूर्ण होने के पश्चात् ही पैसा, रुपया फण्ड आदि के बारे में चर्चा हुई।

परिवार के सदस्यों का यही विचार था कि अभी ताज़ा–ताज़ा मामला है भावनाओं में बहकर सभी वित्तीय कार्य आसानी से पूर्ण हो जायेंगे। समय अधिक व्यतीत होने पर कठिनाई होगी।

पैसे का कार्य शीघ्र से शीघ्र पूरा कर लिया जाये।

जहाँ कहीं जिस कागज़ के टुकड़े पर अनादि के हस्ताक्षर माँगे गये, उसने बिना किसी कुछ सोचे–समझे कर दिये।

पैसा हाथ में आने के पश्चात् राकेश, मोहन का घर कुरूक्षेत्र बन गया था।

एक तरफ वह चार और दूसरी ओर नितान्त अकेली अनादि।

जबान के बाणों से अनादि का अंग छलनी हो चुका था।

उनके तानों से उसका रोम–रोम सिहर उठता, परन्तु अभी भी उसमें सहने की शक्ति थी पति प्रेम की शक्ति। पति के घर की चौखट के भीतर हर जुल्म सहने की ताकत।

आज वह शक्ति भी जवाब दे गई, जब सासू जी ने सुबह गर्म चाय उसके मुँह पर फेंक दी, यह कहकर कि ''क्या मुझे शक्कर की बीमारी है जो यह फीकी चाय मुझे पकड़ाकर चल दी मनहूस।''

''माँ जी चाय का प्याला फेंकने से अच्छा था आप कह देतीं कि इसमें शक्कर नहीं है शक्कर लाकर डाल दो।'' वह धीरे से बोली थी।

''देखो तो! जबान लड़ाती है, खा गई हमारे जवान बेटे को, अब चाहती है कि हम भी मर–खप जायें ताकि यह राज करे। एक छत्र राज्य करे।''

'माँ जी! ऐसा क्यों बोलती है।''

''क्या बैठे–बैठे जनखों की भाँति सुन रहे हो, अरे निकाल बाहर करो! इस पतिता को– कुलटा को।''

राकेश मोहन ने तुरन्त पत्नी की आज्ञा का पालन किया और साथ दिया उसके पुत्र–समान देवर ने।

ससुराल में अपमानित हो निकाली गई, कन्या आखिर जाती तो कहाँ जाती, आ गई अपने पिता के घर शरण लेने।

किसी को नहीं मालूम था कि उसकी कोख में राकेश, मोहन के वंश का वारिस करवटें ले रहा है।

अनन्त जाने से पहले यही अनमोल उपहार उसे दे गये थे, जिसका ज्ञान उन्हें भी नहीं था।

पुत्री की दशा देख पिता की छाती फट गई, कलेजा मुँह को आ गया। पुत्री को छाती से लगा जाने कितनी देर उनकी बूढ़ी आँखों आँसू बहाती रहीं। अपने समक्ष पहाड़ जैसे

इस दुख को खड़ा देख वह दामाद का दुख भूल गये।

परिवार के अन्य सदस्यों को भी उसके प्रति पूरी हमदर्दी थी।

भाभियाँ बड़े ही आदर और प्यार के साथ उसे अन्दर ले गई। कुछ पल को वह अपने उस अपमान और तिरस्कार को भूल गई।

दिन तो कट गया। रात्रि समस्या बनकर सामने खड़ी हो गई। समस्या थी उसकी चारपाई कहाँ डाली जाये। सभी के अपने—अपने कमरे थे। माँ की मृत्यु के पश्चात् छोटी भाभी के आने पर पिताजी को बैठक का दीवान सोने के लिये मिल गया था।

अलमारी और बक्सा तथा अन्य सामान आँगन के पास छोटे से बराण्डे में करीने से लगा दिया गया था। पिताजी खुश थे सन्तुष्ट थे।

"आप लोग परेशान न हो, मैं सोफे पर सो जाऊँगी।" उसने बड़ी भाभी को सम्बोधित करते हुये कहा।

दीवान के पास पड़े—सोफे पर वह लेट गई, सिर के नीचे कुशन लगा लिया था।

पुत्री के इतने पास होने के पश्चात् भी पिता के भीतर इतनी शक्ति नहीं थी कि वह अपनी इस इकलौती लाडली से दो शब्द बोल पाते, उसका दुख बाँट पाते।

समय अपनी गति से बीत रहा था। समय ने ही घर के सदस्यों को बता दिया, कि वह अकेली नहीं आई, अपनी कोख में परिवार के लिये मुसीबत भी लाई है।

पेट अपना आकार तेजी से बढ़ाता जा रहा था। पिता और भाइयों के सामने वह कम—से—कम पड़ती, अपने आँचल से पेट को छुपाने का असफल प्रयास करती।

प्रसव पीड़ा के समय मँझली भाभी के कमरे में उसे स्थान मिल गया। मँझले भईया एक माह के लिए बाहर गये थे।

भाभी को अपने पति का जाना उस समय इतना नहीं खला था, जितना कि इस समय। आज यदि वह घर में होते तो क्या यह गन्दगी उनके कमरे में होने पाती?कदापि नहीं।

बहुओं की राय के समक्ष ससुर ने सिर झुका लिया, इसलिये दाई घर पर ही आ गई थी। बेकार अस्पताल के खर्च को एकमत से सबने बचा लिया था। उसे अच्छी तरह याद है बड़ी भाभी के जब रिन्कू होने वाला था तो भूले से माँ ने कह दिया था कि बड़ी अच्छी मिडवाइफ है उसके हाथों में जादू सा है क्यों न उसे ही बुला लिया जाये। माँ की बात पूरी भी न हो पाई थी, भाभी ने सारा घर सिर पर उठा लिया, अच्छा—खासा हंगामा खड़ा कर दिया था। भईया ने भी माँ को काफी बुरा—भला कह डाला।

प्राइवेट नर्सिंग होम में रिन्कू का जन्म हुआ था भाभी की ज़िद पूरी हुई थी। वही भाभी दाई के गुणगान करते नहीं थक रही थीं। शायद पिताजी उनके उस त्रिया—चरित्र से डरते थे तभी तो चुप थे।

प्रसव की पीड़ा उसे कम हुई थी। बच्चा भी आसानी से पैदा हो गया, कारण शायद उसका अत्यधिक शारीरिक श्रम ही था।

काम से थककर कितना भी बदन टूटे, पर उसके लेटने के लिये कहीं स्थान नहीं था। दिन के उजाले में शर्म के कारण पिता के कमरे में लेट नहीं पाती। भाभियों को कतई पसन्द नहीं था उसका उनके शयनकक्ष में लेटना।

एक माह पश्चात् मझले भाई भी आ गये अनादि के लिये उस भरे—पूरे घर में कोई स्थान नहीं था।

आख़िरकार उस छोटे से वराण्डे में जहाँ पिताजी की अलमारी थी उस जगह का एक कोना मिल गया। अनादि की खटिया को अलमारी वाली जगह मिल गई। उस बाँध की चारपाई के नीचे बक्से में उन माँ—बेटे के कपड़े को भी स्थान मिल गया।

मात्र एक चारपाई में सिमटकर रह गई अनादि। पूस—माघ की ठण्ड नन्हा बालक नहीं झेल पाया, हालाँकि पिता ने कई बार पुत्री से आग्रह किया कि वह बैठक में आ जाये, और वह वराण्डे में सो लेंगे, दो माह की ही तो बात हे। अनादि बूढ़े पिता को कष्ट नहीं देना चाहती थी। पिताजी ने अपनी जमापूँजी से एक तिरपाल का परदा करवा दिया।

तिरपाल का पर्दा भी पूस—माघ में हड्डियों में सीधी शूल सी समा जाने वाली हवाओं से बालक को बचा नहीं पाया।

बच्चे को निमोनिया हो गया। पसलियाँ चलने लगी, हींग, अजवाइन, लहसुन को सरसों के तेल में पकाकर मालिश हुई, बारासिंघा के सींग को घिसकर चन्दन की भाँति पसलियों पर लेप लगाया गया, परन्तु सब बेकार।

पिता, पुत्री नाती को लेकर डाक्टर के पास पहुँच गये। पिता की सम्पूर्ण जमा पूँजी नन्हीं सी जान को बचाने में समाप्त हो गई।

यह वह समय था जब अनादि घर के कार्यों में भाभियों का हाथ नहीं बँटा सकी और उसे बहुत कुछ सुनना पड़ा।

हालात के हाथों मज़बूर पिता बेटी का दुख और नहीं बर्दाश्त कर पाये, वह भी चल बसे। पिता की मृत्यु के तीसरे दिन ही उनकी अलमारी को बड़े भईया का शयनकक्ष मिल गया। मिण्टों में अलमारी से ससुर के बेकार—बेजान कपड़ों को बहू ने गठरी बाँध स्टोर में पटक अपनी साड़ियाँ सजा दी थीं। साड़ियों के लिये हैंगर भईया ही लाये, ढेर सारे हैंगर। उसे उन दो दर्जन हैंगरों को देखकर वर्षों पुरानी बात आ गई, जब बाबू जी ने बड़े भईया से दो—बार हैंगरों की माँग की थी। भईया का जवाब आज भी उसे याद है।

''क्या है बाबू जी! रिटायर हो गये, अब कहाँ जाना है आपको सज—सँवर कर जा आपकी कमीजों के लिये हैंगर चाहिए।''

अनादि का मन किया कि वह जाकर बड़े भईया को कुछ कहें, परन्तु खून का घूँट पी

वह शान्त ही रही, शायद आनन्द के पिता जीवित होते तो वह अपने मन के गुबार को अवश्य उलट देती।

बाबू जी ने ही नाती का नाम रखा था आनन्द मोहन।

अनादि को अब भाई–भाभियों के बीच दिन कांटना मुश्किल लग रहा था।

आख़िर एक दिन उसकी सहनशक्ति ने जवाब दे ही दिया, जब बड़ी भाभी ने अपने पुत्र की मृत्यु का कारण उसे ठहराया।

''कोई माने या न माने, जबसे इसके इस घर में कदम पड़े हैं, घर बर्बाद हो गया। लक्ष्मी जी भी रूठ गई। पिताजी ने दम तोड़ दिया, अपने खसम को खा गई और तो और मेरे कलेजे के टुकड़े को भी हज़म कर डकार भी नहीं ली।''

''बड़ी भाभी ऐसा क्यों बोल रही है ?'' वह धीरे से बोली।

''क्यों बुरा लगा, अरे ! जब ब्याह कर दिया, घर फूँक तमाशा देखा, तो वहीं रहती।

कोई मार तो नहीं डालते। ऐसी कुभागी बेटी, बहू यदि मर भी जाये, तो क्या फर्क पड़ता है।''

अनादि के हाथ की थाली छूट गिरी, एक जोरदार आवाज़ के साथ। पृथ्वी पर पड़ी थाली तो थोड़ी देर पश्चात् शान्त हो गई, मात्र कुछ चक्कर काटकर। अनादि के मस्तिष्क में भाभी के शब्द थाली गिरने की आवाज़ से कहीं अधिक आवाज़ के साथ गूँजते रहे।

गोधुलि की बेला जब जानवर भी अपने–अपने घरों को लौटने लगते, अनादि दुधमुँहे आनन्द को छोड़ घर से निकल गई, साँझ रात्रि में परिवर्तित हो रही थी।

पहाड़ की चोटी पर पहुँच नीचे बहती नदी में छलाँग लगाने को सोचा, यदि पानी में डूबकर न मरी तो पत्थर से सिर टकराने से अवश्य मर जायेगी। इतना रक्त ही बह जायेगा कि मृत्यु निश्चित हो जायेगी।

अनादि यह सोच ही रही थी कि उसके कानों को आनन्द की चीत्कार सुनाई दी। आगे बढ़े पैर स्वतः पीछे हट गये। तभी अचानक उसके दाहिने कंधे ने किसी के हाथ कर स्पर्श महसूस किया, पलटकर देखा एक साधू गेरवे वस्त्र में थे।

''बेटी! ईश्वर के इस सबसे बड़े वरदान को, मनुष्य–जीवन को इस प्रकार समाप्त कर रही हो। अरे! यह जीवन तो वैसे ही एक दिन पंचतत्व में मिल जायेगा, फिर तुम्हें उस परमपिता के कार्य में हस्तक्षेप करने की क्या आवश्यकता।''

''महाराज! इस एक शब्द के अलावा वह और कुछ नहीं बोल पाई।

''जाओ, अपने घर जाओ! कल शिव मन्दिर में मुझसे मिलना, तभी विस्तार से वार्ता होगी।''

ऐसा क्या था उस महात्मा में जिनके आदेश का सामना अनादि का दुख भी न कर

सका। उल्टे पैरों वह वापस घर आ गई।

हजार प्रश्न पूछ डाले घर वालों ने।

"कहाँ गई थी? किसके पास गई थी? क्यों गई थी? कहाँ से मुँह काला करके आ रही हैं ?"

किसी के प्रश्न का कोई उत्तर न दे आनन्द को छाती से लगा चारपाई पर बैठ गई। कुछ देर पश्चात् मझली भाभी उसके सामने खाने की थाली रख गई।

"अरे! मँझली खाना तो परोस कर दे आई हो, पानी नहीं दोगी महारानी जी को।" बड़ी बोली।

"अरे! क्या करना प्यास तो बुझा आई होगी, हाँ! अलबत्ता भूखी अवश्य होगी, आख़िर खाना कौन दे देगा? भोजन की ही आवश्यकता है बेचारी को।"

भाभियों के इन कटु शब्दों का, उस पर किसी प्रकार का कोई असर नहीं हुआ। वह चुपचाप खाना खाने लगी। भोजन समाप्त कर उसने अपनी थाली को प्रणाम किया। थाली जूठे बर्तनों के पास रख, हाथ धो एक लोटा पानी बाल्टी से लेकर पिया। खामोश अनादि चारपाई पर दीन–दुनिया से बेखबर किलकारी मार रहे बेटे को स्तनपान कराने लगी।

क्या मनुष्य जन्म से लेकर मृत्यु तक इसी नन्हें बालक की भाँति नहीं रह सकता। वह सोच रही थी परन्तु हजार प्रयत्न के पश्चात भी सही शब्द नहीं जोड़ पा रही थी, अपने मन में विचारों को अपने ही आपसे व्यक्त करने में। सुबह नहा– धोकर आनन्द को गोद में उठा, वह बिना किसी से कुछ कहे 'शिव मन्दिर' के लिये चल दी। सभी हैरान थे, आख़िर उसे हो क्या गया है?

किसी ने उससे कुछ नहीं पुछा, किसी प्रकार का कोई उचित अनुचित प्रश्न नहीं किया। महात्मा जी उसी का इन्तजार कर रहे थे।

"कहो! बेटी उचित किया, घर वापस जाकर।"

"जी हाँ! महाराज।"

"यह इतना सुन्दर स्वस्थ बालक तुम्हारा है?"

"जी।"

"इसे छोड़ तुम........।" महात्मा जी की बात पूरी से पहले ही वह चौंककर बोली।

"मुझे बताओ ऐसा सुन्दर उपहार ईश्वर की ओर से पाकर भी तुम......।"

अनादि ने शुरू से अपनी किताब के अब तक के भरे पन्नों को एक–एक कर महात्मा जी को सुना दिया।

बीते हुए कल का अवलोकन कर महात्मा जी गम्भीर हो बोले।

"क्या चाहती हो ?"

"आप बताइये? यही तो मालूम नहीं।"

"अपने पैरों पर खड़ी हो, अपने बेटे और अपना पालन करो। अपने कर्त्तव्य का निर्वाह करो। दूसरे क्या करते हैं, और तुम्हारे लिये कुछ क्यों नहीं करते, तुम्हारे प्रति उनके कर्तव्य है? इस बात पर टीका टिप्पणी करना दूर इस बारे में सोचने का अधिकार भी तुम्हें नहीं।

"तों क्या करूँ?" महात्मा जी की बात सुनकर उसने रूँधे गले से पूछा।

"अपनी पढ़ाई–लिखाई और योग्यता के प्रमाणपत्र लाकर मुझे दो। मेरा एक शिष्य है वह तुम्हारी सहायता अवश्य करेगा। मेरा कहा वह कभी नहीं टालता। फिर बेटा ईश्वर को और साथ ही मेरा आशीर्वाद तुम्हारे साथ है, सब ठीक हो जायेगा। जिन्दगी को भरपूर जीने की इच्छा जागेगी, तुम्हारे अन्दर, बेटे को कुछ बनाने की तम्मना होगी।"

अनादि बड़े ही ध्यान से महात्मा जी की बातें सुन रही थी।

अनादि एक पल को अपनी दृष्टि महात्मा जी के चेहरे से नहीं हटा पा रही थी।

"बेटी! इस शब्द ने उसे अचानक चौंका दिया।

"जी!"

"बेटा! अपने घर जाओ, हाँ! उस घर को फिलहाल घर नहीं पड़ाव समझो।"

"जी, प्रणाम!" कहती हुई अनादि महात्मा जी के पास उठ घर की ओर चल पड़ी।

आज मन्दिर से लौटकर आने के पश्चात् परिवार के किसी सदस्य ने उससे किसी प्रकार का कोई प्रश्न नहीं किया।

प्रश्नों के बाणों की राह देख उसने मँझली भाभी से अपने लिये काम पूछा, और काम करने लगी।

दूसरे दिन सुबह वह अपने कालेज गई, अपनी प्रधानाचार्या से मिली और उन्हें अपनी वर्तमान स्थिति से अवगत कराया। तीन दिन में उसे अपनी आवश्यकता के सम्पूर्ण प्रमाणपत्र प्राप्त हो गये।

शिव मन्दिर जाकर उसने सारे सार्टीफिकेट और मार्कशीट महात्मा जी के चरणों में रख दिये।

महात्मा जी ने उसे एक सप्ताह पश्चात् मिलने का कहा।

महात्मा को प्रणाम कर वह घर आ गई।

एक सप्ताह बाद अपने उज्ज्वल भविष्य की कल्पना मात्र से ही वह बेहद खुशी थी, वह खुश थी, तो शरीर में शक्ति का निरन्तर संचार हो रहा था। घर के लोगों का काम करने में उसे थकान भी नहीं लगती, दो–चार दिनों में ही उसने सभी का मन जीत लिया।

मुँह खोलकर तो परिवार के किसी सदस्य ने उससे क्षमा याचना नहीं की थी, परन्तु उन सबके व्यवहार से साफ ज़ाहिर था कि सभी के मन में अपने–अपने किये का पछतावा है।

एक सप्ताह पश्चात् सोमवार की सुबह ही वह नहा—धोकर आनन्द को गोद उठा चल दी।

''कहाँ जा रही हो ? अनादि सुबह—सुबह।'' भाभी ने पूछा। मनुष्य यदि निष्कपट हो जाये तो वह किसी से कभी भी कुछ भी पूछने का हक पा लेता है। यह हक उसकी इस भाभी को था।

''शिव मन्दिर।'' एक संक्षिप्त सा उत्तर दिया उसने।

''आनन्द को यहीं छोड़ जाओ, हम सब उसे देख लेंगे।''

''नहीं ! भाभी यह भी मेरे साथ भोलेबाबा के दर्शन कर आयेगा।''

''ठीक है जैसी तुम्हारी इच्छा।''

महात्मा जी को प्रणाम करते समय उसने उनकी आँखों में अपने पित की छवि देखी, वही स्नेह और इन्तजार करती आँखों के भाव उसने स्पष्ट पढ़े।

क्या नियम है सृष्टि का अपने गैर और गैर अपने हो जाते है एक पल में।

उसे लगा, महात्मा के रूप में साक्षात भोले शंकर उसे आशीर्वाद दे रहे हैं।

''बेटी ! यह घोषाल बाबू है।'' एक प्रौढ़ व्यक्ति की तरफ इशारा करते वह बोले।

''प्रणाम ! अनादि ने दोनों हाथ जोड़ दिये।''

''इन्होंने तुम्हारी कन्या पाठशाला में अध्यापिका के पद पर नियुक्ति करवा दी है। दसवीं कक्षा तक का स्कूल है। तुम्हारे रहने का बन्दोबस्त भी हो गया है। अध्यापिका के साथ—साथ छात्रावास का कार्यभार भी तुम्हें ही देखना है।''

''जी ! अनादि सिर झुकाकर इतना ही बोल पाई।''

''पहली तारीख से तुम्हें ज्वाइन करना है उसकी रिपार्ट देनी है। घोषाल बाबू बोले।''

''जी ! मैं पहुँच जाऊँगी।''

''घोषाल बाबू तुम्हें मिलेंगे, ताकि तुम्हें किसी प्रकार की दिक्कत न हो।'' महात्मा जी घोषाल बाबू की ओर देखते हुये बोले थे। घर आकर अनादि ने अपनी नौकरी और अपने जाने की तारीख से भाईयों और भाभियों को अवगत कराया।

कुछ साधारण सी नसीहतें उसे दी गईं, जैसे लोग क्या कहेंगे, तीन—तीन भाई एक बहन और भाँजे को नहीं रख पाये। कहाँ टके की मारी—मारी चट्टियाँ चटकाती फिरोगी। बच्चे की देखभाल कौन करेगा?बच्चा पालना आसान नहीं आदि—आदि।

अनादि ने किसी की किसी बात का कोई उत्तर नहीं दिया, वह खामोश रही। वैसे भी एक निर्णय ले लेने के पश्चात् उस पर बहस करना उसे कभी उचित नहीं लगा। यह फैसला तो उसे और उसके बेटे को जीवन दे रहा था।

चलते समय बड़े भईया ने कुछ रुपये दिये थे, भाभियों ने एक–एक नई साड़ी और ब्लाउज़ दिया था।

भाभियों को यह सौदा सस्ता ही लगा था कुछ कपड़े, नये कपड़े आनन्द को भी मिले थे। एक बारगी तो उसके मन में आया कि वह इन उपहारों को वापस कर दे, परन्तु मन में कहीं अहंकार का बीज न पड़ जाये, इस भय से उसने वह सब धन्यवाद सहित स्वीकार कर लिया। मँझले भईया उसे स्कूल तक छोड़ने आये थे। चलते समय सौ–सौ के पाँच नोट आनन्द के नन्हें हाथों में थमाने का असफल प्रयास किया था।

''इसकी क्या आवश्यकता है भइया, बस इसे तो आप सबका आशीर्वाद चाहिये।''

''रख लो, काम आयेंगे।'' यही एक वाक्य वह बोल पाये थे।

आफिस में घोषाल बाबू उसका इन्तज़ार कर रहे थे।

एक अध्याय समाप्त कर उसने फिर एक नये अध्याय की शुरुआत की, नई जिन्दगी नये अनजाने लोगों के साथ जीने की शुरूवात। पिछला ऐसा कुछ भी नहीं था जिसे छोड़कर आने से वह दुखी होती, और इस नये माहौल में अपने आपको ढालने में उसे कष्ट होता। एक माह में ही उसे लगने लगा था जैसे वह हमेशा से यहीं रह रही हो।

पहले वेतन को ले जाकर उसने महात्मा जी के चरणों में रख दिया।

मात्र एक रुपया अपने पास रख महात्मा जी ने आशीर्वाद के साथ उसे वेतन वापस कर दिया।

समय का चक्र अपनी ही गति से घूम रहा था।

अब वही दिन और रात छोटे लग रहे थे, जो कभी काटे नहीं कटते थे।

आनन्द भी स्कूल जाने लगा। पाटी पूजन से पहले ही वह शिव मन्दिर गई थी आनन्द को महात्मा जी का आशीर्वाद दिलाने, पर उसका दुर्भाग्य उस समय महात्मा जी काशी गये थे।

अनादि को दुख हुआ, महात्मा जी का आशीर्वाद न मिलने के कारण उसका हृदय भविष्य की किसी अप्रिय घटना से काँप गया। अटूट विश्वास था उसे उन पर न मिलना, स्कूल जाने से पहले उसके पुत्र को उनका आशीर्वाद न प्राप्त होना उसे रुला गया, अपने मन और मस्तिष्क को वह पूरी राह समझाती हुई स्कूल पहुँची। एक बार तो उसने मन–ही–मन निर्णय लिया कि आनन्द को महात्मा जी के आशीर्वाद के पश्चात् ही स्कूल में प्रवेश दिलायेगी।

सभी के समझाने पर कि तुम पर जब उनकी कृपादृष्टि है तो क्या तुम्हारे बेटे पर नहीं होगी।

आनन्द स्कूल जाने लगा।

अनादि ने ना तो भाइयों की ओर मुँह किया, ना ही ससुराल वालों की खोज खबर ली।

शुरू–शुरू में कभी–कभी कोई भाई अपनी पत्नी के साथ आकर उससे मिल जाता, उसे घर आने का न्योता भी दे जाता, परन्तु इधर काफी समय से कोई नहीं आया था। आनन्द ने इण्टर की परीक्षा उत्तीर्ण की बहुत ही अच्छे अंकों में।

बेटे की फौज में जाने की इच्छा को वह चाहकर भी रोक नहीं पाई।

परीक्षा में बैठा और देशभर में उसका स्थान चौथा था।

अनादि के मन में कहीं था कि उसका बेटा इतनी कठिन परीक्षा में उत्तीर्ण नहीं हो पायेगा, उसे मना भी नहीं करना पड़ेगा और बेटा भी फौज में नहीं जा पायेगा। उसका बेटा सदैव उसके पास ही रहेगा, चाहे वह पढ़–लिखकर यहीं किसी कॉलेज में अध्यापक ही क्यों न बन जाये। गुजारे भर का बहुत होगा। यह आवश्यकता से अधिक पैसा उसे नहीं चाहिए था।

फौज की पढ़ाई के लिये जाने से पहले वह बेटे को लेकर शिव मन्दिर गई, महात्मा जी नहीं मिले। जवान बेटे को ले, वह काशी भी गई, परन्तु एक दिन पहले ही वह वहाँ से रामेश्वरम् के लिये प्रस्थान कर चुके थे। कितने वर्षों से यह आँख–मिचौली चल रही थी।

काशी के आगे जाने की हिम्मत वह नहीं जुटा पाई। बुझे मन से बेटे के साथ वापस आ गई। बेटे का जाना उसे अनन्त के जाने से कहीं अधिक दुखी कर गया। जीने का उधेश्य ही जैसे समाप्त हो गया।

सपनों की दुनिया में ही जीना था उसे, अच्छे–बुरे सभी प्रकार के सपने भूत और भविष्य के सपने बीते हुये कल और आने वाले आज के सपने।

अनादि को दिवास्वप्न देखना नहीं आता था। सपनों से वह घबराती थी। सपने उसे दुख के सागर में ढकेल देते थे।

बीता हुआ कल, अनन्त के साथ बिताये हुये सुख के वह कुछ पल उसे रोने पर आँसू बहाने पर मज़बूर कर देते थे।

शायद यही मनोवैज्ञानिक कारण था स्वप्नों की दुनिया से दूर रहने का।

वर्ष में दो बार छुट्टियों में वह माँ के पास आता, पन्द्रह–बीस दिन रहकर अगले छः माह के लिये उसे तन्हा छोड़ चला जाता।

जीवन के यह तीन–चार वर्ष अत्यधिक लम्बे और बेरंग लगे थे।

अपनी पहली पोस्टिंग से पहले आनन्द काफी समय उसके पास रहा था।

आनन्द का स्वागत पूरे कॉलेज ने बड़े जोर–शोर से किया था। छात्राओं की प्रिय अध्यापिका और वार्डेन का वह इकलौता होनहार पुत्र था। अध्यापिकाओं का वह बेटा और छात्राओं का वह फौजी भाई था। इस खुशी को पाकर अनादि अपने पिछले सारे दुख भूल गई थी, सच ही उसे कुछ याद नहीं था, और सच पूछा जाये तो वह याद करना भी नहीं चाहती थीं

बेटे को लेकर कहीं मन के एक कोने में अहंकार ने अपनी जगह बना ली थी, जिससे शायद अनादि अनजान ही थी।

दिन पंख लगाकर उड़ गये। पलभर को भी वह अपनी मुट्ठी में कैद नहीं कर पाई थी उन्हें।

पहली पोस्टिंग धरती का स्वर्ग कहे जाने वाले शहर में हुई 'कश्मीर' श्रीनगर।

वह खुश था, फौजी था, जाबाज़ था, बहादुर था पर माँ डरी हुई सहमी सी थी, क्या करती, बेचारी ने अपने फौजी पति को खोकर बड़े कष्ट उठाये थे

पति खोया, तो खोया अब इस उम्र में बेटा नहीं खोना चाहती थी।

अनादि जी नहीं पायेगी, यदि कहीं दोबारा ऐसा कोई हादसा हो गया।

इधर तीन रातों से वह सो नहीं सकी थी, आँखों के नीचे चारों ओर काले निशान और सूजी हुई आँखें इस बात की गवाह थीं।

आँखों को आँचल से पोंछते हुए बेटे को छाती से लगा विदा कर दिया, देश की सेवा के लिये।

आज जीवन में पहली बार उसे क्रोध आ रहा था, उन लोगों पर उन चन्द लोगों पर, जिन्होंने एक बन्द कमरे में बैठकर, देश का इतने बड़े देश का बँटवारा कर दिया, दो टुकड़ों में बाँट दिया। करीब तीस करोड़ मासूम इन्सानों की जिन्दगी का फैसला कर दिया। लोग घर से बेघर हो गये। इन्सान बहशी दरिन्दा बन गया। मासूम बच्चियों पर बलात्कार हुआ, मजहब और धर्म को गाली दी, उसे घिनौना रूप दिया गया। कौन होते थे आख़िर वह लोग, किसने उन्हें यह हक दिया था। क्या देश उनका था?देश और देशवासी उनकी अपनी जागीर थे। बुजुर्गों के कर्मों के फल आने वाली पीढ़ी को भोगने पड़ते हैं किसी ने कभी सच ही कहा था।

बबूल बोकर कोई गया, उसके काँटे हम जैसी स्त्रियों, बच्चों और जवानों को, उनके बूढ़े असहाय माता–पिताओं को जाने कब तक लहूलुहान करते रहेंगे, उनके शरीर को, हृदय को और आत्मा को। जो कर गये, सो कर गये, एक समस्या छोड़ गये, अपनी सन्तानों के लिये 'कश्मीर समस्या' जो सुरसा नाम की राक्षसी की भाँति मुँह फैलाये खड़ी है। हजारों–लाखों इन्सानों, मासूम बच्चों को लीलने के पश्चात् मुँह दिन–ब–दिन और अधिक खुलता ही जा रहा है। कितने और कितने आख़िर कब तक इसका ग्रास बनते रहेंगे।

है इसका जवाब, किसी भी देशप्रेमी नेता के पास?जवाब क्या होगा यह नेता चाहते ही नहीं, समस्या को हल करना, समस्या हल हो जायेगी तो बचेगा क्या ? देश बँटा, जाति बँटी अब उपजातियाँ बँटी जा रही है।

जवानों को पहले देश के भीतर बैठे इन गद्दारों से देश बचाना चाहिए।

रात देर तक वह अपने आपसे लड़ती रही, अपने विचारों से जुझती रही।

शयनकक्ष के बिस्तर पर लेटे–लेटे मस्तिष्क में उठे विचारों का बवंडर नींद आते ही खुद–ब–खुद शान्त हो गया।

सुबह काफी देर से उठी। आलस्य से भरपूर, क्या हो गया था उसे, यह वह भली प्रकार जानती थी।

बड़े ही बेमन से रसोई में आ एक प्याला चाय बना, वह अपने कमरे में आ गई।

आनन्द की तस्वीर के सामने चाय का प्याला रख, वह मन–मन्दिर में बैठी अनन्त की मूरत को देख रही थी।

मुस्कुरा कर उसने प्याला उठाया, एक सिप ले उसे यथास्थान रख दिया।

ख्यालों में ऐसा खोई कि उसे पता ही नहीं चला, चाय कैसी बनी थी और कब प्याला खाली कर किचेन में रखा गया।

पूरे पन्द्रह दिन पश्चात् आनन्द का पत्र आया। फोन पर बात हो चुकी थी परन्तु पत्र का इन्तजार माँ को होगा, यह बात बेटा अच्छी तरह जानता था।

पूरे पत्र में उसने कश्मीर की तारीफ लिखी थी, पत्र को समाप्त करने से पहले उसने लिखा था– ''माँ किसी ने सत्य ही कहा है यदि पृथ्वी पर कहीं स्वर्ग है तो यहीं है, यहीं है।'' बेटे का पत्र पढ़कर मात्र कुछ समय के लिये उसे सुकून मिला था।

समय–समय पर आनन्द के पत्र आते रहते एक–एक पत्र को वह अपने समय के सीमित खजाने से समय चुराकर अनगिनत बार पढ़ती। पत्र पढ़ कभी आँसू बहाती तो कभी ममतामयी मुस्कान अकेले बेजान कमरे में बिखेर देती, जिन्हें देखने और महसूस करने वाला कोई नहीं होता, सिवा उसके अपने आपके।

कॉलेज में उसका सम्मान और बढ़ गया था, ऐसे होनहार संस्कारी बेटे की माँ जो वह थी।

पूरे नौ माह तीन दिन पश्चात् आनन्द घर आया था माँ के पास।

वही ममता वही मातृत्व उसकी आँखों में छलक पड़ा, जैसा कि आनन्द के जन्म के समय। पूरी रात्रि वह माँ को अपने दोस्तों के श्रीनगर की वादियों के किस्से सुनाता रहा, दोनों की आँखों में दूर–दूर तक नींद का साया भी नहीं पहुँच पाया था।

अनादि तो सारी रात बेटे को अपने समक्ष बिठा कर निहारना ही चाहती थी, बेटा अपनी माँ को वह सब बताना चाहता जो नौ माह, तीन दिन उसने माँ के बिना व्यतीत किये थे।

''माँ कहते हैं पानी में आग नहीं लगती, वहाँ तो बर्फ के हजारों फुट ऊँचे गगनचुम्बी पर्वतों पर बर्फीली चोटियों पर आग ही दिखाई देती है। कभी–कभी तो लगता जैसे बर्फ

की चादर चीर अचानक ज्वालामुखी फूट पड़ा हो ।''

"एक तरफ तो तू वहाँ की तारीफ करता है दूसरी ओर यह डरावनी बातें बताता है ।'' अनादि ने घबराकर प्रश्न किया ।

"माँ यह भी जीवन का एक हिस्सा है, जब सब शान्त रहता है तो बड़ा ही भला लगता है शान्ति तो घर हो, बाहर हो, देश में हो, परदेश हो अच्छी ही होती है प्रकृति के लिये भी, मानव के लिये भी ।''

"पर कौन समझाये, इन अशान्ति फैलाने वालों को ।'' अनादि क्रोध में बोली ।

आनन्द माँ के क्रोधित चेहरे को देख मुस्कुरा दिया ।

"तू मुस्कुरा रहा है, मेरी बात गाँठ बाँध ले, इन सभी दुर्घटनाओं, समस्याओं और अशान्ति के कारण है मौकापरस्त नेता। युद्ध का कारण भी यही होते है, युद्ध चाहे देश के भीतर गृह युद्ध के रूप में, या फिर दूसरे देश के साथ किसी भी सरहद पर। किसी नेता के बेटे को देखा है फौज में? मैंने तो नहीं। किसी नेता का बेटा शहीद हुआ है देश के लिये ? मैंने तो नहीं सुना। एक कानून बनाया जाये कि देश के नेताओं के एक बेटे को फौज में होना अनिवार्य है ।''

"माँ तुझे इतनी नफरत है इस कौम से ।''

"हाँ ! मैं इन स्वार्थी नेताओं से नफरत करती हूँ, यही एक कौम है जिसका कोई धर्म, ईमान नहीं होता। गन्दी राजनीति के लिये यह सब कुछ कर सकते हैं। यह मात्र अपना भला ही सोचते हैं, करते हैं। कदाचित् ही किसी एम.पी., एम.एल.ए को निर्वाचित होने के बाद अपने क्षेत्र में उस गरीब, बेबस, असहाय, बेकार, भूखे, नंगे लोगों बीच जा उनका हाल—चाल पूछते देखा होगा। हाँ, चुनावी घोषणा के कुछ दिन पूर्व और उसके पश्चात् यह अवश्य गाँव—गाँव की धूल चाटते, वादे करते दिखाई देंगे। यह नेता एकदम बरसाती मेंढक की भाँति ही होते हैं। अपने आपको जनता का प्रतिनिधि न समझ अपने आपको राजा समझ बैठते हैं। जब कुर्सी हिलती नज़र आती है तो फिर हाथ जोड़ खींसे निपोरते नज़र आते हैं। किस कदर बेशर्म होते हैं यह लोग ।''

"छोड़ो माँ, यह एक लम्बी बहस का मुद्दा है। एक अन्तहीन बहस, इसे यहीं समाप्त कर दो, अपना खून क्यों जलाती हो। हमारे—तुम्हारे सोचने से क्या होता है ।'' कहते हुये आनन्द ने अपना सिर माँ की गोद से हटा तकिये पर रख लिया। अनादि समझ गई, उसके थके हुये बेटे को नींद आ रही है।

जाने कब, कैसे एक माह बीत गया। इस बीच वह दो दिनों के लिये शिव मन्दिर भी गई, परन्तु निराश ही लौटी, महात्मा जी के दर्शन से वंचित ही रहीं। महात्मा जी एक माह पहले ही आश्रम से बाहर गये थे आने का समय निश्चित नहीं था।

आनन्द अब कैप्टन आनन्द मोहन हो गया था। अनादि के नेत्रों ने अब दिन—रात

सोते—जागते आनन्द के विवाह के सपने देखना शुरू कर दिये थे।

दोपहर भोजन के पश्चात् वह जब बिस्तर पर आराम करने के लिये लेटती, लाख बार मन को समझाती कि वह भविष्य के लिये कोई सपना नहीं देखेगी, सुखद भविष्य की कल्पना भी नहीं करेगी, पर हमेशा उसकी हार होती, वह हथियार डाल देती। पवन के वेग से भी तीव्र गति से उड़ने वाले मन के समक्ष।

"आनन्द अब तू बड़ा हो गया है, विवाह के लायक हो गया है, मैं भी बूढ़ी हो रही हूँ कुछ वर्षों में अवकाश प्राप्त कर लूँगी। स्कूल से छुट्टी मिल जायेगी, मुझे अब बहू चाहिए, पोता चाहिए। तू बहू को बेशक अपने साथ ले जाना, मैं तुम्हारे और उसके, तुम दोनों के बच्चे को पालूँगी।"

"वाह माँ! तुम्हें तो अपना बेटा इतना प्यारा है और तेरी बहू को बेटा उसे क्या प्यारा नहीं होगा जो वह........ ।"

"बहू के आये बिना ही तू इतनी तरफदारी कर रहा है बेशर्म।" कहते हुये अनादि ने ममता से बेटे के सिर पर हाथ फेरा।

"तरफदारी नहीं, सच्ची बात बता रहा हूँ।"

"अच्छा ठीक है बहू तो ले आ, मैं ही तुम लोगों के साथ रह बच्चे को पालूँगी। तब तो उसे कोई कष्ट नहीं होगा।"

"हाँ! यह बात ठीक है। अगली छुट्टी में जब आऊँगा, तब तेरी इच्छा पूरी करूँगा, यदि तू कहे तो वहीं से कोई कश्मीरन लेता आऊँ।" आनन्द हँसते हुये बोला।

"यदि तुझे पसन्द होगी तो चलेगी, कोई भी, कैसी भी हो, तुझे पसन्द हो, तुझे जी जान से प्यार करती हो बस।" अनादि गम्भीर हो गई थी।

"अरे वाह! तुम तो बड़े माडर्न ख्यालों की हो माँ।"

"माडर्न ख्यालों की नहीं, ममता की मारी है तेरी माँ।" अनादि की आँखे नम हो गई थी।

"नहीं! माँ—बहू तो तेरी ही पसन्द की आयेगी। वही लड़की इस घर में आयेगी जो मुझे नहीं तुझे प्यार करती हो।" भावुक होता हुआ आनन्द बोला। कैप्टन आनन्द मोहन छुट्टियाँ बिताकर वापस चला गया। अनादि फिर अकेली रह गई।

कारगिल युद्ध की खबर पढ़, तो वह बौखला उठी। उसके भाग्य विधाता ने आख़िर क्या लिखा है उसके भाग्य में।

चौबिसों घण्टे वह बुरे—बुरे विचारों से ग्रसित रहती। किसी अनहोनी की खबर सुनने को राम जाने उसके कान क्यों बेचैन रहते।

पूजा—पाठ का समय पहले से कहीं अधिक हो गया। जो व्रत—उपवास कोई भी

बताता, वह उसका पालन करने लगती। मन को शान्ति फिर भी नहीं मिल रही थी।

रात—रात वह बैठी रहती, लगता हृदय बैठा जा रहा, छाती पर टनों बोझ किसी ने अचानक रख दिया। बोझ से वह दबी जा रही है, उसकी साँस घुट रही है।

पढ़ाने में उसका मन नहीं लगता। उसका पढ़ाया गया विषय छात्राओं को बिना नोट्स बनाये ही याद हो जाता था। परीक्षा के समय बस पुस्तक पलटने की आवश्यकता पड़ती थी। आजकल वह क्या पढ़ाती थी उसे खुद नहीं मालूम था। विषय से भटक जाती, छात्राओं के टोकने पर वह कक्षा से बाहर चली जाती।

अनादि के व्यवहार से भी छात्राओं में असन्तोष बढ़ता जा रहा था। साथ की अध्यापिकायें उसे समझाने का, उसके मन के मिथ्या भय को निकालने का भरपूर प्रयास करतीं, पर सभी असफल ही रहतीं।

''क्या करूँ ? मैं जानबूझ कर कुछ नहीं करती, ना ही कुछ ऐसा—वैसा सोचती हूँ। अरे! तुम लोग क्यों नहीं समझती, विचारों पर बंदिश नहीं लगा सकते। मन की उड़ान को नहीं रोक सकते, मन की उड़ान की दिशा को हम और तुम तय नहीं कर सकते।'' इतना कहते—कहते वह फूट—फूटकर रो पड़ती।

''कर सकते हैं अनादि, सब कर सकते है।'' मीरा बोली।

''नहीं ! कभी नहीं, ईश्वर के बस में नहीं है। अरे, तुम्हारा नाम तो मीरा है तुम्हारे ही नाम की भक्ति को कितना रोका गया, कृष्ण के रंग में न रंगने के लिये। क्या, वह पति प्रेम था उसके भय के कारण रोक पाई।''

''तो तुम भी ईश्वर की ओर इस परम्पिता की ओर मन को लगा दो।''

''लगाती हूँ, हजार कोशिशों के पश्चात् भी ये मन बेटे के पास पहुँच जाता है।''

''पहुँच जाता है ठीक है। पर बुरा ही क्यों सोचती हो, सोचो तुम्हारा बेटा विजयी होकर, सम्मानित हो, तुम्हारे पास लौटेगा।''

''क्या करूँ ! समय की मार से टूट चुकी हूँ, मजबूर हूँ, अब नहीं सह पाऊँगी।'' इतना कह वह फफक पड़ी। कितनी मजबूर, दुखी और लाचार दिख रही थी अनादि मीरा को।

जब भी दूरदर्शन और रेडियो पर यह खबर सुनती कि कितने आतंकवादियों को सेना के जवानों ने मार गिराया, और इतने शहीद हुये उसके मुँह में एक निवाला भी नहीं जा पाता। देर रात तक वह मन—ही—मन सभी देवी—देवताओं का स्मरण करती रहती। उसका मन सुपरसोनिक स्पीड से काशी के शिव मन्दिर पहुँच जाता। भगवान शिव का ध्यान करते—करते जाने रात्रि के किस पहर में उसकी आँखें विश्राम करती।

एक शाम वह भी आई, जो सम्पूर्ण देवी—देवताओं को सदैव के लिये उससे दूर ले गई। वह शाम थी, कैप्टन आनन्द मोहन के शहीद होने की खबर।

अनादि जड़ हो गई। झील सी भीगी गहरी आँखें रेगिस्तान हो गई।

तिरंगे में लिपटे बेटे का शव देखने के पश्चात् ही उसकी पलकों ने हरकत की थी।

पूरे राजकीय सम्मान के साथ उस मासूम का अन्तिम संस्कार हो गया।

मंत्री—मुख्यमंत्री सभी ने रूमाल निकाल सूखी—बेशर्म आँखों को पोंछने का नाटक भी किया। लगता ऐसा दारुण दृश्य देख सचमुच आँखें नम हो गई हो।

फूलों के बोझ से उसका बेटा दब गया। सब देखकर भी वह खामोश थी, चुप थी।

मंत्री जी, उसे सान्त्वना दे रहे थे। समझा रहे थे देश का प्रत्येक जवान उसका बेटा है। वह तो सभी की माँ है।

सम्पूर्ण राष्ट्र उसके साथ है उसके दुख में दुखी हैं।

मंत्री, क्या बक रहे थे कुछ नहीं सुना देखने—सुनने की शक्ति तो उसका बेटा अपने साथ ले गया था। अब तो उसके बेटे के शरीर के साथ ही उसकी यह शक्तियाँ भी जलकर भस्म हो जायेंगी। अनादि को तो अर्जुन की भाँति मछली की आँख की तरह आनन्द का चेहरा ही दिख रहा था।

अनादि ने कॉलेज जाना बन्द कर दिया था, सुबह—शाम पूजा—पाठ, खाने—पीने से भी उसका कोई सरोकार नहीं रह गया था। घर की नौकरानी उसे कब क्या खिला देती, कब बिस्तर लगा सुला देती। कुन्द बुद्धि की नन्हीं बालिका जैसी हरकतें हो गयी थीं उसकी।

सब शान्त हो गया, समय के साथ। दोबारा किसी मंत्री या नेता उसका हाल पूछने नहीं आये, ना ही देश के अन्य बेटे, अपनी माँ का हाल जानने आये।

तालाब में फेंके कंकड़ से उठी लहरें जैसे कुछ ही पलों में स्थिर हो जाती, वैसे सब कुछ शान्त स्थिर हो गया था।

अनादि का हृदय शान्त नहीं हुआ था कंकड़ असहनीय टीस पहुँचा रहा था।

एक जानवर की भाँति निरुद्देश्य जीने को मजबूर थी अनादि। जिसका काम था, अपना पेट भरना।

कॉलेज भी जाना शुरू कर दिया था। कॉलेज वापस आने के लिये भाँति—भाँति प्रकार से अपने—अपने तरीके से, तर्कों से समझाया था, उसके साथ की अध्यापिकाओं ने। महीनों बीत गये आनन्द को संसार से गये, परन्तु लाख प्रयत्न करने के पश्चात् भी किसी ने

अनादि के चेहरे पर फिर कभी वह खिलखिलाती हँसी तो दूर मुस्कुराहट भी नहीं देखी।

जीवन के सबसे बड़े हादसे के पश्चात् न तो वह शिव मन्दिर और ना ही महात्मा जी से मिलने के लिये उसका मन किया।

इस बात का पछतावा उसे अवश्य हुआ कि वह महात्मा जी से क्यों मिली। यही दिन देखने के लिये महात्मा जी ने उसे आत्महत्या करने से बचाया था।

पच्चीस वर्षों का सुखा महात्मा जी के कारण, जो उसे मिला था। वह एक पल में बेमानी लगने लगा। खुशियों, पर खुशियाँ समेटकर कितना भला लगता है। आँचल कभी छोटा नहीं पड़ता। दुख कैसे झटके में आँचल को तार–तार कर देता है।

अनादि सोचती, जब भगवान् श्रीराम अवतार रूप में पृथ्वी पर आये, एक चक्रवर्ती राजा के पुत्र बनकर तब उन्हें जीवन भर कष्ट–ही–कष्ट उठाना पड़ा। जंगल–जंगल पत्नी के साथ चौदह वर्ष मारे–मारे फिरे, उन चौदह वर्षों में पत्नी–वियोग भी सहा। लंका पर विजय प्राप्त कर वापस आये, तो दुखों ने उनका पीछा नहीं छोड़ा। सीता जैसी सती का त्याग करना पड़ा। अपने ही पुत्रों से युद्ध के लिये खड़ा होना पड़ा।

अन्त क्या हुआ, सीता जी पृथ्वी में समा गईं, और स्वयं श्रीराम को जल समाधि लेनी पड़ी। यह सब सोचकर वह थोड़ा शान्त होती, उसे लगता वह तो एक तुच्छ स्त्री है, साधारण स्त्री। विधाता ही मनुष्य का भाग्य उसके जन्म से पहले ही लिख देता है। दुख–सुख का अहसास तो मस्तिष्क और हृदय का खेल है।

इन स्वयं से किये गये तर्क के पश्चात् वह खुद से ही कहतीं, श्रीराम को भी दुख हुआ था। वह तो पेड़–पौधों से, पक्षियों से, फूलों से पूछते फिरते थे कि क्या किसी ने उनकी सीता देखी है। अनादि अपने आपसे बातें करती थी। किसी के प्रश्न का वह संक्षिप्त उत्तर दे, खामोश हो जाती थी। अपने दुख को बाँटने की आदत उसे नहीं थी।

छब्बीस जनवरी को उसे दिल्ली बुलाया गया था। मरणोपरान्त उसके शहीद बेटे को पदक मिलेगा, उसे शाल उढ़ाया जायेगा। वह ऊनी शाल होगा या उसका कफन, पदक लेकर क्या वह जीवित, चाहर दीवारों के इस घर में वापस आ पायेगी?शायद नहीं।

महीनों पुराने ज़ख्म को, घाव को हजारों–लाखों लोगों के सामने कुरेदकर ताजा किया जायेगा। उस दर्द को बर्दाश्त कर पायेगी ?वह मनहूस दिन भी आ गया, उस माँ के लिये जब उसने दिल्ली के लिये प्रस्थान किया।

खुशी का प्रश्न ही नहीं उठता, दुख था नहीं। आख़िर क्या था उसके मन में, इसे वह शब्दों में व्यक्त नहीं कर सकती थी।

अनादि क्या, दुनिया की कोई भी माँ अनादि की स्थिति में कुछ भी बोलने में असमर्थ होगी। दिल्ली पहुँचने तक के लम्बे सफर में उसे न खाने के सामान की आवश्यकता पड़ी, न ही पानी की ज़रूरत।

कभी व्रत का एक दिन भी उससे नहीं कटता था, चाय अनादि की कमजोरी थी, बचपन में माँ से डाँट पड़ती। ससुराल में कभी हिम्मत ही नहीं हुई, कि वह अपने लिये एक प्याला चाय बना ले।

जब कभी अनन्त होते, तो अवश्य उनके बहाने अपने लिये भी ग्लास भरकर चाय ले आती। एक हाथ में कप–प्लेट और दूसरे हाथ में गर्म ग्लास पकड़े, जब वह कमरे में प्रवेश करती डरी–डरी तो अनन्त खिलखिला कर हँस पड़ते और कहते।

"वाह ! जैसे कोई चोर हीरे, जवाहरात चुराकर अपने कमरे घुस रहा हो, सच अनू तुम बिल्कुल चोर लगती हो, चाय चोर।"

"छी: !" कह ग्लास और कप–प्लेट मेज पर रख वह अनन्त की चौड़ी छाती में समा जाती। विगत कुछ वर्षों से तो उसे पूरी आजादी मिली थी, चाय बनाने और पीने की। बेटे के साथ ही कलयुग के उस अमृत को पीने की इच्छा भी समाप्त हो गई थी।

स्टेशन पर चाय की केतली और कुज्झड़ों की टोकरी उठाये छोटे–छोटे बच्चे एक खिड़की से दूसरी तक दौड़ते। छोटे–छोटे कुज्झड़ों में फुर्ती से चाय डाल वह बच्चे खिड़की से अन्दर बैठ मुसाफिर को पकड़ा देते, मजाल क्या कि एक बूँद भी चाय छलक जाये। अनादि बड़े ध्यान से सब देख रही थी। इस सबके बाद भी उसकी इच्छा चाय पीने की नहीं हुई। सामने पड़े सोफों की कतार में उसे भी सम्मानपूर्वक बिठा दिया गया।

कार्यक्रम शुरू हो गया। पण्डाल, रंग–बिरंगी झण्डियों, कुर्सियों, कीमती सोफों, सोफों के नीचे लाल मखमली कारपेट, सेण्टर टेबुल पर फूलों के गुलदस्ते सजे थे। उन फूलों की कीमत किसी मज़दूर की एक माह की मज़दूरी से कम नहीं होगी।

अनादि सोच रही थी कि वह बेटे के विवाह में आई है या उसकी मृत्यु के पश्चात मेडल लेने जिसे छाती से लगाकर बाकी की जिन्दगी वह रोयेगी। तभी उसके कानों ने सुना कैप्टन आनन्द मोहन की वीरता के चर्चे। कैसे उसने वीरगति पाई, कैसे वह अपने देश के लिये शहीद हुआ। उसकी महानता की गाथा अनादि को अत्यधिक दुख पहुँचा रही थी।

अनादि धीरे से उठी और स्टेज़ पर जा पहुँची। सोफों पर बैठे विशेषकर नेताओं से उसने दो शब्द बोलने के लिये अनुमति ली, वह भी क्षमायाचना करते हुये।

अनादि के सामने माइक कर दिया गया।

"आज इस पण्डाल में बैठे उन भाईयों, बहनो और माताओं से जो अपने पति, बेटे या फिर भाई की असमय हुई मृत्यु के बाद मेडल लेने आये, शाल ओढ़ने आये, या फिर कागज़ का एक बेजान सार्टिफिकेट, पूछना चाहती हूँ क्या वे खुश हैं यहाँ आकर? देश के लिये शहीद होना बड़ा पुण्य का कार्य है, इससे अच्छी मृत्यु कोई और हो ही नहीं सकती। युद्ध भूमि में मरना गर्व की बात है, उस शहीद के लिये भी माँ–बाप और पूरे कुल के लिये भी। लेकिन क्या हमारे आपके बच्चे वाकई ऐसी मौत मरे हैं ?

"युद्ध कभी देश की, बाहरी शत्रु से रक्षा के लिए होते हैं तो कभी देश के अन्दर ही देश के शत्रुओं से अपने को बचाने के लिये। इतिहास साक्षी है– कभी राजनेताओं के गलत कदम, संकीर्ण विचारधारा उत्तरदायी हो जाती है, राष्ट्रों के बीच पनपे तनाव के लिए, तो कभी बाहरी ताकतों के कारण युद्ध थोप दिए जाते हैं। कभी राजनीतिज्ञ, जिनके हाथ में देश की सत्ता है, अपनी गद्दी के मोह में जनता को गुमराह करके देश को युद्ध की विभीषका

में झोंक देते हैं। समस्याएं सच्चे मन से न सुलझाए जाने के कारण विकट समस्याएं बन जाती हैं और भुगतना पड़ता है जनसाधारण को, साधारण सैनिक को।

"भगवान के लिये सामने कतारों में बैठी इन माँ–बहनों और असमय हुई विधवाओं की आत्मा को टटोलकर देखें, इनके हृदय से पूछें, क्या वे इस मेडल और मुआवज़े की रकम से खुश हैं ?इस मेडल को स्वीकारने से पहले उस माँ.............." अचानक अनादि के शब्द अन्दर ही घुटकर रह गये। तभी किसी जवान ने दौड़कर बड़ी फुर्ती से उसके निर्जीव होते शरीर को अपनी बलिष्ठ बाँहों में ले लिया।

रईस

ताँगे की सवारियाँ उतरते ही, देर से इन्तज़ार कर रहा रईस ताँगे वाले से बिना पूछे ताँगे पर बैठ गया।

काफी देर से वह सड़क के किनारे सामान लिये खड़ा था। खीज के कारण वह अपने आपमें बड़बड़ा भी रहा था, जैसे कोई पागल या सिरफिरा सनकी हो।

"हाँ, भई चौक चलना है ?" सामान ठीक से रखते हुये उसने वह प्रश्न किया जो उसे ताँगे पर बैठने से पहले ही कर लेना था।

ताँगे वाला कुछ कहना चाहता था परन्तु उस गरीब के चेहरे के भाव पढ़ रईस उसके बोलने से पहले ही पुनः बोल पड़ा।

"घबराओ मत, जो पड़ता है वही दूँगा, कम नहीं। पैसे की चिन्ता मत करो।"

"साहब बहुत गरीब हूँ, बड़ा परिवार है, फिर घोड़े का 'रातिब' भी महँगा हो गया है। महँगाई ने साहब कमर ही तोड़कर रख दी है।" ताँगे वाले ने रईस से अपनी लाचारी ज़ाहिर की।

"हाँ–हाँ, मुनासिब पैसे मिल जायेंगे।" अहंकार में चूर उस गरीब की बात को हवा में उड़ाते बोला।

ताँगे वाले की फटी छेदों वाली मच्छरदानी सी बनियाइन, फटी लुंगी, उसकी गरीबी की कहानी बता रही थी।

हड्डियों कर पिंजर, पिचके गाल, यदि ऊपर वाले ने मुँह में जबड़ा और दाँत न दिये होते तो यह निश्चित था कि ताँगे वाले के दोनों गाल अन्दर से एक–दूसरे से छू अवश्य जाते। पेट अन्दर धँसा हुआ था, आँखें जैसे कटोरे की तली में चिपककर रह गई हों।

उसकी कमजोरी, लाचारी, मुफलिसी उसे एक नज़र में देखने से ही पता चल रही थी।

रईस भी यदि मज़बूर नहीं होता, तो कभी इस कदर मरियल ताँगे वाले के ताँगे पर न बैठता। ताँगे वाला कैसा भी हो, ताँगे में जुता घोड़ा हृष्ट–पुष्ट मजबूत था। यही घोड़ा ही तो मरियल बीमार मालिक के कुनबे का पालनहार था।

"यार मियाँ तुमसे तो कहीं मजबूत, अच्छा तुम्हारा घोड़ा है।" रईस ने चुटकी ली।

"जी, हाँ। सरकार सही फरमा रहे हैं आप, कमाऊ बेटा है ना, अपने और अपने परिवार से कहीं अधिक इसका ख्याल रखना पड़ता है। इसे कोई और चिन्ता तो है नहीं।"

''क्यों भाई ?''

''हाँ साहब, यह दो पैरों वाला जानवर ही तो है, जो बीबी–बच्चों, माँ–बाप की चिन्ता के साथ ही भविष्य की चिन्ता में जोड़ने की प्रवृत्ति में मरता रहता है, घुलता रहता है, ना तो खुद जीता है और ना ही औरों को जीने देता है। यदि इन्सान अपनी इस अधिक से अधिक पाने की हवस को थोड़ा कम कर दें, तो हम जैसों को अपनी इस दो वक्त की रोटी के लिये इतनी जद्दोजहद न करनी पड़े।''

''अरे मियाँ ! तुम तो फिलासफरों वाली बातें करते हो।'' रईस को ताँगे वाले से बात करने में आनन्द आ रहा था।

''साहब वख़्त और परिस्थितियाँ इन्सान को क्या नहीं बना देतीं।'' मायूसी भरे शब्द थे उसके।

रईस को ताँगे वाले से अब उतनी घिन नहीं आ रही थी। थोड़ा सा फैलकर बैठने की चेष्टा में अपने बैग को नीचे रखा। अचानक उसका हाथ सीट में फँसी किसी वस्तु से लगा, उसे निकाल कर देखा तो वह पर्स था, किसी पुरुष का बटुआ।

रईस ने चारों ओर नज़र डाली, जैसे दुनिया भर के जाने कितने लोग उसे सीट में फँसे किसी और के पर्स को निकालते देख रहे हैं। अपने शरीर के प्रत्येक अंग पर उसे नज़रों की चुभन का अहसास हो रहा था। वह एक अनाड़ी चोर की भाँति बार–बार इधर–उधर देख रहा था।

आहिस्ता से उसने उसे खोलकर देखा, पर्स नोटों से भरा था। रईस ने सड़क चलते लोगों की उन नज़रों को जिनसे उसका दूर–दूर तक कोई वास्ता नहीं था, उन्हीं नज़रों से बचाकर पर्स वहीं सीट के किनारे रख दिया, यह तय करके कि उतरते समय सामान के साथ ही पर्स भी उठा लेगा।

अब उसे ताँगे वाले की बातों से कोई सरोकार नहीं था, ताँगे वाला बोलता रहा, पर उसने कुछ नहीं सुना, जब सुना तो बेवजह उस गरीब को एक भद्दी गाली के साथ झिड़क दिया।?

अवाक् ताँगे वाला समझ ही नहीं पाया कि आख़िर सवारी ने उसे क्यों गाली दी और काहे झिड़क दिया, कुछ समय पहले तो वह बड़ी आत्मीयता से उससे बातें कर रहा था, अचानक सवारी को क्या हो गया, कहीं तबियत तो खराब नहीं हो गई।

मन–ही–मन सोचकर रह गया ताँगे वाला। सवारी से कुछ भी पूछने की हिम्मत वह नहीं जुटा पाया। रास्ते की भीड़ को चीरता हुआ ताँगा चला जा रहा था। ताँगे वाले का क्रोध और दुख बेचारे बेजुबान घोड़े पर चाबुक के माध्यम से बरपा था।

चाबुक की चोट से वह सरपट दौड़ पड़ा। अचानक रईस ने ताँगे वाले को सम्बोधित करते हुये कहा।

''ए ताँगे वाले।''

''जी हुज़ूर!''

''ताँगा रोको।'' उसके हुक्म पर घोड़े को जैसे किसी मोटर गाड़ी का पावर ब्रेक लगा हो।

''यह दस रुपये रखो, मुझे यहीं उतरना है।''

''साहब, यहाँ तक तो छः रुपये ही पड़ते है।''

''रख लो, तुम भी क्या याद करोगे कि किस रईस से पाला पड़ा था।''

''जीते रहिये साहब, ऊपर वाला आपको खुश रखे, सलामत रखे, खुदा आपको बरकत दे।''

रईस ताँगे से सम्मान क्या स्वयं भी उतर नहीं पाया था कि और सवारियाँ आ गईं। ताँगे वाले ने ही सामान उतार दिया।

सवारियों को मना कर वह आगे बढ़ गया। रईस पीछे उसे आवाज़ ही देता रहा। चेतक की भाँति ही घोड़ा मालिक और ताँगे के सहित छूमन्तर हो गया।

कहाँ किस सड़क से कौन सी गली में। हार मानकर रईस ताँगे वाले को ढूढ़ता ताँगा स्टैण्ड पहुँचा, तो देखा वही ताँगे वाला सामने से आ रहा है।

उम्मीद की असंख्य किरणों के प्रकाश से उसके मस्तिष्क ने उसकी आँखों को चकाचौंध कर दिया।

''अरे! साहब आप?''

दस रुपये की सवारी को वह भला इतनी जल्दी कैसे भूल जाता।

''मेरा पर्स रह गया तुम्हारे ताँगे में।''

''अरे! मालिक वह आपका था?''

''हाँ, कहाँ है वह?'' लड़खड़ाती आवाज़ में बस इतना ही बोल पाया वह।

''वह तो मैं अभी–अभी थाने में जमा कर आया। आपका कारड भी है उसमें जिस पर आपका पता भी लिखा है। दरोगा जी ने खोलकर देखा था।''

''हाँ.....हाँ!'' वह हकला कर बोला।

''साहब, उस बटुये में तो तीस हजार से भी अधिक रुपये थे दरोगा जी ने खुद गिना था।''

''तुमने नहीं गिना?''

''नहीं साहब! हम काहे गिनते, हम तो ऐसे ही रख लिये। हाँ, एक नज़र डाली ज़रूर थी, फिर साहब कौन सा हमारा बटुआ था जो उसमें रखे नोटों को गिनता। अल्लाह न करे

जो कहीं ईमान डगमगा जाता तो उस ऊपर वाले को क्या मुँह दिखाता।"

"फिर!"

"फिर क्या साहब, बैठिये ताँगे पर अभी हाथ–के–हाथ आपकी पूरी रकम मिल जायेगी।"

"ठीक, मैं चला जाऊँगा।" रईस बोला।

"नहीं, साहब हम चलते हैं आपके साथ।"

"नहीं, ऐसी कोई जल्दी नहीं।" वह मायूस होकर बोला।

ताँगे वाला सोच रहा था हज़ारों का मामला, फिर भी बाबू जी को कोई जल्दी नहीं पर्स पाने की। हाँ, बड़े आदमी हैं हम जैसे तो हैं नहीं कि दो–दो रुपये के पीछे रात–दिन एक कर दें। थाने में बटुआ तो सुरक्षित है ही। आख़िर शहर के थानेदार को इतनी बड़ी रकम, किसी की अमानत सौंप कर आया हूँ। बाबू साहब को मिल ही जायेगी। या अल्ला! सबका भला करना।

❑ ❑ ❑

वकील

वकील कुंजबिहारी यादव जी को अपनी वकालत पर बड़ा अहंकार था। कोर्ट कचहरी में उनकी वकालत चले या ना चले, परन्तु घर–परिवार मुहल्ले या फिर राह चलते लोगों पर वह अपने वकील होने की छाप छोड़ना कभी नहीं भूलते थे।

वकील कुंजबिहारी के परिवार की पिछली पीढ़ी में वह प्रथम प्रतिभावान पुरुष थे। गाय–भैंसों के पुश्तों पुराने पेशे को त्यागकर वकालत की डिग्री हासिल की थी। यादव जी अपना मशविरा अधिकतर निःशुल्क ही देते थे। कोई ले या ना ले, इस बात से उन्हें कोई सरोकार नहीं था।

वकील साहब का कहना था कि वह तो सूर्य की भाँति हैं। सूर्य प्रकाश देता है लोग नहीं समझते और अपनी खिड़की, दरवाजे बन्द कर उन पर मोटे–मोटे पर्दे खींच देते हैं फिर काले–हरे शीशे लगा लेते हैं परन्तु सूर्य फिर भी प्रकाश बिखेरता रहता है बिल्कुल 'फ्री आफ कॉस्ट'। वकील साहब की बातें सुन लोग अक्सर मुस्कुरा भर देते।

अब तो यह आलम हो गया था कि कुंजबिहारी वकील को आता देख लोग दायें–बाँयें हो जाते थे।

घर में भी बेचारे फटकारे जाते, पत्नी कहती–

''इतने काबिल वकील हो तो चार–पैसे कमा कर लाओ।''

''लाता नहीं हूँ तो खाती क्या हो? पहनती कहाँ से हो ?'' खीज़कर वकील साहब बोलते।

''यह कोई खाना है, दाल है तो सब्जी नहीं, सब्जी है तो दाल नहीं। इतने वर्ष हो गये एक अच्छी साड़ी खरीदकर कभी दी ?''

अरे ! वकील दीनदयाल शर्मा के घर जाकर देखो, किस ठाट–बाट से रहते हैं वे लोग। एक तुम हो, जो अपना सारा दिमाग ऊट–पटांग की बहस में खर्च कर डालते हो। कचहरी में खाली दिमाग लेकर क्या लड़ोगे, ख़ाक ! कुंजबिहारी यादव पत्नी के ताने सुन आगबबूला हो क्रोध में ही घर से बाहर निकल गये।

घर से तो भूखे पेट खाली हाथ निकले, परन्तु आदत अपने साथ ही ले गये। दिशाहीन चले जा रहे थे। क्रोध, समय के साथ वा घर से दूर आकर काफी कम हो गया था।

कुंजबिहारी अपनी धुन में चले जा रहे थे अचानक उन्होंने देखा, सड़क से थोड़ा दूर एक आदमी ऊपर के धड़ से नंगा नीचे घुटनों तक एक मैली सी धोती पहने बैठा, बड़े प्रेम

और तन्मयता से हुक्का गुड़गुड़ा रहा था, पहुँच गये कुंजबिहारी सड़क छोड़ उसके पास।

''बड़े मजे से हुक्का गुड़गुड़ा रहे हो भाई।''

''अन्दर बैल तेल पेर रहा है कोल्हू चल रहा है सरकार।'' वह बोला।

''और तुम बाहर बैठे हुक्का गुड़गुड़ा रहे हो।''

''हाँ, साहिब।''

''बड़ा समझदार और मालिक भक्त है तुम्हारा बैल।'' वकील साहब बोले।

''नहीं साहब, ऐसी कोई बात नहीं, असल में बैल के गले में घण्टी बाँध दी है।''

''उससे क्या ?'' आश्चर्य से पूछा, वकील साहब ने।

''घण्टी की आवाज़ आनी बन्द हो जाती है, तब हम समझ जाते हैं कि बैल रुक गया है, चलना बन्द कर दिया है।'' बात पूरी होने से पहले ही वकील साहब ने कहा।

''तो।''

'तो क्या साहब, भीतर जा उसे हाँक आता हूँ। बैल फिर चक्कर लगाना शुरू कर देता है और हम बाहर आ, अपना हुक्का पीने लगते है, आराम करते हैं, और राह चलते राहगीरों से बतिया भी लेते हैं।'' वह आदमी शान से बोला।

वकील कुंजबिहारी यादव जी भला उस अधनंगे मूर्ख तेली से हार कैसे मान लेते।

भला मामूली बे—पढ़ा लिखा तेली उन्हें बातों से चुप करा दे, यह तो संभव नहीं। यह तो उनके लिये नहीं, सम्पूर्ण वकील जाति के लिये शर्म की बात थी।

''मान लो तुम्हारा बैल एक ही स्थान पर खड़ा हो, मात्र अपनी गर्दन हिलाता रहे।'' आदत से मज़बूर वकील साहब आख़िर तेली से जिरह कर ही बैठे।

तेली का अब तक हुक्के की तम्बाकू बिना पिये ही जलकर राख हुई जा रही थी। अब तक वह बुरी तरह खीज चुका था, वकील साहब की बातों से।

''साहिब, हुजूर, माई—बाप, हमरे बैल ने वकीलत (वकालत) नहीं पढ़ी है, वह वकील नाही है।''

∎ ∎ ∎

मृत्यु शोक

जिला सीतापुर नैमीशारण्य से मात्र दो कोस दूर रघुनाथपुर में रहने वाले अहिर छेदीलाल के यहाँ सुबह सबेरे से ही कोहराम मचा था। लोग दहाड़े मार–मारकर रो रहे थे।

छेदी की बूढ़ी माँ के आँसू और दहाड़ें रुक नहीं रहे थे।

छेदी की माँ को देखकर लग रहा था यदि ऐसे ही आँसू बहते रहे तो गाँव में सैलाब आ जायेगा।

क्या हो गया आख़िर, अभी पिछले मास ही तो छेदी की छोटी बहू गुजरी थी। उस समय तो इतना मातम नहीं मचा था। ऐसी चिल्ल–पुकार भी गाँव वालों ने नहीं सुनी थी।

छेदी की माँ की आँखों में एक आँसू भी गाँव के किसी भी व्यक्ति ने नहीं देखा था।

हाँ, आँखों को अपनी पुरानी फटी धोती के आँचल से बार–बार पोंछते अवश्य देखा था।

उस समय लगा कि इस बे पढ़े–लिखे परिवार में रह रहे लोग कितने गम्भीर समझदार और 'गीता सार' के कितने करीब हैं।

आत्मा के अस्तित्व की कितनी समझ है इस परिवार के लोगों को।

कितनी शक्ति है इस परिवार के सदस्यों में, दुख को अन्दर–ही–अन्दर सहने की। बहू शोक के आँसू आँखों में ही सुख कर रह गये। आवाज गले में ही घुट कर रह गई।

लगा था जैसे, पढ़े–लिखे, ज्ञानी परिवार के यहाँ मृत्यु हुई है, जिसे खामोशी से लोग बर्दाश्त कर रहे हैं।

उस दारुण दुख को किसी पर प्रकट नहीं होने दिया था, उस परिवार के सदस्यों ने।

खोमोशी, चुप्पी थी घर में, परन्तु आज क्या हो गया छेदी के परिवार में जो इतना कोहराम मचा है।

सभी को जिज्ञासा थी कि आख़िर ऐसा क्या हो गया, छेदी के परिवार में। जल्दी ही बात गाँव में जंगल की आग की भाँति फैल गई कि छेदी की भैंस जिसने दो माह पहले ही बच्चा दिया था और उस मुर्रा भैंस का पन्द्रह लीटर गाढ़ा दूध होता था। सुबह सवेरे मुँह अँधेरे ही चल बसी। रात दस बजे तक तो पागुर (मुँह चलाना) कर रही थी परिवार के सभी सदस्यों ने देखा था।

गाढ़े पन्द्रह लीटर दूध में पाँच लीटर पानी ऐसा घुल मिल जाता था कि उसे

लेक्टोमीटर भी शायद ही अलग कर पकड़ पाता, छेदी की चोरी को। एक मृत्यु ही संसार में निश्चित है, विडम्बना यह कि जो तय और निश्चित है, जन्म के समय से इन्सान सबसे

अधिक जीवन भर इसी से भयभीत रहता है। अपने और अपने प्रियजनों के लिये मृत्यु शब्द को बोलना तो दूर, इस शब्द को सोचना भी नहीं चाहता।

जीवन के एकमात्र सत्य से सम्पूर्ण जीवन भागता रहता है, भयभीत रहता है। समय इस मृत्यु के पश्चात् किये गये, अन्तिम संस्कार और कर्मकाण्ड के पश्चात् इस दारुण दुख को भी भुला अन्य सुखो में इन्सान को लगा देता है।

छेदी अहीर के परिवार के सदस्यों का रोना, चीखना भी धीमा पड़ गया, आहिस्ता—आहिस्ता सभी शान्त हो गये।

बुढ़िया भी कभी—कभी गाँव की औरतों के समक्ष भैंस को याद कर, दो आँसू अपने आँचल से पोंछ लेती।

भैंस के साथ—साथ वह अपनी स्वर्गीय बहू को भी याद कर लेती, उसकी भी तारीफ करती।

एक शाम छेदी अपने छोटे बेटे विदुर के विवाह का निमंत्रण पत्र लेकर आया। यह देख हृदय को धक्का लगा। अभी मात्र तीन माह ही तो बीते बहू का स्वर्गवास हुये। लोग बताते हैं कि बड़ी ही सुन्दर, सुशील और सुलझी हुई लड़की थी। थोड़ा—बहुत पढ़ी भी थी शायद सातवीं जमात तक।

''अभी मात्र तीन माह भी पूरे नहीं हुये बहू को गुजरे और तुम बेटे का दूसरा विवाह कर रहे हो।'' मैंने कुछ क्षोभ और क्रोध में उससे पूछा।

''हाँ साहब, भैंस न मरी होती तो काहे इतनी जल्दी बेटवा का दूसरा विवाह करते।''

''अच्छा अभी कुछ दिन पहले ही तुम्हारी भैंस मरी थी।'' मैंने पूछा।

''हाँ साहब!'' वह जमीन पर ही मेरे पैरों के पास बैठ गया।

''परन्तु भैंस के मरने और बेटे के ब्याह से क्या मतलब?'' आश्चर्य से मैंने उसे देखते हुये पूछा।

''माई—बाप, जहाँ बिहा (विवाह) तय भया है, दहेज माँ बीस लीटर दूध दे वाली भैंसिया भी मिल रही है। यही करार भवा है।'' वह बड़े ही शान्त स्वर में बोला।

मुझे अब समझ में आया, बहू की मृत्यु और भैंस की मृत्यु शोक का अन्तर।

❏ ❏ ❏

कहाँ से कहाँ ?

इतने भारी–भरकम पण्डाल में पड़ी सैकड़ो कुर्सियों में एक भी कुर्सी रिक्त नहीं थी। सभी कुर्सियों पर लोग विराजमान थे। कुर्सियाँ कम पड़ने के कारण कुछ लोग पीछे खड़े थे। पण्डाल के कपड़े से बने दरवाजे पर भी कुछ महानुभाव भीड़ लगाये थे।

प्रबन्धकर्त्ता को इतनी भीड़ की उम्मीद नहीं थी। सभी राह देख रहे थे एक समाजसेवी महिला की, जिसे अब तक आ जाना चाहिये था। समय से आधा घण्टा ऊपर हो गया था।

क्या था ऐसा उस आने वाली महिला में, जो लोग इतने व्याकुल थे। उस अधेड़ उम्र की महिला को मात्र तस्वीर में देखा था कुछ लोगों ने। हाँ, दो–चार ऐसे भाग्यशाली थे, उस भीड़ में जिन्होंने प्रत्यक्ष देखा था उस समाजसेविका को।

जिन्होंने देखा था, वह उसके रूप–रंग और मुखमण्डल के तेज का बखान करते नहीं थक रहे थे। साथ–साथ इस बात की दुहाई भी दे रहे थे कि उनके कथन में, बातों में रत्ती भर झूठ नहीं। वह बहुत सुन्दर गौण वर्ण की महिला है, एक अद्भुत पवित्र तेज उनके मुख पर है। चौड़ा मुख पर है। चौड़ा माथा, माथे पर लाल चन्दन की बिन्दी जैसा गोल टीका हमेशा रहता है।

बोलने में कुछ अधिक ही कंजूस है, पर जितना बोलती हैं, अकाट्य सत्य ही बोलती हैं। सत्य बोलने वाले, कम ही बोलते हैं।

समाज में गाली के रूप में प्रयोग की जाने वाली बीमारी 'कोढ' के मरीजों को ही इन्होंने गले लगाया। बीमारी से त्रस्त, ऊब चुके, मृत्यु का आलिंगन करने के इच्छुक जाने कितने बूढ़े–जवान इनके आश्रम से पूर्ण स्वस्थ हो समाज में सिर उठाकर जी रहे हैं। तन की बीमारी के साथ मन की कमज़ोरी भी दूर करना कोई इनसे सीखे।

जिन्दगी को कैसे जिया जाये अपने मरीज़ों को विदा करते समय वह बताना वह कभी नहीं भूलतीं, वह भी चन्द शब्दों में। वहीं चन्द शब्द आश्रम छोड़ने के पश्चात् भी प्रेरणा बन उन लोगों के साथ रहते हैं।

अचानक पण्डाल में लोगों की खुसखुसाहट होने लगी, लोग सिर घुमा–घुमाकर पीछे और दरवाजे की ओर देखने लगे थे।

'बहन जी आ गई', 'बहन जी आ गई' इस आवाज के साथ लोग कुर्सियों से उठकर उन्हें देखने का प्रयास करने लगे।

मंच पर उन्हें बिठा दिया गया था, उस मंच को सजाने वाले ने बड़ी लगन से सजाया, सँवारा था– यह मंच स्वयं कह रहा था।

गाँव के प्रधान, पंचायत के अन्य सदस्य, साथ कुछ व्यक्ति संस्था के, बहन जी के अगल—बगल पड़ी कुर्सियों पर विरामान हो गये। कार्यक्रम को संचालन करने वाले व्यक्ति ने भीड़ को सम्बोधित करते हुये कहा।

"देवियों और सज्जनों यह हम सबका सौभाग्य है जो आज इस समय बहन जी अपने व्यस्त जीवन से कुछ समय, हम सबके आग्रह पर, निकालकर हमारे बीच हैं। मैं प्रधान जी से अनुरोध करता हूँ कि वह पुष्पों से बहन जी का स्वागत करें।"

प्रधान जी अपनी कुर्सी छोड़कर उठे, एक व्यक्ति ने उन्हें फूलों का गुलदस्ता पकड़ाया, गुलाब के फूलों का गुलदस्ता ले, वह बहन जी के सामने आ नतमस्तक हो, उन्हें आदर सहित वह गुलदस्ता भेंट किया। बहन जी कुछ बोली थीं वह भी इतनी धीमी आवाज़ में कि प्रधान के कान ही सुन पायें। बहन जी का वह धीमी आवाज़ में बोला गया वाक्या था— "प्रधान जी यदि आपकी बीमारी के बारे में मैंने न सुना होता, न देखा होता तो यह फूल मै। आपके हाथों से कभी न स्वीकारती।"

माइक पकड़कर लोग प्रधान की तारीफ करते रहे। उनकी बीस वर्षो की सेवा, उनकी उपलब्धियाँ, गाँव में भाईचारा, दयादृष्टि और प्रेम का बखान करते रहे।

कमजोर, निर्धन, बीमार व्यक्ति के प्रति उनकी करूणा की गाथा भी गाई, किसी ने। परन्तु न तो प्रधान जी ने ही कुछ सुना और न ही बहन जी को कुछ सुनाई दिया था।

दोनों प्राणियों के शरीर मात्र वहाँ उपस्थित थे। धुनिया को याद आ रहा था, वर्षो पहले जब चार कहारों के कांधे पर रखी डोली में बैठकर वह इसी गाँव में आई, न जाने कितने सपने संजोकर।

छोटा सा घर था, पर घर में रहने वालों के हृदय बहुत विशाल थे, पूरा घर फूलों से सजाया गया था।

आठ दिन पहले से घर की लिपाई—पुताई "शुरू हो गई थी। खिड़की, दरवाजों पर पेन्ट हुआ था, उसके कमरे को हल्के पीले रंग से पोता गया था। बाहर की दालान में जहाँ जानवर बाँधे जाते थे, वहाँ भी गेरू से पुताई कराकर विभिन्न प्रकार की अल्पनाएँ बनाई गई थीं, दीवारों पर भी जहाँ तक अल्पना बनाने वाले के हाथ पहुँचे थे। बहू के आने से एक दिन पहले पूरा आँगन गेरू से रंगा गया, चावल भिगोकर नाउन ने सिल पर बारीक पीस, उसका घोल बनाया, उससे विभिन्न प्रकार की अल्पनाएँ बनाई गई थीं। जहाँ आवश्यकता हुई चावल के घोल में लाल, पीला, हरा रंग डाला गया था। कोई कमरा, कोठरी, दालन, आँगन यहाँ तक कि कुएँ जगत के चारों ओर कलाकारी की गई थी।

किराये के लोगों से पैसा देकर करवाना और बाते होती है परन्तु इस प्रकार से घर को सजाना, घर वालों का बहू के प्रति प्रेम दर्शाता था जिसे देखकर ही धुनियाँ ससुराल की होकर रह गई थी। सास—ससुर का सुख वह अधिक नहीं भोग पाई। उसकी दूसरी

औलाद के जन्म के समय उसे शहर जाना पड़ा था। सरकारी अस्पताल में रहना पड़ा, जिसकी पीड़ा वह वर्षों नहीं भूल पाई, यही कारण था कि वह तीसरी औलाद भी नहीं पैदा कर पाई।

शहर के एक सरकारी अस्पताल में पड़ी अपनी प्राणप्रिय बहू को देखकर लौट रहे सास–ससुर एक सड़क दुर्घटना के शिकार हो गये। ऐसी भयानक अकाल मृत्यु का शिकार वह देवतुल्य दोनों प्राणी क्यों हुये, यह बात वह आज भी समझ नहीं पाई थी।

खबर मिलते ही उसने अपने पति और नवजात शिशु के साथ बिना डाक्टर को सूचना दिये अस्पताल छोड़ दिया था। इस बात का विचार भी उसके मस्तिष्क में नहीं आया कि डाक्टरों के अनुसार कम–से–कम अभी उसे दस दिन और हास्पिटल में रहना है। बच्चे और उसकी स्थिति ठीक नहीं थी।

डाक्टर के आदेशानुसार उनकी निगरानी में रहना दूर, वह तो उन्हें बिना बताये ही चली गई थी। उसकी सास ने एक ही बेटा जना था वह भी इतना लायक, और यह धुनिया का सौभाग्य था जो वह बेटा उसके जीवने में उसका हमसफर उसका पति बना था। वह बहुत खुश थी, अपने आपको बड़ा ही सौभाग्यशाली मानती थी, कारण उसके पास दुनिया की सबसे बड़ी नेमत थी 'सन्तोष' वह अपने जीवन–परिवार से पूर्णतया सन्तुष्ट थी। गाँव आकर भी उसकी तबियत ठीक नहीं हुई, तबियत का हाल बताकर उसका देवतुल्य पति शहर जाकर दवायें लाता रहा।

गर्म दवाओं का असर कुछ वर्षों में ही उसके अंग–अंग से फूटने लगा। चोरी–छुपे इलाज के लिये रामदीन उसे बहाने से शहर ले जाता रहा, परन्तु रोग बढ़ता ही रहा।

लोगों के पूछने पर वह गाँव वालों से यही कहता, कि शहर में कुछ लोगों से अच्छी दोस्ती–भाईचारा हो गया, इसी कारण वह शहर उन लोगों से मिलने जाता है।

किसी को क्या मालूम कि धर्मशाले में दो बच्चों और पत्नी को लेकर वह किस प्रकार पन्द्रह–पन्द्रह दिन काटता है, इलाज करवाता है।

झूठ कब तक छुप पाता। धीरे–धीरे गाँव की औरतों में खुसुर–फुसुर शुरू हो गई। औरतों से मर्दों से फिर पूरे गाँव में। रामदीन भी टूट गया था। उसके इलाज में कई खेत भी गिरवी चले गये थे, इलाज के खर्च में।

पंचायत बैठी, पंचो के समक्ष उसे हाजिर किया गया। हाथ–पाँव और चेहरे का गाँव के इज्जतदार चन्द लोगों ने मुँह पर कपड़ा रख मुआइना किया, उसे दोषी पाया।

पतिता, कुलटा जैसे शब्दों से सम्बोधित किया गया। पंचो का फैसला सरपंच ने सुनाया, फैसला कुछ इस प्रकार था। गाँव के बाहर दूर एक झोपड़ी बनवाकर उसे दी जाये, वह वहीं रहे, अपना बाकी का जीवन वह समाज से बाहर, गाँव से बाहर रहकर काटे और अपने पापों का प्रायश्चित करे। उसके पाप क्या थे, उसे क्या, किसी को भी नहीं मालूम थे।

रामदीन और उसके दोनों बच्चों को भी चेतावनी दी गई कि वह लोग भी उससे नहीं मिलेंगे, यदि कभी भी उसकी झोपड़ी के आस–पास किसी का देखा गया, तो गाँव से निकाल दिया जायेगा। रामदीन की जमीन–जायदाद सब पंचायत के हक में चली जायेगी।

मात्र दो घण्टे के भीतर तैयार गाँव के बाहर बनीं, उस झोपड़ी में उसे एक बीमार बेकार जानवर की भाँति खदेड़ कर पहुँचा दिया गया।

गाँव के बूढ़े, बड़े, बच्चे, स्त्री, पुरूष जवान सभी भीड़ लगाये, यह सब देख रहे थे, सभी गाँव के बाहर तक चलकर आये थे। किसी को उस समय अपने घर की चिन्ता नहीं थी।

इन्सानों की उस बस्ती में एक भी इन्सान ऐसा नहीं था जिसमें इन्सानियत हो। रामदीन और बच्चे लाचार थे, पेट के कारण।

प्रधान ने रामदीन की मिन्नतों पर तरस खा उसकी पत्नी को राशन, कपड़े, बर्तन, बिस्तर आदि देने की इजाजत दे दी थी परन्तु केवल एक बार उसके साथ जितना पहुँचाया जा सकता था। पागलों की भाँति पत्नी की विदाई पर अधिक–से–अधिक जितना इन्तजाम वह कर सकता था करने में जुट गया।

वह पीठ पर राशन लाद–लादकर पहुँचाता रहा, जब तक वह छोटी सी झोपड़ी भर नहीं गई। उसका बस चलता तो वह जिन्दगी भर का राशन पहुँचा देता।

पैसा, राशन, घी, तेल जो कुछ अधिक से अधिक रामदिन गाँव वालों से माँग कर, उधार लेकर पहुँचा पाया, शाम तक पहुँचाता रहा था।

ऐसी बदहवासी, ऐसा पत्नी प्रेम देख वह रोती रही थी, उसकी आँखों से एक पल को आँसू नहीं रूकते थे।

सजा पाकर उसे दुख था या नहीं, बीमारी से , समाज की घृणा से उसे दुख था या नहीं, इस कलंकित समाज पर वह रोये या हँसे, ईश्वर को अपनी भक्ति पूजा–पाठ का वास्ता दे या ना दे, सब भूल चुकी थी। वह रामदीन को देखकर।

इस सुख की अनुभति के समक्ष उसे सभी दुख फीके नज़र आ रहे थे। आज इस समय भी वह पूर्ण सन्तुष्ट थी, यह सन्तोष उसे ईश्वर ने ही पति को निमित बनाकर दिया था।

दोनों ही आँखों में एक–दूसरे को देखकर क्या था, यह कोई नहीं बता सकता था। अब आँसू किसी भी आँखों में नहीं थे। शायद किसी ने ठीक ही कहा है–

"दुख जब अपनी हद पार कर जाता है तब आँसू नहीं बहते, मस्तिष्क कुछ भी सोचने–समझने की शक्ति खो देता है, जबान आवाज निकालने में असमर्थ हो जाती है,

उस समय की आँखों की भाषा बड़े–बड़े ज्ञानी पुरूष भी पढ़ने–समझने में असफल रहते हैं।" ऐसा ही कुछ था उन दोनों के साथ।

संसार का सबसे गहरा कुआँ जिसकी कहीं कोई थाह नहीं वह है पेट। धीरे–धीरे वह बोरों अनाज धुनिया के पेटरूपी कुएँ में समय के साथ समा गया था।

भूख से बिलबिलाती वह फसल कटे रिक्त खेतों में अनाज के दाने दिन भर बीनती, उन्हें साफ कर रात्रि में उबाल कर खा लेती। एक– दो बार रामदीन ने पत्नी को कुछ अनाज पहुँचाने की अनुमति हृदयहीन प्रधान से माँगी, परन्तु दो–चार भद्दी गालियों के साथ चेतावनी देकर उसे भगा दिया गया। छुपकर रात के अंधेरे में जाने का प्रयास किया, परन्तु भाग्य ने रामदीन का साथ नहीं दिया, वह पकड़ा गया।

प्रधान का आदमी उसे घसीट कर प्रधान की डयोढ़ी पर लाया। भाग्यवश प्रधान उस समय कुछ अधिक ही प्रसन्न था, रामदीन पिटाई से बच गया। हाँ, प्रधान ने अपने लठैतों को हुकूम दिया "आइन्दा कभी इसे वहाँ देखो तो इसे इतना मारो, कि यह दोबारा वहाँ जाने के लायक न रह जाये, यहाँ लाने की आवश्यकता न पड़े।"

रामदीन सूखे पत्ते की भाँति काँप रहा था। उसके शरीर में जैसे जान ही न रह गई हो। जाने कैसे काँपते पैरों और धौकनी सी ऊपर–नीचे होती छाती ले, वह घर पहुँचा। सारी रात वह सो नहीं सका। जवान होती लड़की और लड़के की पढ़ाई, साहूकार का कर्ज, किसानों से लिया गया उधार अनाज का बोझ भी पत्नी पीड़ा से कुछ कम नहीं था। भोर की पहर दोनों हाथ जोड़ ईश्वर को मन–ही–मन प्रणाम कर उसने पत्नी से न मिलने की सौगन्ध मन–ही–मन ली।

मन को, हृदय को समझा लिया कि वह पत्नीविहीन हो चुका है। उसकी सहचरी उसका साथ छोड़ गई, उसके लिये वह मर गई। बेटी के विवाह पश्चात् वह पत्नी की गया भी कर आयेगा।

पत्नी का रंग, रूप, रक्त उसका अंश इन्हीं दोनों बच्चों में हैं, इन्हीं को पढ़ाना–लिखाना है, ब्याह–शादी करनी है। इस प्रकार की बातें सोचकर अपने आप, अपने द्वारा लिये गये, इस निर्णय से उसे बड़ा आत्मबल मिला था।

इसी आत्मबल ने उसमें ऐसी स्फूर्ति, मेहनत और लगन का संचार किया, कि जल्दी ही ऋण–मुक्त हो गया।

रामदीन की बेटी सुकन्या के रूप के चर्चे दूर–दूर के गाँवों में थे। ऐसी गुणी, सुशील, सुघड़ कन्या आस–पास के गाँव में नहीं थीं एक अद्भुत गुण ईश्वर की ओर से उसे मिला था, वह था, उसका मासूम भोला चेहरा, जिसे देखकर सामने वाला नतमस्तक हो जाता, किसी भी व्यक्ति ने उसे वासना भरी नज़रों से नहीं देखा था। उसे देखकर लोगों के मन में बहन बेटी के भाव ही आते थे।

प्रधान की माँ को देखने दूर गाँव से एक डाक्टर बुलाया गया, काफी समय से वह बीमार थी।

सुकन्या गाँव के कुएँ से पानी भरने गई थी। डाक्टर की मोटर उसी कुएँ के पास रूकी, ड्राइवर ने सुकन्या से प्रधान के घर का रास्ता पूछा। सुकन्या हाथ के इशारे से ड्राइवर को प्रधान के घर का रास्ता बता रही थी, उधर नौजवान डाक्टर एकटक उसे ही देखे जा रहा था। सैकड़ों लड़कियों के बीच रहकर पढ़ने वाला डाक्टर इस लड़की में ऐसा क्या खोज रहा था यह उस नौजवान डाक्टर की समझ के भी बाहर था।

विजयादशमी से पहले नौरात्रि के सातवें दिन यानी सप्तमी को डाक्टर की वही सफेद गाड़ी रामदीन के घर के सामने रूकी। गाड़ी देख कुछ भयभीत सा रामदीन बाहर आया।

"रामदीन जी का घर यही है।" ड्राइवर के मुँह से अपने नाम के साथ लगाया गया 'जी' उसे अन्दर से गुदगुदा गया, कानों पर विश्वास नहीं हो रहा था शायद इसी 'जी' शब्द सुनने के कारण ही उसने ड्राइवर से यूँ ही कहा—

"क्या!"

"रामदीन साहब का घर यही है।" जी का स्थान 'साहब' शब्द ने ले लिया था। रामदीन का रोयाँ—रोयाँ पुलकित हो उठा, पलभर पहले वाला भय जाने कहाँ छुमन्तर हो गया।

"जी हाँ साहब, हम ही रामदीन हैं।" वह बोला।

"मैं साहब नहीं उनका ड्राइवर हूँ, साहब गाड़ी में बैठे हैं।" ड्राइवर ने गाड़ी की तरफ इशारा करके बताया। इसी बीच डाक्टर गाड़ी से उतरकर रामदीन के सामने आकर खड़ा हो बोला।

"मैं हूँ डाक्टर सौरभ।"

"जी कहिए सरकार।"

दोनो अपना—अपना परिचय दे रहे थे, तभी सुकन्या भी हाथ में पूजा की थाली लिये मन्दिर से वापस आ गई, आज उसका नौरात्रि का व्रत था, वह पूरे नौ दिन व्रत रखती, मात्र गाय का दूध पीकर, वह भी कच्चा।

व्रत, ईश्वर भक्ति और कच्चे दूध के सेवन की झलक उसके मुख पर साफ नज़र आ रही थी। डाक्टर की दृष्टि उसी पर केन्द्रित थी, तभी रामदीन बोला।

"साहब यह है हमारी बिटिया सुकन्या।"

"जानता हूँ।" चौंककर डाक्टर ने उत्तर दिया। बँसखटी, पर अब तक एक गलीचा सुकन्या ने बिछा दिया था और रामदीन ने डाक्टर से उस पर बैठने का आग्रह भी कर दिया। सौरभ मुस्कुराकर खाट पर बैठ गया। खाट पर बैठे रामदीन और डाक्टर अपने—अपने भाग्य को मन—ही—मन सराह रहे थे।

रामदीन सोच रहा था कि अहोभाग्य जो उसके घर इतना सुन्दर, नौजवान डाक्टर बड़ी सी गाड़ी में बैठकर आया। डॉ. सौरभ सोच रहा था ! ईश्वर उसकी सुन ले, और सुकन्या का पिता सुकन्या के हाथ उसके हाथ में देने को राज़ी हो जाये।

इसी बीच घर के बने पेड़े, लइया, चने और मूँगफली से घर में बनाई गई नमकीन साथ ही फूल के भारी वज़नदार दो गलासों में चाय भी लाकर रख दी थी सुकन्या ने।

चाय रखते समय ना तो उसने अपने पिता पर ही दृष्टि डाली, और ना ही आने वाले मेहमान पर।

आश्चर्य इस बात का था कि चाय बिलकुल सौरभ के पसन्द की थी, कम शक्कर और कम दूध की चाय, हाँ उसे पीने में जरूर तकलीफ हुई, अपना सफेद रूमाल निकालकर ग्लास की तपन हाथों के लिये तो कम कर ली, पर मुँह में लगा जो पहली चुस्की ली, लगा जैसे होंठ ग्लास से ही चिपककर रह गये, एक सिसकी लाख रोकने के बाद भी उसके मुँह से निकल गई। रामदीन समझ गया, उसने एक काटोरी लाकर उसे पकड़ा दी, और क्षमा माँगते हुये चाय को कटोरी में डालकर पीने का आग्रह किया।

बातों–बातों में रामदीन ने अपनी पत्नी के रोग के बारे में भी चर्चा कर दी। अपने और अपनी पत्नी के अपमान की बात जो कि उसे अपने ही गाँव के लोगों से मिली थी वह नहीं बता पाया।

डाक्टर के पूछने पर उसने यही कहा, कि वह वर्षों से हम लोगों से अलग रहती हैं, हमारा मिलना–जुलना नहीं होता। यहाँ हमारे साथ गाँव में नहीं रहतीं।

डाक्टर की शायद कुरेद–कुरेद कर किसी की जिन्दगी के बारे में पूछने की आदत नही थी। सामने वाले ने जितना बताया, सुन लिया। वह जानता था कुष्ठ रोग छूत की बीमारी नहीं, सही इलाज और परहेज़ से जल्द ठीक भी हो जाती है। पूरे गाँव में चर्चा थी, सुकन्या और रामदीन का भाग्य तथा धुनिया की बद्किस्मती की।

रामदीन की शराफत, सुकन्या की सरलता के कारण ही गाँव वाले इस विवाह से प्रसन्न थे। कुछ अपवाद थे, पर ईश्वर की इच्छा के समक्ष उनकी एक न चली।

कार्तिक माह की नवमी को विवाह की तिथि निश्चित हुई। यह बात सारे गाँव में जंगल की आग की तरफ फैल चुकी थी, जिसे वीराने में अकेली पड़ी धुनिया के कानों ने भी सुनी।

असहनीय कष्ट में भी पुत्री–विवाह की खबर से पूरी रात उसकी आँखें आँसू बहाती रहीं, कुछ खुशी के, कुछ दुख के।

अपनी हैसियत से बढ़कर रामदीन ने तैयारी की थी पुत्री के विवाह की। नाक तक वह पूरी तरह से कर्ज़ में डूब गया था, इस हौसले और हिम्मत के साथ कि वह रात–दिन मेहनत कर सारा कर्ज़ चुका देगा।

कार्तिक माह के शुक्ल की नवमी की शाम चन्द बारातियों के साथ डाक्टर आया था, अपनी मनपसन्द कन्या से विवाह करने।

रामदीन की माली हालत देखकर ही उसने कुछ घर–परिवार के खास लोगों को ही ले जाना उचित समझा।

चन्द लोगों को ही बारात में शामिल कर, प्रीतिभोज पर सबको बुलाकर क्षमायाचना कर लेगा।

पुत्री के विवाह को देखने की लालसा से लाख पाबन्दियों के पश्चात भी धुनिया अपने आपको रोक न सकी, उसकी कमजोर काया, लड़खड़ाते पैर वर्षों पश्चात् आखिर अपने घर की चौखट से दूर पेड़ों की झुरमुट के पीछे पहुँच ही गये।

बैण्डबाजे के साथ जाती बारात को ही देखती रही थी, अपने आँसुओं को जो निरन्तर बह रहे थे उन्हें फटे आँचल से रोकने का असफल प्रयास लगातार कर रही थी।

ममता की मारी पेड़ो की झुरमुट के पीछे अपने आपको और अधिक समय तक रोक नहीं पाई। घूँघट में मुँह छिपाये चल पड़ी, बारात के स्वागत खाने–पीने, आतिशबाजी देखने, किसी प्रकार वह लोगों की नज़रो से बच गई, जिसका धन्यवाद उसने हाथ उठाकर ईश्वर को दिया।

ब्रह्म–मुहूर्त में विवाह की सारी रस्में पूरी हो गई, सुकन्या डाक्टर की पत्नी बन गई। रामदीन डाक्टर का ससुर बनकर फूला नहीं समा रहा था।

वर–वधू को कुलदेव की पूजा–अर्चना के लिये औरतें अन्दर धुनिया की उस पूजा की कोठरी में ले गई थी। वहीं गाँव की पढ़ी–लिखी कन्यायें डाक्टर को छेड़ कर परेशान कर रही थी, प्रत्येक नेग का वह पैसा ले रही थी, उस छेड़छाड और पैसे देने में जेब रिक्त करने में डाक्टर को एक अजीब–सा सुख मिल रहा था। हँसी–ठिठोली, उधम, अपनी चरम सीमा पर था, चारों और खुशियाँ ही खुशियाँ थीं। अचानक रामदीन के कानों को घर के बाहर जोर–जोर से रोने–चिल्लाने और गालीगलौज़ की आवाजें सुनाई दीं।

किसी अज्ञात भय से वह काँप गया, सब छोड़ भागकर वह बाहर आया, वहाँ का दृश्य देख उसका कलेजा फटकर आ गया। रामदीन की कमजोर आँखों ने एकदम साफ देखा, प्रधान के हाथ में एक पतली सी नीम के पेड़ की संटी (डण्डी) है जिससे वह उसकी पत्नी को बुरी तरह से पीट रहा था। रामदीन से देखा नहीं गया, पत्नी से कहीं पीड़ा शायद उसे हो रही थी। मन–ही–मन खाई गई सौगन्ध को एक झटके में उसने तोड़ दिया, और झपटकर रोगी, कमजोर पत्नी को उसने अपनी बलिष्ठ बाँहों में भर लिया, फिर क्या था पास खड़े लठैत रामदीन पर टूट पड़ा। तभी किसी ने कहा– "जाने दो, इसे अभी बिटिया विदा करनी है।"

लहुलूहान ज़मीन पर अर्धमूर्छित सी पड़ी धुनिया से रामदीन को खींचकर अलग कर

दिया गया। तमाशबीन जा चुके थे। रामदीन भी अपने कर्त्तव्य के समक्ष पत्नी को छोड़ घर के अन्दर चला गया। धुनिया के शरीर में हरकत हुई, वह धीरे से उठी, और ब्रह्ममुहूर्त के उस हल्के से प्रकाश के बीच अपने फटे आँचल से मुँह को छुपा सबकी आँखों से ओझल हो गई।

उस घटना के पश्चात् फिर कभी किसी ने उसे नहीं देखा। रामदीन ने भी अपेन हृदय को समझा–बुझाकर सन्तोष कर लिया कि उसकी पत्नी कहीं मर–खप गई। इतने अपमान के पश्चात् उसका जीना मुश्किल ही था पर अपमान उसका नहीं, उस राक्षस का उस दरिन्दे का हुआ। अन्त तो उन दरिन्दो के जीवन का होना चाहिए था, जिन्होंने एक कमजोर बीमार, लाचार स्त्री पर कहर ढाया था, जुल्म किया था।

पत्नी का दुख, बेटी की विदाई, पत्नी की उम्र भर की जुदाई के कारण उसका मन इस गाँव में फिर कभी नहीं लगा। रामदीन खामोश हो गया, किसी से बात नहीं करता, उसके शरीर की सम्पूर्ण शक्ति उस घटना के पश्चात् समाप्त हो गई, परन्तु इस पर भी वह टूटा नहीं, पत्नी की निशानी उसका बेटा, जो उसके साथ था। उस बेटै की शिक्षा और अच्छी परवरिश, अच्छे संस्कार देने के लिये उसे जीना है। जीना ही नहीं, एक मिसाल बनकर जीना है। बेटे को सही दिशा, सही मार्ग देना है जिन्दगी जीने की राह के लिये, मंजिल के लिये।

यह वह अच्छी तरह जानता था बिना उद्देश्य के जीवन बेकार होता है। जिन्दगी जीने का भी कोई मजा नहीं होता, उसे अपनी जिन्दगी जीनी है, ढोनी नहीं। यह सब बेटे के लिये करना है।

उसके खेतों के बीच से सड़क निकलनी थी। कोल्ड–स्टोरेज़ बनना था, एक सेठ ईटों का भट्टा भी लगाना चाहता था। यह सारी जानकारी उससे पहले गाँव के प्रधान को हो चुकी थी।

प्रधान के आदमी उसकी जमीन का सौदा करने भी आये, मुँह माँगी रकम देने को भी कहा, परन्तु रामदीन राजी नहीं हुआ। प्रधान के आदमी की धमकी से वह नहीं डरा था, कारण अब तो न उसके पास बेटी थी, न उसके विवाह की चिन्ता, न ही बीमार पत्नी।

सुकन्या के विवाह और पत्नी की दुर्दशा देखने के पश्चात् उसके भीतर एक अद्भुत शक्ति का संचार हो चुका था। अत्यधिक अत्याचार झेलते प्रायः मनुष्य को ढीठ, मज़बूत ओर निडर बना देते हैं। ऐसा ही हुआ था रामदीन के साथ।

गाँव छोड़ने का एक और कारण था, शहर में रहकर पुत्र की शिक्षा, अच्छी शिक्षा। रामदीन को सरकारी मुआवज़ा भी अच्छा मिला और सेठ ने भी उसे मुँह माँगा पैसा दिया।

मकान को रामदीन नहीं बेच पाया, शायद वापस आना पड़े शायद धुनिया ठीक हो एक दिन वापस आ जाये।

धुनिया भी बेटी के विवाह वाले दिन से उस घटना के पश्चात् वापस अपनी झोपड़ी में नहीं जा पाई। वह चलते—चलते गाँव से मीलों दूर एक स्टेशन पर आ गई थी। उसकी हालत पर तरस खा लोग उसके सामने पैसे डालने लगे, किसी ने अपना बचा खाना भी उसे दिया।

उन सूखें बंजर खेतों में अनाज के दाने बीनने से कहीं आसान था भीख माँगना। पेट की असीमित अग्नि को शान्त करने का यह भी एक रास्ता था। धुनिया के सामने ऐसी स्थिति में इसके अलावा और कोई रास्ता भी तो नहीं था जिसे इन्सान अपनाता, जिस पर चलकर अपना पेट भरती?

इतने कष्टों, यातना, अपमान के पश्चात् भी संसार में जो निश्चित है, अकाट्य सत्य है, मृत्यु। उसे अपनी इच्छा से गले नहीं लगा पाता।

मृत्यु कितनी भी भयानक क्यों न होती हो, आख़िर जो इतने असहनीय कष्ट झेलने के बाद भी, लाख हिम्मत जुटाने के पश्चात् भी धुनिया के जीवन के समक्ष मृत्यु घुटने टेकने पर मज़बूर हो गयी है। वह मन—ही—मन सोचती "समय से पहले और भाग्य से अधिक कुछ नहीं मिलता।" चाहे कितना ही प्रयास क्यों न कर लो।

सारी रात वह मृत्यु और जीवन के बीच डोलती रही, उसे लगा मृत्यु को गले लगाना दुनिया में सबसे कठिन कार्य है। मुँह अंधेरे ही वह अपने स्थान पर आ बैठ गई, नित्य की भाँति एक टीन का कटोरा रखकर।

कुद विदेशी और कुछ अपने ही मुल्क के लोग बातें करते, ट्रेन से उतरे थे।

अपना कटोरा उसने उन विदेशियों के सामने कर दिया, जिसमें कुछ सिक्के और दो रूपये का नोट उसने पहले से स्वयं डाल रखा था।

"अरे! इसे तो लिपरेसी है।" उनमें से एक उसे गौर से देखते हुये बोला।

"हाँ, यह तो भयानक कुष्ठ रोग से पीड़ित दिखती है।" दूसरे ने भी उसे ऊपर से नीचे तक देखा, और अपनी नज़रे उसके चेहरे पर टिका दीं। एक विदेशी ने उसके हाथों को उसकी नाक को छूकर, दबा कर देखा।

"क्या देख रहे है साहब! यह जाने किस जन्म के पाप हैं जो ऐसी ला—इलाज छूत की बीमारी लग गई। बीमारी के कारण कोई काम देता नहीं, और पेट भरने के लिये यह भीख माँगने जैसा निकृष्ट कार्य करना पड़ता है।" इतना कहकर वह रो पड़ी।

"यह बीमारी ला—इलाज नहीं, मुश्किल से ६ माह के इलाज में ही तुम काफी अच्छी हो जाओगी, और साल भर में तो पहले जैसी ही हो जाओगी।" एक ने उसे समझाया।

"सच साहब! क्या सम्भव है।" आशा की एक धुँधली, फीकी, हल्की सी किरण उसे जाने कैसे दिख गई।

"कहाँ रहती हो, कौन–कौन है तुम्हारे घर में?" उन्हीं में से किसी ने प्रश्न किया।

"घर ही नहीं है साहब।" कितनी सफाई से उसने सब कुछ छुपा लिया, बिना झूठ का सहारा लिये।

"हमारे साथ हमारी संस्था में चलकर रहोगी।"

"जी!" वह पूछने वाले का मुँह ताक रही थी।

"हाँ! हमारी संस्था एक आश्रम जैसी है। कई रोगी हैं, तुम्हारे जैसे ही, उस आश्रम में। जाने कितने रोगी तो पूर्ण स्वस्थ हो अपने समाज, अपने घर–परिवार में वापस लौट गये हैं। सम्मान का जीवन व्यतीत कर रहे हैं। तुम भी ठीक हो जाओगी, ठीक होकर संस्था में ही तुम्हें काम मिल जायेगा, फिर तुम्हें यह भीख माँगने जैसा घृणित कार्य नहीं करना पड़ेगा।"

"साहब! हमारे पास तो इलाज के लिये........।"

वह अपनी बात पूरी भी नहीं कर पाई कि एक विदेशी महिला शुद्ध हिन्दी में बोली।

"पैसे की जरूरत नहीं, हमारी संस्था तुम्हारा इलाज़ भी मुफ़्त करेगी और तुम्हें खाना, कपड़ा भी देगी। तुम्हें इस बारे में कुछ भी सोचने की आवश्यकता नहीं।"

"अंधा क्या माँगे दो आँखें।" धुनिया को लगा, आखिरकार भाग्य ने उसके जीवने रूपी द्वार पर फिर दस्तक दी। लगा समय ने करवट बदली। हृदय ने कहा, मान ले इनकी बात, जीवन सुधार जायेगा। मस्तिष्क ने भी अपनी हामी भरते हुये कहा कि आखिर इससे बदतर जिन्दगी और क्या होगी, जाने में हर्ज़ क्या है, अच्छा ही होगा कम–से–कम इस जिन्दगी से जो वह जी रही है।"

"साहब! मैं आपके साथ चलूँगी आपके आश्रम में, जो भी कार्य मेरे करने लायक होगा, उसे मन लगाकर करूँगी।" वह सिर झुकाकर बोली।

"ठीक है! इस कटोरे को फेंक दो, और हमारे साथ चलो।"

आश्रम में आकर उसने देखा, उससे भी कहीं अधिक बीमार मर्द और औरतें इसी रोग से पीड़ित। चार दिन में ही उसके दिल और दिमाग ने उससे चुपके से कह दिया कि वह सही जगह आ गई है। अच्छा बुरा जो भी इन्सान के जीवन में होता है उसके लिये कोई न कोई निमित्त बनता है। उसके जीवन में बीती हुई जिन्दगी से अच्छा ही होने वाला है और निमित्त होगा यह आश्रम और वह कुछ स्वदेशी और विदेशी इन्सान, सही मायने में इन्सान।

करीब नौ माह लग गये, उसे ठीक से पूर्ण स्वस्थ होने में। जैसे–जैसे शरीर स्वस्थ होता गया, उसका मन भी स्वस्थ होता गया। जल्द ही उसकी मुरझाई, रोगी, कमजोर–काया पुनः कंचन–काया हो गई। वही पहले जैसा अद्भुत तेज उसके मुखमण्डल पर वर्षों पश्चात् फिर लौट आया था। उसके व्यवहार, रूप–रंग, गुण और सादगी के कारण उसे

आश्रम की संचालिका के नीचे काम करने का सौभाग्य मिला। गाँव की, रामदीन, सुकन्या और बेटे की याद उसे हर पल हर क्षण आती, परन्तु उसकी आत्मा उसका मस्तिष्क उसे यह इज़ाजत नहीं दे पा रहा था कि जिस गाँव से वह इस तरह अपमानित होकर आई है, उसी गाँव में वह वापस जाये, जहाँ वह कुत्ते से बदतर जिन्दगी जीने के लिये मज़बूर हुई हो। मज़बूर किया था उसी के अपने गाँव वालों ने।

सभी घटनाओं को उसने अपने भाग्य का एक हिस्सा मान, सभी दोषियों को हृदस से क्षमा कर दिया था। क्षमा का एक कारण भी था, वह इसी आश्रम, इसी संस्था में रहकर, इन लाचार, बीमार लोगों की सेवा करना चाहती थी। जहाँ उसे आश्रय मिला था। शरीर से रोगी कमज़ोर व्यक्ति जीवन से इतना निराश और टूटता नहीं, जितना की मन से बीमार, टूटा व्यक्ति अपने आपको असहाय, कमज़ोर महसूस करता है। वह चाहती थी कि कम—से—कम मानसिक और शारीरिक रोगी व्यक्ति को मानसिक रूप से तो इतना शक्तिशाली बना दे कि वह इन शारीरिक बीमारियों से लड़ने की हिम्मत जुटा सके।

उसने मन—ही—मन निर्णय लिया था कि जीवन और मृत्यु के बीच का समय वह इसी आश्रम में रहकर काटेगी। यहाँ से कहीं नहीं जायेगी। पढ़ी—लिखी वह अधिक नहीं थी, परन्तु बुद्धि में वह उच्च शिक्षा प्राप्त लोगों से शायद कहीं आगे थी।

उसी की राय से समाचार—पत्रों और पत्रिकाओं में विज्ञापन दिये जाने लगे, इस संस्था के। संस्था के कार्यों को सीधे—सादे और सरल ढंग से लागों को विज्ञापन के माध्यम से समझाया जाने लगा। मरीज़ भी बढ़ गये ओर अनुदान की रकम भी दिन—प्रतिदिन बढ़ने लगी।

कुछ ही वर्षों में संस्था की कई शाखायें अन्य शहरों और प्रदेशों में खुल गई। परिश्रम, कार्य, लगन व्यवहार को मद्देनज़र रखकर ही धुनिया को संस्था की संचालिका का भार सौंप दिया गया। एक रोगी, बीमार, भिखमंगी के रूप में आई धुनिया आश्रम की मालकिन समान हो गई थी।

उस पद पर रहकीर उसे कई बार देश के कोने—कोने में जाना पड़ा, यहाँ तक वह चार—बार विदेश भी हो आई थी संस्था की ओर से।

समयरूपी पहिया अपनी गति से घूम रहा था। जिस जिन्दगी को समाप्त नहीं कर पाई थी चाहकर भी, जिस जिन्दगी को पल—पल घसीट—घसीट कर जी रही थी, दिन काटे नहीं कटते थे, जीवन जैसे सुकड़कर बौना हो गया हो। जीवन का एक—एक पल उसे सदियों सा लम्बा लगता था।

अब तो दिन के चौबीस घण्टे भी उसे कम लगते थे। उसे लगता, समय जैसे भागा जा रहा है, उसे तो बहुत कुछ करना है। कैसे पकड़कर बन्द कर पायेगी मुट्ठी में समय को। यह तो रेत की भाँति है जो बन्द मुट्ठी से भी निकला जा रहा है।

मृत्यु की दिन–रात कामना करने वाली, अपनी लम्बी उम्र की कामना करने लगी थी, उस जैसे लाचार बेसहारा, रोगी, जीवन से निराश लोगों का सहारा बनने के लिये।

कुछ दिन पूर्व उसे उसके ही कस्बेरूपी गाँव के प्रधान की ओर से न्यौता आया, उसे सम्मानित करने का, तो दबाई गई, सोई इच्छा स्वाभाविक रूप से जाग उठी। उसने वह न्यौता स्वीकार कर अपनी रजामन्दी और समय व तारीख का पत्र भिजवा दिया था।

मंच पर जब प्रधान ने उसे गुलाब के फूलों का गुलदस्ता दिया, तो उसने एक नज़र प्रधान पर डाली, वह एक निगाह ही उसकी ऐसी थी, जिसने प्रधान के अत्याचारीरूपी वृक्ष के फल देख लिये थे, जो कुछ ही समय में शीघ्र–अतिशीघ्र पककर समाज के, पूरे गाँव के सामने आने वाले थे।

फूल लेते समय इतने वर्षों का तप–व्रत, आखिर मानव कमजोरी के समक्ष टूट गया, बिखर गया रोकने पर भी नहीं रूका।

"प्रधान जी, कैसे हो? पहचाना! मैं हूँ धुनिया कोढ़ी। तुम कैसे हो? आज तुम यदि पहले जैसे हट्टे–कट्टे निरोगी होते, तो मैं। तुम्हारे दिये गये इन फूलों को कभी न स्वीकारती। इसी मंच पर सबके सामने तुम्हें अपमानित करती।

मीटिंग के पश्चात् मुझसे मिलना, एक पत्र लिख दूँगी। चले जाना, तुम्हारा इलाज हो जायेगा, ठीक भी हो जाओगे, वरना मेरा जवान बेटा और बदले की आग में तपा कुन्दन सा मेरा पति कहीं तुम्हारे साथ भी वही सुलूक न कर बैठे। प्रधान, मैं तुम्हें आश्रय दूँगी।"

❑ ❑ ❑

आश्रय

आज उसे एक फैक्ट्री में सुपरवाइजर की नौकरी मिल गयी थी, वह बहुत खुश था। नौकरी की सिफारिश करने वाला उसका हमदर्द, ऐसा कौन अपना था, वह नहीं जानता था। लाख कोशिशों के पश्चात् भी वह यह जानने में असफल ही रहा कि अचानक उसके निराश जीवन में कौन मसीहा बनकर आ गया।

जीवन से निराश, हारा मज़बूरी में शायद मज़बूरी में ही अपने पाप, कर्मो अपने गुनाहों को याद करता, यह इन्सान टूट चुका था। अपने को इन्सान कहने में भी उसे शर्म आती, ग्लानि होती, पछतावा, अपनी ही नज़रों में वह इस हद तक गिर चुका था।

सब कुछ लुटा चुका था। उसका अपना, जीवन जीने के लिये कुछ नहीं था। पेट भरने को अनाज़ नहीं था, सिर छुपाने को छत नहीं, घर नहीं, तन ढकने को कपड़े नहीं।

अभी बमुश्किल पचास बसन्त ही शायद देखे थे उसने। बढ़ी हुई अधपकी दाढ़ी, उलझे हुये घुँघराले उरद की खिचड़ी जैसे बाल, जिनमें यदि दो दिन भी तेल कंघी न हो, तो किसी छोटे बालों वाले जटाजूटधारी साधू जैसे बाल लगते, परन्तु ऐसा कभी हुआ नहीं था, क्योंकि वह मन की सुन्दरता से कहीं अधिक ध्यान देता था अपने शरीर की सुन्दरता पर। उन बालों को जाने कब से कंघी का स्पर्श नहीं हुआ था।

पेट की आग के कारण ही अपने स्वाभिमान, अहंकार को ताक में रखकर मज़दूरी करना स्वीकार कर लिया था। वह इमारत पूरी हो चुकी थी, जिसमें वह महीनों से मजदूरी कर रहा था।

उसे चिन्ता इस बात की थी कि यदि दो–चार दिन और काम न मिला तो क्या होगा? दो वक़्त की रोटी भी उसे नसीब नहीं होगी। वह क्या करेगा, कैसे जियेगा, क्या खायेगा, पहनेगा? यह सारे सवाल उसके सामने भस्मासुर की भाँति मुँह फैलाये खड़े थे। इधर कई रातों से वह सोया नहीं था, रात में अचानक कल की चिन्ता में उठ बैठता। सुबह भी सिर पर हाथ रखे उदास बैठा था, तभी उसे किसी उसके मज़दूर साथी ने बताया कि "थोड़ी दूर पर मकान बन रहे हैं अच्छी मज़दूरी मिल रही है। जानवरों की भाँति, मज़दूरों की मण्डी से मालिक ठोक–बजाकर छाँटकर मजदूर नहीं ले जाते, ठेकेदार कहर नहीं ढाता, जो भी जाता है उसे मुनासिब दाम पर काम मिल रहा है। एक मकान जो बहुत बड़े एरिया में बन रहा है उसकी मकान मालकिन भी बहुत अच्छी हैं। मैंने बात कर ली है, कल से ठेकेदार तुम्हें काम पर रख लेगा।"

उस समय उसे वह अपना मज़दूर साथी देवदूत की भाँति ही लगा था। जैसे उसे मज़दूरी नहीं कहीं किसी जागीर मिल गई हो।

एक सप्ताह भी नहीं हुआ था उसे काम करते कि ठेकेदार ने उसे मज़दूरों का मेट बना दिया था।

कुछ समय पश्चात् उसे एक कमरे का छोटा–सा क्वार्टर भी मिल गया। रसोई में खाना बनाने का आवश्यक सामान भी रखवा दिया गया, साथ ही घर में जरूरत की अन्य वस्तुओं को भी ठेकेदार ने रखवा दिया।

यह सब देखकर ठेकेदार के पैर पकड़कर धन्यवाद दिया। दिन आराम से कटने लगे। वापस अपने आपको उसने सुखी इन्सानों की श्रेणी में खड़ा कर दिया गया था। पाप के बोझ की गठरी भी उसे अचानक कुछ–कुछ हल्की महसूस होने लगी।

एक दिन मजदूरों को वेतन बाँट कर, जब वह खुशी में झूमता हुआ घर लौटा, तो देखा दरवाजे की कुण्डी में एक लिफाफा खुंसा हुआ था। दरवाजा खोलने से पहले ही उसका कौतूहल, उसकी जिज्ञासा इतनी बढ़ चुकी थी कि तू बाहर ही खड़े–खड़े लिफाफा खोल पत्र निकालकर पढ़ने लगा। किसी बहुत बड़ी कम्पनी से पत्र आया था। मैनेजर ने व्यक्तिगत रूप से मिलने का समय भी दिया था।

उस रात वह सो नहीं पाया था, मन–ही–मन वह बहुत खुश था, परन्तु जाने क्यूँ बार–बार कहीं हृदय का एक कोना भय का अहसास भी करा रहा था। यह अहसास मात्र उसके अपने कर्मों का फल ही था। आकाश पर सूर्य की लालिमा छाने लगी थी, चिड़िया चहचहा रही थी, इन्हीं सबका तो उसने सारी रात इन्तजार किया खुली आँखों से।

साफ धुली पैंट, शर्ट, क्लीन शेव, बालों में तेल भी डाला था उसने महीनों पश्चात्, कंघी से बालों को सँवारा भी था, बस कमी रह गई थी, तो वह भी जूतों की। उसके पास जूते नहीं थे, पुरानी हवाई चप्पलें थीं जिसे मोची से दो बोर वह सिलवा भी चुका था। जिन चप्पलों ने उसे महीनों गर्म डामर की सड़क की गर्मी के अहसास से, काँटों से, राह की गन्दगी से, पानी और कीचड़ से बचाया वही चप्पले आज इस समय उसे मज़बूरी में पहननी पड़ रही थी।

भाग्य ने उसका साथ दिया, अचानक ठेकेदार आ गया, उसने ऊपर से नीचे तक उस पर एक नज़र डाली, नज़र को चप्पलों पर टिका वह ज़ोर से खिलखिला कर हँस पड़ा।

"अरे! यह क्या? इस समय तो तुम्हारी स्थिति मोर जैसी हो रही है।"

"क्या मतलब?"

"जरा अपने आपको देखो, कितने अच्छे लग रहे हो पर पैर..... ।"

उसने अपने पैरों और चप्पलों को छुपाने का असफल प्रयास किया।

"परेशान मत हो, मेरे जूते पहनकर देखो, शायद तुम्हें फिट आ जायें।" ठेकेदार ने अपने जूतों के फीते खोल जूते उतार उसे दे दिये।

इत्तफाक था कि उसे ठेकेदार के जूते फिट आये, उसे आश्चर्य हुआ, अच्छा भी लगा, ठेकेदार को धन्यवाद भी दिया उसने।

उसे विश्वास ही नहीं हो रहा था, तेजी से बदलती अपनी किस्मत पर। यह सब तो उसे ईश्वरीय चमत्कार लग रहा था।

"मे आई कमइन।" शिश्टतावश ही उसने कमरे के अन्दर प्रवेश करने के लिये आज्ञा माँगी थी।

"यस!" इस आवाज़ के सुनते ही उसने झट से कमरे में प्रवेश किया।

"हाँ, बैठिये।" मैनेजर ने सामने पड़ी कुर्सी की तरफ इशारा करते हुये कहा।

"थैंक्यू।" कह वह कुर्सी पर बैठ गया। उसकी पढ़ाई–लिखाई पूछकर ही मैनेजर सन्तुष्ट हो गया था। उसे महान आश्चर्य था, न तो मैनेजर ने पहले कहीं कार्य करने के तुर्जुर्बे के बारे में पूछा, न ही उससे सार्टीफिकेट डिग्री ही माँगी। इसी बीच मेज पर रखे फोन की घण्टी बड़ी ही कर्कश आवाज़ में बज उठी। उधर की आवाज़ तो उसने नहीं सुनी, परन्तु इधर वह साफ सुन रहा था।

"यस, जी, हाँ ठीक है मैडम" आदि।

फोन का रिसीवर रखकर उसने स्टेनों को बुलाकर आदेश दिया।

विजय प्रताप सिंह जी का एपाइंटमेण्ट लेटर टाइप करके ले आओ।

नौकरी का पहला दिन ही उसके काटे नहीं कट रहा था, वह अपने उस मेहरबान को देखना चाहता था, मिलना चाहता था, इस मेहरबानी का कारण जानना चाहता था। इसके लिये उसे मैनेजर साहब से ही बात करनी थी और मैनेजर किसी कार्य से बाहर गये थे।

घर आकर जितना वह खुश था उतना ही व्याकुल भी, उसके व्याकुल होने का कारण वही उसका मेहरबान था।

तीन दिन उसने कैसे काटे, यह वही जानता था। तीसरे दिन रात को नौ बजे मैनेजर साहब कम्पनी दफ्तर में आये। सीधा जाकर वह उनसे मिला और अपने अन्नदाता का पता ले आया, मिलने का समय भी मैनेजर साहब ने बता दिया था दस से ग्याहर बजे तक सुबह। दूसरे दिन वह आठ बजे ही तैयार हो चहलकदमी करने लगा।

एक स्लिप पर अपना नाम विजयप्रताप सिंह लिखकर भेज दिया। करीब सात मिनट पश्चात् चपरासी बाहर आया और उसकी ओर मुखातिब होकर बोला–

"जाइये अन्दर।"

"धन्यावाद!" उसके चेहरे पर आश्चर्य और खुशी की मिली–जुली रेखायें साफ नज़र आ रही थी।

"मे आइ कम इन।"

"यस!" यह एक शब्द भी उसे जानी–पहचानी आवाज़ में लगा, परन्तु यकीन नहीं हुआ।

पर्दा हाथ से हटा, वह कमरे में दाखिल हुआ, सामने रिवालविंग चेयर पर अपने उस मेहरबान को बैठे देखकर उसकी आँख आश्चर्य से खुली की खुली रह गई, विश्वास नहीं हो रहा था, मस्तिष्क जैसे सोचने–समझने की शक्ति अचानक खो चुका था, जबान से किसी ने आवाज़ छीन ली हो, शरीर ने भी कोई हरकत इस बीच नहीं की थी। बिना किसी प्रकार की औपचारिकता के वह मूढ़ सा खड़ा देखता ही रहा।

हवेली दुल्हन की भाँति सजाई गई थी, उसके श्रृंगार मी भी दुल्हन की श्रृंगार की भाँति किसी प्रकार की कोई कसर बाकी नहीं रखी गई थी।

ठाकुर रूद्रप्रताप सिंह के इकलौते बेटै का विवाह जो था। ठाकुर साहब ने इकलौते बेटे के विवाह हेतु एक ही कन्या देखी थी।

कन्या के माता–पिता बचपन में स्वर्गवासी हो गये थे, मामा –मामी ने उसे पाल–पोसकर बड़ा किया था।

बिन माँ–बाप की फूल जैसी बेटी वैदेही का हृदय भी फूल जैसा कोमल था।

कुछ समय पूर्व ठाकुर रूद्रप्रताप सिंह अपने किसी रिश्तेदार के यहाँ किसी के विवाह के उपलक्ष्य में गये थे, वहीं उन्होंने वैदेही को देखा था। कृशकाय गौर वर्ण, तीखे नाकनक्श वाली वैदेही मामूली हैण्डलूम की धोती और कोहनी तक लम्बी आस्तीन वाला ब्लाउज पहने थी।

मेहमानों के लिये प्लेटों में नाश्ता लगाने का काम उसे सौंपा गया था, जिसे वह बड़ी तल्लीनता के साथ कर रही थी। काले, लम्बे गज़ भर से अधिक लम्बे बालों की मोटी चोटी उसे परेशान कर रही थी।

अपनी चोटी पर वह क्रोध कर उससे कह रही थी– "मामा के प्यार के कारण तुझे झेल रही हूँ, वरना कब का काटकर गंगा जी में बहा देती, और लड़कों की भाँति बाल कटवाकर सुखी हो जाती।"

काफी देर से ठाकुर साहब उसकी तल्लीनता देख रहे थे परन्तु यह चोटी से बात करना उस पर नाराज़ होना, उसे काट डालने की धमकी देना देखकर, सुनकर गम्भीरता का बरसों पहले पहना गया चोला उतार खिलखिलाकर हँस पड़े।

वह घबरा गई, उसने पीछे मुड़कर देखा।

"मैं तुम्हारी कुछ मदद कर दूँ बेटी!" वह वैदेही के पास जाकर बोले।

"जी! जी नहीं मैं कर लूँगी" रूप के साथ–साथ ईश्वर ने आवाज़ के साथ भी न्याय किया था। आवाज़ सुन ठाकुर साहब को लगा, जैसे किसी मन्दिर में लगी सैकड़ी घण्टियाँ एक साथ एक मधुर, कर्णप्रिय आवाज़ के साथ बज उठी हों।

"क्या नाम है तुम्हारा?" ठाकुर साहब ने पूछा।

"वैदेही।"

"किसकी बेटी हो?"

"जी, मेरे माता–पिता इस दुनिया में नहीं हैं।"

इतना कहकर वह चुप हो गई। ठाकुर साहब को दुख हुआ अपने प्रश्न पर, थोड़ी देर पश्चात् उन्होंने पुनः प्रश्न किया।

"यहाँ किसके साथ आई हो?"

"अपने मामा के साथ।"

"क्या नाम है तुम्हारे मामा जी का?"

"जी! श्री यज्ञदत्त चौहान।"

"बेटी! अपना काम खत्म करके अपने मामाजी से मुझे मिला देना।" ठाकुर साहब आग्रह भरे स्वर में बोले।

"जी अच्छा!" इतना कहकर पुनः अपना कार्य करने में मगन हो गई, हाँ ठाकुर साहब से इतनी वार्तालाप के पश्चात् वह अपनी ढीठ चोटी को भूल गई थी।

इस विवाह से लौटकर ठाकुर साहब का कोई दिन भी ऐसा व्यतीत नहीं हुआ, जब इन्होंने ठकुराइन से वैदेही की बातें न की हों, उसके रूप गुण, व्यवहार, सज्जनता का बखान करते वह थकते नहीं थे।

जब ठाकुर साहब वैदेही की बातें करते, तो उनकी आँखों में बड़ी ही स्वाभाविक रूप से एक अजीब सी चमक आ जाती।

वैदेही के मामा को जैसे बिन माँगे ही सब कुछ मिल गया था, जिसे वह सपने में देखने, सोचने की जुर्रत नहीं कर सकते थे। मामा–मामी दोनों ही हृदय से प्रसन्न थे, मामी ने उसे माँ का प्यार तो दिल खोलकर दिया था, परन्तु इतना बड़ा जागीरदारों का घराना देना उनके लिये असम्भव था।

वैदेही का ही भाग्य था जो उसके मामा–मामी का रिश्ता इतने ऊँचे और रईस घराने से जुड़ने जा रहा था। घर–घर में वैदेही के भाग्य को सराह जा रहा था कल तक अभागी वैदेही आज सभी लड़कियों से अधिक भाग्यशाली हो गई थी।

समय बीतते देन नहीं लगती, विवाह का वह शुभ दिन भी आ गया। मामा ने वह सब किया, जो एक बाप अपनी प्रिय बेटी के विवाह में कर सकता था, कहीं कोई किसी प्रकार की कमी उन्होंने नहीं रखी, अपनी औकात और हैसियत से अधिक कर घर फूँक विवाह संपन्न किया। दुल्हन सी सजी हवेली में दुल्हन का डोली उतरी। हवेली के बड़े फाटक के दोनों ओर ऊपर सजा–सँवरा मचान सा बना, उस पर बैठ शहनाई वाले बजा रहे थे। गेट से लेकर पोर्टिको तक लगे तमाम वृक्षों में बिजली के रंग –बिरंगे बल्ब जगमगा रहे थे।

लान के बीच लगे फुहारों में भी रंग—बिरंगी रोशनी कर दी गई थी। उतना हिस्सा वृन्दावन गार्डेन से कहीं कम नहीं लग रहा था। उस रंग—बिरंगी रोशनी के कारण ही रंगविहीन जल भी रंग विखेर रहा था। शहनाई की धुन ने उसकी भव्यता और बढ़ा दी थी।

पूरी हवेली मेहमानों से भरी थी, सभी के मन में कहीं न कहीं यह इच्छा थी कि आख़िर दुल्हन में रूद्रप्रताप जैसे इन्सान ने क्या देखा, जिसे देखने के पश्चात् उन्हें लड़की का घर—परिवार, खानदान, हैसियत देखने की इच्छा ही नहीं हुई।

बहू देखने के पश्चात् सभी को ठाकुर साहब का निर्णय उचित लगा, वह सब भी वही करते, यदि वह ठाकुर साहब की जगह होते, वह भी सब कुछ भूलकर वैदेही को ही अपनी पुत्रवधू के रूप में झट पसन्द कर लेते। समय, भाग्य और रूप वैदेही के साथ था।

एक—एक कर सारी रस्में परिवार की औरतें वर—वधू से करवा रही थीं। एक दो—बार ठाकुर साहब ने परिवार की स्त्रियों को टोका भी कि 'बहू थक गई होगी' परन्तु उनके वाक्य के पूरा करते ही घर की किसी वृद्धा ने ठाकुर साहब को चुप कर दिया। गम्भीर रूद्रप्रताप सिंह के चेहरे पर एक हल्की सी मुस्कान आई और उसी मुस्कान के साथ ही वहाँ से हटकर अपने कमरे में आकर बैठ गये।

ठाकुर साहब को वृद्धा का वाक्य याद आ रहा था।

"चुप कर अपने कमरे में बैठो! जाकर आज के दिन बहू अपने घर आई है, सारे सगुन—साथ पूरे करने हैं। वह सब पूरे किये जायेंगे चाहे सवेरा ही क्यूँ न हो जाये।"

रात के तीन बज गये, तब जाकर वैदेही को सोने को मिला था, सुबह के ६ बजे ही किसी रिश्ते की ननद ने एक प्याला चाय के साथ उसे जगा दिया, आँखें मलती वह उठ बैठी।

"नहा—धोकर जल्दी से तैयार हो जाओ, मण्डप सिराने जाना है।" एक औरत उसके कमरे में आ उसे आदेश देकर उल्टे पैरों लौट गई। वैदेही सोच रही थी कि शायद यही अन्तिम रस्म हो। घाट तक वर—वधू व रिश्तेदार पैदल हो गये। ठाकुर साहब की ठकुराईन काम न आई, वह लाख कहते रहे, "बहू थक जायेगी, गहनों से लदी, बहू इतनी दूर घाट तक पैदल नहीं चल पायेगी।"

वह भूल गये थे कि उनकी बहू मीलों पैदल चलकर भी नहीं थकेगी, न ही उफ करेगी। उन्होंने उस विवाह वाले घर में उसे देखा था, पूरे दो—दिन, दो—रातें काम करते हुये पूरे घर में दौंड—दौड़कर काम करते, सभी मेहमानों का ख़्याल रखते, ठाकुर साहब को यही लगा, कि आख़िर यह डेढ़ हड्डी की लड़की कब आराम करती है कब सोती—खाती है। तब की बात और थी अब की बात और है, अब वह ठाकुर रूद्रप्रताप सिंह की बेटी थी और बहू भी । तब वह　माता—पिता विहीन मामा—मामी के घर में रह रही एक अनाथ संकोची, सहमी कन्या थी। रूद्रप्रताप ने जाने कितने समय तक अपने आपसे ही बातें करते रहे।

साफ ज़ाहिर था वह किस कदर वैदेही के प्यार में डूब चुके थे। क्या ऐसा ही होता है प्यार एक पिता का अपनी पुत्री के प्रति।

मण्डप सिराने में वाकई वैदेही थक गई, यह थकान नये घर में संकोच और भय के कारण थी। शाम को ठाकुर साहब की ओर से बहू–भोज था। शहर से भी कई गणमान्य लोग पधारे थे। खाने का इन्तज़ाम शहर के पाँच सितारा होटल के जिम्मे था।

बनारस की मशहूर नाचने वाली अपने तीस साज़िन्दों और जवान बेटी के साथ तशरीफ़ लाई थी। क्या नाची थी वह रक्कासा जिसे गाँव वाले क्या दूर–दूर से प्रीतिभोज में सम्मिलित होने आये मेहमान कभी नहीं भूल पायेंगे। बच्चा–बूढ़ा, जवान सभी के मुँह से बस एक ही शब्द 'वाह' निकल रहा था।

इस बात को सभी ने गौर किया था, देखा था कि वर की दृष्टि अपनी सुन्दर नई–नवेली पत्नी पर नहीं थी वह तो बस एकटक नाचने वाली की बेटी को ही देखे जा रहा था। कुछ दोस्तों ने उसे टोका इस हरकत के लिये। एक बार नहीं कई बार वह चाह कर भी अपनी नज़रे उस लड़की के ऊपर से हटा कहीं और केन्द्रित नहीं कर पाया।

महफिल समाप्त हो गई थी, पण्डाल खाली पड़ा था, खाली कुर्सियाँ भी बेतरबीत हो गई थी स्थान–स्थान पर औरतों के जूड़ों, चोटी की शोभा बढ़ाने वाले बेला के फूलों के गज़रे इधर–उधर पड़े थे, भीड़ के जूतों, चप्पलों की जाने कितनी ठोकर किस गज़रे ने खाई थी। चन्द घण्टों का खेल था सारा।

प्लास्टिक बैग में साफ–सुन्दर सजी प्लेटें, जिन्हें कुछ ही देर पहले एक–से–एक महान हस्ती के हाथों में देखा गया था, अब स्थान–स्थान पर रखे बड़े–बड़े टबों में जूठी प्लेट एक के ऊपर एक पड़ी थी।

धीरे–धीरे सभी मेहमान चले गये, हवेली में मालिक से अधिक चाकर रह गये।

चाकरों का असर वैदेही पर नहीं पड़ा, वह सुबह सबसे पहले उठकर नहा–धो अपनी पूजा–पाठ कर लेती। रसोई घर में जाकर सुबह की बेड–टी बनाकर सभी को देने स्वयं ही जाती।

दोपहर का खाना हो या रात का, वह महराज़ के साथ बराबर लगी रहती। नित्य एक–न–एक पकवान खाने में वह अपने हाथ से स्वयं पकाती। रूद्रप्रताप सिंह की भाँति ही बूढ़े महराज भी बहुत खुश थे इतनी सुघड़ बहू के रूप में कन्या पाकर। सभी वैदेही से बहुत खुश थे, सन्तुष्ट थे, पूर्ण सन्तुष्ट।

समुद्र मन्थन में जैसे ठाकुर साहब को यह अनमोल रत्न मिल गया हो, जो सभी को पसन्द था, उसका रंग–रूप, उसकी चमक, लगता जैसे किसी बहुत ही कुशल कारीगर ने अपने हाथों से तराशा हो। विशेष बात तो यह थी रत्न ने अपने ईश्वरीय वरदान स्वरूप

मिले स्वाभाविक गुणों को भी नहीं खोया था।

इस नगीने की चमक इस हवेली में आकर ठाकुर साहब के प्यार से और बढ़ गई थी। समय पंख लगाकर उड़ रहा था और उसी समय के साथ उड़ रहा था ठाकुर साहब का परिवार।

इधर कुछ दिनों से ठाकुर विजयप्रताप सिंह अक्सर घर देर से आने लगा था।

माँ के पूछने पर रटा—रटाया एक जवाब देता "काम था देर हो गई।"

धीरे—धीरे यह देर का समय और बढ़ने लगा, हार मानकर पिता ने बेटे के जीवन में हस्तक्षेप किया "क्या आजकल रात रोज देर से आते हो कोई खास बात, किसी प्रकार की कोई परेशानी है।"

"नहीं, वैसे ही देर हो जाती है।" बात को टालना चाहा बेटे ने।

"देर यूँ नहीं होती, कारण अवश्य होता है यह बाल यूँ ही धूप में सफेद नहीं हुये। कारण का पता देर से चलता है इस देर का कारण भी होता है एक—दूसरे पर विश्वास का न होना।"

"नहीं बाबू जी! ऐसी कोई बात नहीं कोई कारण नहीं देर से घर आने का, जिससे आपको चिन्ता हो।"

"ईश्वर करे, ऐसा हो और जैसा तुम कह रहे हो वह सच हो।" इतना कह ठाकुर साहब चुप हो गये।

विजय प्रताप सिंह का देर से आना कम नहीं हुआ, उसमें इजाफा ही हुआ। आधी रात के बीत जाने के पश्चात् शराब के नशे में धुत वह अपने कमरे में प्रवेश करता। वैदेही चुप थी जैसे सब कुछ निर्लिप्त भाव से हो रहा है घट रहा हो देख रही हो, एक मूकदर्शक की भाँति।

ठाकुर साहब बेटे को कोसते भला बुरा कहते, ठकुराइन की कोख़ को हजार लानते भेजते, परन्तु वैदेही खामोश रहती, उसने अपना मौन नहीं तोड़ा। रात काफी बीत चुकी थी घण्टे—दो—घण्टे की शायद बाकी थी, वैदेही की सूनी आँखों में नींद नहीं थी कारण उसका अपना पति, अभी घर नहीं लौटा था। वह सोच रही थी, क्या किस्मत पाई है, आख़िर उसने इससे तो कहीं भला था वह गरीब मामा—मामी का छोटा सा घर, जहाँ शाम से ही उधम मचने लगता था सभी एक—दूसरे से हँसी—मजाक करते एक—दूसरे की खिंचाई करते, एक साथ बैठकर रात को बनने वाली पानी अधिक सब्जी कम, जाड़े में तो अधिकतर रसेदार आलू—टमाटर की सब्जी—रोटी होती, हरी धनियाँ पड़ी हुई कितनी रोटी सिकती थी। मामी ऊब जाती थीं खाने वालों का पेट तो एक बारगी भर भी जाता था परन्तु आत्मा नहीं भरती, तृप्ति नहीं होती, मन करता यदि पेट आज्ञा दे तो दो—चार फुल्के और खा लिये जायें।

आधी रात तक ताश होते, मामा अक्सर हारते ओर खिसियाकर सभी को डाँटना शुरू कर देते, उस डाँट को खाने के लिये सभी मिलकर बेईमानी करते और मामा को हराते।

कौन किसके पास कब सोयेगा, यह तय नहीं था जब, जहाँ, जो किसके पास था लुढ़क गया, जो लुढ़क गया, उसे सोते में उठाया नहीं जाता था। किसी को कोई बेडरूम नहीं था, घर में तीन कमरे थे, परन्तु मामा—मामी या बच्चों के नाम से कोई कमरा नहीं था। क्या नींद आती थी।

आज उसका बेडरूम है दरी और चटाई के स्थान पर मोटे—मोटे डनलप के गद्दे हैं। मामूली बाँध को चारपाई के स्थान पर पचास हजार की कीमत का डबल—बेड था, परन्तु नींद नहीं, बस आँखों में नींद नहीं दूर—दूर तक नहीं।

भड़ाक से दरवाज़े पर लात मारने जैसी आवाज़ को अचानक वैदेही ने सुना। दरवाज़ा खुला, लड़खड़ाते हुये पति को वैदेही ने अपने कमज़ोर हाथों का सहारा दिया और बिस्तर पर लिटा दिया। पैताने बैठकर वह उसके जूते के फीते खोलने लगी, तभी एक भरपूर लात अप्रत्याशित रूप से उसके माथे पर पड़ी, वह अपने आपको सम्भाल नहीं पाई और पलंग के नीचे गिरी, चारों खाने चित्त। तभी ससुर की दहाड़ सुन वह घबराकर उठ खड़ी हुई।

"विजय!" हाथ पकड़कर बिस्तर से उन्होंने अपने इकलौते पुत्र को घसीटा था   अब वह बिस्तर के नीचे ज़मीन पर था अब तक काफी हद तक उसका नशा पिता की दहाड़ सुनकर काफूर हो चुका था।

फूल की छड़ी से भी कभी बेटे को न छूने वाले ठाकुर ने, उस पर थप्पड़ों की बौछार शुरू कर दी थी।

सरा नशा अब तो हिरन हो चुका था, न तो शराब का, और न ही शबाब का। वैदेही अपनी भीगी आँखों को पोंछती हुई कमरे से बाहर चली गई थी। पति को पिता द्वारा पीटे जाने पर न तो वह खुश थी न दुखी, वह स्वयं नहीं जानती थी कि वह कैसा महसूस कर रही है। शायद इसी प्रकार की घटना के समय दिल—दिमाग शून्य हो जाता, सोचने—समझने की शक्ति खो बैठता है।

मार—मारकर ठाकुर साहब थक गये, मन से भी शरीर से भी, हिकारत भरी नज़र बेटे पर डालते वह कमरे से बाहर आये, देखा दरवाज़े के पास खड़ी वैदेही रो रही थी।

"बेटा! मझे क्षमा कर दो, बहुत बड़ा अन्याय हो गया मुझसे, पर ऐसा नहीं था विजय, बेटी! मुझे क्षमा कर दो मेरी बच्ची।" इतना कह उन्होने अपनी पुत्र—वधू के सिर पर हाथ फेरते हुये उसे अपनी चौड़ी छाती से लगा लिया।" वैदेही को लगा, उसके पिता जीवित हो गये, और उसे सीने से लगाकर प्यार—दुलार कर रहे हैं। ठाकुर साहब को भी आज पुत्री के पिता होने जैसी सन्तुष्टि मिली था।

क्या कोई इन्सान अपनी बहू को इस कदर प्यार कर सकता है इस बात को समझना वैदेही के लिये असम्भव था। पलंग के पास पड़ी कुर्सी पर बैठी वह सोच रही थी, कि अचानक उसके कान पर एक झन्नाटेदार थप्पड़ पड़ा, यह विजय का भारी—भरकम, मर्दाना जवानी से भरपूर ठाकुरों वाले हाथ का थप्पड़ था।

वैदेही ने कान को छूकर देखा, तो खून की कुछ बूँदे उसकी उँगलियों पर थीं, खून बहकर कनपटी से गर्दन तक आ गया था।

"शिकायत करती है साली, रोना रोती है बुढ़ऊ के पास बैठ कर" विजय पिता की भड़ास असहाय पत्नी पर निकाल रहा था। वह खामोश बैठी थी, लगता था जैसे वही गुनाहगार हो।

"बोलती क्यों नहीं? जवाब क्यों नहीं देती, मुँह में दही जमाकर बैठी है।" वह गरज़ा बिना घर वालों का संकोच किये।

"ऐसा कुछ नहीं, आपको गलतफ़हमी हुई है, मैंने कभी किसी से कुछ नहीं कहा, न ही बाबू जी से न ही माँ से।" वह सहमी सी बोली।

"क्या कहेगी? बोल क्या कहेगी?"

"कुछ नहीं, कहने की जरूरत नहीं।"

"जबान लड़ाती है।" विजय की वही हालत थी जैसे कोई दीवरों से लड़ता है।

नहीं! आपके पूछे प्रश्न का उत्तर ही दे रही हूँ, अपनी सफाई दे रही हूँ कि मैं निर्दोष हूँ।"

अब तक वैदेही पर विजय का उठा हाथ वापस अपने स्थान पर आ गया था। वह बोला थोड़ा शान्त होकर।

"देखो वैदेही, मेरे जीवन में कोई और आ गया है जिसे मैं बेइन्तहा प्यार करता हूँ।"

"कौन है वह?" धीरे से हिम्मत कर वैदेही नू पूछा।

"समय आने पर बता दूँगा।" वह बोला।

"वह जो भी है जिसे आप इतना प्यार करते हैं, यदि वह भी आपसे सचमुच प्यार करती है तो देर रात शराब पिलाकर आपको घर क्यों भेजता है।"

आपकी इस हालत का जिम्मेदार कम—से—कम वह तो नहीं, हो सकती है जो आपसे वाकई प्यार करता हो।"

"अच्छा—अच्छा ठीक है इस बारे में बाद में बात करूँगा, अभी कोई फायदा नहीं।" विजय को शायद नींद आ रही थी या फिर आज की रात अब वह और बवाल नहीं करना चाहता था।

कैसे इन्सान दूसरे की नींद हराम कर, दूसरे के हृदय में हलचल मचाकर चैन की नींद सो सकता है। विजय ऐसा करके आराम से सो रहा था। वैदेही आराम कुर्सी पर बैठी, बहुत कुछ सोच रही थी। माता–पिता विहीन वैदेही निर्णय लेने में असफल थी वह आत्मविश्वास, मामा–मामी का प्यार भी उसे नहीं दे पाया था जो माँ–बाप अपनी बेटी को देते है। बस, उसे ठाकुर साहब का ही सहारा नज़र आ रहा था, उन्हीं के प्यार से उसमें विजय से बात करने की शक्ति आई थी।

उस घटना के पश्चात् तो विजय को किसी का भय नहीं रह गया था अब वह अक्सर घर आता ही नहीं। ठाकुर साहब ने अपने कुछ खास विश्वसनीय कारिन्दों को विजय की जासूसी में लगा दिया। बहू के दुख और बेटे की भलाई के कारण ही उन्हें कोठे तक ले गया। पाक, साफ, चरित्रवान ठाकुर के सामने खानदान की इज्ज़त मान–सम्मान से कहीं ऊपर था बहू प्रेम।

पैसों का लालच, अपने लठैतों से कोठे को तहस–नहस करने की धमकी दी, परन्तु सब बेकार रहा। बेटे के सामने रोये हाथ फैलाकर उस मासूम बच्ची की खुशियाँ माँगी, परन्तु सब बेकार, वासना में पूरी तरह डूबे बेटे के समक्ष बाप की याचना उसके आँसू कहीं नहीं टिक पाये।

इस घटना के पश्चात् दो–चार दिन सब शान्त रहा, सब कुछ सामान्य था, विजय भी घर पर ही रहा, कहीं नहीं गया। वैदेही को प्यार भी किया।

यह सिलसिला अधिक नहीं चल पाया, इतनी शान्ती के पश्चात् तूफान अवश्य आता है सो आया। एक दिन दोपहर का खाना खाकर विजय किसी का बहाना बनाकर घर से निकला, तो दूसरे दिन दोपहर के खाने पर चाँदनी और उसकी माँ के साथ आया।

पूरी हवेली में हाहाकार मच गया। ठकुराइन ने अपना क्रोध अपनी शक्ति भर बेटे और उन दोनों स्त्रियों पर दिखाया।

सोये हुये ठाकुर साहब के कानों तक भी यह शोर–शराबा पहुँचा, वह लगभग भागते हुये नीचे हाल तक आयें, वहाँ का नज़ारा देख वह हक्के–बक्के ठगे से खड़े रह गये।

"बाबू जी! यह दोनों यही हमारे साथ रहेंगी।" उसने पिता के कुछ बोलने से पहले ही अपना फैसला सुना दिया, बेटे का निर्णय सुन, इस घिनौने फैसले को सुन, ऊपर से सख़्त अन्दर मोम जैसा हृदय रखने वाले ठाकुर बेटे के द्वारा बोले गये इन शब्दों की गर्मी को बर्दाश्त नहीं कर पाये। अपने दाहिने हाथ से छाती के बाईं ओर दबाते वह दर्द से कराहने लगे, देखते–ही–देखते वह पसीने से लथपथ ज़मीन पर ही गिर पड़े।

आनन–फानन में डाक्टर आये। डाक्टरों के भरसक प्रयास, ठकुराइन का दिन–रात ईश्वर के समक्ष गिड़गिड़ाना, प्रार्थना करना सार्थक नहीं हो पाया। तीसरे दिन फटी–फटी आँखों से वैदेही को देखते हुये ठाकुर साहब ने दम तोड़ दिया। पंचतत्व का बना शरीर पुनः

पंचतत्व में मिलने के लिये तैयार था। उस शरीर, उस ठाकुर रूद्रप्रताप का शरीर दम तोड़ते समय अपनी पुत्र–वधू से क्षमा नहीं माँग पाया था, वही अन्तिम इच्छा लिये वह चले गये थे।

वैदेही अपने धर्म–पिता की वह कातर, मजबूर कुछ कहने के लिये व्याकुल दुष्टि क्या कभी भूल पायेगी। चार–दिनों में ही बेटे ने बाप की शुद्धि, तेरवीं सभी कर डाली। हवन हो गया, हवेली शुद्ध हो गई। शोक समाप्त हो गया, अब शराब और शबाब को भोगने में क्या हर्ज़ था, कुछ नहीं।

हवेली की मालकिन कहीं जाने वाली दो औरतें बचीं, एक विधवा दूसरी सुहागन विधवा। दोनों एक–दूसरे के सुख–दुख की साथी, एक–दूसरे के आँसू पोंछने के लिये उनका आँचल सदैव तैयार रहते, पर क्या दोनों किसी का आँचल दूसरे के आँसू अपने में समेटने में सक्षम था।

एक माँ, एक पत्नी, जवान बेटा, विधवा माँ पर किसी भी समय–असमय हावी हो सकता था, रही पत्नी वह उसकी अपनी मिलकियत थी।

एक रात पत्नी के मुँह खोलते ही ठाकुर रूद्रप्रताप सिंह के वारिस का रक्त खौल उठा, काफी मारपीट कर डाली, ठाकुर विजयप्रताप सिंह ने।

इस मारपीट से वैदेही क्या ठकुराइन भी बुरी तरह डर गई थीं।

मामा द्वारा वैदेही को पढ़ाया गया पाठ कि क्रोध को कमजोरी मत बनने दो, वख़्त पड़े तो क्रोध को हथियार बनाओ। उचित समय पर सामने वाले पर उस हथियार को प्रयोग करो।" वह भूल गई, उसकी समझ में नहीं आ रहा था कि वह क्रोध और अपने क्षोभ को हथियार बना उसे अपने ही पति पर किस भाँति इस्तेमाल करे।

एक पागल, अय्याश, रईस और सक्षम व्यक्ति के सामने सम्पूर्ण मानवीय हथियार बेकार हो जाते हैं। ऐसे व्यक्ति को या तो मृत्यु जैसी सजा दे हाथ–पैर तोड़ दे, या फिर उसे उसके हाल पर छोड़ दे। वैदेही ने तीसरा रास्ता अपनाया। अपनी इस बात को उसने माँ जी के सामने रखा। न्यायप्रिय समझदार माँ ने बहू के फैसले को उचित ठहराया।

विजय से बात करनी, दोनों ने बन्द कर दी वैसे भी इस समय विजय को न तो माँ के आँचल की आवश्यकता थी न ही पत्नी प्रेम की।

वैदेही और ठकुराइन साथ खाती–पीती और सोतीं। वैदेही को माँ का वह प्यार मिला, जिस प्यार की वह कभी कल्पना करती थी। हवेली की मालकिन और बहू का आपस में इस कदर का प्यार चाँदनी की माँ को गवाँरा नहीं हुआ।

नित्य नई–नई चाले सोचकर वह दोनों विजय को शराब पिलाकर वैदेही और ठकुराइन के खिलाफ भरती रहतीं।

जल्द ही वह दिन भी आया, जब वह दोनों अपनी चाल में कामयाब हो गई।

काले मेघों से भरा सम्पूर्ण आकाश, सावन की काली अँधेरी रात, बेवजह वैदेही को घर से निकाल दिया था ठाकुर विजयप्रताप सिंह ने। माँ के बीच में बोलने पर उसने दूध का कर्ज़ चुका दिया, कुछ इस प्रकार के शब्दों से।

"ऐसा ही यदि तुमकों इस औरत से प्यार है,, तो तुम भी निकल जाओ इस हवेली से।"

बहुत बड़ी गलती करते हैं, भूल करते हैं वे माँ—बाप जो अपने जीते जी अपना सब बेटे पर विश्वास कर उसके नाम कर देते हैं वह यह भूल जाते हैं कि नालायक को लायक बनने में समय लगता है परन्तु लायक को नालायक बनने में जरा भी वख़्त नहीं लगता। वैदेही से चिल्लाकर ठकुराइन ने रूकने को कहा। बेटे की बात का उन्होंने कोई जवाब नहीं दिया। विजय के अपने रंगमहल में जाने के पश्चात् वह सीधी अपने बेड रूम में आई, तिजोरी खोलकर जो भी जेवर, कैश था उसके साथ कुछ अपने और वैदेही के कपड़े, साथ ही वैदेही की पढ़ाई के सारे सार्टीफिकेट आदि एक चादर में बाँधा। सूटकेस में सब रखना उन्होंने उचित नहीं समझा। क्या पता उनका बेटा सूटकेस खुलवाकर तलाशी ले ले।

विजय को विश्वास नहीं था कि उसको जन्म देने वाली माँ उसे छोड़कर चली जायेगी। यही कारण था कि वह माँ को इतने कटु वचन बोलकर भी चाँदनी के आगोश पड़ा था। नौकर—चाकर अपने—अपने घर जा चुके थे हवेली का दरबान भी घण्टे की छुट्टी लेकर कहीं गया था। यह ठकुराइन का सौभाग्य था, अँधेरी रात थी और मूसलाधार बारिश हो रही थी। उन्हें और उनकी पुत्र—वधु को हवेली से बाहर जाते किसी इन्सान क्या परिन्दे ने भी नहीं देखा था। दोनो ने रात एक पास के मन्दिर में बिताई, यहाँ भी संयोग से पुजारी जी की तबियत खराब थी वो भी मन्दिर के पीछे अपनी कोठरी में सो चुके थे।

पौ—फटने से पहले ही उन लोगों ने गाँव छोड़ दिया, ईश्वर की चौखट पर माथा टेक कर एक नई जिन्दगी जीने की शुरूआत के लिये प्रार्थना की। पहली टैक्सी पकड़ वह गाँव से शहर आ गई। दोपहर तक झक मारने के पश्चात् उन्हे एक कमरे का मकान किराये पर मिल गया साथ में एक छोटी सी रसोई, बाथरूम और छोटा सा आँगन और आँगन से लगा स्टोर।

यह छोटा सा दरबा महल में रहने वाली ठकुराइन को स्वर्ग से कहीं कम नहीं लग रहा था। दोनों के चेहरों पर एक अजीब सा सुख और सन्तोष था। काफी अर्से पश्चात् ऐसा सुकून मिला था ठकुराइन को।

चादर में बँधे सामान को उस छोटे से कमरे में एक किनारे रख, पर्स में कुछ पैसे डाल, वैदेही को वहीं छोड़ वह पास के बाजार में आ गई। बादल छट चुके थे, बारिश थम चुकी थी, धूप भी लुका—छिपी का खेल खेलने लगी थी।

उठाकर एक ग्लास पानी न पीने रूद्रप्रताप सिंह की पत्नी रायबहादुर विक्रमप्रताप

सिंह की बहू और रायबहादुर शेर सिंह की पोती में जाने कहाँ से इतनी शक्ति, स्फूर्ति और आत्मविश्वास आ गया था। गृहस्थी का जरूरी सामान खरीदा, एक ताँगे पर लदवा स्वयं भी उस पर बैठ गई।

एक पल को भी उन्हें अपनी इम्पाला और कन्टेसा या चार घोड़ो वाली बघ्घी नहीं याद आई। माँ को इस प्रकार आते देख वैदेही को आश्चर्य तो हुआ, साथ ही शक्ति और आत्मविश्वास का जन्म भी।

कमज़ोर, मुरजाई वैदेही मुस्कुरा दी। क्यों? मुझे देखकर मुस्कुरा रही थी, ठकुराइन प्यार से बोली।

"नहीं माँ, आपके साहस, शक्ति और धैर्य को देख रही थी जो मुझमें नहीं है परन्तु अब ऐसा लग रहा है जैसे इन सबने मेरे भीतर भी पैर पसारने शुरू कर दिये हैं।

सामान उतारवाने और उसे लगाने में वैदेही को चक्कर आ गया। सामान के साथ ही ठकुराइन ढेर सारी पूड़ी, सब्जी भी बाजार से ले आई थीं। वैदेही को खिलाकर उन्होंने स्वयं भी पेट भर भोजन किया।

खाना खाते समय वैदेही फूट—फूटकर रोने लगी, एक माँ की भाँति, बेटी को आदेश दिया ठकुराइन ने।

"बेटा, जब तक मैं तुम्हारे साथ हूँ यानी जब तक मैं जिन्दा हूँ, तुम्हारी आँख से एक भी आँसू नहीं बहेगा, हाँ यदि तेरे हृदय में मेरे लिये जरा सा भी प्यार, सम्मान कुछ भी है तो जीवन में तू कभी रोयेगी नहीं, कमज़ोर नहीं पड़ेगी।"

देर रात तक पुत्र—वधु के सिर को अपनी लम्बी, पतली उँगलियों से सहलाती वह सो गई। वैदेही को नींद रात के आखिरी पहर में आई। सुबह जब माँ ने वैदेही को चाय का ग्लास पकड़ाते हुए उठाया तो ग्लास लेकर एक तरफ रख वह माँ की गोद में सिर छुपाकर बुदबुदा दी।

"क्या है थोड़ा सा जोर से बोला।"

"मां!" कहकर उसने शरमाते हुये ठकुराइन को देखा।

"कितने महीने......... ।" यह भाषा माँ ही समझ सकती थी।

"तीन।"

ठकुराइन की आँखों में छलके आँसू उनके सुख—दुख का मिलाजुला चित्रण बखूबी कर रहे थे। एक सप्ताह के विचार—विमर्श के पश्चात् दोनों ने कुछ काम करने और धन अर्जित करने का तरीका सोचा।

बैठकर खाने से तो कुबेर का खजाना भी खाली हो जायेगा, फिर वह तो बेटे की आँख

बचाकर तिजोरी से गहने और नगद लेकर ही आ पाई थी। बाकी सब तो ठाकुर साहब ने जाने कब अपने लायक इकलौते पुत्र के नाम कर दिया था।

एक माह की दौड़–धूप के पश्चात् ठकुराइन को घर के पास ही के स्कूल में आया की नौकरी मिल गई।

उनकी इस नौकरी से वैदेही को बहुत दुख हुआ, परन्तु माँ के तर्क के समक्ष और उनकी दी हुई कसम तथा आदेश के सामने वह झुक गई, न तो उसकी आँख से आँसू बहे, और न ही उसने अपना दुख माँ के सामने प्रकट ही किया। वैदेही ने मन–ही–मन प्रण किया कि वह जीवन में माँ द्वारा लिये गये प्रत्येक फैसले पर उसी प्रकार सिर झुका देगी जैसे ईश्वर के सामने।

वैदेही को अभी आराम करना था क्योंकि उसकी कोख में ही ठाकुर घराने का उत्तराधिकारी पल रहा था। बेटा हो या बेटी, यह किसने जाना। कुछ भी होगा तो वह रूद्रप्रताप के वंश का।

वैदेही अपने सारे कष्ट माँ के प्यार के सामने भूल चुकी थी बस एक ही कष्ट उसे था वह था जिस स्त्री के आगे–पीछे दर्जनों नौकरनियाँ घूमती हों, वह एक स्कूल में आया का काम कर रही है। क्या इसी को को वख़्त कहते हैं।

आराम और थोड़े बहुत घर के काम के साथ–साथ वैदेही ने अपनी आगे की पढ़ाई शुरू कर दी थी, उसे शीघ्र–अतिशीघ्र माँ के कष्ट को दूर कर स्वयं नौकरी कर माँ को राज्य कराना, आराम देना, उनको भरसक सुख देना था, तन और मन से। धन से तो वो वह सुख कभी नहीं दे पायेगी, जिस सुख को ठकुराइन ने पीढ़ियों से भोगते देखा था।

वह शुभ दिन आ गया, जब ठाकुर रूद्रप्रताप सिंह के पोते ने एक सरकारी अस्पताल में जन्म लिया, जच्चा और बच्चा दोनों स्वस्थ थे। माँ तो ममता की मारी पोते को अनवरत चूम रही थी एक पागल की भाँति।

"माँ! वैदेही ने ही आवाज़ देकर उनके पागलपन को रोका।"

"क्या है बेटी।"

"माँ, यह आपका ही बेटा है आपके पास आपकी ममता और छत्रछाया में पलेगा।" वह मुस्कुरा कर बोली।

"हाँ बेटा, मैं तो भूल ही गई थी यह सौगात ईश्वर ने मुझे दी है तुम्हारे जरिये, जुग–जुग जियो मेरी बच्ची।" वह बच्चे को छोड़ वैदेही के पास आ उसके सिर पर हाथ फेर आशीर्वाद देने लगी। वैदेही ने अपने आँसूओं को पोंछ माँ के चरणों का बेड से नीचे झुककर स्पर्श किया।

"आँसू! फिर आँसू।" उन्होंने टोका।

"माँ, इन आसूँओं का तो नौ माह से इन्तज़ार था, यह तो खुशी के आँसू है ममता के आँसू हैं।" वैदेही का उत्तर सुनकर माँ खामोश हो गई।

हवेली में ही नहीं, बल्कि किसी नातेदार, रिश्तेदार की भी नहीं मालुम था कि सास–बहू कहाँ रह रही हैं, जीवित भी हैं या नहीं। वैदेही के मामा–मामी बहुत परेशान थे अपनी एकमात्र प्रिय भाँजी के लिये परन्तु मजबूर थे। आखिर कहाँ तलाशते उसे।

भाँजी की ससुराल जब वह अपनी हैसियत के अनुसार कुछ लेकर पहुँचे तो वहाँ के कुछ और ही रंग–ढंग देखे। तभी उन्होंने जाना कि भाँजी और समधन घर त्याग कहीं चली गई हैं। हवेली का त्याग क्यों किया, यह तो वह स्वयं ही समझ गये थे। विजय से वह कुछ नहीं बोले, एक भरपूर नज़र उस चाँदनी और उसकी माँ पर डाली और वापस अपने घर आ गये।

हवेली का पूरा हाल उन्होंने पत्नी को पूरे दो दिन में धीरे–धीरे शब्दों को तोड़–मरोड़ कर बताया था। वैदेही की मामी भी ठीक उसी प्रकार दुखी हुई थी जैसे यदि वैदेही की माँ होती, तो वह दुखी होती। मामी आँसू पोंछते हुये बस इतना बोलीं–

"मरने की सब्र होती है गुम होने की नहीं। ईश्वर करे वैदेही और समधन जी कहीं भी हों, खुश हों, भगवान उन्हें कष्टों से दूर रखें।"

"दुखी मत हो। देखना एक दिन हमारी बिटिया हमें अवश्य मिलेगी। ढेर सारी खुशियों के साथ।"

स्कूल में छुट्टी मिलते ही सीधी वह अपने पोते के पास भागती। शरीर उनका स्कूल में रहता, लेकिन मन घर पोते के पास ही डोलता रहता। स्कूल के कार्यों के बीच भी वह एक क्षण को भी उस नवजात शिशु का चेहरा भूल नहीं पाती।

माँ के घर आने से पहले वह घर के सम्पूर्ण कार्य निपटा लेती। उस खैराती अस्पताल के आठ दिन छोड़कर जब तक वह वहाँ रही, उसने कभी फिर माँ को घर का काम नहीं करने दिया।

शरीर में थोड़ी सी शक्ति आने के पश्चात् वह फिर से जुट गई थी पूरी लगन से अपनी पढ़ाई में उसे अपनी नहीं, अपने बेटे की दादी की चिन्ता थी। अधिक न पढ़ी–लिखी होने के बाद भी ठकुराइन की बुद्धि बड़े–बड़े बुद्धिमानों से कम नहीं थी। इस बात का जीता–जागता सबूत था, घर से निकलते समय बहू की पढ़ाई के सारे कागज़, मार्कशीट, सार्टिफिकेट लेकर निकली थी। उस समय भी, उस स्थिति में भी उनकी बुद्धि स्थिर थी, उनके मस्तिष्क ने अपना सन्तुलन नहीं खोया था, ऐसे दुख के समय भी।

विजयप्रताप सिंह की स्थिति दिन–प्रतिदिन बद् से बद्तर होती जा रही थी। हवेली के पुराने नौकर को छोड़ बाकी सभी अपने छोटे मालिक का साथ छोड़ गये थे।

बैंक की चेक–बुक और पास–बुक माँ तिजोरी से निकाल अपने साथ ले गई थीं ऐसा उसे तिजोरी खोलने पर पता चला था। चाँदनी के गहनों की फरमाइश पर जब उसने तिजोरी देख खोली तो तिजोरी खाली थी नोटों और गहनों से विहीन तिजोरी चाँदनी और उसकी माँ ने कोरस में सैकड़ों गालियाँ ठकुराइन को दी थीं। यह गालियों का सिलसिला महीनों चला था। ठाकुर विजय प्रताप सिंह में इतनी भी हिम्मत नहीं थी कि वह माँ–बेटी का विरोध कर सके। घर के नौकरों ने इन अपशब्दों का विरोध किया और गृह त्याग दिया।

"मालिक लानत है आप पर जो आप माँ जी के खिलाफ इतना सुन रहे हैं। ऐसी औलाद से तो बेऔलाद होना कहीं अच्छा है। सरकार! हमारे कोई बेटा नहीं इस बात का दुख मुझे था बहुत था, पर अब नहीं। आज घर जाकर मैं बताऊँगा कि मैं कितना भाग्यशाली हूँ कि मुझे बेटा नहीं।" इतना कह वह हवेली के बाहर चला गया। बहुत प्यार करता था विजय उसे, पर वह उसे रोक नहीं पाया, जाते हुये बस देखता रहा। इसी भूषण ने विजय को पाला था।

चाँदनी और उसकी माँ की फरमाइशों के सामने ठाकुर के पुरखों की जमीन टुकड़ों–टुकड़ो में बँटती और बिकती रही। फ़रमाइशें समाप्त नहीं हुई।

एक रात पूरे सोलह श्रृंगार के साथ चाँदनी ने कमरे में प्रवेश किया। विजय के पहलू में बैठते हुये बोली।

"आप मुझे वाकई बहुत प्यार करते हैं।"

"हाँ!"

"यकीन नहीं होता।"

"क्यों? माँ पत्नी सभी को छोड़ दिया तुम्हारे कारण, पलटकर उन्हें या भी नहीं किया।"

"सो तो ठीक है।"

"कुछ तो कारण होगा।"

"माँ........... ।"

"क्या माँ?"

"माँ कह रही थी......... ।"

"क्या कह रही थी।"

कुछ नहीं छोड़ो जाने दो।" उसने पैंतरा बदला।

"नहीं! चाँदनी तुम्हें मेरी कसम बताओ ना, आखिर माँ क्या कह रही थी।" कितना उत्सुक होता है इन्सान पूरी बात जानने के लिये।

"माँ कह रही थी कि यदि दूल्हे मियाँ तुमसे वाकई प्यार करते होते, तो जाने कब के अपने पुरखों की हवेली तुम्हारे नाम कर चुके होते।" सिर पर अपनी नाजुक लम्बी उँगलियाँ फेरती हुई वह बोली, इस बीच उसने बड़े प्यार से विजय के माथे पर दो बार चुम्बन जड़ दिया। प्यार की, अपने प्यार की मोहर तो उसने इस नाजुक घड़ी में लगा दी थी।

"हवेली तुम्हारे नाम हो या मेरे फर्क क्या पड़ता है, हम तुम अब कोई अलग तो नहीं।" विजय मुस्कुरा कर बोला।

"यह बात हम तुम जानते हैं पर इन बूढ़ो की समझ में यह बात कहाँ आती है, यह तो प्यार को भी दौलत से तौलते हैं।" वह इठला कर बोली।

"तो उन्हें समझाओ।"

"कैसे समझाऊँ, अब तुम्हीं देखो, तुम्हारी माँ को बेटे से कहीं अधिक प्यारा था, तिजोरी में रखा माल, सब कुछ समेट कर ले गई, किसी को भनक भी नहीं लगने दी। यह सच है हवेली किसी के नाम हो, क्या करना हमारे या तुम्हारे, परन्तु यदि माँ की खुशी इसी में है कि हवेली उनकी बेटी के नाम हो जाये तो क्या फर्क पड़ता है हम दोनों को। माँ अपने नाम करने को तो कह नहीं रही। वह तो बस यही चाहती है कि जो इन्सान उनकी बेटी को इस कदर चाहता है वह क्या ईंट–गारे से बना मकान उसके नाम नहीं कर सकता। चार दीवारों से घर नहीं बनता है, घर बनता है दो दिलों के प्यार से।" चाँदनी की एक–एक बात उसे सच और उचित लग रही थी।

"माँ से कह देना कि सुबह वकील बुलाकर उनकी इच्छा पूरी करने की क्रिया शुरू कर दूँगा, जल्द ही यह हवेली उनकी बेटी के नाम हो जायेगी।"

विजय ने इतना कहकर चाँदनी को अपने आगोश मे समेट लिया, वह भी नई–नवेली अछूती दुल्हन की भाँति उसकी चौड़ी छाती से लग गई। हवेली चाँदनी के नाम होने में करीब नौ–दस दिन लग गये, यह नौ–दस दिन विजय को उन दिनों का सुख दे गये, जब नई–नई मुलाकात हुई थी चाँदनी से। वैसा प्यार, वैसी ही अदायें, वही माँ बेटी का विजय के आगे–पीछे घूमता।

हवेली के पुराने वफ़ादार वकील होने के नाते वकील साहब ने विजय को ऐसा न करने की सलाह दी जो उनका कर्त्तव्य था। समझाने की भी जितनी चेष्टा कर सकते थे उन्होंने की, परन्तु विनाशकाले विपरीत बुद्धि से ग्रसित विजय को कुछ समझ नहीं आया।

उसके सभी शुभचिन्तक इन दिनों उसे अपने सबसे बड़े शत्रु नज़र आते थे। वकील की बात न मानकर उनका अपमान और कर डाला विजय ने।

वही सावन का महीना, अंधेरी रात, बरसते काले मेघ, बिजली रह–रहकर आकाश में ऐसे चमक रही थी कि जैसे अब गिरी। विजय प्रताप सिंह मखमली गद्दे पर लेटे नशे में धुत

चाँदनी के तलवे चाट रहे थे।

"आओ न मेरे पास।"

"क्या है तुम्हारे पास।"

"क्यों सब कुछ तो है।"

"क्या सब कुछ?" चाँदनी ने एक अप्रत्याशित सवाल किया।

"वही प्यार, वही आसक्ति, वह सब जो पहले था।"

"हूँ।" वह एक व्यंग्यात्मक हँसी हँस दी।

"क्यों, क्या नहीं है मेरे पास जो तुम इस प्रकार की हँसी हँस रही हो।" विजय प्रताप सिंह गिड़गिड़ाये।

"छोड़ो जाने दो, जाकर सो जाओ।" उसने दुत्कारने वाले लहजे में कहा।

"नहीं, चाँदनी बताओ ना" क्या नहीं है मेरे पास जो तब था।" चाँदनी की दोनों बाँहे थाम कर वह बोला।

"सुनो! न तो तुम्हारे पास जमीन है, न जमीदारी, न ही बैंक बैलेंस, न गहने–जेवर और हाँ अब तो तुम्हारे पास हवेली भी नहीं बची, यह भी तुम मेरे नाम कर चुके हो।" वह इठला कर बोली।

"तो क्या हुआ प्यार तो है।"

"प्यार को क्या हम माँ–बेटी चाटेंगी।" पास ही एक आराम कुर्सी पर बैठी चाँदनी की माँ बोली। जो शायद अभी आकर बैठी थी।

"मैं आप से नहीं चाँदनी से बात कर रहा हूँ।" विजय अपने क्रोध पर काबू करके बोला।

"ठीक ही कह रही है वह। तुम तो अब एक बासी फूल हो, चमन से टूटे हुये, न तो खुशबू रही, न ताजगी, कब तक तुम्हें सजाकर रखूँ।" वह बिना सोचे–समझे, जो मन में आया बोल दी।

विजयप्रताप सिंह अचानक अपनी ठकुराई पर उतर आया, उसने चाँदनी पर हाथ उठा लिया। हवा में उठे उसके हाथ को चाँदनी ने इतनी कसकर पकड़ा और ऐंठ दिया। कमर की लोच के साथ हिलने वाली बिहारी कवि की नायिका जैसी नाजुक चाँदनी के नाजुक फूल जैसे हाथों में इतनी ताकत और शक्ति देख उसे महसूस कर विजयप्रताप सिंह जैसा मर्द भी आश्चर्यचकित रह गया।

"मैं तुम्हारी बीबी नहीं, जो मुझ पर हाथ उठाओ, आज तो छोड़ देती हूँ, आइन्दा कभी ऐसी जुर्रत करने की हिमाकत की तो पचास जूतियाँ सिर पर मार हवेली से बाहर फिंकवा

दूँगी।" वह नागिन सी फुँफकारती हुई बोली।

"चाँदनी मैं कहाँ जाऊँ आख़िर।" वह गिड़गिड़ाया।

"अरे ठाकुर! हमारी तो जाति ही दोगली है तुम तो संस्कारी खानदानी ठाकुर की औलाद थे। अरे ठाकुर! जब तुम अपनी माँ के नहीं हुये, जिसने तुम्हें नौ–माह अपनी कोख़ में रखा, तुम्हें जन्म दिया, अपनी छातियाँ चुसवाकर तुम्हें बड़ा किया। तुम्हारी ज़रा सी तकलीफ़ उस माँ को बर्दाश्त करना मुश्किल था, तुम्हारे किंचित मात्र कष्ट को सहन नहीं कर पाती होगी, तुम्हारे ज़रा से सुख के समक्ष उसने अपने सारे सुख न्यौछावर कर दिये, जब तुम उस माँ के नहीं हुये, जिसे ईश्वर से भी ऊँचा दर्जा दिया गया है स्थान दिया गया। उसके पश्चात् आती है बीबी, फिर तुम्हारी बीबी जैसी सती, साध्वी, सुन्दर बीबी, जब तुम उसके नहीं हुये तो मेरे क्या होगे। अरे ठाकुर! जब तक यह जवानी है मुझमें, तुम ऐसे ही मुझे लूटते रहोगे। फिर बुढ़ापा कैसे कटेगा हमारा। मैं नहीं चाहती जो गलती मेरी माँ ने की, उसे मैं भी दोहराऊँ इसीलिये तो तुम्हारा सब कुछ अपने नाम करवा लिया।" वह धाराप्रवाह बोल रही थी।

"मैं कहाँ जाऊँ?"

"कहीं जाने की आवश्यकता नहीं, बशर्ते तुम लोगों की जिन्दगी में किसी प्रकार की दखल–अंदाजी मत करो, किसी कोने में खामोश पड़े रहो। हाँ, दो वख़्त की रोटी तुम्हें बराबर मिलती रहेगी, भूखों नहीं मरोगे ज़मींदार साहब।"

विजयप्रताप सिंह हवेली के उस सबसे सुन्दर शयनकक्ष से बाहर आ गये थे एक हारे हुये जुँवारी की भाँति।

उस रात उन्हें प्यार और त्याग की परिभाषा शायद समझ में आ गई। सारी रात वह सो नहीं सके। उस रात्रि की भोर के पश्चात् उन्हें हवेली के किसी आदमी ने नहीं देखा, यहाँ तक कि किसी गाँव वाले ने भी।

"आखिरकार ठाकुर साहब गये कहाँ।" चाँदनी ने अपनी माँ से प्रश्न किया।

"चुप हो जा भाग्यवान, खैर मना, शुक्रिया कर उस ऊपर वाले का, जो इतनी आसानी से पीछा छूट गया   चिपकू से।" माँ की कही बात उसे भली लगी, इसी कारण उसने कभी दुबारा माँ के सामने विजयप्रताप का नाम नहीं लिया।

हवेली नित्य दुल्हन की भाँति सजती, दूर–दूर से बड़े आसामी आते, रईस आते, चाँदनीबाई के नृत्य का, उसकी अदाओं का लुफ्त उठाने, हजारों रूपये उसकी एक–एक अदा पर न्यौछावर करते साथ अपने माँ बाप का सम्मान, इज्जत अपने बच्चों का भविष्य, पत्नी की सिसकियाँ उसके आँसू भी। देर रात शराब के नशे में धुत अपने–अपने घर लौट

जाते, उनमें से रात रूकने वाले भी होते। चाँदनी खुश थी एक प्रकार के मद में चूर भी उसे विजयप्रताप सिंह तभी याद आता, जब हवेली में कुछ काम करवाना होता।

विजयप्रताप सिंह आवारा कुत्ते की भाँति भटकते रहे। तन के कपड़े फट चुके थे। गले की चेन बिक चुकी थी। उनके हाथों की उँगलियाँ अँगूठीविहीन हो चुकी थीं।

वैदेही द्वारा पहनाई गई अन्तिम अँगूठी भी बिक गई। इतना सब हजम करने वाला पेट अब भी खाली था पेट की भूख अब भी बाकी थी।

ऐसा कोई हाथ का हुनर वह जानते नहीं थे पढ़ाई–लिखाई काम नहीं आ रही थी।

छोटे बच्चों को पढ़ाने का काम भी उसे कोई देने को तैयार नहीं था कौन लेता विजयप्रताप सिंह की गारण्टी इस अनजान शहर में।

आखिकरकार पेट की भूख ने उसे इन्सानों की मण्डी में एक दिन लाकर खड़ा ही कर दिया। उन्हें मज़दूरी मिल गई। तबसे जो बिकने का सिलसिला चला, तो चलता ही रहा।

वैदेही ने अपनी आगे की पढ़ाई पूरी कर ली। एक कालेज में उसे प्रत्ता की नौकरी भी मिल गई।

"माँ! मुझे नौकरी मिल गई।" माँ के चरणों का स्पर्श कर वह बोली।

"अरे! यह तो बहुत बड़ी खुशी की बात है।" ठकुराइन की आखों से छलके आँसू उसके हृदय की खुशी बयान कर रहे थे।

"बहुत अच्छा वेतन मिलेगा माँ।"

"चलो माँ और दादी मिलकर इस नन्हें से बच्चे को अच्छे स्कूल में पढ़ा लेगी।"

"हाँ दादी, पोते को अच्छे स्कूल में पढ़ा लेगी, अच्छी शिक्षा दे लेगी, इसमें कोई शक नहीं, परन्तु एक बात और अब दादी कोई काम नहीं करेगी, न ही घर का और न ही स्कूल का।"

"यह क्या दादागिरी है।" वह हँसकर बोली।

"हाँ, दादागिरी है पिता के न रहने पर माँ बेटे की छत्रछाया में आ जाती है यदि बेटा जवान है सक्षम है। मैं आपका बेटा हूँ बहू नहीं। बेटे की पढ़ाई से कई गुना अधिक त्याग और तपस्या आपने की है मुझ पर।" माँ जी! अब आप नौकरी क्या कोई काम नहीं करेगी, घर पर बैठकर आराम करेंगी और अपने पोते के साथ मन बहलायेंगी।

"नहीं! वैदेही अभी इन हड्डियों में बड़ी ताकत है इस शरीर में बड़ा दम है, स्फूर्ति है इसका इस्तेमाल कर लेने दे, वरना जंग लग जायेगा।"

"नहीं! अब आप काम नहीं करेंगी, तीर्थ स्थानों के दर्शन करेंगी, आराम करेंगी।" इतना कह वह ठकुराइन के कदमों में एक जिद्दी बालक की भाँति बैठ गई।

ठकुराइन का दायाँ हाथ हरकत में आया और वैदेही के काले रेशमी बालों में अपनी उँगलियाँ फेरने लगा।

कुछ वर्षो पश्चात् ठकुराइन के दिवंगत हो जाने पर वैदेही इस सुख से वंचित हो गई। ठकुराइन के जाने से वह मन–ही–मन टूट सी गई, परन्तु अन्तिम क्षणों में उनका उससे लिया गया, वचन ही उसे समाज में भय रहित, सच्चाई, परोपकार से भरा जीवन जीने को मजबूर करता रहा। बेटा बाहर उच्च शिक्षा के लिये चला गया, वह नितान्त अकेली रह गई। रह गई तो बस माँ समान सास की वह सुखद यादें।

वैदेही इस बात पर पूरा विश्वास करती थी कि मनुष्य जब भी अपने अतीत में झाँके तो बस उसी हिस्से को देखें, जिसमें उसे सुख मिले। वर्तमान और भविष्य के लिये प्रेरणा मिले। जीने की तमन्ना जागे, शरीर में खुशी की लहर सी दौड़ जाये।

उसकी नकारात्मक सोच को जड़ से समाप्त कर दिया था ठकुराइन ने। आज जिस मुकाम पर वह खड़ी थी उस मुकाम तक उसे पहुँचाने वाली ठकुराइन ही थी। जब कभी वह दुखी होती तो माँ उससे यही कहती।

"सोच वैदेही, यदि तेरे साथ यह सब न घटता तो क्या होता। हवेली में विजय के चरणों की दासी बन उसकी गालियाँ खाती, बच्चे पैदा करती और मर जाती, सब कहते, ठाकुर साहब की बहू नहीं रहीं, विजयप्रताप सिंह की बीबी नहीं रही। अरे! अपनी पहचान ही क्या होती, कुछ नहीं। जो भी हुआ वह अच्छा हुआ यही सोच।"

आज वह इस रिवालविंग चेयर पर बैठ माँ की आज्ञा का उल्लंघन कर अतीत के उस गन्दे कोने में भी झाँक आई थी, शायद ऐसी स्थिति में माँ भी यही करती।

"आ........प।" विजयप्रताप सिंह हकला रहे थे। उनका पूरा शरीर काँप रहा था, तभी उनकी निगाह सामने की दीवार लगी तस्वीर पर गई "माँ" शब्द के साथ वह खामोश हो गये।

"जी!" वह अब भी सामान्य नहीं हो पाये थे।

" जी हाँ! मैं हूँ वैदेही ठाकुर रूद्रप्रताप सिंह की इकलौती बहू"

"वै.......दे....... ।" वह वाक्य पूरा नहीं कर पाये, वैदेही बीच में ही बोल पड़ी।

"अब आप जा सकते हैं, मुझे एक आवश्यक मीटिंग में जाना है।" घड़ी देखती हुई वह उठ खड़ी हुई, सामने पड़ी कुछ फाइल और पेपर उठाने लगी।

"वैदेही मेरी......मुझे...... ।"

"ठीक है कभी किसी चीज़ की जरूरत हो, कोई काम हो तो निःसंकोच मिल लीजियेगा। अब आप जा सकते हैं।" विजयप्रताप सिंह की हिम्मत को उस निर्धन कृषकाय, अबला, यतीम लड़की ने तोड़ दिया था। वह एक शब्द भी बोलने में असमर्थ थे।

एक भरपूर नज़र अपनी पत्नी पर डाली, उन सुहाग चिह्नों पर डाली, जो आज भी वैसे ही मौजूद थे। जिन्हें देखते हुये वह कमरे से बाहर चले गये।

□ □ □

मुखाग्नि

लम्बाई में अधिक चौड़ाई में कम, बहुत कम, एक बड़े से कमरे में, जिसके एक कोने में एक डबल बेड पड़ा था, गद्दे का पता नहीं था, हाँ एक सफेद चादर उस पर बिछी थी, चादर पर कहीं–कहीं दाग–धब्बे थे वह भी खाद्य सामग्री के तकिये के सफेद लिहाफ पर आँसुओं के द्वारा छोड़े गये निशान साफ नज़र आ रहे थे।

कभी यही लम्बा कमरा एक अच्छा–सा ड्राइंग रूम हुआ करता था। उस समय इस कमरे की सजावट भी अच्छी थी, जिसे आने वाले लोग सराहते थे। अभी एक वर्ष पहले ही इसका सारा सामान दूसरे कमरे में शिफ्ट कर दिया गया था।

घर में प्रवेश के मुख्य दो द्वार थे, एक बैठक में खुलता था और दूसरा पीछे आँगन में। आँगन वाला दरवाजा काफी समय से बन्द ही रहता, उसके कुण्डे में एक पुराना बड़ा सा अलीगढ़ का ताला डाल दिया गया था।

इधर कई महीनों से वह बिस्तर पर ही थी। उठना, चलना मुहाल था। शरीर में इतनी भी शक्ति नहीं रह गई थी कि अपने शरीर को चलाने के लिये भोजन भी बना सके, उसे पूरी खूराक दे सके।

आश्रिता पूरी तरह पड़ोसियों के रहमोकरम पर थी, महीनों से थी। कभी कोई स्त्री आकर दूध गर्म कर जाती, तो कोई चाय बनाकर पिला जाती।

कभी लक्कड़–पत्थर हजम करने वाले पेट का यह हाल हो चुका था कि वह बमुश्किल मूँग की दाल की खिचड़ी पचा पाता या फिर चौबीस घण्टों के लम्बे समय में लौकी और दी रोटियाँ ही हजम कर पाता।

इन्सानों के मोहल्ले में थी, उसका वर्षों पुराना साथ था पड़ोसियों से। उसके पिता को लोग बहुत चाहते थे उतना ही उसका सम्मान भी करते थे।

इस मोहल्ले का लगभग प्रत्येक बुजुर्ग उसके पिता जैसा स्नेह उसे देता था, क्योंकि उसके पिता उसे बेइन्तहा प्यार करते थे। जब कभी अपने हमउम्र लोगों के साथ वह बैठते, अपनी इसी बेटी की तारीफ करते, उसके एक–एक गुण की बढ़ाचढ़ा कर व्याख्या करते। आप पिता के न रहने के पश्चात् वही सब कैश हो रहा था जो वह फिक्स करा गये थे

रिश्तों में सर्वोपरि कहे जाने वाले इन्सानियत के रिश्ते का महत्त्व उसने अब जाना था। जिसने भी इस रिश्ते को सर्वोपरि कहा होगा, वह अवश्य प्रत्येक परिस्थिति से गुज़रा होगा, प्रत्येक रिश्ते को बड़े करीब से हृदय की गहराई से महसूस कर यह अकाट्य सत्य कह डाला होगा।

पचास बसन्त भी अभी इस जर्जर खण्डहर से शरीर ने नहीं देखे थे, परन्तु इस कमजोर शरीर को यदि कोई गौर से देखे, अंग–अंग सुन्दर तराशा हुआ, गौर वर्ण जैसे किसी शिल्पकार की मूर्ति वर्षों से आँधी–पानी, तुफान, सर्दी–गर्मी झेलते–झेलते इस स्थिति में पहुँच गई है, परन्तु उसने अभी भी अपने स्वाभाविक गुणों को समाप्त क्या क्षीण भी नहीं होने दिया है।

आश्रिता भी ऐसी ही थी। एक मूर्तिकार की सुन्दर, सजीव प्रतिमा, शान्त–निश्छल, आत्म–सम्मान से भरे स्वाभिमान वाली जब वह अपने आपको छाती तक एक चादर से ढँक लेती और लेटी–लेटी एकटक छत को देखती, उसकी बड़ी–बड़ी आँखें लगता जैसे शून्य में कुछ तलाश रही हों। उस समय बड़े–से–बड़ा ज्ञानी, जानकार, डाक्टर, वैद्य यह कतई नहीं कह सकता था कि वह महीनों से बीमार है।

अद्भुत तेज था उसके मुखमण्डल पर बिलकुल चन्द्रदेव जैसा शीतल, पीलापन लिये हुये। यह पीलापन इधकर कुछ समय से ही था, डाक्टरों का कहना था शरीर में रक्त की कमी हो गई है।

इधर तीन दिनों से उसे अत्यधिक कष्ट था। शारीरिक कष्ट के साथ–साथ मानसिक भी, मन विचलित था, उसे इस बात का अहसास हो रहा था कि उसके जीवन का सफर अब पूरा हो चला है। अन्तिम समय नज़दीक आता जा रहा है। वह सोचती रहती क्या वह इसी कमरे के इस बिस्तर पर अकेली अपने प्राण त्याग देगी। समाज में अपना कहा जाने वाला क्या कोई ऐसा रिश्तेदार अपना उसके अन्तिम समय में उसके पास होगा?

इधर दो दिन से उसे इन्सानियत के रिश्तों से कहीं अधिक प्रिय लग रहे थे सामाजिक रिश्ते।

उसकी चिता को आग देने वाला भी कोई नहीं, जिसे वह अपना कहे लोग कहें, आश्रिता का कहें। सबके होते हुये भी वह नितान्त अकेली असहाय पड़ी मृत्यु की राह देख रही है। इस "शरीर को जानें कौन–कौन हाथ लगायेगा, इस देह का क्या होगा, कहीं नाले में तो नहीं बहा देंगे लोग या फिर जाने कौन किस जाति का व्यक्ति फूँकेगा उसके मुर्दा शरीर को। हो सकता है मरघट के डोम से ही फुँकवा दें। दिन–रात मृत्यु के भय से कहीं अधिक भयभीत थी वह मृत्यु के पश्चात् अपने शरीर की दुर्दशा की कल्पना करके।

आज सुबह करीब चार बजे, हाँ ठीक चार बजे उसने अपनी कमजोर कलाई पर बँधी बड़ी सी घड़ी में साफ देखा था चार ही बजे थे। एक सुन्दर सुखद सपना देखते–देखते अचानक उसकी आँख खुल गई थी। वर्षों पश्चात् ऐसा सुखद स्वप्न उसक आँखों ने देखा था। तब से बराबर वह दोनों आँखें खोल जाग रही थी। दरवाजे पर दृष्टि गड़ाये थी, उसे इन्तजार था किसी के आने का, प्रतीक्षा थी किसी अपने के हाथ के दस्तक की। वह करवट भी नहीं बदलना चाहती थी। क्योंकि उस बीच दरवाजे से उसकी दृष्टि हटने को भय जो था। उसे पूर्ण विश्वास था उसके आने का जिसका वह वर्षों से इन्ताज़ार कर रही है।

महाकवि सुमित्रानन्दन पन्त के गाँव में ही रहता था गोपालदत्त जोशी का भरा–पूरा परिवार। परिवार के सभी सदस्य कर्मकाण्ड पर पूर्ण विश्वास करते थे। पूरा कौसानी जानता था, सुबह सबेरे–ब्रह्ममुहूर्त में जोशी जी का पूरा परिवार पूजा–अर्चना में लग जाता है। सुबह के तीन घण्टे जोशी जी हा वह छोटा सा घर, घर नहीं एक मन्दिर का रूप धारण कर लेता। परिवार का छोटा–बड़ा प्रत्येक सदस्य एक चौकी पर लाल कपड़े में लिपटी धार्मिक पुस्तकों को माथे से लगा उन्हें कपड़े से बाहर निकाल पढ़ना शुरू कर देता। सभी के अपने–अपने इष्टदेव थे किसी को किसी प्रकार की कोई बाध्यता नहीं थी। कोई शिव उपासक था तो कोई विघ्न विनाशक गणेश भक्त। तो कोई दुर्गा, काली या संकटमोचन हनुमान का। गोपालदत्त जोशी कृष्ण प्रेमी थे, सम्पूर्ण गीता उन्हें मुँह जबानी रटी थी। गीता–पाठ करते समय वह भावविभोर हो जाते, उनका रोम–रोम रोमांचित हो उठता, उस समय देखने वालों को लगता, कहीं इन्हें दिल का दौरा न पड़ जाये, परन्तु ऐसा कभी कुछ नहीं हुआ, कृष्ण भक्त का हृदय कमजोर कैसे हो सकता है, यह बात लोगों की समझ के बाहर थी।

परिवार में जितने सदस्य उतने ही देवता, कभी किसी के बीच किसी प्रकार का वाद–विवाद नहीं हुआ। जोशी जी का कहना था हिन्दुस्तान में कोई शिव भक्त है तो कोई विष्णु भक्त तो कोई राम भक्त हनुमान, कोई देवीभक्त, क्या कभी किसी के बीच झगड़ा हुआ है। यहाँ तक कि कोई तो मूर्ति पूजा के ही विरोधी, वह निराकर ब्रह्म की अपासना करते हैं।

कुछ भी हो यह विशाल हृदय रखने वाले परिवार के लगभग सभी सदस्य गोपालदत्त जोशी के छोटे पुत्र यज्ञदत्त जोशी पर नाराज़ रहते थे। उस बालक के विचार किसी से मेल नहीं खाते थे। यज्ञ को यह बात समझ में नहीं आती थी कि ईश्वर की आराधना और ईश्वर पर विश्वास करने वाले के लिये उसकी भक्ति का यूँ प्रदर्शन का आखिर क्या अर्थ?

प्रसाद लगता है पर ईश्वर उसे खाता नहीं। मिठाई पर बैठी मक्खियाँ मूर्ति पर रेंगतें चींटे–चींटियाँ, लड्डू, पेड़ा, हलुवा उनसे छीनकर खाते चूहे वा अन्य जानवर। यदि ईश्वर को अर्पण करने के पश्चात् ही कुछ खाना है तो मन से हृदय से ईश्वर को अर्पण करने के पश्चात् ही भोज्य पदार्थ खाये जायें। ऐसा वह बालक करता भी था।

"यह खाने की थाली रख आँख बन्द करके खाने से प्रथम तू क्या सोचता है?"

यज्ञदत्त को घर–परिवार के लोगो के इस आडम्बर से चिढ़ जैसी थी।

एक दिन परिवार के सदस्यों के बीच यज्ञदत्त ने अपने आपको आर्यसमाजी घोषित कर दिया। यह बात सुन सभी अचम्भित रह गये। परिवार के किसी सदस्य को उसका इस प्रकार से लोक से हटना किंचित–मात्र नहीं भाया। उसके इस अपराध को घर के सदस्यों ने कभी क्षमा नहीं किया।

यज्ञदत्त का सौभाग्य जो उनकी नौकरी लखनऊ लग गई। मुगलों के शहर लखनऊ आने से पहले ही माँ–बाप ने कट्टर ब्राह्मण कर्मकाण्डी पंत परिवार की कन्या से विवाह संस्कार संपन्न करा दिया। पिता को अपने आर्यसमाजी बेटे पर अब रत्ती भर भी विश्वास नहीं रह गया था।

पत्नी को साथ लेकर वह लखनऊ आ गये, अंग्रेजों के जाने के पश्चात् इस नवाबी "शहर में न तो इतनी भीड़–भाड़ थी, न ही तमीज़–तहज़ीब का जामा यहाँ के बाशिन्दों ने उतारा था। 'पहले आप' वाली प्रथा बरकारार थी।

घनी आबादी वाले कुछ खास पुराने मोहल्ले थे। ऐसे ही एक मोहल्ले चौक में जोशी जी ने मकान लिया। दो कमरे का छोटा सा मकान इससे बड़ा उन दो प्राणियों के लिये बेकार ही था पैसे का दुरूपयोग। आवश्यकता से अधिक पर वह यकीन नहीं करते थे। रंग–रूप में समान्य दुर्गा पंत से कुछ दिन पूर्व बनी दुर्गा जोशी सुबह उठकर नित्य क्रिया से निवृत्त हो दो घण्टे पूजा–पाठ करती। शुरू–शुरू में देह प्रेम के कारण जोशी जी उन्हें प्यार से आर्यसमाज धर्म को समझाते, परन्तु बचपन से घुट्टी में पिलाया गया कर्मकाण्ड दुर्गा के शरीर में रक्त की भाँति था, उसे निकाल पाना यज्ञदत्त जोशी जैसे विद्वान के बस में नहीं था। आख़िरकार वह हार गये, इस विषय पर चर्चा करना ही बन्द कर दी।

माँ–बाप ने दुर्गा नाम रखा था परन्तु क्रोध आने पर वह चण्डी का रूप धारण कर लेती। उसके रूप को जोशी जी ने बार–बार देखा था। चौक, नक्खास, कश्मीरी मोहल्ला आदि में विभिन्न जाति और धर्म के लोग रहते थे। ब्राह्मण, मुसलमान, खत्री, बनिया उनके आने पर उसे समझ में नहीं आता कि वह उन्हें कहाँ बिठाये। 'अतिथि देवो भव' वाले पाठ को तो वह जाने कब की बिसरा चुकी थी। कभी यदि उसे पता चल जाता कि आने वाला ईसाई या मुसलमान है तो वह उसके बैठने के स्थान पर अवश्य कुछ बूँदें गंगा जल की छिड़कती। गंगा जी के प्रति उसे अत्यधिक आस्था थी। गंगा का महात्म उसने बचपन में माँ के मुँह से सुना था यही कारण था कि वह लखनऊ आने के पश्चात् कानपुर जाकर कई बार गंगा स्नान कर आई थी। माँ के द्वारा सुनाई गई कथा उसे आज भी प्रेरणा देती थी।

एक कथा के अनुसार महाकुंभ के अवसर पर लाखों लोगों को गंगा में डुबकी लगाते देख देवी पार्वती ने भगवान शिव से प्रश्न किया "इतने लोग गंगा में स्नान कर रहे हैं क्या सबके पाप धुल जायेंगे, समाप्त हो जायेंगे।" शिव जी ने कहा–

"यह तो विश्वास और श्रद्धा की बात है।"

"कैसे पता चले कि किस गंगा भक्त में कितनी आस्था और विश्वास है।

"देखो अभी पता चल जायेगा।" इतना कह शिव जी ने अपना रूप बदला और एक कोढ़ी बन एक गड्ढे में बैठकर दोनों हाथ फैला उससे बाहर निकलने का प्रयास करने लगे। पार्वती जी ने एक गरीब फटेहाल स्त्री का रूप धर लोगों के सामने गिड़गिड़ाने लगी

कि कोई उनके पति को बाहर निकाले। वही इन्सान उनके पति को बाहर निकाल सकता है, जिसने कभी कोई पाप न किया हो, वरना खुद भी ऐसी ही हालत में हो जायेगा। देवी पार्वती की यह बात सुनकर हजारों श्रद्धालु नहाकर चले गये। किसी की हिम्मत नहीं हुई कि वह कोढ़ी रूप धरे भगवान शंकर को गढ़े से बाहर निकालता। अचानक एक जवान ने अपना हाथ आगे बढ़ाया, पार्वती जी ने अपनी शर्त उसके समक्ष दोहराई, परन्तु वह नहीं माना और उसने भगवान शिव को बाहर निकाल लिया।

"यह जानते हुये भी कि तुम्हें भी यही बीमारी हो सकती है तुम भी इसी स्थिति में पहुँच सकते हो, फिर भी तुमने इतना साहस कैसे किया। पार्वती जी ने उस जवान से पूछा।

"अरे! माँ जी कैसी बातें करती हैं अभी—अभी तो मैं गंगा स्नान करके निकला हूँ मेरे सम्पूर्ण पाप तो धुल गये, गंगा जी से निकलकर पहला काम तो मैंने यही किया है।"

शंकर जी पार्वती जी को देखकर मुस्कुरा दिये।

आस्था और श्रद्धा की यह कथा आज भी दुर्गा को वैसी ही याद थी।

जाति—पाँति, छुआछूत बार—बार के स्नान के चक्कर में वह अपनी पहली सन्तान खो चुकी थी। ठण्ड लगसे से निमानिया हो गया था बच्चे को, उसी निमोनिया जैसी बीमारी ने अबोध शिशु की जान ले ली। यज्ञदत्त अपनी नौकरी में अत्यधिक व्यस्त हो गये, शाम ढले वह घर आते। पत्नी से उनके विचारों का ताल—मेल न बैठना ही उन्हें और व्यस्त रखता था।

समय अपनी गति से चलता रहा। दुर्गा ने इधर तीन वर्ष में दो कन्यायों को जन्म दिया। रंग—रूप में दोनों ही पिता पर गई थी। रविवार का दिन ऐसा होता, जो छुट्टी के होने पर भी यज्ञदत्त को कुछ अधिक थका देता। कारण क्या था वह जानते थे।

सुबह पाँच बजे उठ नित्य वह गोमती किनारे दूर तक टहलने जाते थे। उनका सोचना था सूर्य निकलने से पहले ही टहलने जाना चाहिए और सूरज पूरी तरह आकाश में चमकने लगे, उससे पहले घर वापस लौट आना चाहिए।

रात भर ओस से भीगी घास पर चलना उतना ही अच्छा लगता, जितना नदी किनारे की भीगी रेत पर। इसके कारण उन्हें कभी—कभी पत्नी का उलाहना सुनना पड़ता।

"मुँह अंधेरे रोज़ कौन सा खज़ाना खोजने चल देते हो।"

"अरे भाग्यवान! कभी साथ चलकर देखो, तब पता चलेगा कि कितने लोग सुबह की सैर पर निकलते हैं।

"उँह जिनके पास कोई काम नहीं, वह सत्तारी क्या करे, बाहर निकल जाओं घर में रहेंगे तो बीबी कोई—न—कोई काम बता देगी।"

"हाँ, तुम्हारी बात भी रूपये में सोलह आने सही है।"

"यह नहीं कि सुबह नहा–धोकर पूजा–पाठ करो, भजन–कीर्तन करो।"

"ईश्वर ध्यान तो करता हूँ, हाँ कर्मकाण्ड तुम्हारे लिये है। जी भरकर घण्टी बजाओ, भोग लगाओ, ताली बजाकर भजन करो।" पण्डित यज्ञदत्त बड़बड़ाते बाहर निकल जाते।

एक सुबह नित्य की भाँति कम्पनीबाग के हरे मैदान में नंगे पैर जाने क्या सोचते वह जा रहे थे तभी उनका पैर किसी से टकराया। नीचे देखा तो पैर के पास एक कपड़े में लिपटा नवजात शिशु था।

उन्हें नहीं मालूम था कि वह बालक था कि बालिका, झुककर दोनों हाथों से कपड़े में लिपटे शिशु को उन्होंने ऐसे उठाया जैसे काँच की बनी किसी वस्तु को उठा रहे हों। उन्हें लगा जैसे शिशु के रूप में उन्होंने ईश्वर को अपने दोनों हाथों में ले रखा है। कितना सुख और शान्ति वह उस समय महसूस कर रहे थे, यह उनका हृदय ही जानता था।

दुर्गा के स्वाभाव को भली–प्रकार जानते हुये भी न जाने क्यों और किस उम्मीद से उस नवजात शिशु को घर ले आये थे।

"यह कौन सी कमाई कर लाये सुबह–सुबह।" पति के हाथों में कपड़े में लिपटी चीज़ को देख वह बोली।

"तुम रोज कहती थी गोमती किनारे मुँह अंधेरे जाते हो, क्या कोई खजाना मिल जायेगा। देखो आज हीरा हाथ लगा है।"

बच्चे ने कपड़े गीले कर दिये थे जिसका एहसास जोशी जी के हाथों को हुआ था। उन्होंने पत्नी से एक चादर माँगी।

क्रोध में दुर्गा ने अपनी एक फटी धोती उनके सामने फेंक दी। कपड़ा बदलते समय जोशी जी ने देखा खजाने के रूप में उन्हें कन्या रत्न मिला था। दो पहले ही ईश्वर ने दे रखी थीं तीसरी और मिल गई। दुर्गा ने पति की लाख मिन्नतों और ईश्वर का वास्ता देने के पश्चात् भी कन्या को पालनें की इल्तिज़ा को नकार दिया। पालना तो दूर उसने उसे घर में रखने तक की इजाज़त नहीं दी।

"जाने किस जाति धर्म की लड़की हो, वैसे भी ऐसे मुहल्ले में मकान लिया है जहाँ जाने कौन–कौन सी जाति–धर्म के लोग रहते है, न जाने किसका पाप हो, इसे गले लगा मैं काहे अपना धर्म नष्ट करूँ।

"बच्चा ईश्वर का स्वरूप होता है, उसकी धर्म–जाति नहीं होती, तुम जो धर्म–जाति चाहोगी, वह उसी का हो जायेगा।"

"रहने दो बच्चे की जाति–धर्म तो माँ की कोख में आते ही तय हो जाती है।" वह बिदककर बोली।

"कृष्ण को तो यदुवंशी कहते हैं क्या उन्होंने यादवों के यहाँ जन्म लिया था।"

"रहने दो! पहले ही दो—दो लड़कियाँ हैं।"

"लड़का होता तो क्या तुम पाल लेती?"

"कभी नहीं! लड़का तो पूरे जोशी और पंत खानदान को भ्रष्ट कर देता। क्या किसी के पाप से, किसी हराम की औलाद से अपना वंश चलाती।" दुर्गा पति पर बुरी तरह बिफर पड़ी।

त्रिया हट के सामने सीधे साधे यज्ञदत्त घर की कलह से बचने का उपाय सोचने लगे। पत्नी की बक्—बक् के सामने उनकी सोच स्थिर न रह पा रही थी।

कन्या को चादर में लपेट वह घर से बाहर निकल गये, कहाँ जा रहे थे उन्हें नहीं मालूम था। अचानक एक काली मन्दिर के सामने उनके पैर खुद—बखुद रूक गये।

मन्दिर के बाहर बाई ओर बनी झोपड़ी की एक मात्र सीढ़ी पर बैठी मालन की बेटी उन्हें बड़े गौर से देख रही थी। इसी काली मन्दिर के बाहर फूल माला बेचने वाले माली की यह तीसरी पीढ़ी थी। अब तो अच्छी—खासी दुकान कर ली थी। पूजा—हवन सामग्री, फूल—माला के साथ—साथ नारियल यहाँ हर समय मिलता था। लोग कहते काली मन्दिर के माली की दुकान पर नारियल अवश्य मिल जायेगा।

"काहे बाबू जी यह नन्हा बच्चा लिये कहाँ घूम रहे हो" मालिन ने पूछा मात्र इतना पूछने से जोशी जी को अपनी विकट समस्या के समाधान होने की किरण दिखी, एक उम्मीद की किरण।

"बेटा! मैं बहुत परेशान हूँ आज सुबह टलहते समय पार्क में एक वृक्ष के पास मिली, साक्षात् देवी का रूप है, पर पत्नी इसे स्वीकार करने को तैयार नहीं।

"तब क्या करोगे बाबूजी, अनाथ—आश्रम में दोगे?" प्रश्न किया।

"नहीं! वहाँ तो इसकी दुर्गति हो जायेगी।"

"फिर क्या करोगे बाबू।"

"क्या तुम इसे दिनभर रख सकोगी इसके एवज में जो मुनासिब होगा मैं तुम्हें दूँगा।" दुखी स्वर में वह बोले।

"हाँ, काहे नहीं, बच्चा तो भगवान का दूसरा रूप होता है फिर कन्या, तुम फिकर न करो बाबू हम सब मिलकर इसे पाल लेंगे।" यज्ञदत्त खुशी से रो दिये। कन्या को उसकी गोद में देते हुये बोले—

"मैं अभी आया।" इतना कह पास की दुकान से दूध की बोतल, बच्चों का साबुन, पाउडर, तौलिया, चादर व कुछ छोटे कपड़े के साथ कुछ अन्य बच्चों का जरूरी सामान लिया और लगभग भागते हुये वह मालिन के घर आकर दरवाजा खटखटाने लगे। द्वार खोला प्रौढ़ स्त्री ने, शायद यही उस लड़की की माँ थी जिसे वह कन्या सौंप गये थे।

"आप बिटिया को, अभी तो दे गये थे।"

"हाँ बहन!" वह धीरे से मात्र यही दो शब्द बोल पाये।

"कहाँ मिली यह सुन्दर बचची?" मालिन ने प्रश्न किया।

"जी पार्क में सुबह–सुबह जब मैं टहलने गया था।

"राम–राम कैसा जमाना है, कैसा समाज है जिसके भय के कारण जाने कौन अभागी माँ अपनी जान को ही अपने से अलग कर गायब हो गई।"

"हाँ सो तो है।" अधिक बात करने के मूड में जोशी जी नहीं थे। क्या करते, अनपढ़ मालिन अपने विचारों की गठरी की एक गाँठ खोलती जा रही थी। जिसे उन्हें सुनना ही था।

"बाबू जी, कहते हैं माँ की ममता संसार में सर्वोपरि है इस ममता के सामने कहते हैं देवता भी शीश झुकाते हैं, पर आख़िर समाज के भय के सामने, बदनामी के डर से सर्वोपरि ममता रात के अंधेरे में भाग खड़ी हुई। ममता के साथ समाज से लड़ने की हिम्मत भी चाही बाबू। आप में हिम्मत है जो इसे उठा लाये, अब हमको देखो हमारी हिम्मत देखो, जब तक कहोगे हम पालेंगे इसे, इस अभागी को हम और आप भाग्यशाली बना देंगे एक दिन।"

जोशी जी अवाक् थे इस अनपढ़ गरीब के विचार सुनकर।

"है कहाँ बिटिया" जोशी ने प्रश्न किया।

"आपकी बिटिया नहा धो चुकी है शहद चटा दिया है। गुड़इया से तनिक दूध भी पिला दिया।" इतना कहकर उसने अपनी बेटी कालिन्दी को आवाज़ दी।

कालिन्दी माँ की आवाज़ सुनते ही कन्या को गोद में लिये जोशी जी के समक्ष प्रकट हो गई। सचमुच उसे नहला–धुला कर काजल का टीका लगा दिया गया था। जोशी जी ने एक भरपूर नज़र उस नवजात कन्या पर डाली और अपनी नम आँखों को पोंछते हुये वह सारा सामान मालिन को पकड़ा दिया।

अपने आपको अत्यधिक हल्का और निश्चिन्त महसूस कर रहे थे वह। संस्कार ऊँची जाति में जन्म लेने या पढ़ाई–लिखाई से नहीं मिलते। दुर्गा उन्हें इस समय मालिन और उसकी बेटी के समक्ष कितनी छोटी, बौनी और घटिया लग रही थी। पुनः भीगी आँखों से उन माँ–बेटी का शुक्रिया अदा कर अपने घर की ओर चल पड़े।

"कहाँ छोड़ आये उस पाप की गठरी को?"

"क्यों? तुम्हें क्या करना, तुमसे मतलब?" क्रोधित होते हुये बोले।

"फिर भी, आखिर मैं भी तो जानूँ कि क्या किया उस औलाद का तुमने।"

"दुर्गा! जबान संभाल कर बात करो, वरना जो अब तक नहीं हुआ अब हो जायेगा।" वह लगभग चिल्ला कर बोले थे।

"क्या हो जायेगा?" वह हाथ नचाकर बोली।

"मेरा हाथ उठ जायेगा, जो मैं चाहता नहीं।" वह शान्त होते हुए बोले।

यज्ञदत्त जोशी का यह रूप तो दुर्गा ने इससे पहले कभी नहीं देखा था, वह जिद्दी बेखौफ औरत काँपन लगी।

आज दफ्तर वह भूखे ही चले गये, दुर्गा की मिन्नत के बाद भी उन्होंने कुछ नहीं खाया।

शाम आफिस से लौटते समय वह अपनी बेटी को देखते हुये घर आये। दुर्गा के भीतर अभी भी उस शक्ति का संचार नहीं हो पाया था जो यज्ञदत्त के क्रोध से क्षीण पड़ गई थी। हाथ–पैर धो उन्होंने सीधे भोजन ही कर लिया और बाहर वाले कमरे में पड़े दीवान पर लेट गये, खामोश गुम–सुम से।

न तो जाह्नवी को और मानवी को प्यार करने का उनका मन हुआ और न ही दुर्गा से एक शब्द भी बोलने– बात करने का। दफ्तर जाते समय वह उस कन्या को देखते जाते और लौटते समय कालिन्दी की माँ द्वारा बताया सामान ला मालिन के हाथ में थमाते।

यज्ञदत्त जोशी के लिये यह कन्या भाग्यशाली थी उसके सवा माह के होने पर उन्हें तरक्की मिली, बिना किसी उम्मीद और इच्छा के। ऊपरी इनकम भी होने लगी, बगैर किसी तिकड़म के। वह लोगों का काम करते और लोग उन्हें अपनी खुशी से बन्द लिफाफा पकड़ा देते, ऐसा पहले कभी नहीं होता था। कन्या शायद अपने पालनहार पर बोझ नहीं डालना चाहती थी। वह नहीं चाहती थी कि पैसे के कारण उसके पिता को कष्ट हो। गृह युद्ध की नौबत आये।

यज्ञदत्त जोशी मालिन के परिवार को भी कुछ न कुछ देने लगे थे। चन्द्रमा की भाँति कन्या बढ़ने लगी। जाने कौन सी घुट्टी उस बिन माँ–बाप की कन्या को मालिन की बेटी कालिन्दी ने पिलाई कि वह फूलकर कुप्पा हो गई। उसका रंग दूध जैसा सफेद था। गाल कश्मीरी सेब की भाँति थे। काली, लम्बी, घनी पलकों वाली बड़ी–बड़ी आँखों का मालिन की तर्जनी द्वारा लगाया गया काजल और सुन्दर बना देता। कहते हैं कन्या मायावी होती है, उसके रूप और हँसते, खिलखिलाते चेहरे के मोह में यज्ञदत्त जोशी फँसते ही जा रहे थे।

वह दफ्तर के लिये घर से एक घण्आ पहले निकलते, सीधे माली के घर जाते, बच्ची से खेलते उसे छाती से लगाते उसे प्यार करते उस उसम उन्हें जो सुख मिलता, जो सुख वह महसूस करते, वह सुख तो उन्होंने अपनी दोनों पुत्रियों को छाती से लगाकर महसूस नहीं किया, बड़ी से उन्हें अधिक स्नेह था, छोटी से उतना नहीं, पर इस तीसरी ने तो उन्हें ऐसे मोह पाश में बाँधा कि वह सारी दुनिया ही भूल गये।

कालिन्दी की माँ ने यज्ञदत्त से बिटिया को कुछ नाम देने को कहा। अब तक जोशी

जी का ध्यान भी इस ओर नहीं गया था उनकी उस बेटी का कोई नाम तो हो, वह तो उसे कलेजे का टुकड़ा कह कलेजे से लगा लेते थे। उसी समय उन्होंने उस कन्या का नामकरण कर डाला, नाम रख आश्रिता। कितना सटीक नाम निकला था उनकी जबान से। मालिन के लिये यह नाम कुछ अटपटा लगा, उसने कह दिया कि वह तो उसे बिटिया ही पुकारेगी।

पास की दुकान से माली का बेटा सवासेर बूँदी के लड्डू ले आया, माँ काली का भोग लगा। लगते ही वह साधारण लड्डू प्रसाद में बदल गये। प्रसाद सभी को मिलना चाहिए, इन्हीं विचारों के वशीभूत हो लड्डुओं के डिब्बे के साथ उन्होंने घर में प्रवेश किया, जाह्नवी दौड़कर डिब्बा उनके हाथ से लेने लगी।

“बाबू जी क्या है इसमें?”

“इसमें लड्डू हैं।” दोनो बहनें लड्डू खा ही रही थीं कि दुर्गा आ गई।

“क्यों जी, यह लड्डू कौन सी खुशी के हैं?”

“आज उस बच्ची का नामकरण था यह प्रसाद है।” वह बोले।

“क्या?”

“हाँ, प्रसाद के रूप में लड्डू खाना है तो खा लो, नहीं खाना तो न खाओ, परन्तु ईश्वर के लिये अपनी जबान को अपशब्द बोलने के लिये मत खोलना।” इतने आत्मविश्वास के साथ यज्ञदत्त द्वारा बोला गया वाक्य दुर्गा को जड़ सा बना गया।

समय अपनी गति से चलता रहा। मानवी और जाह्नवी स्कूल चली जातीं, सारे दिन दुर्गा अकेली रहती।

कभी–कभी वह सोचती कि आश्रिता को घर में रखने की आज्ञा दे दे, पति तो परमेश्वर का रूप माना गया है यदि वह चाहते हैं तो उसे भी यही मान लेना चाहिए, परन्तु धर्म और जाति की मजबूत बेड़ियाँ उसे ऐसा करने की इजाज़त नहीं देती।

एक दिन शाम को दफ्तर से लौटते समय जोशी जी आश्रिता को अपने साथ ले आये। दुर्गा उस बच्ची और उसके रंग–रूप को देखती ही रह गई, उसे लगा जैसे साक्षात देवी दुर्गा अबोध कन्या का रूप धारण कर उसके सामने आ गई हो।

हृदय की पुकार को अनसुनी कर, उसे न मान वह क्रोधित हो पति से बोली।

“इसे घर क्यों लाये हो।”

“यह मेरे पास रहेगी, मेरे साथ सोयेगी, खाये–पियेगी।”

“क्यों?”

तुम्हारे इस क्यों के पचड़े में अब मैं और नहीं पड़ना चाहता।”

मानवी और जाह्नवी के लिये तो जैसे वह खिलौना थी एक सुन्दर खिलौना। दोनों के

चुम्बनों की बौछार से वह बच्ची रोने लगी। पहली बार जोशी जी ने अपनी उस तीसरी पुत्री को रोते देखा था।

यह नित्य का नियम हो गया, शाम दफ्तर से लौटते समय वह आश्रिता को साथ ले आते और सुबह उसे माली के घर छोड़ आते। आश्रिता भी स्कूल जाने लायक हो गई। उसे स्कूल छोड़ने और स्कूल से लाने का भार भी मालिन की बेटी कालिन्दी ने खुशी-खुशी ले लिया।

यज्ञदत्त सुखी थे, सन्तुष्ट थे, मानवी और जाह्नवी बड़ी हो गई थीं आश्रिता ने भी दसवीं पास कर ली थी। प्रथम श्रेणी में उत्तीर्ण हुई थी वह बिन माँ-बाप की बच्ची।

इधर कई महीनों से दुर्गा इस चौक के मोहल्ले को छोड़ देने की रट लगाये थी।

मोहल्ला छोड़ने का मुख्य उद्देश्य था आश्रिता से छुटाकारा पाकर दुर्गा का पूजा-पाठ कर्मकाण्ड भी पहले अधिक हो गया था। कुछ वर्षो से छुआछूत की भावना और प्रबल होती जा रही थी। अब उसे कतई पसन्द नहीं था गैर जाति-धर्म के लोगों का घर आना, उनके आने पर उसे लगता जैसे उसका सारा घर अपवित्र हो गया है। कभी-कभी तो पूरे घर को मेहमान के जाने के पश्चात् धोती, कभी घर भर में गंगा जल छिड़कर पवित्र करती।

आश्रिता जब से यज्ञदत्त जोशी के जीवन में आई, उन्हें धन की कभी कमी नहीं हुई, लक्ष्मी उन पर मेहरबान थी वह आसानी से जब चाहे चौक छोड़ कहीं भी जमीन लेकर घर बनवा सकते थे।

कुछ समय से जोशी जी के मस्तिष्क में एक ही विचार आ रहा था कि यदि यहाँ से कहीं और चले गये तो आश्रिता का क्या होगा। यज्ञदत्त जैसे इन्सान को परेशान देख उनके मित्र ने पूछा।

"जोशी क्या परेशानी है? कहाँ खोये-खोये रहते हो, क्या हो गया है।"

मित्र के पूछने पर उन्होंने हृदय खोलकर सच्चे मन से अपनी समस्या बता दी।

अपने अभिन्न मित्र के सुझाव पर ही उन्होंने आश्रिता का दाखिला वनस्थली में करा दिया, उस पुत्री को अपने से अलग करके उन्हें कितना दुख हुआ था यह वह ही जानते थे। तीसरी बेटी को वनस्थली छोड़कर लौटने के पश्चात् उनके स्वभाव में एक अजीब सा परिवर्तन आया, वह खामोश और गम्भीर हो गये, घर के अन्दर भी और घर से बाहर भी।

दुर्गा के व्यंग बाणों का भी उन पर कोई असर नहीं होता, जिस प्रकार, जो चाहती दुर्गा वह चुपचाप वही कर देते। चौक मोहल्ले का त्याग कर, वह महानगर में कुकरैल नदी के किनारे आ बसे। एक बड़ा सा प्लाट लेकर उन्होंने उस पर जरूरत और सुविधानुसार मकान बनवा लिया। सम्पूर्णानन्द जी के समय में बहुत से पहाड़ी लड़कों को सचिवालय में नौकरियाँ मिली थी। उस समय अधिकतर पहाड़ी पण्डितों ने महानगर में ही अपने घर बनवाये थे।

पण्डित यज्ञदत्त जोशी ने भी ठेके पर अपना मकान बनवा लिया, चार शयनकक्ष, एक बैठक, दो बाथरूम, रसोइघर, रसोईघर से लगा स्टोर। सामने वराण्डा, पीछे बड़ा सा आँगन फिर सामने और पीछे काफी जमीन बच गई थी। जिसमें दुर्गा बड़ी लगन और मेहनत से सब्जियाँ उगाती थी।

आँगन की दहिनी ओर दुर्गा ने शिव जी का मन्दिर भी बनवाया था, जिसमें उसके सुबह के दो घण्टे व्यतीत होते थे।

घर की साफ—सफाई मन्दिर का काम, सब्जी उगाना, फूल—पौधों की देखभाल के पश्चात् दुर्गा को समय ही नहीं मिलता था बाकी फालतू बातों के लिये। यज्ञदत्त तो जैसे मकान बनवाकर निश्चिन्त हो गये थे। आश्रिता के बारे में वह कभी दुर्गा क्या मानवी और जाह्नवी से भी बात नहीं करते। आश्रिता के पत्र माली के घर के पते पर ही आते थे, जो जोशी जी को मिल जाते थे। इधर कुछ दिनों से उनकी तबियत ठीक नहीं थी, कुछ बेचैन से थे। मन बार—बार आश्रिता पर ही जा रहा था। हृदय की बात वह आखिर कहते तो किससे?

आखिरकार वह मालिन के घर ही पहुँच गये और अपनी परेशानी बताई। माली का बेटा वनस्थली जाकर आश्रिता के हाल—चाल जानने का, बेटे ने उनकी छाती पर रखे मनोबोझ को हटा दिया। वह अपने आपको काफी हल्का महसूस कर रहे थे। काश वह पहले ही यहाँ आ जाते।

दूसरे दिन लंच—टाइम में वह बैंक गये, कुछ पैसे निकाल बाजार गये, वहाँ उनकी जो समझ में आया कपड़े, मिठाई, रेवड़ी, गजक, पेठा आदि लिया। माली के बेटे को आने—जाने का रिजर्वेशन भी करवा दिया, साथ ही खर्चा—पानी भी दिया। वह भी प्रसन्न थे और माली का बेटा भी खुश था एक तो उसे घूमने को मिल रहा था फोकट में, साथ अपनी प्यारी सी मुँबोली बहन से मिलने का सौभाग्य भी।

इस बात का जिक्र भी उन्होंने अपने घर में नहीं किया। घर की कलह से बचने के कारण ही वह अपनी ही पत्नी को अपना हमराज़ नहीं बना सके, न ही अपने दुख और सुख को उसके साथ कभी बाँट सके।

जिद्दी और बददिमाग होना इन्सान को अपने ही प्रिय से कितनी दूर कर देता है इसकी खबर दुर्गा को नहीं थी। वह तो मस्त थी अपनी घर—गृहस्थी के कार्यो में, बेटियों के प्यार में।

जब कभी यज्ञदत्त को आश्रिता की याद आती और दिल घबराता किसी अनिष्ट की आशंका से तो वह माली के बेटे को भेजकर निश्चिन्त हो जाते।

छुट्टियों में आश्रिता माली के यहाँ ही आई। एक दीपावली पर वह आश्रिता को अपने घर ले आये थे। बड़ा हंगामा किया था दुर्गा ने। मानवी और जाह्नवी तो माँ के इस रौद्र रूप

और आश्रिता के उस शान्त, सुन्दर, पवित्र रूप को आश्चर्य से देखती ही रह गई थी अवाक्, ठगी सी। वह बात करती तो लगता फूल झड़ रहे हो, कानों में जैसे किसी ने मिश्री घोल दी हो। दोनों बेटियों को वह अत्यधिक सुन्दर, प्यारी, शिष्ट लगी। बड़ी बेटी की तो माँ से अच्छी खासी तकरार भी हो गई, आश्रिता को लेकर।

बेटियों ने पहली बार माँ का विरोध कर पिता का साथ दिया और दीपावली की छुट्टी पर आश्रिता वहीं रहीं। इतने दिन रहने के पश्चात् भी उसे पूजा घर और रसोई में जाने की इजाज़त दुर्गा ने नहीं दी। मानवी ने आश्रिता के बहते हुये आँसुओं को पोंछते हुये समझाया।

"रोती क्यों है, अच्छा है, वरना माँ सारे दिन तुझे रसोई में रखती, रही पूजा घर में जाने की बात तो क्या भगवान उन्हीं के पूजा घर में है, और कहीं नहीं, आँख बन्दकर ईश्वर का कहीं भी सुमिरन कर लो, उसे अपने सामने पाओगी।"

आश्रिता के जाने के पश्चात् माँ ने बेटियों को ऐसी पट्टी पढ़ाई कि वह दोनों भी माँ के नक्शेकदम पर चल दीं। दूसरे वर्ष जब वह लखनऊ आई, तो घर में दुर्गा माँ के साथ–साथ बेटियों ने भी उससे बात नहीं की, इस मानसिक पीड़ा को वह बर्दाश्त नहीं कर पाई, जाते समय उसने कहा था।

"बाबू जी!"

"हाँ, बोलो बेटी।"

"अब छुट्टियों में लखनऊ नहीं आऊँगी, यदि आऊँगी तो माली बाबा के पास रहूँगी। आप वहीं आ जाना, अब आप मुझे यहाँ मत लाना प्लीज़।"

यज्ञदत्त कुछ नहीं बोले, बस रो दिये, उस बच्ची को छाती से लगाकर, बिना वालों की परवाह किये, शायद इतना दुख उन्हें उस बच्ची की मृत्यु पर भी नहीं होता, वह भी वह आसानी से सह लेते। तब शायद वह अपने आपको इतना निरीह, लाचार न महसूस करते।

समय बीतता गया, दोनों कन्याओं में अधिक अन्तर नहीं था। दोनों विवाह योग्य हो गई थी।

यज्ञदत्त जोशी ने दोनों कन्याओं का विवाह एक ही मण्डप के नीचे कर दिया। दामादों का चयन दुर्गा ने किया था।

दुर्गा ने बेटियों के मोह के कारण उनका रिश्ता लखनऊ में ही तय किया, काफी तिकड़मबाजी करनी पड़ी थी, जिसमें वह सफल हुई।

"अन्त भला तो सब भला।" वह हृदय से चाहती थी कि उसकी अपनी बेटियाँ उसके आस–पास ही रहें, परन्तु होनी को तो कुछ और ही मंजूर था, विवाह के बाद दोनों दामादों का तबादला लखनऊ शहर से बाहर हो गया।

एक मद्रास पहुँचा, दूसरा दिल्ली। एक वर्ष के भीतर हो दिल्ली से उड़ा, दुर्गा की बेटी को लेकर वो सीधा फिरंगियों के पास पहुँच गया।

इस सुख से भरे दुख को दुर्गा बर्दाश्त नही पा रही थी। जोशी जी का व्यवहार वैसा ही था। दुर्गा द्वारा दिये गये एक—एक जख़्म में अभी भी वैसा ही रिसाव होता, टीस उठती, शायद सभी नासूर बन चुके थे।

आश्रिता फिर कभी उस घर में नही आई, पढ़ाई पूरी हो गई उसकी भी।

इस कन्या का विवाह कहाँ, कैसे करेंगे, कौन करेगा, यही बात जोशी जी को अन्दर—ही—अन्दर खाये जा रही थी।

समाचार—पत्र में विज्ञापन देख वह एक दिन राजस्थान के लिये प्रस्थान कर गये।

वर पक्ष के घर पहुँच, कभी न झूठ बोलने वाले उस संस्कारी पण्डित ने सिर से पाँव तक झूठ—ही—झूठ बोला, इस झूठ को बोलने में न तो उनकी जबान लड़खड़ाई और न ही बोलने के पश्चात् किसी तरह का पश्चाताप ही हुआ। अपने आपको विदुर और एकमात्र जवान बेटी का बाप बताया था।

बेटी की तस्वीर साथ ले गये थे। उसी तस्वीर ने पूरे घर में हलचल मचा दी थी। जिस सदस्य के हाथ में वह तस्वीर जाती, वह देखता रह जाता, एक—एक सदस्य अनेक बार वह तस्वीर देखता।

तस्वीर देखने के पश्चात्, जल्द से जल्द कन्या देखने का प्रस्ताव रख जोशी जी के सामने।

"आप लोग बेकार समय और धन का दुरूपयोग करेंगे, हम तो दो ही प्राणी हैं। हम ही कन्या लेकर राजस्थान आ जायेंगे। यदि पसन्द आ गई तो विवाह भी कर दूँगा, मेरे आगे—पीछे तो कोई ऐसा नहीं, जिसे विवाह पर बुलाना आवश्यक हो या किसी से सलाह—मशविरा करना हो।

यज्ञदत्त जोशी के व्यक्तित्व और आश्रिता की तस्वीर से वह परिवार इतना प्रभावित था कि उसे और किसी बात की परवाह ही नहीं थी। दुर्गा के स्वभाव के कारण ही वह विवाह जैसे बड़े महत्त्वपूर्ण संस्कार को भी हज़म कर गये। कन्यादान महादान को भी छुपा ले गये।

दफ्तर से छुट्टि और बाकी बचा फण्ड साथ ही बीमे का पैसा निकाल आश्रिता को साथ ले, वह राजस्थान के लिये रवाना हो गये।

भले लोग थे, भला परिवार था फिर कन्या को देखकर इस भू—लोक में "शायद ही कोई ऐसा इन्सान हो, जो विवाह के लिये ना कर दे। दो दिनों की भाग—दौड़ के पश्चात् जोशी जी ने पुत्री के विवाह की सारी तैयारी पूरी कर ली। बिना किसी शारीरिक थकान के।

इस विवाह में उन्होंने माली के परिवार को भी शामिल नहीं किया, उन्हें डर था कि कहीं अनढ़, गवाँर, जाहिल के मुँह से कोई एकसी बात न निकल जाये जो उनकी पुत्री के वैवाहिक जीवन पर ग्रहण बन छा जाये। उन दो को विदा करने पर जितना उदास वह नहीं हुये, उससे कहीं अधिक दुखी थे वह इस तीसरी को विदा करते समय।

उनकी उदासी, खामोश जुबान, छलकती आँसुओं से भरी आँखें और बेटी का बिलख–बिलखकर पिता की छाती से लगकर रोना देख किसी को किंचित मात्र भी शक नहीं हो सकता था कि वह पिता – पुत्री नहीं।

पुत्री विदाकर लखनऊ वापस आ वह और भी अंतर्मुखी हो गये। जिस दिन नौकरी से अवकाश प्राप्त कर ढेरों उपहार और फूलों के साथ वह टैक्सी में घर आये दुर्गा ने उसी दिन उनसे हृदय से क्षमायचना की और यहाँ तक कि वह आश्रिता को घर ले आयें, वह उसे अपना लेगी। जहाँ कहीं भी वह हो उसे उसके पास ले आओ।

दुर्गा के बार–बा कहने पर भी वह आश्रिता के नाम पर खामोश ही रहते। मानवी और जाह्नवी के साथ दुनिया–जहान की बातें वह दुर्गा से करते। दुर्गा को यह प्रायश्चित न कर पाने को दीमकरूपी दुख भीतर ही भीतर खोखला करता रहा।

विवाह के पश्चात् बड़ी बेटी मात्र एक बार एक दिन के लिये माइके आई थी। छोटी अवश्य तीन बार आई थी। पत्र द्वारा ही उन्हें अपनी लाडलियों के हाल–चाल मिलते थे। इधर तो डाकिया के आने के समय के पश्चात् ही कमजोर, शरीर काँपत पैरों से चलकर मेन गेट पर लगी पत्र–पेटी को दुर्गा भीगी आँखों से देखती और मायूस अपने शरीर को स्वयं घसीटकर शयनकक्ष तक ला बिस्तर पर निढाल पड़ी आँसू बहाती रहती।

आश्रिता को अपने मोहक रूप और व्यवहार के कारण अब तक का वह सारा प्यार मिला, जिससे वह वंचित थी। माँ जैसी सास, भाई से बढ़कर देवर, बहन से कहीं अधिक प्यारी नन्द। दुख इस बात का था कि वह अपना यह सुख किसी के साथ बाँट नहीं सकती थी।

पत्र लिखने को भी जोशी मना कर आ गये थे भांडा फूटने के भय से। वह क्या करती, किससे अपनी खुशियाँ अपना सुख बाँटती, क्या सुख और खुशी देने वाले से ही बार–बार कहती कि वह उसे असीम सुख दे रहे हैं जो उसे कभी नहीं मिला।

पहले करवाचौथ के कुछ दिन पूर्व ही अचानक जोशी जी कुछ उपहारों सहित अपनी लाडली के पास पहुँच गये। इस बात की खबर उसे लाडले देवर ने दी।

“भाभी! तुम्हें खुश कर देने वाली खबर लाया हूँ। क्या इनाम दोगी।”

“जो तुम माँगोगे भइया! हाँ, खबर वाकई बहुत बड़ी होनी चाहिए।”

“सो तो है।”

“तो बोलो, बताओ न प्लीज़।” वह खुशामद करने लगी।

"भाभी! तुम्हारे पिताश्री आये हैं ढेर सारे उपहारों के पैकटों के साथ।"

"क्या? बाबूजी आये हैं। वह आश्चर्यचकित हो बाहर भागी।

"बेटा!" जोशी जी ने उसे छाती से लगा लिया।

"बाबू जी!" वह फूट—फूटकर रो पड़ी। उसका इस प्रकार रोना देख एक पल को तो यज्ञदत्त का शरीर काँप गया, किसी बुरी खबर को सोच, पुत्री का जीवन कष्टमय तो नहीं?

"अरे! वहाँ से हँसती हुई भागकर आई और यहाँ पिताजी को देखकर रोने लगी। वाह भाभी! पिताजी यही समझेंगे कि हम लोग आपको सताते हैं अत्याचार करते हैं।"

"धत्!" वह रोत—रोते बोली।

"धत् क्या, मैं समझ गया खुशखबरी सुनाने का इनाम न देना पड़े, इसीलिये यह नाटक हो रहा है।" हम उम्र देवर की बात सुन वह बच्चों की भाँति हँस पड़ी, खिलखिलाकर।

बेटी की हँसी और खिलखिलाहट ने जोशी जी के मन को बड़ी शान्ति दी।

पिता और पुत्री को समझदार परिवार वालों ने कमरे में अकेला छोड़ दिया। आश्रिता ने ढेर सारी खुशियाँ अपने पिता के साथ बाँटी और अपने आपको हल्का किया। कितनी खुश थी वह आज अपना सुख बाँटकर। जोशी जी पूर्ण सन्तुष्ट होकर घर लौटे थे।

"कैसी रही आपकी यात्रा? जिस काम के लिये गये थे, हो गया।" दुर्गा ने पति को पानी भरा ग्लास पकड़ाते हुये पूछा था।

"हाँ, यात्रा ठीक रही, काम भी हो गया, सब अच्छा रहा।" संक्षिप्त उत्तर दिया।

"क्या काम था?"

"क्या करोगी जानकर।"

"फिर भी, यदि मैं कहीं जाऊँ, तो क्या तुम नहीं पूछोगे, जानना नहीं चाहोगे।" उचित दलील पेश करी थी दुर्गा ने।

"पूँछूगा जरूर पर ज़िद नहीं करूँगा। बताने के लिये मजबूर नहीं करूँगा।"

"चलिये मैं भी ज़िद नहीं करती? चाय बनाती हूँ। गर्म—गर्म चाय पीकर अपनी थकान उतारिये।"

"दुर्गा मैं आश्रिता से मिलले गया था।" जाने क्या सोच वह बोले।

"कैसी है वह?" स्वाभातिक ढंग से पूछा था दुर्गा ने।

"अच्छी है।"

"उसे ले आइये, या मुझे ले चलिये, मैं ले आऊँगी उसे क्षमायाचना के साथ।"

"नहीं! वह जहाँ है बहुत सुखी है।"

"यहाँ रहेगी, तो मेरा भी मन लगा रहेगा।"

"क्या बुढ़ापे में सहारा तलाश रही हो।"

"नहीं! प्रायश्चित करना चाहती हूँ।"

"उँह प्रायश्चित! प्रायश्चित भी समय रहते किया जाता है, समय किसी का इन्तज़ार नहीं करता दुर्गा जोशी।" एक व्यंग्यात्मक दृष्टि डाल वह धीरे से उठे और बाथरूम की ओर चल पड़े।

एक दिन शाम जोशी जी अपने लॉन में टहल रहे थे तभी माली के बेटे ने आकर उन्हें आश्रिता का पत्र दिया, जिसमें उनके नाना बनने का समाचार था। पत्र पढ़कर उनकी रफ्तार तेज हो गई, उसी रफ्तार से उनका मस्तिष्क भी कुछ सोच रहा था, परन्तु निर्णय लेने में वह असमर्थ थे। दुर्गा ने पति से उनकी परेशानी और बेचैनी का कारण पूछा।

"तीन–चार दिन के लिये जयपुर जाना है, समझ नहीं आता तुम्हें यहाँ इस हालत में अकेला कैसे छोड़ूँ।" वह सकुचाते हुये बोले।

"अरे! इतनी सी बात, आप तैयारी कीजिये, मेरी तबियत ठीक है फिर हमारे पड़ोसी हैं न, वह हमेशा मेरा ध्यान रखते हैं जब आप बाहर जाते हैं।

"अच्छा!" उनकी समस्या का समाधान इतनी आसानी से और वह भी दुर्गा से हो जायेगा। उन्हें विश्वास ही नहीं रो रहा था। इसे वह अपना भाग्य मानें या बेटी का? शायद बेटी का ही।

नाती को गोद में ले, वह फूले नहीं समा रहे थे। इस सुख से वह अभी तक वंचित थे। वैसे बड़ी बेटी को दो बेटे और छोटी को एक बेटी और बेटा, परन्तु किसी को भी इस तरह गोद में लेने का मौका और सौभाग्य उन्हें नहीं मिला था, पत्र द्वारा सूचना मात्र मिली थी उन्हें। बड़ी के पास सात समुद्र पार वह जा नहीं सकते थे। छोटी के ससुराल वाले चाहते नहीं थे कि वह मद्रास आयें। सिद्धान्तवादी आत्मसम्मानी यज्ञदत्त जोशी ने सब्र किया था पत्रों से। सन्तुष्ट हो गये थे बेटियों के पत्रों से कि वह अपने–अपने घर में पूर्ण सुखी हैं। कैसी विचित्र बात थी कि नवजात शिशु हू–बहू अपने नाना पर गया था। गोरा रंग, तीखे नाक, नक्श वैसे ही घुँघराले काले घने बाल, वही मुस्कान। कोई भी आसानी से कह सकता था कि यज्ञदत्त जी शिशु रूप में ऐसे ही होंगे।

"कितना प्यार करते हैं तुम्हारे पिता तुम्हें, औलाद भी पैदा की तो उन्हीं के रंग–रूप वाली, लगता है पूरे नौ महीने तुमने केवल अपने पिता की सूरत आँखों में बसाये उन्हीं के बारे में सोचती रही, क्यों? अपने–अपने रिश्ते के अनुसार परिवार का प्रत्येक सदस्य उसे छेड़ता। परिवार के सदस्यों के मुँह से ऐसे वाक्य सुन आश्रिता को अच्छा लगता। दुर्गा को बेटियों की दूरी और पति की खामोशी व उनके सर्द रिश्ते ने तोड़ दिया था। एक सीमा पर यह चुप की मार भी असहनीय हो जाती है। इस चुप से कहीं अच्छा होता, यज्ञदत्त उसे

गाली देते, बुरा—भला कहते, इस उम्र में हाथ उठा लेते, जबरदस्ती करते। ऐसा नहीं हुआ।

दुर्गा ने धीरे—धीरे बिस्तर पकड़ लिया, एक बार बिस्तर पकड़ा, तो फिर नहीं उठी। जोशी जी ने दिन—रात एक कर दिया पत्नी की सेवा में। दवा देने से लेकर नहलाना—धुलाना, खाना बनाना, सारा कार्य वह अपने हाथों से करते, पर मज़ाल क्या जो कभी आलस्य आया हो या क्रोध।

कट्टर—आर्यसमाजी यज्ञदत्त दिन—रात सनातनी पत्नी को भागवत, गीतापुराण की कथा सुनाते। व्रत—उपवास का महत्व बताते। आत्मा—परमात्मा पर घण्टों बातें करते। गीता पाठ के पश्चात् वह पत्नी से यही कहते "यह चोला पुराना कमज़ोर, बेकार हो गया है, इसका मोह छोड़ दो, दूसरे नये चोले में प्रवेश करो, मैं भी तुम्हारे पीछे—पीछे शीर्घ ही आता हूँ। तुम यदि स्वस्थ हो जाओं, तो मैं तुमसे पहले ही यह चोला छोड़ने को तैयार हूँ।" तुम्हारे सगुण ईश्वर से हाथ जोड़कर यही प्रार्थना करता हूँ कि वह तुम्हें पूर्ण स्वस्थ कर दे, दुनियाँ की सारी खुशियाँ, सारे सुख तुम्हें दे दें।"

"ऐसा क्यों बोलते हैं।" दुर्गा ने अपना कमजोर बीमार हाथ उनके मुँह पर रख अपनी निस्तेज आँखों से देखा।

"इस समय तुम्हारी अधिक आवश्यकता है संसार में, परिवार में। मैं तो "शुरू से ही नालायक था, परिवार वाले सदैव मुझसे नाराज़ रहे, तुम भी कभी प्रसन्न नहीं रही। दोनों बेटियाँ भी मुझसे हमेशा असन्तुष्ट ही रहीं, मैं तो एक असफल व्यक्ति रहा, एक असफल जीवन जीता रहा, अब और नहीं।" वह बोले।

"ऐसा बोलकर मुझे और दुख मत दो, ईश्वर के लिये चुप हो जाओ।

वर्षो से चुप ही तो हूँ दुर्गा! कहते—कहते उनके नेत्रों में पानी भर आया, खारा पानी।

"कम से कम अब मेरे अन्तिम समय में मेरे पापों को मेरी गलतियों को मत दोहराइये, बहुत दुख होता है। प्रायश्चित करने का समय भी नहीं रहा।" दुर्गा की आँखों में प्रायश्चित के अश्रु देख जोशी खामोश हो गये, बातों का रूख बदल दिया।

दिन—रात की सेवा और अपना जोड़ा गया, बचाया धन लुटाकर एक—से—एक बड़े डॉक्टरों की भेंट चढ़ाकर भी वह पत्नीविहीन हो गये। धीरे—धीरे सब सामान्य हो गया। यज्ञदत्त जी का भोजन एक वख़्त का हो गया, दोपहर चार बजे के लगभग वह अपने हाथों द्वारा पकाया उल्टा—सीधा खाना खाते। चौबीस घण्टों में एक बार ही वह अन्न ग्रहण करते। दूध उन्हें बचपन से प्रिय था, जो कि वर्षो पहले छूट गया था। बचपन पुनः शुरू हो गया था सुबह अपनी माँ बहुत याद आतीं, सभी भाई—बहनों से छुपाकर माँ उन्हें दूध पिला अपने आँचल से मुँह पोंछ देती, और हिदायत देती कि किसी को बताये नहीं। चोरी से पिलाया गया दूध अलग था भाई—बहनों के साथ अलग। कितना नाटक करते थे जब माँ कहती।

"देबू! जल्दी से दूध पी गलास खाली कर दे।"

"नहीं पियूँगा।"

"देख तू मेरा सबसे प्यारा बेटा है आँख बन्द कर गटागट पी जा।"

माँ बेटे का यह नाटक परिवार का कोई सदस्य नहीं जान पाया था। आज वर्षो पश्चात् घर के कोने–कोने से माँ की आवाज़ उन्हें सुनाई देती। कभी–कभी अनायास ही उनके मुँह से निकल जाता।

"अच्छा माँ!"

अपने इस पागलपन पर वह बिना मुस्कुराये नहीं रह पाते थे।

आश्रिता खुश थी बेटा भी शुक्ल पक्ष के चाँद की भाँति बढ़ रहा था। उसके लाडले देवर का विवाह लखनऊ में तय हुआ, चौक में रहने वाले किसी पुजारी की बेटी से। लड़की पढ़ी–लिखी सुन्दर, सुघड़ थी। परिवार के सभी सदस्य प्रसन्न थे, सारे दिन उसी विषय पर बातें होतीं, कोई कहता–

"भई! अब क्या शेखर की पत्नी से ही हम सब तमीज़ और तहज़ीब का सबक लेंगे। लखनऊ तो घुमा ही देगी सबको।"

"भई! हम तो एक समधन के यहाँ रहकर लखनऊ ज़रूर घूमेंगे, सुना है वहाँ की भूलभुलइया देखने लायक है।" माँ हुलसित हो बोली।

"हाँ–हाँ उसी में खो ़जाओगी, बिना गाइड के तो निकल भी नहीं पाओगी। समधन अपनी बेटी की 'सास' को अवश्य उसी में छोड़ देगी।" पिताजी ने राय दी।

"तो ले लूँगी गाईड, पकड़ लूँगी समधन का पल्लू कसकर।" वह भी बड़े ही भोलेपन से बोली।

"आश्रिता तुम भी हमारे साथ चलना, तुम भी लखनऊ घूम लेना।"

"जी!" जी शब्द को बोलते समय उसने न जाने कितने देवी, देवताओं को याद किया था। भय में किसी एक देवता से काम नहीं चलता।

जैसे–जैसे शेखर के विवाह की तिथि नज़दीक आ रही थी आश्रिता का डर बढ़ता जा रहा था। उसकी भूख प्यास कम होती जा रही थीं

पिता द्वारा बोला गया वह एक झूठ उसके लिये महाकाल बन सामने खड़ा नज़र आता था, उसका हँसना, बोलना, मुस्कुराना समाप्त होता जा रहा था। आने वाले कल की चिन्ता में वह घुली जा रही थी। किससे कहे? क्या कहे? भरपूर प्यार करने वाले पति से भी उस झूठ को बताने की शक्ति उसमें नहीं थी। आश्रिता का कोई दोष नहीं था, न तो जन्म में, न ही विवाह के लिये बोले गये झूठ में। एक दोषी का पता नहीं, दूसरे की अपनी मज़बूरी रही होगी। परन्तु उन दोनो दोषियों की सजा उसे मिलेगी। यह बात वह जानती थी। कैसी

भयानक सजा होगी, यह मन का भय, भविष्य के बिगड़ जाने का भय उसे वर्तमान में भी जीने नहीं दे रहा था। उसी उधेड़बुन में वह न जी पा रही न ही मृत्यु को गले लगा पा रही थी। बस, यदि ऐसा हो गया तो क्या होगा, सच्चाई सामने आयेगी, तब भी कया उसे वैसा ही स्नेह, प्यार और सम्मान मिलेगा, पता चलने पर क्या होगा।"

बारात में जाने से आश्रिता ने बीमारी और कमज़ोरी को बहाना कर अपने आपको बचा लिया।

बहू आ गई घर में खुशियाँ थीं। सम्पूर्ण शुभ कार्य आश्रिता से ही सम्पन्न कराये गये। आख़िर वह खानदान की पहली और बड़ी बहू थी। आश्रिता की देवरानी रंग-रूप में तो उससे उन्नीस ही थी स्वभाव में वह भी आश्रिता जैसी सीधी सरल ही थी।

बड़ी धूमधाम से बहू-भोज हुआ, राजस्थान की कई सम्मानित हस्तियों को बुलाया गया।

लाडली और बड़ी होने के कारण आश्रिता प्रत्येक स्थान पर आगे से आगे बुलाई जाती। 'प्रीतीभोज' की अधिकतर तस्वीरों में वह मौजूद थी, किसी फिल्म की नायिका या विश्वसुन्दरी से कम नही लग रही थी। तस्वीर देखकर कोई भी बड़े से बड़ा उम्र का पारखी भी यह नही कह सकता था, कि वह एक नौ वर्ष के बच्चे की माँ है। यदि सुहाग चिह्नों को उसके शरीर से हटा या छुपा देते, तो उसे विवाहित कहना असम्भव था।

अनीता का भाई आकर अनीता की प्रथम विदाई करा ले गया। माइके से विदा कराने शेखर आयेगा, यही निश्चित हुआ था।

अनीता विवाह-उपलक्ष्य पर खींची गई तस्वीरों के चारों के अलबम अपने साथ ले गई थी। माँ और भाई-बहनों व पिता को दिखाने हेतु।

अनीता के जाने के तीसरे दिन से ही शेखर ने आश्रिता के हाथ-पैर जोड़ने शुरू कर दिये थे।

"भाभी अकेली सारे दिन खटती रहती हो, अपनी देवरानी को क्यों नहीं बुलवा लेती हो, काम करने के लिये, बहुत काम कर लिया तुमने अब तक।" शेखर बोला।

"अच्छा तुझे मेरा इतना ख्याल कब से हो गया।" वह हँसकर बोली।

"हाँ भाभी! बहुत दुख होता है अब तुम्हें काम करते देखकर। तुम आज्ञा दो तो अभी लखनऊ के लिये रवाना होता हूँ और कान पकड़कर उसे तुम्हारे चरणों में डाल देता हूँ।"

"अच्छा वर्षा से भाभी को एक टाँग पर दौड़ाता रहा, तब दया नहीं आई, अब बड़ा प्यार आ रहा है।" वह बनावटी क्रोध करती हुई बोली।

"सुबह का भूला यदि शाम को घर लौट आये तो वह भूला नहीं कहलाता।" वह बोला।

"अच्छा, तुम घर लौटना चाहते हो।"

"हाँ भाभी, मेरी अच्छी भाभी।" कह उसने आश्रिता के पैर पकड़ लिये।

" ठीक है, माँ और बाबू जी से बात करती हूँ।" आश्रिता का कहना भला उस घर में कौन टाल सकता था। शेखर को अनीता को विदा करा लाने की आज्ञा मिल गई, एक सप्ताह पश्चात् वह लौटा था। आश्रिता के लिये जाने वाले शेखर और लौटकर आने वाले शेखर में जमीन–आसमान का अन्तर आ गया था।

कहीं से भी जब लौटकर पहले आता था तो शुरू से अन्त तक अपनी यात्रा के संस्मरण आश्रिता को सुनाता था और उसे अपने सम्पूर्ण कार्य छोड़ सुनना पड़ता था, परन्तु यह पहला मौका था जब उसने केवल औपचारिकतावश भाभी के चरणों का स्पर्श किया था।

आश्रिता चाहकर भी हिम्मत नहीं जुटा पाई, लखनऊ के बारे में पूछने की। उसके इस प्रकार के व्यवहार से सभी परेशान थे, सीता का लक्ष्मण जैसा देवर, सीता से दूर क्यों होता जा रहा है। सीता तो वैसी ही पवित्र थी, हाँ! लक्ष्मण अवश्य सुनी–सुनाई बातों से अपनी माँ समान भाभी में दोष ढूँढ रहा था। यह बात उसकी बुद्धि से परे थी कि आखिर इन सब बातों में उसकी मासूम भाभी का दोष कहाँ है। आखिरकार एक दिन अनीता की जबान फिसल ही गई। आश्रिता के जन्म, उसके पालनहार द्वारा बोला गया झूठ कि वह विदुर है और आश्रिता उनकी एक मात्र पुत्री है। सभी को पता चल गया।

किस मानसिकता में जीता है आखिर इन्सान। सामने वाले का साफ–सुथरे वर्तमान को न देख उसे नज़रअंदाज कर उसके भूत को जानते ही बिफर पड़ता है। वर्षा की गई उसकी तपस्या और सेवा को किस बेरूखी से नकार, काल सा सामने खड़ा हो जाता है। किसी का भूत उसका वर्तमान क्यों बर्बाद कर देता है। पलकों पर बिठाई जाने वाली आश्रिता को अब ससुराल में किसी ने पैरों में भी जगह नहीं दी। माँ से उसका एकमात्र सहारा उसका बेटा भी छीन उसे गृह त्यागने का आदेश सुना दिया गया था।

कितना रोई वह छोटे–बड़े सभी के पैर उसने अपने आँसुओं से गीले कर दिये, अपना कसूर पूछा, वर्षों की सेवा में कहीं, कभी, किसी प्रकार की कमी को जानना चाहा। अपने प्यार और सेवा की दुहाई दी। सभी खामोश थे उसके प्रश्नों पर। बस एक रट थी कि "अब इस घर में उसकी कोई आवश्यकता नहीं।" यह क्या कर डाला था उसके पिता ने उसके प्यार में।

बहुत प्रेम करता है प्राणी इस नश्वर शरीर से। यह मालूम होते हुये भी कि पंचतत्त्व से बना उसका यह नश्वर शरीर को पंचतत्त्व में ही मिल जाना है। संसार में यदि कुछ भी निश्चित है, तो वह है मृत्यु। मनुष्य सब जानते हुये, असहनीय पीड़ा और कष्टों के पश्चात् भी वह अपने उस शरीर को छोड़ना नहीं चाहता। जीने की इच्छा समाप्त नहीं होती।

हारकर आश्रिता ने खामोशी से एक सूटकेश में अपना सामान रख ससुराल को त्याग लखनऊ जाने वाली ट्रेन में आ गई। कोई भी उसे स्टेशन छोड़ने नहीं आया। बेटे को किसी रिश्तेदार के यहाँ भेज दिया गया था।

सौगात के रूप में घर वालों की कुछ तस्वीरें अवश्य उसने अपने सूटकेस में रख ली थीं। चलते समय वह बड़ों के पैर छूने गई, पर किसी ने भी अपने पवित्र पैरों को उसके अपवित्र हाथों का स्पर्श करने नहीं दिया था। गृह त्यागते समय उसकी आँखों में आँसू नहीं थे, सूखी सफेद, बड़ी–बड़ी आँखों से उसने धर्म–पिता, धर्म–माता तथा पति के चेहरे को गौर से देखा था। आश्रिता को दोषी मानने वाले उसकी उस दृष्टि का सामना नहीं कर पाये थे। वीरान उजड़ा–उजड़ा सा लगा था उसे अपना यह शहर। चारबाग स्टेशन से निकल उसे महानगर का सीधा रिक्शा किया।

खुले रिक्शे में खुली आँखों से भी वह कुछ नहीं देख पा रही थी, कि सब हुसैनगंज, विधानसभा, नरही, निशातगंज और कब महानगर आया। रिक्शे वाले की तीसरी आवाज़ पर उसने देखा, कि वह अपने घर के पास तक पहुँच चुकी है। यज्ञदत्त बेटी को अचानक अकेले देख घबरा गये। बाप–बेटी ने एक–दूसरे को अपनी कथा व्यथा सुनाई। आश्रिता को यहीं आकर पता चला कि दुर्गा माँ नहीं रहीं। लम्बी बीमारी और कष्ट से मृत्यु ने उन्हें छुटकारा दिलाया। बाबू जी! नितान्त अकेले रहते हैं। ससुराल छोड़ने का दुख पिता की हालत देख कुछ कम हुआ था। मन कितना पापी और स्वार्थी होता है यह बात यज्ञदत्त को आज पता चली। बेटी का यूँ आना दुखदायी था, परन्तु अपने अकेलेपन से ऊबे जोशी जी अपने प्रिय को सदैव के लिये अपने पास देखकर एक अजीब से सुख का भी अनुभव कर रहे थे।

सूटकेस से सारी तस्वीरें निकाल उसने अपने प्रिय बाबूजी के सामने रख दी और एक–एक का परिचय कराया। एक तस्वीर दिखा, वह अपने आँसुओं को बहने से रोक नहीं पाई।

"यह बाबू जी...... ।"

"यह अंकुर है ना?"

"हाँ!"

"मेरा प्यारा नाती तुम्हारा बेटा, तुम्हारा अपना खून।"

"हाँ बाबूजी!" कह उसने पिता के मुख पर दृष्टि डाली, देखा उनकी आँखें भी भींगी थी।

यज्ञदत्त की जान–पहचान से उनके प्रयास से आश्रिता को एक लड़कियों के कालेज में नौकरी मिल गई।

समय अपनी गति से चलता रहा। जोशी जी ने अपना मकान इसी पुत्री के नाम कर

दिया, जिसे न उन्होंने जन्म दिया था न गोद लिया था। यह कार्य उन्होंने प्रायश्चित के उद्देश्य से किया या प्रेम के वशीभूत हो, यह बात वह खुद नहीं जानते थे।

एक दिन जब वह कालेज से लौटी, तो देखा जोशी जी बिना पलक झपकाये, कमरे की छत निहार रहे थे। दो–तीन बार पुकारने के पश्चात् भी जब उसने उनके शरीर में किसी प्रकार की हरकत नहीं देखी तो पास जा माथे के स्पर्श को बर्फ की तरह ठण्डा महसूस किया।

खुली हुई, कुछ तलाशती, खोजती शब्दों को, मज़बूर आँखों को उसने बन्द कर दिया।

एकमात्र सहारा, बाबूजी का सहारा भी उसके ऊपर से उठ गया। मन में उसने एक संकल्प लिया, कि अब किसी के सहारे वह कभी दुखी नहीं होगी। इस संकल्प को अपने जीवन में भी उतारा उसने।

इधर कुछ महीनों से उसका आत्मबल टूट चुका था। उसका अपना शरीर भी साथ नहीं दे रहा था। मन–ही–मन जबरदस्ती पाला गया स्वाभिमान भी दम तोड़ रहा था।

मृत्यु पश्चात् शरीर का कुछ भी हो, उससे मुर्दा शरीर को क्या फर्क पड़ता है। लेकिन आजकल वह दिन–रात इसी चिन्ता में रहती, कि आख़िर उसके मुर्दा शरीर का, इस देह का क्या होगा? पति और पुत्र के होते हुये उसे एक लावारिस लाश की भाँति फूँक दिया जायेगा।

कौन देगा उसे मुखाग्नि, कौन करेगा उसका क्रिया–कर्म। मृत्यु पश्चात् के संस्कार कैसे होंगे, यह जन्म तो जैसे–तैसे कटा, अगला जन्म कैसा होगा ईश्वर जाने।

रात–दिन खाट पर खुली आँखों से राजस्थान के धूल भरे तूफान में वह अपने पति और पुत्र की छवि साफ अनुभव करती रहती। जब भी दरवाज़े पर दस्तक होती उसके हृदय में एक आस उठती कि काश दरवाजे पर दस्तक देने वाला हाथ या तो उसकी माँग में सिन्दूर भरने वाला हो, या फिर वह हाथ जिसने उसकी उँगली पकड़कर चलना सीखा हो।

कभी–कभी तो वह अपने विचारों में इस कदर खो जाती, उसे लगता एक नन्हा हाथ उसकी छाती सहला रहा है।

दो दिनों से वह एक पल को भी सो नहीं पाई थी अन्तिम समय बहुत पास लग रहा था। संसार से विदाई लेने का समय आ गया था। अन्तिम विदाई का सभी रिश्तों, सम्बन्धों से विदाई का समय।

आज सुबह से वह बहुत निराश थी। हृदय के द्वार पर खुशी दस्तक देती थी, परन्तु दुख के इस पहाड़ को पारकर आवाज़ का आना मुश्किल था। असम्भव सा था।

आँखें थीं कि अपनी ज़िद में दरवाजे पर लगी थीं। शाम होने को आई, वह वैसे ही पड़ी थी। आज उसने कुछ खाया–पिया भी नहीं था।

आँखों ने अनचाहे अश्रु बहाने शुरू कर दिये थे। बहते हुये इन आँसुओं को पोंछने का मन भी नही किया उसका। शायद जीवन का सारा दुख इन आँसुओं के रूप में बहा, वह कुछ हल्का होना चाहती थी। उसका प्रयास व्यर्थ जा रहा था मन का बोझ बढ़ता ही जा रहा था।

अचानक उसे लगा किसी ने दरवाजे की खुले दरवाजे की कुण्डी को खटखटाया।

"कौ.......न..........है। दरवाजा......खुला है।' काँपती, टूटती भारी अवाज़ में वह बोली। उसने देखा सामने बीस वर्ष का हृष्ट–पुष्ट जवान खड़ा था।

कमजोर–बीमार आँखों ने पहचानने में कोई भूल नहीं की, फिर भी इसकी पुष्टि के लिए बेटे का बाप भी एक पल में देवदूत सा प्रकट हो सामने खड़ा था। आश्रिता की 'न' को झुठलाने के लिये।

॰॰॰

भूषण पण्डित

सात वर्ष का कठोर कारावास काट कर आज कुल भूषण पंडित की रिहाई का दिन था। सात वर्ष उसने वाकई कुल भूषण बनकर ही काटे थे।

यही कारण था उसकी रिहाई के समय प्रत्येक साथी दुखी था, रो रहा था, इसलिये कि वह जेल से क्यों रिहा हो रहा है बल्कि इसलिए कि वह उन सब से दूर जा रहा था, जुदा हो रहा था।

उनके आँसू भी मिले जुले थे, कुछ खुशी के कुछ गम के। अजीब सी मनः स्थिति थी उन सजा याफ्ता कैदियों की। जिसे जाना है, वह तो जायेगा ही। जिसका जहाँ, जब तक दाना पानी होता है तभी तक वह वहाँ का अन्न–जल ग्रहण कर पाता है। यह तो जेल था, संसार का भी यही रिवाज है।

जन्म और मृत्यु दोनों एक ही सिक्के के पहलू हैं। जो जन्मा है उसकी मृत्यु भी निश्चित है– इस अकाट्य सत्य को विधाता भी चाह कर झुठला नहीं सकता फिर भला मनुष्य की क्या औकात।

"यह तुम्हारा सामान व कपड़े हैं और यह रहे तुम्हारे पैसे जो तुमने जमा किये थे।" दुखी होता हुआ जेलर बोला। "जेलर साहब आपसे एक इल्तिजा है।" "कहो क्या चाहते हो।" "सर हमारे लिये एक धोती कुर्ता और अंगौछा मँगवा दीजिये, साथ ही एक जोड़ी चप्पल अंगूठे वाली।"

"क्यों?" आश्चर्य से पूछा जेलर ने। "बस यही एक आखिरी विनती है आपसे।" यह जेलर और जेल के जैलरों जैसा सख्त नहीं था। कुल भूषण के अपने स्वभाव के कारण वह उसके प्रति कुछ अधिक ही नम्र था।

भूषण पंडित को जेल के फाटक तक छोड़ने जेलर के साथ–साथ जेल के कर्मचारी और अनेक कैदी भी थे। इतना सम्मान जेल से बाहर निकलते समय शायद ही किसी ऐसे जघन्य अपराध की सात वर्षों की सजा काट, रिहा होते समय मिला हो।

सामने लम्बी अंतहीन सड़क दिख रही थी जिस पर चलकर उसे अपनी मंजिल तक पहुँचना था। वह चलता जा रहा था, कुछ सोचता हुआ, बहुत कुछ सोचता हुआ।

अपने अध्यापक कर्मकाण्डी, ईश्वर में पूर्ण आस्था रखने वाले पिता की उँगली पकड़े गाँव की पाठशाला में विद्यार्जन के लिये जाता एक नन्हा बालक, घर से पाठशाला तक का रास्ता उस बालक के लिए लम्बा और थकाऊ था परन्तु पढ़ने की प्रबल इच्छा और रास्ते भर पिता द्वारा अपने देश के वीरों की, महान पुरूषों की सुनाई कहानियों ने उसे उस

थकान को कभी महसूस होने नही दिया।

कहानी और चुटकले सुनाने का अपना एक अंदाज होता है, यह सुनाने वाले पर निर्भर करता है कि वह उसे कितना मनोरंजक और समझ में आने वाले शब्दों में सुनाये।

इस कला में उसके पिता पूरी तरह पारंगत थे। कक्षा में भी जब वह बोलना शुरू करते, तो सन्नाटा छा जाता, बच्चे खामोश हो केवल गुरू को सुनते रहते। उनके द्वारा पढ़ाया गया पाठ विद्यार्थी भूलता नहीं था। स्कूल से घर जा दुबारा उस पाठ को दोहराने की आवश्यकता शायद ही किसी छात्र को पड़ती हो।

गीता रामायण के कुछ अध्याय उसे अर्थ समेत जबानी याद थे।

प्रत्येक धर्म में कही गई बातें जो कि उचित और एक जैसी होती हैं फिर चाहे वह कुरान हो, गीता, रामायण या बाइबिल, वेद—शास्त्र सभी का निचोड़ एक ही होता है। यह बात मास्टरजी ने उसके मस्तिष्क के अन्दर तक बिठा दी थी ऐसा उसके आचरण और व्यवहार में साफ नज़र आता था।

गरीबों की सेवा, पर—पीड़ा को वह महसूस करता। उसे अपने कर्तव्यों का बोध था। किसी से भी वह ऊँची आवाज में कभी नहीं बोला, क्रोध आता ही नहीं था, यदि कदाचित कभी आ भी जाये तो क्रोध को पीना वह बखूबी जानता था।

गाँव में बच्चे बूढ़े, जवान सभी उसके मित्र थे। न जाने कितने हम उम्र के बच्चों की आपसी रंजिश को उसने दोस्ती में बदला था। आस—पास के गाँवों में यही चर्चा होती कि बेटा हो तो कुल भूषण जैसा। माँ—बाप को ही नहीं, पूरे गाँव को उस पर नाज था, फक्र था, अभिमान था।

जाने कौन से पुण्य किये थे मास्टर जी ने, जो उनके घर में ऐसे पुत्र ने जन्म लिया था। कौन से पुण्य का प्रताप था उस माँ का जिसकी कोख से वह जन्मा था। परीक्षा में प्रथम आता तो उसके पिता की कमजोर छाती चौड़ी हो जाती। इन्टर की परीक्षा के समय तो सभी को उम्मीद थी कि वह सम्पूर्ण जिले में प्रथम आयेगा, ऐसा हुआ भी, सभी की उम्मीद थी कि वह सम्पूर्ण जिले में प्रथम आयेगा, ऐसा हुआ भी, सभी की उम्मीदों पर वह खरा उतरा था। कुछ कमियों के कारण इस मेधावी छात्र का कुछ नहीं हो सकता था। एक तो वह निर्धन पिता का पुत्र था, जिनके पास उसे डाक्टर, इन्जीयर बनाने की क्षमता नहीं थी और उसकी और भी तीन बहनें थीं जिनकी पढ़ाई, लिखाई, शादी करने की जिम्मेदारी भी उसके पिता को उसी सीमित आय में निभानी थी।

दूसरा दोष था कि उसने ब्राह्मण कुल में जन्म लिया था, इस कलंक को मिटाना उसके बस में नहीं था। काफी सोच विचार के पश्चात निर्णय लिया गया कि पास के शहर में उसे बी० ए० करने के लिये भेज दिया जाये। दूर के एक रिश्तेदार के यहाँ उसके पिता उसे छोड़कर गाँव वापस आ गये। विश्वविद्यालय में बी० ए० में दाखिला लेने में उसे कोई

दिक्कत नहीं हुई। एक सप्ताह के अन्दर ही उसने शहर के पुराने मोहल्ले में एक कोठरीनुमा कमरा पचास रूपये माहवार पर ले लिया। धीरे–धीरे करके उसे स्टोव, कुछ बर्तन, चारपाई (बंसखटी) आदि जरूरत का समान जुटा लिया। उल्टा सीधा, पेट भरने लायक खाना भी वह बना लेता। लाइब्रेरी के अलावा किताबे खरीदने के लिये उसने एक पुरानी किताबों की दुकान भी पता कर ली थी। रैंगिग भी अच्छी खासी की लड़कों ने, परन्तु कुछ ही समय पश्चात् अधिकतर छात्र उसके मुरीद हो गये। कारण वही था उसकी कुशाग्र बुद्धि प्रश्न पूरा होने से पहले ही वह उत्तर दे देता था, नोट्स उसके हमेशा पूरे रहते।

संस्कार और आदतानुसार वह सभी के काम खुशी–खुशी कर देता। कार्य छोटा हो या बड़ा इससे उसको कोई सरोकार नहीं था। लड़का हो या लड़की इस बात से भी उसे कुछ लेना देना नहीं था। भलमनसाहत को उसके साथी उसकी कमजोरी समझने लगे थे। उसका गरीब होना ही शायद उसे एहसासे कमतरी करा रहा था। छात्र उसकी परोपकार की आदत को अन्याथा ले, उसे बेवजह काम बताते रहते ओर साथ ही आपस में उसका मखौल भी उड़ाते। कभी कभार उसका कोई मित्र उससे इस बात का जिक्र करता, तो वह उसकी बात सुनने को भी राजी नहीं होता, यदि मित्र की बात पूरी तरह सुन भी लेता, तो उसका जवाब होता, "क्या करना यार, यह तो अपना–अपना नेचर होता है, संस्कार होते हैं।"

"किसी दिन इसी नेचर और संस्कार के कारण किसी बड़ी मुसीबत में फँस जायेगा, उस समय कोई साथ नहीं देगा" विशाल खीज कर बोला।" तब की तब देखी जायेगी, अभी से किसी के बारे में ऐसा क्यूँ सोचूँ" भूषण बात को टालते हुये बोला। धीरे–धीरे विश्वविद्यालय में यह बात फैल गई कि कोई भी काम कराना हो तो भूषण पंडित को पकड़ो। किसी ना–नुकुर के, बिना कुछ सोचे समझे वह सभी का काम चुपचाप कर देता है। एक दिन एक छात्र नेता उसके पास आया और उसे एक पैकेट पकड़ाते हुये बोला "यह पैकेट मघई पान की दुकान पर प्यारे नाम के आदमी को दे देना, बोल देना बब्बू नेता ने भेजा है।"

भूषण ने वह पैकेट ले लिया और अपने कमरे में आ गया। खाना खा थोड़ी पढ़ाई कर, शाम अपने पिता की खटारा साइकिल जो कि मास्टर जी ने पुत्र पर दया खाकर दी थी ताकि शहर में एक स्थान से दूसरे स्थान की दूरियां तै करने में उसके पुत्र को कष्ट न हो। नाम उसे याद ही था मन–ही–मन दुकान और व्यक्ति के नाम को दोहराया। प्यारे को पैकेट देने के पश्चात लौटते समय जाने क्यों उसका मन बड़ा ही खिन्न था। वह सुकून नहीं था जो उसे लोगों के काम करने से मिलता था। बार–बार उसे यही लग रहा था कि कहीं न कहीं कुछ गड़बड़ है, गलत है। उसने अपने आप से तर्क किया, किसी का काम करने में बुराई क्या, किसी के काम आना तो अच्छी बात है, इससे अधिक उसे क्या लेना

देना, क्या सोचना। अपनी आत्मा की आवाज़ को अपने ही तर्क से दबाने में वह सफल हो गया। दूसरे दिन वह छात्र नेता बब्बू उसे ढूँढता हुआ उसके क्लास तक आय गया। भूषण का शुक्रिया अदा किया, भूषण के लाख मना करने पर भी वह उसे कैंटीन ले गया और बढ़िया नाश्ता कराया, काफी पिलाई। भूषण पंडित ने जीवन में पहली बार कॉफी का स्वाद चखा था। दस दिन पश्चात उसके कमरे के दरवाजे के बाहर टाटासूमो गाड़ी आकर रूकी, काले रंग की चमकदार गाड़ी। उसने सोचा यह कौन आ गया रईस, उसके इस तृतीय श्रेणी में रहने वाले इस निर्धन पंडित के घर।

शोफर ने उतर कर दरवाजा खोला, वह आश्चर्यचकित रह गया यह देख कर कि उस गाड़ी से उतरने वाला कोई और नहीं, छात्र नेता बब्बू था।

बब्बू नेता उतर कर सीधा उसके कमरे में आ गया। भूषण तो पूरी तरह सामान्य नहीं हो पाया था। न ही उन्हें बैठने का उचित स्थान ही दे पाया। नेता स्वयं ही बसखटी पर पड़े कपड़ों को एक किनारे कर, बैठ गया। "सर आप और यहाँ?" "हाँ भई। मैं यहाँ तुम्हारे पास आया हूँ, तुमसे मिलने। तुम्हें कोइ एतराज" वह मुस्कुराया। "नहीं सर ऐसी बात नहीं, फिर भी........।"

"हम तो तुम्हारे ही विद्यालय के छात्र हैं इस नाते तुम मेरे छोटे भाई जैसे हुये। क्या एक भाई वह भी बड़ा दूसरे भाई के घर नहीं आ सकता।"

"वह तो ठीक है सर" वह हक्ला गया।" "परेशान होने की बात नहीं, मैं अपने ही एक छोटे से काम के लिय आया हूँ।"

"बताइये सर। आज्ञा करिये।"

"अभी नहीं कल चौथे पीरियड के पश्चात तुम मुझे क्लास के बाहर मिलना।" "जी सर"। अधिक सवाल–जवाब करने की आदत भूषण को नही थी। दूसरे दिन चौथे पीरियड के पश्चात वह क्लास से बाहर निकला तो देखा बाई ओर बब्बू नेता खड़ा मुस्कुरा रहा था। "सर आप —।" "हाँ अभी आया हूँ।" "बताइये सर।"

"यह कुछ सामान है तुम्हें कानपुर पहुँचाना है, बकरमंडी चौराहे पर अब्दुर सत्तार भाई का मकान है, किसी से भी पूछ लेना, सभी जानते हैं, यह सामान उन्हीं के हाथ में देना किसी और को नहीं।" "जी।"

"बड़े एहसान हैं उनके हम पर, वैसे तो मैं ही जाता परन्तु पार्टी मीटिंग के कारण मुश्किल लग रहा है। सत्तार भाई के अलावा यदि और कोई होता तो टाल देता।" "जी"। तुम्हे किसी किस्म की कोई परेशानी या दिक्कत तो नहीं।" "जी नहीं।" "आराम से जाना, फुल टैक्सी करके, पैसे की चिन्ता मत करना। पैसों का मुँह मत देखना।" "जी सर।" "अरे हाँ मैंने सुना है इन्टर में तुमने पूरे जिले में टॉप किया था।" "जी हाँ गणित में सौ में से सौ नम्बर थे।

"फिर तुमने यह बी० ए० क्यों ज्वाइन किया।" "सर इसके दो कारण थे।" "कौन से दो कारण भूषण?"

"सर एक तो गरीबी और दूसरा ब्राह्मण कुल में जन्म लेना। मैं भी ब्राह्मण हूँ।" "सर, इतिहास गवाह है ब्राह्मणों के साथ जितने अत्याचार हुये उतने हिन्दुस्तान में किसी कौम के साथ नहीं हुये। एक मुगल बादशाह तो ब्राह्मणों को कत्ल कर उनके जनेऊ तौलता था। ब्राह्मण ही ऐसी कौम है जिसने देश की संस्कृति और सभ्यता को बचाया, वेदों, शास्त्रों की रक्षा की, जिनको आज पूरा विश्व मानता है। यह ब्राह्मण ही थे जिन्होंने ऊँचे पर्वतों, जंगलो में जाकर मंदिरो की स्थापना कर, हिन्दू धर्म को कायम रखा। बद्री, केदार, वैष्णों देवी, मंसा, चंडी, कामाख्या, आदि जाने कितने देवी मंदिर जंगलों में पर्वतों की चोटियों पर मिलेंगे। उस समय वह क्या खाते होंगे कैसे जंगली जानवरों से रक्षा करते होंगे अपने प्राणों की, यह सोच कर भी रोंगटे खड़े हो जाते हैं। इतिहास गवाह है, ब्राह्मण ही परम संतोषी होता था, तभी उसे दलिद्र नारायण से   सम्बोधित किया जाता था। चाण्क्य जैसे ब्राह्मण की नीति से तो सभी परिचित हैं परन्तु उन्होंने देश का हित चाहा स्वयं राजा बनकर राज्य करने की इच्छा उन्होंने नहीं की।" "ठीक कहते हो तुम। मेरी समझ में यह नहीं आता कि यदि हमारे पूर्वजों ने किसी जाति पर अत्याचार किये तो आज उसका बदला हम बच्चों से क्यों लिया जा रहा है। यह बदला सरकार ले रही है, अपनी गद्दी, अपनी कुर्सी के कारण, चन्द वोटों के कारण, हम बच्चों में जातिवाद का बीज बो रही है। अंग्रेजो ने, मुसलमानों ने, तो सैंकड़ों वर्ष अनगिनत अत्याचार ढाये हैं। उनके आगे पीछे हमारे नेता मंत्री दुम हिलाते हैं। गोरी चमड़ी देखी नहीं कि कठपुतली से नाचने लगे।"

"सर, यही सब तो मेरी समझ में नहीं आता, बदला लेना है तो उनसे क्यों नहीं लेते, हम बच्चों से क्या बदला लेना।" "कुछ नहीं यार, पैसा फेंको तमाशा देखो। तुम दुनिया को लात मारों दुनिया तुम्हें सलाम करेगी। जिन्दगी में ही नहीं, मृत्यु के पश्चात निरे काँधे मिलेंगे। सीधी बात है बड़े भाग्य से मनुष्य का जन्म मिला है, इस मानव शरीर को सुख देना ही मेरे जीवन का उद्देश्य है, जीते जी इस चोले को कष्ट न हो, आँखे बन्द होने के पश्चात क्या होगा यह किसने देखा है "बब्बू नेता की बातें आज भूषण को प्रभावित कर रही थी।

"हाँ, तो यह छोटा सा पार्सल है, इसे ले जाना है, पता तो याद है।" "जी।" "अरे मैं तो भूल ही गया, तुम्हारा दिमाग तो कम्प्यूटर है एक बार फीड करने भर की आवश्यकता होती है।" "जी सर याद है" वह धीरे से बोला।

चलते समय बब्बू नेता ने कुछ नोट जबरन   उसकी जेब में ढूँस दिये। "सर यह क्या है?" वह बोला। "कुछ नहीं रास्ते के खर्च—पानी के लिये और टैक्सी का किराया।"

भूषण उसकी जबरदस्ती के सामने नतमस्तक हो गया, उसकी इतनी भी हिम्मत नहीं

हुई कि वह जेब से पैसे निकाल कर देखे कि स्नेह और प्रेम के साथ जबरन दिये गये नोट आखिर कितने थे। पार्सल उसनें उलट— पलट कर देखा फिर कमरे की दीवार पर बने पटरे पर रख दिया। चारपाई पर बैठ कर उसने जेब में ठुँसे नोटों को निकाला तो उसकी आँखें फटी की फटी रह गई। नोटों की गिनती की तो वह थे पूरे चार हजार तीन सौ पचास रूपये। नोटों की गिनती से पता चलता था कि देने वाले ने गिनकर या किसी हिसाब से नहीं दिये। भूषण पंडित की समझ में नहीं आ रहा था कि वह क्या करे। मन—ही—मन उसने निर्णय लिया इन रूपयों को सम्भाल कर रखेगा और जब घर जायेगा तो माँ—पिताजी व बहन के लिये उपहार ले जायेगा। तोहफे में बाबू जी के लिये कोट अवश्य ले जायेगा, कितना पुराना हो गया है उनका कोट, कितनी जगह से फट गया है। पार्सल लेकर वह सत्तार भाई के घर के लिये रवाना हो गया।

पार्सल उन्हीं के हाँथ में दिया और साथ ही बब्बू नेता का सलाम भी उन तक पहुँचाया। सत्तार भाई ने बब्बू नेता को शुक्रिया अदा करने को कहा, साथ ही उसे भी शुक्रिया अदा किया। चलते समय एक बादामी रंग का लिफाफा उन्होंने उसे पकड़ा दिया। लिफाफे पर उर्दू में कुछ लिखा था जिसे पढ़ने में वह असमर्थ था। सुबह विश्वविद्यालय के गेट पर ही उसे बब्बू नेता मिल गये।

"सर सामान उन्हीं के हाथ में दे दिया था। यह लिफाफा उन्होंने दिया है" लिफाफा जेब से निकाले नेता को देता हुआ वह बोला। "यह तो तुम्हारे लिये है।" "जी सर, असल में मुझे उर्दू भाषा का ज्ञान नहीं।"

"उनका कीमती सामान तुमने उन तक पहुँचाया, कुछ देना चाहते होंगे, वही इस बन्द लिफाफे में है, यह तुम्हारा है, इस पर तुम्हारा हक है।"

"सर वह तो आप दे चुके हैं उसी में से बहुत पैसे बच गये है।"

"हम सत्तार तो नहीं, यह तुम्हें उन्होंने अपनी ओर से दिया है" नेता बोला। अब तक भूषण की जिज्ञासा और अधिक बढ़ गई थी कि आखिर जरा से काम के लिऐ सत्तार भाई ने उसे क्या दिया है।

बब्बू नेता के जाते ही धड़कते हृदय से उसने वह लिफाफा खोला। लिफाफा खोलते ही उसका हृदय बड़ी जोर—जोर से धड़कने लगा। उस लिफाफे में पाँच—पाँच सौ के दस नोट थे। दस नोट, यानी पाँच हजार। पाँच हजार तो दूर की बात उसने तो पाँच सौ का नोट भी कभी नहीं देखा था। क्लास में उसका मन बिलकुल नहीं लगा। जैसे—तैसे एक पीरियड उसे क्लास में बैठ कर काटा, फिर वह घर आ गया। पैसों को बार—बार गिना, वो दस नोट उसने न जाने कितनी बार गिने।

भूषण को इतना पैसा पाकर खुशी कम थी, घबराहट अधिक। भूषण की भूख—प्यास मर गई थी, वह शांत लेटा छत निहारता रहा था। सोचने की शक्ति जैसे बब्बू नेता ने छीन

ली हो। शाम दिन ढले उसकी आँख खुली। इतना पैसा यदि उसे इनाम में मिलता या नौकरी में एक माह के परिश्रम के पश्चात मिलता तो शायद वह इस समय नहा–धोकर किसी मंदिर में प्रसाद चढ़ा रहा होता। कुछ–भूख भी महसूस हो रही थी उसे, दाल चावल साफ कर उसने स्टोव जलाया, कुकर में खिचड़ी चढ़ा वह स्वयं नहाने लगा। खाना खाकर वह बाहर आ गया। पाँच सौ रूपये के दसों नोट उसने अपने पुराने उसी टीन के बक्से में एक कमीज की बाँह के अन्दर छुपा कर रख दिये। यह बक्सा उसकी दादी को उनके विवाह पर मिला था। ताला भी उसी समय का था। ताला बन्द कर चाभी जनेऊ में बाँध ली। अचानक उसे उस किताब का ध्यान आया जिसमें उसने पढ़ा था। आजादी के समय जब हिन्दुस्तान का बँटवारा हुआ था, उस वख्त काश्मीर में इतने पंडितों की हत्या हुई थी कि उनकी गिनती उनके जनेऊ तौल कर हुई जिनमें वे बच्चे शामिल नहीं थे जिनका यज्ञोपवीत् नहीं हुआ था।

भूषण का मन घृणा से भर गया, उसका मन किया कि वह नाहक सत्तार को उसका सामान देने गया। जी में आया कि पाँच–पाँच सौ के दसों नोटों को आग लगाकर उसकी राख को भी कूड़े में फेंक दे।

पर ऐसा कर नहीं पाया वह, उसे लगा इस सब में सत्तार भाई का क्या दोष। जैसे हमारा क्या दोष जो मुझे आरक्षण नहीं मिला। यदि यह आरक्षण न होता और गरीब बच्चों को उनकी योग्यतानुसार पढ़ाई का मौका देती हमारी सरकार, हमारे बड़े बुजुर्ग, उनके लिये तो सभी बच्चे समान होने चाहिए। यह भेद–भाव आखिर क्यों? क्यों बच्चों के बीच में जहर घोलते हैं हमारे नेता, क्यों सगे सौतेले का व्यवहा करते हैं यह लोग। इन समस्याओं का उत्तर खोजने में वह असमर्थ था।

भूषण पंडित जैसे होनहार छात्र की मनःस्थिति कुछ अजीब दौर से गुजर रही थी। वह बेचैन था, परेशान था, उसकी इस बेचैनी और परेशानी को कम करने वाला उसके पास अपना कोई नहीं था। चार माह से बब्बू नेता उससे नहीं मिला था, वह नेता के न मिलने से सुकून तो महसूस कर रहा था परन्तु कहीं–न–कहीं मन उससे मिलने को बेचैन भी था।

सरस्वती कृपा के कारण वह आज भी क्लास में सभी छात्रों से आगे था। वरना पढ़ाई में उसका मन अब कदापि नहीं लगता था। आज वह किसी एक प्रश्न का उत्तर नहीं दे पाया था इस पर गुरूजी ने उसे ऊपर से नीचे तक गौर से देखा और बोले थे "भूषण यह क्या हो गया है तुम्हें? उम्मीद जगाकर धोखा मत देना।"

गुरूजी के शब्दों का तात्पर्य वह भली प्रकार समझ गया। घर आकर अपने इष्ट देव की तस्वीर के सामने मन ही मन उसने संकल्प लिया कि वह सब कुछ भूल कर केवल पढ़ाई पर ही ध्यान देगा, अपना भविष्य बनायेगा।

माँ–पिता जी व गुरूजी के सपनों को साकार करेगा। गाँव का नाम रौशन करेगा।

नहाँ–धोकर पहले की भाँति वह पढ़ने बैठा ही था कि दरवाजे पर दस्तक हुई। दरवाजा खोलने पर देखा तो सामने बब्बू नेता खड़ा मुस्कुरा रहा था। "नमस्कार भूषण जी।" "सर आप?" "हाँ भई क्या हुआ, क्या मैं अपने छोटे भाई के घर नहीं आ सकता हूँ।" "क्यों नहीं सर, अन्दर आइये।" बब्बू नेता बिना किसी औपचारिकता के उसकी खटिया पर पसर गये। अपना दायाँ हाथ उन्होंने अपने सिर के नीचे लगा लिया। एक ग्लास पानी भूषण ने नेता के हाथ में पकड़ा दिया। पानी पीकर एक लम्बी डकार लेते हुये वह बोले "कल तुम्हें दिल्ली जाना है। इन्द्रा गाँधी हवाई अड्डे पर, इण्डियन एयरलाइन्स के काउन्टर के पास तुम्हें धोती–कुर्ते में एक आदमी मिलेगा, उसके कंधे पर लाल रंग का अंगौछा होगा, उस आदमी को तुम्हें यह बैग देना है।" "क्या है इस बैग में?"

"कुछ नहीं उसके कुछ कपड़े और पूजा का समान और सालिक राम की बटिया है। रूद्राक्ष और तुलसी व स्फटिक की माला है। हाँ एक ताँबे का लोटा भी है।" "इतनी दूर इस रत्ती भर सामान के लिये जाना क्या उचित होगा।" "क्या करें, कपड़े होते तो कोई बात नहीं थी। दरअसल उनकी पूजा का सामान भी देना है फिर उनके तुम्हारे इस बड़े भाई पर बहुत एहसान हैं इसीलियें यह सब करना है।" "पर——" वाक्य पूरा करता भूषण इसके पहले ही बब्बू नेता पुनः बोले। "पर क्या यार, दो दिन की छुट्टी है, चला जा, नहीं तो मुझे जाना पड़ेगा और मेरा दो दिन में लाखों का नुकसान हो जायेगा।"

भूषण कुछ नहीं बोल पाया, बस एक टक बब्बू नेता का मुँह देखता रहा। इसी बीच बब्बू नेता ने उसे दिल्ली जाने और लौटने के टिकट पकड़ा दिये। दिल्ली यात्रा भूषण के लिये संसार का एक अजूबा था, आश्चर्य था। स्टेशन पर उतर कर उसने एक सीधे–सादे व्यक्ति से डरते–डरते पूछा कि इन्द्रा गाँधी हवाई अड्डे जाना है, कैसे जाये। उसका अंदाजा सही था। उस व्यक्ति ने उसे बस नम्बर तो बताया, साथ ही आटो से जाने की सलाह भी दी। स्टेशन से सीधे वह हवाई अड्डे पहुँचा। इन्डियन एयर लाइनस काउन्टर के सामने खड़े–खड़े उसे काफी देर हो गई। भूँख–प्यास के मारे उसका बुरा हाल था। भूषण की समझ में नहीं आ रहा था कि वह क्या करे, कहीं जाकर कुछ खा ले या पहले बैग उस आदमी के हवाले कर दे, तभी सामने यमदूत सा आता वह दिखा जिसका उसे बेसब्री से इन्तजार था।

भूषण ने उसका नाम पूछा, बैग उसे दिया और बोला "इन चार जोड़ी कपड़ों के लिये आपने मुझे इतनी दूर दौड़ा दिया, आखिर ऐसा क्या है इस बैग में।" "कुछ नहीं भइये, यह तो बब्बू नेता की मेहरबानी है" मुस्कुरा कर वह बोला। कुछ अजीब से भाव थे उसके चेहरे पर। "ठीक है अब मैं चलूँ।" "ठीक है आप जाओ, हाँ यह पत्र नेता जी को दे देना।" पत्र पकड़ाते ही वह धोती वाला आदमी पलक झपकते गायब हो गया जैसे कोई चमत्कार हुआ हो।

भूषण सीधा एक ढाबे पर पहुँचा, पेट भर कर खाना खा, आटो रिक्शा ले, वह सीधा स्टेशन पहुँचा। लौटने का टिकट उसके पास था ही, कुली से प्लेटफार्म न० पूछा, उसने एक नम्बर बताया। एक नम्बर प्लेटफार्म पर आकर वह एक बेंच पर बैठ गया। उसे घबराहट हो रही थी, वह अपने विचारों में भी ठीक तरह से नहीं खो पा रहा था, तभी ट्रेन आकर रूकी, उसकी बोगी सामने ही थी। बर्थ नम्बर देख वह सीट पर बैठ गया। थोड़ी देर में अंधेरा हो गया। सभी यात्री सो गये परन्तु उसे सारी रात नींद नहीं आई। पूरी रात वह अपने इस कार्य को उचित ठहराने में लगा रहा परन्तु सफल नहीं हो पाया। गाँव के साधारण से परिवार के भूषण पंडित को यह बात गले नहीं उतर पा रही थी कि आखिर एक बैग में दो—चार कपड़े पहुँचाने के लिये बब्बू नेता ने हजारों रूपये क्यूँ फूँके? ट्रेन से उतर प्लेटफार्म की फर्श पर पैर रखा ही था कि देखा सामने बब्बू नेता खड़ा मुस्कुरा रहा है। बड़ी घिनौनी मुस्कुराहट लगी उसे उसकी। "कहो भाई सामान पहुँचा दिया, सब ठीक रहा, रास्ते में कोई परेशानी तो नहीं हुई?" तीन प्रश्न एक साथ एक साँस में पूछ डाले। "हाँ सब ठीक रहा, समान दे दिया। यह पत्र आपको देने को कहा था।" पत्र देते हुये वह बोलो। बब्बू नेता ने अपनी कार से उसे उसके कमरे तक छोड़ दिया। आज से बब्बू नेता ने कुछ नहीं दिया यह बात न चाहते हुये भी जाने क्यों उसे मन—ही—मन कचोट रही थी, दो दिन पश्चात वह तैयार होकर विश्वविद्यालय जाने के लिये कमरे से निकला। ताला लगा ही रहा था कि तभी बब्बू नेता की गाड़ी आकर रूकी। गाड़ी में आज वह अकेला ही था "कहाँ जा रहे हो पंडित"

"क्लास है यूनीवर्सटी जा रहा हूँ" भूषण ने कुन्डा खोला फिर दरवाजा, दोनो ने कमरे में प्रवेश किया। भूषण ने सुराही से पानी ग्लास में डाला और नेता जी को ओर बढ़ा दिया। पानी भरा ग्लास थामने से पहले ही उसने भूषण को एक लिफाफा पकड़ाया।

"यह क्या है?" "कुछ नहीं तुम्हारी मेहनत का फल है, रखो इसे।" कहते हुये बब्बू नेता बाहर चला गया। भूषण की उत्कंठा लिफाफे की मोटाई और वजन के कारण इतनी बढ़ गई कि नेता के जाते ही उसने कमरे के दरवाजे को बन्द कर, सिटकनी लगा, चारपाई पर बैठ राम—राम करते हुये लिफाफा खोला। खुले लिफाफे के अन्दर नोटों को देख उसकी आँखें फटी की फटी रह गई, हृदय की धड़कन तेज हो गई। गिनती करने पर पता चला पूरे तीस हजार रूपये थे। नोटों की गिनती के पश्चात तो उसके हाथ—पैर काँपने लगे। इतने पैसों को वह कहाँ रखे, उसकी समझ में नहीं आ रहा था। काफी सोच विचार के पश्चात उसने उन रूपयों को एक पुराने पेपर में लपेटा और दाल के कनस्टर की तली में रख दिया। कई दिन बीत गये बब्बू नेता उसे कहीं दिखाई नहीं दिया। एक दिन वह विश्वविद्यालय से अपनी खटारा पुरानी साइकिल से घर जा रहा था कि एक गाड़ी उसके बगल में आकर रूकी। वह साईकिल से उतर गया "कैसे हो भूषण पंडित?" "अच्छा हूँ।" "पढ़ाई कैसी चल रही है?" "पढ़ाई ठीक ही चल रही है पर हाँ अब मैं कोई भी सामान लेकर

किसी को कहीं भी देने नहीं जाऊँगा।" "अरे कहाँ भई मैं तो कुछ बोला ही नहीं।" "नहीं सर यह सब मुझे अच्छा नहीं लगता, मेरी आत्मा मेरा साथ नहीं देती। मैं सारी—सारी रात सो नहीं पाता, पढ़ाई में भी मन नहीं लगा पाता, एक मामूली से काम के, जरा सी मेहनत के इतने पैसे मिलते हैं।" "नहीं चाहिए मुझे पैसे, मैं गरीबी में कहीं अधिक खुश हूँ, सुखी हूँ।" "यह सब किताबी बाते हैं, एक बार अमीरी का नशा हो जाने दो फिर देखना इस नशे के लिये तुम्हें कोई काम बुरा नहीं लगेगा, तुम्हारी आत्मा भी धिक्कारना छोड़ देगी।" "नहीं सर मुझे अपनी आत्मा का हनन नहीं करना है, मुझे अपने जमीर का खून नहीं करना।" "अभी नहीं, आगे तुम्हें पैसे की अहमियत पता चलेगी भूषण।" "सर ईश्वर की बड़ी कृपा है मुझ पर। मैं अपने मस्तिष्क और परिश्रम से इतना पैसा कमा लूँगा कि अपने और अपने परिवार का भरण—पोषण कर सकूँ।"

बब्बू नेता अपने क्रोध को पी गये और बोले "अच्छा ठीक है भाई, चलता हूँ फिर कभी आऊँगा।"

"जी सर अवश्य परन्तु इस प्रकार के कार्य के लिये नहीं। आशा है आपने हमारी बातों को अन्यथा नहीं लिया होगा। यदि किसी प्रकार की कोई गुस्ताखी हो गई हो तो छोटा भाई समझकर क्षमा कर दीजियेगा।"

"अरे यार छोटा भाई ही तो समझ कर तुम्हारी मदद् कर रहा था वरना यह बब्बू नेता तो किसी से बात भी नहीं करता" भूषण का कन्धा थपथपा कर वह बोला। "सर माफकर दीजियेगा।" "ठीक है कोई बात नहीं।" अपने क्रोध को तो किसी प्रकार पी गया बब्बू नेता परन्तु सीधा वह मंत्री जी के घर आया "मंत्रीजी है।"

"हाँ साहब।" "बोलो, बब्बू नेता आये हैं।" साहब बताने की जरूरत नहीं मालूम है।" दरबान गिड़गिड़ा कर बोला। ड्राइंग—रूम के बराबर वाला छोटा कमरा खुल गया। "नमस्कार।" नमस्ते।" "कैसे हो बब्बू?"

"अच्छा हूँ। दया है आपकी।"

"कैसे, कोई खास काम?"

"हाँ खास ही है।"

"क्या हुआ कोई परेशानी?"

"परेशानी, अरे परेशानी ही परेशानी है।"

"क्या हो गया भाई?"

"अरे वह लौंडा भूषण पंडित अब काम करने को तैयार नहीं, साले की आत्मा साथ नहीं दे रही।"

"पैसा बढ़ा दो।" मंत्री जी धोती के ऊपर से ही जाँघ पर खुजली करते हुये बोले।

"अरे साले को अब की दिल्ली वाले काम के बहुत पैसे दिये।" "फिर?"

"फिर क्या? साला आत्मा और जमीर की आवाज की दुहाई देता है।"

"खरीद लो दोनों चीजें, यह आत्मा और जमीर।"

"वह बिकाऊ नहीं लगता ।"

"तो दूसरा कोई तलाश लो।"

"कहना आसान है, खोजना बहुत कठिन, फिर इस कदर मासूम दिखने वाला लड़का कहाँ मिलेगा।"

"फंसा दो साले को किसी चक्कर में फिर ब्लैक—मेल करो।" मंत्री जी ने सिर खुजाते हुये सलाह दी। ठंडा शर्बत और मिष्ठान खा, ठंडे हो बब्बू नेता की खोपड़ी में यह बात बैठ गई।

भूषण पंडित जैसे होनहार मासूम छात्र को किस प्रकार ट्रैप किया जाये, यही सोचते रहे देर रात तक बब्बू नेता। बब्बू नेता ने बाजार से पुलिस की चार वर्दियाँ खरीदीं, स्टार और बेल्ट भी ली, एक नकली पिस्टल लिया, पिस्टल को रखने के लिय चमड़े का केस भी लिया। महीना भर आराम से कटा भूषण का। उसने दिन—रात पढ़ाई भी की। वह निश्चिन्त था कि अब बब्बू नेता उसके पास नहीं आयेंगे कम—से—कम उस तरह का काम लेकर।

इन्सान जो सोचता है अक्सर उसका उल्टा ही हो जाता है, यही मनुष्य का दुर्भाग्य है। भूषण के साथ कुछ ऐसा ही हुआ। तभी तो यूनीवर्सिटी से थका—हारा भूषण कमरा खोल चारपाई पर लेटा ही था कि बब्बू नेता की गाड़ी के हार्न की भयंकर आवाज से वह बुरी तरह चौंक गया। "आप?" घबराहट और आश्चर्य से पूछा भूषण ने। "हाँ भाई, प्यासा ही आखिर कुएँ के पास आता है। "सर मुझे अब कहीं किसी के पास नहीं जाना, प्लीज।" इतना कहकर वह रो दिया। "वह तुम्हें ही पहचानते हैं, तुम पर विश्वास करते हैं। आखिरी बार, बस इसके पश्चात कसम ऊपर वाले की फिर तुम्हें कभी परेशान नहीं करूँगा।"

"पर——— सर ——— ।"

"तुमने तो मुझे अपना बड़ा भाई माना है क्या मेरा इतना सा काम अंतिम बार नहीं कर सकते।" बब्बू नेता ने धीरे से उसके सिर को अपनी चौड़ी छाती से बलिष्ठ हाथों से पकड़ कर लगा लिया। "इसके पश्चात मैं फिर कभी यह सब नहीं करूँगा।" "मैं क्या तुमसे कोई गलत काम करवाऊँगा।" "पता नहीं, पर जब भी मैं आपका काम करता हूँ तो मुझे दुख होता है, आप नहीं जानते मैं सो नहीं पाता, पढ़ नहीं पाता, मुझे अपने आप पर ग्लानि होती है, आत्मा पर उस सामान का बोझ महसूस होता है" वह हाथ जोड़कर बोला। "बस अब यह आखिरी है, इसके पश्चात तुम्हारी आत्मा कभी नहीं धिक्कारेगी।" उसका सिर सहलाते हुये बोले थे बब्बू नेता। "ठीक है जाना कब है।" "परसों।" "ठीक है।" कहकर भूषण चुप हो

गया, उसने बब्बू नेता को पानी के लिये भी नहीं पूछा। "अच्छा चलता हूँ, अपना ध्यान रखना, ईश्वर तुम्हें सुखी रखे।" भूषण खामोशी के साथ नेताजी को बाहर तक छोड़ आया। दूसरे दिन रात्रि के लगभग ग्यारह बजे बब्बू नेता उसे एक ब्रीफकेस दे आया वह भी नम्बर वाले लॉक का। सुबह सवेरे अब्दुल सत्तार को उनकी अमानत पहुँचाने भूषण चल दिया। सत्तार के हाथ में ब्रीफकेस पकड़ाने से पहले चार हट्टे–कट्टे वर्दी धारी पुलिस वालों ने उसे दबोच लिया। वह लाख गिड़गिड़ाया पर किसी ने उसे नहीं छोड़ा, न ही उसकी कोई बात सुनी। जीप में बिठाकर उसे थाने लाया गया। रात भर वह थाने में रहा। सुबह करीब दस बजे बब्बू नेता थाने आये उसकी जमानत के कागज लेकर। पल भर में अलीगढ़ी ताला खुला और वह हवालात से बाहर आ गया था। नेता जी द्वारा दिये गये कागज पर किसी ने एक निगाह भी नहीं डाली। क्या लिखा था कागजों में यह वह भी नहीं जानता था। नेता जी ने उसे अपनी गाड़ी में बिठाया और उसके घर ले लाये। रास्ते भर दोनों ने ही किसी प्रकार की कोई बात नहीं की। समय बीतता गया। सदैव प्रथम आने वाले भूषण के नम्बर अच्छे नहीं आये। पिता ने बुलाया था। मन न होते हुये भी वी अपने गाँव जाने को तैयार हुआ। चाह कर भी वह उस दाल के कनस्तर में रखे हजारों रूपयों में कुछ भी अपने पिता, माँ और बहन के लिये नहीं खरीद पाया। करीब बीस दिन वह गाँव में रहा परन्तु पहले जैसा भूषण बनकर एक दिन भी नहीं रह पाया। माँ और पिताजी के पूँछने पर भी वह कुछ नहीं बता पाया। काश बता पाता। "पिता जी आपसे एक अनुरोध है।" "बोलो बेटा।" "मैं यही रहकर खेती का काम करना चाहता हूँ और पास वाले गाँव की पाठशाला में पढ़ाना चाहता हूँ।" "पागल हो गये हो क्या? अपना उज्जवल भविष्य देखो निर्धनता में जीवन व्यतीत करना मेरी अब मजबूरी हो गई है, तू तो बड़ा अफसर बन जा, घर के दलिद्र दूर कर, बहन का बढ़िया विवाह कर, पैसे का सुख भोग। जीवत रहा तो मैं भी बेटे की कमाई का सुख भोगूँगा।" पिता के अरमानों के समक्ष उसके गाँव में रूकने का इरादा दम तोड़ गया। गाँव से घर से विदा लेते समय उसकी आँखों में आँसू थे। माँ और बहन के मासूम चेहरे, आँखों में बसे सपने व उम्मीदों को जो उससे थीं वह बार–बार पलट–पलट कर देख रहा था। शहर वैसा ही था, मोहल्ला कमरा सब कुछ वैसा ही था। साँझ तक वह अपने कृश–काय शरीर को उठाने का प्रयास करता रहा पर जैसे उसका अपना शरीर इतना भारी हो चुका था कि उठने से लाचार था। उस वजनी शरीर को पेट की भूख ने उठा ही दिया, स्टोव पर खिचड़ी चढ़ा वह नहाने लगा। न जाने कितने आँसू वह उस मूँग की दाल की खिचड़ी के साथ खा गया। एक दिन करीब दस बजे उन्हीं चार पुलिस की वर्दी धारी में से दो व्यक्ति उससे मिलने आये, जिन्हे देख उसके हाथ–पैर कँप बाई के मरीज की भाँति काँपने लगे। "अबे पंडित की औलाद, अभी धन्धा चालू है या बन्द कर दिया।" डन्डा फटकारते हुये एक ने पूछा। "सर मैं। कुछ नहीं जानता, मुझे तो बब्बू नेता ने वह सामान

दिया था।" "अच्छा मेरे मुन्ना तुम नहीं जानते कि वह सामान क्या था?" खैनी निचले ओंठ में दबाता हुआ दूसरा बोला। "नहीं सर, माँ की कसम मैं कुछ नहीं जानता।"

"अच्छा बेटा मान लिया अब कुछ चाय पानी पूछोगे या यूँ ही।" "आइये, अन्दर आइये सर।" दोनों अन्दर चारपाई पर बैठ गये एक ने अपनी कमर से पिस्तौल निकाल चारपाई पर रख दी। "सर यह पिस्टल आपकी है?" "हाँ भइये यह हमारी ही है।" "सर मैं चाय बनाता हूँ।" भूषण अब तक काफी सामान्य हो चुका था। तीन कप चाय बनाई, माँ के हाथों के बने देशी घी और आटे, शक्कर के बने चार लड्डू उनके सामने रख दिये। दोनों वर्दी धारी तश्तरी में रखे चारों लड्डू चट कर गये। उन दोनों के जाने के पश्चात पिता के वचन याद आये। "पुलिस वालों की न दोस्ती भली और न ही दुश्मनी।" परन्तु क्या करता वह, दुश्मनी करनी उसे आती नहीं और दोस्ती का हाथ अपने आप बढ़ाया नहीं था, मजबूर था वह। कई दिनों पश्चात पिस्टल वाला उसके घर आया, उस दिन उसने वह खाकी वर्दी नहीं पहन रखी थी। वह खद्दर के कुर्ते–पैजामें में था। हाथ में एक एयर बैग था। "सर आप?" एयर बैग देखते ही भूषण के होश उड़ गये। "हाँ मैं।" "जी।" "अरे यार यह बैग पहुँचाना है इस पते पर।" इतना कहने के साथ ही कागज पर लिखे पते को भूषण की ओर बढ़ा दिया। "जी———।" वह आश्चर्य से उस व्यक्ति को देखने लगा। "ऐसे क्या दीदा फाड़–फाड़ कर देख रहा है, यह ले पकड़ बैग।" "परन्तु सर ऐसे ही काम के लिये आपने एक रात लॉकअप में रखा था और आप खुद———।" "तब की बात और थीं अब कुछ और है।" "पर————।" "पर, अगर–मगर कुछ नहीं पंडित जी, यह कार्य तो आपको करना ही है।" "कोई जबरदस्ती है।" जाने कहाँ से इतना बोलने की शक्ति उसमें आ गई। "यह काम तो तुम्हें करना ही होगा, प्यार से या फिर डन्डे के जोर से। वैसे भी बब्बू नेता ने तुम्हें छुड़ा लिया था बच्चे, वरना सड़ रहे होते सलाखों के पीछे। अभी केस खत्म नहीं हुआ है।" आँखे तरेरता हआ वह बोला था। भूषण ने सिर झुका दिया। अक्सर वही व्यक्ति आता है सामान के साथ, कड़क आवाज से उसे पहुँचाने का आदेश देता। इसकी एवज में वह उसे पैसे भरपूर देता। भूषण को पैसे की कोई कमी नहीं थी, अब उसने उन पैसों को खर्च करना भी सीख लिया था। खटारा साईकिल का स्थान चमचमाती मोटर बाइक ने ले लिया था। इस बीच भूषण ने बब्बू नेता से मिलना चाहा परन्तु वह उसे कहीं नहीं मिला। भूषण को उम्मीद थी कि इस काम से उसे बब्बू नेता ही बचा सकता है। सच्चाई यह नहीं थी। अचानक विश्वविद्यालय में ही कुछ छात्रों के बीच वह मिल गये।

"कहो पंडित पढ़ाई–लिखाई ठीक चल रही है।" "सर आपसे कुछ कहना चाहता हूँ बतााना चाहता हैं।" "पांच मिनट एकान्त में मुझसे बात कर लीजिये।" "ठीक है आओ।" भूषण ने अपनी व्यथा उसक सामने रखी। एक व्यंग्यात्मक मुस्कान नेता के चेहरे पर छा गई। वह भूषण को ऊपर से नीचे तक देखता हुआ बोला " अब इसमें मैं क्या कर सकता हूँ यह तो पुलिस का मामला है। मेरे कारण तुम लॉकअप में बन्द हुये तो मैं तुम्हें छुडा लाया

था। अब मैं क्या कर सकता हूँ, लाचार हूँ।" सर यदि कभी पकड़ा गया और जेल गया तो मेरी माँ जीते–जी मर जायेगी, बदनामी के कारण मेरे गरीब पिता आत्महत्या कर लेंगे।"

"अरे यार जब सैंया भये कोतवाल तो डर काहे का, जब पुलिस ही तुम्हारे साथ है तो भला पकड़े कैसे जाओगे। पढ़ो–लिखो, ऐश करो, कुछ पैसा माँ–पिता जी को भी भेजा करो।" समय बीतता गया भूषण पंडित अब शहर की सबसे अच्छी कालोनी में दो कमरे के फ्लैट में रहने लगा। घर के काम और खाना बनान के लिये एक लड़का भी रख लिया। माँ और पिता जी को भी पैसे भेजने लगा, झूठ से भरे पहले पत्र को लिखने में न तो उसके हाथ काँपे न ही आत्मा ने धिक्कारा। पत्र को पोस्ट करने के पश्चात भी उसे किसी प्रकार की ग्लानि नहीं हुई। पत्र में उसने लिखा था कि पढ़ाई के साथ उसने एक पार्ट–टाइम नौकरी भी कर ली है। माँ को अपने लाल पर और बहन को अपने सीधे–सादे भाई पर पूर्ण विश्वास था। गाँव का बच्चा–बच्चा मास्टर के भाग्य का सरहाते नही थकता था। पढ़ाई के साथ–साथ कमा भी रहा है। घर–परिवार के दलिद्र को दूर कर दिया था होनहार कुल भूषण ने।

भूषण का मन अब पढ़ाई में कदापि नहीं लगता था। पढ़–लिखकर, बड़ा अफसर बनकर, उच्च अधिकारी बन कर क्या वह इतना कमा पायेगा। यह ऐश की जिन्दगी बिता पायेगा। कभी नही। उसके मस्तिष्क में दिन रात इसी प्रकार के विचार उठते, बनते। मजा यह कि यह विचार बनकर टूटते नहीं थे, मिटते नहीं थे।

अंगद के पैर की भाँति यही विचार उसके दिलो–दिमाग पर पैर जमा चुके थे। ऊँची आवाज़ में न बोलने वाला भूषण अब तो सड़क छाप गलियों में पारंगत हो चुका था। जब भी जहाँ, जिसे भी गाली देने में उसे किसी प्रकार की कोई हिचक नहीं थी।

भूषण के मित्र अब पैसे वाले हो गये थे। निर्धन पुराने मित्रों का साथ बिना किसी प्रयास के छूटता गया, बियर से शुरूआत करने वाला भूषण अब 'रम' के लार्ज पैग पीकर डकार भी नहीं लेता था। माँ के बार–बार अनेक बार आग्रह भरे पत्र के उत्तर में आखिरकार वह गाँव गया था। गाँव वाले उसे बड़े अचरज से देखकर यह सोच रहे थे कि क्या यह वही भोला–भाला चोटी वाला भूषण पंडित है, निर्धन मास्टर का बेटा।

पिता का माथ अवश्य ठनका था भूषण के रंग ढंग देखकर, परन्तु पुत्र के सफेद झूट के समक्ष पिता ने घुटने टेक दिये। मास्टर जैसों को तो वह हथेली पर बिठाकर बेच आता और उन्हें पता भी न चलता।

बेटे के रूतबे के सामने पिता अपने आपको कमजोर पा रहा था। एक सप्ताह परिवार में रहकर वह चला गया, बहन की अच्छे से अच्छे लड़के से विवाह तय करने को रूक गया था। साथ ही पैसे की चिन्ता न करने के लिये भी बोल गया था। उसने माँ से बताया था कि उसका मालिक बहुत अच्छा है, लाख दो लाख तो चुटकी बजाते उसे वह दे देगा। भूषण के

जाने के पश्चात मास्टर की पत्नी उनके पीछे हाथ धोकर पड़ गई, पुत्री के विवाह के खातिर। एक होनहार वकील से बात बन गई। लड़के के पिता को मास्टर ने अपना संकल्प बताया कि पुत्री के विवाह पर वह कितना खर्च करेंगे। उनके संकल्प के सामने लड़के के पिता द्वारा सोची गई सारी माँगे धराशाई हो गई थी। इस संकल्प के सामने तो लड़की लंगड़ी, कानी भी दौड़ेगी, देखने की क्या आवश्यकता। भूषण की बहन को नापसन्द करना किसी भी लड़के के लिए आसान नहीं था। तीखे नाक नक्श, खुलता हुआ गोरा रंग, घर के कार्यों में पूर्णतया दक्ष, संस्कारी पढ़ी लिखी कन्या को भला कौन नापसन्द करता। कन्या देखते ही लड़के की माँ ने गोद भराई की रस्म अदा कर दी। वरीक्षा भी कर दी मास्टर साहब ने, लड़के के हाथ पर गिन्नी रखकर। तिलक की तारीख भी तय हो गई। तिलक के समय ही विवाह की लग्न मिला लेगी। भूषण पंडित के माता–पिता खुशी से फूले नहीं समा रहे थे। बेटी का विवाह वह भी इतने अच्छे घर में। एक दिन सुबह ही लड़के के पिता पाण्डे जी को अपने दरवाजे पर देख मास्टर जी अवाक् रह गये। बिना किसी पूर्व सूचना के इस प्रकार दरवाजे पर खड़े अपने होने वाले समधी को देख उनका हृदय लोहार की धौंकनी कभ भाँति ऊपर–नीचे होने लगा।

"नमस्कार पाण्डे जी।"

"नमस्कार।"

"कहिए कैसे आना हुआ? यूँ अचानक।"

"आपसे कुछ बात करनी है।" "बैठिये।"

"जी।"

"जो भी कहने आया हूँ उसकी बाकायदा तसल्ली करके ही आया हूँ।"

"कहिए ऐसी क्या बात है पाण्डे जी।" पाण्डे जी ने भूषण पंडित की शहरी कुन्डली खोलकर मास्टर जी के सामने रख दी। दो–तीन केस में तो सरकारी वकील पाण्डे जी का पुत्र ही था। मास्टर साहब अपनी ही कुर्सी पर जड़वत् हो गये। कब पाण्डे जी उन्हें नमस्कार कर कमरे से बाहर चले गये थे उन्हें पता ही नहीं चला। भूषण को अधिक और धन की लालसा थी, आवश्यकता से कहीं अधिक। अब तक किये गयें कार्यों में अब वह सबसे बड़ा जोखिम कार्य करने जा रहा था। भूषण के साथ वे तथाकथित वर्दी धारी पुलिस वाले भी थे। एक माह से प्लानिंग हो रही थी इस काम को अंजाम कैसे दिया जाये। सब कुछ ठीक था। अचानक चारों तरफ से वह तीन पुलिस कर्मियों द्वारा घेर लिया गया। जाने कितने राऊँड गोलियाँ चलीं। एक वर्दीधारी भूषण के वर्दीधारी साथी की छाती चीरती हुई गोली आर–पार हो गई। यह भूषण के बस की ही बात थी जो उन दोनो को वह एक महफूज स्थान पर ले आया था। प्राथमिक उपचार न होने के कारण भूषण का साथी कराह रहा था, उसे बेइन्तिहा कष्ट था।

"भूषण——— ।"

"हाँ बोलो ।"

"मैं बचूँगा नहीं ।"

"नहीं आप बच जाओगे, थोड़ा पुलिस इधर–उधर हो फिर मैं आपको अच्छे से अच्छे डाक्टर के पास अपने कन्धे पर लाद कर ले चलूँगा ।"

"नहीं यार अब कुछ नहीं हो सकता ।"

"क्या इन पुलिस वालों में आपको जानने वाला आपका साथी कोई नहीं ।"

"नहीं ।"

"आप परेशान न हों सब ठीक हो जायेगा" भूषण बराबर अपने साथी को धैर्य बंधा रहा था ।

"भूषण यह कुछ पेपर हैं जो तुम बब्बू नेता को दे देना ।"

"बब्बू नेता?"

"हाँ मैं उन्ही का आदमी हूँ। उन्होंने ही मुझे तुम्हारे पास भेजा था। तुम्हें ट्रैप करवाया था, जब तुमने उनके काम के लिये ना कर दिया था, यह सारा नाटक उन्हीं का लिखा और निर्देशित था ।"

"नहीं ऐसा नहीं तो सकता ।" भूषण ने अपना सिर पकड़ लिया ।

"यह सच है हम लोग कोई पुलिस वाले नहीं हैं, हम उन्हीं के आदमी हैं, मोहरे हैं। सारा खेल बब्बू नेता के इशारे पर होता है। उनके ऊपर कोई मंत्रीजी भी हैं, कई ऐसे गैर कानूनी धन्धे चलते हैं उनके। करोड़ों का खेल होता है। भूषण शांत अपने साथी की भयानक मृत्यु को देख रहा था। साथी कि मौत और बब्बू नेता की हकीकत जान वह एक घायल शेर की भाँति हो गया। घायल शेर किसी प्रकार पुलिस से बचता–बचाता घर आया। निढाल–बेजान सा वह, चारपाई पर लगभग गिर पड़ा। मस्तिष्क और आँखों में एक मात्र बब्बू नेता ही घूम रहे थे। घर परिवार माँ–बहन पिता को वह बिसरा चुका था। केवल याद था तो बब्बू नेता। घन्टों लेटे रहने के पश्चात वह उठा। एक भर पूर अंगड़ाई ली, देखा दरवाजे पर एक लिफाफा पड़ा है। लिफाफे पर माँ की लिखावट देखकर मन–ही–मन प्रसन्न हुआ भूषण पंडित। माँ के पत्र को खोलने से पहले ही बब्बू नेता का वह घिनौना चेहरा गायब हो चुका था। उसका स्थान ले लिया था उन मासूम चेहरों ने। पत्र पढ़कर अचानक तीनों मासूम चेहरों के ऊपर फिर वही बब्बू नेता को चेहरा आ गया था। भूषण पंडित शांत, एक दम शांत किसी बड़े तूफान के आने से पहले जैसी शांति जैसा शांत था। पत्र से ही उसे पता चला कि पिता जी की शोचनीय स्थिति बहन का रिश्ता टूटन के कारण थी। माँ की हालत का अंदाजा वह स्वयं ही लग सकता था। इन सबका जिम्मेदार वह

अकेला था, किसी का भाई और किसी का बेटा। आज शाम युवा छात्र नेता का चौक में भाषण था। विषय था, 'छात्र कैसे, क्यों?' और किस लिये भटक रहे हैं छात्र अपने रास्ते से। छात्रों के लिये क्या उचित है, क्या अनुचित ऐसा ही कुछ उन्हें बोलना था। बब्बू नेता मंच पर आ चुके थे। चारो दिशाएं जय–जयकार की ध्वनि से गूँज उठी थीं। बमुश्किल लोग शांत हो अपनी–अपनी कुर्सियों पर बैठे। बब्बू नेता ने रटा रटाया भाषण पाठ के रूप में शुरू किया। जोरदार तालियों से उनके एक–एक वाक्य का स्वागत हुआ। इतना आदर्शवादी, उच्च विचारों वाला छात्रों का मसीहा। उसके आदर्श भरे भाषण पर भला तालियाँ क्यों न बजतीं। तीनों लोक शायद गूँज उठे थे तालियों की गड़गड़ाहट से। भाषण समाप्त होने से पहले ही भूषण पंडित मंच पर पहुँच गया था। "अरे आओ पंडित कैसे हो?" भूषण को मंच पर देख बब्बू नेता बोला।

"ठीक हूँ सर।"

"कैसे ?"

"कुछ नहीं सर छात्रों से दो शब्द कह कर आपके चरण छूना चाहता हूँ।"

"हाँ–हाँ क्यों नहीं" वह खुशी से बोला।

"मेरे प्यारे भाइयों! आप सभी को मेरा प्रणाम, आज जो भी जैसा भी मैं हूँ मुझे बनाने में हमारे नेता जी का सहयोग नहीं पूरा हाथ ही इनका है। ठीक वैसे ही जैसे एक कुम्हार कच्ची मिट्टी को चाक पर रखकर जैसा चाहे आकार दे देता हैं, मंदिर का दिया या फिर कुत्ते के खाना खाने के लिए सकोरा। मुझ जैसे निर्धन छात्र को धनवान बनाने वाले आप ही हैं। आज तक जो भी मैंने किया इन्ही की प्रेरणा से किया बल्कि इन्होंने चार चाँद लगा दिया मुझे वैसा करने में। आगे भी मैं जो कुछ करूँगा उसका श्रेय, सम्पूर्ण श्रेय इन्हीं को जायेगा। भाइयों! आज इनके चरण छूकर मैं एक महान कार्य का शुभारम्भ करूँगा।"

भूषण अधिक कुछ कहना नहीं चाहता था। अधिक बात करने से शायद वह अपने उद्देश्य को पूरा न कर पाये। बब्बू नेता अब तक खड़े हो चुके थे। भूषण उनके पैरों पर झुका ही था कि नेता ने उसे उठा लिया।

"अरे तुम मेरे छोटे भाई जैसे हो, तुम्हारा स्थान हमारे चरणों में नहीं, हमारे हृदय में है, आओ भाई मेरे गले से लग जाओ।" भूषण पंडित और बब्बू नेता गले मिल रहे थे। सभी छात्र जोरदार तालियों से अपनी प्रसन्नता प्रकट कर रहे थे। अचानक खून का एक फुव्वारा फूट पड़ा, देखते–ही–देखते एक पतली लाल लकीर के रूप में। वह मंच के नीचे उतर आया। लोगों ने भूषण और बब्बू को अलग किया, बब्बू नेता का निर्जीव शरीर मंच पर पड़ा था, भूषण वैसा ही शांत खड़ा नेता को देख रहा था।

भूषण ही क्या सभी शांत थे और नेता को देख रहे थे। इस अप्रत्याशित घटना से सभी हतप्रभ थे,   शायद यही कारण था इस सन्नाटे का, इस शांति का, परन्तु भूषण पंडित की

शांति का कारण यह नहीं था। भूषण पंडित को सात वर्ष का कठोर कारावास हुआ। किसी भी पाप को कर यदि सच्चे हृदय से प्रायश्चित कर लिया जाये तो कहते हैं उस पाप करने वाले को ईश्वर भी क्षमा कर देता है। भूषण भी सजा काट कर प्रायश्चित करना चाहता था। गाँव वालों को भूषण के बारे में काफी कुछ पता चल चुका था। मास्टर से बात करने की शक्ति गाँव वालों में नहीं थी, वहीं इक्का–दुक्का किसी ने हिम्मत जुटाकर पिता से पुत्र के बारे में जब भी कुछ पूछा, मास्टर को जितना ज्ञान था अपने बेटे के बारे में सभी निःसंकोच बता दिया। कारावास काट कर जब वह गाँव पहुँचा, गाँव वालों ने उसे देखकर मुँह फेर लिया।गाँव के लोगों की काना–फूसी पर से ध्यान हटा, वह घर पहुँचा। किवाड़ के दोनों पट खुले थे, सामने चारपाई पर मास्टर साहब लेटे थे, शांत भाव से वह शून्य में निहार रहे थे, बिना कुछ पाने की लालसा के। अपने पैरों पर किसी का स्पर्श महसूस किया उन्होंने "कौन?" "मैं हूँ भूषण।"

"तुम अभी जीवित हो?" "जी।" "यहाँ क्यों आयें हों? मैंने तो तुम्हारी माँ की मृत्यु के समय तुम्हारा भी पिण्ड दान कर दिया। परसों ही तो लौटा हूँ तुम्हारी और अपनी अभागी पत्नी की 'गया' करके।"

"ऐसा मत बोलिये।"

"ऐसा बोल नहीं रहा हूँ ऐसा कर चुका हूँ।"

"एक रात यहाँ रह सकता हूँ।" "भूत प्रतों के लिए हमारे घर में कोई जगह नहीं है जिन पैरों से चलकर आये हो उन्हीं से वापस चले जाओं, यही हम दोनों के लिये उचित होगा।" पिता का यह रूप उसकी सोच के ऊपर था। इस कदर कठोर तो वह कभी अपने शत्रु के लिये भी नहीं हुये। सत्य तो यही था कि उनका कोई शत्रु ही नहीं था। कभी कभार कोई हितैशी की बात सुनकर केवल वह मुस्कुरा भर देते। कभी किसी के लिये एक शब्द भी अपमान का उनकी जबान से नहीं निकला। उनके दरवाजे से कभी कोई भूखा नहीं गया। जरूरतमंद की मदद करना तो जैसे उन्होंने घुट्टी में पी रखा हो।

गाँव में किसी को कहीं शरण न मिले पर मास्टर के घर के बाहर दालान में चारपाई बिस्तर और भोजन अवश्य मिल जाता था। इस प्रकार के कार्यों को करने में बेटा पिता से भी दो कदम आगे था। आज क्या हो गया है, वही घर, वही पिता, वही बेटा। इकलौता बेटा वर्षों पश्चात घर आया है, सुबह का भूला शाम को तो लौट आया है। मास्टर जैसे सिद्धान्तवादी पुरुषों के लिए यदि कोई विरक्ति होती तो फिर उसके समक्ष झुकना उन्हें मृत्यु से भी भयंकर लगता, फिर चाहे वह अपनी औलाद ही क्यों न हो।

वर्ष पर वर्ष बीतते गये, समय अपनी ही गति से चलता रहा। कुछ दिन पिता–पुत्र के चर्चे गाँव व आस–पास के इलाके में होते रहे। अब तो सभी भूषण पंडित को भूल–सा चुके थे। जब बाप के लिये बेटा मर गया तो बाकी लोग कब तक याद रखते। पड़ोस के गाँव में

मंदिर में बद्रिकाश्रम से कोई महात्मा जी आने वाले हैं अपने दो साथियों के साथ। महात्मा जी के बारे में लोगों का कहना था कि वर्षों की तपस्या से उन्होंने क्रिया योग सीखा है। महात्मा जी के शिष्यों को कहना है महात्मा जी जब, जहाँ चाहेंगे, अपने प्राण छोड़ देंगे।

रात से ही दूर–दूर के गाँवों से लोग उस मंदिर की ओर बढ़ते जा रहे थे जहाँ महात्मा जी ने एक रात पहले पड़ाव डाला था। मास्टर साहब को भी गाँव के मुखिया जबरन ले गये, यह कह कर कि बेटे के दुख में इतने दुखी मत होइये। आप मुँह से कुछ भी न कहें परन्तु आपकी सूनी आँखे सब कह जाती हैं। इन्हें पढ़ने की आवश्यकाता है, बस। स्वामी जी के पास शायद कोई उपाय हो, वह ही बता दें कि भूषण कहाँ और किस हाल में है। पिता के हृदय में मुखिया जी की बातों से एक आस जगी, बेटे से मिलने की, बेटे का कान्धा नसीब होने की।

महात्मा जी की लम्बी काली दाढ़ी, कन्धे तक काले घने बाल। लालिमा लिये हुये गोरा मुख मण्डल अपनी अलग ही आभा बिखेर रहा था। वर्षों से नमक और अन्न का त्याग करने का कारण चेहरे पर एक अद्भुत तेज था। एक–एक कर सभी महात्मा जी के चरणों पर शीष नवा रहे थे। काले बाल ओर दाढ़ी कहीं बाधक नहीं थी।

भीड़ के कारण गाँवों के कुछ विशिष्ट लोगों ने सभी को पंक्ति बनाने के लिये कह दिया था ताकि सभी को महात्मा के दर्शन हों और चरण छूने का सौभाग्य प्राप्त हो। मास्टर साहब भी सुबह से एक–एक कदम बढ़ कर अपनी बारी का इन्तजार कर रहे थे। ऐसा ही तो कुछ उस समय हुआ था, बँटवारे और दंगे के वख्त, हमने अपनी बहू–बेटियों को नहीं अपनाया था। कितनी बच्चियों को वैश्याओं की जिन्दगी जीनी पड़ी। क्या दोष था उनका? क्या दोष था भूषण का यदि वह दोषी होता तो वापस घर न आता, घर आकर मुझ जैसे कमजोर पिता की कठोरता के समक्ष झुकता नहीं, उलटे पैरों लौट नहीं जाता।

प्रायश्चित का एक मौका तो इन्सान अपने शत्रु को भी दे देता है, वह तो अपना खून था, अपनी औलाद थी। मास्टर साहब के मस्तिष्क में जाने कैसे–कैसे विचार उठ रहे थे। इन्हीं विचारों के वशीभूत हो महात्मा जी से मिलने का उत्साह और बढ़ गया था। आखिरकार उनका भी नम्बर आ ही गया। मास्टर साहब महात्मा के चरणों में अपना सिर झुकाते उससे पहले ही महात्मा जी ने अपना सिर उनके चरणों में रख उनके पैरों को अपनी दोनों बलिष्ठ भुजाओं से पकड़ लिया।

महात्मा जी मन–ही–मन बुदबुदा रहे थे, उस आवाज को उनके अलावा कोई नहीं सुन पाया "पिता जी! आपने मेरा पिण्डदान और श्राद्ध तो कर ही दिया, आज मैं अपना यह शरीर भी आपके चरणों में त्याग रहा हूँ। क्षमा कर सकें, तो क्षमा कर दीजियेगा। अब और प्रायश्चित करने की शक्ति मुझमें नहीं है।"

समझौता

आज कोर्ट में कुछ अधिक ही भीड़ थी। अदालत तो खचाख़च भरी ही थी, बाहर भी लोग कम नहीं थे।

यह मनुष्यों की अदालत मनुष्यों द्वारा बनाई गई, मनुष्यों के ही जुर्म की सजा मनुष्यों द्वारा देने के लिए थी। न जाने कितने बेगुनाह फांसी पर चढ़े होंगे। इसी अदालत के फैसले पर और जाने कितने गुनाहगार सीना तानकर खुले आम समाज में शरीफ इंसान बने शराफ़त का चोला पहने ठाठ से रह रहे होंगे। अनगिनत झूठे मुकद्मे गढे गये होंगे, जाने कितने गवाह खरीदे गये होंगे, तोड़े गये होंगे। कितने घर तबाह हुये होंगे, कितने बच्चे यतीम, औरतें बेवा हुई होंगी।

मरने वाला तो एक बार मरकर चला जाता है, छोड़ जाता है, जीवने भर मर—मरकर जीने के लिये अपने ही लोगों को। समाज में कुछ ऐसे लोग होते हैं, जिन्हें ईश्वर से भी एक समय, इंसान बढ़कर मानने को मजबूर हो जाता है उनमें से एक न्यायधीश भी।

इस नाते कम—से—कम उस न्यायाधीश को व्यक्ति को देखकर इतना तो अन्दाजा लगा लेना चाहिए कि वह दोषी है या नहीं, है तो किस हद तक, क्योंकि इस अदालत की सजा व्यक्ति को प्रत्यक्ष रूप से भोगनी पड़ती है। जबकि उस ऊपर वाले के द्वारा दी गई सजा अप्रत्यक्ष रूप से भुगतनी पड़ती है, उसकी सजा पाकर व्यक्ति विशेष ही जानता है कि सजा उचित मिली है उसे या फिर अनुचित क्योंकि उसकी लाठी में आवाज नहीं होती। अदालत में तो लाठी के साथ हथौड़े के रूप में लोहा भी आवाज करता है।

बाहर की भीड़ से अन्दर के मुल्जिम का कोई प्रत्यक्ष सम्बन्ध नहीं था। मुकदमा दिलचस्प था और एक अत्यन्त उच्चाधिकारी पर था। कोर्ट के अन्दर दोनों पक्ष के लोग मौजूद थे। कई लोगों का तो वादी—प्रतिवादी किसी से रिश्ता नहीं था, फिर भी वह बेचैन थे। वैसे हो जाते हैं मजा आता है ना? दुनियाँ भर की बातें जानने में विशेषकर चोरी, डकैती, बलात्कार, बहू को जलाकर मारने, नदी में डूबने, साम्प्रदायिक झगड़ों में कौन मरा, रेल दुर्घटना, गन्दी राजनीति, राज नेताओं का जाहिलों के भाँति गाली—गलौज करना, राशिफल आदि—आदि। तो भला इस मुकद्में में लोगो की दिलचस्पी क्यों नहीं होगी।

यह बलात्कार का मुकद्मा है। एक उच्चाधिकारी जिसकी उम्र पचास से अधिक है, उसने एक पच्चीस वर्ष की युवती के साथ बलात्कार किया।

बलात्कारी थे सुधीर सेन और बलात्कार हुआ था शालिनी नामक युवती का।

आजादी के पचास वर्ष आते—आते और कुछ तरक्की हुई हो या न हुई हो, गरीबी हटी

हो या न हो कुछ नहीं मालूम। एक सरकार आती है, तो गरीबी रेखा बहुत नीचे से ऊपर आती है, वह सरकार ६ माह में चली जाती है दूसरी आती है वह गरीबी रेखा को और नीचे से खोजकार ऊपर लाती है। खैर कुछ भी हो, औरतें कुछ अधिक ही जागरूक हुई हैं। अपनी नाजायज़ औलाद को पालने की हिम्मत उनमें आ गई, अब वह अपनी इज्जत लुटाकर आत्महत्या नहीं करती, अदालत का दरवाजा खटखटाती हैं और उन्हें इसका हक भी मिला है।

इस अधिकार का प्रयोग करना भी वह भली प्रकार जानती हैं। सो शालिनी ने भी कुछ इसी प्रकार की रिपोर्ट थाने में दर्ज़ करवाई। मेडिकल कराया फिर सुधीर सेन पर मुकदमा चलाया गया।

इस मुकद्मे में लोगों की सद्भावनायें सुधीर सेन से थी शालिनी से नहीं।

सुधीर सेन ऊँचे अधिकारी थे, इसलिए नहीं, बल्कि वह एक नेकदिल शरीफ इन्सान थे इसलिए। उनके साथ कई लड़कियाँ कार्यरत थीं, सभी उम्र के हिसाब से उनकी बहन और बेटी जैसी थी।

बलात्कार का मुकदमा चलने वाले व्यक्ति से कभी किसी भी महिला अधिकारी या कर्मचारी को कोई शिकायत नहीं हुई। जहाँ कहीं भी सुधीर सेन रहे अपने कार्य, चरित्र और अपनी इन्सानियत अपने सद्व्यवहार के कारण ही सुप्रसिद्ध रहे। एक स्थान से स्थानांतरण होकर उनके पहुँचने से पहले वहाँ उनकी प्रसिद्धि पहुँच जाती थी। लोग उन्हें जहाँ वह रहते थे। आदमी नहीं, कलयुग का देवता कहते थे।

चाँद को भी ग्रहण लगता है, कुछ कहते थे   और कुछ का कहना था इतने शीतल—सुन्दर, ठंडक देने वाले चाँद में भी दाग़ होता है।

जिस दिन शालिनी नामक इस युवती ने सेन पर यह गन्दा आरोप लगाया और एफ. आई. आर. (F.I.R) दर्ज कराई थाने में, सभी स्तब्ध रह गये थे। किसी को विश्वास नहीं हो रहा था कि सुधीर सेन जैसा इन्सान ऐसा घृणित काम कर सकता है। यदि यह इन्सान गिर सकता है तो अपनी बहू—बेटियाँ, बहने बचाना असम्भव है।

सुधीर सेन से पूँछताछ उनके घर पर ही हुई थी। थाने जाने की नौबत नहीं आई शायद उनके ओहदे और विशेषकर उनकी शराफत के कारण ऐसा हुआ था। शालिनी ने अपना मेडिकल एफ. आई. आर. करने के पश्चात ही करवा लिया था।

सुधीर सेन के परम मित्र घोषाल बाबू के कहने और समझाने पर भी सुधीर डाक्टरी मुआइने के लिये राजी नहीं हुये थे, उनका यही कहना था। "जब मैंने कोई गुनाह, कोई पाप किया ही नहीं तो सफाई किस बात की। डाक्टरी जाँच किस बात की। कल को कोई स्त्री प्रधानमंत्री से मिलने जाये ओर वहाँ से निकलकर वह उन पर ऐसा घिनौना आरोप लगा दे तो क्या होगा?" "तुम प्रधानमंत्री नहीं हो।" घोषाल बाबू खीज़कर बोले।

"तो क्या? वह दो टके की औरत जिसे मैं जानता नहीं ठीक से पहचानता भी नहीं उसने जाकर झूठी रिपोर्ट कर दी, अरे इस तरह का कुकृत्य करना तो दूर, मैं तो सोच भी नहीं सकता।"

"यार कैसे समझाऊँ तुम्हें।" घोषाल बाबू अपना सिर खुजाते हुये बोले।

"कुछ समझाने की आवश्यकता नहीं मैं निर्दोष हूँ। मैंने कोई पाप कोई गुनाह नहीं किया। यही सत्य है और सत्य रहेगा।" सामने बैठे एस. पी. साहब को भी सुधीर सेन की आँखों में सच्चाई साफ नजर आई फिर भी वह बोले।

"देखिये रिपोर्ट दर्ज हुई है, वारेंट कट सकता है, मुकद्मा भी चलेगा, अदालत भी आपको जाना पड़ेगा।"

"सही फरमा रहे हैं आप, जब यह सब होना है तो मेडिकल के क्या माइने और फिर आज के इस भ्रष्ट समाज में जहाँ एक स्त्री इतना गिर सकती है तो पुरुष डाक्टर का क्या? रिपोर्ट ही गलत दे दे तब? अपना ईमान, जमीर बेचकर ही जी रहे है अधिकतर लोग इस समाज में।

बहुत कम ऐसे लोग हैं जो अपने कर्त्तव्यों का पालन कर रहे हैं और अधिकारों का उचित प्रयोग।

औरत की इज्जत की रक्षा के हेतु बने कानून का किस कदर दुरूपयोग हो रहा है। उन्हें यह हक कानूनन मिला है, कि यदि ऐसी कोई घटना उनके साथ हो जाती है तो मृत्यु को गले न लगाकर दोषी व्यक्ति को कड़ी से कड़ी सजा दिलायें ताकि लोग इस प्रकार का कुकृत्य करने की हिम्मत ना करें। पर अफसोस, शर्म और हया की देवी कही जाने वाली औरत अपने इस अधिकार का चंह सिक्कों की खातिर या रंजिष में गलत इस्तेमाल कर रही है।

मैं भी देखना चाहता हूँ स्त्री के इस रूप को कोर्ट में।" सुधीर सेन की जिद के समक्ष एस. पी. भी चुप हो गये। "सेन साहब आप शहर से बाहरह जाये तो कम—से—कम मुझे अवश्य बता दें।"

"ठीक है आपकी आज्ञा लेकर, अपने ठिकाने का पता बताकर ही कहीं बाहर जाऊँगा।" वह मुस्कुराये। "सेन साहब मैं मज़बूर हूँ, जबकि मुझे पूरा विश्वास है कि यह आपके खिलाफ कोई साजिश है। फिर भी यदि मेडिकल हो जाता तो....... ।"

"तो क्या केस समाप्त हो जाता कोर्ट नहीं जाना पड़ता?" सुधीर सेन थोड़ा सा तेज आवाज़ में बोले।

"नहीं ऐसा तो नहीं।"

"तो फिर क्या और सच तो यह है कि मैं सबक सिखाना चाहता हूँ स्त्री जाति को। कम

से कम उस स्त्री को वरना मेडिकल के पश्चात तो दुनिया को कोई डाक्टर मुझे गुनाहगार साबित नहीं कर सकता। मैं देखना चाहता हूँ माँ–बहन–बेटी–पत्नी यहाँ तक कि एक वैश्या के अलावा कौन सा रूप है औरत का, कितनी बेशर्म हो सकती है, एक स्त्री। किसी ने सच ही कहा था मनुष्य का भाग्य और स्त्री का चरित्र विधाता भी नहीं जान सकता।" सुधीर सेन और भी बहुत कुछ कहना चाहते थे पर वह एकाएक चुप हो गये।

जीवन में शायद पहली बार वह किसी के खिलाफ बोले थे। साधारणतया वह मौन धारण कर लेते थे, बातों में कहीं भी किसी की निन्दा होने लगती जब। "खैर आप अपनी जमानत के पेपर तैयार करवा लीजिये आज ही।" थोड़ा रूककर।

"सेन साहब इस केस में एक नेता भी दखल रखता है। नेताओं को तो आप जानते ही हैं। वही एक ऐसी कौम है जो सृष्टि के प्रत्येक क्षेत्र में दखल रखती है जहाँ से उसे लाभ हो चाहे आर्थिक या राजनैतिक। यह बताइये आपकी किसी से कोई रंजिश तो नहीं।"

"नहीं भाई मैं एक सीधा–साधा सरकारी नौकर हूँ ना ही किसी से दोस्ती न ही किसी से बैर, मैं नहीं समझता कि मेरी किसी से कोई दुश्मनी है या मनमुटाव।"

"फिर भी कोई ऑफीशियल मैटर पर किसी प्रकार की। क्योंकि यह भी एक हथियार के रूप में प्रयोग किया जा रहा है समाज में व्यक्ति विशेष को नीचा गिराने के लिये जब कुछ ना मिले तो किसी स्त्री से उस पर बलात्कारी होने का आरोप लगवा दो।"

"नहीं ऐसा तो कुछ नहीं, हाँ जैसा कि अक्सर होता है, पार्टी नेताओं के कुछ ऐसे लोग जो अपने आपको पार्टी का कार्यकर्ता कहते है या नेता, विधायक भी चंदे के रूप में पैसा माँगते हैं, एक मोटी रकम लोग देते हैं दिलवाते है। हमारे साथ भी अक्सर ऐसा होता रहा। लोग चंदा माँगने आते रहे पर मैंने शुरू से ही अपना सिद्धान्त बना रखा है किसी भी व्यक्ति को चंदा नहीं देना चाहे वह कार्यकर्ता हो विधायक या फिर मंत्री ही क्यों ना हो, मैं ऐसे लोगों से दूर से ही नमस्ते कर लेता हूँ। किसी भी प्रदेश में रहा हूँ पर मैंने यह काम नहीं किया इस किस्म के माँगने वाले, बिहार और उत्तर प्रदेश में अधिक हैं, अब कुछ समय से दक्षिण में भी शुरू हो गया है यह धंधा। कुछ दिन पहले भी कुछ लोग पैसा माँगने आये थे। मेरे बार–बार मना करने पर भी वह आते रहे। आठ–दस दिल पहले दोपहर में लंच के समय काफी गरमा–गरमी हो गई थी और उन्हें मैंने चपरासी से कहकर बाहर निकलवा दिया था, पर जहाँ तक मेरा ख्याल है, वह इस प्रकार की हरकत नहीं कर सकते।"

"यह आप कैसे कह सकते है?"

"यू ही।"

"इस औरत के आदमी से तो आपका कोई झगड़ा नहीं हुआ।"

"नहीं कोई खास बात नहीं थोड़ा बेईमान और बहुधन्धी है आफिस कम ही आता है इस कारण थोड़ी बहुत डाँट–फटकार कर देता हूँ। ऐसा कुछ विशेष नहीं।" जिस

डाँट–फटकार और बात को आप कोई अहमियत नहीं दे रहे है क्या मालूम उस व्यक्ति ने उसे क्या रूप दिया, क्या खिचड़ी पकाई हो, उसने आपके विरूद्ध कुछ भी ना हो, आप यहाँ से ट्रांसफर करवा चले जायें और उसका रास्ता खुल जाये।

"हाँ भई इसे कौन जान सकता है एस. पी. साहब, कि सामने वाले के दिल में क्या है तभी तो किसी शायर ने क्या खूब कहा है कि खुदा मुझे मेरे दोस्तों से बचाना दुश्मनों की दुश्मनी से तो बचने के लिये उपाय निकाल ही लूँगा।"

"वाह! सेन साहब क्या बात कही है आपके उस अनाम शायर ने। लोग सच ही कहते हैं आपके बारे में ऐसा खुश मिज़ाज इंसान कभी–कभी पैदा होता है इस धरती पर।"

"और बहुत सी खूबियाँ हैं हमारे अन्दर।" सेन हँसकर बोलो। एस. पी. साहब के जाने के पश्चात सुधीर सेन गंभीर हो गये सोफे से उठकर वह एक पुराने समय की आराम कुर्सी पर पैर फैलाकर शरीर को ढीला छोड़ आंखे बंदकर लेट से गये। सुधीर सेन का जन्म आज से करीब पचास वर्ष पहले कलकत्ता के जमींदार परिवार में हुआ था। बाबा को राय बहादुर की पदवी मिली थी।

सुधीर सेन के पिता समर सेन का मन बचपन से ही पढ़ाई में अधिक, जमींदारी के कार्यों में बिल्कुल नहीं लगता डाँट–फटकार कर हार गये थे समर सेन के पिता। समर की पढ़ाई–लिखाई की इच्छा के सामने। प्रतिभावान समर सेन ने कम आयु में ही कलकत्ता विश्वविद्यालय से अर्थशास्त्र में एम. ए. की डिग्री ली। पूरे विश्वविद्यालय में उनका प्रथत स्थान था, घर आकर जब यह खुशखबरी उन्होंने अपनी माँ को दी तो मारे खुशी के, उनकी आँखे छलक गई। उन्होंने अपने उस मात्र उन्नीस वर्षीय पुत्र को कलेजे से लगा लिया। दूसरे दिन सुबह ही वह बड़ी काली माँ के दर्शन करने काली बाड़ी गई बेटे को साथ ले। बड़ी ही श्रृद्धा से उन्होंने मानता मानी कि जो उनका पुत्र चाहता है उसकी इच्छा पूर्ण करे माँ। उधर उनके पिता राय बहादुर सौमित्रो सेन ने बस इतना ही कहा कि "किसी ने सच कहा है इन्सान का सबसे बड़ा शत्रु उसकी औलाद होती है। सब कुछ जीतकर भी यदि वह हारता है तो अपनी औलाद से"। पर समर सेन की माँ उसे धैर्य बँधाती रही क्योंकि उनकी दृष्टि में विद्या अर्जन करना कोई पाप नहीं था ना ही किसी का अपमान करना था। एम. ए. करने के पश्चात समर सेन प्रशासनिक सेवाओं के लिये बैठे, और आ भी गये, ट्रेनिंग के पश्चात उनकी प्रथम नियुक्ति कलकत्ता से बाहर हुई, इसी नौकरी के कारण ही वह अपने पूर्वजों की हवेली से दूर ही रहे। समर सेन के दो भाई और थे तरूण सेन और वरूण सेन। दोनों ही ज़मींदारी का काम संभालते थे।

घर छोड़ते समय सबसे अधिक दुख हुआ था समर सेन की माँ को वैसे तो माँ के लिये सभी औलादें एक समान होती हैं पर समर के लिये माँ के हृदय में कुछ अधिक प्यार था। वह उनकी आँखों से दूर हो रहे थे। काफी बड़ा संयुक्त परिवार था पर माँ को सदैव समर

की कमी महसूस होती रही वह उस भीड़ में भी अपने बेटे को भूल नहीं पाई थी।

सुधीर सेन की माँ कलकत्ता विश्वविद्यालय की ही एक मेघावी छात्रा थी। वहीं दोनो का परिचय हुआ था। परिचय दोस्ती और दोस्ती प्रेम और प्रेम की परणिति हुई विवाह में।

समर सेन के परिवार ने उनकी पसन्द को छाती से लगा लिया था वह थी भी तो ऐसी ही पत्नी, बहू भाभी सभी के गुण उनमें थे वह सेन परिवार की सबसे सुन्दर पढ़ी–लिखी शालीन, समझदार बहू थी, जिन पर सबको गर्व था।

उनका समर सेन के साथ कलकत्ता से बाहर जाना किसीको नहीं अच्छा लगता। इस मामले में पूरा परिवार स्वार्थी हो जाता उनके जाते ही हवेली की रौनक ही चली जाती। समर सेन के पिता अपनी बहू को सदैव अपनी आंखों के सामने देखना चाहते थे। उनकी नजरों में नालायक समर अब कहीं अधिक लायक हो गया था। अब उन्हे उससे कोई शिकायत नहीं थी। एक बार तो उन्होंने हंगामा ही कर दिया बहू को समर के साथ भेजने पर, उनके हठ के समक्ष सभी झुक गये, परन्तु माँ ने जिद करके बड़ी मुश्किल से उन्हें समझा–बुझाकर बहू को भेजा था और उसे आगाह भी किया था कि जल्दी वह कलकत्ता ना आये थोड़ा समय व्यतीत हो जायेगा तो कुछ लगाव इनका कम पड़ेगा। वरना पुनः यही सब होगा। पूरी रात वह बहस करती रही थी। समझाती रही थी, फिर उन्होंने ब्रह्मास्त्र छोड़ा था। वह जानती थी कि रामायण के वह भक्त हैं उसकी एक–एक बात वह मानते थे।

“रामायण को मानते हो।”

“हाँ मानता क्या पूजता हूँ।”

“राम को वनवास हुआ था।”

“हाँ तो?”

“सीता जी को तो नहीं।”

“नहीं।”

“सीता जी को राजा दशरथ अपनी चारों पुत्र–वधुओं में सबसे अधिक चाहते थे।”

“हाँ।”

“राम उनके आज्ञाकारी बेटे थे।”

“हाँ।”

“वह चाहते तो सीता को अपने पास रोक लेते राम से एक बार कहने भर की देर थी।”

“हाँ।”

“पर उन्होंने ऐसा नहीं किया।

"हाँ।"

"जानते हो क्यों?"

"क्यों।"

"क्योंकि वह जानते थे, स्त्री का स्थान उसके पति के पास ही है। पति–पत्नी एक दूसरे के पूरक होते हैं। पत्नी अर्धांगिनी होती है अर्धनारेश्वर की मूरत देखी है। फिर क्यों अपने स्वार्थ के लिये बच्चों को अलग करते हो, अपनी खुशी के लिये बाप होकर उनकी खुशी छीन रहे हो। सोचो दो प्राणियों को दुखी करके तुम्हें कौन सा सुख मिल जायेगा।"

सुबह होने से पहले ही उन्होंने समर को आवाज देकर अपने कमरे में बुलाया और बहू को साथ ले जाने का आदेश दिया था।

"नहीं बाऊ जी! वह यही रहेगी मैं किसी अच्छे रसोइयें को इन्तजाम कर लूँगा। खाना वगैरा बनाने के लिये।"

"अच्छा तो वह तुम्हारी पत्नी नहीं मात्र महराजिन है।"

"नहीं ऐसी कोई बात नहीं।"

"फिर कैसी बात है, तुम उसके साथ ही जाओगे और आइन्दा भी तुम जहाँ जाओगे उसके साथ जाओगे।"

उनका इस प्रकार का आदेश सुनकर समर सेन फूले नहीं समा रहे थे। उनकी छाती पर रखे बोझ को जैसे किसी ने अचानक हटा लिया, कितना हल्का महसूर कर रहे थे वह अपने आपको यह वही जानते थे।

जहाँ कहीं भी सुधीर सेन के पिता का स्थानान्तरण हुआ। उनकी माँ सदैव उनके साथ रही, वह उनसे उसी समय अलग होती थी, जब उनके पिता किसी सरकारी दौरे पर कहीं जाते थे। चाहे वह दौरा देश में हो या विदेश में।

सुधीर सेन की जन्म वाली रात विशाखापटनम में जैसे प्रलय आने वाली हो। तीन दिन से लगातार बारिश हो रही थी। क्या चेरा–पूँजी में होती होगी।

समर सेन उस समय वहाँ नहीं थे। वह दो दिन पहले ही शहर से बाहर गये थे। कई दिनों के लिये, किसी सरकारी कार्य से।

पत्नी से वादा करके गये थे कि ड्यू डेड से पहले ही आ जायेंगे और उसे अस्पताल अपने साथ ही ले जायेंगे। पर होनी को कौन टाल सकता है सुधीर सेन को जल्दी थी संसार में आने की वह पन्द्रह दिन पहले ही आ गये। रात का सारा काम निपटाकर नौकारानी भी अपने घर चली गई थी। चौकीदार के गाँव में बाढ़ आ गई थी इसलिये वह भी दो दिन पहले गाँव चला गया था। माली के पिता का अचानक स्वर्गवास हो गया था। ऐसा कल टेलीग्राम आया था जिसके कारण उसे भी जाना पड़ा।

इस प्रकार सुधीर सेन के जन्म के समय पर उनकी माँ सौदामिनी सेन नितान्त अकेली थी।

बड़ी हिम्मत और धैर्य से काम लिया था उन्होंने, सभी कुछ तो अकेले ही किया था जैसे इस तूफानी काली रात में वह किसी पाप के जन्म दे रही हो।

कैसा संयोग था कि इतने बड़े अधिकारी की पत्नी इतने सम्पन्न सेन परिवार की बहू, जहाँ गाय, भैंस के बच्चे के जन्म पर जानवरों का डाक्टर आता था। वह अकेली जूझ रही थी जीवन और मृत्यु के इस सुखद खेल में।

कहते हैं ईश्वर जो करता है अच्छा ही करता है मुनष्य ईश्वर पर विश्वास और ईश्वर की इच्छा को ही स्वीकार कर बड़े–से–बड़ा कष्ट सहनकर लेता है। बड़ा ही निपुण है भगवान संतोष देने मे, वरना सम्पूर्ण संसार पागल और दीवाना हो जाता। कोई मौत को गले लगाता तो कोई खंजर हाथ में लेकर किसी के पीछे भागता।

अपने अत्यधिक प्रिय की मौत वह भी असामयिक पर संतोष कर लेता है और रोते आँसू पोंछते यही कहता। "इतनी ही उम्र थी, ईश्वर को यही मंजूर था, अच्छे लोगों की भगवान के यहाँ भी आवश्यकता है, अब बस यही देखना है कि उसकी यानी मृतक की आत्मा को शांती कैसे मिलती है। फिर वह उस शान्ति के लिये पूजा–पाठ, हवन–यज्ञ, भोज आदि में लग जाता है। मृतक् को याद करने का एकान्त में समय ही नहीं मिलता। फिर समय तो बड़े से बड़ घाव भी भरने में सक्षम होता है।

सुबह काफी देर से नौकरानी आई थी कारण वर्षा हो रही थी। तब तक सब कुछ सामान्य हो चुका था। बच्चा और जच्चा यानी सौदामिनी सेन ठीक थी। आया को इतना खटका अवश्य हुआ कि पहला बच्चा वह भी बेटा पर मेम साब के चेहरे पर कोई खुशी नहीं। फिर उसने सोचा शायद दर्द, तकलीफ, अकेलापन। साहब भी नहीं रात अकेले कैसे क्या किया होगा। मेमसाब ने ईश्वर जाने बड़ी हिम्मत है उसकी मेमसाब में। बच्चे को जन्म देने के पश्चात स्त्री का नया जन्म होता है, फिर वह तो नितान्त अकेली थी रात को। कोमल, छुई–मुई सी उसकी मेमसाब कैसे क्या किया होगा। अचानक उसे याद आया दो वर्ष पहले ही उसने दो नवजात शिशुओं को कपड़ों में लिपटे एक झाड़ी के पास पड़े देखे थे। कितनी भीड़ जमा हो गई थी। उनकी भी तो कोई न कोई माँ होगी। उसे भी उतना ही कष्ट झेलना पड़ा होगा। पर बदनामी के डर से इन्सान कितना बड़े से बड़ा कष्ट झेल लेता है। समय आने पर मौत को भी गले लगा लेता है, एक माँ अपनी मासूम संतान को भी मृत्यु के हवाले कर देती है। समर सेन को टेलीग्राम दिया गया था कि उन्हें बेटा हुआ है। आफिस में साहब के बेटे के जन्म पर मिठाई बँटी थी। सारा स्टाफ खुश था।

जिसने भी सुना बधाई देने अवश्य आया समर सेन के बंगले पर। बधाई के साथ–साथ सौदामिनी के धैर्य और साहस की भी भूरि–भूरि प्रशंसा हुई।

तीसरे दिन ही समर सेन वापस आ गये। जितनी खुशी अपनी छाती में समेट हवा में उड़ते वह घर पहुँचे थे। सौदामिनी और बेटे को देखकर खुशी ठण्डी पड़ गई थी।

बड़े प्यार से सौदामिनी और समर ने अपने बेटे का नाम रखा था "सुधीर"। सुधीर सेन की देखभाल उनकी माँ सौदामिनी ही करती। एक पलक को भी वह अपने बेटे को अपनी आँखों से ओझल नहीं होने देती।

कार्य की व्यस्तता के कारण दोनों बेटे को लेकर कलकत्ता नहीं जा पाये थे। दादा–दादी को दिखाने। डेढ़ माह के सुधीर को लेकर दोनों लंदन चले गये। पाँच वर्ष का लम्बा समय समर कैसे सौदामिनी के बिना काटते। सौदामिनी का मन भी अकेले नहीं लगता था। उसे समर की अब कुछ अधिक ही आवश्यकता महसूस होने लगी थी जबसे वह माँ बनी थी।

इस एसाइन्मेंट के लिये सौदामिनी ने ही जोर दिया था। पत्र द्वारा डरते–डरते कलकत्ता ना आ पाने के लिये क्षमा माँगी थी। सुधीर के दादा–दादी से।

पाँच वर्ष तीन माह पश्चात जब वह दिल्ली एयरपोर्ट पर वायुयान से नीचे उतरे थे। उस समय वह तीन नहीं चार थे। सौदामिनी की गोद में एक नन्हीं सी गुड़िया थी बिल्कुल अंग्रेजो जैसी सफेद, रेशम से सुनहरे बाल, सुधीर सेन भी पाँच वर्ष कुछ माह का सुन्दर शरारती चंचल बालक हो चुका था। एक दिन ही रूककर वह कलकत्ता के लिये निकले। पर यह कैसी विडम्बना थी कि कुछ दिन पहले ही समर सेन की माँ पोते का मुख देखने को तरसती स्वर्ग सिधार गई थी। जिसकी खबर उन्हें लंदन भेजी गई थी पर दुर्भाग्य वह लंदन में नहीं थे वह इटली होते हुये हिन्दुस्तान आये थे। होते भी तो क्या कर पाते।

कलकत्ता में एक सप्ताह व्यतीत कर वे लोग गोवा आ गये क्योंकि समर को अब गोवा में ज्वाइन करना था। सौदामिनी सुधीर के जन्म के पश्चात काफी बदल गई थी। ऐसा सभी रिश्तेदारों ने कलकत्ता में महसूस किया था। लोगों का कहना था उनमें अंहकार आ गया है बेटा जो हो गया, और ईश्वर ने बेटी भी तो दी है जैसे किसी स्वर्ग की अप्सरा की कन्या हो। फिर पाँच वर्ष विलायत में रहकर आई है अंहकार क्यों ना हो। आखिर इतने बड़े अधिकारी की बीवी जो है बाप तो क्रांतिकारी है। इधर–उधर छुपता घूमता ना कोई घर ना कोई ठिकाना। भाग्य अच्छा था तभी वर और घर दोनों ही उनकी कल्पना से कहीं ऊपर मिले हैं।

उस सुन्दर तीखे नाक–नक्श वाली कन्या का नाम वहीं लंदन में ही कुछ भारतीयों के साथ मिलकर सुनयना रखा था। समर सेन की तो जान थी सुनयना। वैसे भी बेटी पिता को और बेटा माँ को अधिक दुलारा होता है। सौदामिनी का अधिक समय सुधीर सेन के साथ ही व्यतीत होता उन्होंने अपने उच्च संस्कारों को पूर्ण खजाना अपने बेटे पर न्यौछावर कर दिया था। शायद ही कोई महापुरुष छूटा हो जिसकी कथा सुनने से वह नन्हा सुधीर

अछूता रह गया हो। उसके कोमल मानस पटल पर कूट–कूटकर वह संस्कार कभी न मिटने वाली स्याही से लिखती थी। शायद यही कारण था सुधीर सेन के अच्छे व्यक्तित्व का। गुणों की खान थे सुधीर सेन।

देखते–देखते दोनों बच्चें जवान हो गये दोनों ही गुणीं ओर होनहार थे। पिता और माता की प्रतिभा तो विरासत में मिली ही थी माँ के संस्कार भी मिले थे।

समय के साथ–साथ एक–से–एक ऊँचे घराने के रिश्ते आये पर सुधीर सेन विवाह के लिये किसी कीमत पर राज़ी नहीं हुये। सौदामिनी और समर सेन मजबूर थे। पहले तो सुनयना के विवाह का कारण बताते रहे, कि बेटी का विवाह वह पहले करेंगे।

सुनयना जैसी कन्या का हाथ माँगने के लिये भी कलेजा चाहिए था। ऐसे ही एक परिवार ने सुनयना का हाथ माँग लिया। लड़का इंजीनियर था। समर सेन के टक्कर का ही घराना था। देखने में लड़का भी सुनयना से बीस नहीं तो उन्नीस भी नहीं था। दुख केवल इतना था कि वह विदेश में ही जा बसा था। समर सेन अपनी लाडली इकलौती बिटिया को इतनी दूर नहीं भेजना चाहते थे। वैसे भी माँ के हिस्से का भी तमाम प्यार दिया था उन्होंने अपनी बेटी को। काफी जद्दो–जहद करनी पड़ी थी सौदामिनी को इस विवाह के लिये समर को राजी करने में।

विवाह पैतृक स्थान कलकत्ता से ही किया गया था पूरी हवेली दुल्हन सी सज़ी थी। ऐसा शानदार विवाह सेन परिवार में पीढ़ियो से नहीं हुआ था। बराती हतप्रद से रह गये थे इन्तज़ाम देखकर।

उनकी प्रत्येक इच्छा ऐसे सेन परिवार पूरी कर रहा था जैसे उसके हाथ में अलादीन के चिराग का जिन्न लग गया हो। सुनयना का ससुराल में जो स्वागत हुआ। उसमें कहीं न कहीं सेन परिवार द्वारा किया गया बारातियों का स्वागत भी था।

जब कभी भी समर सेन ने बेटी को देखने की इच्छा दामाद पर प्रकट की। तभी वह सुनयना को लेकर उपस्थित हो गया।

समर सेन तहेदिल से सौदामिनी का शुक्रिया अदाकर चुके थे। जिसने उन्हें इस रिश्ते के लिये राजी किया था। वह कहते। "यदि प्रत्येक पति अपनी पत्नी का कहना उस समय अवश्य मान ले। जब वह किसी समस्या में हो और निर्णय लेने में खुद को सक्षम ना पा रहा हो। वह फैसला कभी गलत नहीं होगा और उस फैसले से कभी निराशा भी नहीं होगी।"

सुनयना के विवाह के कुछ वर्ष पश्चात ही समर सेन का हृदय गति रूक जाने के कारण स्वर्गवास हो गया। तीन–माह बेटी उनके साथ रही थी। चार दिन पहले ही उनका दामाद आया था अमेरिका से उसे लेने। बेटी–दामाद को एयरपोर्ट छोड़कर वापस आकर वह सीधे अपने कमरे में चले गये थे। रास्ते भर वह सुधीर और सौदामिनी से बोले नहीं थे। घर आकर सुधीर तो आफिस चले गये सौदामिनी गृहकार्य में लग गई। थोड़ी देर पश्चात

दो प्याले चाय के बनाकर वह समर के कमरे में आई तो सब कुछ लुट चुका था उसका।

कुछ समय तो पिता की मृत्यु के कारण सुधीर सेन की विवाह का मामला ठण्डा पड़ रहा। पर बरसी के पश्चात चारों तरफ वही चर्चा शुरू हो गई, लोग सौदामिनी से यहाँ तक कहते। "इस कलयुग में आपका बेटा श्रवण कुमार का रूप है फिर विवाह के मामले में आपका कहना क्यूँ नहीं मानता"। "इसलिये कि इस मामले में जो कि उसका नितांत निजी है मैं दखल नहीं देती वह अपनी जिन्दगी का मालिक है, समझदार है, पढ़ा–लिखा है अच्छी नौकरी है अपने जीवन के फैसले खुद कर सकता है जब इच्छा होगी विवाह भी कर लेगा।" "थोड़ा चिढ़, क्रोध था उनकी आवाज में। "आपको नहीं लगता बहू आये। पोते–पोती हों घर में रौनक हो। आपका समय कटे।"

"मेरा समय मजे से कट रहा है सच पूछो तो जीवन में समय की ही सबसे अधिक कमी होती है और हम सब, सबसे अधिक अगर किसी चीज़ की बर्बादी करते हैं तो वह है समय।" सौदामिनी इतना कहकर चुप हो गई।

धीरे–धीरे मित्रों आस–पड़ोस ने इस विवाह चर्चा को बंद कर दिया। कलकत्ता में ही एक रात डायनिंग टेबुल पर सुधीर के विवाह की चर्चा चली। कई दिन से भरे बैठे थे सुधीर, आज जब अति हो गई तो वह लगभग चीख से पडे थे। सारे संस्कार बड़ो का आदर सम्मान सब भूल गये। इतने क्रोध और आपे से बाहर होते इसके पहले उन्हें किसी ने नहीं देखा था।

"मुझे विवाह नहीं करना आज के पश्चात मुझसे इस विषय पर किसी प्रकार की कोई भी चर्चा, कोई नहीं करेगा। हाँ, माँ से भी नहीं। अपने जीवने का मालिक मैं हूँ इसे जैसे चाहे जिऊँ कम–से–कम इतना तो अधिकार मुझे है ही।"

सुधीर सेन की बेबसी और क्रोध देखकर सौदामिनी बिना कुछ खाये ही अपने कमरे में आ गई थी। संपूर्ण वातावरण में एक अजीब सी शान्ति छा गई थी।

चाचाजी ने खाना पूरा करने का आदेश दिया था सबको। सुधीर ने भी सिर झुकाकर पूरा खाना समाप्त किया था। सौदामिनी की थाली परोस कर चाचाजी स्वयं उसके कमरे में लग गये। "बहू खाना खा लो। देखो मैं लेकर आया हूँ।" "चाचाजी।" कहते ही सौदामिनी फफक कर रो पड़ी।

"मत परेशान हो और भी तो तेरी बहुऐं हैं पोते–पोतियाँ हैं। अरे सेन परिवार में एक भीष्म–पितामह और पैदा हो गया। चल उठ खाना खा ले। सब ठीक हो जायेगा।" चाचाजी का स्नेह भरा हाथ उसके सिर पर था।

"कुछ ठीक नहीं होगा चाचाजी कुछ ठीक नहीं होगा।" वह टूटकर बोली थी।

"ऐसा क्यों सोचती है बेटा अच्छा–अच्छा सोच जो हो रहा है अच्छ है, जो होगा अच्छा ही होगा।"

"हाँ जो हुआ वह भी अच्छा ही हुआ चाचाजी।"

"हाँ यही मानकर तो जीना पड़ता है। तभी मनुष्य जी पाता है वरना जिन्दगी को घसीटना भी मुश्किल हो जाये।"

उस दिन के पश्चात किसी ने कभी सुधीर के विवाह की चर्चा उस घर में माँ–बेटे के समक्ष नहीं की। यह आदेश चाचाजी का था जिसका पालन पूरे परिवार ने किया था।

जहाँ कहीं भी सुधीर सेन का स्थानान्तरण होता सौदामिनी साथ जाती। कलकत्ता तो लगभग छूट गया था। किसी विवाह आदि में माँ बेटे दो–चार दिनों के लिये ही कलकत्ता जाते।

इसी सौदामिनी ने अनेकों पुस्तकें लिख डालीं थी। कई पुरूस्कारों से सम्मानित की गई। जैसे–जैसे उनकी कीर्ति फैली वैसे–वैसे उनकी लिखने की लगन और बढ़ी। रात के दो–दो बजे तक वह निरन्तर लिखती रहती। विशेषकर तब जब उनका बेटा सरकारी काम से शहर से बाहर होता। तब उन्हें खाने पीने की कोई सुध नहीं रहती। कॉफी और चंद बिस्किट ही उनके उदर की भूख शांत कर देते। चश्में का नम्बर बढ़ता गया। आँखों के नीचे काले निशान अपना घेरा बढ़ाते गये जो उनके गोरे मुख पर कुछ अधिक ही पता चलते थे। मन–ही–मन चिन्ता करना अपने आपको काम में झोंक देना। शहर का कोई ऐसा डाक्टर नहीं बचा होगा जिसे सुधीर ने अपनी माँ को दिखाया ना हो। सभी का यही कहना था इन्हें कोई बीमारी नहीं खाना–पीना ढंग से करे और पूरी नींद सोय आराम अधिक, श्रम कम करें।

दीमक लगी लकड़ी की भाँति उनका शरीर भीतर ही भीतर खोखला होता गया। जितनी छुट्टी मिल सकती लेकर सुधीर सेन माँ को तीर्थ कराते रहे। माँ की खोखली फीकी हँसी उन्हें अन्दर तक हिलाकर रख देती। वह जब तब उससे यही कहती।

"क्यों तू मेरी इतनी सेवा करता है।"

"माँ मुझे तेरी आवश्कता है वैसी जैसी बचपन में थी, तेरे बिना तो मैं जिन्दगी कैसे जिऊँगा इसकी कल्पना भी नहीं कर पाता।"

"किसी के भी माँ–बाप जीवन भर औलाद का साथ नहीं देते। वह भाग्यशाली होते हैं, जो बेटे के काँधे पर अपने जीवन का अन्तिम सफर तय करते हैं। दुनियाँ ऐसे ही चलती रहती है प्राणी आते–जाते रहते हैं सब जी लेते हैं देख तेरे बाऊजी के बिना मैं जी रही हूँ कि नहीं क्या कभी मैं उनके जीते जी यह कल्पना कर पाई कि उनके बगैर भी जी सकूँगी।"

"तीरथ यात्रा से लौटकर भी सौदामिनी की स्थिति में कोई सुधार नहीं हुआ। वह और अधिक बीमार हो गई। माँ की दिन–रात सेवा करी सुधीर सेन ने पर वह माँ को नहीं बचा पाये। वह उनके जीवन का सबसे बड़ा आघात था।

माँ की मृत्यु के पश्चात उन्हें अपना सम्पूर्ण जीवन निरर्थक बेकार लगता। विशेषकर सुनयना के विदेश वापस चले जाने के पश्चात चलते समय शेखर और सुनयना ने डरते–डरते सुधीर सेन से विवाह कर लेने की बात कहीं थी। साथ अपने घर आकर रहने का न्यौता भी दिया था।

माँ ने भी एक रात अपनी बीमारी में सुधीर से यही वादा माँगा था कि उनके ना रहने के पश्चात किसी बेसहारा से विवाह कर ले, अकेले जीवन जीना बहुत कठिन है । एक साथी दोस्त हमसफर जैसे रिश्ते का होना आवश्यक है। आज चलते समय यही बात उनकी छोटी बहन सुनयना बोलकर गई थी।

ईश्वर का साकार रूप उन्होंने अपनी माँ में देखा था प्रत्येक क्षण सौदामिनी का वह भोला, शान्त सौम्य चेहरा उनकी आँखों के सामने रहता। रात–दिन कितने लम्बे हो गये थे अचानक उनके लिये, यह वही जानते थे। एक वर्ष का समय कैसे बीता यह बयान करना उनके लिये असम्भव था क्योंकि मन की पीड़ा का अनुभव उससे पीड़ित व्यक्ति ही कर सकता है।

माँ के वह शब्द उन्हें हर समय याद आने लगे कि बिना साथी के जीवन व्यतीत करना बहुत मुश्किल है। कोई तो हो घर में जिससे अपने हृदय की बात की जा सके। अपना सुख और दुख बाँटा जा सके। बहुत से ऐसे भी पति–पत्नी हाते हैं जो एक अच्छे मित्र की भाँति रहते हैं। परम हंस ने तो शारदा माँ को माँ ही मान लिया था।

जाने कितने कहे अनकहे सवाल–जवाब के बीच वह माँ के ना रहने के पश्चात जूझते रहते। सौदामिनी की बरसी पर कोई भी ऐसा दूर–दराज का रिश्तेदार नहीं बचा था जो कलकत्ता ना पहुँचा हो। बरसी भी तो आखिरकार सौदामिनी की थी जिसने अपने प्रत्येक रिश्ते को प्रत्येक व्यक्ति के साथ बड़ी ईमानदारी और सच्चाई से निभाया था। कहना किसी माइने में अनुचित नहीं था कि वह एक सर्वगुण सम्पन्न पूर्ण महिला थीं। परन्तु कहीं से दुर्भाग्यशाली अवश्य थी यदि जन्मों का वास्ता दिया जाये तो अवश्य पिछले जन्मों के कुछ पाप शेष बचे थे।

सुनयना भी अपने परिवार के साथ आई थी। बरसी का इन्तजाम सभी चचेरे भाईयों ने किया था लगता था जैसे कोई बहुत बड़ा काम हो। ब्याह–शादी जैसी रौनक थी। कहा जाता है जितनी पुण्य आत्मा हो उतनी ही उसके मरणोउपरान्त के संस्कारों में रौनक होती है किसी प्रकार का कोई भय नहीं सूनापन नहीं लगता। इस हवेली में भी ऐसा ही वातावरण था। कितने लोगों ने भोजन किया था गिनती करना कठिन था।

बरसी निपट गई थी सभी बाहर से आये लोग वापस जाने की बात करने लगे थे। आरक्षण हो रहे थे। सुधीर भी वापस नौकरी पर आने को थे। परिवार के सदस्यों का कहना था कि वह नौकरी छोड़कर यही परिवार के साथ रहें ताकि उनके खाने–पीने का पूरा

ध्यान रखा जा सके। इस बात के लिय वह राजी नहीं हुये। आवकाश प्राप्त करने के पश्चात कलकत्ता आकर रहने का वादा किया था उन्होंने परिवार के सदस्यों सें।

रात के खाने पर आज सभी लोग हाल में एकत्रित हुये थे। इस हाल में सेन परिवार रात का भोजन एक साथ अवश्य करता था बहुत बड़ा हाल था हाल की लम्बाई में डायनिंग टेबुल पड़ी थी और उसके इधर—उधर अट्ठाइस कुर्सियाँ थी। एक—एक आमने—सामने थीं। यह मेज और इसकी कुर्सियाँ बनवाई थी। आगरे का बढ़ई बुलाकर समर सेन के दादाजी ने। महीनों बढ़ई लगा रहा था। मेज, कुर्सी के पाये देखते ही बनते थे। उन पर पीतल और चाँदी की नक्काशी करवाई गई थी। हाथी दाँत का काम करने वाला मैसूर से बुलाया था।

सौ वर्ष से भी अधिक हो गये थे पर हवेली का सारा फर्नीचर आज भी वैसा ही रखा था। दशहरा पूजा पर प्रतिवर्ष पालिश होती तो देखते बनता था।

पलंग, मेज, कुर्सी, अलमारियाँ, श्रृंगार मेज उसके पास रखें स्टूल आदि अनेकों चीजों में टीक की लकड़ी का प्रयोग किया गया था। आज यदि वह सारा सामान किसी म्यूजियम या विदेश भेजा जाता तो उसकी कीमत का अंदाजा लगाना नामुमकिन था।

आज के बड़े—बड़े कारीगर भी जब कभी हवेली में किसी पलंग या मेज, कुर्सी की मरम्मत के लिये जाते तो आश्चर्यचकित रह जाते उसे देखकर।

उनसे पहले और उनके पश्चात सेन परिवार में कोई भी इतना शौकीन पैदा नहीं हुआ था। परिवार के सभी सदस्यों ने अपना—अपना स्थान गृहण कर लिया था। दोनों महराज मेंज के एक—एक कोने से खाना लगाना शुरू कर दिये थे तभी चाचाजी चश्मे के अन्दर से ही आँखें बाहर कर बोले।

"सुधीर"।

"जी चाचाजी।"

"आज सभी के सामने तुम्हारे पिता का चाचा होने के नाते, फिर कुछ तुमसे कहना चाहता हूँ।"

"मैं अपने उस व्यवहार की आज पुनः क्षमा चाहता हूँ।"

"कोई बात नहीं बच्चे तो भूल करते हैं, क्रोध करते हैं, रूठते भी हैं फिर तुमने तो शायद जीवन में ऐसा एक बार ही किया होगा जहाँ तक मुझे याद पड़ता है।"

"जी, चाचाजी।"

"हाँ, तो मैं यह कहना चाहता था कि अब तक तो तुम्हारे साथ तुम्हारी माँ थी एक वर्ष से वह भी तुम्हारे साथ नहीं है, इस एक वर्ष में तुमको उनकी कितनी कमी महसूस हुई होगी यह मैं भली—भाँति जानता हूँ। तुमको अब अपना जीवन अकेला, अधूरा बेमाइने

लगता होगा। कहीं न कहीं तुम्हें एक साथी की आवश्यकता भी प्रतीत होती होगी।"

"मैं ही नहीं अब हम सभी यही चाहते हैं कि तुम विवाह कर लो।"

"अब इस उम्र में?"

"क्यों उम्र का क्या, लोग तो साठ—पैंसठ में भी सेहरा बाँधकर जाते हैं, तुम तो मात्र अभी चालीस वर्ष के हुये हो।"

"इस चालीस वर्ष की आयु वाले पुरूष के लिये कौन अपनी कन्या बिठाये होगा।"

"क्यों नहीं सेन परिवार में बहू बनकर आने के लिये बहुत बैठी होंगी। फिर देखने में तो तुम बत्तीस से अधिक नहीं लगते।"

"पर मैं कैसे भूल सकता हूँ कि मैं चालीस का हूँ। किसी लड़की की मजबूरी का फायदा उठाना होगा और यह मेरी आत्मा कभी गवाँरा नहीं करेगी।"

"तो किसी विधुवा से कर लो।"

"विधवा"। सुधीर सेन चाचाजी की बात सुनकर बुरी तरह चौंक गये।

"हाँ, विधवा से।"

"आप राज़ी हो जायेंगे।" सुधीर ने अप्रत्यशित प्रश्न करा।

"हाँ क्यों नहीं, जमाना बदल गया है और जमाने के साथ अपने आपको बदल लेने वाला व्यक्ति ही सुखी रह सकता है। फिर इस प्रकार तो तुम किसी के उजड़े जीवने को संवार दोगे, सजा दोगे उसे सोलहाँ श्रृंगार करने का दुबारा मौका दोगे, उसे प्रत्येक शुभ कार्य में हिस्सा लेने का हक दोगे, उसका सहारा बनोगे और यदि उसका बच्चा होगा तो उस पित्र—विहीन पुत्र को पिता का प्यार दोगे। इतना कुछ देने के पश्चात जिस सुख का तुम अनुभव करोगे वह अवर्णनीय होगा।

"इस संदपा में तुम्हारा और तुम्हारी संतानों को भी तो अधिकार है फिर यह तुम भली—भाँति जानते हो कि सेन परिवार में सबसे अधिक प्रिय तुम ही हो। प्रत्येक व्यक्ति तुम्हें प्यार करता है, कुछ तुम्हारी माँ के कारण और कुछ तुम्हारे अपने व्यवहार से।"

"पर।" उनकी बात पूर्ण होने से पहले ही चाचाजी पुनः बोले थे।

"समर भी सभी को अधिक प्रिय थे बड़ों की आत्मा को शान्ति तभी मिलेगी जब समर के पोते—श्राद्ध और तर्पण करें और इस अथाह सम्पत्ति को भोगे।"

चाचाजी की बात का सुधीर सेन ने कोई उत्तर नहीं दिया, ना ही क्रोधित हुये बस सिर झुकाकर उनकी एक—एक बात ध्यान से सुनते रहे। चाचाजी भी यह समझ रहे थे सुधीर आज उनकी कही गई एक—एक बात मन की गहराई तक ले रहे हैं और कोई न कोई फैसला भी करेंगे। साथ ही चाचाजी को मन ही मन यह विश्वास भी था कि आज उनका कहना सुधीर मानेंगे।

परिवार वालों के कहने पर सुधीर सेन ने अपनी दो दिन की छुट्टी बढ़ाने के लिये फैक्स भी कर दिया था आफिस। शायद यह पहला मौका था जब उन्होंने घर के लोगों के कहने पर अपनी छुट्टी बढ़ाई थी सभी बहुत खुश थे।

सुधीर सेन को भी लगा माँ के अतिरिक्त परिवार के अन्य सदस्य भी उन्हें प्रेम करते हैं। बेकार ही उन्होंने एक दूरी बना रखी थी परिवार के सदस्यों के बीच।

सुनयना दो दिन पहले ही विदेश रवाना हो गई थी चलते समय वह भाई के गले लगकर खूब रोई थी राते—राते रूँधे गले से वह बोली थी।

"भइया, माँ तो रही नहीं भाभी लाकर माँ की कमी पूरी कर दो प्लीज भइया।"

ट्रेन के पूरे सफर में लेटे—लेटे वह आँसू बहाते रहे बहुत अधिक प्यार मिलने पर भी इन्सान आँसू बहाता है पर आँसूओं में असीम सुख की अनुभूति हुई थी उन्हें।"

घर से लौटकर सुधीर सेन का मन शान्त था अब पहले जैसी उथल—पुथल नहीं, चाचाजी, सुनयना वा परिवार के अन्य सदस्यों द्वारा कही गई बातें उन्हें सोचकर सुद दे रही थी क्रोध या दुख नहीं।

सुधीर सेन के आफिस में ही एक महिला लीगल एडवाइज़र थी रेवती पटेल। देखने सुनने में अच्छी सीधी—सादी अपने काम से काम रखने वाली एक अजीब सा आर्कषण था उसमें, साँवला सा रंग, हल्का   साँवला लम्बी नाक बड़ी—बड़ी   आँखें लम्बी ढीली—ढाली चोटी कद साढ़े—पांच फुट से ऊपर ही होगा कम नहीं। महीन मीठी आवाज यदि उसके नाम के पहले श्रीमती ना लगाया जाये तो कोई भी उसे शादी—शुदा मानने को तैयार नहीं होगा। आफिस में न तो उसकी किसी से दोस्ती थी और ना बैर था। निरलिप्त भाव से आफिस आती और काम करती घर जाते समय सब कुछ आफिस में छोड़ जाती। घर वह वैसी ही तरो ताज़ा पहुँचती जैसा कि सुबह आफिस आते समय होती थी दो वर्ष पूर्व इसी पोस्ट पर पटेल साहब थे आफिस में उनका देहान्त हो गया था हृदय गति के रूक जाने के कारण। चूँकि रेवती पटेल भी एडवोकेट थी इस कारण पति के स्थान पर ही उसे रख लिया गया था।

पटेल साहब बड़े अच्छे हंसमुख स्वभाव के व्यक्ति थे मिलनसार थे, प्रत्येक अधिकारी वा कर्मचारी से उनके बड़े ही मधुर सम्बन्ध थे। यही कारण था उनकी मृत्यु के पश्चात रेवती पटेल को किसी भी कार्य के लिये दफ्तर के चक्कर नहीं लगाने पड़े थे। आफिस के ही साथियों ने रेवती को नौकरी के लिये राज़ी किया। उसे पटेल की मृत्यु के दो माह पश्चात ही पति की कुर्सी पर आ गई थी।

भावनाएँ, दुख, यादें सब अपनी जगह थे पर इन सबसे पेट तो नहीं भरता है। दो छोटे—छोटे मासूम बच्चे भी थे जिनका पालन—पोषण, पढ़ाई—लिखाई, शादी ब्याह सभी कुछ उसी को करना था इन सबके लिये पैसा चाहिए था। पटेल की पेंशन में तो यह सब

करना मुश्किल ही था। फिर अकेली सारा दिन घर पर बैठकर रोने से तो कहीं अच्छा था अपने बच्चों के भविष्य और अपने स्वास्थ्य के लिये नौकरी करना। अपने आपको अधिक से अधिक व्यस्त रखने में ही उसकी भलाई थी।

आफिस घर वा बच्चों के देखभाल में वह थककर चूर हो जाती। बिस्तर पर लेटते ही उसे नींद आ जाती, वही कुछ मिनट का समय होता था जब वह पटेल को यादकर आँसू बहा लेती थी। धीरे–धीरे वह भी समय बच्चों की पढ़ाई, फीस, स्कूल, बीमारी, यूनीफार्म तथा अन्य कार्यों में निकल जाता और उसकी आँखों में आँसू के स्थान पर नींद और भविष्य के सपने तैरने लगे। एक जिम्मेदार आया उसने रख ली थी पचास–पचपन वर्ष की प्रौढ़ा थी जिसका कोई नहीं था। पूरी हमददीं और ईमानदारी से वह बच्चों की देखभाल करती थी।

सुधीर सेन को वह बहुत ही भली–जिम्मेदार स्त्री लगती थी। कलकत्ता से लौटने के पश्चात वह उन्हें कुछ अधिक ही अच्छी लगने लगी थी।

रेवती भी उनका अत्यधिक आदर–सम्मान करती थी। सम्मान तो पूरा दफ्तर ही उनका करता था यह उस समय से और बढ़ गया था, जब लोगों ने सुधीरसेन को एक कलयुग के श्रवण कुमार की भाँति माँ की सेवा करते देखा था। किस तरह रात–दिन उन्होंने सौदामिनी की सेवा करी थी। इतना गम्भीर और परेशान लोगों ने उन्हें कभी नहीं देखा था।

माँ की मृत्यु पर माँ के पार्थिव शरीर से उन्हें अलग करने में लोग रो दिये थे। रेवती पटेल को देखते ही सुधीर सेन के कानों में माँ के कहे गये शब्द गूँजने लगते।

"बेटा! यदि कोई ऐसी स्त्री मिल जाये जिसे तुम्हारे सहारे की आवश्यकता हो तो विवाह कर लेना। यह विवाह क्या एक समझौता होगा तुम्हारे और उसके बीच। पर जीवन दोनों का सफल हो जायेगा।"

इस अर्तद्वन्द्व से वह अपने आपको हर सम्भव प्रयास के पश्चात भी उबार नहीं पा रहे थे।

एक दिन रेवती पटेल को उन्होंने अपने केबिन में बुला ही लिया।

"मे आई कमिन सर?" बारीक आवाज़ आई।

"हाँ, आओ रेवती।" मिसेज पटेल ने कहकर उनके मुँह से रेवती निकला था।

"जी।"

"बैठो।" कुर्सी की ओर इशारा करते हुये वह बोले।

रेवती बैठ गई सुधीर सेन उसे गौर से देखने लगे। रेवती को कुछ अटपटा सा लगा उनका यूँ देखना पर सेन की आँखों में ना कोई वासना थी, ना हवस या किसी प्रकार का

वहशीपन उन नजरों में उसे महसूस नहीं हुआ। फिर भी अजीब तो लगा ही।

"तुम्हारे कितने बच्चे हैं?" सुधीर सेन के इस अप्रत्याशित प्रश्न से वह चौंक गई।

"जी....... सर.......... ।"

"तुम्हारे कितने बच्चे हैं।" उन्होंने अपना प्रश्न दोहराया।

"जी दो एक बेटा करीब चार वर्ष का और उससे छोटी एक बेटी।"

"पटेल के लिये बहुत दुख हुआ।"

"जी बेटी दो माह की थी तभ..... ।" इतना ही वह मुश्किल से बोल पाई।

"इतना जवान अच्छा इंसान इतनी जल्दी दुनियाँ छोड़कर चल दिया। शायद ऊपर वाले के यहाँ भी अच्छे लोगों की कमी हो गई है।"

"जी शायद ईश्वर ने उन्हें इतनी ही साँसें दी थी। धैर्य भी वही देता है, फिर सर! आखिरकार तो उस शक्तिमान की इच्छा के सामने सिर झुकाना ही पड़ता है। भाग्य का लिखा तो कोई नहीं मिटा सकता।"

"तुम्हारे सास–ससुर?"

"उनसे कोई मतलब नहीं वह तो मुझे ही दोषी मानते हैं, अपनी ही पोती को कोसते हैं। क्या मेरा भाग्य इतना खराब थाकि परिवार के सारे सदस्यों के अच्छे भाग्य पर भारी पड़ गया और उनकी असामयिक मृत्यु का कारण बना।"

"तुम्हारे अपने माता–पिता?"

"ठीक हैं वह कुछ नहीं बोलते केवल सानत्वना ही देते हैं।" माँ काफी खुले विचारों की हैं वह तो यहाँ तक कहती हैं कि..... ।" वह अपने अधूरे वाक्य को पूरा नहीं कर पाई।

"क्या कहती है?" यही अधूरा वाक्य ही सेन के मतलब का था।

"जी कुछ नहीं सर।" उसने बात को टालना चाहा।

"अभी तो तुमने कहा कि वह कुछ कहती हैं जिसे तुम कह नहीं पा रही हो।"

"उनका कहना है यदि पुरुष दूसरा विवाह कर सकता है, तो स्त्री क्यों नहीं कर सकती, स्त्री के सामने भी तो एक लम्बी जिन्दगी होती है उसे भी तो साथी की आवश्यकता होती है आदि।" वह यह सब एक झटके में बोल गई और आँखें झुकाकर पेपर वेट के अन्दर के रंग–बिरंगे डिजाइन को देखने लगी।

"बिल्कुल उचित है उनका कहना शत–प्रतिशत उचित है। यदि स्त्री में हिम्मत हो और उसका मन कहे तो अवश्य उसे दूसरा विवाह कर लेना चाहिए। एक बच्चे की मृत्यु के पश्चात क्या माँ दूसरे को जन्म नहीं देती।

एक पत्नी के ना रहने पर, पुरूष दूसरा विवाह कर लेता है प्रेम—समर्पण, भावनाऐं सब अपनी जगह हैं।

वह प्यार वह भावनात्मक सम्बन्ध जो पहले पति से या पत्नी से होता है। हो सकता दूसरे से इतनी आसानी से वह सब न हो, जब तक कि उसका प्यार, व्यवहार पहले से भारी ना पड़े।"

"जी सर।" उसे समझ नहीं आ रहा था कि सुधीर सेन जैसा इन्सान कैसे इस प्रकार की बातें उससे कर रहा है वह भी अपने केबिन में बुलाकर।"

"क्या मैं गलत कह रहा हूँ?"

"नहीं सर।"

"फिर घर जाकर एकान्त में अपनी माँ की बातों पर गौर करना, सोचना।"

इसी प्रकार जब—तब सुधीर सेन रेवती को बुलाकर उससे बातें करते। खुलकर साफ शब्दों में वह कुछ नहीं कह पाते। रेवती पटेल तो उन जैसे उच्च—अधिकारी से इतनी बातें करके ही गद्गद हो जाती।

एक दिन रेवती को सेन ने पुनः बुलाया।

"मे आइ कमिन सर।" अब तक रेवती ने एक दूरी बना रखी थी, दरवाजे में प्रवेश करने से पहले वह उनसे आज्ञा अवश्य लेती थी।

"यस आ जाओ।"

"जी सर आपने बुलाया।" बैठते हुये वह बोली।

"जी।" उसने आश्चर्य से उन्हें देखा था, पर उसके आश्चर्य में भय कहीं नहीं था।

"यदि तुम्हें ऐसा व्यक्ति मिल जाये जो केवल समाज की नज़रों में सामाजिक मान्यता पाने के लिये, बाकी ऐसा कोई सम्बन्ध वह ना रखे ताकि कहीं भी, कभी भी पटेल की स्मृति धूमिल ना पड़ने पाये। तो क्या तुम अपने दूसरे विवाह के लिये राजी हो जाओगी।"

"जी सर।" वह लगभग चौंककर सुधीर सेन का मुँह देखने लगी।

"हाँ ऐसा कोई इंसान जो तुम्हारे मन—मंदिर में बैठी पटेल साहब की मूरत को ना छेड़े तुमको स्वतंत्र रखे उनकी यादों में विचरण करने के लिये।"

"पर सर।"

"हाँ, मैं ठीक कह रहा हूँ ऐसा कोई इंसान यदि तुमसे विवाह करना चाहे तो……।"

"परन्तु सर ऐसे किसी इन्सान को मैं नहीं जानती और ना ही ऐसे इन्सान की कल्पना कर सकती हूँ। सच पूछिे ये आज के परिवेश में किसी पर विश्वास भी नहीं कर सकती हूँ।

स्त्री चार शब्द भी किसी से हँसकर बोल ले तो पुरूष भरपूर उससे लाभ उठाना

चाहता है। फिर स्त्री का चरित्र हनन करने में भी पीछे नहीं रहते। विवाह के पश्चात ऐसा कौन सा देवपुरुष होगा जो इस प्रकार का समझौता कर उसे निभायेगा भी।

सर! औरतों से कहीं अधिक जलन, कुढ़न, शक पुरूषों में होती है। औरत पति की रखैल, मित्र सभी बर्दाश्त करती है जबकि पुरूष स्त्री के विवाह से पहले मित्र को भी बर्दाश्त नहीं कर पाते हैं।

सर! ऐसी भी घटना हुई है कि पहली रात को पति ने तो अपनी अनगिनत महिला मित्रों के बारे में बताया। अपने प्रेम का भी चिट्ठा खोलकर रखा। औरतों के लिये अशोभनीय शब्दों को प्रयोग भी किया। फिर पत्नी से भी पूछा सीधी—सादी लड़की ने अपने किसी लड़के को मन—ही—मन पसन्द करने की बात बता दी। जबकि उस लड़के को भी ज्ञात नहीं कि वह उसे पसन्द करती थी।

सर! आज बीस वर्ष पश्चात भी वह लड़की माँ के घर है, उस रात की भोर ही उसे उसके पिता के पास छोड़ आया था चरित्रहीन बताकर। आज भी वह जी रही है। एक सुहागिन कुवाँरी के रूप में कहीं किसी मामूली से स्कूल में अध्यापिका है।

दूसरी ओर उसके उस तथाकथित पति ने ६ माह में ही दूसरा विवाह कर लिया। बच्चे हैं एक सुखी परिवार के साथ जी रहा है। उस ठुकराई गई औरत में इतनी सी भी हिम्मत नहीं कि पति के विरोध में कुछ कर सके ना ही उसका साथ देने वाला कोई है। सब उसी को दोषी ठहराते हैं। यह है पुरूष प्रधान समाज सर।"

"तुम्हारा कहना शत—प्रतिशत सही है पर यदि कहीं कोई ऐसा हो तो।"

"मैं सोचकर बताऊँगी।"

"ठीक है अच्छी तरह सोचकर अपना निर्णय देना।"

"जी सर! मैं जाऊँ।"

"हाँ तुम जाओ और भटनागर को भेजना फौरन।"

"जी।" कहते हुये वह सुधीर सेन के कमरे से बाहर आ गई उसकी समझ में नहीं आ रहा था कि सेन साहब को क्या हो गया है। अच्छे—भले शान्त जीवन में बातें कर—करके एक हलचल सी मचा दी है, कौन सा ऐसा व्यक्ति इनके पास है, जिस पर यह इतना भरोसा करते हैं। क्यों मेरा दूसरा विवाह कराना चाहते हैं स्वयं तो अभी तक कुँवारे है।

रात जब वह बिस्तर पर रूबी और राहुल के साथ लेटी तो उसे सुधीर सेन ही याद आते रहें। आज राहुल की मीठी—मीठी बाते भी उसे अच्छी नहीं लग रही थी। उसने बच्चों को कहानी भी नही सुनाई थी ना ही थपकी दी, ना ही ममता से बच्चों के सिर में हाथ फेरा। वह तो सुधीर सेन के बारे में ही सोचती रही। इधर कितनी बार उन्होंने उसे अपने केबिन में बुलाकर बातें की थी वह भी उसके व्यक्तिगत जीवन के बारे में ही। आज उसे

लग रहा था कि पटेल के न रहने के पश्चात दो ही वर्षों में जैसे वह थक गई है, टूट गई है। काम से नहीं समाज से पुरूषों की नज़रों से बचते–बचते। पटेल के न रहने के पश्चात कुछ दिन तो लगा जैसे सभी उसके अपने है पर धीरे–धीरे सभी उससे दूर होते गये। देवरों और मुँह बोले भाइयों की आँखों में भी उसे अपने लिये हवस दिखी। शाम ढले ही वह बच्चों के साथ घर का दरवाजा बन्द कर लेती। बाहर की बत्ती भी बुझा देती, ससुराल का वातावरण भी ठीक नहीं था। प्रेम–विवाह किया था उसने पटेल से इसलिये ससुराल वालों का क्रोध अभी तक वैसा ही था बल्कि पटेल के न रहने के पश्चात तो वह और अधिक उससे चिढ़ने लगे थे।

एक अजीब सी जिन्दगी जी रही थी वह पटेल तो एक मौत मरे थे वह तो नित्य न जाने कितनी बार मरती थी। निडर बेबाक रेवती डरी–सहमी सी जी रही थी वह भी बच्चों की खातिर।

आज वह रात के सन्नाटे में एक चूहे की खटर–पटर से जग जाती थी। सड़क पर किसी कुत्ते के भौंकने से उठकर बैठ जाती। पटेल के सामने कितना भी शोर हो, वह सोती रहती थी अक्सर पटेल यही कहते कि उसे कोई उठा भी ले जाये तो उसे पता ही नहीं चलेगा।

आज मामूली सी आहट से उठकर बैठ जाती थी। कितना कठिन है, एक तन्हा औरत का जीना। तभी तो बुजुर्गों ने यह कहा है पति हो चाहे वह खाट पर ही पड़ा रहे कैसा भी हो पति की छाया ही बहुत बड़ सम्बल है। कई दिन तक वह अपने आपसे प्रश्न करती रही प्रत्येक आने वाला कल उसे आज से कहीं अधिक भयावना लगने लगा था।

रूबी की जवानी की कल्पना से वह डर जाती। उसे लगता बिन बाप की लड़की का क्या होगा। न जाने कितने अजीब–अजीब से प्रश्न उसके समक्ष आकर खड़े हो जाते।

रेवती का आत्मविश्वास धीरे–धीरे कम हो रहा था एक अनजाना डर उसके मन में घर करता जा रहा था।

सुधीर सेन की बातें ही शायद थी जिनके कारण वह इस कदर सोचने लगी थी। आत्मबल टूटता जा रहा था उसका। साथ ही एक चाह भी पैदा कर दी थी सुधीर सेन ने। उसे भी लगने लगा कि कहीं ऐसा कोई पुरूष हो जो उसे सामाजिक संरक्षण दे दे। बिना उसकी निजी जिन्दगी में दख़ल दिये।

एक दिन लंच टाइम में वह कैंटीन में न जाकर सुधीर सेन के कमरे के दरवाजे तक पहुँच गई कैसे उसे स्वयं नहीं मालूम था दरवाजे पर नॉक करने लगी। भीतर से आवाज आई।

"यस कम–इन।"

"सर आ जाऊ।" अन्दर आकर उसने पुनः पूछा।

"हाँ क्यों नहीं आओ बैठो रेवती।"

"जी मैंने सोच लिया।" एक साँस में ही बिना किसी संदर्भ के वह बोल गई।

"क्या?" शायद सेन समझ नहीं पाये थे।

"यही सर, यदि कोई इस प्रकार का समझौता करने को तैयार हो तो मैं पुनः विवाह के लिये तैयार हूँ। बहुत मुश्किल है अकेले जीना।" इतना कहते–कहते वह रो पड़ी।

"रेवती! इतना कमजोर मत बनाओ अपने आपको हिम्मत से काम लो।

"जी।"

"ठण्डे दिमाग से सोच समझकर निर्णय लिया है।"

"हाँ सर थक गई हूँ लोगो की गन्दी निगाहों से, तंग आ गई हूँ लोगों के उपदेशों से, मुझे क्या करना चाहिए क्या नहीं। बताने वाले अनगिनित अपने शुभचिन्तकों से। उकता गई हूँ ससुराल वालों के भेजे रोज–रोज के तानों से। बहुत कठिन है एक जवान विधुवा का मान–सम्मान के साथ जीना इस शहर में।" वह रो दी थी इतनी बात करते–करते।

"दुखी मत हो सब ठीक हो जायेगा।" सुधीर सेन अपनी कुर्सी छोड़कर खड़े हो गये।

"परन्तु कैसे सर! कौन ऐसा आदर्श पुरूष होगा जो इस प्रकार के समझौते के साथ दो बच्चों की माँ को बच्चों सहित अपना लेगा।।"

"वह पुरूष मैं हूँ आदर्श नहीं मजबूर हूँ मुझे भी एक साथी केवल साथी–दोस्त चाहिए। जो मेरे साथ रह सके उसे पत्नी का दर्जा तो समाज के कारण देना होगा, अपने जीवने में नहीं।"

"यह आप क्या कह रहें हैं? मैं आपके लायक तो नहीं सर।" रेवती सुधीर सेन की बातों से घबरा गई थी।

"कौन किसके लायक है और कौन नहीं इस बात का तो प्रश्न ही नहीं उठता, तुम्हें एक पुरूष चाहिए। जो तुम्हारा और तुम्हारे बच्चों का सहारा बन सके, मुझे एक स्त्री चाहिए, जो दुनियाँ की नज़रों में केवल समाज और परिवार में मेरी पत्नी कहलाये। मेरे साथ मेरी मित्र बनकर रहे।"

"पर सर आप.... ।"

"हाँ मैं, मैंने शादी नहीं की, चालीस का हो गया हूँ करना भी नहीं चाहता पर वही बात है माँ की मृत्यु के पश्चात अकेले मन नहीं लगता इसलिये किसी का साथ चाहिए। देखो रेवती। यह एक समझौता है हम दोनों को एक दूसरे की आवश्यकता है हम साथ नहीं रह सकते जब तक कि कोई रिश्ता ना हो किसी और रिश्ते को समाज नहीं मानेगा।"

"पर लोग आपके लिये कुछ..... ।"

"कुछ क्या यह तो बोलेंगे कि चालीस वर्ष की उम्र में सुधीर सेन जैसे अधिकारी ने विवाह किया वह भी दो बच्चों की माँ के साथ ।"

"नहीं सर बोलने वाले तो और भी बहुत कुछ बोलेंगे ।"

"रेवती! जो सामने बोलेगा उसे जवाब मैं दूँगा और पीठ पीछे बोलने वालों को कोई क्या कर सकता है बोलने दो वहा तो ईश्वर को भी नहीं छोड़ते हम लोग तो तुच्छ मानव हैं ।"

"सर!" रेवती के पास कुछ कहने के लिये शब्द ही नहीं थे ।

"देखो यह मेरा और तुम्हारा फैसला है उम्र में मैं बड़ा हूँ और तजुर्बे में तुम, जो भी होगा हम दोनों और तुम्हारे दोनों बच्चों के लिये अच्छा होगा ।

आलोचना और आलोचकों की कमी समाज में नहीं । पटेल के साथ तुम सती हो जाती तो तुम्हारी आलोचना होती कि कैसी माँ थी दुधमुही बच्ची पर भी तरस नहीं आया । तुम बच्चे लेकर जिन्दगी जी रही हो उन्हें पाल—पोस रही हो वह भी लोगों से देखा नहीं जाता । मंदिर से आने पर भी लोग तुम्हें गलत कह सकते हैं । दूसरे विवाह पर बहुत कुछ लोग कहेंगे ।

देखना यह है कि तुम्हारी आत्मा तुम्हारी अपनी बुद्धि क्या कहती है फिर तुम तो वकील हो तुम्हारा तर्क क्या कहता है । तुम्हारा और तुम्हारे बच्चों का भला किसमें है । बहुत बोल गया इतना लम्बा वाक्य तो जीवन में कभी नहीं बोला ।" सुधीर सेन मुस्कुरा दिये ।

"नहीं सर ठीक ही तो कह रहे हैं ।"

कार्ड बँट जाने के पश्चात ही लोगों को पता चला । सुधीर सेन जैसा कुवाँरा अधिकारी विवाह भी कर रहा है वो एक विधुवा से वह भी दो बच्चों की माँ से । दफ्तर में यही चर्चा का विषय था । रेवती से तो लोगो ने पूछा भी । पर सेन से प्रश्न करने का साहस कोई नहीं जुटा पाया था । एक पत्र द्वारा कलकत्ता वासियों को उन्होंने रेवती के बारे में सब कुछ बता दिया था ।

यह आश्चर्य की बात थी कि उस पर किसी भी परिवार के सदस्य ने कोई आपत्ति नहीं की थी । सभी खुश थे । उन्हें तो यही संतोष था कि सुधीर विवाह तो कर रहा है । सुनयना को फोन से सूचित कर दिया था कार्ड छपने से पहले ताकि वह भी सपरिवार सात समुद्र दूर से आ सके समय पर ।

सुनयना भाई के निर्णय से बहुत खुश थी । भाई से उसे कोई गिला नहीं कि उसकी भाभी दहेज में और तो कुछ नहीं दो बच्चे ला रही है । इस बात को लेकर उसके पति शेखर ने उसे छेडा ।"

"चलो भाई का यह सिरदर्द भी समाप्त हो गया। तुम्हारी भाभी उनके लिये दो बच्चे भी रेडीमेट लेकर आ रही है।"

नितान्त हँसी में कही गई यह बात उसे एक तेज़ काँटे की भाँति छाती में चुभी थी। पर फौरन शेखर के तहे–दिल से माफी माँगने और भाई–भभी का वास्ता देने पर वह पुनः वैसी ही प्रसन्न हो चहकने लगी थी। सुनयना की इसी बात का तो वह मुरीद था, कितनी भी नाराज हो चुटकियों में प्रसन्न हो जाती थी। नाराज करने में समय लगता था, पर खुश करने में एक पल भी नहीं लगता। सुनयना कभी भी कोई बात विशेषकर बुरी बात मन में नहीं रखती दुबारा वही गलती करने और क्षमा माँगने पर भी वह पिछली घटना को नहीं दोहराती।

रेवती अपने घर से विदा होकर सुधीर सेन के बंगले में आ गई थी। प्रीतिभोज दिया था सुधीर सेन ने। बड़े–बड़े गणमान्य व्यक्ति आये थे। काना–फूँसी अवश्य हो रही थी पर रेवती को देखकर लोग चुप हो जाते। उसकी सादगी उसका भोलापन ही था जो सभी उसकी प्रशंसा कर रहे थे। फिर भी जितने मुँह उतनी बातें थी।

सेन परिवार के सभी सदस्य खुश और संतुष्ट थे। सुधीर से उन्हें कोई शिकायत नहीं थी। सभी ने रेवती के बच्चों को भी अपना लिया था। रेवती ने ससुराल का वास्तविक सुख इन चन्द घण्टों में जाना था। उसे विश्वास ही नहीं हो रहा था कि ससुराल पक्ष के लोग इतने भले भी हो सकते हैं। उसका रोम–रोम सेन परिवार के प्रत्येक सदस्य को दुआएँ दे रहा था। सुनयना छोटी गुड़िया सी रूबी को गोद में उठाये घूम रही थी। सब कुछ था खुशियाँ जैसे उसका आँचल फाड़कर चारों ओर फैलती जा रही थी। पर इन सबके बाद भी उसकी आँखों के सामने से पटेल का चेहरा हटने का नाम नहीं ले रहा था शायद वह हटाना भी नहीं चाहती थी।

पटेल की सूरत निरन्तर उसके सामने घूम रही थी उससे मिलने प्यार–विवाह बच्चे और मृत्यु वाले दिन कैसे वह उसे वा रूबी को चूमकर आफिस के लिये निकला था। उसी दिन उसने कहा था पहली बार, कि रूबी बड़ी हो जाये फिर तुम भी अपनी इस वकालत की डिग्री का प्रयोग शुरू कर दो। जीवन में पढ़ाई, लिखाई व्यर्थ मत गवाँ दो समझी रेवती जी। ऐसा ही कुछ कहकर गये थे।

सुधीर सेन के लाख मना करने पर भी सुहाग सेज सजाई गई थी।

दोनों बच्चे अपनी बुआ सुनयना के बच्चों के पास सोए थे। रूबी के रात में अचानक जगने और रोने पर भाई प्रेम की दीवानी सुनयना ने अपने बेटे के हिस्से का दूध अपनी भाभी की उस बेटी को पिलाकर खुश थी जो उसके अपने भाई की नहीं थी। स्तनपान कराते– कराते जाने कब वह भी सो गई थी।

सुधीर सेन के कमरे में आते ही रेवती का दिल जोरों से धड़कने लगा था। उसका

सम्पूर्ण विश्वास डगमगा गया। यही वह परीक्षा की पहली रात थी, उसके सर के द्वारा किये गये वादे की। सेन को अपने समक्ष देखकर वह उठ खड़ी हुई।

"बैठिए सर।"

"नहीं, तुम बैठो मैं यहाँ कुर्सी पर बैठा हूँ।" वह गम्भीर होता हुये बोले।

"सर..... ।"

"यह सर कहना छोड़ो, दुनिया के सामने हम पति–पत्नी हैं हमारा वैदिक रीति से विवाह हुआ है। मुझसे डर रही हो।"

"जी....... ।" वह हकला सी गई।

"रेवती! मुझसे कभी मत डरना, तुम मेरी दोस्त हो। अच्छे दोस्त एक दूसरे से डरते नहीं। दोस्त हो, साथी हो, कोई गुलाम या दासी नहीं और मैं तुम्हारा शुभचिन्तक हूँ।

एक बात गाँठ में बाँध लो, इस जीवन में मैं कभी भी सपने में भी वह स्थान लेने की कोशिश नहीं करूँगा, बल्कि सोचूँगा भी नहीं जो तुम्हारे स्वर्गवासी पति पटेल का था।"

"सर।"

"फिर वही सर। अच्छा बताओ तो सही हमारा इन्तजाम कैसा था, कोई कमी तो नहीं रह गई।"

"नहीं, मैं तो सोच भी नहीं सकती थी जैसा देख रही हूँ वह सब तो मेरी कल्पना परिधि के बाहर था।"

रात काफी देर तक दोनों बातें करते रहे उन बातों में कुछ आफिस की भी थी।

"अच्छा अब सोया जाये रात कुछ अधिक ही हो गई है।" सुधीर अंगड़ाई लेते हुये बोले।

"जी।" कहकर वह एक तकिया लेकर कारपेट पर आ गई।

"यह क्या तुम पलंग पर ही सो जाओ, मैं इस बड़े सोफे पर सो जाऊँगा।"

"नहीं सर आप आराम से पलंग पर सोइये, मैं यही ठीक हूँ।"

"नहीं रेवती अब तुम इस सेन परिवार की बहू हो और हमारे परिवार की बहुयें जमीन पर नहीं सोती। फिर इस घर की मालकिन भी तो हो तुम।"

"पर सर......... ।"

"क्या सर–सर लगा रखी है चुपचाप पलंग पर जाकर सो जाओ।" वह बनावटी क्रोध में बोले। रेवती एक झटके से उठी और पलंग पर एक कपड़ों की गठरी की भाँति दुबककर सो गई। उस सुन्दर पलंग पर गुलाब और बेला की बिछी अनगिनत पंखुड़ियों और कलियों पर। सुधीर सेन भी सोफे पर एक तकिया लगाकर लेट गये।

जीवन का इतना बड़ा और अजीब निर्णय लेकर भी वह विचलित नहीं थे बल्कि संतुष्ट ही थे। यही उनकी संतुष्टी ही पलभर में नींद आने का कारण थी।

यह थी सुधीर सेन की सुहाग–रात।

सुबह दोनों ही प्रसन्न थे। विशेषकर रेवती वह इतनी प्रसन्न और निश्चिन्त क्यों थी यह वही जानती थी बाकी रिश्तेदार तो अटकले मात्र लगा रहे थे। कुछ उसे छेड़ भी रहे थे नन्दे, भाभियाँ, देवर आदि, पर वह उन सबके उत्तर में मुस्कुरा देती।

अब उसे लगा था नन्द–देवर, भाई बहन की ही भाँति होते हैं। उसके अपनी कोई बहन नहीं थी यदि होती भी तो इतनी सुन्दर इतनी अच्छी कभी ना होती जैसी सुनयना थी।

दिन कैसे पंख लगाकर उड़ रहे थे रेवती की समझ में ही नहीं आ रहा था यह सब अचानक क्या हो गया है।

धीरे–धीरे एक–एक कर रिश्तेदार जाने लगे। घर खाली हो गया। हाँ, शेखर और सुनयना अवश्य एक माह रूके। दोनों ही रेवती से बे–इन्तहा खुश थे पूरी तरह संतुष्ट थे भाई की पसंद से। सुनयना तो अपने भाई की ओर से बिल्कुल निश्चिन्त थी।

रेवती और सुधीर को बच्चों सहित शेखर ने लंदन लम्बी छुट्टी पर आने का न्यौता हाथ जोड़कर दिया था। दोनों के इस कदर आग्रह करने पर ही सुधीर सेन ने लंदन आने का वादा कर लिया था और यह बात शेखर और सुनयना भली–प्रकार जानते थे कि वादा निभाने में सुधीर का कोई सानी नहीं है। अपने इतने व्यस्त जीवन में एक माह चुराने का वादा किया था, लंदन आने का अपने नये परिवार के साथ।

सुनयना बच्ची की भाँति उछल पड़ी थी भाई के बादे पर क्योंकि वह जानती थी यदि भाई ने कह दिया है तो करेंगे भी। जब भी बचपन में भाई वादा करता था निभाता था। उसे अच्छी तरह याद है भाई और उसकी नोंक–झोंक में अक्सर पापा भाई से ही कहते।

"क्या यार सुधीर वादे तो किये ही तोड़ने के लिय जाते हैं। फिर यार तुम कोई ठाकुर तो हो नहीं वह भी रघुवंशी कि प्राण जाये पर वचन न जाये।"

तब सुधीर कहते।

"नहीं पापा मुझे यह काम नहीं करना। यह मेरे बस में नहीं यह लाख सिर पटके मैं झूठा वादा नहीं करूँगा।"

उसकी इस बात पर समर सेन अपने बेटे की पीठ थपथपायें बिना नहीं रह पाते। आज वह बचपन की सारी बातें सुनयना को याद आ रही थी।

शेखर के परिवार को विदा करने के पश्चात घर बिल्कुल खाली–खाली बेजान सा लगने लगा था। बहुत रोई थी रेवती उन लोगों के जाने पर।

उधर सुनयना को लग रहा था कि वह अपने प्रिय भाई को एक बहुत ही जिम्मेदार स्त्री के हाथों में सौंपकर आई है, भाई की तरफ से वह पूर्ण निश्चिन्त होकर आकाश में उड़ी थी। इसी इतने बड़े विश्वास के कारण ही वह सदैव की भाँति भाई से विदा लेते समय उतना नहीं रोई थी। पूरी तरह भाई की तरफ से निश्चिन्त होकर उसने भारत छोड़ा था।

विवाह के पश्चात कई माह से रेवती छुट्टी पर ही चल रही थी। एक दिन सुधीर के यह कहने पर कि वह अब आफिस जाना चाहे तो शुरू कर दे। इस पर रेवती ने ड्रार से एक लिफाफा निकालकर सुधीर सेन को पकड़ा दिया।

"यह क्या है?"

"जी, मेरा इस्तीफा।"

"पर क्यों?"

"क्या आप चाहते हैं कि मैं नौकरी करूँ। क्या मुझे आवश्यकता है नौकरी की।"

"नहीं, मैं नही चाहता तुम्हें क्या किसी भी स्त्री को शौखिया नौकरी करने, बिना किसी आवश्यकता के किसी मजबूर का हक छीनने के खिलाफ हूँ मैं। घर की जिम्मेदारियों से भागकर केवल मन बहलाने के लिये नौकरी करने के खिलाफ हूँ मैं। हाँ यदि आवश्यकता हो तो अवश्य करनी चाहिए और जब बच्चे बड़े हो जायें घर में एक खालीपन सा लगे तो अवश्य कोई ना कोई काम करना चाहिए। चाहे वह समाज सेवा हो या कोई नौकरी। यह मेरा नज़रिया है उचित है या अनुचित मैं नहीं जानता।"

"जी! यही सब सोचकर मैंने त्यागपत्र दिया है बच्चे अभी छोटे हैं अब मेरी मजबूरी भी नहीं रह गई नौकरी।"

"सही निर्णय लिया है तुमने।"

राहुल के स्कूल के दाखिले के समय सुधीर सेन ने जब रेवती द्वारा भरा गया एडमीशन फॉर्म देखा तो चकित रह गये राहुल के पिता के स्थान पर 'सुधीर सेन' लिखा था।

"यह क्या रेवती?"

"क्यों क्या गलत है अब तो आप ही उसके पिता हैं। क्या आपको कोई एतराज है? उलटकर रेवती ने ही सुधीर सेन से प्रश्न कर डाला।

"नहीं, पर वह पटेल....... |"

"नहीं, मैं नहीं चाहती कि राहुल बड़ा होकर यह प्रश्न पूछे कि मेरे पिता तो पटेल हैं और पत्नी तुम सेन की हो। ऐसी विषम परिस्थिति मैं नहीं खड़ी करना चाहती। जीवन के किसी मोड़ पर ना अपने—आपके और ना ही बच्चों के समक्ष। दोनों बच्चे मेरी ओर से यह कभी नहीं जानेंगे कि वह आपकी संतान नहीं। उनकी अनमोल यादें मेरे हृदय से कभी

बाहर नहीं आयेगी। उनकी यादों को मैं बच्चों के साथ भी कभी नहीं बाटूँगी, यह इस रेवती का आपसे वादा है।"

"रेवती"। सुधीर बस लम्बी गहरी साँस खींचकर इतना ही बोल पाये थे।

"मेरा विश्वास एक बार उस ईश्वर पर डगमगा सकता है जैसाकि होता है दुख में इन्सान यदि सबसे अधिक कोसता है किसी को तो ईश्वर को। उसी परम पिता से लड़ता–झगड़ता है। आपने जो स्नेह, सम्मान और संरक्षण मुझे दिया है। जितना विश्वास मैंने आप पर और आपने भी मुझ पर किया है उसे अपने जीते–जी मैं टूटने नहीं दूँगी। आपका तो खैर कोई सवाल ही नहीं।"

"चलो क्या बातें छेड दी तुमने। आज ही तो जाना है साहबजादे के स्कूल।" वह हँसकर बोले।

"हाँ।"

"मैं आफिस से सीधे पहुँच जाऊँगा। तुम ड्राइवर के साथ स्कूल आ जाना समय पर। मेरी मीटिंग है वरना साथ ही चलता।"

"ठीक है मैं पहुँच जाऊँगी।"

कुल मिलाकर सुधीर सेन ओर रेवती पटेल का यह अजीबो–गरीब विवाह पूर्णरूप से सफल ही था।

समय व्यतीत होता गया कभी कोई झगड़ा, किसी प्रकार का मन–मुटाव नहीं। विचारों में मतभेद नहीं। यह समझौते पूर्ण किया गया। विवाह पूरी तरह सफल विवाह कहा जा सकता था। हाँ, कभी–कभार यदि थोड़ी सी कहा–सुनी होती दोनों में। तो उसका एकमात्र कारण होती रूबी। दोनों पिता–पुत्री एक–दूसरे से बेहद प्यार करते थे, रूबी को रेवती–राहुल यदि कुछ कह दें तो सुधीर सेन को बर्दाश्त नहीं था।

बाप–बेटी साथ खाते साथ सोते, खेलते गप्पे मारते। यहाँ तक कि सेन साहब के सारे काम रूबी ही अपने नन्हें हाथों से करती। कॉफी बनाती शेव करने के लिये उन्हें पानी गरम करके वही देती। क्या मज़ाल जो सेन साहब आफिस से आयें। और कोई उन्हें कॉफी बनाकर दे दे।

रात के खाने में टेढ़ी–मेढ़ी रोटी बेलकर देती कि यही रोटी पापा खायेंगे। सुधीर सेन को भी उसी कॉफी और उन्हीं रोटियों के खाने में सुख मिलता था।

गाड़ी का हार्न सुनते ही वह किचेन जा अपने नन्हें–नन्हें हाथों से कॉफी फेटने लगती। कॉफी का प्याला टेबुल पर रख पहले तो वह उनके गले से लिपटकर प्यार करती। फिर एक माँ की भाँति बैठकर उन्हें कॉफी पीते देखती। जाने कौन सा रिश्ता था पिता–पुत्री में पिछले जन्म का शायद उसी पिछले जन्म के रिश्ते के कारण ही इस जन्म में

यह अजीब सा सम्बन्ध हो गया था उसकी माँ और सुधीर सेन में। आज अब इस उम्र में ऐसे पिता को बलात्कारी कहा जा रहा था। उन पर बलात्कार करने का आरोप लगाया गया था।

पुलिस स्टेशन पहुँचने से पहले ही उनकी जमानत हो गई थी। रेवती आश्चर्यचकित थी कि इस भयानक गन्दे आरोप के पश्चात भी सुधीर वैसे ही शान्त दिखते थे। इतना स्वाभिमानी आदर्शों से भरपूर व्यक्ति पर इतना गन्दा आरोप लगा। फिर भी वह वैसा ही शान्त–मुस्कुराता रहता। बच्चों को एक पल के लिये भी ऐसा नहीं लगा कि उसके पिता परेशान हैं।

उसे लगता श्रीमद्भगवगीता में कृष्ण द्वारा बताया गया नायक जिस पर सुख–दुख का कोई असर नहीं, वही था यह सुधीर सेन। जीवन–मरण, यश–अपयश का भरम सुधीर सेन को ही पूर्णरूप से ज्ञात था।

आज के कुछ स्वार्थी नेता इस केस को उलझा रहे थे। उनका दबाव भी पुलिस वाले महसूस कर रहे थे। यही एक परेशानी थी पुलिस वालों के लिये वरना सेन को सभी जानते थे।

एक तरफ सेन जैसा देवपुरूष और दूसरी ओर भ्रष्ट, इन्सानियत से कोंसों दूर नेता। क्या आजादी के पश्चात इन जैसे नेताओं की कठपुतली बनना था जनता और प्रशासन को। इससे तो अच्छे अंग्रेज थे, कम से कम वह ग़ैर तो थे यह तो हमारे अपने हैं।

अपनों की मार असहनीय होती है, चाहे शरीर पर हो या आत्मा पर। यह सब तो हमारे द्वारा ही चुने जाते हैं हम इन पर विश्वास करते हैं। इन सबका इस प्रकार विश्वासघात करना असहनीय हो जाता है क्या कुर्सी ओर सत्ता इतना गिरा देती है, क्या यह हत्यारी है? क्यों व्यक्ति का चरित्र हनन कर देती है, पैसे की भूख क्या स्त्री को इस कदर पतिता कर देती है पूरे समाज के समक्ष वह खुद को नंगा करने में भी संकोच नहीं करती।

ऐसे ही भाँति–भाँति के प्रश्न रेवती के मस्तिष्क में उठते रहते। पर अफसोस इन प्रश्नों का उत्तर खोज पाने में वह पूर्णतया असमर्थ थी।

आज के सामाजिक परिवेश में कृष्ण भी धोखा खा जायेंगे क्योंकि शत्रु और मित्र को पहचानना कठिन हो गया है। रेवती ने कभी भी कोई हक–अधिकार सुधीर सेन पर नहीं जताया। उसका विचार था कि हक नहीं जतायें जो अपना कर्त्तव्य गिना रहा हो।

रेवती तो अपने और सेन के बीच हुये समझौते में डगमगाई भी, पर सुधीर सेन वहीं थे। कभी उसे लगता किना सर्द और ठंडा इन्सान है या फिर कितना बात का पक्का है यह इन्सान। रेवती के जीवन में इतनी खुशियाँ कभी नहीं आई।

सुनयना के पास वह चारों गये थे लम्बी छुट्टी ली थी सेन ने, उस बीच एक क्षण को

भी उसे नहीं लगा कि वह दूसरे देश में है। उसके अपने उसके साथ थे, करीब थे और इतने करीब थे कि कुछ भी पराया नहीं लगा था। लंदन–पेरिस–रोम सभी तो उसने सुधीर सेन के साथ घूमा था। रेवती की उम्र जो पटेल की मृत्यु के पश्चात दस वर्ष बढ़ गई थी अचानक। सुधीर के प्यार और संरक्षण के बहुत पीछे हो गई थी। कभी–कभी लगता रेवती का बचपन वापस आ गया है।

सुनयना की ज़िद पर जब उसने पैंट–कोट पहना तो वह अपने ही बच्चों की बड़ी बहन लगी। उस समय मुँह–फट शेखर के मुँह से निकल ही गया।

"वाह–भाभी क्या बात है, अरे कहाँ भाई जी के चक्कर में आ गई। मुझे मिल जाती तो मेरी जिन्दगी ही बदल जाती।"

"तुम्हारे भाई जी के हिसाब से मैं तुम से बड़ी हू और भाभी हूँ, तुम्हें पीट देने का पूरा अधिकार है मुझे। औरत की उम्र उसके पति के अनुसार तय की जाती है और यह सुनयना से बड़े हैं।"

"भाभी जान! मैं तो मज़ाक कर रहा था।"

"मैं तो मज़ाक कर रही थी भाई जान कोई सचमुच तुम्हें थोड़े ना पीटूँगी।" सुनयना के पास बिताया यह समय उसके जीवन की एक सुखद यादगार थी। चलते समय राहुल ओर रूबी को जाने कितनी सौगातें सुनयना वा उसके बच्चों ने दी थी। रेवती बड़ी थी उसने कुछ भी लेने से इन्कार कर दिया था चलते समय अपने हाथों के कंगन और गले में पड़ी चेन सुनयना को कसम देकर पहना दी थी।

कोई बड़ा प्यार से जब कुछ देता है तो उसकी कीमत नहीं लगाई जाती, एक अजीब सा सुख मिलता है उस अमूल्य उपहार से वही सुख आज माँ के पश्चात रेवती द्वारा सुनयना को मिला था।

कलकत्ता भी वह बच्चों के साथ कई बार गई थी। जब सुधीर सेन उसके साथ नहीं होते तब भी उसे वा बच्चों को वही सम्मान और प्यार स्नेह मिलता था। रेवती अक्सर भूल जाती, वहाँ जाकर कि उसके बच्चे सेन परिवार के पोते–पोती नहीं हैं।

दोनों बच्चें सुधीर को ही अपना पिता जानते थे। रेवती की तुलना सभी उसकी सास सौदामिनी से करते और यही कहते जैसी सौदामिनी थी वैसी ही उसकी बहू है काश वह जीवित होती, और अपनी बहू को देखती।

रेवती को उससे कहीं अधिक आदर, प्यार इस परिवार से मिला था जो पटेल परिवार से कभी नहीं मिला। ससुराल के प्रति बनी उसकी धारणा इस परिवार की बहू बनकर स्वयं खण्डित हो गई थी। सुधीर सेन जमानत पर थे। मुकदमा चला, पेशियाँ हुई, बहस हुई, तारीखे पड़ी।

"क्या होगा मेरी कुछ समझ में नहीं आता।" रेवती फफककर बोली सुधीर सेन से।

"होगा क्या जीवन मृत्यु यश–अपयश सब कुछ तो ऊपर वाले के हाथ में है। मनुष्य इस संसार में पैदा होने के पश्चात क्या सीखता, क्या करता, क्या सोचता है बुराई। इस अमूल्य जीवने में सबसे बड़ी धरोहर उसके पास क्या होती है, सबसे अधिक क्या कमाता है पाप।"

"कैसी बहकी–बहकी बातें कर रहें है आप।"

"हाँ, मुझे कुछ समझ में नहीं आ रहा है कि मैं क्या कहना चाहता हूँ और क्या बोल रहा हूँ।"

"आप लेट जाइये आराम करिये।"

"हाँ, मैं थोड़ा आराम करना चाहता हूँ।"

रेवती ने सेन को बेडरूम में ले जाकर लिटा दिया। आज रेवती को लगा जैसे अब सुधीर सेन टूटने लगे हैं।

करीब एक घण्टे पश्चात वह कॉफी के दो प्याले बनाकर उनके बेडरूम में गई। देखा तो सेन कमरे की छत को एक टक देख रहे थे। उनकी दृष्टि अवश्य छत पर थी पर वह देख कुछ भी नहीं रहे थे।

रेवती के दो–तीन बार यह कहने पर कि गर्म–गर्म काफी पी लीजिये। तब वह अचानक उठकर बैठ गये। रेवती भी उनके पास ही पलंग पर बैठ गई। सुधीर सेन के चेहरे के भावों को वह पढ़ने समझने की कोशिश करने लगी।

"रेवती!"

"जी।"

"अपनी समझ और सुध में मैंने कोई ऐसा काम इस जन्म में नहीं किया, जिससे लोगों को कष्ट हुआ हो। हाँ, पिछले जन्मों का मैं नहीं जानता और यदि यह सत्य है कि जन्म–जन्म के पाप–पुण्य मनुष्यों को भोगने पड़ते हैं तो अवश्य कुछ ना कुछ किया ही होगा। भीष्म पितामह जैसा महापुरुष भी ६ माह बाणों की शय्या पर पड़ा रहा था। जब जाकर उन्हें मोक्ष मिला था। कहते हैं मनुष्य अपने पिछले जन्मों के कर्मों को भी भोगता है जब उसका लेखा–जोखा पूरा हो जाता है तभी मुक्ति मिलती है। जीवन–मृत्यु के चक्र से छूटता हैं। भीष्म पितामह जैसे महापुरुष भी छः माह बाणो की शय्या पर पड़े रहे थे। जब जाकर उन्हें उन्हें मोक्ष मिला था।

यह सब दो और दो–चार नहीं, ईश्वर की लीला को समझना आसान नहीं।"

"हाँ, सच कह रहे हैं आप। इसी से तो अपने मस्तिष्क का उचित उपयोग कर कर्म करते रहना चाहिए। फल को ईश्वर पर छोड देना ही बेहतर है और सच पूछिये तो इसके

सिवा और कोई चारा भी तो नहीं हम जैसे लोगों के सामने।"

आज जीवन के इस मोड़ पर इतने वर्षों के दाम्पत्य जीवन में पहली बार इतने करीब आये थे दोनों।

सुबह कोर्ट में पेशी थी। आज फिर रेवती ने व्रत रखा था। कल कोर्ट से सुधीर के घर आ जाने पर ही वह कुछ खायेगी ऐसा ही वह प्रत्येक पेशी पर करती थी।

गीता पर हाथ रखकर शालिनी ने कसम ली कि वह जो भी कहेगी सच कहेगी और सच के सिवा कुछ नहीं कहेगी।

क्यों कसम खिलाई जाती है गीता जैसे पवित्र ग्रंथ पर हाथ रखकर। झूठ बोलने के लिये जिन्हें सत्य बोलना है वह वैसे ही बोलेंगे और जिन्हें नहीं बोलना वह नहीं बोलेंगे, उनके पास उसका तर्क भी होगा। महाभारत में कृष्ण ने छल, बल, झूठ सभी का प्रयोग किया था क्योंकि उनका मुख्य उद्देश्य ही पाण्डवों की विजय का था। यहाँ भी वादी–प्रतिवादी अपनी–अपनी जीत चाहता है फिर युद्ध में तो सब जायज है। सो शालिनी ने भी कसम खा ली।

"तुम्हारा नाम?"

"शालिनी देवी।"

"उम्र?"

"चौबिस–पच्चीस वर्ष।"

"इस व्यक्ति को पहचानती हो?"

"हाँ।"

"कौन हैं यह?"

"सुधीर सेन नाम है इस भेड़िये का।"

"क्या किया इन्होंने तुम्हारे साथ?"

"बलात्कार किया मेरी इज्जत लूट ली।"

"तुमने अपना बचाव नहीं किया।"

"किया बहुत किया पर मैं कमजोर स्त्री इस हट्टे–कट्टे वहशी के सामने थक गई। साहब बड़ी बेरहमी से इसने......... ।"

"यह घटना कहाँ घटी।"

"इसी के घर में।"

"इनके घर तुम क्यों गई थी?"

"अपने आदमी की एप्लीकेशन लेकर गई थी।"

"इनके घर पर उस समय और कौन—कौन था।"

"कोई नहीं।"

"पत्नी और बच्चे कहाँ थे।"

"पत्नी मालूम नहीं बच्चे स्कूल गये होंगे।"

"तुमने शोर नहीं मचाया।"

"मेरा मुँह इसने कसकर दबा रखा था।"

सुधीर सेन औरत के इस रूप को बड़े गौर से देख रहे थे। स्त्री का चरित्र और पुरुष का भाग्य विधाता भी समझने में असमर्थ रहा है।

उस भरी अदालत में वह इतनी बेशर्मी से बलात्कार की काल्पनिक घटना को पेश कर रही थी जैसे किसी सस्ती पुस्तक का एक—एक पन्ना पढ़ रही हो।

जज के बार—बार मना करने पर वह बोलती गई और अदालत का सारा समय ले लिया था। अपने आपको, दुखी, कमजोर, सतायी हुई अबला साबित करने में।

लोग उसे गोर से देख रहे थे और सोच रहे थे कि क्या यही है नारी। लज्जा, ममता, स्नेह और सत्यता की मूरत, यही है माँ—बहन—पत्नी—बेटी। क्या इसका अपना कुछ नहीं, कोई मान—सम्मान नहीं। अपने आप को क्यों इस कदर नंगा कर रही है यह विचार सेन के मस्तिष्क में आ रहे थे। आखिर यह सब क्यों कर रही है यह स्त्री। वह तो इसे जानते भी नही।

समय समाप्त हुआ अदालत उठ गई, अगली तारीख मिल गई थी।

सुधीर सेन पर इस स्त्री के बयान का असर गम्भीर रूप से पड़ा। उन्हें लगा कि उनका सत्य इस झूठ के समक्ष खड़ा नहीं रह पायेगा। हर समय मुस्कुराने वाले सेन गम्भीर और भयभीत हो गये थे। रेवती रात—दिन उन्हें समझाती पर वह बार—बार रेवती से एक ही प्रश्न पूछते।

"क्याा औरत का यह भी रूप हो सकता है?"

"आप क्यों दुखी होते हैं ईश्वर सब ठीक करेगा। अभी तक तो आपको ईश्वर पर अटूट विश्वास था।"

"इन दो पैरों के जानवरों का यह रूप देखकर मेरा विश्वास टूट गया है। मैं तो जीवन में बुरी तरह फेल हो गया, यह रूप देखकर।

"वह आपकी कौन थी, उसका आपका क्या रिश्ता था, कुछ नहीं, ना। तो फिर उसकी इस हरकत से क्यों दुखी हैं। दुख तो अपनों से होता है। आप दुखी होकर हमें दुखी कर रहे हैं। दुख तो अपनों से होता है। आप दुखी होकर हमें दुखी कर रहे हैं।"

"तुम शायद ठीक कहती हो पर जाने क्यूँ मेरा भविष्य अंधकारमय नज़र आ रहा है।"

"ऐसा मत कहिए इतना बड़ा संसार है, जब ईश्वर ने ही किन्हीं दो इंसानों को भी एक सा नहीं बनाया तो हम क्या हैं। सभी की अपनी–अपनी सोच होती है सभी का अपना–अपना पाप–पुण्य का पैमाना होता है।"

रेवती के समझाने पर वह सामान्य होने का जितना भी प्रयास करते सब बेकार था। इस असहनीय अपमान को वह बर्दाश्त करने में असमर्थ थे।

"रेवती।"

"जी।"

"मुझे कलकत्ता जाना है।"

"क्यों कोई खास काम है।"

"नहीं। यू ही घर में सबको देखने का मन कर रहा है।"

"पर अभी तो बच्चों की परीक्षा चल रही है।"

"मैं अकेला ही जा रहा हूँ। कहो तो कल की ही फ्लाइट से निकल जाता हूँ।"

"पर..........।" आज के उनके इस अचानक कलकत्ता जाने निर्णय से रेवती काँप सी गई। ऐस पहले कभी नहीं हुआ, कई बार वह अकेले ही गये थे।

"पर क्या छुट्टी तो ले रखी है एक सप्ताह में वापस आ जाऊँगा।"

"बच्चों को अकेला छोड़ क्या करोगी। परीक्षा भी चल रही हैं फिर चलीं जाना, तुम्हारा तो घर ही है और वह घर जहाँ तुम्हें प्यार भी सब मुझसे अधिक करते हैं।"

"मेरा मन कर रहा है आपके साथ जाने को।"

"देखो रेवती, तुम्हारे जीवन में बच्चे पहले हैं मैं बाद में इसलिए तुम यही रहो। छुटिट्यों में बच्चों के साथ चली जाना। मैं जल्दी ही वापस आ जाऊँगा।"

रेवती उन्हें चाह कर भी रोक नहीं पाई। किस अधिकार से रोकती, समझौते में ऐसा तो कुछ तय नहीं हुआ था। कलकत्ता पहुँचने पर रेवती और बच्चों के बारे में परिवार के सभी सदस्यों ने एक स्वर में पूछा था। सुधीर सेन ने सभी को एक साथ जवाब दिया था बच्चों की परीक्षा। मुँह हाथ धोकर वह एक प्याली कॉफी भी समाप्त नहीं कर पाये थे कि रेवती का फोन आ गया। फोन चाचा ने उठाया था।

"कौन रेवती बेटी।"

"जी चाचाजी चरण स्पर्श।"

"जीती रहो, लो सुधीर से बात करो वरना कहोगी अच्छा बूढ़े ने फोन उठा लिया।"

"वो चाचाजी........।"

"हाँ, अभी—अभी आया है तुम लोग क्यूँ नहीं आये। अच्छा लो बात करो।" सुधीर के रिसीवर हाथ में लेने से पहले ही रेवती ने फोन काट दिया । उसे इतना ही तो मालूम करना था क्या बात करती वह सुधीर सेन से। बस उसे यही लगता सुधीर उसके सामने रहे बात हो अथवा ना हो। सुधीर के बिना जीने की वह कल्पना भी नहीं कर पाती थी अब। रात्रि के भोजन के पश्चात जिस विषय पर सुधीर बात करना चाहते थे उस विषय को चाचाजी ने ही छेड़ दिया था।

"देखो तुम सब यहाँ इस समय मौजूद हो, सभी समझदार हो और एक—दूसरे से स्नेह और आदर करते हो। रिश्तों के समक्ष जमीन जायदाद को महत्व नहीं देते हो। मेरे फैसले पर उम्मीद है तुम लोगों को किसी प्रकार का एतराज़ भी नहीं होगा।" सभी सदस्य चाचाजी का चेहरा देख रहे थे।

"बाऊजी आप क्या कहना चाहते हैं?"

"मैं यही कहना चाहता हूँ कि इस बेशुमार सम्पत्ति का उचित ढंग से बँटवारा हो जाये।"

"पर।"

पर क्या मेरी उम्र हो चली और परिवार जो एक स्थान यानी इस हवेली में सिमटा हुआ था। अब फैलता जा रहा है। इतने बड़े सेन परिवार में अभी तक स्वार्थी और लालच का समावेश नहीं हुआ। यह ईश्वर की कृपा रही है आगे भी ऐसी ही कृपा रहेगी। परन्तु इंसानी तरक्की के साथ इंसान की मानसिकता गिरती जाती है। मनुष्य अपने आप में अपने परिवार में सिमटता जाता है, कुछ तो समय की कमी और दूर—दूर रहने से, एक—दूसरे के बिना रहने की आदत सी बन जाती है। बहुत सी बातें हैं जो अभी कल्पना मात्र से दुख देती हैं, गाली सी लगती है, हो सकता है कल को वही जीवन में होने लगे। मैं चाहता हूँ सम्पत्ति का बँटवारा हो जाये। मेरी इच्छा तो यही है कि सेन परिवार की बेटियों को भी कुछ हिस्सा मिले। बाकी तुम सबकी क्या राय है यह मैं नहीं जानता।"

"लड़कियों को भी मिलना चाहिए हम सभी की भी यही राय है।"

"जो यहाँ नहीं रहता, उसकी सम्पत्ति का बँअवारा हो जाये। मेरी इच्छा तो यही है कि सेन परिवार की बेटियों को भी कुछ हिस्सा मिले। बाकी तुम सबकी क्या राय है यह मैं नहीं जानता।"

"लड़कियों को भी मिलना चाहिए हम सभी को भी यही राय है।"

"जो यहाँ नहीं रहता, उसकी सम्पत्ति की देखभाल यहाँ रहने वाले करेंगे।"

"सुधीर दा यहाँ नहीं रहते, विमल और देवव्रत भी नहीं रहते। सुनयना दी तो बाहर ही बस गई है।"

“तो क्या हुआ हम सब तो हैं यहाँ।”

“जी।”

“किसी को कुछ कहना है, किसी को मेरे निर्णय पर एतराज है, यदि किसी प्रकार की कोई शंका हो तो निःसंकोच बताओ।”

“नहीं।” सभी एक स्वर में बोले। कितना निष्पक्ष फैसला किया था चाचाजी ने। उनके लिये बेटे–बहू–भतीजे–पोते–पोतियाँ–भतीजियाँ सभी समान थे। इस समदृष्टि वाले व्यक्ति के फैसले को कौन अनुचित कह सकता था। सुबह वकील आए, बंटवारे के कागज़ तैयार होने लगे। सभी प्रसन्न थे, किसी को किसी प्रकार को कोई मलाल नहीं था। काम पूरा होने के पश्चात दो दिन सुधीर सेन और रूके। इस बीच उन्होंने अपने हिस्से की सम्पत्ति को दो हिस्सों में बाँट दिया। एक हिस्सा रेवती सेन के नाम और दूसरा अपनी प्राणों से प्यारी नन्हीं सी बेटी रूबी सेन के नाम। सुधीर ने माँ के पश्चात यदि इतना प्यार किसी से किया है तो वह है रूबी। वह समझ नहीं पाते थे कि वह उस बच्ची को इतना प्यार क्यों करते हैं ऐसा भी नहीं कि उनकी माँ की आत्मा उस बच्ची में हो वह तो माँ की मृत्यु से पहले ही रेवती की कोख से जन्म ले चुकी थी। कलकत्ता छोड़ते समय वह सभी से ऐसे मिले जैसे यह उनकी कलकत्ता की अन्तिम यात्रा हो। इन कुछ दिनों में उन्होंने भरपूर प्यार लुटाया था और पाया भी था।

सुबह पाँच बजे ही कालबेल बज उठी। रेवती घबराकर उठ बैठी, उसके दिल ने कहा सुधीर है। सुधीर का ख्याल आते ही उसके चेहरे पर खुशी की जो लालिमा आई देखने लायक थी। लगभग दौड़कर बिना पूछे ही उसने दरवाजा खोल दिया और सारी सीमायें तोड़ वह सेन की छाती से जा लगी।

“रेवती।” धीरे से उन्होनें उसे अलग किया। वह सुबक पड़ी थी।

“अरे यह क्या तुम रो रही हो।”

“बहुत डर लग रहा था आपके बगैर, ऐसा पहले कभी नहीं हुआ। एक–एक दिन काटना मुश्किल पड़ रहा था। अब आपके बिना नहीं रह सकती, आप अब कहीं भी अकेले नहीं जायेंगे मुझे छोड़कर।”

“अरे कैसी बातें कर रही हो। मैं तो काम से गया था वादा करता हूँ अब तुम्हारे बगैर बस एक ही जगह जाऊँगा और तुम तो जानती हो। वहाँ तो सभी अकेले ही जाते हैं।”

“ऐसी बातें मत करिये प्लीज़ भगवान के लिये।”

“चलो नहीं करता।”

“थक गये हैं।” बात का रूख बदला उसने क्या करती स्त्री जो चाहकर भी प्यार नहीं कर पा रही थी अपने ही पति से।

"नहीं तो।" सुधीर उसे गौर से देखते हुये धीरे से बोले।"

"इस समय कौन सी फ्लाइट आती है।" अब तक वह सामान्य हो चुकी थी।

"ट्रेन से आया हूँ।"

"क्यों?"

"हाँ, सच पूछो तो बहुत अच्छा लगा ट्रेन से सफर करके।"

"कोई विशेष कार्य था जिसके लिये आप गये थे।"

"हाँ, खास ही था बल्कि सच पूछो तो आवश्यक भी था।"

"मुझे बताने लायक है?"

"क्यों नहीं।"

"क्या काम था।"

"सेन परिवार की सम्पत्ति का बँटवारा।"

"क्या........क्यों?" रेवती अवाक रह गई यह सुन।

"परेशान मत हो मैंने कुछ नहीं कहा सच पूछो तो मुझे कुछ कहने की आवश्यकता ही नहीं पड़ी।"

"फिर।"

"चाचाजी स्वयं चाहते थे उन्होंने ही बँटवारे का प्रस्ताव रखा था। मुझे तो लगता है परिवार में इतने स्नेह और प्यार के पश्चात भी कहीं न कहीं सभी बँटवारा चाहते थे, बोल कोई नहीं पा रहा था, शायद मैं भी कुछ ना कह पाता। और यूँ ही लौट आता।"

रेवती एकटक सुधीर सेन को देख रही थी।

"ऐसे अपराधी की भाँति मुझे क्यों देख रही हो?"

"कुछ नहीं" संक्षिप्त सा उत्तर दे, वह खामोश हो गई।

"कुछ कैसे नहीं तुम मेरी पत्नी हो। वर्षों से मेरे साथ हो, हमारे बच्चों की माँ हो, सेन परिवार की बहू हो, तुम्हें कुछ भी कहने बोलने का पूरा अधिकार है।"

"जब आपने वहाँ अपनी ओर से कुछ कहा नहीं, माँगा नहीं, कोई ऐसा प्रस्ताव नहीं रखा तो फिर क्या?"

"हाँ, यह सत्य है मेरी इच्छा को जबान पर आने से पहले ही चाचाजी ने स्वयं पूरी कर दी।"

"चाय बनाऊँ।"

"प्रापर्टी के बारे में पूछोगी नहीं।"

"क्या करना सब ठीक ही होगा।"

"यह भी नहीं जानना चाहोगी कि मेरे नाम क्या आया।"

"मेरे लिये आप ही मेरी सम्पत्ति हैं।"

"वह तो ठीक है मैं तो पैतृक सम्पत्ति के बारे में कह रहा हूँ।"

"क्या आया आपके भाग्य में।" अनमने मन से उसने पूछा।

ब्रीफकेस खोल कुछ पेपर निकालकर सुधीर सेन ने उसके हाथ में पकड़ा दिये।

"यह क्या?"

"पढ़ लो।"

रेवती पढ़ने लगी। सब पढ़ने के पश्चात एक गम्भीर दृष्टि उसने सेन पर डाली।

"ऐसा आपने क्यों किया?"

"कुछ तो नहीं किया, मेरा जो भी है वह कानूनन तुम्हारा है, बच्चों का है, बस मैंने इतना अवश्य किया है, अपना सब कुछ तुम्हारे और रूबी में बाँट दिया है बेटे को तुम अपना सब कुछ दे देना, जब समय आये।"

"पर आपने ऐसा क्यों किया, क्या आवश्यकता थी यह सब करने की।"

थी तभी तो किया।"

"आपके इस मौन प्रेम ने मुझे तोड़कर रख दिया है रेवती सेन मर जायेगी। भगवान के लिये इस निःस्वार्थ प्रेम पर अंकुश लगा दीजिये। प्यार देना आसान है उसे सम्भालना बहुत कठिन है।"

'नहीं रेवती तुमने और बच्चों ने जो मुझे दिया, उसके समक्ष यह सब तो कुछ नहीं। जानती हो आदमी बकवास चाहे जितनी करे कि उसे किसी की आवश्यकता नहीं। वह अकेला रह सकता है पर सच्चाई यही है, अकेला इन्सान एक–एक दिन में हजार–हजार बार मरता है। तुमने मेरे अकेलेपन जैसे बोझ को उतार दिया, मुझे एक परिवार दिया। मेरा साथ दिया एक सच्चे मित्र की भाँति और क्या चाहिए।"

इसके पश्चात रेवती के पास कुछ भी कहने के लिए शब्द नहीं थे, कहने और बोलने को शायद बहुत कुछ था। पर वह कुछ कहने कुछ व्यक्त करने में असमर्थ थीं पर ऐसे मौकों पर इन्सान की आँखें ही सब कह देती है। यही स्थिति थी रेवती की। और इस बात को सुधीर सेन भी बखूबी समझ रहे थे। वह लाचार थे इतना असहाय उन्होंने रेवती के इतने वर्षों साथ रहने पर कभी नहीं महसूस किया था। अपनी भावनाओं को ना व्यक्त कर पाने पर इन्सान कितना दुखी होता है यह आज उन्होंने जाना।

उधर रेवती सोच रही थी कि क्या यह मात्र एक मनुष्य है या एक इन्सान या फिर इन्सान के रूप में कोई देव पुरूष। कुछ भी हो यह मनुष्य और इन्सान से तो कहीं ऊपर है। इस पर ऐसा घिनौना आरोप कैसे कोई लगा सकता है। छी? वह औरत नहीं है, औरत ऐसी नहीं होती यदि ऐसी होती तो क्यों कहा जाता कि जिस घर में औरत की पूजा और सम्मान होता है वहाँ देवता वास करते है। क्या ऐसी भी औरतों को पूजना चाहिए। "है! ईश्वर," कह रेवती ने गहरी सांस ली।

"क्या हो गया?" सुधीर ने पूछा।

"कुछ नहीं।"

"कुछ तो।"

"उस औरत ने ऐसा क्यूँ किया?"

"कुछ ना कुछ तो होगा ही फिर मैं क्या बता सकता हूँ। यह तो वही जाने या फिर ऊपर बैठा वह परम पिता परमेश्वर।"

"परम पिता अपनी नेक औलादों पर ही कहर क्यूँ ढाता है?"

"यह तुम समझती हो मैं सोचता हूँ कि मैं अच्छा हूँ। पर कौन जाने कि मैं कैसा हूँ। अनजाने–जाने क्या–क्या पाप हुये है।"

"यह तो कोई तर्क नहीं हुआ।"

"रेवती मुझे नींद आ रही है तुभ भी जाकर सो जाओं।"

"ठीक है।" रेवती उठकर अपने बेडरूम में चली गई। आ तो गई बच्चों के पास परन्तु उसकी आँखों में दूर–दूर तक कहीं नींद नहीं थी। उधर सुधीर सेन कुछ तलाश रहे थे शून्य में। खुली आँखों से भी वह कुछ नहीं देख पा रहे थे आँखे कमरे की छत पर अवश्य टिकी थी। यह कैसे क्षण होते है, जब मनुष्य की सोचने, देखने की शक्ति अचानक लुप्त हो जाती है। चाहकर भी कुछ देख नहीं पाती कुछ सोच नहीं पाता, क्या यही अवस्था होती है समाधि में लीन होते समय।

कितना कठिन होता है संसार में रहकर। सांसारिक जीवन व्यतीत करना। पलायन करना आसान है चाहे जीवन से या रिश्तों से, सम्बन्धों से।

जिद्दी नींद तो आ ही जाती है चाहे मनुष्य अपने परम प्रिय को शमशान में फूँककर ही क्यों ना आया हो। यह कमबख्त नींद–भूख मनुष्य को झुका ही देती है। सुधीर सेन भी सो गये थे। सुबह के नौ बज चुके थे। रेवती सुधीर सेन के कमरे में उन्हें जगाने आई चाय लेकर। परन्तु उनके शांत–सौम्य, निश्छल चेहरे को एकटक देखती ही रह गई। अचानक अनचाहे ही उसकी आँखों से कुछ बूँदे आँसूओं की उनके चेहरे पर गिर गई। वह चौंकर उठ बैठे, रेवती का यह रूप देखते ही रह गये ऐसा रूप तो उन्होंने पहले कभी नहीं देखा

था।

"रेवती।" यह नाम उनके हृदय की गहराई से निकला था।

आज अपना नाम सुनकर रेवती का सम्पूर्ण शरीर रोमांचित हो उठा था। यह कैसी मर्यादा कैसे बन्धन में बँधी थी कि अपने पति से भी आलिंगनबद्ध नहीं हो पाई। घबराकर बोली। भर्राई आवाज में।

"जी चाय पी लीजिये नौ बज चुके हैं।"

"बच्चे स्कूल गये।"

"हां, गुड़िया आई थी आपको उठाने मैंने मना कर दिया। बड़ी नाराज़ होकर गई है पर जाते–जाते आपके के माथे का चुम्बन ले गई हौले से।"

"लगता है इसका पिछले जन्म का मेरा अवश्य कोई सम्बन्ध रहा होगा।"

"क्यों इस जन्म में नहीं है क्या?"

"है पर पिछले जन्म में भी अवश्य रहा होगा।"

"हो सकता है।"

"तुमने थोड़ा पहले उठा दिया होता।"

"आप बड़ी अच्छी नींद सो रहे थे।"

"अच्छी नींद से क्या मतलब?" चाय की चुस्की लेते वह बोले।

"मतलब गहरी नींद।"

"यानी घोड़े बेचकर सोया था।"

"नहीं घोड़े तो नहीं बेचे थे क्योंकि आपके चेहरे पर तनाव था।"

"सपना देख रहा हूँगा।" कितनी होशियारी से छुपा गये थे सुधीर सेन। क्या इन्सान हैं लोग अपनी खुशियाँ छुपाते हैं, रत्ती भर अपनी परेशानी को बढ़–चढ़ा कर बताते हैं और यह इंसान छोटी–से–छोटी खुशी लोगों में बाँटता है। बड़े से बड़े दुख से अपने आपको उबारने के लिये एकान्त खोजता है।"

मुकदमें की तारीख थी आज। रेवती ने जाने कितनी पूजा, व्रत, उपवास, मानता मानी थी। भूखी प्यासी रेवती भी अदालत में मौजूद थी आज। विशेष आज्ञा ली थी सुधीर सेन ने जज से। उस स्त्री से कुछ प्रश्न करने की।

"तुम्हारा नाम क्या है?"

"शालिनी देवी।" बेशर्मी भरी मुस्कुराहट के साथ उसने आँखें मटकाकर अपना नाम बताया।

"तुम मुझे कब से जानती हो?"

"उसी दिन से जिस दिन मैं अपने पति की अर्जी लेकर तेरे घर आई थी।"

"यह बताओ बहन! ओह सॉरी। यह पवित्र शब्द तुम्हारे साथ जोड़ना गुनाह होगा। हाँ, तो यह बताओ तुम्हारे पति ने तुम्हें एक अनजान व्यक्ति के पास अकेले क्यों भेजा।"

"उन्होंने सोचा तुम एक अच्छे इन्सान हो। किसी औरत की फरियाद सुनकर उनका काम कर दोगे।"

"क्या अच्छा इन्सान एक औरत के आने से काम कर देता है ऐसा नहीं। हाँ यदि काम उचित हो तो किसी सहारे या याचना की आवश्यकता नहीं होती।"

"हाँ, पर......... ।"

"पर क्या इसके मतलब तुम्हारे पति कोई गलत काम करवाना चाहते थे।"

"यह मैं नहीं जानती।" वह घरबराकर बोली।

"यह तुम नहीं जानती बस एक पतिव्रता स्त्री की भाँति आँख बंदकर उनके आदेश का पालन करने आई थी।"

"जी हाँ।"

"आज अब भी तुम उन्हीं के आदेश का पालन कर रही हो।"

"तुम्हें देखते ही मैं तुम पर झपट पड़ा।"

"हाँ, मेरी ब्लाउज़ फाड़ दिया। मुझे अंदर वाले कमरे में घसीटकर ले गये।"

"तुम चिल्लाई नहीं।

"तुमने मेरे मुँह को एक हाथ से दबा रखा था।"

"और कोई नहीं था घर पर।"

"तुम्हारी पत्नी और बच्चे कहीं गये थे। नौकर को तुमने छुट्टी दे रखी थी।"

"तो यह सब मेरा पहले से प्लान था, मुझे मालूम था, तुम जैसी औरत आने वाली है या फिर तुम सब कुछ पता करके ही आई थी।"

"मुझे क्या मालूम था कि तुम इन्सान के रूप में भेड़िये हो।"

"तुम्हें भेड़ियों का कुछ अधिक ही तजुर्बा हैं। आज तक तो किसी ने तुमसे पहले मेरे खिलाफ कुछ नहीं कहा, मेरे साथ बहुत सी लड़किया काम करती रही हैं।"

"सब आवारा, बदचलन होंगी, कमाई खाती होंगी तेरी। मैं ऐसी नहीं हूँ।"

"मतलब सारी लड़कियाँ खराब हैं तुम्हें छोड़कर।"

"जज साहब यह आदमी देखने में जितना शरीफ है उससे कहीं अधिक गंदा बदचलन है। इसे तो भगवान सजा देगा। बस आप इसे ऐसी सजा दीजियेगा कि यह आगे किसी की इज्जत से न खेल सके।" इतना कहते–कहते वह आपे से बाहर हो गई और अशोभनीय शब्दों का इस्तेमाल वा गालियाँ बकने लगी।

शांत–शांत का स्वर गूँज उठा अदालत में।

शालिनी की तरफ से ऐसा वकील था जो अदालत में दिन को रात सिद्ध करने की ताकत रखता था। यह बात जज को भी मालूम थी, सुधीर सेन को भी इसकी भनक थी, फिर वह यह भी जानते थे कानून का फैसला दलीलों पर होता है। सुधीर सेन के पास सच्चाई थी, उस के बूते पर वह लड़ रहे थे पर लड़खड़ा जाते थे सत्यता का हथियार लेकर भी। उन्हें ईशू और मोहम्मद या आ जाते थे।

दो दिन बराबर बहस चलती रही। सेन का वकील भी कुछ कम नहीं था। पर इतनी गंदगी इतने आरोप इस कदर नंगापन सुधीर सेन बौखला गये, उनका मानसिक संतुलन ही जैसे बिगड़ गया हो। दुनिया समाज स्त्री–पुरूष ईश्वर सभी से उनका विश्वास उठ गया।

यही कुदरत का बनाया नायाब तोहफा है मनुष्य?

यही शायद कलयुग है जहाँ झूठ की तूती बोलती है। जहाँ सच्चाई, ईमानदारी, शराफत की कोई कदर नहीं। ऐसे ही झूठे, घिनौने जीवन को जीने के लिये इन्सान हजार मौत मरकर भी जीने की तमन्ना रखता है। मृत्यु तो निश्चित है यही तो मनुष्य के जीवन का अकाट्य सत्य है जो आया है जायेगा। कब, कहाँ, कैसे बस यही तो नहीं मालूम।

सुधीर सेन का पूरा व्यक्तित्व ही बदल गया था। जिस सत्य को माँ ने बड़े जतन से छिपाया था उस सत्य को उजागर करने का समय आ गया था। क्या माँ के छुपाये उस सत्य को सबके सामने लाकर वह जी पायेंगे? यह तो माँ की आत्मा को घोर कष्ट देना हुआ। अपने जीते जी वह यह सब कर पाने में असमर्थ थे।

एक माँ ही तो थी उनके जीवन की अमूल्य धरोहर में। अब उसकी यादें है, उसकी ममता, उसका प्यार, उसकी वह मजबूर आँखे जब भी लोग उसके बेटे के बारे में बातें करते। कितना कष्ट और कितनी बेबसी देखी थी उन्होंने माँ की आँखों में। अपने जीते जी वह उसकी ममता को नंगा नहीं होने देंगे। उसकी हँसी उड़ते नहीं देख सकते।

रेवती तो सुधीर की यह हालत देखकर आधी रह गई थी। वह तो बस चौबीस घण्टे सुधीर को देखती रहती या फिर मंदिर–पूजा –पाठ सच माने में तो वह एक जिन्दा लाश बनकर रह गई थी। सुधीर सेन को कुछ भी समझाने, हौसला बंधाने के लायक भी वह नहीं रह गई थी।

सुधीर सेन बुरी तरह टूट चुके थे। उनके समक्ष आते ही रेवती की सारी शक्ति जाती रहती, वह उनकी आँखों में कुछ ऐसा देखती जिसकी कल्पना मात्र से वह बुरी तरह काँप जाती।

कुछ दिन बाद ही अदालत अपना फैसला सुनायेगी। सुधीर सेन का वकील भी हताश हो चुका था उसे भी मुकद्मा जीतने की कोई राह समझ में नहीं आती। बस अगली पेशी में फैसला होने वाला है। वकील ने सुधीर सेन के मेडिकल ना कराने पर क्रोध भी प्रकट किया ओर इस होने वाली हार का पूरा दोष उन्हीं को दे डाला। जैस–जैस दिन नज़दीक आ रहा था रेवती का खाना–पीना, नींद समाप्त होती जा रही थी।

इधर दो दिन से सुधीर सेन अवश्य सामान्य से दिखने लगे थे बच्चों को अपने पास लिटाकर घण्टों कहानियाँ सुनाते रेवती को भी धैर्य बँधाते। शायद अदालत के फैसले के पहले ही वह कुछ निर्णय ले चुके थे अपने जीवन का।

रेवती उनके इस व्यवहार से और अधिक परेशान थी। किसी अनहोनी से वह पहले ही सहमी थी। अब तो अधिक ही डरी थी। मनुष्य के जीवन और मृत्यु के बीच की यह स्थिति असहनीय होती है जिसमें इन्सान प्रत्येक क्षण मरता है, ना तो वह जीने में होता है ना ही मरने में।

कल अदालत में अन्तिम पेशी है और फैसला भी है आज सुबह से रेवती मंदिर–मंदिर नंगे पैर घूम रही है। बच्चे नित्य की भाँति स्कूल गये हैं।

करीब बारह बजे वह घर लौटी।

चौखट पर पैर रखते ही उसका हृदय बड़ी जोर से धड़का वह पसीने–पसीने हो गई। मंदिरों से लौटकर उसे किसी प्रकार की शान्ति का एहसास नहीं हो रहा था, बल्कि घबराहट कुछ अधिक ही थी। वह सीधी सुधीर के कमरे में पहुँची, बिस्तर पर सुधीर कुछ इस तरह पड़े थे। उनका बायाँ हाथ उनकी बाँयी छाती पर था और दायाँ पेट पर था, वह औंधे पड़े थे बिस्तर पर। रेवती की आवाज पर भी जब वह नहीं हिले तो उसने पास जाकर उन्हें हिलाया पर उनका निर्जीव शरीर एक ओर लुढ़क गया। आत्महत्या का केस था। या नेचुरल डेथ थी पुलिस तो आनी थी।

कई तस्वीरें ली गई उस शरीर की जैसे लाश का फोटो शेसन हो रहा हो।

लाश को सील किया गया पोस्टमार्टम के लिये जाना ही था।

उस लाश की तलाशी लेने पर कुर्त्ते की जेब से कुछ कागज़ मिले 'सोसाइट नोट' कह सकते हैं। उस पर कुछ इस तरह से लिखा था। जिसका आशय यह था, कि उनकी मौत का जिम्मेदार कोई नहीं। यदि जिम्मेदार है तो उनकी अपनी मानसिकता जो इस समाज के घिनौने रूप को बर्दाश्त नहीं कर पाई। उनकी मृत्यु के पश्चात उनकी पोस्टमार्टम रिपोर्ट से ही यह तय हो जायेगा कि वह बलात्कारी है या नहीं।

रिपोर्ट यही बातयेगी कि वह बलात्कार कर ही नहीं सकते। इस रिपोर्ट के पश्चात अदालत उस शालिनी नामक युवती को माफ कर दे, क्यों कि उसे सजा वह स्वयं दे रहे हैं सजा होगी ताजिन्दगी पश्चाताप की आग में जलने की।

नीचे उनके पूरे हस्ताक्षर थे पिता समर सेन के नाम के साथ। सारी उम्र सुधीर सेन ने समझौता ही किया था चाहे वह परिवार से हो, समाज से, पत्नी से और अन्तिम समझौता मृत्यु से।

☐ ☐ ☐

www.ingramcontent.com/pod-product-compliance
Lightning Source LLC
Chambersburg PA
CBHW031525150726

47990CB00001B/62